Blitz und Donner

Natalie Mec

Das Buch:

Die Familie von Bouget gehört seit Kurzem zum Adel und das Leben der vier Kinder ändert sich schlagartig. Die Geschwister werden dazu gedrillt, einen Platz in der High Society zu finden. Ein ausgezeichneter Ruf ist dabei unabdingbar mit dem Erfolg verknüpft, doch schon nach kurzer Zeit läuft so einiges schief und die Familie stürzt in einen Skandal ungeahnter Ausmaße.

„Sie sind hier eingeschlagen wie ein gleißender Blitz! Und es ist allgemein bekannt, dass je heller der Blitz, desto lauter der Donner. Und ich hoffe inständig, Sie sind bereit für den Donner, den Sie verursacht haben", sprach der Kaiser.

Die Autorin:

Natalie Mec ist 1986 in Omsk geboren und lebt heute zwischen zwei Meeren im schönsten Bundesland der Welt, Schleswig-Holstein. Sie liebt die Geschichte ihrer alten Heimat Russland. Und mit ihrem ersten Buch erfüllt sie sich den Traum des Romanschreibens.

Ihre Leser können ihr auf Instagram folgen und auf diesem Wege gerne ein Feedback geben.

Auf dem Kanal zum Buch 'blitz_und_donner_roman' könnt Ihr viele spannende Infos erfahren und Eure Wünsche und Anregungen äußern.

Blitz und Donner

Natalie Mec

Selbstverlag

1. Edition, 2022
Copyright © Natalie Mec
Selbstverlag
Umschlaggestaltung: Konstantin Hunger by Junifeder.Art und Natalie Mec
Instagram: blitz_und_donner_roman
ISBN: 978-3-00-072375-9

Inhaltsverzeichnis

Kapitel 1	Die Ankunft	4
Kapitel 2	Die Nachbarn	8
Kapitel 3	Der Beginn	16
Kapitel 4	Die Ernüchterung	22
Kapitel 5	Das Rennen	26
Kapitel 6	Der Champion	34
Kapitel 7	Die Traumprinzen	41
Kapitel 8	Die Warnung	46
Kapitel 9	Das Duell	54
Kapitel 10	Der Streit	66
Kapitel 11	Das Kleid	72
Kapitel 12	Der Günstling	76
Kapitel 13	Der Tanzkönig	88
Kapitel 14	Die Geliebte	102
Kapitel 15	Die Verlobte	108
Kapitel 16	Der Pianist	115
Kapitel 17	Der Wald	122
Kapitel 18	Das Erwachsenwerden	128
Kapitel 19	Das Geschenk	136
Kapitel 20	Der Kunde	138
Kapitel 21	Der Geschäftstermin	144
Kapitel 22	Der schlechte Verlierer	155
Kapitel 23	Der Deal	162
Kapitel 24	Heimliche Liebe	167
Kapitel 25	Der Geburtstag	172

Kapitel 26	Der Whisky	179
Kapitel 27	Die Tulpe	194
Kapitel 28	Die Wahl	204
Kapitel 29	Die Akzeptanz	214
Kapitel 30	Kuba	220
Kapitel 31	Die Tee-Party	228
Kapitel 32	Das Kerzenlicht	236
Kapitel 33	Die Wunde	246
Kapitel 34	Der Hochzeitstanz	254
Kapitel 35	Von Schwarz zu Blau	260
Kapitel 36	Der flotte Dreier	265
Kapitel 37	Das Fechten	272
Kapitel 38	Wie Blitze	278
Kapitel 39	Der Spielerwechsel	286
Kapitel 40	Die Segel	296
Kapitel 41	Der Säbel	303
Kapitel 42	Die Herzensbrecher	310
Kapitel 43	Die Zweisamkeit	319
Kapitel 44	Die Aufklärung	323
Kapitel 45	Die Drohung	330
Kapitel 46	Die Kunst	336
Kapitel 47	Der tiefe Fall	350
Kapitel 48	Die Gosse	361
Kapitel 49	Der Gigolo	368
Kapitel 50	Die Auktion	380
Kapitel 51	Das Versprechen	384
Kapitel 52	Die Neuigkeit	389

Kapitel 53	Die Anerkennung	396
Kapitel 54	Die Nichte	404
Kapitel 55	Der Gangster	411
Kapitel 56	Das Unwetter	420
Kapitel 57	Der Zeitungsartikel	429
Kapitel 58	Der Sinneswandel	438
Kapitel 59	Der Kampf	445
Kapitel 60	Die Entscheidung	452
Kapitel 61	Das Jonglieren	458
Kapitel 62	Die Hochzeitsgesellschaft	472
Kapitel 63	Der Wunsch	488
Kapitel 64	Das Leuchten	494
Kapitel 65	Der Fortschritt	502
Kapitel 66	Verborgene Kräfte	511
Kapitel 67	Die Strafe	522
Kapitel 68	Die Auszeichnung	538
Kapitel 69	Die Rachsucht	548
Kapitel 70	Die Erbin	556
Kapitel 71	Die Vorahnung	561
Kapitel 72	Die Freunde	568
Kapitel 73	Die Affäre	574
Kapitel 74	Die Alternative	578
Kapitel 75	Der Patenonkel	584
Kapitel 76	Der Klärungsbedarf	591
Kapitel 77	Das Glück	597
Kapitel 78	Das Training	606
Kapitel 79	Der Rivale	612

Natalie Mec

Kapitel 80	Der Mädchentraum	620
Kapitel 81	Die Ehefrau	626
Kapitel 82	Die Herausforderung	630
Kapitel 83	Das wahre Gesicht	640
Kapitel 84	Der Knall	649
Kapitel 85	Das Blätterrascheln	658
Kapitel 86	Die Reise	666

BLITZ UND DONNER

<u>Vorwort</u>

Die Geschichte, um die es hier geht, spielt in einer Parallelwelt um das Jahr 1875. Das Land, in dem die Protagonisten leben, ähnelt dem russischen Zarenreich. Aus diesem Grund weißt die Hauptstadt dieses fiktiven Kaiserreiches Parallelen zu Sankt Petersburg auf. Die historischen Fakten und Ereignisse finden in einer ganz anderen Reihenfolge statt, wie wir es aus unseren Geschichtsbüchern kennen. Alle Namen und Figuren in diesem Buch sind frei erfunden und mögliche Ähnlichkeiten mit den realen Personen aus unserer Welt sind bloß Zufall. Außerdem wurde die Kleidermode aus dem späten 19. Jahrhundert durch die moderne Mode aus der jetzigen Zeit des 21. Jahrhunderts ersetzt.

Natalie Mec

Kapitel 1   Die Ankunft

1. Mai 1875

„Mama, wir sind da! Endlich sind wir angekommen!", kreischten Jane und Veronika im Chor. Melanie saß in der zweiten Kutsche zusammen mit ihrem Vater und ihrem Bruder Jakob und hörte die aufgeregten Stimmen ihrer zwei Schwestern, die gemeinsam mit ihrer Mutter in der ersten Kutsche vorausfuhren. Sie schaute aus dem Fenster und erblickte das große Anwesen, das auf einem Hügel thronte. Das prachtvolle Gebäude wurde vor Kurzem erst mit zitronengelb gestrichen und man roch noch immer die frische Farbe. Die Fenster, Türen und Säulen waren reinweiß gehalten und zeugten von der zarten Unschuld, die ab dem heutigen Tage hier wohnen würde. Das große Haus lag umringt von einem großen und üppigen Garten, der wie ein Park angelegt war und zu langen Spaziergängen unter den wohlduftenden Fliederbäumen einlud. Melanie gab zu, dass ihr neues Zuhause absolut bemerkenswert aussah, aber es weckte keinerlei Begeisterung in ihr. Ihre Gedanken flogen stattdessen weit weg, wie ein Schwarm Vögel und kehrten zurück in die alte Heimat. Die beiden Kutschen passierten das große schwarze Tor, fuhren das letzte Stück bis zum Eingang und hielten dort an. Vier Diener warteten auf die ankommenden Herrschaften. Sie eilten zu den zwei Kutschen und halfen dem Baron von Bouget und seiner Familie, auszusteigen. Die Baronin, und ihre ältesten Töchter benahmen sich wie drei aufgeregte Hühner, die aus ihrem langjährigen Schlaf in der Einöde aufgescheucht wurden und liefen vor Freude kreischend in das Gebäude hinein. Im großen Foyer nahm eine Schar von Bediensteten sie in Empfang, die sich in einer Reihe aufgestellt hatten. Der Butler begrüßte seine neue Herrin mit einer tiefen Verbeugung. Sein Name war Emanuel Bernard und er arbeitete in dem großen Anwesen bereits seit über dreißig Jahren. Er erblickte das wilde Treiben der drei Damen, die sich an der Schönheit ihres neuen Heims nicht sattsehen konnten, und runzelte die Stirn. Denn Monsieur Bernard war in seinen langen Dienstjahren eindeutig bessere Manieren gewohnt.

Melanie stieg nur langsam, fast schon widerwillig aus der Kutsche aus und stellte sich neben ihren Vater und ihren Bruder, die von außen das Gelände betrachteten. Sie hörte das Lachen ihrer Mutter und die entzückenden Rufe ihrer Schwestern nach draußen schallen. Merkwürdigerweise lockte dieses erhabene Anwesen sie nicht, reinzugehen. Sie empfand es mehr wie ein Gefängnis, für das sie ihre Freiheit aufgegeben hatte. Melanie atmete schwer aus, drehte sich nach rechts um und trottete an das hintere Ende der Kutsche, um das dort angebundene Pferd loszubinden. Es handelte sich um ihren Hengst Nero. Er war ihr bester Freund und er freute sich, von seiner Besitzerin am Hals gekrault zu werden. Nero war das Einzige, das Melanie aus ihrem alten Leben in der Provinz behalten durfte. Sie hatte alles aufgeben müssen: ihre liebgewonnenen Kameraden vom Lande, ihren Bauernhof und nicht zu vergessen ihre Unbekümmertheit. Sie wurde hier an diesem Ort voll hoher Erwartungen und Regeln gefangen. Am liebsten wäre sie auf Neros Rücken gestiegen, um augenblicklich dem Ganzen zu entfliehen, doch ihr Pflichtgefühl gegenüber ihrer Familie hinderte sie daran. Ihre Familienmitglieder hatten sich mehrheitlich dafür entschieden, in ihr neues Leben zu ziehen. Melanie war die Einzige, die dagegen gestimmt hatte.

„Komm Nero, lass uns den Pferdestall suchen, du hast sicherlich Durst", flüsterte sie dem pechschwarzen Vollblut leise ins Ohr.

„Liebling, möchtest du das nicht von einem Diener erledigen lassen?", fragte der Baron seine jüngste Tochter und erinnerte sie daran, dass sie ab sofort eine Person aus der ersten Klasse der Gesellschaft war, die solch niedere Tätigkeiten nicht mehr selbst verrichtete.

„Nein, Papa. Ich muss wissen, wo Neros neue Box ist und ob er gut versorgt wird", entgegnete Melanie.

„In Ordnung. Jakob, bitte begleite deine Schwester", erteilte der pensionierte Offizier eine kurze, aber klare Anweisung an seinen Sohn, der daraufhin Folge leistete.

Es dauerte eine kurze Weile, bis Melanie und Jakob den Pferdestall gefunden hatten. Das Gelände war groß und der Stall lag etwas abseits vom Hauptgebäude, damit der Geruch der Tiere und derer Hinterlassenschaften die feinen Nasen der Obrigkeiten nicht störten. Er bot für mindestens zwanzig Pferde Platz, wobei im Augenblick dort nur vier untergebracht waren. Melanie suchte sich die schönste Box aus und führte Nero hinein. Jakob brachte einen Eimer voll Wasser und goss den Inhalt in die Pferdetränke. Das Pferd trank lange, bis es sich dem frischen Heu zuwandt und zufrieden darauf herumkaute.

„Es ist hier schon ganz anders als in unserem alten Zuhause in der Provinz", stellte Jakob fest. „Wir haben nun viel mehr Platz, Schwester."

„War unser altes Leben denn jemals so beengt, dass wir es verlassen mussten?", fragte Melanie traurig.

„Unsere Familie ist nun adelig. Vater hat vom Kaiser den Titel des Barons von Bouget verliehen bekommen, zusammen mit diesem Anwesen. Wir können uns glücklich schätzen, dass uns die Türen zu einem neuen und besseren Leben geöffnet wurden. Vielleicht siehst du es irgendwann auch ein, Schwesterherz", erklärte Jakob mit einem leichten Grinsen.

„Vielleicht", antwortete Melanie kurz. Doch sie wurde das Gefühl nicht los, an diesem Ort weniger Luft zum Atmen zu haben. Vermutlich hing es mit den Plänen ihrer Mutter zusammen. Melanie und ihre Schwestern Jane und Veronika waren im heiratsfähigen Alter, wobei Melanie erst in wenigen Monaten ihr 18. Lebensjahr vollendete und damit volljährig wurde. Ihre Mutter hatte den ehrgeizigen Plan gefasst sie drei vorteilhaft zu verheiraten, am besten in die vornehmsten Familien der Hauptstadt. Nach einer kurzen, aber intensiven Unterredung mit ihrer Mutter, überzeugte Melanie sie davon, zwei Jahre auf ihr Debüt zu warten. Ihr Hauptargument war, sie sei nicht reif genug, um sich einen Ehemann auszusuchen. Jane und Veronika, die jeweils zweiundzwanzig und zwanzig Jahre alt waren, sollten zuerst in die Gesellschaft eingeführt werden, ohne dass ihre kleine und wilde Schwester alles vermasselte. Die Baronin lenkte schnell ein, weil sie Melanies Meinung teilte. Wenn die Familie von Bouget von Beginn an ein tadelloses Auftreten in der High Society aufweisen wollte, dann musste die unverbesserliche Querulantin Melanie vorerst im Hintergrund bleiben. Jane und Veronika hingegen waren ausgesprochen manierlich und von erhabener Ausstrahlung, abgesehen von ihrer lautstarken Begeisterung für Luxus. Die jüngste Tochter hatte zwei Jahre Schonfrist bekommen und sie schickte ein kleines Gebet gen Himmel, dass diese Zeit reichen würde, um sich an das Gefühl der Gefangenschaft zu gewöhnen.

Natalie Mec

Kapitel 2   Die Nachbarn

2. Mai 1875

Die erste Nacht im neuen Zuhause war ausgesprochen erholsam. Zum ersten Mal in ihrem Leben hatte Melanie mit niemanden aus ihrer Familie den Schlafplatz geteilt. Sie hatte ein eigenes geräumiges Zimmer, mit einem bequemen Bett, einem Schreibtisch mit Stuhl, und sogar einem kleinen Sofa mit einem Couchtisch. Direkt daneben befand sich Melanies eigenes Bad mit Ankleidezimmer. Die Gemächer ihrer Geschwister waren gleichermaßen ausgestattet. Wobei das Schlafzimmer von Jane etwas größer war und beneidenswerterweise über einen Balkon verfügte. Zu ihrem Beschämen hatte Melanie sich einen Tag zuvor in dem großen Anwesen zwei Mal verlaufen. Auf ihrer unfreiwilligen Erkundungstour hatte sie eine gigantische Bibliothek im dritten Stockwerk entdeckt. Melanie hatte sich sofort auf die Atlas- und Geschichtsbücher gestürzt und verbrachte eine ganze Stunde damit, sie zu durchstöbern, bis eine Dienerin sie zum Abendessen gerufen hatte.

Nachdem Melanie mit ihrer Morgentoilette fertig war, flitzte sie die steinerne Haupttreppe runter in den Salon, in dem sich die gesamte Familie zum Frühstück versammelte. Sie betrat den Salon und die meisten Familienmitglieder saßen am Tisch, nur Veronika fehlte. Vermutlich verbrachte sie schon seit Stunden damit, ihre Haare zu frisieren. Sie war erst dann zufrieden, wenn ihr Kleid zu ihrem Aussehen passte, sonst würde sie ihr Zimmer nicht verlassen. Und Melanie hatte Recht. Fünf Minuten später kam Veronika herein und trug ein romantisches Kleid mit vielen Rüschen und rosa Blumen darauf. Ihr Haar hatte sie zu einem eleganten und voluminösen Zopf geflochten, der seitlich auf ihrer Schulter lag. Ihre weißen Schuhe mit Schleifen rundeten das unschuldige Sommeroutfit ab. Sie setzte sich direkt gegenüber von Jakob. Ihr Bruder betrachtete sie grinsend und sagte: „Die Überstunden vor dem Spiegel haben sich wirklich gelohnt. Du hast dich heute beim Herrichten selbst übertroffen. "

„Deine charmanten Kommentare zählen nur dann, wenn sie auch wirklich ernst gemeint sind", ermahnte Veronika ihn und ging davon aus, dass ihr kleiner Bruder sich nur über sie lustig machte.

„Ich könnte nicht aufrichtiger sein", dachte Jakob und sah leicht lächelnd zu ihr rüber.

„Ich sehe, wir sind vollzählig", stellte der Baron fest, „Dann können wir mit dem Essen beginnen." Mit einer Handbewegung gab er den Bediensteten zu verstehen, die heißen Getränke zu servieren. Melanie legte sich den leckeren Räucherlachs auf den Teller, da läutete es am Haupteingang. Alle anwesenden Personen schauten sich fragend an.

„Es ist doch erst halb zehn am Morgen. Wer kann das sein?", wunderte sich die Mutter. Wenige Sekunden später kam der Butler in den Salon und verkündete: „Madame, die Baronin von Semur und ihre Tochter sind soeben eingetroffen."

„Die Baronin von Semur? Wer soll das sein, Mama?", fragte Jane. Doch ihre Mutter war genauso ratlos wie sie.

„Die Baronin von Semur besitzt das Land, dass sich an das Eure grenzt, Monsieur von Bouget. Das Semur-Anwesen liegt zehn Kilometer von hier entfernt", erklärte der Butler.

„Ah, dann sind sie unsere Nachbarn. Führen Sie bitte die beiden Damen herum. Wenn Sie möchten, dann können Sie uns beim Frühstück Gesellschaft leisten", ordnete der Herr des Hauses an.

Die gesamte Familie erhob sich zur Begrüßung von ihren

Stühlen und die Baronin von Semur und ihre Tochter betraten den Salon. Bei den Gästen handelte es sich um eine betagte Dame, die versuchte ihr hohes Alter mit Make-up und einer bordeauxroten Perücke zu verstecken. Dazu trug sie ein schwarzes Spitzenkleid. Die Frau neben ihr war ihre Tochter Monika und Melanie schätzte sie auf vierzig Jahre. Sie war recht mollig und trug ein eher unvorteilhaft sitzendes Kleid, das ihren runden Bauch betonte.

„Madame von Semur, es ist mir eine Freude, Sie kennenzulernen", begrüßte Thomas von Bouget die beiden Neuankömmlinge. „Darf ich Ihnen als Erstes meine Frau, Johanna von Bouget, vorstellen und unsere Kinder: Jane die älteste Tochter, dann Veronika unser zweites Kind, Melanie die jüngste Tochter und unser Sohn Jakob, der Jüngste im Quartett."

„Die Freude ist ganz meinerseits, Monsieur von Bouget", entgegnete die alte Dame mit einer rauchigen Stimme. „Mich begleitet meine Tochter Monika von Semur."

„Bitte, setzen Sie sich doch und speisen Sie mit uns. Wir wollten soeben anfangen", bat Johanna von Bouget und bedeutete Melanie und Jakob mit einer Handbewegung, den beiden Damen ihre Sitzplätze zu überlassen. Die zwei Geschwister standen auf und nahmen stattdessen am anderen Ende des Tisches Platz.

„Ihrer Einladung kommen wir nur zu gern nach", antwortete Monika von Semur mit einem breiten Lächeln. Sie und ihre Mutter setzten sich an den Tisch und ein Diener schenkte ihnen Tee ein.

„Als ich gehört habe, dass Sie und ihre Familie endlich hier eingetroffen sind, musste ich Sie sofort kennenlernen, noch bevor es jemand anderes tut, Monsieur von Bouget. Deswegen entschuldigen Sie bitte unseren Überfall am frühen Morgen", erläuterte Madame von Semur.

„Ganz im Gegenteil, ich bin sehr erfreut darüber, so schnell neue Bekanntschaften zu schließen", schmeichelte Johanna der alten Dame und kam damit der Antwort ihres Mannes zuvor.

„Sie müssen wissen, Madame von Bouget, dass dieses Anwesen früher meiner besten Freundin der Madame Letizia von Périgord gehörte, bis sie letzten Winter verstarb. Ich bin sehr glücklich darüber, dass dieses prächtige Haus nicht lange ohne eine neue Herrschaft stehen musste und Sie nun bereits im Frühjahr hierhergezogen sind. Und ich muss gestehen, dass ich ganz entzückt darüber bin, dass so reizende junge Damen das Anwesen bewohnen und natürlich ein so hübscher junger Mann. Werden Sie Ihre Kinder zu Beginn dieses Sommers in die Gesellschaft einführen?", erkundigte sich Madame von Semur neugierig.

„Jane und Veronika haben bereits in einer Woche ihren Debütantinnenball, wir sind deswegen schon ganz aufgeregt. Melanie und Jakob werden in zwei Jahren folgen", erklärte die Mutter.

„Oh wie schön, der Debütantinnenball!", Monika von Semur war ganz aus dem Häuschen. „Ich erinnere mich an mein Debüt, als wäre es erst gestern gewesen. Der große Ballsaal im Frühlingspalast, die herausgeputzten jungen Damen und vor allem die hübschen Kavaliere. Ich habe den ganzen Abend und die ganze Nacht getanzt, die Füße taten mir am nächsten Morgen immer noch weh, aber es hat sich gelohnt. Gleich die Tage darauf kamen die jungen, strahlenden Burschen zu uns nach Hause, um mir den Hof zu machen", prahlte Monika lachend.

Melanie fiel sofort auf, dass Madame von Semur weiterhin ihren Mädchennamen trug und damit unverheiratet war. Sie gewann aus dieser Erkenntnis, dass Monikas Suche nach einem Ehemann erfolglos verlaufen war. Sie entschied sich jedoch, diesbezüglich nichts zu sagen, und hörte lieber weiter zu.

„Wenn Sie schöne Kleider für ihre Töchter schneidern lassen möchten, dann empfehle ich Ihnen den Kleiderladen Sior. Stefano Aranie ist ein begnadeter Designer und Schneider. Keiner fertigt glamourösere Kleider an als er", beteuerte Monika von

Semur, woraufhin ihre Mutter zustimmend nickte.

„Ich danke für die Empfehlung. Wir werden uns den Kleiderladen Sior auf jeden Fall anschauen", versicherte Madame von Bouget. Sie zweifelte aber daran, dass es den Kleidergeschmack ihrer Töchter treffen würde, dafür waren sie zu wählerisch.

„Und wenn Jane und Veronika Tipps bezüglich der wohlhabenden Kavaliere benötigen, dann brauchen sie mich nur zu fragen. Und ich verraten ihnen alles, was ich über die Männer weiß", sagte die Baronin von Semur mit einem Augenzwinkern.

„Das ist überaus freundlich, Madame. Meine Schwester und ich werden sicherlich in Zukunft auf ihr Angebot zurückkommen", bedankte sich Jane und meinte es auch so.

„Sie müssen wissen, dass der gute Ruf einer jungen Frau in den feinen Kreisen ganz besonders wichtig ist. Natürlich damit man in der Gesellschaft anerkannt und respektiert wird, aber vor allem, um als ehrbare Frau zu gelten", erklärte Madame von Semur dem Baron von Bouget und seiner Ehefrau. „Daher ist es von höchster Dringlichkeit, dass Sie bei ihren Töchtern einen ausgezeichneten Ruf aufbauen und diesen auch halten. Dann ist ihnen eine gute Partie für die Heirat gewiss."

„Wir werden Ihren Rat beherzigen, Madame von Semur", sagte Melanies Mutter dankend und lächelte.

Beim Frühstück unterhielten sich die Erwachsenen über die Herkunft der Familie Bouget und wie sie es geschafft hatte, vom Kaiser persönlich zum Adel erhoben zu werden. Der Vater berichtete über seine Verdienste in der Armee. Er erreichte den hohen Rang eines Oberstleutlands. In seiner militärischen Karriere befehligte er ein ganzes Kavallerie-Bataillon. Es waren alles Geschichten, die Melanie auswendig kannte. Sie beteiligte sich nicht an der Unterhaltung, wie ihre übrigen Geschwister, sondern hörte nur aufmerksam zu. Sie hatte das Gefühl, dass Madame von Semur und ihre Tochter Monika offen und ehrlich mit ihrer Familie umgingen, und ihren Vater für seine Erfolge bewunderten. Melanie fragte sich, ob alle Menschen des adligen

Stands so herzlich waren oder ob ihre Nachbarn eine Ausnahme bildeten.

„Wie die Zeit rennt. Wir müssen langsam wieder aufbrechen. Ich möchte mich für ihren überaus freundlichen Empfang bedanken, Monsieur von Bouget. Ich würde mich sehr gerne mit einem Mittagessen auf meinem Anwesen dafür revanchieren. Sie und ihre Familie sind herzlich eingeladen", sagte Madame von Semur und erhob sich von ihrem Platz.

„Sehr gerne. An welchen Tag hatten Sie dabei gedacht?", fragte Melanies Mutter und ließ ihren Mann wieder mal nicht zu Wort kommen.

„Wie passt es Ihnen am kommenden Montag? Dann können Sie und ihre ältesten Töchter von ihrem ersten Ball berichten", fragte Madame von Semur.

„Montag passt uns ganz hervorragend. Wir werden gerne kommen", entgegnete Johanna.

„Großartig! Dann kann Jakob mit meinem Sohn Sebastian Bekanntschaft machen. Sebastian ist fünfzehn Jahre alt und damit nur ein Jahr jünger als Jakob. Sie werden sich sicherlich gut verstehen!", fügte Monika voller Vorfreude hinzu.

„Bestimmt", schloss sich Jakob ihrer Meinung an.

Nachdem die Gäste gegangen waren, verstreuten sich die Familienmitglieder in dem großen Anwesen, um ihren Tätigkeiten nachzugehen. Die Baronin und ihre beiden ältesten Töchter zogen ihre vornehmsten Kleider an und fuhren für einen Einkaufsbummel in die Hauptstadt, um neue Outfits für den Ball zu besorgen. Der Baron hingegen unternahm einen Reitausflug, um einen Überblick über seine Ländereien zu bekommen. Die beiden jüngsten Geschwister entschieden sich, ihren Vater zu begleiten. Zum Reiten hatte sich Melanie extra Kleidung für Männer und einen normalen Pferdesattel gekauft. Den Damensattel hatte sie im Alter von zehn Jahren in eine Ecke verbannt. Es war eine Wohltat für ihre Seele wieder auf Neros Rücken zu sitzen und die Ländereien zu erkunden. Melanie liebte es, die frische Luft einzuatmen. Das Gefühl, wie der Wind ihre Haut streichelte und mit ihren langen Locken spielte. Den weiten Himmel zu betrachten und keine Grenzen zu kennen. Nach einer Weile kamen die drei Reiter an einem ovalen See an. Das Wasser darin war tiefblau. Es führte ein breiter Weg drum herum und Melanie hatte sofort eine brennende Idee.

„Lass uns um die Wette reiten, Jakob. Wer als Erster den See umrundet, hat gewonnen", schlug sie ihrem Bruder vor.

„Was bekommt der Sieger?", Jakob wollte zuerst wissen.

„Den Nachtisch des jeweils anderen für einen Monat", schlug seine Schwester vor.

„Einverstanden!", sagte Jakob lachend.

Er und Melanie gingen nebeneinander in Position und warteten gespannt auf das Handzeichen ihres Vaters für den Start. Thomas von Bouget betrachtete seine beiden jüngsten Kinder und lächelte. Er hatte sie gleichermaßen erzogen und ihnen das Reiten und Fechten beigebracht. Langsam wurden sie erwachsen und so kämpferisch. Er ließ seinen rechten Arm ruckartig sinken und rief: „Los!"

Die beiden Kontrahenten gaben ihren Pferden die Sporen und sausten davon. Gleich zu Beginn hatte Melanie einen kleinen Vorsprung, den sie in jeder Kurve ausweitete, indem sie versuchte stets auf der Innenseite des Weges zu reiten und das Gewicht Richtung See zu verlagern. Zu ihrem Erfolgsgeheimnis gehört aber zweifellos Nero. Der schwarze Hengst war sieben Jahre alt und in seiner Stärke voll aufgeblüht. Melanie war häufig mit ihm im schnellen Galopp geritten, deswegen teilte der englische Vollbluthengst seine Kraft genau auf, um es bis zum Ziel zu schaffen. Zudem bereitete es Nero Freude, seine Energie loszuwerden, und er wollte gewinnen. Nach der letzten Kurve gaben die zwei Gegner Vollgas. Beide Pferde schnauften, ihre Muskeln waren bis zum Äußersten gespannt, aber keiner gab auf. Zum Schluss passierte Melanie die Stelle, an der ihr Vater auf sie wartete, mit großem Abstand als Erste und war damit die Siegerin.

„War das eigentlich fair? Du und Nero, ihr seid ein eingespieltes Team. Mein Pferd kenne ich erst seit heute", beklagte sich Jakob über seine Niederlage.

„Begehre niemals den Nachtisch deines Nächsten. Merke dir diesen Satz in den kommenden Monat!", neckte Melanie ihren jüngeren Bruder.

Die zwei lachten daraufhin laut und ritten langsam zu ihrem Vater zurück. Sie nahmen keine Notiz davon, dass sie beobachtet wurden.

Ein gutaussehender Mann auf einem Pferd stand weiter abseits auf einem Hügel unter einer dicken Eiche und hatte sich das Schauspiel in Ruhe angeschaut. Es handelte sich um einen weiteren Nachbarn, dessen Landstück südlich an das Land der Familie von Bouget angrenzte. Er war ein Herzog und von der Vorstellung der rothaarigen Schönheit angetan, die soeben das Rennen für sich entschieden hatte. Die junge Frau hatte zweifelsohne sein Interesse geweckt und er nahm sich vor, sie in naher Zukunft persönlich kennenzulernen.

Natalie Mec

Kapitel 3   Der Beginn

7. Mai 1875

Der große Tag für Jane und Veronika war endlich gekommen. Heute betraten sie zum ersten Mal die Bühne der feinen Gesellschaft der Hauptstadt. Die Empfehlung der Madame von Semur bezüglich des Kleiderladens Sior hatte sich entgegen erster Erwartungen als ein Volltreffer erwiesen, denn die drei Damen kamen mit einer Unmenge an Einkaufstüten nach Hause, die von den Dienern hineingetragen wurden. Melanie bestaunte die vielen Tüten und bat ihre Schwestern, ihre Beute zu präsentieren. Jane und Veronika kamen dieser Aufforderung nur zu gerne nach. Im großen gemeinschaftlichen Salon breiteten sie ihre Kleider aus, reihten die Schuhe nebeneinander auf und legten den Schmuck vorsichtig auf die lange Fensterbank. Die großgewachsene blonde Jane hatte sich für ein bodenlanges, Silber glitzerndes Kleid in A-Linie entschieden, mit breiten Trägern und einem großzügigen V-Ausschnitt. Damit kam ihr wohlgeformter Busen gut zur Geltung. Dazu hatte sie schlichte silberne Schuhe mit hohem Absatz ausgewählt. Jane hatte vor, keinen Halsschmuck zu diesem Outfit zu tragen, aber dafür große Diamantenohrringe und ein kleines Diadem. Die langen glatten Haare würde sie bis zur Taille offen fallen lassen und nur vorne hochstecken. Wahrhaftig, Jane würde am Ende einem Stern gleichen. Veronikas Wahl fiel auf ein cremeweißes Kleid, das ebenfalls in A-Linie geschnitten war und bis zum Boden reichte. Es hatte einen U-Boot-Ausschnitt, aber keine Ärmel. Die hohen cremeweißen Schuhe hatten vorne kleine Schleifchen. Veronika vollendete ihr Outfit mit ausgefallenem Haarschmuck aus echten weißen Rosen, die in ihre Frisur eingeflochten werden sollten, ansonsten würde sie keinen weiteren Schmuck an diesem Abend tragen. Denn allein Veronikas kleiner brauner Leberfleck auf ihrer rechten Wange direkt unter dem Auge war Verzierung genug und verlieh ihr eine verführerische Ausstrahlung.

„Was habe ich für ein Glück so hinreißende Schwestern zu haben", stellte Melanie fest. „Ihr werdet euch mit Sicherheit kaum vor Verehrern retten können."

„Amen Schwester!", kommentierte Jane.

„Hoffentlich werden wir auch wirklich die Aufmerksamkeit der feinen Herren erregen. Denn ich habe das ungute Gefühl, dass der Heiratsmarkt hart umkämpft sein wird", äußerte Veronika ihre Bedenken.

„Wie kommst du darauf?", fragte Melanie verwundert.

„Nun, als wir vorhin mit Mutter einkaufen waren, habe ich andere junge Frauen gesehen, die sich für den Ball ausstatteten. Und ich muss gestehen, dass sie allesamt ausgesprochen hübsch und vor allem manierlich waren. Es ist offensichtlich, dass sie seit ihrer Geburt auf die Rolle einer edlen Dame vorbereitet wurden und sich sehr erhaben benehmen. Es wird schwer sein, in dieser Menge herauszustehen", erläuterte Veronika ihre Beobachtung.

„Da gebe ich dir Recht. Wir müssen klug und geschickt vorgehen, wenn wir eine gute Partie machen wollen", ergänzte Jane Veronikas Überlegungen.

„Und wie wollt ihr das anstellen?", hackte Melanie interessiert nach.

„Genau das ist noch unklar", gab Jane offen zu. „Ich verschaffe mir zuerst einen Überblick und überlege dann, wie wir am besten vorgehen. Geschickte Taktik ist gefragt. Und wir dürfen uns keine Fehler erlauben, wie skandalöses Verhalten, das würde sonst unseren Ruf ruinieren."

„Keine Sorge, Jane. Ich bleibe zu Hause eingesperrt und werde nicht die Möglichkeit haben, dich oder Veronika in Verlegenheit zu bringen", beruhigte Melanie sie und legte sich dabei lässig aufs Sofa.

Jane warf ihr einen seitlichen Blick zu und lächelte wissentlich. Ja, sie kannte das lebhafte Temperament ihrer jüngsten Schwester und genau diese Tatsache bereitete ihr am meisten Kummer. Melanie war zwar schlau und belesen, aber auch wild und zügellos. Würde man sie jetzt mit ihren siebzehn Jahren auf die feine Gesellschaft loslassen, dann würde sie aller Wahrscheinlichkeit nach jeden Ball sprengen. Nein, es war definitiv besser, dass Melanie erst mit zwanzig Jahren ihr Debüt feierte, in der Hoffnung, dass sie bis dahin an Reife gewinnen würde.

Am frühen Abend kleideten sich Jane, Veronika, ihre Mutter und ihr Vater für den Ball. Alle vier waren äußerst nervös. Sie liefen aufgeregt durch die Gegend und jeder von ihnen hatte die Befürchtung, irgendetwas zu vergessen, sei es die Handtasche oder die Taschenuhr. Nach einer Stunde Vorbereitung war es endlich so weit und sie versammelten sich abfahrbereit im Foyer. Die Baronin von Bouget überprüfte die Kleider ihrer Töchter und begutachtete deren Frisuren. Dann widmete sie sich ihrem Gatten und strich ihm ein paar Falten an den Ärmeln glatt. Sobald alles zu Johannas vollster Zufriedenheit war, erteilte sie ihm und ihren ältesten Töchtern das Kommando, nach draußen rauszugehen zu dürfen. Jakob half galant Jane und Veronika, in die Kutsche einzusteigen, und wünschte den beiden viel Glück. Er und Melanie blieben lange draußen an der frischen Abendluft am Haupteingang stehen, während die Kutsche langsam davonfuhr. Unverhofft ergriff Jakob Melanies Hand und raunte ihr zu: „Komm mit, ich habe etwas für dich."

Sie sah ihren Bruder verwundert an. Er war schon immer für einen Spaß zu haben, vermutlich hatte er sich wieder Mal etwas Lustiges überlegt. Jakob führte seine Schwester kichernd auf sein Zimmer und schloss schnell die Tür hinter sich zu.

„Na los, erzähl schon, du Geheimniskrämer. Was hast du für mich?", forderte Melanie ihren Bruder auf, endlich konkreter zu werden.

„Vater und ich waren vorgestern in der Hauptstadt, um ein paar Dinge zu erledigen und um neue Festkleidung zu kaufen. Dabei ist mir dieser Flyer in die Hände gefallen", berichtete Jakob und holte einen sorgfältig gefalteten Zettel hervor. Melanie nahm das Papierstück entgegen und faltete es auseinander. Sie las den Inhalt durch und ihre Augen wurden immer größer. Es handelte sich um ein Informationsblatt über das kaiserliche Pferderennen, das in zwei Tagen stattfinden sollte. Für Melanie stand fest, dass sie auf jeden Fall hingehen würde. Jakob flitzte zu seinem Kleiderschrank, holte eine längliche Kiste hervor und legte sie auf sein Bett.

„Was glaubst du, was sich dadrin befindet?", fragte er mit einem verschmitzten Lächeln.

„Ähm, neue Kleidung vielleicht", lautete Melanies erster Rateversuch.

„Nicht schlecht. Ich habe mich über dieses Pferderennen ausführlich informiert. Die Teilnehmerzahl ist auf zehn Personen begrenzt und es dürfen sich dort nur Mitglieder des Adels anmelden, aber ansonsten kann da jeder mitmachen, der den Mut dazu hat", erzählte Jakob aufgeregt.

„Lass mich raten, du hast dich bei diesem Rennen angemeldet", schlussfolgerte sie grinsend.

„Nicht mich, nein, sondern dich", antwortete der Bruder zaghaft.

Melanie benötigte einen Moment, um zu begreifen, was ihr da soeben offenbart wurde und fragte dann aufgebracht: „Wie bitte?! Du hast MICH bei diesem Rennen angemeldet?!"

Jakob hob beschwichtigend seine Hände hoch und fuhr mit seiner Erklärung fort: „Höre mir bitte zu. Du bist die beste Reiterin, die ich kenne. Und bei unserem letzten Wettrennen hast du mich haushoch geschlagen. Du hast jetzt die Chance, dich mit anderen Reitern zu messen."

„Jakob, wir beide reiten immer nur zum Spaß, dieses Rennen ist aber Ernst. Da machen sicherlich keine blutigen Anfänger mit, sondern Profis!", sagte Melanie aufgebracht.

„Ganz genau. Erfahrene Reiter treten gegeneinander an. Willst du dich nicht verbessern, Schwester? Das schaffst du nur, wenn du die Herausforderungen steigerst. Papa und ich, wir sind für dich keine Gegner mehr, du galoppierst uns davon wie der Wind. Aber hier bietet sich dir eine Gelegenheit an, zu erfahren, ob du das Zeug zum Champion hast", erklärte Jakob.

Sie schaute ihren Bruder lange und intensiv an und fragte dann: „Tust du das nur, weil du bei unserem letzten Rennen verloren hast und mir damit eins auswischen möchtest?"

Woraufhin Jakob heftig mit dem Kopf schüttelte und Melanie versicherte: „Nein, ganz im Gegenteil. Ich bin mir sicher, dass du das Rennen gewinnen kannst, deswegen habe ich dich auf die Teilnehmerliste setzen lassen. Du kannst dich natürlich weigern und deine Teilnahme wieder zurücknehmen."

Wieder zurücknehmen? Nein, das war völlig unmöglich, denn Melanie war schon längst Feuer und Flamme für dieses Rennen. Sie würde antreten. Das einzige und größte Problem, das blieb, war: Wie würde sie auf die Rennbahn gelangen, ohne dass ihre Eltern oder ihre Schwestern davon erfuhren?

BLITZ UND DONNER

Natalie Mec

Kapitel 4   Die Ernüchterung

8. Mai 1875

Schweigsam saß die Familie von Bouget am Frühstückstisch, während man das Geschirr klimpern hörte. Es roch nach frischgebackenen Brötchen und Pfefferminztee. Mutter seufzte zwischendurch leise. Zum zehnten Mal schmierte sie ihr Brot mit Butter. Sie war mit ihren Gedanken ganz wo anders. Vater las seine Zeitung und sprach nicht über die Nachrichten, wie üblich. Jane kaute seit einer halben Stunde an einem Stück Gurke herum und aß praktisch gar nichts. Und Veronika verschlang ihr drittes Brötchen mit Marmelade, als wäre sie am Verhungern. Melanie und Jakob sahen sich verwundert an. Offenbar war der gestrige Abend alles andere als gut verlaufen, denn bis jetzt hatte keiner von Ihnen ein Wort darüber verloren. Nicht unbedingt die besten Voraussetzungen, um die verstimmte Menge für ein Pferderennen zu begeistern. Nach kurzem Zögern fasste Melanie den Mut, eine Frage in den Raum zu werfen: „Jane, welchen Überblick konntest du dir gestern verschaffen?"

„Einen überaus ernüchternden", antwortete die älteste Schwester sachlich und kurz. Sie schaute deprimiert in die Leere und hörte mit dem Essen auf.

„Das heißt, was genau?", fragte Melanie nach.

„Der große Ballsaal im Frühlingspalast ist überaus prächtig und vor allem riesig. Es waren mehr als tausend Menschen anwesend", berichtete Jane und fuhr weiter fort, „Praktisch jede junge Dame war elegant gekleidet und perfekt gestylt. Die

Hälfte der Gäste waren Männer, aber um deren Aufmerksamkeit zu erregen, war eine hervorragende Abstammung aus einflussreichen Familien von Nöten und man selbst von ausgesprochener Attraktivität. Ansonsten wurde man gar nicht beachtet, geschweige denn zum Tanzen aufgefordert."

„Ja, und wir sind die Neuen, die gar nichts davon vorweisen. Unsere Familie ist weder einflussreich noch schön. Wir sind für sie Abschaum", sagte Veronika resigniert und legte geräuschvoll ihr Frühstücksmesser auf dem Teller ab.

„Veronika bitte. Sei nicht so hart zu dir selbst", bat der Vater seine Tochter und schaute dabei nicht von seiner Zeitung hoch.

„Es stimmt doch, Papa. Kein einziger Kavalier hat mit uns gesprochen, obwohl wir doch nicht hässlich sind. Oder? Kein Einziger!", stellte Veronika klar und hatte fast Tränen in den Augen.

Bedrückendes Schweigen erfüllte den Salon. Melanie hatte großes Mitgefühl mit ihren Schwestern. Beide hatten sich so auf diesen Abend gefreut und sich mühsam darauf vorbereitet. Alles vergebens.

„Die reichen Burschen waren wohl sehr wählerisch oder blind", dachte sich Melanie.

Dieses Mal war es Jakob, der die Stille auflöste: „Wie wäre es mit einer anderen Veranstaltung? Morgen ist das kaiserliche Pferderennen. Wir könnten es alle gemeinsam besuchen."

„Wozu? Da wird keiner mit uns reden", lehnte Veronika den Vorschlag genervt ab.

„Na ja, schlimmer als gestern wird es sicherlich nicht werden", lautete Jakobs schlagfertige Antwort, woraufhin Veronika endgültig die Beherrschung verlor, und anfing zu weinen. Melanie verdrehte die Augen. Die Konversation verlief komplett in die falsche Richtung.

„Ist schon gut Jakob. Ich denke, wir brauchen erst mal eine Erholungspause von dem misslungenen Debütantinnenball. Wir bleiben besser Zuhause", sagte Mutter leise und wirkte niedergeschlagen.

„Nein, wir gehen hin", mischte sich der Vater in die Unterhaltung ein.

„Wie bitte? Thomas, was sollen wir bei einer Sportveranstaltung?", fragte seine Ehefrau irritiert.

„Jakob hat Recht. Wir brauchen einen Strategiewechsel. Wir gehen zu diesem Pferderennen und das ist mein letztes Wort", sagte Monsieur von Bouget, stand auf und marschierte aus dem Salon.

Alle Anwesenden sahen ihm hinterher, sogar Veronika hörte mit dem Weinen auf. Jakob und Melanie schauten sich grinsend an und waren zufrieden. Jane und ihre Mutter hingegen widmeten sich kopfschüttelnd wieder ihrem Frühstück.

„Pferde", sagte Veronika abwertend, „vermutlich interessiert sich jeder feine Herr für sie, aber keiner für Jane und mich! Und wahrscheinlich wird bei diesem Rennen die Crème de la Crème des Hochadels dabei sein und diese Biester bejubeln."

„Keine Sorge, dieses Mal werde ich dabei sein und nur dich bejubeln", sagte Jakob scherzhaft, woraufhin Veronika ihm einen finsteren Blick zuwarf, aber auch leicht lächelte.

BLITZ UND DONNER

Natalie Mec

Kapitel 5   Das Rennen

9. Mai 1875

Thomas von Bouget klopfte vorsichtig an Melanies Tür, bevor er eintrat. Seine jüngste Tochter war heute Morgen nicht zum Frühstück erschienen, mit der Begründung sie sei krank, weshalb er zu ihr aufs Zimmer kam, um nach ihrem Befinden zu schauen. Die Vorhänge waren zu und Melanie lag in ihren Schlafsachen im Bett. Thomas näherte sich langsam dem Fenster und öffnete es. Man hörte sofort den fröhlichen Vogelgesang und die strahlende Sonne schien zwischen den Vorhängen durch einen Spalt hindurch. Eine frische Brise wehte herein und kündigte ein ausgezeichnetes Wetter für diesen Sonntag an.
 „Wie fühlst du dich, mein Engel?", fragte der Vater liebevoll und legte seine Hand auf Melanies Stirn, um zu sehen, ob sie Fieber hatte.
 „Schlapp, Papa. Ich habe gestern Abend etwas Verkehrtes gegessen, mein Magen rumort die ganze Zeit und ich laufe ständig ins Badezimmer", erzählte Melanie mit einer leisen Stimme.
 „Dann ist es besser, wenn du dich heute im Bett erholst. Soll ich lieber bei dir bleiben oder einen Arzt rufen?", fragte der Baron besorgt.
 „Nein, nein. Geh nur mit den anderen zum Pferderennen. Du kannst Jakob mit den Frauen nicht alleine lassen", antwortete Melanie und lächelte gequält.
 Ihr Vater überlegte eine kurze Weile und sagte: „In Ordnung. Schade, dass du nicht mitkommst. Aus unserer Familie hättest

du dich am meisten über das Rennen gefreut."

„Es ist nicht so schlimm. Nächstes Jahr bin ich auf jeden Fall dabei", beschwichtigte Melanie.

Wenig später erschien Jakob an der Tür. Er hatte seine dunkelblonden und welligen Haare nach hinten gekämmt und trug ein weißes Hemd mit einer dunkelgrauen Weste mit Nadelstreifen und die dazu passenden Stoffhosen. Er lehnte sich lässig an den Türrahmen und meinte: „Papa, wir wollen los, die Kutsche steht bereit und die anderen warten."

Monsieur von Bouget gab seiner Tochter einen Kuss auf die Stirn, bevor er sich erhob und das Zimmer verließ.

„Bis später, Schwesterherz", verabschiedete sich Jakob und zwinkerte ihr zu.

Melanie winkte ihm wortlos zurück. Sie vernahm unten im Foyer die Stimmen ihrer Familienmitglieder. Veronika jammerte rum, dass es reinste Zeitverschwendung sei, zu diesem Pferderennen zu fahren. Jane klang ebenfalls nicht sonderlich erfreut, aber sie besaß wenigstens mehr Geduld und Würde. Wenig später war es im Haus wieder leise und Melanie hörte, wie draußen die Kutsche über den Kiesweg wegfuhr. Sie blieb noch einen kurzen Augenblick liegen und sprang dann wie von der Tarantel gestochen aus dem Bett auf und lief in das Zimmer ihres Bruders nebenan. Sie marschierte direkt zum Kleiderschrank und holte schnell die längliche Kiste heraus, die Jakob ihr vor zwei Tagen gezeigt hatte. Melanie verharrte, als sie Stimmen hinter der Tür hörte. Ein paar Dienstmädchen unterhielten sich und schlenderten in die Küche. Sie atmete tief durch. Noch mal gut gegangen, sie blieb unentdeckt. Sie öffnete langsam die Kiste und erblickte nagelneue, professionelle Reitkleidung für Männer in ihrer Größe, inklusive Reithelm, Stiefeln und einer kurzen Peitsche. Jakob hatte beim Kauf definitiv an alles gedacht. Melanie überlegte nicht lange. Mit einem Schwung zog sie ihr Nachthemd aus und die Kleidung an. Nachdem sie in die Stiefel geschlüpft war, stellte sie sich vor den mannshohen Spiegel, der in der Ecke des Zimmers stand, und betrachtete sich darin. Melanie bemerkte, dass obwohl sie Männerkleidung trug, ihre weibliche Figur sie sofort verriet. Dafür war die Reitkleidung zu eng anliegend. Aber das kümmerte sie wenig, denn sie hatte nicht die Absicht sich als Mann auszugeben, sondern es ging allein darum, die richtige Ausrüstung zu tragen, wenn sie sich dem Wettkampf stellte. Trotzdem hatte sie Bedenken. Denn nie zuvor hatte es eine Frau gewagt, beim kaiserlichen Rennen teilzunehmen. Es war stets eine Männerdomäne geblieben. Bis jetzt. Melanie band ihre Haare zusammen und steckte sie hoch unter den Reithelm, damit ihre Sicht während des Rennens durch nichts gestört wurde. Dann holte sie eine Jacke aus Jakobs Kleiderschrank, zog sie rüber und betrachtete sich im Spiegel. Ja, so könnte es klappen. Melanies Kurven wurden nun durch das zu große Kleidungsstück kaschiert. Sie nahm die kurze Peitsche, stellte sich breitbeinig hin und stemmte die Hände in die Hüfte. Mit ausgestreckter Brust und erhobenen Hauptes stand sie einige Minuten da und sagte dann zu sich selbst: „Das ist meine Chance zu erfahren, ob ich zu den besten Reitern gehöre. Ich nutze sie und ich werde gewinnen."

Mit diesen Worten schlich sie zur Tür, öffnete sie vorsichtig und spähte hinaus. Keiner war da und nichts zu hören. Melanie nahm all ihren Mut zusammen und sputete den Flur entlang, dann die Haupttreppe runter und raus durch den Haupteingang in Richtung der Stallungen. Es grenzte fast an ein Wunder, dass sie in diesem Moment keinem Diener oder Hausmädchen begegnete. Vermutlich hatten sie sich jetzt alle in der großen Küche versammelt, um etwas Ruhe zu genießen, solange die Herrschaften aus dem Haus waren. Melanie erreichte den Pferdestall und eilte zu Neros Box. Ihr tiefschwarzer Hengst hatte ein schimmerndes Fell und jeder seiner Muskeln zeichnete sich unter der Haut ab.

„Hallo, mein Freund. Ich bin ziemlich aufgeregt. Denn heute ist unser großer Tag. Wir werden gemeinsam ein Rennen bestreiten", redete Melanie mit einer sanften Stimme und streichelte dabei Neros Hals. Er schien sie verstanden zu haben und nickte leicht mit seinem Kopf. Sie holte den Pferdesattel und schnallte ihn auf seinen Rücken. Überprüfte dann die optimale Länge der Steigbügel, legte das Zaumzeug an und putzte seine Hufen, damit ihn keine Steine beim Rennen störten. Nach einer halben Stunde war sie fertig und die Zeit drängte, bald würde der Startschuss ertönen. Sie führte Nero aus dem Stall und schwang sich auf seinen Rücken. Melanie und Jakob waren am Tag zuvor den Weg dorthin zusammen geritten, um zu erkunden, wo die Veranstaltung stattfand. Deshalb kannte sie die Strecke und hatte keine Bedenken, nicht rechtzeitig anzukommen.

Als sie am Ort des Geschehens eintraf, war Melanie von der schieren Masse an Besuchern überwältigt. Es waren mit Sicherheit achtzig tausend, vermutlich sogar über hunderttausend Menschen aus allen Gesellschaftsschichten vertreten. Die Leute waren ausnahmslos vornehm gekleidet und feierten feuchtfröhlich mit reichlich Alkohol. Es herrschte eine ausgelassene Stimmung wie auf einem Volksfest nur sehr viel luxuriöser. Der köstliche Duft von heißen Waffeln lag in der Luft und weckte bei Melanie den Appetit. Alle paar hundert Meter stand eine Band und spielte lebhafte Musik. Die Menschen lachten, sangen, lagen sich in den Armen und schunkelten. Melanie hatte bis zu diesem Zeitpunkt gar nicht vermutet, dass das kaiserliche Pferderennen in Wahrheit eine exclusive Partnerbörse war.

Die Damen, egal ob jung oder alt, hatten an diesem sonnigen Tag ihre extravagantesten Cocktailkleider angezogen und trugen die ausgefallensten Kopfbedeckungen. Manche Hüte beziehungsweise Fascinator wirkten schon fast bizarr. Eine junge Frau, die sich ganz in schwarz gekleidet hatte, trug einen Hut, der wie eine Krähe aussah. Melanie hoffte inständig, dass es sich nicht um einen echten toten Vogel handelte. Die Frauen benahmen sich unfassbar freizügig und kokettierten mit den anderen Herren in feinen Anzügen und Fracks als gäbe es kein

Morgen. Manche Singles hatten heute Glück und schlossen vielversprechende Bekanntschaften. Andere wiederum suchten nur ein aufregendes Abenteuer für die Nacht. Und nur in seltensten Fällen entwickelte sich aus der unverbindlichen Liebelei eine ernste Beziehung. Aber das hinderte die Feiernden nicht daran, ihren Spaß zu haben. Melanie war in dem Moment froh, auf einem Pferd zu sitzen und die Lage etwas überblicken zu können. Sie entdeckte das Zelt für die Rennteilnehmer und begab sich dorthin. Ein dicker Herr in einem dunkelgrauen Frack mit Zylinder stand vor dem Eingang und gab ihr durch ein Handzeichen zu verstehen, hier anzuhalten.

„Sind sie einer der Teilnehmer?", fragte der fremde Mann mit lauter Stimme.

„Jawohl, Monsieur!", verkündete Melanie und versuchte, dabei tiefer zu klingen. Sie konnte es selber kaum glauben, bei diesem Zirkus eine der Hauptrollen zu spielen.

„Ich bin der Zeremonienmeister. Unter welchem Familiennamen finde ich Sie auf der Teilnehmerliste?", erkundigte er sich bei ihr und schaute dabei auf den langen Zettel in seiner rechten Hand.

„Bouget!", antwortete Melanie stolz.

„Ah ja, da habe ich Sie, Monsieur von Bouget. Sie starten vom Platz mit der Nummer fünf. Ich wünsche Ihnen viel Erfolg!", sagte der Mann beiläufig und setzte hinter Melanies Namen ein Häkchen. Ihr fiel sofort auf, dass der Zeremonienmeister, sie nicht nach ihrem Vornamen gefragt hatte. Offensichtlich hatte Jakob bei der Anmeldung diesen mit Absicht weggelassen.

„Jakob, du Teufelskerl", dachte Melanie. Das war ein geschickter Schachzug. Denn auf diese Weise hatte keiner ihre Teilnahme im Vorfeld verhindert. Sie war kurz davor das kaiserliche Pferderennen als erste Frau in der ganzen Geschichte des Reiches anzutreten. Die übrigen Reiter waren alles Männer. Melanie wurde langsam nervös. Das Rennen würde um Punkt 12

Uhr beginnen und es blieb nur noch eine Stunde. Am Rande des Zeltes hatten die Zuschauer die Möglichkeit, die Pferde und ihre Reiter zu begutachten, bevor sie ihre Wetten abgaben. Melanie betete inständig, dass sie keiner der Anwesenden vorher erkannte. Im nächsten Moment fiel ihr ein, dass sie recht neu in der Stadt war und sich somit unnötig Gedanken darüber machte. Nach einer halben Stunde trat der Zeremonienmeister an die Reiter heran und bat alle Kontrahenten, sich an die Startlinie zu begeben. Melanie führte Nero an den Zügeln neben sich. Sie nutzte die Gelegenheit, um sich umzuschauen. Die Rennbahn betrug insgesamt 2900 Meter und war somit eine der längsten im ganzen Land. Melanie hatte die halbe Nacht darüber gegrübelt, welche Taktik sie am Ende wählte, um diese Strecke zu bewältigen. Zudem waren da die anderen Konkurrenten. Auch sie hatten einen Plan, um zu gewinnen, und Melanies Aufgabe war es, sie zu durchschauen. Sie warf einen Blick in Richtung der Zuschauermenge. Unten auf dem Rasen direkt vor der Rennbahn, tummelte sich das Fußvolk. Und dahinter, oben auf der großen Tribüne saßen die Edelleute. Der Kaiser und seine gesamte Familie waren anwesend. Sie waren umringt von den einflussreichsten Menschen des Reiches. Darunter Politiker, Richter, Generäle und nicht zu vergessen der Hochadel. Demnach schauten heute viele Augen auf das Rennen und Melanie überkamen Zweifel. Was würde geschehen, wenn sie sich bis auf die Knochen blamierte? Dann würde sie sich mit einem Schlag vor der ganzen Welt ruinieren. Sie hätte damit ihre gesamte Familie entehrt und müsste ab sofort in Schande leben. Hatte sie sich das gut überlegt? Oder trieb ihr übermäßiger Ehrgeiz sie ins Verderben? Melanie fragte sich, ob ihre Familie da oben saß und nichts ahnend auf das Rennen wartete. Abgesehen von Jakob, dem sie das Ganze hier zu verdanken hatte. Urplötzlich wurde Melanie vom lauten Pferdewiehern aus ihren Gedanken gerissen. Einige der teilnehmenden Pferde wurden panisch. Was ging hier vor sich? Das Rennen stand unmittelbar bevor und alle Reiter begaben sich auf ihre Plätze. Doch ein paar Pferde weigerten sich. Ihre Besitzer hatten Mühe, sie im Zaum zu halten. Was machte diese Tiere so nervös? Mit einem Mal begriff Melanie, dass es ihr erstes öffentliches Pferderennen war. Sie hatte nie zuvor eins gesehen, sondern nur Geschichten darüber gehört. Etwas Wichtiges wurde bei den Erzählungen offenbar nicht erwähnt. Und dieses Etwas bereitete einigen Pferden Angst. Doch was war es? Melanie wusste es nicht, aber sie wollte jetzt keinen Rückzieher machen und musste mutig bleiben. Sie führte Nero zum Startplatz Nummer fünf hin, setzte sich anschließend auf ihn drauf und schloss für kurze Zeit ihre Augen. Sie schärfte all ihre Sinne. Spürte, wie die Energie ihren Körper durchströmte, ihren Geist elektrisierte und ihren Verstand schärfte. Was auch immer gleich während des Rennens passieren würde, sie stellte sich dem entgegen.

„Alle Teilnehmer sind auf ihren Plätzen", verkündete der Zeremonienmeister durch sein Megafon. Er hielt die Luftpistole nach oben. Dann schaute er die Reiter zum letzten Mal nacheinander an und guckte auf seine Taschenuhr. Es waren nur wenige Sekunden vor 12 Uhr. Melanie zog rasch ihre Jacke aus und warf sie nach hinten auf die Erde. Sie war bereit.

„Auf die Plätze!", rief der Zeremonienmeister.

Melanies Atem wurde schneller.

„Fertig!"

Nero spannte seine gesamten Muskeln an und atmete tiefer.

Päääng! Der Startschuss ertönte.

Was dann geschah, kam Melanie vor wie ein Gewitter. Alle zehn Pferde setzten sich zugleich in Bewegung. Die Luft vibrierte. Die Hufen verursachten einen Lärm wie ein tiefes Donnern und wirbelten den Staub vom Boden auf. Und die Welt hielt den Atem an. Nero galoppierte los wie ein Blitz und wurde mühelos Dritter. In der ersten Kurve versuchte Melanie so weit wie möglich auf die Innenseite der Rennbahn zu gelangen und passte dabei auf, ihrem Vordermann nicht zu nahe zu kommen.

BLITZ UND DONNER

Erst nach der zweiten Kurve gab sie auf der langen Gerade wieder Tempo, aber nicht zu viel, Nero musste seine Kräfte bis zum Schluss aufteilen und durfte vor dem Ziel nicht langsamer werden. Trotzdem achtete Melanie darauf, dass der Reiter hinter ihr, auch dortblieb. Der Mitstreiter wurde unterdessen immer schneller und war dabei sie einzuholen, da stolperte plötzlich sein Pferd im vollen Galopp und stürzte zu Boden. Melanie versuchte, sich zu konzentrieren, aber im Augenwinkel hatte sie erkannt, dass der arme Pechvogel noch einige andere Gegner mitgerissen hatte. Sie hoffte, dass keiner der Teilnehmer ernsthaft verletzt war. Aber für solche Gedanken war jetzt nicht die Zeit. Die dritte Kurve kam näher und sie war entscheidend. Denn nun kämpfte sie um den zweiten Platz. Sie kam von hinten auf die Innenseite und verlagerte ihr gesamtes Gewicht Richtung Zentrum. Nero kannte diesen Trick und galoppierte etwas schneller. Somit überholten sie geschickt den zweiten Reiter. Die vierte und letzte Kurve war der Schlüssel zum Erfolg. Melanie wollte so nah wie möglich an den Erstplatzierten herankommen, aber ihn nicht überholen. Er sollte sich in Sicherheit wiegen, damit sie ihn auf dem Endspurt angreifen konnte. Die beiden Konkurrenten kamen aus der vierten Kurve raus und galoppierten im vollen Tempo auf die Zielgerade zu. Nun entschied sich, wer der Schnellste sein würde. Der Gegner schlug unbarmherzig mit der kurzen Peitsche auf sein Pferd, damit es beschleunigte. Melanie hingegen rief aus vollem Hals: „Jetzt oder nie! Gewinne Nero!"

Der Hengst entfaltete seine ganze Kraft und Schnelligkeit. Wie ein Geschoss flog er am Konkurrenten vorbei und wurde unter ohrenbetäubendem Beifall der Zuschauermenge Erster.

Kapitel 6   Der Champion

9. Mai 1875

Melanie ließ Nero langsamer werden und hielt dann am Rande der Strecke an. Sie und ihr Pferd zitterten am ganzen Leib aufgrund der enormen Anstrengung. Sie blieben eine kurze Weile an Ort und Stelle stehen und kamen zur Ruhe. Melanie schaute in Richtung des Publikums, das völlig am Ausflippen war, und hörte den Zeremonienmeister in sein Megafon rufen: „Und es gewinnt überraschenderweise der Neuling mit der Nummer fünf! Nero!"

Sie hatten das kaiserliche Pferderennen gewonnen. Melanie konnte das Ganze gar nicht fassen. Es kam ihr alles so surreal vor. Sie rührte sich nicht von der Stelle, bis einer der anderen Rennteilnehmer mit seinem Pferd neben ihr anhielt und sie aufforderte: „Was stehst du da rum? Los, ab zum Podest! Der Kaiser überreicht dir gleich den Preis!"

Melanie raufte sich wieder zusammen und ritt langsam zur Tribüne. Die Menschen am Rande der Rennbahn winkten ihr zu und riefen: „Bravo! Erste Klasse!"

Sie entdeckte das Podest und ritt direkt darauf zu. Dort warteten der Zeremonienmeister und ein hochgewachsener Mann auf sie. Er trug eine blaue Uniform und Melanie erkannte sein Gesicht aus der Zeitung wieder. Es war der Kaiser Alexander höchstpersönlich. Sie stieg vom Rücken ihres Pferdes ab und umarmte Nero am Hals.

BLITZ UND DONNER

„Danke", flüsterte sie ihm zu und hatte Tränen in den Augen. Sie nahm ihren Reithelm ab und befreite ihre Locken. Melanie hatte nie vorgehabt, diesen Wettbewerb als Mann zu gewinnen. Sie wollte der Welt zeigen, dass sie es war, die das geschafft hatte. Sie schritt auf das Podest zu und die Menge verstummte allmählich. Alle starrten sie ratlos an. Am Ziel angekommen strahlte Melanie die beiden Männer mit einem breiten Lächeln an und schob ihre Brust stolz vor.

„Sie sind ja eine Frau", stellte der Kaiser Alexander verblüfft fest. Jeder um ihn herum war völlig still.

„Ja, absolut richtig, eure Majestät!", antwortete Melanie selbstsicher.

Es vergingen ein paar quälende Sekunden, in denen keiner ein Wort herausbrachte. Sowohl der Kaiser als auch der Zeremonienmeister sahen Melanie fassungslos an und die Gewinnerin befürchtete fast, man würde sie gleich vom Podest jagen.

„Ha! Das ist ja phänomenal! Wie heißen sie Mademoiselle?", fragte der Kaiser aufgeregt und trat näher an sie heran.

„Mein Name ist Melanie von Bouget, eure Hoheit!", offenbarte sie selbstbewusst.

Der Monarch nahm dem überrumpelten Zeremonienmeister das Megafon aus der Hand und verkündete in Richtung seiner Untertanen: „Mesdames et Messieurs, dieses Jahr haben wir eine wahre Sensation! Die Siegerin des kaiserlichen Pferderennens lautet: Melanie von Bouget!"

Im nächsten Augenblick explodierte das Publikum vor Begeisterung. Laute Pfiffe waren zu hören und die Zuschauer jubelten. Die Menschen schauten voller Erstaunen zu der jungen Frau hoch, die den Wagemut besaß, an dem gefährlichen Rennen teilzunehmen. Sie klatschten unaufhörlich in die Hände und lachten. Melanie wurde von einem Gefühl mitreißender Euphorie erfasst und winkte dem Publikum zu.

„Der ist für Sie, Mademoiselle von Bouget. Sie haben ihn sich redlich verdient!", lobte der Kaiser und überreichte Melanie den Preis.

Sie ergriff voller Freude den Pokal, stellte sich dann wie eine Heldin auf das Siegertreppchen und präsentierte der Menge die goldene Trophäe. Woraufhin der Zuschauerjubel noch lauter wurde. Melanie drehte sich dann selbstsicher um und schritt lässig vom Treppchen wieder runter zum Kaiser.

Alexander bestaunte sie von oben bis unten und sagte: „Sie sind wahrhaftig eine Wucht. Ich freue mich sehr, Sie kennengelernt zu haben."

„Ganz meinerseits, eure kaiserliche Hoheit!", entgegnete Melanie.

Im nächsten Moment kam der Zeremonienmeister zurück aufs Podest. Melanie hatte gar nicht mitbekommen, dass er eine Zeitlang verschwunden war. Und dann erblickte sie die zwei Gestalten, die er im Schlepptau hatte, und das Blut gefror in ihren Adern. Es waren der Baron von Bouget und sein Sohn. Sie starrte ihren Vater an und er schaute mit ernster Miene zu ihr zurück.

„Wie befohlen eure Hoheit, hier ist der Baron von Bouget, der Vater der Siegerin, und sein Sohn Jakob", erklärte der Zeremonienmeister. Kaiser Alexander drehte sich zu den beiden Herren um und erkannte Melanies Vater wieder.

„Ah, Thomas von Bouget. Natürlich. Wieso wundert es mich nicht, dass ausgerechnet Ihr Nachwuchs den Pferderennsport revolutioniert? Vermutlich, weil Sie zu den Besten gehören, die ich in meiner Armee jemals hatte", beantwortete der Monarch seine eigene Frage.

„Vielen Dank, eure Majestät. Ich fühle mich geschmeichelt", sagte Monsieur von Bouget mit einer tiefen Verbeugung.

Jakob verbeugte sich ebenfalls, richtete sich wieder auf und sah Melanie direkt in die Augen. Sein Instinkt hatte ihn nicht getäuscht. Sie war die beste Reiterin im ganzen Land.

„Monsieur von Bouget, ich lade Sie und Ihre gesamte Familie zu meinem Ball am kommenden Wochenende ein. Seien Sie meine persönlichen Gäste, ich bestehe darauf", sagte der Kaiser.

„Sie sind zu gütig, eure Hoheit. Wir werden selbstverständlich erscheinen", antwortete Melanies Vater lächelnd.

Der Kaiser und der Baron von Bouget unterhielten sich eine kurze Weile, während Jakob zu seiner Schwester rüberging und sie an den Händen berührte.

„Melanie, du warst großartig! Das Rennen, Du, einfach alles war der Wahnsinn! Du hättest Mal die hohen Herrschaften auf der Tribüne sehen sollen, als du die Menge aufgeheizt hast. Sie waren wie hypnotisiert. Ich glaube, jemanden wie dich, haben sie nie zuvor gesehen", berichtete Jakob aufgeregt. Melanie lachte ausgelassen darüber.

„So so, Bauchschmerzen", sagte der Vater vorwurfsvoll und stellte sich zu ihnen. Er und der Kaiser hatten ihr Gespräch mittlerweile beendet und das Staatsoberhaupt war wieder auf die Tribüne zu seiner Familie zurückgekehrt. Melanie schaute schuldbewusst zu ihrem Vater hoch. Es stimmte, sie hatte ihn angelogen. Aber sie hatte keine andere Wahl gehabt. Hätte er sie sonst an dem Rennen teilnehmen lassen?

„Vater, es war alles meine Idee. Ich habe Melanie bei diesem Wettkampf angemeldet", Jakob versuchte die Schuld auf sich zu ziehen. Aber es war zwecklos. Melanie war schlussendlich beim Rennen angetreten, obwohl sie es hätte lassen können. Nein, die Standpauke ihres Vaters musste sie sich jetzt anhören.

„Weißt du, welches verdammte Glück du hattest?", fragte der Baron sie anklagend.

Melanie schaute ihren Vater verwundert an. Was meinte er damit? Sie schwieg und wartete seine Antwort ab.

Natalie Mec

„Schau mal auf die Rennbahn", forderte Monsieur von Bouget seine ahnungslose Tochter auf.

Melanie tat wie ihr geheißen und sah auf die Rennstrecke, auf der sie vor weniger als einer Viertelstunde selbst im wilden Galopp um den Sieg kämpfte. Auf der langen Gerade hatte sich eine Menschentraube gebildet. Zwei von den Leuten hielten eine große Plane hoch, damit die Zuschauer nicht sahen, was dahinter passierte.

„Der Reiter, der dich auf der Geraden versucht hat zu überholen, ist mit seinem Pferd schwer gestürzt. Dabei waren zwei weitere Teilnehmer über ihn gestolpert und ebenfalls auf dem Boden gelandet. Alle drei Reiter erlitten lebensgefährliche Verletzungen und werden vor Ort medizinisch versorgt. Das Pferd, das zuerst gefallen war, hat einen Anfall bekommen und sich nicht mehr davon erholt. Es bekam vom Tierarzt noch auf der Rennbahn den Gnadenschuss in den Kopf", erzählte der Vater ernst.

Melanie war entsetzt und starrte ihn mit offenem Mund an.

„Stell dir vor, der verunglückte Reiter hätte dich und Nero zu Boden gerissen. Du hättest den Sturz vielleicht nicht überlebt!", brüllte Thomas laut.

„Vater, bitte es war meine Schuld", mischte Jakob sich ein.

„Schweig!", herrschte der Baron seinen Sohn an. „Unterbrich mich nicht, wenn ich rede! Du hast deine Schwester in eine lebensgefährliche Situation gebracht und sogar auf ihren Sieg gewettet! Das war überaus dumm. Ihr beide habt nicht zu Ende gedacht. Melanie, deine Kühnheit ist ein zweischneidiges Schwert. Sie kann dich im Leben weit bringen, aber auch zerstören. Du musst vorher gut abwägen, bevor du handelst."

Jakob und Melanie standen da wie zwei begossene Pudel und schauten zu Boden. Sie hatten mit vollem Risikoeinsatz gespielt, dessen waren sie sich bewusst. Der Baron atmete tief durch und sagte: „Und trotzdem habt ihr gewonnen. Das macht mich

Blitz und Donner

überaus stolz."

    Die beiden Geschwister sahen ihren Vater erleichtert an und wagten es wieder zu lächeln. Monsieur von Bouget umarmte seine Kinder gleichzeitig und hielt sie fest an sich gedrückt.

Natalie Mec

BLITZ UND DONNER

Kapitel 7   Die Traumprinzen

9. Mai 1875

Johanna und Thomas von Bouget erlaubten an diesem Abend ihren Kindern aller guten Manieren zum Trotz, bis spät in die Nacht eine kleine private Pyjamaparty zu viert abzuhalten. Denn es gab ordentlich was zu feiern. Die drei Schwestern und Jakob hatten sich in Janes Zimmer versammelt. Sie errichteten sich auf dem Boden ein gemütliches Lager aus Decken und Kissen, zündeten Kerzen an und hatten sich Obst, Gemüse und Kuchen aus der Küche bringen lassen. Vor allem aber hatte Jakob ohne die Kenntnis der Eltern vier Flaschen Champagner aus dem Weinkeller entwendet und ließ die Korken knallen.

„Jakob, hör auf. Das ist bereits die dritte Flasche!", bat Jane ihn besorgt.

„Ach papperlapapp, nicht lange reden, Champagner trinken!", antwortete Jakob und füllte die vier Gläser mit dem wohlschmeckenden Getränk auf.

„Ich möchte an dieser Stelle einen Toast aussprechen", verkündete Melanie leicht berauscht. „Auf Nero, den besten Freund, den ich jemals hatte und dem wir alle gemeinsam viel zu verdanken haben."

„Prost!", riefen die vier Geschwister im Chor und nahmen einen großen Schluck aus ihren Champagnergläsern.

„Allerdings. Beim Rennen hatte kaum jemand auf seinen Sieg gewettet, abgesehen von mir. Und nun seht her, ich bin ein reicher Mann", berichtete Jakob lachend und öffnete die oberen Knöpfe seines Hemdes.

Melanie hatte ihr Erspartes ebenfalls um ein kleines Vermögen aufgestockt, denn neben dem Pokal und dem unendlichen Rum eines Champions, gewann sie eine beträchtliche Summe.

Die vier Geschwister hatten bereits ihre Schlafsachen an. Aufgrund der zahlreichen leuchtenden Kerzen und dem vielen Alkohol wurde es in dem großen Zimmer allmählich warm. Veronika hielt es nicht mehr länger aus und nahm ihren Morgenmantel ab. Darunter hatte sie nur ein kurzes Negligé aus weißer Spitze an.

Melanie folgte ihrem Beispiel und saß entspannt auf dem Boden in ihrem seidenen Zweiteiler aus hellblauen Shorts und Top mit Spaghettiträgern. Nur Jane öffnete lediglich den Gurt ihres Morgenmantels und ließ den Blick auf ihr figurbetontes, hellgraues Nachthemd aus Seide frei, das ihr bis zu den Waden reichte.

„Veronika, erzähl Melanie doch von euren Bekanntschaften, die du und Jane während der Sportveranstaltung geschlossen habt", bat Jakob seine betrunkene Schwester, die sich auf dem Boden räkelte.

„Welche Bekanntschaften?", Melanies Neugier wurde geweckt.

„Also, als Erstes muss ich gestehen, dass unsere Nachbarin, Madame von Semur die wundervollste Person auf der ganzen Welt ist", berichtete Veronika. „Gleich nach dem wir auf der Veranstaltung angekommen waren, hat sie uns beim Eingang zur Tribüne abgefangen. Sie nahm Jane und mich mit sich und stellte uns ein paar jungen Herren aus dem Hochadel vor. Natürlich, sie hat ja die Verbindungen zu den besten Kreisen. Und einige dieser jungen Burschen waren schlichtweg zum Anbeißen."

„Allem voran der Graf von Ailly. Ich habe gesehen, dass ihr

euch lange unterhalten habt und du dich an ihm nicht sattsehen konntest", bemerkte Jakob und streichelte mit seinem Finger über Veronikas Schulter.

Sie kicherte verlegen und trank ihren Champagner.

„Hat dieser Graf von Ailly auch einen Vornamen?", wollte Melanie wissen.

„Henri", hauchte Veronika und schaute dabei verträumt zur Decke. „Er hat blau-grüne Augen mit langen Wimpern. Schwarzes, welliges Haar. Und einen unglaublich guten Modegeschmack. Er sah so adrett aus in seinem dunkelblauen Jackett und der weißen Hose, da konnte ich nicht anders, als mir sein Aussehen einzuprägen."

„Ihr habt euch recht lange unterhalten. Worüber eigentlich?", fragte Jakob und ließ seine Hand über Veronikas Schenkel gleiten.

Doch sie hielt ihn am Arm fest, übergab ihm ihr leeres Glas und antwortete: „Darüber, dass ich definitiv nicht betrunken genug bin, um es dir zu verraten."

„Uuuhuuu", sangen Melanie und Jane im Chor und lachten. Jakob verstand Veronikas Aufforderung. Er schenkte ihr weiteren Champagner ins Glas ein und überreichte es ihr wieder.

„Und wer hat dir gefallen, Jane?", Melanie richtete die Aufmerksamkeit auf ihre große Schwester.

„Richard der Herzog von Crussol", antwortete diese knapp.

„Erzähl mir von ihm, wie ist er so?", bat Melanie sie und legte sich auf die Seite. Sie war dem Kindsein fast entwachsen und ihre schlanke Taille bildete einen aufregenden Kontrast zu ihrem knackigen durchtrainierten Po.

„Der Herzog ist ein überaus anmutiger Mann. Groß, schlank, muskulös und eine gerade Körperhaltung. Er hat dunkelbraune Augen mit langen Wimpern, ein männliches, kantiges Gesicht und schmale Lippen. Seine Haare sind hellbraun und haben blonde Strähnchen. Als ich mich mit ihm unterhielt, wirkte er nachdenklich. Ich hatte zwischendurch das Gefühl, er sei etwas melancholisch", erklärte Jane und verlor sich dabei in den Gedanken.

Veronika hatte ihr Glas in der Zwischenzeit erneut geleert. Sie stellte sich auf allen vieren und schlich ganz langsam auf Jane zu. Als sie nah genug am Gesicht ihrer Schwester war, hauchte sie mit sexy Stimme: „Na vielleicht, solltest du diesem Richard Folgendes ins Ohr flüstern - küss mich. Küss mich, Richard, auf der Stelle!"

Jane kreischte vor Entsetzen auf und warf Veronika ein Kissen auf den Kopf. Melanie und Jakob krümmten sich vor Lachen.

„Also ich kenne diesen Richard zwar nicht, aber ich bin mir sicher, das würde ihn aufmuntern", stimmte Melanie Veronika zu. Und wieder lachten alle gemeinsam.

„Ich kann es immer noch kaum glauben, dass der Kaiser uns zu seinem Ball am kommenden Wochenende eingeladen hat. Da werden wir Richard und Henri mit Sicherheit wiederbegegnen!", freute sich Veronika und strahlte übers ganze Gesicht.

„Ja, Dank mir und Nero seht ihr eure Traumprinzen bald wieder und werdet mit ihnen auf dem Ball tanzen", prahlte Melanie selbstbewusst.

„Dieser Herzog von Crussol und der Graf von Ailly haben aber nicht schlecht gestaunt, als du das Rennen gewonnen hattest", bemerkte Jakob. „Sie schauten runter auf das Podest, auf dem du dich der Menge siegesreich präsentiert hast, und konnten ihre Augen nicht mehr von dir abwenden."

„Du meinst, sie waren geschockt", korrigierte Jane ihn sogleich. „Mama wäre fast in Ohnmacht gefallen, als sie deinen Namen hörte, Schwesterherz. Papa musste sie festhalten. Und die anderen Adligen tuschelten untereinander und waren absolut fassungslos."

Blitz und Donner

„Natürlich waren sie das. Melanie ist die erste Frau, die das kaiserliche Pferderennen gewonnen hat, und ist somit eine Sensation. Wenn die Leute jetzt nicht über sie reden, dann wäre ich bitter enttäuscht", regte Jakob sich auf.

„Der Grad zwischen Rum und Ruin ist ziemlich schmal. Hätte der Kaiser Alexander Melanie nicht so hoch gelobt, sondern sie für ihr Verhalten getadelt, dann wäre ihr Ruf und der unserer gesamten Familie am Ende", erklärte Jane.

„Es ist aber ganz anders gekommen und nun gehören wir aufs Siegertreppchen, Prost!", schloss Melanie das Thema endgültig ab und stieß mit ihren Geschwistern auf eine glorreiche Zukunft an.

Die Stimmung war ausgelassen. Die vier Flaschen des teuren Champagners wurden geleert. Jakob fütterte Veronika, die ihren Kopf auf seinen Schoß gelegt hatte, mit Weintrauben. Und in der Zeit sangen Jane und Melanie ein Lied. Es war zwei Uhr in der Nacht und alle wurden müde und gähnten vor sich hin. Die Geschwister legten sich nebeneinander auf den Boden, wie früher als Kinder in ihrem alten Zuhause auf dem Lande. Jane schlief Seite an Seite mit Melanie und daneben lagen Jakob und Veronika. Sie hatten sich mit dem Gesicht zueinander gedreht, seine rechte Hand lag auf ihrer linken und sie träumten von ihrem tiefsten Verlangen.

Natalie Mec

Kapitel 8   Die Warnung

10. Mai 1875

Die Baronin von Semur stand draußen auf dem Vorhof ihres Anwesens und wartete auf die Kutsche, die gleich eintreffen würde. Sie wollte ihre Gäste unbedingt persönlich in Empfang nehmen, obwohl die Etikette es gebietet, dass sie als hochangesehene Dame dies besser unterließ. Aber Madame von Semur kümmerten die Gepflogenheiten der feinen Gesellschaft schon lange nicht mehr. Sie brauchte sich nicht zu beweisen. Denn sie war eine tonangebende alte Dame, die man besser nicht herausforderte. Im nächsten Augenblick kamen zu ihrer Überraschung zwei Kutschen statt einer.
    „Willkommen, Monsieur von Bouget! Ich freue mich wahnsinnig, Sie und ihre bezaubernde Familie bei uns zu haben!", begrüßte sie den Baron überschwänglich, als dieser aus der Kutsche stieg.
    „Schönen guten Tag, Madame von Semur. Ja, da sind wir", grüßte der Baron zurück und lächelte. Ihm folgten seine Frau und die älteste Tochter. Aus der zweiten Kutsche stiegen die übrigen drei Kinder aus.
    „Kommt alle mit mir. Ich war so frei und habe den Esstisch draußen auf der Terrasse decken lassen, damit wir ein Barbecue veranstalten können. Trinken Sie Bier, Monsieur?", fragte Madame von Semur und geleitete ihre Gäste in den Garten.
    „Ja, sicher. Als Soldat habe ich früher nur Bier getrunken",

antwortete der Baron ehrlicherweise.

„Großartig! Dann werden wir uns gut verstehen", witzelte die Gastgeberin.

Die Terrasse war im alten Landstil gehalten. Direkt über dem langen Esstisch war ein Stahlgerüst angebracht, an dem sich unzählige Efeuranken wanden und damit Schutz vor der Sonne boten. An den Wänden des Gebäudes wuchsen Wildrosen in verschiedenen Farben und im Garten stand eine große Weide direkt neben einem Teich. Die märchenhafte Umgebung war genau richtig, um zu verweilen. Die Anwesenden waren soeben dabei an dem Tisch Platz zu nehmen, da traten Monika von Semur und ihr Sohn Sebastian aus dem Haus.

„Oh mein Gott! Da ist sie ja!", rief Monika aufgeregt und lief mit ausgestreckten Armen direkt auf Melanie zu. „Mademoiselle Melanie, Sie verdienen meine vollste Bewunderung! Wahrlich, Ihren Mut möchte ich haben. Ich kann gar nicht in Worte fassen, wie unglaublich es ist, dass Sie das Pferderennen gewonnen haben!"

„Dankeschön, Madame", Melanie grinste verlegen.

„Ich gestehe, dass Sie meine Erwartungen übertroffen haben", sagte die Baronin von Semur. „Bei unserer ersten Begegnung waren Sie so schweigsam, man hätte meinen können, Sie seien stumm. Aber Sie haben mich überrascht und das gelingt nun wirklich nicht jedem."

„Bitte setzen Sie sich beim Essen neben uns. Ich und mein Sohn würden uns gerne ausführlicher mit Ihnen unterhalten", bat Monika und zeigte auf ihren Sprössling.

Melanie schaute neugierig zu Sebastian. Er war ein recht großer 15-Jähriger mit leicht brauner Haut, dunklen Locken, wilden braunen Augen und einem verschmitzten Lächeln. Offenbar kam er äußerlich mehr nach seinem Vater, denn zu seiner Mutter bestand keinerlei Ähnlichkeit. Melanie und Sebastian begrüßten sich gegenseitig und nahmen nebeneinander

Platz. Sie tauschten ein paar verstohlene Blicke und lächelten freundlich.

Zum Mittagessen gab es gegrillte Forelle und saftiges Entrecote. Alle Personen aßen sich satt, bis Thomas von Bouget aufstand und gemeinsam mit Jakob und Sebastian rüber zum Teich ging. Der junge Baron von Semur zeigte seinen Gästen die wertvollen Koi-Fische, die im Teich lebten.

Währenddessen saßen die Damen ungestört allein am Tisch und Madame von Semur eröffnete ihr Lieblingsthema, die Männer.

„Nun, meine bezaubernden jungen Ladys, wurdet ihr gestern auf der Tribüne fündig, während eure Schwester um den Titel galoppierte? ", fragte sie direkt.

Jane und Veronika sahen die Baronin mit großen Augen an. Sie schielten verlegen zu ihrer Mutter rüber, doch Johanna blieb ruhig und gab ihnen mit einem leichten Kopfnicken zu verstehen, dass sie nichts gegen dieses Thema einzuwenden hatte.

„Ähm, irgendwie schon", sagte Jane zaghaft.

„Nur keine Scheu. Wir sind hier unter uns. Und es liegt mir am Herzen, euch in guten Händen zu wissen. Nicht jeder feine Herr ist ein guter Fang", erläuterte Madame von Semur ihr Anliegen.

Mit einem nervösen Blick zu ihrer Mutter sagte Jane: „Da wären der Herzog von Crussol und der Graf von Ailly, die bei uns einen recht guten ersten Eindruck hinterlassen haben."

Monika und ihre Mutter stöhnten gleichzeitig auf.

„Da haben Sie ja gleich die zwei schlimmsten Schürzenjäger kennengelernt, die es zurzeit gibt!", offenbarte Madame von Semur.

„Oh ja, sowohl der Herzog von Crussol, als auch der Graf von Ailly sind heißbegehrt. Die Frauen liegen ihnen praktisch zu Füßen. Beide kommen aus steinreichen Familien mit Einfluss am kaiserlichen Hofe. So gesehen wären die Zwei keine schlechte Partie, aber ihr übler Ruf eilt ihnen voraus. Ihre Liebschaften dauern im Durchschnitt nur wenige Monate und enden damit, dass die armen jungen Frauen von ihnen verführt werden und sie ihren Ruf verlieren. Deswegen warne ich euch ausdrücklich, verfangt euch nicht in deren Fäden. Ihr würdet euch nie wieder davon erholen.", beendete Monika das Schauermärchen.

Jane und Veronika schauten entsetzt. Ihre Traumprinzen waren in Wahrheit unverbesserliche Halunken?

„Aber, das kann nicht sein. Der Graf von Ailly benahm sich so wohlerzogen und charmant", versuchte Veronika ihren Schwarm zu verteidigen.

„Verstehe, er hat bei Ihnen das Interesse geweckt. Dann hat er sein Ziel fast erreicht. Der Rest ist reinstes Kinderspiel für den erfahrenen Herzensbrecher", stellte die Madame von Semur fest.

Veronika schüttelte ungläubig mit dem Kopf und wirkte niedergeschlagen.

„War da nicht noch ein Dritter im Bunde, Mutter? Ich meine, es gab da einen weiteren Tunichtgut. Wie hieß er? Der Name fällt mir nicht ein", überlegte Monika angestrengt.

„Vincent Herzog von Guise", ließ die Baronin verlauten.

„Vincent von Guise?", Johanna von Bouget mischte sich in das Gespräch ein. „Mein Mann hatte sich gestern mit ihm recht freundlich und lange auf der Tribüne unterhalten. Ich stand daneben und konnte das Gespräch mitverfolgen. Monsieur von Guise machte einen gescheiten Eindruck. Außerdem ist er unser Nachbar. Sein Landsitz liegt weiter südlich Richtung Meer. Er erzählte, dass er verheiratet sei und ein Kind habe."

„Ja, dann reden wir über denselben Mann", bestätigte Madame von Semur und trank genüsslich ihren Rotwein.

„Genau, Vincent von Guise, so lautete sein Name. Er und die

anderen beiden Kandidaten sind eng befreundet und man sollte sich vor diesem Trio in Acht nehmen. Egal ob Frau oder Mann. Denn mehr Macht und Sexappeal ist kaum möglich. Gott bewahre denjenigen, der ihren Zorn heraufbeschwört. Sie vernichten jeden, der sich ihnen in den Weg stellt", erzählte Monika weiter. „Besonders der Herzog von Crussol hat eine sehr traditionelle Einstellung bezüglich der Rolle der Frau. Wenn ihr keine devoten und gehorsamen jungen Damen seid, dann liegen eure Erfolgsaussichten bei ihm bei nahezu null."

Veronika wirkte wie vor den Kopf gestoßen und schaute besorgt auf ihren leeren Teller. Jane dagegen behielt wie gewohnt die Fassung und nickte stumm als Zeichen dafür, dass sie die Warnung verstanden hatte.

„Wen ich euch stattdessen wärmstens empfehle, ist der einzige Sohn des Grafen von Bellagarde", sagte Madame von Semur und versuchte, den Blickkontakt zu den zwei Schwestern aufzubauen, die enttäuscht dreinschauten.

„Er heißt George und ist der Traum jeder Schwiegermutter. Nur leider ist er ein scheues Reh und äußerst selten auf Bällen oder irgendwelchen Veranstaltungen anzutreffen. Man munkelt, es hänge damit zusammen, dass er von den heiratswilligen jungen Damen genervt sei, da sie nur an seinem Vermögen interessiert sind. Also, falls ihr tatsächlich diesem seltenen Diamanten begegnen solltet, dann fragt ihn nicht nach seinem Geld", scherzte die alte Baronin.

Doch die Aufmunterung schlug fehl. Jane und Veronika sahen weiterhin betrübt aus.

„Wie dem auch sei. Kommen wir zu Ihnen, Mademoiselle Melanie. Der Mann, der Sie zu erobern versucht, muss über beachtliche Ausdauer verfügen, um bei Ihrem rasanten Tempo Schritt zu halten", bemerkte die Baronin von Semur lachend.

„Wie meinen Sie das, Madame?", fragte Melanie irritiert und sah verständnislos zu den Anderen.

BLITZ UND DONNER

„Na, dass Ihr Zukünftiger das Stehvermögen eines Hengstes besitzen muss, um Sie glücklich zu machen!", antwortete Madame von Semur und brüllte los vor Lachen. Monika stimmte in das Gelächter ein. Die anderen Anwesenden sahen etwas verlegen drein. Nur Melanie blieb die Bedeutung dieser Aussage schleierhaft.

„Mama, wie ist das gemeint?", flüsterte sie ihrer Mutter zu, die wiederum mit ihrer Hand eine wegwerfende Geste machte.

„Madame, ich pflege bei meinen Töchtern einen anständigen Erziehungsstil. Weshalb ich Sie bitte, derartige Bemerkungen in ihrer Gegenwart zu unterlassen", bat Madame von Bouget höflich, aber bestimmt.

Die Gastgeberin und ihre Tochter verstummten. Sie schauten überrascht, jedoch nicht weiter verärgert über diese Zurechtweisung.

„Meine Lieben", sagte Johanna zu ihren drei Töchtern, „wollt ihr eurem Vater nicht Gesellschaft leisten?"

Die jungen Damen erhoben sich von ihren Plätzen und schlenderten in Richtung des Gartens. Sebastian überreichte Melanie einen Behälter mit getrockneten Maden und gemeinsam fütterten sie die Koifische.

Als Madame von Semur sicher war, dass die jungen Leute außer Hörweite waren, stellte sie eine Frage an die Baronin von Bouget: „Sie haben ihre Töchter über den geschlechtlichen Akt nicht aufgeklärt?"

„Jane und Veronika schon, weil sie in die Gesellschaft eingeführt wurden. Aber bei Melanie warten wir noch zwei Jahre. Es ist besser, wenn sie davon nichts weiß, bevor sie auf dumme Gedanken kommt. Sie ist ein temperamentvolles Mädchen und ist Experimenten gegenüber nicht abgeneigt", erklärte Madame von Bouget.

„An Ihrer Stelle würde ich es mir noch mal ernsthaft überlegen. Nächstes Wochenende ist der Ball im Palast des

Kaisers, zu dem Ihre Familie ebenfalls eingeladen ist. Und es mag sein, dass Jane und Veronika wunderschön sind und den Männern mühelos den Kopf verdrehen, aber es ist Eure jüngste Tochter, die aus der Menge heraussticht. Die Kavaliere werden Schlange stehen, um sie kennenzulernen, weil Melanie der Champion ist und somit eine Trophäe. Jeder Mann wird gewillt sein, sich mit ihr zu schmücken. Ihr solltet sie deshalb vorwarnen, bevor sich die hungrige Meute auf sie stürzt," versuchte die alte Dame die Baronin von Bouget zu überzeugen.

„Melanie hat noch nicht vor zu heiraten, deswegen wird sie potentielle Kandidaten abweisen", stellte die Mutter klar und schaute dabei entschlossen.

„Wie Sie meinen. Es ist Ihre Tochter", kapitulierte Madame von Semur. Sie hoffte dennoch, dass sie sich irrte und Melanie den kommenden Ball im kaiserlichen Palast ohne Schaden überstehen würde.

BLITZ UND DONNER

Natalie Mec

Kapitel 9   Das Duell

12. Mai 1875

Johanna von Bouget wollte nach dem gescheiterten Debütantinnenball einen Erfolg für ihre ältesten Töchter erringen und baute deswegen enormen Druck auf sie auf. Melanie war ebenfalls davon betroffen. Die drei jungen Frauen übten von früh bis spät alle Tänze, die auf Bällen üblicherweise getanzt wurden. Eigneten sich die aktuellen Knigggeregeln an. Und übten sich selbstverständlich in vornehmer Zurückhaltung, um stets würdevoll aufzutreten. Für Melanie war das alles eine Qual. Sie hatte sich darüber gefreut, dass sie dem ganzen Theater erst in zwei Jahren ausgesetzt sein würde, aber das war endgültig Geschichte. Mit ihrem spektakulären Sieg beim kaiserlichen Pferderennen hatte sie sich selbst ungewollter weise in die Gesellschaft eingeführt. Sie musste nun mit auf alle kommenden Bälle und Partys. Denn sie war für ihre Mutter der Erfolgsschlüssel, der die Türen zu den Adelshäusern öffnete. Melanie hatte es endgültig satt. Seit zwei Tagen redete ihre Mutter ununterbrochen von dem Ball. Johanna kannte kein anderes Thema mehr. Sie war wie besessen von dem Gedanken in der ersten Liga der Gesellschaft angekommen zu sein und sich vor der ganzen Welt beweisen zu müssen.

    Melanie hielt es nicht mehr länger aus. Sie hatte das Gefühl zu ersticken. Sie überredete ihren Bruder, einen Reitausflug an den See zu unternehmen. Jakob willigte ein und schlug vor, ihre Säbel mitzunehmen, damit sie dort ungestört fechten konnten.

Blitz und Donner

Melanie war von der Idee sofort angetan. Sie sattelten die Pferde und ritten davon.

„Himmlisch!", dachte sie sich. Endlich wieder Freiheit genießen. Die Enge des privilegierten Lebens raubte ihr den Verstand. Sie wollte dem ganzen Trubel am liebsten entfliehen, aber das Pflichtgefühl gegenüber ihrer Familie machte es unmöglich.

Es war ein herrlicher Frühlingstag. Ein paar Wolken zogen am Himmel vorbei und es wehte ein angenehm warmer Wind. Es roch nach frischem Gras und Lavendel. Der See lag unberührt und still vor ihnen. Die Sonnenstrahlen spiegelten sich auf der welligen Wasseroberfläche und wurden als Millionen kleiner Diamanten reflektiert. Auf der anderen Seite des Sees erhob sich ein grüner Hügel und eine große Eiche thronte darauf. Direkt unter dem majestätischen Baum hielten sich drei Fremde auf. Zwei von ihnen waren offenbar in ein Fechtduell verwickelt und man hörte das Klirren ihrer Schwerter. Ein weiterer Mann stand daneben und schaute dem Kampf zu. Melanie und Jakob bemerkten die Unbekannten sofort. Offenbar waren sie nicht die Einzigen mit der Idee, am See zu fechten. Die beiden Geschwister stellten sich einander gegenüber und zogen ihre Säbel. Sie lächelten verschmitzt und freuten sich auf das Gefecht. Ihr Vater hatte ihnen viele nützliche Tricks beigebracht, um ihre Gegner zu schlagen. Aber letzten Endes kam es auf die Situation an.

„Fechten ist wie rasantes Schachspielen", hatte ihr Vater es ihnen erklärt. Intuition, Taktik und Ausdauer waren von entscheidender Bedeutung.

Während Melanie und Jakob fleißig übten, wurden sie von dem stillstehenden Mann oben auf dem Hügel bemerkt. Er drehte sich zum See um und beobachtete die Neuankömmlinge. Der junge Herzog erkannte die beiden Geschwister wieder, denn er hatte sie und den Baron von Bouget, vor zwei Wochen genau hier schon mal gesehen. Er lächelte verträumt und seine Augen ruhten auf Melanie. Er verfolgte ihre geschmeidigen Bewegungen ganz genau. An dem heutigen Tag war der Herzog mit Absicht wieder hierher gekommen. Er hatte gehofft, sie wiederzusehen. Zur gleichen Zeit kämpften hinter ihm seine besten Freunde. Das Fechtduell war nur Spaß, trotzdem wollte keiner von den beiden Männern nachgeben. Nach zehn Minuten hatten die Zwei jedoch genug und einigten sich auf eine Pause. Sie schnauften schwer und tupften sich mit ihren mitgebrachten Handtüchern den Schweiß von der Stirn.

„Wo starrst du eigentlich die ganze Zeit hin, Vincent?", fragte einer der Männer verwundert. Er stellte sich neben ihn und erblickte nun ebenfalls die Gestalten unten am See.

„Kennst du die Herrschaften?", hackte er nach.

„Nicht direkt, Henri", antwortete Vincent leise und ließ seinen Blick weiterhin auf Melanie ruhen.

„Warte mal, ist das nicht die rothaarige Lady, die das kaiserliche Pferderennen gewonnen hat?", fragte Henri verblüfft.

Der dritte Mann, der soeben mit Henri gekämpft hatte, wurde sofort hellhörig und stellte sich ebenfalls dazu. Er schaute zu Melanie und Jakob, sah sich die junge Frau genau an und erkannte sie wieder. Seit letzten Sonntag, als er sie auf dem Siegerpodest zum ersten Mal erblickt hatte, ging sie ihm nicht mehr aus dem Kopf.

„Ganz genau die ist es. Kommt, lasst uns sie begrüßen", forderte Vincent seine Kameraden auf.

Sie marschierten auf die zwei Kämpfer zu und blieben einige Meter vor ihnen stehen. Jakob und Melanie bemerkten die drei Fremden und hielten mit dem Fechten inne.

„Einen wunderschönen guten Tag, Mademoiselle von Bouget", begrüßte Vincent die junge Frau.

„Sie kennen meinen Namen?", fragte Melanie verblüfft.

Blitz und Donner

„Die ganze Stadt kennt Ihren Namen. Der Kaiser höchstpersönlich hat ihn in die Welt hinausgerufen", erklärte der Herzog. „Und wer ist der junge Mann neben Ihnen?"

„Mein Bruder, Jakob von Bouget. Darf ich fragen, wie Sie heißen?", Melanie wollte wissen, mit wem sie es hier zutun hatte.

„Ich bin Vincent von Guise. Zu meiner Linken Henri von Ailly und rechts neben mir Richard von Crussol", antwortete er und zeigte mit der Hand auf seine Freunde.

Melanie und Jakob warfen sich einen vielsagenden Blick zu. Sie standen dem berüchtigten Trio gegenüber, vor dem die Baronin von Semur sie gewarnt hatte. Melanie betrachtete die drei Männer und verstand augenblicklich, was Jane und Veronika gemeint hatten. Henri von Ailly und Richard von Crussol waren die bestaussehendsten Kerle, die Melanie je gesehen hatte. Aber auch ihr Freund Vincent war ein sehr ansehnlicher Mann. Er hatte kurze blonde Haare und freundlich dreinblickende, blaue Augen. Von den drei Herren war er der größte und dem ersten Anschein nach der Anführer des Dreiergespanns.

„Es freut uns, Sie kennenzulernen", entgegnete Melanie höflich.

„Die Freude ist ganz unsererseits. Denn wir stehen dem Champion gegenüber. Und nun sehe ich, dass Sie auch noch fechten können. Wer hat Ihnen das Kämpfen beigebracht, Mademoiselle?", fragte Vincent und lächelte.

„Mein Vater. Er ist ein Fechtmeister", verkündete Melanie selbstbewusst.

„Aller Achtung. Das ist wirklich beeindruckend. Alle Frauen sollten fechten, das tut ihrer Figur ganz gut. Außerdem schärft es den Verstand und wirkt sich positiv auf den Geist aus", schmeichelte Vincent seiner Gesprächspartnerin.

„Dieser Meinung bin ich auch, Monsieur von Guise.

Glücklicherweise werden Frauen in dem Fechtsport seit über hundert Jahren anerkannt und geschätzt", ergänzte Melanie. Sie erwiderte Vincents warmes Lächeln und er war ihr auf Anhieb sympathisch. Was man von seinem Freund Richard von Crussol nicht sagen konnte. Während ihrer Unterhaltung verdrehte er immer wieder die Augen und machte einen genervten Gesichtsausdruck. Melanie wurde sein Verhalten langsam zu bunt und sie richtete ihr Wort direkt an ihn: „Sind Sie nicht der gleichen Ansicht, Monsieur von Crussol?"

„Nein, absolut nicht", bestätigte Richard.

„Erklären Sie mir warum?", Melanie war verwundert.

„Weil Frauen keine Gedanken an Pferderennen und Fechten verschwenden, sondern sich stattdessen den für sie vorgesehenen Tätigkeiten widmen sollten", antwortete Richard scharf.

„Und diese Aufgaben wären?", langsam wurde Melanie ungehalten.

„Dass ich es Ihnen erklären muss? Fein. Da wäre zum Beispiel das Stricken oder Sticken, Kochen, die Kindererziehung, Gartengestaltung, Haushalt und so weiter. Ich hoffe, Sie haben schon mal was davon gehört. Auf jeden Fall sind Frauen an der Seite ihres Gatten besser aufgehoben als auf der Rennbahn", antwortete Richard entschieden.

„Interessant wie gut Sie sich mit den Aufgaben der Frauen auskennen, Monsieur. Besonders in den Tätigkeiten, die eigentlich das Personal erledigt. Interessieren Sie sich etwa fürs Stricken?", fragte Melanie.

Richard schaute sie mit großen Augen an. Wurde sie ihm gegenüber tatsächlich frech?

„Was ich damit meine, ist, dass Frauen körperlich zu schwach sind, um sich den Strapazen eines Pferderennens oder eines Fechtduells auszusetzen", wagte Richard einen weiteren Erklärungsversuch.

„Ich glaube nicht, dass mein Geschlecht das Schwache ist.

BLITZ UND DONNER

Und außerdem glaube ich nicht, dass mein Körper Ihre Sache ist!", antwortete Melanie wütend. Sie hatte genug gehört. Was bildete sich dieser Kerl ein? Sie war der Champion und er wollte ihr erzählen, wo ihr Platz als Frau wäre.

Richard trat näher an sie ran und sagte: „Es hat den Anschein, man habe Ihnen nicht beigebracht, sich in Gegenwart eines Mannes zu benehmen."

„Oh, ich sehe viele Männer und doch so wenig Eier", entgegnete Melanie und schaute ihm herausfordernd in die Augen.

Ihr Bruder Jakob grinste bei der Bemerkung und blickte kampfeslustig zu Henri. Falls es gleich zu einem offenen Kampf kommen würde, dann würde Jakob sich ihn vornehmen.

Richard war fassungslos, dass sie es wagte, so mit ihm zu reden. Er wollte etwas erwidern, besann sich aber schließlich, drehte sich um und stolzierte davon. Für solchen Kinderkram hatte er definitiv keine Zeit.

„Wo wollen Sie denn hin? Holen Sie jetzt ihr Strickzeug raus und zaubern für sich selbst ein paar kuschlige Socken?", rief Melanie ihm provozierend hinterher.

Richard streckte seine Hände gen Himmel und ballte sie zu Fäusten. In Ordnung sie wollte es offensichtlich nicht anders. Er drehte sich schnell wieder um und während er auf sie zuging, schrie er: „Ich wollte Sie behandeln, wie eine echte Dame. Aber Sie sind keine Lady, sondern ein verzogenes und vorlautes Gör!"

„Vielen Dank für das Kompliment", konterte Melanie.

Er blieb direkt vor ihr stehen und funkelte sie böse an.

„Es wird Zeit, dass Ihnen jemand eine Lektion erteilt!", schleuderte Richard ihr entgegen und zog seinen Säbel.

„Und Sie haben das Zeug dazu?", fragte Melanie unbeeindruckt.

„Allerdings. Und Sie werden es nicht vergessen", versprach

er.

„Oh, Monsieur von Crussol, ob es unvergesslich bleibt oder nicht, entscheide am Ende immer noch ich", entgegnete Melanie, zog ebenfalls ihren Säbel und ging in Kampfposition.

Richard schaute sie überrascht an und lächelte dann. Die junge Frau war ziemlich schlagfertig und eigenartigerweise gefiel es ihm. Also gut. Er nahm die Herausforderung an. Oder hatte er sie soeben herausgefordert? Das war mittlerweile unwichtig, denn beide Kontrahenten verteidigten ihre Ehre.

„Ähm, Richard, was tust du da?", fragte Vincent irritiert. Er hatte die verbale Auseinandersetzung zwischen seinem besten Freund und der Mademoiselle von Bouget sprachlos mitangesehen, und war über die hitzige Dynamik erstaunt.

„Halte dich daraus, Vincent!", ermahnte Richard ihn.

Vincent schritt auf Jakob zu und erkundigte sich bei ihm: „Monsieur von Bouget, wollen Sie Ihre Schwester nicht davon abhalten, ein Fechtduell mit einem Herren zu bestreiten?"

„Nein, Monsieur von Guise. Das wäre reinste Zeitverschwendung. In manchen Dingen ist meine Schwester sehr entschlossen", antwortete Jakob selbstbewusst. Abgesehen davon freute er sich darauf zu sehen, wie Melanie diesem reichen Schnösel gleich sein unverschämtes Mundwerk stopfte. Zu seinem Bedauern blieb der Graf von Ailly ausgesprochen gelassen.

Vincent schaute hilfesuchend zu Henri rüber, der lediglich mit den Schultern zuckte.

„Lass die beiden. Da haben sich wohl zwei gefunden", entgegnete Henri mit einem Grinsen und war schon gespannt, wie der Kampf ausgehen würde.

Melanie hielt ihren Säbel in der rechten Hand, während sie die linke auf ihre Hüfte legte. Sie wartete darauf, dass ihr Gegner den ersten Schritt machte, und fokussierte sich auf den Kampf.

Richard hingegen stand selbstsicher und breitbeinig da.

BLITZ UND DONNER

Seinen Säbel in der rechten Hand und locker auf der Schulter liegend betrachtete er Melanie von oben bis unten. Er schätzte sie auf sechzehn oder siebzehn Jahre. Seiner Meinung nach war sie recht hübsch mit ihren honigfarbenen Locken, die ihr bis zu den Schulterblättern reichten. Sie hatte katzenhafte olivgrüne Augen und einen sinnlichen roten Schmollmund. Sie war überaus athletisch und temperamentvoll und trotzdem wirkte sie puppenhaft und unschuldig. Wäre Richard ihr an einem anderen Ort begegnet, zum Beispiel auf einem Ball oder in einem Park, dann hätte er sie mit Sicherheit angesprochen. Zu seinem Bedauern konnte er jetzt nicht mehr den charmanten Kavalier spielen. Er beschloss, sie beim Kampf nicht so hart ranzunehmen, vielleicht hätte er später noch eine Chance bei ihr. Richard ging nun ebenfalls in Kampfposition und holte zum ersten Schlag aus. Zu seiner Verwunderung parierte Melanie äußerst geschickt. Er wagte einige stärkere Hiebe, denen sie mühelos auswich. Er musste zugeben, dass sie Ahnung vom Fechten hatte. Melanie hingegen wurde schnell klar, dass ihr Gegner sie unterschätzte. Richards Hiebe waren überaus lahm. Sie entschied, dem Duell mehr Würze zu verleihen. Sie ging in den Angriff über und versetzte ihm einige Hiebe, wirbelte herum und schnitt ihn an der linken Schulter. Richard taumelte erschrocken zurück und besah sich den Treffer. Es handelte sich nur um einen Kratzer, aber das machte Richard fassungslos. Seine Gegnerin hatte ihn zum Bluten gebracht und dafür würde sie jetzt büßen. Dieses Mal attackierte er sie, ohne Rücksicht darauf zu nehmen, dass sie eine junge und überaus anziehende Frau war.

 Melanie hielt seinem Angriff stand, aber es kostete sie eine Menge Kraft. Der Kampf gewann an Tempo und Brutalität. Richard ging immer wieder auf sie los. Doch Sie wich ihm wie eine Wildkatze aus und zeigte ihre Krallen.

 „Sollen wir nicht doch lieber dazwischengehen?", fragte

Henri seinen Freund Vincent besorgt. Allmählich hatte er Angst um die junge Dame.

„Normalerweise würde ich dir zustimmen, aber ich bin doch nicht lebensmüde", entgegnete Vincent und schaute weiterhin gespannt dem rasanten Fechtduell zu.

Richard und Melanie waren mittlerweile beide außer Atem. Lange hielten sie es nicht mehr durch. Doch der Schmach aufzugeben, wollte sich keiner von den beiden aussetzen. Richard ging aufs Ganze und verringerte beim Kämpfen den Abstand, um ihr weniger Freiraum zum Ausweichen zu ermöglichen, und verteilte erbarmungslos weitere Schläge mit seinem Säbel. Melanie musste sich schleunigst aus dieser Zwickmühle befreien. Sie wirbelte herum und traf ihren Gegner an der Brust.

Wie benommen starrte Richard sein blutiges Hemd an und wurde rasend vor Zorn. Er krempelte die Ärmel hoch und stellte sich wieder in Kampfposition. Melanie war mit ihrer Energie fast am Ende. Sie kniete sich auf ein Bein und verschnaufte kurz. Richard machte ihr mit einer Handbewegung deutlich, dass sie ihn angreifen sollte.

Melanie spürte etwas Warmes ihren linken Arm runter tropfen und schaute nach unten. Ein tiefer Schnitt verlief entlang ihres Unterarms bis zum Handgelenk. Ihr Kontrahent hatte sie offenbar ebenfalls erwischt.

„Verfluchter Mist!", schimpfte Melanie leise. Sie musste etwas unternehmen, sonst würde sie gleich verlieren. Sie stand auf. Nahm ihren Säbel vors Gesicht. Hob ihren verletzten Arm hoch und ließ ihn langsam von oben nach unten das Schwert runtergleiten. Richard bemerkte ihre stark blutende Verletzung und bekam Mitleid, aber er dachte nicht ans Aufgeben. Melanie rannte auf ihn zu. Und in dem Moment, als er davon ausging, dass sie ihn gleich mit dem Säbel angreifen würde, rutschte sie stattdessen auf den Boden und traf ihn mit voller Wucht mit den

Füßen an den Beinen. Er schrie auf vor Schmerzen und fiel auf den Rücken. Noch bevor er sich wieder aufrappeln konnte, schwang sich Melanie auf ihn und hielt ihn mit ihrem Gewicht auf dem Boden fest. Die Spitze ihres Säbels war direkt an seinem Hals und er konnte sich aus dieser Position nicht mehr befreien.

„Lassen Sie Ihr Schwert fallen!", herrschte Melanie ihn an.

„Niemals!", weigerte Richard sich.

Sie packte den Kragen seines Hemdes und zog ihn näher an ihr Gesicht. „Los lassen, habe ich gesagt", fauchte sie.

Richard vernahm den verführerischen Duft ihrer Haare. Grundgütiger! Roch sie gut! Er schaute ihr tief in die Augen und dann auf ihre roten Lippen, die ihn magisch anzogen. Melanie wartete auf seine Reaktion, bis sie bemerkte, dass er ihrem Gesicht näher kam. Es genügte, sie hatte keine Lust mehr, zu warten. Mit einem kräftigen Ruck stieß sie seinen Oberkörper zurück auf die Erde. Richard stöhnte auf, als er auf dem Boden aufschlug und grinste. Melanie erhob sich auf die Beine, nahm seinen Säbel an sich und marschierte davon.

„Komm Jakob, lass uns gehen", sagte sie zu ihrem Bruder, der besorgt ihre Wunde am Arm betrachtete.

Sie gingen ohne ein weiteres Wort zu ihren Pferden und ritten davon. Vincent und Henri sahen den beiden Geschwistern hinterher, bis sie hinter dem kleinen Wäldchen verschwanden.

„Wow, das war echt unerwartet", bemerkte Henri anerkennend.

„Ja, diese Frau hat Feuer. Also, ich bin verliebt", gab Vincent offen zu.

Die beiden Freunde näherten sich langsam Richard, der weiterhin auf dem Rasen lag. Er hatte allen vieren von sich gestreckt und atmete schwer.

„Junge, sie hat dich ja komplett flach gelegt!", resümierte Henri belustigt.

Richard machte daraufhin die Augen auf und sprang auf die Beine.

„Allerdings. Schau dich mal an. Die Haare völlig zerzaust, die Kleidung zerfetzt, du bist vollkommen außer Atem. Als hätte sie dich die ganze Nacht durchgeritten, du geiler Hengst", sagte Vincent und zupfte an Richards blutigem Hemd.

„Ha ha, sehr witzig. Sie hat geschummelt, falls es euch entgangen ist!", antwortete der Verlierer genervt.

„Ja, das hat sie. Und gewonnen!", sagte Vincent laut.

Richard schaute ihn böse an.

„Dennoch hättest du nicht etwas zärtlicher zu ihr sein können? Die Ärmste hat geblutet", machte Henri ein vorwurfsvolles Gesicht. Er und Vincent mussten sich ordentlich zusammenreißen, um nicht in schallendes Gelächter zu verfallen.

„Könnt ihr beide vielleicht die Klappe halten?", Richard war sichtlich verärgert. Es kratzte an seinem Ego, dass er von einer Frau besiegt wurde, vor allem von Melanie von Bouget. Denn eigentlich hatte er vorgehabt, ihr eine Lektion zu erteilen und nicht umgekehrt. Wie er diese eingebildete Zicke in diesem Augenblick hasste. Er stapfte wütend zurück zu seinem Pferd, schwang sich drauf und ritt im leichten Galopp davon. Seine Freunde folgten ihm lachend.

Henri und Vincent machten sich den Rest des Tages über Richard lustig und betitelten ihn als Versager. Sie brachten ihm Tee und weichten Kekse darin auf, wie es sich für einen alten zahnlosen Mann wie ihn gehörte, der einem jungen Hüpfer nicht mehr zeigen konnte, wo es lang ging. Richard hatte genug von diesen Späßen. Für ihn stand es fest. Sobald er Melanie von Bouget das nächste Mal begegnete, würde er ihr seine unfaire Niederlage heimzahlen.

BLITZ UND DONNER

Natalie Mec

Kapitel 10   Der Streit

12. Mai 1875

Jakob schaute in den langen Flur, der von der Haupttreppe zu den Schlafzimmern führte. Es war keiner zu sehen. Er gab seiner Schwester ein Handzeichen, dass sie im folgen sollte. Kurz zuvor waren die beiden durch den Hintereingang nach Hause gekommen und schlichen jetzt in Jakobs Zimmer. Melanie hatte es geschafft, die Blutung zu stillen, indem sie einen Lederriemen an ihrem linken Oberarm fest verschnürt hatte. Der Schmerz war unerträglich, aber dafür hinterließ sie keine Blutspuren mehr. Die zwei schlüpften schnell ins Schlafzimmer und Melanie legte sich auf den Boden hin. Sie fühlte sich völlig schlapp. Ihr wurde schon fast schwindelig. Jakob holte währenddessen den Verbandskasten und etwas zu trinken. Wenig später kam er wieder und überreichte Melanie ein volles Glas Wasser, das sie in einem Zug leerte. Jakob besah sich ihre Wunde genauer an. Der Schnitt war glücklicherweise nur oberflächlich. Es handelte sich nicht um eine tiefe Fleischwunde. Wenn er den Arm ordentlich mit einem Kompressionsverband versorgte, dann würde sich die Wunde von allein schließen und man müsste sie nicht nähen. Höchstwahrscheinlich würde trotzdem später eine Narbe davon bleiben.

„So ein verdammter Mist!", fluchte Melanie und biss die Zähne zusammen. „Wieso hat mich dieser Vollidiot nur provoziert?"

BLITZ UND DONNER

„Dem Angeber hast du es ordentlich gezeigt", sagte ihr Bruder grinsend, während er die Wunde versorgte.

„Jakob? Bist du wieder da? Hast du Melanie gesehen?", rief Veronika durch die Tür, öffnete sie und sah das Schreckensszenario. Ihre kleine Schwester lag mit blutüberströmter Kleidung auf dem Boden. Melanie sah blass aus und Jakob war gerade dabei, einen Verband an ihrem Unterarm anzulegen.

„Oh mein Gott! Was ist passiert?!", schrie Veronika entsetzt. „Jane, komm sofort her!"

„Nein, bitte nicht Jane", flehte Melanie in ihren Gedanken. Ihre älteste Schwester würde mit Sicherheit gleich ausflippen. Jane kam schnell angelaufen und starrte auf den Boden.

„Jakob, erzähl mir auf der Stelle, was passiert ist!", fuhr sie ihn an und half ihm mit dem Verband.

„Melanie und ich waren Fechten", erklärte er kurz.

„Willst du mir etwa sagen, dass du für ihre Verletzung verantwortlich bist?", sie sah ihn ernst an und tadelte weiter, „Ist dir klar, dass in drei Tagen der Ball im kaiserlichen Palast ist und deine Schwester dort Ehrengast sein wird? Glaubst du wirklich, dass ein dicker Verband am Arm genau das richtige Accessoire für ihr Ballkleid sein wird?!"

„Jane, bitte lass Jakob in Ruhe. Er ist es nicht gewesen", mischte Melanie sich ein.

„Wer war es dann?", fragte Jane erneut und legte ihr die Hand auf die Stirn. Ihre jüngste Schwester hatte kaum Farbe im Gesicht.

Melanie überlegte schnell, ob sie die Wahrheit sagen sollte, aber es half nichts, zu lügen. Früher oder später würde ihre Familie es ohnehin erfahren. „Es war Richard von Crussol", gestand sie.

Jane hielt sofort inne und starrte auf Melanie. „Wie bitte?", fragte sie entsetzt.

„Es stimmt. Jakob und ich waren am See fechten, aber dann kamen Vincent von Guise, Richard von Crussol und Henri von Ailly zu uns. Monsieur von Crussol hat mich provoziert und zum Duell herausgefordert. Und während des Kampfes ist es dann zu der Verletzung gekommen", berichtete Melanie wahrheitsgemäß.

„Warum hattet ihr eine Auseinandersetzung?", fragte Jane langsam.

„Weil er ein verdammter Chauvinist ist. Alles, was er mir gesagt hatte, triefte nur so von Frauenfeindlichkeit. Er wollte mir doch tatsächlich erklären, ich sei körperlich zu schwach für den Pferderennsport und fechten", berichtete Melanie und setzte sich aufrecht hin.

„Tja, aber nun weiß dieser Richard es besser, denn du hast ihm ordentlich den Hintern versohlt", ergänzte Jakob und klopfte leicht auf ihre Schulter. Seine Schwester erwiderte sein hämisches Grinsen.

Jane stand langsam auf und legte sich eine Hand auf den Mund. Sie ging einige Schritte im Zimmer auf und ab, bis sie dann beschwörend sagte: „Melanie, weißt du eigentlich, was du da getan hast?"

Melanie überlegte kurz. Was meinte ihre Schwester damit? Doch Jane wartete ihre Antwort nicht ab und fuhr wütend fort: „Du hast dich vor den drei einflussreichsten Herren des Hochadels wie eine Furie aufgeführt. Ist dir klar, welches Licht du damit auf unsere Familie geworfen hast?"

„Mich wie eine Furie aufgeführt? Hätte ich deiner Meinung nach nichts unternehmen und diesem Schwachkopf Recht geben sollen?", fragte Melanie fassungslos.

„Ja! Von mir aus hättest du ohne ein Wort gehen sollen, aber auf gar keinen Fall ein Duell bestreiten!", Jane wurde lauter.

„Wieso verteidigst du ihn überhaupt? Ach, stimmt ja, du stehst ja auf diesen Kerl!", warf Melanie ihr vor.

Angelockt von dem lauten Geschrei kam die Mutter in

Jakobs Zimmer herein und zog scharf die Luft ein.

„Um Himmelswillen, Melanie! Wie siehst du aus? Was ist hier vorgefallen?", Madame von Bouget schaute abwechselnd ihre Kinder an.

„Melanie hat sich mit dem Herzog von Crussol duelliert und sich dabei wie eine Verrückte benommen! Sie will unsere gesamte Familie blamieren!", platzte es aus Jane heraus.

„Wie bitte? Melanie, sag mir, dass das nicht wahr ist", die Mutter schüttelte ungläubig den Kopf.

„Was soll dieses Gerede von der Entehrung?", regte Melanie sich stattdessen auf. „Ich habe dem Herzog von Crussol lediglich eine Lektion erteilt."

„Das darf doch alles nicht wahr sein! Die ganze Zeit geben wir uns Mühe, um in der Gesellschaft Fuß zu fassen. Du, Melanie gewinnst sogar das kaiserliche Pferderennen und ergatterst damit eine Eintrittskarte zum Ball im Kaiserpalast. Und nun reißt du alles wieder nieder, indem du dich mit dem Herzog von Crussol duellierst?", rief die Mutter fassungslos. „Sieh dich doch mal an! Als kämst du geradewegs von einer Schlacht! Und dabei musst du am Samstag makellos aussehen! Außerdem, wie sollen deine Schwestern einen guten Ehemann finden, wenn du die potentiellen Kandidaten bis aufs Blut bekämpfst? Glaubst du, das erhöht ihre Chancen auf dem Heiratsmarkt? Hast du nur einen Moment daran gedacht, wie es für uns weitergehen soll?"

Melanie stand schweigend da und überlegte. Das Gefühl des schlechten Gewissens überkam sie.

„Wenn du unbedingt deinen gerade erst erkämpften guten Ruf zerstören willst, bitte, dann tu das, aber ziehe die anderen da nicht mit rein", beendete die Mutter ihre Predigt und lief wutentbrannt aus dem Zimmer hinaus. Jane folgte ihr wortlos. Veronika war dabei den Raum ebenfalls zu verlassen. Sie blieb an der Tür stehen und sagte: „Melanie, du hast dieses Mal großen Mist gebaut."

Jakob und Melanie blieben allein im Zimmer. Keiner von ihnen sagte auch nur ein Wort. Nachdem ihr Bruder mit dem Verband fertig war, bedankte Melanie sich bei ihm und ging langsam in ihr Zimmer. Mehr als die Wunde an ihrem Arm quälte sie der Gedanke, dass ihre Schwestern und Mutter Recht hatten. Sie legte sich auf ihr Bett und schaute zur Decke. Wie sehr sie den Richard von Crussol in diesem Augenblick verabscheute. Es war alles seine Schuld.

BLITZ UND DONNER

Natalie Mec

Kapitel 11   Das Kleid

13. Mai 1875

Die letzten Tage vor dem Ball waren die reinste Qual. Melanie wurde sowohl von ihrer Mutter als auch von Jane völlig ignoriert. Veronika wechselte kaum ein Wort mit ihr und Jakob war ständig beschäftigt und hatte keine Zeit für sie. Der Baron von Bouget erfuhr durch seinen Sohn von dem Vorfall am See und sparte sich seine Wutrede, nachdem seine Ehefrau bereits alles gesagt hatte. Abgesehen von der Ignoranz ihrer Familienmitglieder hatte Melanie am ganzen Körper einen gewaltigen Muskelkater und die Verletzung am Arm schmerzte bei jeder Bewegung. Und zu allem Übel hatte sie immer noch kein Kleid für den Ball. Ihre Mutter und die beiden älteren Schwestern hatten vor zwei Tagen ihre maßgeschneiderten Abendkleider aus der Stadt abgeholt und kümmerten sich nicht um Melanies Belange. Sie beschloss daher, selbst in die Innenstadt zu reiten und sich ein Kleid auszusuchen. Sie besorgte sich bei der Zofe ihrer Mutter die genaue Adresse des Kleiderladens Sior und machte sich auf den Weg. Es war das erste Mal für Melanie, dass sie in der prachtvollen Hauptstadt flanierte, die eines Kaisers wahrlich würdig war. All die großen Häuser, die dicht an dicht standen und jeweils in einer anderen Farbe bestrichen waren. An jedem öffentlichen Platz entdeckte Melanie eine majestätische Bronzestatue eines Generals oder eines berühmten Königs. Die Stadtbewohner trugen allesamt teure Kleider und sogar ihre Hunde waren vom tadellosen Benehmen. Sie liefen brav neben ihren Besitzern und waren ganz still, nicht wie die unverbesserlichen Köter vom Lande, die Melanie ständig nur angebellt hatten. Nach einer Weile kam sie endlich an ihrem Ziel an, dem Kleiderladen Sior. Normalerweise gehörte Kleider kaufen nicht zu ihren Lieblingsbeschäftigungen, aber dieser Laden gefiel ihr auf Anhieb. Er war recht groß und erstreckte sich über drei Etagen. Im Erdgeschoss gab es hauptsächlich Bekleidung für den Alltag. Im ersten Stock war die Abendgarderobe zu finden und im Dachgeschoss die Hochzeitsmode. Melanie stieg die Treppe rauf in den ersten Stock und schaute sich zuerst die Kleider für Debütantinnen an. Leider entsprach keines der Kleidungsstücke ihrem Geschmack. Zu viele Rüschen oder Schleifen. Und vor allem die Farben Weiß, Rosa und Silber, gefielen ihr so gar nicht. Sie schlenderte weiter durch den Laden und seufzte vor sich hin. Es hatte langsam den Anschein, dass sie hier nicht fündig werden würde, doch dann sah sie es. Ihr Traumkleid. Es hing auf einer Schaufensterpuppe und ließ alle anderen Kleidungsstücke erblassen. Melanie trat näher und bewunderte es mit großen Augen. Das Kleid war figurbetont, schulterfrei, mit einem Trompetenumriss unten und einem Herzausschnitt oben. Es war dunkelblau wie die Nacht mit Schichten Tüll drüber, an dem kleine glitzernde Kristalle funkelten, wie die Sterne am Himmel. Melanie war sich absolut sicher. Sie würde dieses Kleid auf dem Ball tragen und kein anderes. Sie bat eine Verkäuferin, es von der Schaufensterpuppe zunehmen, doch die Dame zögerte zunächst.

„Dieses Kleid tragen für gewöhnlich reife und verheiratete Frauen, Mademoiselle. Sie sagten doch, dass Sie ein Outfit für Ihren ersten Ball suchen. Deshalb rate ich Ihnen, ein Kleid in helleren Farben auszusuchen, das die Reinheit symbolisiert", erklärte die Frau.

„Nein. Mein Entschluss steht fest. Bitte nehmen Sie das Kleid ab und bringen Sie es zur Anprobe", antwortete Melanie und marschierte los. Sie besorgte sich zusätzlich lange schwarze Handschuhe aus Seide, die ihre Unterarme komplett bedeckten. Nachdem sie das Kleid anprobiert hatte und mit ihrer Wahl absolut zufrieden war, bezahlte sie ihre Einkäufe vom Preisgeld, das sie beim Pferderennen gewonnen hatte, und begab sich glücklich auf den Heimweg.

Am Abend des großen Balls bat Melanie eine Zofe, ihr beim Styling behilflich zu sein. Die junge Frau hieß Jessika Petit und sie war äußerst geschickt im Frisieren und Schminken. Jessika zauberte Melanie eine elegante Hochsteckfrisur und trug ihr ein dunkles Augen-Make-up auf. Zum Schluss zog Melanie das Kleid an und betrachtete sich im Spiegel. Sie war selbst erstaunt über das Ergebnis, denn sie wirkte jetzt um mindestens fünf Jahre älter. Das Ballkleid stand ihr ausgezeichnet. Es betonte ungemein gut ihre schlanke Taille und umschmeichelte ihren Po. Der Herzausschnitt verlieh ihrem Dekolleté optisch mehr Volumen. Dank der langen Handschuhe war die Verletzung am Arm komplett verdeckt. Zu ihrem Outfit zog Melanie schwarze, hochhackige Schuhe an und wählte schlichte Ohrringe aus jeweils Fünfkarat großen Diamanten.

Kurz vor der Abreise versammelten sich die Familienmitglieder im Foyer. Melanie war die Letzte, die dazu kam. Sie ging langsam die Haupttreppe runter und strahlte Erhabenheit aus. Ihre Geschwister sahen sie zunächst sprachlos an.

„Melanie, du siehst so anders aus", bemerkte Jakob.

„Ja, als wärst du über Nacht erwachsen geworden", sagte Veronika verblüfft.

Jane näherte sich ihrer jüngsten Schwester und betrachtete sie von oben bis unten.

„Ich wollte euch etwas mitteilen. Es tut mir leid, was passiert war. Ich hatte jetzt Zeit gehabt, um in Ruhe darüber nachzudenken. Ich werde mein Temperament in Zukunft mehr zügeln und an meinem Benehmen arbeiten. Denn ich möchte unserer Familie Ehre bringen und vor allem, dass ihr, Jane und Veronika, gute Ehemänner findet. Deswegen hier mein Versprechen an euch: Ich werde mich heute Abend absolut manierlich verhalten, mir alle Mühe beim Tanzen geben und dieses charmante Lächeln auf meinen Lippen wird wie einbetoniert sein", gab Melanie ihr Wort.

„Entschuldigung angenommen", sagte Jakob mit einem breiten Grinsen.

Veronika umarmte ihre jüngere Schwester und lächelte.

Zum Schluss kam Jane. Sie sah ihr fest in die Augen und sagte: „Du hältst dich heute Abend vom Herzog von Crussol fern. Ist das klar?"

„Glasklar", antwortete Melanie sicher. Denn nichts läge ihr ferner, als die Nähe von diesem Scheusal zu suchen.

Natalie Mec

Kapitel 12   Der Günstling

15. Mai 1875

Der kaiserliche Palast war atemberaubend. Vier kolossale Atlanten standen wie riesige Säulen und trugen auf ihren Schultern die tonnenschwere Decke über dem Haupteingang. Der Boden im Inneren des Palastes war hochglanzpoliert und spiegelte das Licht der Kerzen und Lampen wieder. Die Türen und Fenster waren allesamt vergoldet. Und die hohen Decken waren mit herausragenden Freskos bemalt. Melanie bestaunte die Meisterwerke und erkannte die Darstellungen der Götter des Olymps. Vermutlich war sie jetzt genau da angekommen, im Himmel. Ein erhabener Duft lag in der Luft, weich und süßlich. Er verwöhnte die Sinne und Melanie musste beim Einatmen unwillkürlich lächeln. Nie zuvor hatte sie so viel Luxus gesehen. Der Anblick all der Schönheit war überwältigend. Auf dem Ball waren nur Mitglieder des Hochadels eingeladen und dementsprechend war die Stimmung. Auch einige hochrangige Politiker und Juristen waren zu Gast. Als die Familie von Bouget den großen Ballsaal betrat, verschlug es Melanie den Atem. Die Wände waren aus weißem Marmor und zum Teil verspiegelt, wodurch der riesige Raum optisch noch gewaltiger wirkte. Von der Mitte der hohen Decke hing ein gigantischer Kronleuchter mit echten Smaragden, die so groß waren wie Mandarinen. Links von der Tanzfläche führte eine breite Treppe mit rotem Teppich nach oben auf eine weitere Ebene. Dort saß der Kaiser mit seiner Familie und überblickte das Geschehen. Melanie blieb stehen und betrachtete die Herrlichkeit des Ballsaals. Ihre übrigen Familienmitglieder waren schon weitergegangen und somit stand sie alleine da und staunte.

„Mademoiselle von Bouget?"

Melanie drehte ihren Kopf zur linken Seite, von der die Stimme kam. Sie erkannte das Gesicht des Zeremonienmeisters vom Pferderennen wieder.

„Der Kaiser wünscht, mit Ihnen zu sprechen. Bitte folgen Sie mir", forderte der gut genährte Mann sie auf und ging voraus.

Melanie war im ersten Moment überrascht, gehorchte aber sofort. Sie kamen an der großen Treppe an und der Zeremonienmeister signalisierte mit einer höflichen Handbewegung, dass Melanie ab hier alleine weitergehen sollte. Sie bedankte sich bei ihm und nickte leicht mit dem Kopf. Während sie die Treppe hochging, kamen ihr Richard von Crussol und Vincent von Guise in eleganten schwarzen Fracks entgegen. Sie waren in ein Gespräch vertieft und bemerkten die hübsche junge Dame im nachtblauen Kleid zunächst nicht. Doch kurz bevor Melanie sie rechts passierte, drehten sie ihre Köpfe nach ihr um. Die beiden Kavaliere schauten ihr mit offenen Mündern hinterher und verfolgten sie mit ihren Blicken, bis sie oben angelangt war und weiter geradeaus schritt.

„Ist das nicht Melanie von Bouget? Unsere Siegerin?", fragte Vincent grinsend und stupste seinen Kameraden leicht in die Seite.

„Ja, das ist sie", presste Richard zwischen den Zähnen hervor und verengte seine Augen. Sie war also hier, umso besser. Dann bot sich ihm heute die Gelegenheit für eine Revanche an. Er sah, wie sie vor den Kaiser trat, und aufrecht wie eine Heldin dastand. Sie drehte anmutig ihren Kopf und schaute über die Schulter zu Richard. Ihre Blicke trafen sich und sie sahen sich einige Sekunden lang direkt in die Augen.

„Ah, der Champion! Es freut mich außerordentlich, Sie wiederzusehen, Mademoiselle von Bouget", sagte der Kaiser Alexander und ging auf sie zu. „Darf ich anmerken, dass Sie heute Abend hinreißend aussehen?"

„Guten Abend, Eure Majestät. Vielen lieben Dank für das großzügige Kompliment", bedankte sich Melanie mit einer tiefen Verbeugung.

„So so, das ist die berühmte Melanie von Bouget", sagte eine Frauenstimme. Kaiserin Anastasia saß auf ihrem Thron und musterte den Champion wie ein Stück Fleisch.

„Eure Hoheit", begrüßte Melanie die Herrscherin und verbeugte sich erneut.

„Kommen Sie näher, ich will Sie mir genauer ansehen", befahl die Monarchin.

Melanie schritt anmutig zum Thron und stand lächelnd davor.

„Ich muss gestehen, ich habe Sie mir anders vorgestellt. Adretter und größer", kommentierte die Kaiserin abwertend.

„Nun, für den Eröffnungstanz wird es reichen", sagte der Kaiser amüsiert.

„Eröffnungstanz?", fragte Melanie irritiert.

„Ich habe mir leider den rechten Fuß verstaucht und deshalb werden Sie den Tanzabend zusammen mit meinem Gemahl eröffnen", erklärte die Kaiserin und verzog das Gesicht, als würde sie an etwas Stinkendem riechen.

Melanie schaute ungläubig. Sie sollte gleich zu Beginn mit dem Kaiser persönlich tanzen? Das hätte sie sich niemals träumen lassen. Sie wurde leicht nervös. Würde sie diesen großen Auftritt ohne Fehler überstehen? Sie durfte sich heute keine Entgleisungen leisten, das hatte sie ihrer Familie versprochen.

„Darf ich bitten?", fragte Alexander und hielt Melanie seine rechte Hand entgegen.

„Komm schon, du schaffst das", dachte sie.

Melanie legte vorsichtig ihre Hand darauf und gemeinsam gingen sie die Treppe runter auf die Tanzfläche. Alle Augenpaare waren auf den Kaiser und seine junge Begleiterin gerichtet. Melanie erkannte im Augenwinkel, wie einige Damen mit vorgehaltenem Fächer tuschelten und erstaunt die Köpfe schüttelten. Sie schmunzelte und ließ sich vom Gerede der Leute nicht verunsichern. Das Orchester begann zu spielen und der Kaiser und Melanie tanzten den langsamen Walzer. Zur gleichen Zeit stand das berüchtigte Trio am Rande der Tanzfläche. Ihnen war die Tanzpartnerin des Monarchen ebenfalls nicht entgangen.

„Die Mademoiselle von Bouget ist offenbar nicht nur im Pferdereiten die Beste. Nein, sie schafft es sogar im Spitzentempo an die Seite des Kaisers. Alle Achtung", kommentierte Henri von Ailly und nippte an seinem Weinglas.

„Wundert dich das? Wäre ich der Kaiser, dann hätte ich sie mir auch sofort geschnappt", entgegnete Vincent von Guise mit einem verschmitzten Lächeln.

Richard hingegen sagte nichts. Sein Blick ruhte auf Melanie und er verfolgte jede ihrer Gestiken. Sie bewegte sich geschmeidig wie ein Puma und ließ sich vom Kaiser Alexander über das Parkett führen. Und diese Wahnsinnsfigur! Wie sehr würde er jetzt mit dem Regenten die Plätze tauschen. Plötzlich hatte Richard eine Idee. Er lächelte listig und leckte sich die Lippen.

Währenddessen hatte Melanie die Möglichkeit, ihren Tanzpartner in Ruhe anzuschauen. Alexander war ein recht großer Mann. Seine hellblonden Haare trug er kurz. Seine faszinierend tiefblauen Augen strahlten sie an. Und über seinen gleichmäßigen Lippen wuchs ihm ein Schnauzbart. Der Kaiser betrachtete Melanies Gesicht und sagte: „Mademoiselle von Bouget, Sie sind ein wahres Phänomen. Mit ihrem spektakulären

Sieg sind Sie hier eingeschlagen wie ein Blitz. Und es ist allgemein bekannt, dass je heller der Blitz, desto lauter ist der Donner. Und ich hoffe inständig, dass Sie dem Donner gewachsen sind, den Sie verursacht haben."

Melanie schaute den Kaiser einige Sekunden lang an. Was genau meinte er damit? Sie traute sich nicht, nachzufragen, und antwortete stattdessen: „Ich werde mich dem Donner mutig entgegenstellen."

Der Kaiser lachte kurz auf. „Das ist genau die richtige Einstellung. Behalten Sie das bei. Nehmen Sie die abweisende Art meiner Frau bitte nicht zu persönlich. Wissen Sie, die Kaiserin unternahm vor einigen Tagen den Versuch, sich auf einen normalen Reitsattel zu setzen. Sie wollte nämlich genau wie Sie reiten, Mademoiselle von Bouget. Das Experiment ging gleich am Anfang schief und endete mit einer Fußverletzung."

„Verstehe", entgegnete Melanie, „und keineswegs nehme ich der Kaiserin etwas übel, Eure Majestät. Ich betrachte es eher als großes Lob."

„Verraten Sie mir bitte ihr Erfolgsgeheimnis? Wie haben Sie es geschafft, das Rennen zu gewinnen?", fragte der Kaiser höchst interessiert.

„Dieselbe Frage habe ich mir ebenfalls gestellt, Eure Hoheit. Mittlerweile denke ich, dass es vor allem daran lag, dass mein Pferd Nero gewinnen wollte, und weil er durchtrainiert und unfassbar schnell ist. Unmittelbar vor dem Rennen war mir aufgefallen, dass sich einige andere teilnehmenden Pferde ängstlich auf der Rennbahn verhielten. Eines von ihnen war sogar panisch. Es war übrigens das gleiche Pferd, das später während des Rennens schwer stürzte und zu meinem Bedauern kurz darauf erschossen wurde. Nero blieb von Anfang an konzentriert und gelassen, vermutlich weil er die Strapazen eines echten Profirennens bis dahin nicht kannte. Ich habe beschlossen, bei keinem weiteren Rennen teilzunehmen, um

Nero dem Risiko und dem Stress nicht erneut auszusetzen. Denn er ist mein bester Freund und bedeutet mir eine ganze Menge", erklärte Melanie.

Der Kaiser hatte ihr aufmerksam zugehört und schenkte ihr daraufhin ein anerkennendes Lächeln.

„Nun, egal was Sie jetzt auch vorhaben, ich habe soeben beschlossen, Sie zu unterstützen. Sie sollen die Vorteile des Günstlings des Kaisers genießen. Ein Jammer, dass mein Sohn mit seinen neun Jahren zu jung ist, um Ihre Bekanntschaft zu machen. Und ich bin definitiv zu alt."

„Das verstehe ich nicht, Eure Majestät. Wir beide kennen uns doch bereits?", Melanie war irritiert.

„Ich meinte eine weitaus intimere Bekanntschaft", ergänzte Kaiser Alexander schon fast im Flüsterton. Melanie schaute weiterhin verwirrt.

„Du meine Güte. Sie wissen gar nicht, was ich damit meine. So gänzlich unverdorben. Das macht Sie noch reizvoller", sagte der Kaiser und lächelte sanft. „Bitte seien Sie heute Abend zu den anderen Kavalieren nicht allzu offen. Die jungen Herren sollen sich ordentlich anstrengen, um ihre Aufmerksamkeit zu erregen."

„Ich versichere Ihnen, Eure Hoheit, dass ich nicht leicht zu beeindrucken bin", erklärte Melanie selbstsicher. Alexander lachte und bedauerte es, dass der Eröffnungstanz nun zu Ende war. Er verabschiedete sich von ihr mit einem Handkuss, drehte sich um und verließ sie. Die Musik ertönte wieder und die Tanzfläche wurde prompt von anderen Paaren gefüllt. Melanie suchte in der Menge nach ihrer Familie und fand sie unweit stehen. Sie eilte zu ihnen. Ihre Eltern umarmten sie und waren sichtlich stolz darauf, dass ihre Tochter soeben mit dem Kaiser persönlich getanzt hatte, vor allem ihre Mutter. Wenig später kamen die ersten Kandidaten und baten Jane und Veronika um den nächsten Tanz. Die beiden Schwestern tanzten ohne

Unterbrechung und weckten das Interesse vieler junger Herren. Melanie hingegen willigte nur gelegentlich einem Tanz mit einem gutaussehenden Kavalier ein. Dabei verwickelte sie die wohlhabenden Männer in ein Gespräch, um sie besser kennenzulernen. Irritierenderweise schilderte jeder von ihnen ausführlich seine edle Herkunft und sein jährliches Vermögen, obwohl Melanie sie überhaupt nicht danach fragte. Stattdessen versuchte sie, die Konversation in eine andere Richtung zu lenken und sprach Themen an, wie Politik und Wirtschaft. Sie interessierte sich für deren berufliche Ambitionen und welche Ziele sie im Leben verfolgten. Doch jedes Mal hielten die Herren sich bei ihrer Antwort recht kurz und erzählten lieber ausführlich darüber, was sie von ihrer zukünftigen Frau alles erwarteten.

Nach einiger Zeit standen Jane und Melanie etwas abseits der Tanzfläche und erfrischten sich mit einer Limonade.

„Ich verstehe das nicht, Jane. Warum wollen diese Männer eine Frau haben, die sich nur im Haus auskennt, aber ansonsten dumm wie Stroh sein soll?", fragte Melanie genervt. „Ich konnte mich mit keinem von ihnen über Weltpolitik unterhalten. Stattdessen musste ich mir ihre Vorlieben bei den Speisen anhören. Und sie fragten mich nach meinen Vorstellungen bei der Gartengestaltung. Warum sollten mich irgendwelche Petunien mehr interessieren als die Konflikte anderer Länder? Was soll das Ganze?"

„Weil sie sich eine Ehefrau suchen und keinen Geschäftspartner oder einen Sportsfreund", erklärte Jane grinsend.

„Ach ja, Sport! Das darf man als verheiratete Frau ebenfalls vergessen. Keiner von diesen Burschen wollte, dass ich dem Pferdesport weiterhin nachgehe, obwohl ich dadurch erst überhaupt berühmt geworden bin. Was darf ich bitteschön stattdessen tun?", Melanie klang entnervt.

„Dein Heim schön gestalten und auf die Kinder aufpassen", antwortete Jane geduldig.

„Sieht so das Leben einer feinen Dame aus? Zuhause sitzen wie ein Hund und auf sein Herrchen warten, ohne jegliche Leidenschaften?", hackte Melanie nach.

„Ein paar Freizeitaktivitäten sind erlaubt, wie zum Beispiel das Klavierspielen oder die Malerei", erklärte Jane.

Melanie seufzte. Sie musste sich schleunigst etwas einfallen lassen, um nicht als zahmes Schoßhündchen in einem Schloss zu enden. Vielleicht sollte sie Pferdezüchterin werden und ihr eigenes Geld verdienen? In ihrem Blickfeld erschien plötzlich der Herzog von Guise und riss sie aus ihren Gedanken.

„Darf ich Sie um den nächsten Tanz bitten, Mademoiselle von Bouget?", fragte er und hielt Melanie seine Hand entgegen. Die Angesprochene war sichtlich überrumpelt, willigte aber ein. Gemeinsam betraten sie die Tanzfläche und stellten sich einander gegenüber. Unterdessen bemerkte Jane Richard von Crussol unweit stehen. Er ließ seinen besten Freund und seine Tanzpartnerin nicht aus den Augen. Jane ging langsam auf Richard zu, in der Hoffnung, dass er sie ebenfalls zum Tanzen auffordern würde. Aber er würdigte sie keines Blickes, drehte sich um und entfernte sich wieder.

Nachdem Melanie und Vincent eine kurze Weile schweigend zusammen getanzt hatten, begann der Herzog eine Unterhaltung: „Genießen Sie den heutigen Abend?"

„Er ist äußerst aufschlussreich", antwortete Melanie.

„Das klingt so gar nicht nach Freude", bemerkte er. „Hätten Sie Lust auf eine richtige Feier? Ich gebe heute eine private Party in meinem Schloss und würde mich über Ihr Kommen überaus freuen. Ich versichere Ihnen, dass Sie sich dort mehr amüsieren werden als hier."

„Ich bin verwundert darüber, dass Sie mich einladen, Monsieur von Guise. Nach unserer ersten Begegnung ging ich davon aus, dass Sie nichts mehr mit mir zutun haben wollen", gestand Melanie.

Der Herzog lachte kurz und erwiderte: „Keineswegs. Ich finde Sie unglaublich erfrischend. Bitte nehmen Sie es meinem Freund Monsieur von Crussol nicht übel, dass er so grob zu Ihnen war. Er wird sich damit abfinden müssen, dass es immer mehr selbstbewusste junge Frauen gibt, die sich ihm widersetzen. Kann ich demnach mit Ihrem Erscheinen rechnen?"

Melanie überlegte kurz. Das sanfte Lächeln des Herzogs von Guise und seine aufgeschlossene Art gefielen ihr, trotzdem war es besser, wenn sie nicht gleich an ihrem ersten Tanzabend über die Stränge schlug.

„Vielen Dank für die Einladung, aber ich lehne ab. Eine Soirée pro Tag reicht mir", antwortete sie.

„Bedauerlich. Vielleicht erweisen Sie mir beim nächsten Mal die Ehre?", gab Vincent nicht auf.

„Beim nächsten Mal", versprach Melanie mit einem Lächeln.

Der Tanz endete und Vincent verabschiedete sich mit einer Verbeugung. Wie gern hätte er Melanie heute Abend bei sich zu Hause umgarnt, ihr dabei ins Ohr geflüstert und sie zärtlich berührt. Leider musste er sich in Geduld üben, aber er wusste, dass das Warten sich am Ende lohnen würde. Melanie entfernte sich von ihm und suchte schnell nach einem Ort, an dem sie ungestört sein konnte. Sie schritt den langen Flur entlang und fand ein menschenleeres Nebenzimmer, in dem das Feuer im Kamin loderte und schlich hinein. Sie ging zum Ledersofa, das direkt vor dem Kamin stand und zog ihren linken Handschuh aus. Sie sah ihren blutverschmierten Verband. Melanie machte ein gequältes Gesicht und nahm ihre kleine Handtasche. Sie holte neues Verbandzeug heraus, entfernte vorsichtig den alten Verband und begutachtete die Wunde. Sie verheilte nur langsam. Hinzu kam, dass sie ihre Hand beim Tanzen ständig hochhalten musste, und das war auf Dauer ungeheuer anstrengend. Melanie schaute sich um und entdeckte auf einem kleinen Tisch neben dem Sofa eine Flasche Macallan Whisky. Daneben standen vier Gläser. Sie nahm eines davon und füllte es zur Hälfte mit dem alkoholischen Getränk auf. Dann setzte sie sich aufs Sofa, legte ihren linken Arm ausgestreckt auf die lange Rückenlehne, um ihn etwas auszuruhen, und trank einen ordentlichen Schluck aus dem Glas. Der Whisky schmeckte vollmundig und war überaus stark. Melanie genoss den Augenblick der Ruhe und schaute ins Feuer. Sie bemerkte gar nicht, dass sich jemand von hinten an sie ranschlich. Erst als sie ihren Kopf wieder zu ihrem Arm drehte, entdeckte sie die Person, die nun unmittelbar hinter ihr stand, und erschrak. Es war Richard. Er hatte sie den ganzen Abend lang beobachtet und war ihr in das Nebenzimmer gefolgt. Melanie spannte ihre Muskeln an und starrte ihn herausfordernd an. Was hatte er vor? Er besah sich ihre offen gelegte Wunde und fragte: „Wie geht es Ihrem Arm?"

„Ist am Verheilen. Wie geht es Ihrer Brust?", konterte Melanie.

„Ist am Verheilen", antwortete Richard. Er nahm sich ebenfalls ein Glas und füllte es mit Whisky auf. Dann setzte er sich ans andere Ende des Sofas und trank einen ordentlichen Schluck.

Melanie ließ ihn nicht aus den Augen. Er führte mit aller Wahrscheinlichkeit nach etwas im Schilde. Sie musste auf der Hut bleiben. Eine Weile saßen sie schweigend da, nippten immer wieder an ihren Gläsern und sahen einander misstrauisch an. Das Knistern des Holzes war zu hören und das warme Licht des Feuers schmeichelte Melanies zarter Haut. Richard lächelte leicht. Endlich war der Augenblick gekommen, in dem er zuschlagen konnte.

Völlig unerwartet kam Veronika in das Zimmer hereingelaufen und rief: „Ah da bist du ja, Melanie! Ich habe dich schon überall gesucht."

Sie blieb erschrocken stehen, als sie Richards Anwesenheit bemerkte.

„Was macht ihr hier ganz allein?", fragte sie alarmiert.

„Ähm, Whisky trinken", antwortete Melanie wahrheitsgemäß. Und erst jetzt wurde ihr bewusst, dass sie sich eine Zeit lang ganz allein mit Richard in einem Raum aufgehalten hatte. Was wäre geschehen, wenn jemand anderes als ihre Schwester sie hier entdeckt hätte? War Richards Absicht, sie in Verruf zu bringen?

„Whisky?", wiederholte Veronika ungläubig. Dann machte sie eine wegwerfende Bewegung mit ihrer Hand und kam näher. Sie kniete sich neben Melanie hin und sagte: „Hör zu, du musst mir einen Gefallen tun. Der Graf von Ailly hat mich gefragt, ob ich mit ihm auf die Feier vom Herzog von Guise mitkommen möchte. Und ich habe ja gesagt. Papa lässt mich aber nur gehen, wenn ich jemanden als Begleitperson mitnehme und deswegen frage ich dich."

„Wieso fragst du nicht Jane? Ihr seid doch hier auf Männersuche, nicht ich", entgegnete Melanie verwundert.

„Sie hat keine Lust. Außerdem ist Jane der Meinung, dass es auf der Feier des Herzogs etwas ungesittet zugehen könnte", antwortete Veronika und verdrehte die Augen.

„Da hat sie vermutlich Recht. Deswegen solltest du deine jüngere Schwester nicht dazu überreden mitzukommen", sagte Melanie.

Veronika schaute verärgert und versuchte es erneut: „Du schuldest mir noch einen Gefallen, nach der Sache mit du weißt schon wem." Sie warf Richard einen kurzen Blick zu und guckte dann auffordernd ihre Schwester an. Melanie stöhnte leise. Sie überlegte einige Sekunden lang und nickte kapitulierend.

„Und wie sieht es aus?", fragte Henri, der soeben ebenfalls ins Zimmer getreten war.

„Großartig, meine Schwester kommt mit uns", verkündete

Blitz und Donner

Veronika hocherfreut.

„Ausgezeichnet! Dann lasst uns aufbrechen. Bis gleich Richard", sagte Henri und war gerade dabei mit den beiden jungen Damen den Raum zu verlassen.

„Wie bitte, Sie sind ebenfalls auf dieser Feier?", fragte Melanie erschrocken und drehte sich abrupt zum Herzog von Crussol um.

Der Angesprochene erhob sich von seinem Platz, kam langsam auf sie zu und blieb vor ihr stehen.

„Der Herzog von Guise ist mein bester Freund. Es wäre unhöflich von mir, auf seiner Feier nicht zu erscheinen, nicht wahr?", antwortete er und schritt durch die Tür hinaus.

Na wunderbar! Noch vor wenigen Sekunden hatte Melanie sich gefreut, diesen Raum verlassen zu können und den Blicken von diesem Scheusal zu entkommen. Aber jetzt stellte sie bedauerlicherweise fest, dass er noch engere Kreise um sie zog. Warum hatte sie Veronikas Bitte nur nachgegeben? Sich zu weigern, dafür war es zu spät. Melanie musste ab jetzt Haltung bewahren und sich dem Donner mutig entgegenstellen.

Natalie Mec

Kapitel 13   Der Tanzkönig

15. Mai 1875

Bereits beim Eintreten in das Schloss des Herzogs von Guise fiel Melanie auf, dass diese Feier definitiv anders werden würde. Das Publikum war recht jung. Das Durchschnittsalter lag mit Sicherheit erst bei Mitte zwanzig. Die Gäste lachten laut und tranken reichlich Alkohol. Sie rauchten ungeniert Zigaretten und lieferten ein komplettes Kontrastprogramm zu der manierlichen Gesellschaft im Palast des Kaisers.

„Soll ich euch etwas zu trinken bringen?", fragte Henri von Ailly seine zwei hübschen Begleiterinnen.

„Ja, wir hätten gerne Rotwein bitte", antwortete Veronika mit einem verführerischen Blick.

Henri zwinkerte ihr zu und schlenderte zur Bar. Die Schwestern blieben alleine stehen und schauten sich genauer um. Plötzlich sah Melanie ein Pärchen, dass sich wild abknutschte. Mit offenem Mund starrte sie den jungen Mann an, der ohne Hemmungen seine Partnerin an ihrem Busen befummelte. Sie stupste Veronika an und zeigte mit dem Finger auf das frivole Schauspiel.

„Oh meine Güte, Melanie schau da nicht hin!", sagte Veronika beschämt und versuchte, ihre Schwester umzudrehen.

„Nicht hinschauen? Wie soll das funktionieren? Die beiden drängen sich ja förmlich auf! Außerdem lerne ich gerade", gab Melanie offen zu.

„Was zum Teufel lernst du da bitteschön?", fragte Veronika fassungslos.

„Ich wusste gar nicht, dass man mit Männern so etwas anstellen kann. Und es scheint der jungen Dame da vorne Freude zu bereiten", bemerkte Melanie und neigte leicht ihren Kopf.

„Schluss jetzt. Lass uns weitergehen", Veronika zerrte ihre Schwester weiter in den Ballsein rein.

Im gleichen Augenblick begrüßte Henri seine Freunde an der Bar: „Schönen guten Abend, die Herren! Vincent, ich habe da eine Überraschung, die dich sicherlich freuen wird."

„Ich höre?", Vincents Neugier war geweckt. Statt zu antworten, zeigte Henri in Richtung der beiden Bouget-Schwestern.

„Henri, du bist ein Genie!", sagte sein Freund laut und verpasste ihm eine kräftige Umarmung. Da war sie, Melanie, der Champion, die Duellsiegerin, und bald noch mehr? Vincent hatte vor, es herauszufinden, und begab sich zielstrebig zu den beiden Damen.

„Schön, dass Sie hierher gefunden haben, Mesdemoiselles von Bouget. Lassen Sie mich bitte wissen, wenn Sie etwas benötigen", sagte Vincent und strahlte übers ganze Gesicht.

Die beiden Schwestern begrüßten den Gastgeber freundlich. Henri kam zurück mit dem köstlichen Wein und sie stießen zu viert auf den Abend an.

„Wollen wir tanzen?", fragte Vincent Melanie direkt. Sie war verblüfft über den lockeren Umgang, aber das schien auf dieser Party normal zu sein. Sie nickte etwas verlegen und gemeinsam begaben sie sich auf die Tanzfläche. Vincent legte Melanies Hände auf seine Schultern und tanzte unverschämt eng mit ihr. Ließ sie dann ein paar Pirouetten drehen und zog sie wieder nah an sich. Sie schaute ihm ins Gesicht und musste unwillkürlich lächeln. Seine Art war äußerst charmant. Plötzlich fiel ihr die Bemerkung ihrer Mutter wieder ein. Der Herzog von Guise hatte eine Ehefrau und Kind! Was machte sie dann bitteschön hier? Sie konnte doch nicht mit einem verheirateten Mann so eng tanzen! Sie ging augenblicklich auf Abstand.

„Ist etwas nicht in Ordnung?", Vincent schien verwirrt darüber zu sein, dass Melanie die Intimität abrupt beendete.

„Sie sind verheiratet", sagte sie offen.

„Ist das ein Problem für Sie?", fragte er verwundert.

„Für Sie etwa nicht?", entgegnete Melanie leicht geschockt.

Nein, für Vincent war es definitiv kein Problem. Offen gestanden, war es sogar für seine eigene Ehefrau kein Problem, denn sie interessierte sich nicht im Geringsten dafür, was ihr Gatte so trieb und mit wem. Doch Vincent erkannte sofort, dass es für Melanie ganz eindeutig einen Unterschied darstellte.

„Überaus schade. Ich hatte Sie eigentlich für den kommenden Tanzwettbewerb zu meiner Partnerin auserkoren, aber wie es scheint, wird daraus leider nichts. Deswegen wird mein bester Freund für mich übernehmen", sagte er und marschierte schnell los.

Melanie glaubte, sich verhört zu haben, aber da kam Vincent schon zurück und hatte seinen Kumpel im Schlepptau.

„Ihr beide werdet gleich zusammen tanzen. Ich muss einen Wettbewerb moderieren und die Teilnehmer beurteilen", erklärte er.

Richard und Melanie sahen sich gegenseitig entgeistert an. Keiner von den beiden hatte mit dieser Entwicklung gerechnet.

„Mesdames et Messieurs!", Vincent stand nun auf einem Podest und rief seinen Gästen zu. Die Menge verstummte und lauschte gebannt der Rede ihres Gastgebers. „Seit neun Jahren findet ein Mal jährlich der berühmte und berüchtigte Tanzwettbewerb in meinem Schloss statt. Und heute Abend ist es wieder so weit!" Jubelschreie und Händeklatschen waren zu hören. „Es darf jeder mitmachen und vor allem macht es bitte miteinander. Seid nicht zu schüchtern. Enger Körperkontakt ist nicht nur gewünscht, er ist sogar erforderlich! Ich werde mir jedes Tanzpaar genau anschauen. Und am Ende gewinnt das Paar, das bis zum Schluss von mir nicht berührt wurde. Ich werde demnach rumgehen und die Pärchen rausfischen, die leider versagt haben. Gebt eurer Bestes! Denn es gibt einen großartigen Preis! Der allerseits geschätzte Konrad Njeschnij verleiht eine seiner Skulpturen als Preis!"

Die Gästeschar war sichtlich erstaunt über die Ankündigung und einige Damen kreischten, als sich der Künstler hochpersönlich an der Seite des Gastgebers positionierte und der Menge zuwinkte. Den Preis hatte Monsieur Njeschnij auf einen Sockel neben sich gestellt. Es handelte sich um eine ca. 50 cm große Skulptur, die einen nackten Mann beim Strecken zeigte. Melanies Kunstgeschmack entsprach es zwar eindeutig nicht, aber die übrigen Gäste johlten vor Begeisterung.

„Ich muss an dieser Stelle nicht betonen, wie überaus wertvoll dieses Kunstobjekt ist. Demnach lohnt es sich, zu gewinnen! Also, bitte begebt euch auf eure Plätze, der Wettbewerb beginnt in wenigen Augenblicken!", verkündete Vincent.

Melanies Gedanken rasten. Was sollte sie jetzt bloß tun? Sie hatte Jane versprochen, sich von dem Herzog von Crussol fernzuhalten, und nun bat Vincent von Guise sie, ausgerechnet mit diesem Kerl zu tanzen. Zu Melanies Bedauern schien Richard dem nicht abgeneigt zu sein.

„Mögen Sie es zu gewinnen?", fragte Richard unangekündigt und schaute dabei auf das Podest, auf dem Vincent zusammen mit dem Künstler stand.

„Ich bin es nicht gewohnt zu verlieren. Eine Erfahrung, die Ihnen seit Kurzem vertraut sein müsste", antwortete Melanie und verpasste ihm damit einen Seitenhieb. Richard verzog bei der höhnischen Bemerkung nicht das Gesicht, sondern blieb gelassen.

„Tja, dann werden Sie heute diese Erfahrung ebenfalls machen", sagte er und dreht sich zu Melanie um. Er nahm ihre linke Hand und legte seine Hand auf ihre Hüfte.

Im nächsten Moment erklang die Musik und die Teilnehmer setzten sich in Bewegung. Veronika tanzte unterdessen zusammen mit Henri und strahlte glücklich übers ganze Gesicht. Der Wettbewerb begann mit einem Wiener Walzer. Melanie versuchte, ihren Tanzpartner nicht anzusehen, und spähte lieber zu den anderen Paaren rüber. Während Richard sie intensiv betrachtete und jeden um sich herum ignorierte. Melanie musste gestehen, dass seine Haltung beim Tanzen herausragend war und er sie mühelos über das Parkett führte. Zur gleichen Zeit beförderte Vincent die ersten enttäuschten Paare von der Tanzfläche. Melanie und Richard funktionierten hingegen als Tanzpaar perfekt. Egal wie viel Tempo und Schwung Richard auch gab, seine Tanzpartnerin hielt locker mit. Nun wagte Melanie es doch, einen kurzen Blick auf sein Gesicht zu werfen und bemerkte, dass er sie anlächelte. Er hatte die dunkelsten braunen Augen und die längsten Wimpern, die sie je gesehen hatte. Gerade als Melanie annahm, dass sie gute Chancen hatten zu gewinnen, wurde die Musik gewechselt. Die neue Melodie war exotisch und hatte einen langsameren Rhythmus als der Walzer. Sie schaute sich um und erkannte, dass die übrigen Paare nicht nur näher aneinander, sondern vor allem um einiges lasziver miteinander tanzten.

„Was ist jetzt los?", wollte Melanie wissen.

„Der Tanzstil wurde soeben geändert. Kennen Sie die Rumba?", fragte Richard.

„Nein, offen gesagt nicht", gestand sie und sah ihren Tanzpartner hilfesuchend an.

„Dann haben wir unsere Grenze erreicht und werden verlieren", schlussfolgerte Richard und war erfreut zu sehen, dass es Melanie missfiel. Eine Niederlage kam für sie nicht in

Frage. Und solange Vincent sie nicht aus dem Wettbewerb nehmen würde, hatten sie noch eine Chance. Melanie beobachtete die anderen Paare und versuchte, sich deren Schritte einzuprägen. Zu ihrem Entsetzen war die Rumba unfassbar erotisch. Die Frauen umgarnten ihre Partner nicht nur mit dem Körper, sondern auch mit den Augen. Wie um alles in der Welt sollte Melanie mit einem Mann, den sie verabscheute, auf diese Weise tanzen? Sie biss die Zähne zusammen und atmete tief durch.

„Sie haben Recht. Wir haben unsere Grenze erreicht. Wenn wir aber gewinnen wollen, dann müssen wir unsere Grenze überschreiten und die Komfortzone verlassen", schlussfolgerte Melanie aufgeregt. Mit diesen Worten löste sie sich von ihrem Tanzpartner und ging langsam rückwärts.

„Ziehen Sie Ihr Jackett aus", forderte sie ihn auf.

„Wie bitte?", fragte Richard überrascht.

„Ziehen Sie Ihr Jackett aus", wiederholte Melanie, beugte sich vor und zerriss ihr Kleid an der Seite von unten bis zum Oberschenkel, so dass ihr rechtes Bein frei zur Schau stand.

Richard fiel die Kinnlade runter. Die Sache nahm an Fahrt auf. Er zog sein Jackett aus und ließ es zu Boden fallen. Melanie fixierte ihn mit ihren Augen, drehte sich vorwärts und blieb direkt vor ihm stehen. Dann glitt sie langsam nach unten und behielt ihn die ganze Zeit im Blick. Sie hockte auf dem Boden, drehte sich geschickt um 180 Grad, nahm seine Hände in die ihre und während sie wieder verführerisch hochkam, wackelte sie lasziv mit ihrem Hintern und kreuzte seine Arme vor ihrem Körper. Richard kreiste seine Hüfte im gleichen Takt wie sie und streichelte mit seinen Händen über ihren Bauch. Melanie drehte sich wieder mit dem Gesicht zu ihm und ihre Nasenspitzen berührten sich fast. Dann sprang sie plötzlich auf ihn, so dass er sie an den Beinen festhalten musste, und sagte: „Lassen Sie mich langsam nach hinten fallen."

Richard verstand sofort, was sie meinte. Er beugte sich nach vorne und Melanies Oberkörper verlagerte sich nach hinten. Dabei streckte sie ihr nacktes Bein aus und er strich mit seiner Hand vom Oberschenkel bis zur Wade.

„Na, wer sagst denn? Sie sind ein Naturtalent", witzelte Melanie, als sie wieder gemeinsam hochkamen, und legte ihre Hand auf sein Gesicht. Richard lächelte verschmitzt und dachte, dass sie nicht die leiseste Vorstellung davon hatte, was sie gleich erwartete.

„Tja, Sie hatten Ihren Spaß. Jetzt bin ich dran", entgegnete er und schaute sie geheimnisvoll an. Er dreht sich gemeinsam mit ihr um die eigene Achse und beförderte sie mit einem Schwung auf den Boden. Melanie glitt über das Parkett und sah ihn völlig überrumpelt an. Was sollte das? Im nächsten Augenblick wechselte wieder die Musik. Dieses Mal war die Gitarre deutlich im Vordergrund und die Gäste klatschten im Takt. Melanie schaute gespannt zu, was Richard als Nächstes vorhatte. Er stellte sich aufrecht vor ihr hin, nahm seine beiden Arme in einem hohen Bogen nach oben über den Kopf und legte die Handflächen flach hintereinander. Dann bewegte er die Arme voller Spannung an den Seiten nach unten und ging im Kreis um Melanie herum und präsentiere sie wie einen Stier in der Arena. Genau in diesem Moment erkannte sie den Tanzstil, es handelte sich um das Paso doble. Ein spanischer Tanz, kraftvoll und vor allem anspruchsvoll für den Mann, denn er hatte die dominantere Rolle. Richard nahm ihre Hand und riss sie wieder hoch. Gemeinsam tanzten sie wie ein Torero, der sein rotes Tuch um sich schwang. Melanie machte eine elegante Drehung, blieb stehen und forderte Richard mit einer Handbewegung dazu auf, ein Solo zu tanzen. Und das tat er nur zu gern. Die anderen Gäste klatschten vor Begeisterung und mittlerweile standen Richard und Melanie alleine auf der Tanzfläche. Die restlichen Paare hatten freiwillig mit dem Tanzen aufgehört, um dem

Spektakel beizuwohnen. Richard sprang hoch in die Luft, drehte sich um 180 Grad und landete mit voller Körperbeherrschung auf dem rechten Knie, während er das linke Bein nach hinten auf dem Boden ausstreckte.

„Wahnsinn!", dachte sich Melanie.

Dazu war extrem viel Kraft in den Beinen erforderlich, um diese Bewegung mühelos hinzubekommen. Richard kam wieder zu ihr, nahm sie hoch auf seine Arme und drehte sie vor seinem Oberkörper ausgestreckt. Melanie streckte ihren rechten Arm und das linke Bein aus, und die Menge jubelte. Als Nächstes kniete Richard sich hin, legte sie flach auf den Boden und drehte sie, so dass sie über das Parkett rollte. Als sie schließlich auf dem Rücken lag, sprang er auf sie und riss sie mit einer Hand am Oberkörper nach oben, so dass ihre Gesichter sich fast berührten. Melanie sah ihn wie hypnotisiert an und war zu ihrer Überraschung erregt.

„Und wir haben unseren Tanzkönig! Zusammen mit seiner wunderschönen Tanzkönigin!", sprach Vincent laut aus.

Die Zuschauer klatschten in die Hände und riefen: „Bravo!"

Erst jetzt bemerkten die beiden Finalisten, dass sie alleine auf der Tanzfläche waren. Sie standen auf und strahlten sich gegenseitig an.

„In Ordnung, Sie Matador! Sie haben den Stier getötet. Ich bin sowas von tot!", gab Melanie zu.

Richard war ein ausgezeichneter Tänzer, der sich sogar in lateinamerikanischen Tänzen, wie die Rumba auskannte und Melanie war von seiner Darbietung beim Paso doble mehr als beeindruckt. Er hatte es geschafft, ihr Interesse an ihm zu wecken.

Richard lachte ausgelassen. Es hatte ihm Freude bereitet, mit Melanie zu tanzen, darauf war er nicht vorbereitet gewesen. Sie applaudierte ihm und machte Anstalten zurück an den Rand der Tanzfläche zu gehen, wo ihre Schwester zusammen mit Henri auf sie wartete. Doch Richard wollte nicht, dass sie ging. Deswegen nahm er sie an den Händen und zog sie wieder zu sich.

„Ich finde, Sie sehen noch recht lebendig aus, deshalb lasst uns weitertanzen", forderte er sie auf.

Melanie schaute verwundert zu ihm, war aber nicht abgeneigt. Es erklang wieder die Musik und die Gäste strömten zurück auf die Tanzfläche. Jeder tanzte, wie er Lust hatte, und so mancher outete sich als wahrer Bewegungsakrobat. Richard wirbelte um Melanie herum und umgarnte sie, wie eine gefräßige Spinne ihr zappelndes Opfer. Er angelte sich aus einer der herumstehenden Vasen eine Rose und nahm sie zwischen die Zähne. Dann zog er Melanie fest an sich, hob seinen Kopf und überquerte zusammen mit ihr die Tanzfläche wie bei einem Tango. Melanie fand das urkomisch und lachte laut.

„Hört auf! Ich kriege schon Bauchschmerzen vor Lachen!", flehte sie ihn an.

Woraufhin Richard stehen blieb, ihr tief in die grünen Katzenaugen blickte, mit einer Hand über ihren Oberkörper strich, am Hals entlang und schließlich ihr Gesicht hielt. Er wollte auf der Stelle ihre Lippen mit den seinen berühren, aber sie wich ihm geschickt aus und drehte sich kichernd von ihm weg.

„Bleib stehen!", befahl Richard ihr in seinen Gedanken.

„Wollen wir etwas trinken? Ich verdurste", fragte Melanie und lächelte vergnügt.

„Ja, lasst uns was trinken", gab Richard nach. Er würde sie heute Abend schon rumkriegen, deswegen gab es keinen Grund zur Eile. Er nahm sie bei der Hand und gemeinsam schlängelten sie sich durch die Menge zu der Bar. Er bestellte zwei Gläser Whisky und übergab Melanie eines davon.

Sie trank einen ordentlichen Schluck und fragte dann: „Wollen Sie mich betrunken machen, Monsieur von Crussol?"

„Nenn mich Richard", forderte er sie unverhofft auf. Und schon wieder überraschte er sie. Jemanden beim Vornamen anzusprechen, zeugte davon, dass man sich nahe stand.

„In Ordnung, ich heiße Melanie", gab sie freundlich zurück.

Richard lächelte. Er müsste sie nur gefügiger machen und da war Alkohol ein gutes Hilfsmittel.

„Ich dachte gerade, Richard, dass wir sicherlich gute Freunde geworden wären, wenn ich als Mann auf die Welt gekommen wäre. Denn im Grunde genommen, verstehen wir uns blendend!"

Richard schenkte ihr ein breites Lächeln. „Können wir denn jetzt keine Freunde sein?", wollte er wissen.

„Ich dachte, du kannst Frauen nicht ausstehen, die den Männern die Stirn bieten?", bemerkte Melanie spöttisch.

„In deinem Fall mache ich eine Ausnahme", gab er offen zu und sah sie gierig an. Der hohe Beinschlitz an ihrem Kleid zog seinen Blick magnetisch an. Und mit einem Mal änderten sich seine Rachepläne. Er hatte kein Bedürfnis mehr nach Vergeltung wegen der unfairen Niederlage im Duell, stattdessen wollte er auf der Stelle Melanies Beine berühren, bis seine Hitze mit ihrem Körper verschmolz.

„Wie komme ich zu dieser Ehre? Das letzte Mal hast du mich noch als ein verzogenes und vorlautes Gör bezeichnet", warf sie ihm vor.

Richard schaute verlegen zu Boden und antwortet: „Wir hatten keinen leichten Start."

„Nein, definitiv nicht, aber er bleibt unvergesslich", sagte Melanie und zeigte auf ihren linken Unterarm. „Ich werde ein Leben lang mit einer Narbe daran erinnert."

Und wieder Mal bekam Richard ein schlechtes Gewissen. „Können wir trotzdem Freunde sein?", fragte er erneut und kam Melanie dabei viel näher als sie es ertragen konnte. Ihr wurde plötzlich heiß und ihr Herz schlug schneller. Er durchbohrte sie mit seinen Augen und berührte ihre Hand.

„Warum habe ich das dringende Gefühl, dass du mit Freundschaft etwas ganz anderes meinst, als das, was ich darunter verstehe?", stellte Melanie fest und schaute ihn forschend an.

„Weil es genau so ist", bestätigte Richard. Er nahm sie an der Taille und näherte sich ihrem Gesicht. Sie hatte unglaublich schöne grüne Augen und auf ihrer Nase und Wangen waren vereinzelnd Sommersprossen. Und wie sie roch. Richard wollte ihren Duft an seinem Körper tragen. Er musste sie küssen, sofort. Doch plötzlich wurde sie ihm aus den Armen gerissen und beiseite gezerrt.

„Bist du verrückt geworden?!", fauchte Veronika ihre ahnungslose Schwester an. „Er hätte dich beinahe geküsst!" Sie drehte sich schnell in Richards Richtung um und sagte: „Wir müssen jetzt gehen."

Er wollte soeben dagegen protestieren, da bugsierte Veronika ihre verdatterte Schwester durch den Ballsaal nach draußen. Dort stiegen sie eilends in die Kutsche und fuhren augenblicklich davon.

„Das hast du super hinbekommen, Richard! Jetzt sind die beiden fort!", beklagte sich Henri bei seinem Freund. „Konntest du dich nicht beherrschen? Was ist bloß los mit dir?" Henri war außer sich. Er hatte vorgehabt Veronika heute Abend zu verführen und nun war die Chance dafür vertan.

Richard stand sichtlich enttäuscht da. Er hatte Melanie beinahe soweit gehabt. Und jetzt war sie weg. Da kam Vincent zu ihnen und überreichte dem Tanzkönig seine Siegestrophäe: „Bitteschön, die gehört jetzt dir."

„Oh, da war ja was!", erinnerte sich Richard wieder und grinste. Der Tanzwettbewerb war für ihn völlig nebensächlich geworden.

Vincent und Henri sahen wortlos ihren Freund an, der bei

bester Laune die Skulptur in den Händen drehte und dabei übers ganze Gesicht strahlte.

„Was ist?", fragte er irritiert, als er bemerkte, wie seine Kumpels ihn anstarrten.

„Ich habe dich nie zuvor so glücklich gesehen", antwortete Henri perplex. Vincent nickte zustimmend. Das letzte Mal, als er ihn annähernd so fröhlich gesehen hatte, war bereits viele Jahre her. Womöglich ist es ihm gelungen, eine Person zu finden, die Richard wieder zum Lächeln brachte.

Währenddessen hörte sich die Gerettete eine lautstarke und nicht enden wollende Predigt ihrer Schwester an.

„Wenn er dich geküsst hätte und das in aller Öffentlichkeit, dann wäre dein guter Ruf dahin! Man hätte dich als leichtes Mädchen abgestempelt! Jane und ich wären ebenfalls ruiniert! Wieso hast du mit dem Herzog von Crussol überhaupt getanzt? Du solltest ihm doch aus dem Weg gehen! Hätte ich dich bloß nicht auf diese Feier mitgenommen!", regte Veronika sich auf.

„Ich verstehe selbst nicht, wie es so weit kommen konnte!", versuchte Melanie sich zu rechtfertigen. „Richard und ich, wir sprachen über Freundschaft und er fragte mich, ob wir Freunde sein wollen."

„Du hast doch nicht etwa Ja gesagt?!", Veronikas Stimme überschlug sich fast.

„Ich hatte noch gar nichts geantwortet, da hast du mich schon von ihm weggezogen! Abgesehen davon, wieso ist es so schlimm, mit einem Mann befreundet zu sein?", verteidigte sich Melanie.

Veronika warf sich stöhnend nach hinten und vergrub ihr Gesicht in den Händen. Setzte sich dann wieder aufrecht hin und sah ihre kleine Schwester ernst an.

„Melanie, wenn ein Mann dich fragt, ob du seine Freundin sein möchtest, dann meint er damit, dass du seine Mätresse werden sollst! Verstehst du das? Melanie, sprich mir nach, du bist kein gottverdammter Betthüpfer!", forderte die große Schwester sie dazu auf.

Melanie schaute irritiert: „Ich weiß, zwar nicht, was daran so schlimm sein soll auf dem Bett herumzuhüpfen, aber ja ich bin kein gottverdammter Betthüpfer!"

Veronika verlor beinahe die Beherrschung und holte tief Luft. „Ein Betthüpfer ist eine Hure! Bist du eine Hure?", stellte Veronika klar.

„Nein! Auf gar keinen Fall!", rief Melanie laut aus und da begriff sie endlich, was ihre Schwester meinte. Sie war nicht die Sorte Frau, die ihren Körper für Geld verkaufte. Warum unterbreitete Richard ihr dann den Vorschlag, seine Mätresse zu werden, und erniedrigte sie damit? Tief in ihrem Herzen hoffte sie, dass es kein Rachezug von ihm war, weil sie ihn beim Fechtduell besiegt hatte. Denn seit dem heutigen Abend hatte sie Gefühle für Richard entwickelt, die sie nie zuvor für einen Mann empfunden hatte. Melanie nahm sich vor, ihn bei ihrem nächsten Wiedersehen zur Rede zu stellen. Bis dahin musste Veronika ihr versprechen, davon nichts ihrer Mutter oder Jane zu erzählen.

Blitz und Donner

Natalie Mec

Kapitel 14 Die Geliebte

18. Mai 1875

Drei Tage waren bereits vergangen seit dem prächtigen Ball im kaiserlichen Palast und der großen Sause im Schloss vom Herzog von Guise. Drei ganze Nächte waren verstrichen, in denen Melanie immerzu nur einen Gedanken hatte – Richard. Sie polierte gerade ihren goldenen Pokal vom Pferderennen, als sein Gesicht wieder vor ihrem geistigen Auge erschien. Die Erinnerung an ihn verursachte bei ihr Bauchkribbeln und sie vermisste seine tiefe Stimme. Sie musste dringend mit ihm sprechen. Ihre letzte gemeinsame Unterhaltung endete zu vorschnell und es blieb eine wichtige Frage offen. Wollte er sie tatsächlich nur als seine Mätresse haben? Melanie nahm sich vor, es so schnell wie möglich rauszufinden, sonst kannte sie keinen ruhigen Schlaf mehr. Sie überredete ihre Mutter und ihre Schwestern zu einem Picknick am See. Johanna von Bouget hielt den Ausflug für eine gute Gelegenheit ihre Nachbarin Madame von Semur wiederzusehen und lud sie ein. Und so saßen die sechs Frauen auf einer großen Decke, genossen den herrlichen Ausblick auf den See und aßen leckere Erdbeertörtchen. Melanie schaute sich um, aber weit und breit keine Spur von Richard oder seinen Freunden. Eigentlich hatte sie gehofft, ihm hier wieder zu begegnen. Madame von Bouget erzählte ihrer Nachbarin überschwänglich von dem gelungenen Abend im Palast des Kaisers und dass sie unzählige Kontakte zu den anderen Adelshäusern geknüpft hatte. Melanie war die große Ehre zuteilgeworden, den Tanzabend mit dem Kaiser persönlich zu eröffnen, und all ihre drei Töchter waren bei den Herren heißbegehrt. Seitdem bekamen Jane und Veronika bei sich zu Hause unaufhörlich Besuch von gut aussehenden Männern aus vornehmen Familien, die um ihre Gunst warben.

„Wäre da nur nicht Melanie, die während der Besuchszeit andauernd an ihrem Klavier sitz und ständig dieselben Melodien in die Tasten hämmert", beschwerte Veronika sich. „Es gibt auch andere Lieder als nur 'It's a dream'. Oder erinnert das Stück dich an eine bestimmte Person?"

Melanie warf ihrer Schwester einen warnenden Blick zu. Veronika sollte aufpassen, was sie sagte, sonst würde sie sich vor ihrer Mutter verplappern. Ja, es stimmte, sie spielte immer wieder die gleichen Melodien, zu denen sie am Abend vor drei Tagen zusammen mit Richard getanzt hatte. Die Musik erinnerte sie an jede Einzelheit und Melanie hielt sie damit am Leben.

„Wie sehr ich mich für Euch freue", sagte Monika sichtlich beeindruckt. „Bald werdet ihr zwei Hübschen Heiratsanträge erhalten. Aber seid nicht zu voreilig mit eurer Einwilligung. Pickt nur den besten Kandidaten für euch."

„Bitte mache dir da keine Sorgen, Monika. In der Hinsicht beweisen meine Töchter einen erlesenen Geschmack", versicherte Johanna von Bouget und trank ihren Schwarztee.

Die Baronin von Semur hingegen schaute ernst und sagte kein Wort. Zuerst ging Melanie davon aus, dass die alte Dame womöglich neidisch auf den Erfolg ihrer Familie war, bis sie ihnen das Ungeheuerliche mitteilte: „Madame von Bouget, wissen Sie bereits, was sich die Leute in der Stadt erzählen?"

Die Mutter überlegte kurz und verneinte die Frage.

„Ich möchte Sie vorwarnen, denn es wird gemunkelt, dass der Herzog von Crussol eine Liaison mit ihrer Tochter Melanie habe", offenbarte sie.

Die Nachricht schlug ein wie eine Kanonenkugel. Die Törtchen und der Tee waren ab sofort nebensächlich. Alle Augen waren jetzt auf Melanie gerichtet, die wiederum wie vom Donner gerührt da saß.

„Wie bitte? Aber wie kommen die Leute darauf? Melanie, ist an diesem üblen Gerede etwas dran?", drängte Johanna ihre Tochter zu einer Antwort.

„Nein, ich habe keine Liaison mit dem Herzog von Crussol", währte Melanie die Vorwürfe vehement ab.

„Zumindest ist dies das heißeste Gerücht, das momentan im Umlauf ist. Und es wird hartnäckig weiterverbreitet", erklärte Madame von Semur.

„Aber warum sollte jemand das behaupten, wenn es doch nicht stimmt?", schaltete Jane sich ein.

„Vielleicht, weil jemand Ihrer Schwester schaden möchte. Dafür kann es viele Gründe geben, denn Melanie ist zurzeit der hellste Stern am Himmel. Oder dieses Gerücht stimmt doch, weil jemand etwas gesehen hat, was keiner sehen durfte", deutete die alte Dame an und zwinkerte Melanie vielsagend zu.

Jane drehte sich schnell zu ihrer Schwester um und fragte sie durchdringend: „Sag uns sofort die Wahrheit. Was ist an dem Abend vorgefallen, als du zusammen mit Veronika im Schloss vom Herzog von Guise warst?"

Veronika und Melanie tauschten schnell die Blicke aus und überlegten, was sie sagen sollten.

„Nichts Besonderes. Wir haben nur getanzt", spielte Melanie die Situation herunter.

„Ja genau, es blieb alles beim Tanzen", bestätigte Veronika leicht verunsichert.

„Was meinst du mit wir? Mit wem hast du getanzt?", hackte Jane nach.

„Verdammt", dachte Melanie, ihre älteste Schwester nahm sie ins Kreuzverhör.

BLITZ UND DONNER

„In Ordnung. Ja, der Herzog von Crussol und ich haben bei einem Tanzwettbewerb mitgemacht und am Ende gewonnen, aber das war's auch. Mehr ist da nicht passiert", beteuerte Melanie ihre Unschuld.

„Ein Tanzwettbewerb im Schloss vom Herzog von Guise?", fragte Madame von Semur ungläubig. „Ich kenne diese Veranstaltung, da geht es heiß her. Die Paare müssen unter anderem lateinamerikanische Tänze vorführen und die sind bekanntlich außerordentlich erotisch. Sie und der junge Herzog haben sicherlich alles gegeben, um zu gewinnen", bemerkte die Baronin und wackelte mit den Augenbrauen.

„Melanie, hast du etwa mit Monsieur von Crussol unzüchtig getanzt? Vor allen Anwesenden?", fragte die Mutter fassungslos.

Statt zu antworten, schaute Melanie zur Seite und atmete geräuschvoll aus. Großartig. Durch ihre eigene Dummheit hatte sie das Feuer in der Gerüchteküche entfacht und jetzt dachte die ganze Stadt, dass sie Richards Geliebte wäre.

„Du hattest mir versprochen, dich von ihm fernzuhalten!", sagte Jane vorwurfsvoll.

Ja, das stimmte. Hätte sie bloß auf ihre große Schwester gehört, dann wäre sie jetzt nicht das Klatschthema Nummer eins. Trotzdem gefiel ihr Janes Gesichtsausdruck nicht. Sie schaute Melanie giftig an, als hätte ihr ihre jüngste Schwester etwas Wertvolles vor der Nase weggeschnappt.

Zur gleichen Zeit auf der anderen Seite der Stadt übte das berüchtigte Trio das Fechten auf einer großen Wiese. Vincent versetzte Richard ein paar heftige Hiebe, als Henri sich verbal einmischte: „Richard, hast du schon die neuesten Gerüchte gehört?"

„Seit wann interessieren mich Gerüchte?", antwortete Richard barsch und parierte gleichzeitig einen Gegenschlag.

„Dieses Gerücht sollte dich interessieren, denn es betrifft

dich. Es heißt, du hättest eine Affäre mit Melanie von Bouget", berichtete Henri, doch Richard ignorierte ihn.

„Stimmt dieses Gerücht?", wollte Henri es genau wissen und grinste dabei. Bekam aber keine Antwort. Erst als Richard und Vincent ihre Fechtpartie beendet hatten, stellte Henri seine Frage erneut: „Los, raus mit der Sprache. Hat deine Flirtoffensive beim letzten Tanzabend Früchte getragen? Und du kannst jetzt regelmäßig an der köstlichen Erdbeere namens Melanie von Bouget knabbern?"

„Ich muss jetzt gehen, habe noch etwas zu erledigen", gab Richard zur Kenntnis und marschierte ohne ein weiteres Wort zu seinem Pferd. Sein Kumpel schaute ihm irritiert hinterher und warf dann einen fragenden Blick zu Vincent, der gerade aus seiner Flasche Wasser trank.

„Unser Freund wäre jetzt mit Sicherheit besser gelaunt, wenn dieses Gerücht stimmen würde", antwortete Vincent.

Nun verstand Henri die Lage. An diesem Gerede war kein Fünkchen Wahrheit dran und genau das ärgerte Richard am meisten. Denn ins geheim wünschte er sich eine leidenschaftliche Affäre mit Melanie von Bouget.

Blitz und Donner

Natalie Mec

Kapitel 15 Die Verlobte

22. Mai 1875

An einem verregneten grauen Tag flatterte ein Brief in das Haus der Familie von Bouget. Der Absender war die Gräfin Angelique D'Argies. Sie lud den Baron und seine Familie zu einem gemeinsamen Dinner bei sich in ihrem Schloss ein. Johanna von Bouget freute sich außerordentlich über die Einladung. Endlich waren sie in den engsten Kreisen der feinen Gesellschaft angekommen. Das Abendessen fand gleich am nächsten Tag um 18 Uhr statt.

Als Thomas von Bouget zusammen mit seiner Frau und den gemeinsamen Kindern im Schloss der Gräfin D'Argies ankamen, führte der Butler sie in den Salon. Dort stellten sie überrascht fest, dass sie nicht die einzigen geladenen Gäste waren. Die Gastgeberin bemerkte die Neuankömmlinge und schritt auf sie zu. Angelique D'Argies war eine bemerkenswerte Erscheinung. Für ihr fortgeschrittenes Alter wirkte sie recht jung und frisch. Es war nicht zu übersehen, dass die Gräfin viel Wert auf ihr Äußeres legte. Sobald sie einen Spiegel erhaschte, überprüfte sie sofort ihre Frisur und ob ihr perfekt sitzendes Kleid keine Falten warf.

„Herzlich willkommen, Monsieur von Bouget! Ich bin schon ganz gespannt, Sie und Ihre liebreizende Familie besser kennenzulernen", sagte Angelique D'Argies mit einer honigweichen Stimme.

„Darf ich Ihnen zunächst meinen Bruder, Gustav den Grafen D'Argies vorstellen?"

„Ich bin hocherfreut", entgegnete Thomas und lächelte dem alten Mann zu. Gustav D'Argies pflegte sein Äußeres genau so gewissenhaft, wie seine Schwester, und er trug sogar etwas Rouge auf seinen Wangen.

„Direkt daneben ist Philip der Graf von Bellagarde, zusammen mit seiner Ehefrau Emanuella und ihrem gemeinsamen Sohn George. Sie bleiben ebenfalls zum Dinner", erklärte die Gastgeberin.

Melanie dachte angestrengt nach. Woher kannte Sie noch mal den Nachnamen Bellagarde? Er kam ihr so unglaublich bekannt vor, doch es fiel ihr auf Anhieb nicht ein. Sie bemerkte, dass Veronika und Jane sich gegenseitig mit großen Augen ansahen und verschwörerische Blicke tauschten.

„Meine lieben Gäste, bevor wir gemeinsam dinieren, wollte ich euch auf einen kleinen Rundgang durch unsere Galerie mitnehmen. Bitte folgt mir", sagte die Gräfin D'Argies und stolzierte voraus in den großen, länglichen Saal, der nur für Kunstwerke vorgesehen war. Es stellte sich heraus, dass die Gräfin eine große Bewunderin des Künstlers Konrad Njeschnij war, denn sie beherbergte unzählige Gemälde und Skulpturen von ihm.

Plötzlich fiel es Melanie wieder ein, dass sie ebenfalls eine Skulptur dieses berühmten Künstlers gewonnen hatte. Was ist bloß daraus geworden, nachdem sie und Veronika den Tanzabend bei Vincent von Guise Hals über Kopf verlassen hatten? Vielleicht hatte Richard den Preis mitgenommen? Melanie lächelte leicht. Sie hatte jetzt einen weiteren Grund, um mit ihm so bald wie möglich zu sprechen. Sie schlenderte durch die Galerie und bemerkte beim Vorbeigehen, wie Jane sich mit George von Bellagarde unterhielt und ihm schöne Augen machte. Melanie schmunzelte, der junge Grafensohn war ein sehr hübscher junger Mann und scheinbar ein guter Fang. Demnach war es nicht verwunderlich, dass ihre Schwester an ihm interessiert war. Sie erreichte den Ausgang, der von der Galerie in den Park hinausführte und stellte sich auf die Terrasse. Melanie betrachtete den Park, der im Stil eines japanischen Gartens angelegt war. Ein künstlich angelegter Bach schlängelte sich durch die Parkanlage und an einer Stelle befand sich ein Shishi Odoshi. Ursprünglich diente dieses Wasserspiel als Scheuche, damit die wertvollen Koifische nicht von irgendwelchen Vögeln oder Wildkatzen gefressen wurden. Es erfüllte den Garten mit einem rhythmischen und beruhigenden Klang, wenn sich Wasser beim Ausgießen und Zurückschlagen des Bambusrohres über die abgerundeten schwarzen Steine ergoss. Melanie lauschte dem Wasserspiel und ließ ihren Blick über den Garten schweifen. Sie entdeckte zwei Personen unweit der Kirschbäume. Die unbekannte junge Dame war vermutlich in Janes Alter. Sie hielt eine weiße Lilie in ihren zarten Händen und unterhielt sich mit einem Mann. Er stand mit dem Rücken zu Melanie, sodass sie sein Gesicht zunächst nicht erkennen konnte. Aber sie war ohnehin von dem Antlitz der jungen Frau fasziniert, und beachtete die zweite Person zunächst gar nicht. Die bildschöne Blondine trug ihre langen glatten Haare offen und sie hatte einen schlanken Hals. Ihr schulterfreies Kleid war aus fließendem, cremefarbenen Stoff und umschmeichelte ihre traumhaftschöne Figur. Melanie hatte das Gefühl einen Schwan zu erblicken. Im nächsten Augenblick drehte sich der Mann um und Melanie erkannte sein Gesicht. Sie hielt den Atem an. Es war kein Geringerer als Richard von Crussol. Die unbekannte Schönheit legte ihre Hand auf seinen Arm und gemeinsam schwebten sie dahin. Die beiden sahen aus wie zwei zum Leben erwachte Skulpturen aus der Antike: makellos schön, großgewachsen, mit erhabener Ausstrahlung und unendlich elegant. Melanies Herzschlag beschleunigte sich und sie wurde nervös. Wer war diese Frau? Und in welcher Beziehung stand diese Göttin in persona zu Richard?

Melanie war dermaßen in ihren Gedanken versunken, dass sie gar nicht mitbekam, wie sich das glamouröse Paar dem Eingang der Galerie näherte. Die beiden gingen die Treppe hoch zu der Terrasse und blieben vor dem Eingang stehen, wo Mademoiselle von Bouget auf sie wartete. Melanie sah der Unbekannten direkt ins Gesicht, das an Schönheit nicht zu übertreffen war. Ihre Augen waren eisblau und von lange Wimpern umrahmt. Die Nase war zierlich und klein und das Gesicht ebenmäßig und symmetrisch. Ihre Lippen hatten die Form eines Herzens. Sie war einfach ein wahrgewordener Männertraum. Neben ihr stand Richard, der bei Melanies Anblick zu Eis erstarrte.

„Warum ist sie hier?", schoss es ihm durch den Kopf. Nie im Leben hatte er mit ihrem Erscheinen gerechnet. Er starrte sie fassungslos an und brachte kein Wort heraus.

„Guten Abend, Mademoiselle. Ich heiße Elisabeth D'Argies. Darf ich Ihren Namen erfahren?", fragte die Göttin.

„Melanie von Bouget. Sehr erfreut, Mademoiselle D'Argies", antwortete sie mechanisch und schaute Elisabeth und Richard abwechselnd an. Sie betete dafür, dass die Beiden miteinander verwandt waren.

„Willkommen. Meine Mutter hat Ihre Familie zu uns zum Dinner eingeladen. Sie schauen unentwegt meinen Verlobten an. Kennt ihr euch etwa?", wollte Elisabeth wissen und sah Richard forschend an.

Verlobter?! Melanie nahm ihre gesamte Willenskraft zusammen, um nicht sofort wutentbrannt davon zu laufen. Sie schluckte ihren Ärger herunter und bewahrte Haltung.

„Nein, da irren Sie sich. Wir sehen uns heute zum ersten Mal. Und jetzt entschuldigt mich bitte, meine Schwester hat bereits vor fünf Minuten nach mir gerufen", damit drehte sich Melanie um und ging erhobenen Hauptes zurück zu den Anderen. Sie verstand jetzt, warum die Gräfin Angelique D'Argies sie alle heute hier versammelt hatte. Diese alte Füchsin wollte herausfinden, ob das Gerücht über den Verlobten ihrer Tochter stimmte. Und Elisabeth steckte vermutlich in dieser Sache mit drin. Melanie war bereits auf das gemeinsame Essen gespannt, bei dem die strahlende Verlobte des Herzogs von Crussol auf seine angebliche Geliebte trifft. Es würde sie nicht wundern, wenn am Ende des Abends Messer durch die Luft flogen. Melanie stellte sich zu ihren Schwestern hin, die gerade ein Gemälde von einer Jagdgesellschaft betrachteten.

„Der Herzog von Crussol ist verlobt", wisperte Melanie aufgebracht und ihre beiden Schwestern sahen sie mit großen Augen an.

„Verlobt?", wiederholte Veronika ungläubig.

„Ja, mit Elisabeth D'Argies, der Tochter der Gräfin", erzählte Melanie weiter und presste ihre Lippen zusammen. Sie zeigte unauffällig Richtung Ausgang. Jane und Veronika folgten ihrem Blick. Alle Drei sahen zu Richard und Elisabeth rüber, die sich dem Baron und der Baronin von Bouget vorstellten.

„Träume ich oder ist diese Frau da vorne echt?", fragte Jakob und gaffte Elisabeth D'Argies an. Er hatte sich ebenfalls zu seinen Schwestern dazugesellt. Melanie strafte ihn mit einem genervten Blick.

„Nun, da habt ihr den Beweis. Ich habe definitiv keine Liaison mit dem Herzog von Crussol", sagte sie bissig und drehte sich um. Lieber betrachtete sie die Kunstwerke, als weiterhin den Anblick dieser Göttin zu ertragen.

„Eigentlich beweist es nur, dass Richard gerne mit zwei Frauen gleichzeitig verkehrt", berichtigte Jane ihre jüngste Schwester und schaute auf das blendend schöne Paar.

„Respekt", kommentierte Jakob und nickte langsam.

„Hört auf damit! Wisst ihr, wie Melanie sich jetzt fühlen

muss?", sagte Veronika vorwurfsvoll.

„Wie eine dumme Gans?", antwortete Jane hochnäsig. Melanie schaute finster und schloss die Augen.

„Jane, hab doch etwas Mitgefühl", Veronika war entsetzt.

„Sie hat aber Recht", mischte Jakob sich ein. „Dem Herzog können Fremdgeh-Gerüchte nichts anhaben, er ist ein Mann. So etwas wird in der Öffentlichkeit schnell verziehen. Melanie dagegen könnte durch diese Sache dauerhaften Schaden davontragen."

„Wer nicht hören will, muss leiden", entgegnete Jane streng.

Melanie drehte sich zu ihrer großen Schwester um und sah ihr direkt in die Augen. „Ja, da hast du vollkommen Recht", sagte sie und entfernte sich mit schnellen Schritten. Sie ging an der Wand entlang und all die kostbaren Gemälde interessierten sie gar nicht mehr. Sie dachte die ganze Zeit darüber nach, wie naiv sie sich von Richard hatte täuschen lassen.

„Wollen wir Freunde sein", hatte er sie vor einer Woche gefragt. Eine Freundschaft zwischen ihnen war undenkbar! Melanie war so in ihren Gedanken versunken, dass sie gar nicht bemerkte, wie ein gutaussehender junger Mann ihr nachschaute. Es war George ein Rätsel, weshalb sie ihm keinerlei Beachtung schenkte, wie er es sonst von anderen Damen gewohnt war. Und das ärgerte ihn.

Natalie Mec

Kapitel 16   Der Pianist

22. Mai 1875

Die Gastgeberin und ihre Gäste nahmen an einem langen Esstisch Platz. Angelique D'Argies saß am Kopfende. Auf der rechten Seite der Tafel hatten Thomas von Bouget, Emanuella von Bellagarde, Jakob, Melanie und Veronika Platz genommen. Und auf der linken Seite saßen Philip von Bellagarde, Johanna von Bouget, Richard, Elisabeth, George und Jane. Am anderen Kopfende des Esstisches nahm Graf Gustav D'Argies Platz. Melanie und Elisabeth saßen sich direkt gegenüber und musterten sich gegenseitig. Der erste Gang wurde serviert: leichte Gemüsecremesuppe.

„Erzählen Sie uns bitte, Mademoiselle Melanie. Wie haben Sie den Mut aufgebracht, bei dem kaiserlichen Pferderennen anzutreten", bat Elisabeth und wirkte dabei äußerst interessiert.

„Um ehrlich zu sein, hatte ich keinen Schimmer, was mich erwartete. Das hohe Risiko, das ich dabei eingegangen war, wurde mir erst im Nachhinein bewusst. Ich habe mich in dem Moment nur auf das Rennen konzentriert und alles Andere ausgeblendet", erklärte Melanie und bemerkte, dass Richard ihr aufmerksam zuhörte.

„Ist das Ihre übliche Vorgehensweise? Sich in Situationen hinein zu stürzen, ohne sich vorher Gedanken über die Konsequenzen zu machen?", fragte die Verlobte weiter.

„Ja, absolut. Eine Tatsache, die ich in Zukunft ändern

werde", antwortete Melanie und dachte dabei nicht nur an das Rennen, sondern auch an das Fechtduell und den Tanzwettbewerb.

„Na, so würde ich das nicht sehen, Mademoiselle von Bouget", mischte sich Gustav D'Argies in die Unterhaltung der beiden Damen ein. „Ihr Vorteil liegt darin, dass Sie als junge Frau von Ihren Gegner unterschätzt werden und dabei haben Sie eine Menge auf dem Kasten, will ich meinen. Sie sind sich Ihrer eigenen Stärke dagegen bewusst und das strahlen Sie selbstbewusst aus. Sobald Sie Ihr Talent unter Beweis gestellt haben, erkennen es andere Menschen um Sie herum ebenfalls und bewundern Sie dafür."

„Trotzdem, sollte eine junge Dame nicht gleich bei einem Rennen teilnehmen, um der ganzen Welt zu beweisen, dass Sie Stärke besitzt. Es kommt auf ihre Haltung und ihre Manieren an", merkte Angelique D'Argies an und sah dabei zu ihrem Bruder rüber.

„Gewiss. Aber sich als Champion der Welt zu präsentieren, ist doch um einiges aufregender", ergänzte Graf D'Argies und erhob sein Weinglas.

Melanie lächelte dankend zu ihm.

„Kann sein. Ich war nicht bei dem kaiserlichen Rennen und kann es demnach nicht beurteilen", sagte Elisabeth abwertend.

„Meine Teure, ich habe heute von deiner Mutter erfahren, dass du und Richard verlobt seid. Meine herzlichsten Glückwünsche an euch Zwei", sagte Emanuella von Bellagarde freundlich und wechselte somit das Thema.

„Vielen lieben Dank, Madame. Wir beide sind überglücklich", entgegnete Elisabeth strahlend.

Richard verzog dabei keinen einzigen Gesichtsmuskel.

„Darf ich fragen, warum Sie Ihre Verlobung nicht in der Öffentlichkeit bekannt gegeben haben?", fragte die Gräfin von Bellagarde.

„Der Grund ist der Tod von Richards Vater, möge er in Frieden ruhen. Francois von Crussol ist erst vor einem Monat von uns gegangen und da erschien es uns als unangebracht, die frohe Nachricht während der Trauerzeit zu verkünden", erklärte Angelique D'Argies.

„Verständlich. Und habt ihr euch schon auf ein Hochzeitsdatum geeinigt?", stellte Emanuella die Frage an die Verlobten.

„Noch nicht, aber wahrscheinlich werden wir erst nächsten Sommer heiraten. Bis dahin muss so einiges organisiert werden. Abgesehen davon, wollten wir zuerst unsere Verlobung feiern. Dies wird vermutlich im Herbst passieren", antwortete Elisabeth lächelnd und legte ihre Hand auf die von Richard. Ihr Verlobter sah schweigend auf seinen leeren Suppenteller.

Die Gäste waren mit der Vorspeise fertig und der Hauptgang wurde aufgetischt: Rinderfilet medium mit Rosmarinkartoffeln und dazu Salat.

„Welche Interessen haben Sie noch, Mademoiselle Melanie?", erkundigte sich Elisabeth weiter.

„Fechten gehört ebenfalls zu meinen Leidenschaften", gestand sie und verfluchte sich selbst, das gesagt zu haben.

„Fechten? Tatsächlich? Sieh mal Richard, eine weitere Passion neben dem Pferdesport, die du und Mademoiselle von Bouget teilt. Möchtest du nichts dazu sagen? Ihr würdet euch sicherlich gut verstehen", richtete Elisabeth das Wort an ihren Verlobten, der aber nichts darauf erwiderte.

„Wie bitte, Sie Fechten?", Angelique D'Argies schien darüber entsetzt zu sein. „Also, das ist wahrlich keine Freizeitaktivität, die sich eine vornehme Dame aussuchen sollte. Es sei denn, Sie sind jünger, als ich annehme. Wie alt sind Sie? Dreizehn?"

„Siebzehn", antwortete Melanie knapp und fand es weniger witzig als Kind dargestellt zu werden.

„Warum beschäftigen Sie sich dann nicht mit etwas Anderem? Blumen arrangieren, das ist eine schöne Tätigkeit für eine Dame in Ihrem Alter", machte die Gräfin D'Argies einen vernünftigen Vorschlag. „Meine Tochter zum Beispiel, ist hervorragend darin. Ihre Blumensträuße sind ein Traum. Und sie gestaltet mit großer Hingabe unseren Garten. Sogar die Kaiserin persönlich hat uns mit ihrem Besuch beehrt und Elisabeth für ihre Kreativität gelobt."

„Ich erfreue mich ebenfalls an der Schönheit der Blumen, aber leider verwelken sie recht schnell, sobald man sie gepflückt hat. Und am Ende ihres Lebens haben sie nichts weiter getan als schön auszusehen und zu duften", konterte Melanie. So langsam hatte sie das Verhör satt.

„Wir alle werden irgendwann alt und vergehen", bemerkte Elisabeth arrogant.

„Das stimmt, aber da ich erst siebzehn Jahre alt bin, dauert es in meinem Falle noch recht lange, bis ich alt werde und deswegen fechte ich, so viel ich will", stellte Melanie selbstsicher klar.

Richard schmunzelte und warf ihr einen kurzen Blick zu.

„Welche Blumen mögen Sie denn gerne?", stellte George von Bellagarde ganz unverhofft die Frage an Melanie.

„Ich mag Tulpen", erwiderte sie überrascht. Sie hatte nicht damit gerechnet, dass der junge Grafensohn ihre Unterhaltung mitverfolgte.

Jane schien ebenfalls erstaunt darüber zu sein.

„Merken Sie sich das, George! Wenn Sie in naher Zukunft der jungen Mademoiselle Melanie Blumen schenken wollen!", sagte Gustav D'Argies laut und lachte.

Richard fand diese Bemerkung weniger amüsant und runzelte die Stirn.

„Spielen Sie gerne Klavier?", fragte George weiter.

„Ja, sehr oft sogar", gestand Melanie und errötete.

BLITZ UND DONNER

„Hervorragend! Dann werdet Ihr uns gleich nach dem Dessert etwas vorspielen! Ich freue mich schon darauf", klatschte der Graf D'Argies in die Hände.

Melanie empfand große Sympathie gegenüber dem Onkel von Elisabeth. Er war so gar nicht wie seine Nichte oder wie seine Schwester Angelique, sondern um einiges fröhlicher und weltoffener.

Der Nachtisch wurde rumgereicht: lockere Vanillecreme mit Erdbeeren, Johannisbeeren und Himbeeren.

Während der Nachspeise unterhielten sich Philip von Bellagarde und Thomas von Bouget, sowie ihre jeweiligen Ehefrauen miteinander. Die übrigen Anwesenden verdauten den Hauptgang und widmeten sich schweigend der Süßspeise. Melanie versuchte, sich auf ihre Vanillecreme zu konzentrieren und die Anderen zu ignorieren. Elisabeth hingegen durchbohrte ihre Kontrahentin mit ihren Blicken. Melanie hatte sich gut geschlagen, aber Elisabeth wusste jetzt mit Sicherheit, dass zwischen der eigensinnigen Tochter des Barons von Bouget und Richard etwas lief. Denn die ganze Zeit über, hatte ihr Verlobter nichts gesagt, absolut gar nichts. Selbst George von Bellagarde hatte am Ende Interesse gezeigt, obwohl er nur sehr schwer zu beeindrucken war.

Und Richard? Ihm wurde gleich zu Beginn des Essens klar, dass seine Verlobte bezüglich Melanie und ihm Bescheid wusste. Er wollte Elisabeth aber nicht die Genugtuung geben, indem er sich an dem Gespräch beteiligte und log. Nein, er stand zu dem, was er tat. Abgesehen davon war es nur eine Frage der Zeit, bis Melanie tatsächlich seine Mätresse sein würde, dessen war Richard sich absolut sicher. Währenddessen versuchte Jane Georges Aufmerksamkeit wieder auf sich zu lenken, indem sie ihn in ein Gespräch verwickelte. Der junge Kavalier unterhielt sich höflich mit ihr, spähte aber immer wieder zu der rothaarigen Rebellin rüber. Ihre kämpferische Art hatte ihm gefallen.

Natalie Mec

Nach dem Essen versammelten sich Alle im Salon neben an und nahmen auf den Sesseln und Sofas Platz, um dem kleinen Klavierkonzert beizuwohnen. Melanie setzte sich an den schwarzen Flügel und entschied, mit einem Titel aus dem Ballette der Nussknacker zu beginnen, dem Blumenwalzer. Die Zuhörer lauschten ihrem Spiel und George stellte erleichtert fest, dass sie nicht gelogen hatte. Sie spielte wirklich gut und vor allem sehr leidenschaftlich. Als Melanie mit dem Stück fertig war, fragte er sie: „Spielen Sie auch Duette, Mademoiselle?"

„Gelegentlich mit meinem Bruder Jakob", antwortete sie.

„Los, setzen Sie sich zu ihr und spielen Sie uns was vor!", forderte Gustav D'Argies ihn auf.

George zögerte nicht lange. Er nahm einen Stuhl und setzte sich neben sie. Melanie betrachtete ihren Duettpartner. Er hatte wellige dunkelbraune Haare, die ihm bis zum Kinn reichten. Seine dunklen Augen schauten sie freundlich an. Und seine vollen leicht roten Lippen, lächelten sanft und ergaben einen hübschen Kontrast zu seiner eher hellen Haut. Sie spielten gemeinsam den ‚türkischen Marsch' von Mozart, wobei George die Bass-Noten übernahm und Melanie die Melodie in Dur. Die beiden hatten keine Schwierigkeiten, sich zu ergänzen. Die Zuhörer lauschten ihrer Vorstellung und die einzige Person, der das Schauspiel missfiel, war Richard. Am liebsten hätte er George von seinem Platz gefegt und ihn weit weg von Melanie verfrachtet. Zu seinem Bedauern war er momentan zum Zusehen verdammt.

„Nach dem Essen sollte man ja am besten singen können. Ich würde gerne ein Lied vortragen und ihr beide spielt für mich", kam der Graf D'Argies zu den zwei Pianisten rüber.

„Sicherlich. Was möchten Sie singen?", fragte George erwartungsvoll.

„Mr. Brightside", antwortete der Graf und grinste über beiden Ohren.

Blitz und Donner

„Oha, na das würde jetzt was werden", dachte Melanie und wartete gespannt auf den Gesangsvortrag.

George fing an zu spielen und der Graf sang, unerwarteterweise sogar recht gut. Melanie lächelte vergnügt und George erwiderte das unbekümmerte Lächeln. Das Stück dauerte noch an, als Richard aufstand und nach draußen auf den Balkon hinausging. Er kramte in seinem Jackett herum und holte ein silbernes Etui raus. Dann nahm er eine Zigarette daraus und zündete sie mit einem Streichholz an. Richard rauchte zwei Minuten lang und versuchte das Geschehen im Inneren des Salons, zu überhören. Besonders Melanies süßes Lachen. Er wollte, dass sie auf der Stelle damit aufhörte, George auf die gleiche Weise anzusehen, wie sie ihn beim Tanzabend angesehen hatte. Wie er diesen Mistkerl in diesem Augenblick hasste. Warum interessierte sich sein Rivale ausgerechnet für Melanie, wo er doch ihre Schwester Jane haben könnte? Richard selbst war mittlerweile verlobt, aber das kümmerte ihn recht wenig, er wollte Melanie trotzdem für sich. Deswegen würde er es niemals zulassen, dass George von Bellagarde sie bekäme.

Kapitel 17   Der Wald

22. Mai 1875

Später am Abend forderte die Gräfin D'Argies ihre Gäste auf, gemeinsam einen Spaziergang durch den Park zu unternehmen, um dem Gesangskonzert ihres Bruders zu entfliehen. George und Melanie gingen zunächst zu zweit los, wurden aber schnell von Jane eingeholt. Die Drei unterhielten sich über Musik und es stellte sich heraus, dass Melanie und George den gleichen Musikgeschmack hatten. Jane war über diese Entwicklung weniger erfreut. Sie hatte gehofft, nach der Pleite mit Richard von Crussol, endlich den Hauptgewinn mit George von Bellagarde zu ergattern. Doch schon wieder kam ihre kleine Schwester dazwischen. Wie schaffte sie das bloß? Jane war hübscher und größer als Melanie, aber aus unerklärlichen Gründen flogen die Männer auf sie, wie Bären auf Honig. Direkt hinter ihnen ging Richard, allein. Er beobachtete George dabei, wie er sich an Melanie ranschmiss. Sein Gegenspieler war äußerst geschickt, er pickte sich die Themen raus, für die sie eine Vorliebe hatte, und redete mit ihr ausführlich darüber. Es wirkte nicht wie eine offene Anmache, aber dennoch hatte er dadurch ihre komplette Aufmerksamkeit. Richard hatte genug gesehen. Es war höchste Zeit, die beiden Turteltauben voneinander zu trennen. Er wartete den Augenblick ab, als George von Jane abgelenkt wurde und zog Melanie an der Hand, so dass diese sich abrupt zu ihm umdrehte und stehen blieb. Irritiert sah sie

Richard an. Er legte seinen Zeigefinger auf seine Lippen und verdeutlichte ihr damit, still zu sein. Dann drehte er sich um und marschierte geradewegs zu einem weißen Pavillon und hielt Melanie fest an der Hand. Sie blieben dahinter stehen und waren nicht mehr im Blickfeld und Hörweite der anderen Gäste.

„Was soll das hier werden, Melanie?", herrschte Richard sie an.

„Äh, was genau meinst du?", sie konnte beim besten Willen nicht sagen, was er von ihr wollte.

„Das Flirten mit George. Wird es hier so eine Art Spielchen? Auf so einen Kinderkram habe ich keine Lust", stellte Richard klar und sah sie finster an.

„Was geht dich das an? Du bist mit Elisabeth D'Argies verlobt! Glückwunsch übrigens", warf ihm Melanie zurück. „Interessante Tatsache, wenn man bedenkt, wie du mit mir an dem Abend beim Herzog von Guise getanzt und mich anschließend gefragt hast, ob ich deine Freundin sein möchte. Wer spielt hier eigentlich mit wem?"

„Was ist daran so schlimm, meine Geliebte zu sein?", wollte Richard wissen. Er hatte es nie zuvor erlebt, dass eine Frau ihm gegenüber abgeneigt war.

Melanie glaubte nicht, was sie da soeben gehört hatte, und starrte ihn fassungslos an. Er gab es sogar offen zu, dass er sie als seine Gespielin degradieren wollte.

„Weil ich mehr wert bin als ein gottverdammter Betthüpfer!", konterte Melanie laut.

„Du hältst dich für etwas Besseres? Tja, ob dem so ist, beurteile am Ende immer noch ich! Du bist nur Wachs in meinen Händen!", Richard wurde lauter und trat näher an sie heran.

„Ich gratuliere dir. Du hast mir soeben komplett die Laune verdorben! Ich wünschte, ich hätte auf die Warnungen gehört und mich von dir ferngehalten, denn jedes Aufeinandertreffen mit dir endet in einem Desaster! Zuerst das Duell. Seitdem darf ich mich über eine Wunde am Arm erfreuen. Dann der Tanzabend, an dem ich meinen Ruf fast ruiniert hätte, weil die ganze Stadt denkt, ich hätte mit dir eine Liaison. Und jetzt machst du mir aus heiterem Himmel eine Szene!", schrie Melanie ihn an.

„Ich bereite dir wohl sehr viel Kummer", sagte Richard spöttisch und musste sich zusammenreißen, um sie nicht auf der Stelle zu küssen.

„Allerdings, und wie!", fauchte Melanie ihn an und hätte ihn am liebsten von sich weggeschubst.

„Dann ist es wohl besser, wir gehen uns ab sofort aus dem Weg!", entgegnete Richard und entfernte sich einige Schritte von ihr. Melanie schaute ihn einen kurzen Augenblick schweigend an. Wie hatte sie nur eine einzige Sekunde daran geglaubt, dass er aufrichtige Gefühle für sie empfand? Sie war zutiefst enttäuscht und verletzt. Sie lief wutentbrannt geradewegs in ein kleines Waldstück direkt neben dem Pavillon. Denn sie brauchte Zeit, um sich abzureagieren, bevor sie wieder zu den Anderen zurückging. Melanie stampfte durch den Wald. Die Sonne war bereits untergegangen und es herrschte Abenddämmerung.

„Was bildet sich dieser Kerl ein? Wenn, dann hält er sich für etwas Besseres", ging es Melanie durch den Kopf. Wieso konnte er sie nicht in Ruhe lassen? Warum war er seit ihrer ersten Begegnung wie eine immer wiederkehrende Plage für sie? Um sie herum war es gespenstisch leise. Die Singvögel hatten sich schon alle schlafen gelegt. Die Bäume waren hochgewachsen und so langsam wurde der Wald undurchdringlicher. Melanie lief immer weiter geradeaus und bemerkte erst nach einigen Minuten, dass sie nicht alleine war. Etwas folgte ihr und raschelte durch die Blätter am Waldboden. Sie bekam Angst. Womöglich war ihr ein Raubtier auf der Spur und Melanie hatte keine Waffe dabei, um sich zu währen. Sie drehte sich schnell um und war erleichtert, festzustellen, dass es sich nur um

Richard handelte. Sie atmete geräuschvoll aus und legte sich eine Hand auf die Brust.

„Warum verfolgst du mich? Hast du nicht soeben gesagt, dass wir uns besser aus dem Weg gehen sollten?", fragte Melanie ihn vorwurfsvoll.

„Du bist alleine in einen Wald hinein gegangen. Es kann dir hier alles Mögliche passieren", rechtfertigte sich Richard.

„Plötzlich interessierst du dich für mein Wohlergehen, nach dem du mir so viel geschadet hast", Melanies Stimme triefte nur so von Sarkasmus. „Geh! Ich will nichts mehr mit dir zutun haben!"

Richard war entsetzt. Sie wagte es, ihm zu befehlen, und schickte ihn dazu noch fort? Melanie drehte sich wieder um und marschierte weiter.

„Bleib stehen!", rief er ihr nach. Nie zuvor hatte sich eine Frau ihm widersetzt.

„Du hast mir nichts mehr zu sagen!", stellte sie klar.

Richard verlor endgültig die Geduld. Er beschleunigte seine Schritte und packte sie unsanft am linken Arm. Sie riss sich wieder von ihm los und dabei zog er ihr den linken Handschuh aus. Melanie sah überrascht zu ihm auf, verdrehte genervt die Augen und wollte weiter gehen. Doch Richard fasste sie mit seinen Händen grob an den Oberarmen und schleuderte sie mit dem Rücken gegen den nächsten Baum. Melanie schrie auf vor Schmerz. Sie zerrte an seinen Armen und versuchte, sich zu befreien, aber Richard verstärkte nur seinen Griff und schaute sie gefährlich an. Er war plötzlich wie von Sinnen. Er presste ihren Körper fester gegen den Baum und nahm ihre Beine hoch. Sie konnte ihm nicht mehr entkommen. Melanie schlug ihm mit den Fäusten auf die Brust, aber er griff wieder ihre Arme und drückte sie nach unten. Dann verfing er sich in ihrem Hals und biss zu. Sie stöhnte auf.

„Ja, stöhne noch mehr für mich!", befahl er ihr in seinen

Natalie Mec

Gedanken.

Richard spürte das Verlangen in ihm auflodern. Er strich mit seinen Händen an ihren Oberschenkeln entlang und packte sie an ihrem Hintern. Melanie wehrte sich weiter, doch sie konnte sich nicht von ihm befreien. Er war zu stark für sie. Seine Hände wanderten zu seinem Hosenstall und er war gerade dabei ihn zu öffnen. Melanie zitterte am ganzen Leib und ihr kamen Tränen in die Augen. Was hatte er nur mit ihr vor? Sie konnte nicht mehr und gab auf, sich körperlich zu währen.

„Lass mich los", sagte sie und ihre Stimme bebte.

Er hörte sie nicht, stattdessen schaute er auf ihr Dekolleté runter und konnte seine Gier nicht mehr stoppen. Da legte Melanie ihm ihre Hand auf die Wange und erst dann sah er ihr ins Gesicht. Sie weinte. Er stockte in seinem Vorhaben.

„Lass mich bitte wieder los. Ich flehe dich an, Richard. Es tut weh."

Er sah ihr fest in die Augen. Seine Lippen waren nur wenige Zentimeter von ihrem Mund entfernt. Er könnte sie jetzt so leicht haben. Sie war ihm ausgeliefert. Aber etwas hielt ihn davon ab. Es war die Furcht in ihren Augen. Sie sollte ihn wollen, nicht am ganzen Körper vor Angst schlottern. Da kam Richard wieder zu Verstand. Was tat er hier bloß? War er verrückt geworden? Er ließ ihre Beine langsam zu Boden sinken und ging einen Schritt nach hinten. Melanie sah ihn an und zitterte heftig. Was hat er nur angerichtet? Er näherte sich ihr wieder und wollte sie um Verzeihung bitten, da erschrak sie und lief davon. Sie rannte, so schnell sie konnte. Wohin genau, wusste sie nicht. Nur weit weg von diesem Ort, raus aus diesem verdammten Wald. Es kümmerte sie nicht, dass der Saum ihres Kleides an Büschen zerrissen wurde, auf keinen Fall würde sie jetzt langsamer werden. Sie erreicht das Ende des Waldes und überquerte den Park. Sie lief so lange, bis sie wieder im Schloss angelangt war. Dort begab sie sich ins nächste Badezimmer und sperrte ab.

Blitz und Donner

Melanie saß zitternd auf dem Fußboden und lauschte jedem Geräusch, das hinter der Tür war. Sie wagte sich erst wieder raus, als sie die Stimmen ihrer Familienmitglieder hörte, die von dem Spaziergang zurückgekehrten waren. Ihre Eltern fragten Melanie, wo sie gewesen sei und warum ihr ein Handschuh fehlte. Sie antwortete, dass ihr das Essen nicht gut bekommen wäre und sie deswegen schnell die Toilette aufgesucht hatte. Und den Handschuh hatte sie unterwegs verloren. Thomas von Bouget merkte, dass etwas mit seiner Tochter nicht stimmte. Sie wirkte verstört und vermied es, ihm in die Augen zu sehen. Etwas war vorgefallen. Er nahm sich vor, sie zu einem späteren Zeitpunkt darauf anzusprechen. Die Familie von Bouget und die Familie von Bellagarde verabschiedete sich von der Gastgeberin und stiegen in ihre Kutschen ein.

Die nächtliche Landschaft zog langsam vorbei und George sah verträumt aus dem Fenster.
„Wir haben heute Abend drei liebreizende junge Damen kennengelernt", sagte seine Mutter plötzlich. „War eine unter ihnen, die dir gefallen hat?"
„Ja, könnte man so sagen", entgegnete ihr Sohn und lächelte gedankenverloren.

Richard blieb eine ganze Weile an derselben Stelle im Wald stehen, an der Melanie ihn verlassen hatte. Er hielt ihren Handschuh in seinen Händen fest und ertrug das Gefühl des Verlustes. Er hatte alles zerstört und sie unbeabsichtigt verloren und sein Herz schrie vor Schmerz.

Natalie Mec

Kapitel 18 Das Erwachsenwerden

23. Mai 1875

Wann endet für jemanden die eigene Unschuld? Für jeden zu einem unterschiedlichen Zeitpunkt und auf unterschiedliche Weise. Für Melanie endete sie jetzt und es fühlte sich brutal an. Sie saß auf dem Rand der Badewanne in ihrem eigenen Badezimmer und wartete, bis die Wanne mit Wasser volllief. Sie hatte die Hände unter ihrem Kinn gefaltet und war in Gedanken versunken, als es an der Tür klopfte und Melanie erschrocken zusammenzuckte.

„Mademoiselle? Ihre Mutter fragt, wann Sie zum Frühstück runterkommen wollen?", erkundigte sich Jessika Petit hinter der verschlossenen Tür.

„Bitte sag ihr, dass ich keinen Hunger habe und ein Bad nehme", antwortete Melanie. Sie wollte momentan niemanden sehen.

Jessika entfernte sich wieder, um Madame von Bouget Bescheid zu geben.

Melanie atmete tief durch. Sie stand auf und ging zum großen Spiegel. Ihr Spiegelbild war auf den ersten Blick so wie immer, doch das täuschte. Melanie nahm ihre Haare zur rechten Seite und betrachtete ihren Hals. Unterhalb des linken Ohrs befand sich ein großer blauer Fleck. Das war die Stelle, an der Richard sie gebissen hatte. Sie schaute entsetzt, aber das Schlimmste stand ihr noch bevor. Sie öffnete ihren Bademantel und ließ ihn zu Boden fallen. Der Anblick ihres nackten Körpers verschlug ihr fast den Atem. Ihre Arme waren grün und blau. Auf dem Rücken hatte sie eine Prellung und auf ihrem Hintern waren blaue Flecken in der Anordnung von zwei Händen, Richards Händen. Melanie kniete sich auf den Boden und schlang die Arme um sich. Tränen stiegen ihr in die Augen und sie kämpfte erbittert dagegen an, in ein emotionales Loch zu fallen.

„Steh auf", sagte sie leise. Er durfte sie nicht besiegen. Sie gab niemals auf. Alles andere wäre Verrat an ihr selbst.

„Steh auf", Melanies Stimme klang selbstsicherer.

„Steh endlich auf!", rief sie laut und rappelte sich wieder hoch. Sie atmete ein paar Mal tief durch, ging dann zu der vollgelaufenen Wanne und setzte sich vorsichtig rein. Das warme Wasser beruhigte ihre Nerven und langsam wurden ihre Gedanken wieder klarer. Sie nahm sich vor, keiner Menschenseele von dem Vorfall im Wald zu erzählen. Niemand sollte jemals davon erfahren. Sie musste jetzt die Kraft aufbringen, die Geschehnisse alleine zu bewältigen. Ihr Ruf in der Öffentlichkeit war bereits angekratzt, da brauchte sie keine Plappermäuler, die ungewollt etwas weiterverbreiteten und Melanie zum Schluss als Richards angebliche Geliebte endete. Nein, das würde sie niemals zulassen. Zudem schämte sie sich. Sie hatte sich selbst in diese prekäre Situation gebracht, indem sie in den Wald hineingelaufen war. Abgesehen davon war da neben der Kränkung und dem Schamgefühl noch etwas anderes, das Melanie Sorge bereitete. Ein Gefühl, das sie bis jetzt nicht kannte und ihr fiel dafür kein Begriff ein. Dieses Gefühl saß tiefer, in Richtung ihres Unterleibs. Ein Kribbeln, ausgelöst durch den Moment, als Richard sie an den Beinen festgehalten und gegen den Baum gepresst hatte. Sie hatte sich in dem Augenblick gefürchtet, aber andererseits hatte dieses merkwürdige Gefühl ihr zugeflüstert, dass Richard weitermachen sollte. Was war nur geschehen? Melanie verstand es nicht. Sie lag eine halbe Stunde lang in dem wohltuenden Wasser, bis es kalt wurde. Es wurde langsam Zeit, sich der Welt wieder zu zeigen. Sie stieg aus der Wanne aus und zog ein bodenlanges Kleid an und dazu eine dünne Jacke mit einem hohen Kragen. Sie ließ ihre Haare offen, um ihren Hals zusätzlich zu verdecken, und verließ das Zimmer. Als Melanie den Speisesaal betrat, waren die übrigen Familienmitglieder mit dem Frühstück bereits fertig und nicht mehr im Raum. Umso besser. Sie setzte sich an den Tisch und nahm etwas zu sich, verspürte aber keinerlei Appetit. Direkt danach schlenderte sie in den Garten und legte sich auf die große Bettschaukel. Sie betrachtete die Umgebung um sich herum. Alles hatte sich für sie verändert: der blaue Himmel, die Bäume, das Gras, die Vögel und sogar die Sonne. Es erschien weniger reizvoll, weniger aufregend, weniger lebenswert. Melanie dämmerte vor sich her. Ihr fehlte jeglicher Antrieb, etwas mit dem Tag anzufangen.

„Was soll die Jacke? Wir haben doch Sommer, es ist warm", fragte Jakob lachend und kam auf sie zu. Er legte sich neben seiner Schwester auf die Bettschaukel und sah sie amüsiert an.

„Mir ist kalt", sagte Melanie leise.

Jakob betrachtete sie in Ruhe. Sie war ungewöhnlich still. „Wir machen uns Sorgen um dich. Du hast seit gestern Abend kaum gesprochen und bist heute nicht zum gemeinsamen Frühstück erschienen. Was hast du?", Jakob war ernsthaft besorgt.

„Wie gesagt, das gestrige Abendessen ist mir nicht gut bekommen, seitdem habe ich einen flauen Magen und mir ist übel", erklärte Melanie und schloss die Augen. Jakob entschied, nicht weiter zu bohren.

„Mama, Jane und Veronika wollen gleich in die Stadt, um neue Kleider für den Ball zu kaufen. Möchtest du mit ihnen kommen? Du brauchst doch ebenfalls ein neues Outfit", sagte

Jakob und war überrascht, dass Melanie ihm nicht antwortete, sondern aufstand und fortging. Dieses Verhalten passte so gar nicht zu ihr. Was stimmte nicht mit ihr?

    Melanie schleppte sich zum Pferdestall. Sie entdeckte Nero auf der Koppel und begrüßte ihn mit einer Umarmung. Ihr bester Freund spürte, dass mit ihr etwas nicht in Ordnung war und knabberte ihr an den Haaren. Melanie schaute traurig zu Boden. Warum war Richard der Ansicht, sie wäre nicht mehr wert als eine Hure? Entsprach das der Wahrheit? Sie atmete schwer aus und schloss die Augen. Die Tanzbälle interessierten sie nicht mehr, deshalb brauchte sie keine neuen Kleider. Egal ob ihre Mutter damit einverstanden war oder nicht. Sie wollte keine Männer mehr sehen. Sie wollte Richard nicht sehen. Nero wieherte und hob seinen Kopf mehrmals nach oben. Melanie schaute zu ihm und er stupste sie mit den Nüstern an der Schulter. Als würde er ihr damit sagen, Kopf hoch und lasse dich nicht unterkriegen. Und er hatte absolut Recht. Sie nickte leicht und Tränen stiegen ihr in die Augen. Noch eine ganze Weile blieb sie bei ihrem besten Freund und weinte leise, während sie über sein Fell strich.

Später am selben Tag fand der Baron von Bouget seine jüngste Tochter in der Bibliothek. Melanie saß an einem Tisch mit einem Stapel Bücher vor sich und war gerade in einem Kapitel über die Buchführung vertieft. Er setzte sich zu ihr und betrachtete sie intensiv. Sie hatte sich über Nacht verändert. Melanie wirkte ernster und nachdenklicher.

    „Was ließt du da, mein Schatz?", fragte er seine Tochter.

    „Bücher über Buchhaltung und allgemeine Wirtschaft", antwortete sie, ohne aufzusehen.

    „Warum liest du dir Bücher über Buchhaltung und allgemeine Wirtschaft durch?", Monsieur von Bouget war leicht verwundert.

„Weil ich mein eigenes Gewerbe gründen möchte. Ich habe beschlossen, Pferdezüchterin zu werden", offenbarte Melanie.

Ihr Vater sah sie mit offenem Mund an.

„Dein eigenes Gewerbe? Warum denn das?", fragte er interessiert.

„Warum nicht. Dann verdiene ich mein eigenes Geld", entgegnete Melanie gelassen.

„Hast du nicht vor, einen reichen Mann zu heiraten, wie deine älteren Schwestern?", fragte der Vater schmunzelnd.

„Nein, genau das habe ich nicht vor, Papa. Ich werde mein eigener Herr", sagte Melanie entschieden.

Thomas runzelte besorgt die Stirn. Woher kam plötzlich diese Abneigung gegenüber Männern? Er drehte sie zu sich um und sah ihr fest in die Augen. Sie wirkte reifer, aber da war noch etwas anderes. Sie meinte es ernst mit der Gründung ihres eigenen Gewerbes, ohne jegliche Naivität.

„Melanie, es ist nicht alles in Ordnung mit dir, stimmt's?", fragte der Vater direkt.

„Ja", antwortete die Tochter knapp.

„Verrätst du mir bitte, was los ist?", bat er sie.

„Nein", entgegnete Melanie und schaute wieder runter auf ihr Buch. Monsieur von Bouget blieb kurz bei ihr sitzen. Offenbar brauchte sie etwas Freiraum. Er stand von seinem Stuhl auf und war dabei die Bibliothek zu verlassen, als Melanie ihm zurief: „Papa, hilfst du mir bei der Gründung meines Geschäfts? Ich fürchte, dass ich als Frau nicht die Rechte dazu besitze, ein eigenes Gewerbe anzumelden."

„Natürlich, Liebes", entgegnete der Vater sanft.

Melanie nickte leicht und widmete sich weiter ihren Studien. Sie wollte ihm nichts von dem schrecklichen Geschehen im Wald erzählen aus Furcht, er würde dann seine Pistole nehmen und Richard dafür eine Kugel in den Schädel jagen.

Die Tage darauf verbrachte sie viel Zeit in der Bibliothek, um zu studieren. Ihre Mutter bezeichnete sie als ein törichtes Kind, weil Melanie sich weigerte, auf den nächsten Ball mitzukommen.

„Was willst du mit einem eigenen Gewerbe? Such dir lieber einen vernünftigen Mann! Lass doch diese dumme Idee ruhen und komm mit uns. Ich kaufe dir jedes Kleid, das du haben möchtest", flehte Johanna ihre Tochter an.

„Nein", lautete Melanies kurze Antwort und sie ging nicht mehr auf die Diskussionen ihrer Mutter ein. Sie hatte sich entschieden und keiner würde sie in ihrem Vorhaben stoppen. Zum Schluss fuhr Madame von Bouget mit ihrem Mann und den beiden ältesten Töchtern zum nächsten Ball und gab entnervt auf, ihre Jüngste überreden zu wollen.

Melanie und Jakob blieben daheim, um an der Geschäftsidee zu feilen. Melanie hatte etwas Entscheidendes über die Pferdezucht gelernt. Es kam vor allem darauf an, dass die gezüchteten Pferde von edelster Herkunft waren und zwei wichtige Eigenschaften in sich vereinten: Gesundheit und Harmonie. Beide Geschwister waren der Ansicht, dass Nero der geeignetste Kandidat dafür war. Denn er war nicht nur stark und gesund, sondern auch ausgeglichen und seiner Besitzerin treu ergeben. Abgesehen davon war Nero ein Siegerpferd, das ließ seinen Wert ungemein steigen. Es fehlten demnach nur ein paar Stuten. Melanie überlegte, welche zu kaufen. Sie hatte zwar noch den Großteil ihres Preises vom Pferderennen, aber, ob das ausreichen würde, war fraglich. Jakob bot ihr an, sie finanziell zu unterstützen, denn schließlich hatte er ein beträchtliches Vermögen beim Rennen gewonnen. Und das verdankte er ganz allein Nero und Melanie. Also warum nicht in die beiden investieren? Melanie fiel bei Jakobs Bemerkung bezüglich seiner Unterstützung ein, dass noch jemand Anderes ihr dieses Angebot vor geraumer Zeit unterbreitet hatte. Der Kaiser. Sie war sein Günstling und genoss all die damit verbundenen Vorteile. Sie schrieb einen Brief an den Kaiser Alexander persönlich, in dem sie ihn um eine Audienz bei ihm bat. Denn sie hatte eine Idee, wie er ihr weiterhelfen könnte.

Am Tag darauf saß wieder die gesamte Familie am Frühstückstisch. Jane und Veronika erzählten lebhaft über den gestrigen Abend und wirkten überglücklich. Alle anwesenden Kavaliere hatten sich für die beiden interessiert. Kein Wunder, nach dem Melanie der Öffentlichkeit gezeigt hatte, dass eine Tochter aus dem Hause von Bouget sogar die Aufmerksamkeit eines Kaisers auf sich ziehen konnte. Madame von Bouget war sichtlich stolz auf ihre Töchter. Veronika hatte sich hauptsächlich mit dem Grafen von Ailly unterhalten und mit ihm getanzt. Ihre Mutter war der Meinung, dass er ein überaus gutaussehender junger Mann war. Seinen schlechten Ruf als Frauenhelden ignorierte sie dabei scheinbar ganz.

Jakob schaute während der Erzählung betrübt und verspürte plötzlich keinen Appetit mehr.

Und Jane? Sie hatte am gestrigen Abend mit dem begehrtesten Junggesellen der Stadt getanzt, und zwar mit keinem Geringerem als dem George von Bellagarde.

Jane und der junge Grafensohn hätten sich hervorragend verstanden und es würde Johanna nicht wundern, wenn ihre älteste Tochter schon bald sein Herz eroberte.

Was dabei keiner der Familienmitglieder wusste, war, dass George Bälle verachtete, weil diese Art von gesellschaftlichen Veranstaltungen gegen seine Prinzipien verstieß. Er war gestern trotzdem dort erschienen, und zwar aus einem einzigen Grund. Er wollte eine bestimmte junge Dame wiedersehen, die zu seinem Bedauern nicht anwesend war. Stattdessen hatte er an dem Abend mit ihrer großen Schwester getanzt.

Blitz und Donner

Natalie Mec

Kapitel 19   Das Geschenk

25. Mai 1875

Melanie war überaus dankbar, recht zeitnah eine Audienz beim Kaiser erhalten zu haben. Der Monarch hatte sich über ihr Kommen sehr gefreut und sie als 'den Blitz' begrüßt. Gemeinsam unternahmen sie einen Spaziergang im Garten des Palasts und Melanie weihte den Kaiser in ihre Geschäftspläne ein. Es überraschte Alexander nicht im Geringsten, dass sie vorhatte, ihr eigenes Gewerbe zu gründen. Schließlich war sie sein Günstling und er schätzte sie als äußerst intelligent und mutig ein.

„Und welche Rolle soll ich in Ihren Plänen spielen, Mademoiselle Melanie?", fragte er, nachdem sie zu Ende erzählt hatte.

„Ich wollte Sie fragen, ob Sie mir ein paar Ihrer Kontakte bezüglich anderer Pferdezüchter vermitteln könnten? Ich würde mir von denen einige Stuten abkaufen", erklärte Melanie. Sie ging davon aus, dass der Kaiser die besten Lieferanten des Landes hatte, und sie somit an die edelsten Pferde gelangen würde.

Alexander überlegte kurz. Melanie hatte einen geeigneten Hengst für die Zucht und sie selbst würde den Nachwuchs ausgezeichnet großziehen und trainieren lassen, da war er sich zu hundert Prozent sicher.

„Wie wäre es stattdessen, wenn ich Ihnen einige meiner Stuten überlasse? So zu sagen als Geschenk. Und als

Gegenleistung erhalte ich von Ihnen einen Nachkommen aus der Verbindung zwischen Nero und einer meiner Stuten", unterbreitete Alexander ihr das Angebot.

Melanie lächelte und entgegnete darauf: „Genialer Einfall, Eure Majestät. Die Brut meines Pferdes wird nur so von Kraft und Schönheit protzen, denn Nero ist ein Champion!"

Der Kaiser lachte laut. „Ja, genau wie Sie", merkte er an und musterte Melanie von oben bis unten. „Ich werde Ihnen vier meiner besten Stuten liefern lassen. Und ich wünsche, dass Sie mich wöchentlich über die Geschäfte auf dem Laufenden halten. Erscheinen Sie nächsten Dienstag persönlich zur selben Uhrzeit wie heute hier im Palast", ordnete Alexander an.

Melanie willigte sofort ein. Dieses Gespräch war besser verlaufen, als sie es sich vorgestellt hatte. Auch der Kaiser freute sich über die gemeinsame Geschäftsarbeit und vor allem darüber, Melanie regelmäßig zu treffen.

Natalie Mec

Kapitel 20   Der Kunde

29. Mai 1875

George hatte lange genug gesucht. Bereits zum zweiten Mal drehte er eine Runde in dem großen Ballsaal. Doch die junge Dame, die er unbedingt sehen wollte, war nirgends anzutreffen. Sie war wieder nicht gekommen. Die anderen heiratswilligen Ladys belagerten ihn schon fast und Jane von Bouget warf ihm immer wieder Blicke zu, aber er wich ihr geschickt aus. Er hatte sich ausführlich genug mit ihr unterhalten, um zu wissen, dass sie genau wie die Anderen war: schön anzusehen und gierig nach seinem Vermögen und edler Herkunft. Ihre Schwester Melanie war hingegen anders. Sie überzeugte durch ihre eigene Leistung und war dazu noch überaus hübsch. Er verließ die Soirée, ohne mit einer einzigen Dame getanzt zu haben, und überlegte sich eine andere Vorgehensweise.

Einige Tage später lag Melanie im Garten herum und genoss die Stille. Ihre Geschwister und Eltern waren alle aus dem Haus. Sie war endlich allein und keiner störte sie beim Gedankensortieren. Das Studium und die Gründung des eigenen Gewerbes erforderten viel Zeit und Aufwand, aber Melanie war mit Herz und Seele bei der Sache und es bereitete ihr Freude. Doch manchmal, wenn sie etwas weniger zutun hatte, dann kamen die Erinnerungen wieder hoch, so wie in diesem Moment. Richards Gesicht erschien vor ihrem geistigen Auge. Er war ganz nah bei ihr. Seine Arme umklammerten sie und er sah sie an, als würde er sie gleich verschlingen. Seine Kleidung roch nach Zigarettenrauch und dann biss er zu. Melanie atmete ruckartig ein und das eigenartige Kribbeln in ihrem Körper kam wieder.

„Mademoiselle, es ist Besuch für Sie gekommen", kündigte der Butler an und riss Melanie aus ihren Träumen raus.

„Und wer bitteschön ist es?", sie klang verärgert.

„Monsieur George von Bellagarde", antwortete Emanuel Bernard sachlich.

Melanie hob ihren Kopf und sah ihn überrascht an. „Und er ist nicht für meine Schwester Jane gekommen?"

„Ja, er hat ausdrücklich nach Ihnen verlangt", versicherte Monsieur Bernard.

Melanie war mehr als verwundert. Warum sollte George sie besuchen wollen? Sie stand vom Rasen auf und strich ihr Kleid glatt. Der Butler geleitete sie in den Salon, wo George auf sie wartete. Seine Augen leuchteten auf, als er Melanie endlich erblickte.

„Guten Tag, Monsieur von Bellagarde. Mit ihrem Besuch habe ich gar nicht gerechnet", gab sie offen zu.

„Einen wunderschönen guten Tag, Mademoiselle von Bouget. Ich habe Sie leider nicht auf den Tanzbällen treffen können und bin daher zu dem Entschluss gekommen, Sie persönlich aufzusuchen", erklärte George und hoffte, dass sein plötzlicher Besuch nicht zu aufdringlich wirkte.

„Ach, wissen Sie, ich habe keine Zeit für Tanzbälle, denn ich bin gerade dabei mein eigenes Geschäft zu gründen und benötige die gesamte Energie dafür", erklärte Melanie ihre Abwesenheit.

„Sie gründen Ihr eigenes Geschäft? In welcher Branche, wenn ich fragen darf?", George war sichtlich beeindruckt.

„Pferdezucht. Möchten Sie vielleicht später eines meiner Pferde ergattern?", fragte Melanie amüsiert.

„Ja, warum nicht", entgegnete George und lächelte.

„Großartig und schon habe ich den ersten potenziellen Kunden!", sagte sie und war selbst erstaunt, wie schnell das ging. „Aber worüber wollten Sie mit mir sprechen, dass Sie mich extra besuchen kommen?", Melanie kam auf das ursprüngliche Thema zurück.

George zögerte kurz. Er atmete tief ein und sagte: „Am Abend bei der Gräfin D'Argies hatten wir, Sie und ich, festgestellt, dass wir uns für die gleiche Musikrichtung interessieren. Ich habe es nicht vergessen, dass Sie den Blumenwalzer von Peter Ilijitsch Tchaijkowskij auf dem Klavier gespielt haben. Mögen Sie seine Werke?"

„Ja, er ist einer meiner Lieblingskomponisten", antwortete Melanie und fragte sich, worauf George hinaus wollte.

„In einigen Tagen findet ein Konzert statt, auf dem die besten Kompositionen aus seinen berühmtesten Ballette-Stücken aufgeführt werden. Und ich wollte Sie fragen, ob Sie mich dorthin begleiten möchten", George atmete tief durch. Diese Frage an Melanie zu richten, war schwieriger gewesen, als erwartet. Er war nervös. Was wenn sie nein sagte?

Sie überlegte ein paar Sekunden lang. Auf ein Konzert hätte sie schon Lust, aber was erhoffte George sich davon?

„Wie wäre es stattdessen mit einem Essen?", schlug sie vor. „Dann können wir über das Geschäftliche reden."

George schmunzelte. Melanie war nicht so leicht zu knacken. Gut, es sollte ihm recht sein. „Einverstanden. Ein Geschäftsessen. Und anschließend der Besuch beim Konzert. Denn wissen Sie, in meiner Loge warten mit aller Wahrscheinlichkeit weitere mögliche Kunden auf Sie und das sollten Sie sich nicht entgehen lassen. Zumindest wäre dies die beste Chance, neue Kontakte zu knüpfen.", versuchte George sie zu ködern.

Melanie musste zugeben, dass er Recht hatte. Es wäre falsch, sich vor der Welt zu verstecken. Es ist besser, wenn sie sich ein

Netzwerk aufbaute. Und durch George konnte sie an exzellente Verbindungen rankommen.

„Sie haben mich überzeugt. Ich bin einverstanden. Geschäftsessen und Konzert. Wann und wo soll ich erscheinen?", fragte Melanie und freute sich, dass ihre Idee langsam an Reife gewann.

„Ich hole Sie am Montagabend um 17 Uhr von zuhause ab", antwortete George und lächelte über beide Ohren.

„In Ordnung, dann sparen wir uns eine Kutsche", sagte Melanie und erwiderte das Lächeln.

„Ich freue mich bereits auf den gemeinsamen Abend. Bis dahin wünsche ich Ihnen ein erholsames Wochenende, Mademoiselle", entgegnete George und verabschiedete sich von ihr. Er verbeugte sich leicht und sah beim Hinausgehen überaus zufrieden aus. Melanie war noch aufregender, als er angenommen hatte. Sie wollte Pferdezüchterin werden. So etwas hatte er zuvor von keiner jungen Frau gehört. Er war gespannt darauf, was sie ihm noch von sich preisgeben würde.

Nachdem George gegangen war, begab sich Melanie auf ihr Zimmer und durchstöberte ihren Kleiderschrank nach einem passenden Outfit. Es sollte seriös und elegant wirken. Am Ende fand sie nichts, was ihr gefiel. Das hieß, sie würde sich etwas Neues besorgen. Also sattelte sie Nero und ritt mit ihm in die Hauptstadt. Die Passanten auf den Straßen waren es nicht gewohnt, eine Frau in einem normalen Sattel wie ein Mann reiten zu sehen, denn sie warfen Melanie verstohlene Blicke zu und tuschelten. Deren Gerede war ihr gleich. Sollten sich die Leute an den Anblick gewöhnen, sie würde sich für nichts und niemanden ändern. Sie steuerte zielstrebig den Kleiderladen Sior an und hielt davor. Melanie verbrachte insgesamt über eine Stunde in dem Laden, bis sie dann mit ihrem Einkauf fröhlich wieder hinausging. Sie verstaute die Ware in den großen Satteltaschen und wollte soeben auf Nero aufsteigen, als sie jemand Bekannten aus dem Geschäft nebenan kommen sah. Sie erstarrte vor Schreck, als sie Richard erkannte. Er war alleine unterwegs und bemerkte sie ebenfalls. Beide sahen sich in die Augen und rührten sich nicht von der Stelle. Als Richard endlich den Mut fasste und auf Melanie zuging, drehte sie sich erschrocken um und überquerte schnell zusammen mit Nero die Straße. Auf der anderen Seite angekommen, stieg sie auf ihr Pferd und galoppierte davon. Richard schaute ihr sehnsüchtig nach, bis sie außer Sicht war, und sah dann traurig zu Boden.

    Melanie kam schweißgebadet wieder zuhause an. Sie legte ihre Einkaufstaschen neben ihr Bett, schloss die Tür hinter sich zu und fiel wild schnaufend auf die Knie. Tränen kamen ihr in die Augen. Sie hatte das Gefühl, ein Kloß würde ihr im Hals stecken. Warum musste sie Richard wiederbegegnen? Wieso konnte er nicht einfach von der Bildfläche verschwinden? Und weshalb um alles in der Welt vermisste sie ihn?! Er hatte sie verletzt, sie erniedrigt und beschimpft. Er war verlobt, verdammt noch mal! Und offenbar hatte er mit ihr nur gespielt. Er wollte sie als seine Geliebte, mehr war sie in seinen Augen nicht wert. Melanie stand wieder auf. Sie war außer sich vor Zorn. Wenn dieser Mistkerl davon ausging, sie wäre ein Opfer, dann würde sie ihm zeigen, dass er sich gewaltig irrte. Sie war eine angehende Geschäftsfrau und diese Tatsache würde sie ihm ins Gesicht klatschen!

BLITZ UND DONNER

Natalie Mec

Kapitel 21 Der Geschäftstermin

31. Mai 1875

Madame von Semur war gemeinsam mit ihrer Tochter und ihrem Enkel zu Besuch bei ihren Lieblingsnachbarn, der Familie von Bouget. Jakob und Sebastian waren schnell gemeinsam im Garten verschwunden und trieben Unfug. Während Johanna die beiden Damen im Frühstücksraum mit Kaffee und Kuchen versorgte. Zeitgleich empfingen im großen Salon nebenan Jane und Veronika Besuch von einigen Herren, die um ihre Gunst warben.

„Ihre Töchter sind wahrlich eine Augenweide", schmeichelte Monika ihrer Gastgeberin.

„Danke fürs Kompliment. Ja, meine Mädchen sind in ihrer Schönheit voll aufgeblüht", erwiderte Johanna stolz.

„Was macht eigentlich eure wertvollste Perle?", fragte Madame von Semur neugierig. „Ich habe Melanie heute noch gar nicht gesehen."

Die Baronin von Bouget stutzte bei der Bemerkung. Offenbar war ihre Nachbarin der Überzeugung, dass Melanie ihren zwei Schwestern überlegen war. Diese Meinung teilte Johanna mit der Madame von Semur definitiv nicht.

„Sie ist oben auf ihrem Zimmer und bereitet sich für etwas vor", antwortete sie mit einer wegwerfenden Handbewegung.

„Bitte nennen Sie mich doch Rosemarie. Wir kennen uns jetzt ein Weilchen, deswegen sprechen Sie mich gerne beim

Vornamen an", bat Madame von Semur ihre Gastgeberin. „Erklären Sie mir das bitte. Wofür bereitet sich unser Champion vor?"

„Ach, sie hat da eine wahnwitzige Idee im Kopf schwirren. Sie möchte Pferdezüchterin werden. Und verplempert Stunden an Zeit in der Bibliothek und ist andauernd mit Ihrem Pferd unterwegs, um wie sie es nennt, ihren Geschäften nachzugehen. Heute Abend zum Beispiel hat sie ein Geschäftstermin mit einem Kunden. Dieses törichte Kind. Sie sollte sich lieber wie ihre Schwestern auf die Männersuche auf Bällen konzentrieren. Stattdessen will sie unbedingt ihr eigenes Geld verdienen. Stellt euch das vor? Eine feine Dame, die selber anpackt, verrückt", berichtete Johanna und lachte spöttisch.

„So verrückt ist das gar nicht. Ich selbst leite die Geschäfte unserer Familie seit Jahren und bin damit glücklich und zufrieden", erklärte Rosemarie und aß ein Stück von ihrem Zitronenkuchen.

„Sie haben die Geschäfte Ihres verstorbenen Mannes übernommen. Und sobald Sebastian alt genug ist, wird er sich darum kümmern. Hab ich Recht? Bei Melanie ist es etwas Anderes. Sie gründet ein neues Gewerbe und wird es später fortführen, egal ob sie heiratet oder nicht. Das waren ihre Worte. Sie überlegt ernsthaft nicht zu heiraten. Einfach nur absurd!", sagte Johanna kopfschüttelnd und schenkte mehr Kaffee in die drei Tassen ein.

Kurz vor 17 Uhr läutete es an der Eingangstür. „Vermutlich wieder ein Bewerber für Jane und Veronika", dachte sich die Baronin von Bouget.

Monsieur Bernard öffnete die Tür, ließ den Neuankömmling eintreten und stieg anschließend die Haupttreppe hoch. Die drei Damen im Salon spähten interessiert um die Ecke und waren über alle Maße verblüfft George von Bellagarde zu erblicken.

„Monsieur von Bellagarde! Welch eine angenehme

Überraschung! Kommen Sie bitte rein und setzen Sie sich doch zu uns", Johanna war sofort aufgestanden und bot dem Gast einen Sitzplatz mit am Tisch an.

„Guten Tag, Madame von Bouget. Danke, aber ich bin hier, um ihre Tochter abzuholen", erklärte George mit einem charmanten Lächeln.

Die anwesenden Damen sahen ihn verträumt an. Welch ein hübscher und vornehmer junger Mann, und so schick gekleidet. Er hatte einen hellen Anzug mit weißem Hemd angezogen. Dazu hatte er sich eine dunkelgraue Krawatte umgebunden und trug farblich abgestimmte Schuhe.

„Oh, es freut mich sehr, das zu hören! Eigenartig, Jane hatte mir nichts davon erzählt, dass ihr euch heute trefft", bemerkte die Mutter.

„Ich meine auch nicht Jane", entgegnete George schmunzelnd.

Im nächsten Augenblick betrat Melanie das Foyer. Sie erschien in einer perlweißen Bluse aus Seide mit langen Ärmeln und einem fliederfarbenen bodenlangen Rock mit transparenten Stoff, auf dem große weiße Blumen gestickt waren. Ihre Haare trug sie elegant zu einem seitlichen Pferdeschwanz locker auf der Schulter liegend. Dazu wählte sie ein dezentes Make-up. Ihren Schmuck beschränkte sie nur auf eine Armbanduhr und Perlenohrringe. Abgestimmt auf ihr Outfit zog Melanie weiße Stöckelschuhe an und nahm eine kleine Handtasche mit.

„Da bin ich", sagte sie knapp und schenkte George ein Lächeln.

„Melanie, was geht hier vor?", fragte ihre Mutter irritiert.

„Ich gehe mit Monsieur von Bellagarde zu unserem Geschäftstermin, davon habe ich dir doch erzählt, Mama", entgegnete die Tochter gelassen.

„Du hast eine Verabredung mit George von Bellagarde?", fragte Madame von Bouget fassungslos.

Blitz und Donner

„Ich verspreche Ihnen, dass ich Melanie wohlbehalten wieder zurück nach Hause bringe. Ich gebe Ihnen mein Wort als Ehrenmann", versicherte George und hatte Bange, dass Madame von Bouget ihre Tochter gleich nicht gehen ließ.

„Also gut, wir sind dann mal los, Mama. Bis später!", verabschiedete sich Melanie und gab George mit einem Handzeichen zu verstehen, dass sie jetzt besser schnell hinaus marschieren sollten.

Er folgte ihr aus der Tür, gemeinsam bestiegen sie nacheinander seine Kutsche und fuhren weg.

„Tja, Johanna. Offensichtlich sind die Pläne Ihrer Tochter doch nicht so absurd", bemerkte Rosemarie lachend und Monika stimmte mit ein. Nur Madame von Bouget ließ sich wie vom Blitz getroffen auf ihren Stuhl fallen und ihr fehlten gänzlich die Worte.

George führte Melanie in ein nobles Restaurant aus. Es war das beste Lokal der Stadt. Hier eine Reservierung zu bekommen dauerte Wochen, aber nicht für jemanden aus dem Hause Bellagarde. Georges Familienname öffnete jede Tür und gewährte überall sofortigen Einlass. Er saß Melanie gegenüber am Tisch und betrachtete sie einige Sekunden lang schweigend, während sie auf ihre Vorspeise warteten. Sie hatte sich für den heutigen Abend herausgeputzt, aber eher unaufdringlich. Die Kleidung und die Schminke unterstrichen ihre Schönheit und überdeckten sie nicht mit etwas Falschem. Die übrigen Damen im Restaurant waren dagegen aufgetakelt bis zur Grenze des Möglichen. Sie waren bis zur Unkenntlichkeit geschminkt. Würden sie ihre Maske abnehmen, erkannte man ihr wahres Gesicht, das meistens weniger hübsch war. Ihre Kleiderwahl war äußerst aufreizend und bot viele tiefe Einblicke ins Dekolleté oder auf die nackten Beine, nicht selten sogar auf beides. Sie alle kicherten zwischendurch, wenn ihr Gesprächspartner etwas erzählte, aber sie selbst redeten kaum. Nein, sie kommunizierten mit ihren Augen, ihren Lippen und ihrem Körper. Gaben den Männern immer wieder Signale, dass sie willig waren. Und nicht selten würde der Herr, den sie begleiteten, nach dem gemeinsamen Essen zum Stich kommen. George hatte es am eigenen Leibe oft genug erfahren. Am Anfang hatte es ihm gefallen, die Frauen so leicht zu verführen, aber letzten Endes war jede von ihnen ziemlich eintönig und zu oberflächlich. Heute Abend war seine Begleiterin von ganz anderer Natur, das sah man sofort. Und das bemerkten die übrigen Herren an den Tischen in der unmittelbaren Nähe ebenfalls. Vielleicht erkannten sie Melanie wieder, denn ihr Äußeres war einprägsam und jeder kannte das Gesicht des Champions vom letzten kaiserlichen Pferderennen. Melanie schaute sich um. Weit und breit kein Richard zu sehen. Sie war erleichtert darüber, sonst hätte sie das Restaurant in Windeseile verlassen und darüber wäre ihr Begleiter mit Sicherheit sehr verwundert.

„Erzählen Sie mir bitte, warum Sie dabei sind ein Geschäft aufzubauen?", begann George die Unterhaltung.

„Um in erster Linie Geld zu verdienen und selbstständig zu sein. Ich möchte von niemanden abhängig sein und lieber meine eigenen Entscheidungen treffen. Abgesehen davon arbeite ich gerne mit Pferden und deswegen habe ich beschlossen, Pferdezüchterin zu werden", antwortete Melanie wahrheitsgemäß.

„Sie möchten von jedem unabhängig sein? Auch von ihrem zukünftigen Ehemann?", fragte er interessiert.

„Ja, genau so ist es", bestätigte sie und trank einen Schluck Rotwein aus ihrem Glas. George schaute verdutzt. Das hatte er bis jetzt noch nie gehört.

„Abgesehen davon, bin ich nicht auf der Suche nach einem Ehemann, sondern nach Freiheit und die besteht darin, dass man finanziell unabhängig ist", ergänzte Melanie.

BLITZ UND DONNER

„Wollen sie nicht heiraten?", George klang etwas besorgt.

„Auf jeden Fall nicht in den nächsten zwei Jahren. Meine Überlegung ist, dass ich in weiter Zukunft ernsthaft mit der Suche nach einem passenden Ehemann beginne. Und vielleicht verschiebt sich der Zeitpunkt weiter nach hinten. Wir werden es sehen. Es hängt davon ab, wie meine Geschäfte laufen. Außerdem möchte ich später Kinder haben", erklärte Melanie schmunzelnd.

George wirkte sichtlich erleichtert. In Ordnung, sie wollte noch ihre Freiheit genießen, das verstand er.

„Zudem bin ich überzeugt, dass ich mehr sein kann als nur Ehefrau und Mutter. Verstehen Sie mich bitte nicht falsch. Eine Mutter zu sein ist wirklich harte Arbeit. Meine Mama hat vier Kinder ohne fremde Hilfe großgezogen und ich zolle ihr für das Projekt 'Leben schaffen' meinen größten Respekt und Bewunderung. Aber ich möchte mehr sein. Ja, ich will Kinder und Karriere. Dieser Satz beschreibt meine Absichten am besten", erzählte Melanie und schaute hungrig auf ihren Salat.

„Ich glaube, zu wissen, was Sie meinen. Denn ich möchte ebenfalls Kinder und Karriere", sagte George und die beiden lächelten einander an.

„Sie wollen demnach ein Leben führen wie ein Mann, richtig?", verdeutlichte er.

„Absolut, Sie haben mein Ziel korrekt erkannt", bemerkte sie und nickte zustimmend. „Womöglich werde ich in Zukunft weitere Geschäftsideen entwickeln, die ich dann verwirkliche."

„Da bin ich mir sogar ganz sicher. Dann lasst uns gemeinsam darauf anstoßen, dass all Ihre Träume in Erfüllung gehen, Mademoiselle von Bouget", sagte George und hielt Melanie sein Glas hin.

Sie stieß mit ihrem Glas gegen seines und beide tranken den köstlichen Wein.

„Darf ich anmerken, dass Sie ganz anders sind als die

übrigen Damen in diesem Restaurant? Sie wollen ihrem Gegenüber nicht das Geld aus der Tasche ziehen", machte George ihr ein Kompliment.

„Da irren Sie sich aber gewaltig. Natürlich will ich Ihnen das Geld aus der Tasche ziehen. Oder haben Sie bereits vergessen, dass Sie ein Pferd von mir erwerben möchten? Über den Preis können wir noch verhandeln, aber umsonst kriegen Sie gar nichts", stellte Melanie klar und George musste darüber lachen. Selbstverständlich, wie konnte er es vergessen. Es war schließlich ein Geschäftstermin. Während des Essens sprachen sie über Georges Studium. Er studierte Naturwissenschaften, und zwar Mathematik und Physik. Sein Traum war es später ein anerkannter Physiker zu werden und in seiner Freizeit spielte er gerne Schach. Melanie genoss die Unterhaltung mit ihm, denn er betrachtete sie als ebenbürtig und das gefiel ihr.

Direkt im Anschluss an den Restaurantbesuch stiegen die beiden in Georges Kutsche und fuhren zum großen Theater. Die Veranstaltung war restlos ausverkauft und es tummelten sich Menschen aus allen Gesellschaftsschichten. Die teuersten Plätze befanden sich in den Logen, die zumeist von Adligen und Reichen besetzt waren. George hatte nicht gelogen, als er sagte, dass in seiner Loge noch andere Leute sitzen würden. Melanie lernte unter anderem einen hochrangigen Politiker namens Willhelm Girard kennen. Und der Künstler Konrad Njeschnij war ebenfalls anwesend. Wenn Melanie es geschickt anstellte, dann könnte sie heute Abend die ersten vielversprechenden Kontakte knüpfen. Ihre Loge befand sich rechts von der Bühne und George hatte mit Absicht die äußeren Plätze besetzt, um während der Vorstellung etwas ungestörter mit Melanie zu sein. Der Vorhang zur Bühne ging auf und das Orchester begann zu spielen. Als Erstes wurde ein Stück aus dem Nussknacker vorgeführt, der Tanz der Zuckerfee. Die Anfangsmusik hatte etwas Magisches und zauberte die Zuhörer sofort in ein Märchen hinein. Die Balletttänzerin auf der Bühne trug ein rosa Kleid und erinnerte Melanie in der Tat an Zuckerwatte. Während der Vorstellung hatte George Schwierigkeiten, sich auf die Musik zu konzentrieren. Immer wieder sah er zu seiner Begleiterin rüber, die rechts neben ihm saß und das Ballette aufmerksam verfolgte. Ihm fiel auf, dass sie wie eine Puppe aussah: weiße ebenmäßige Haut mit leicht rosa Wangen, lockiges rotes Haar, große Augen mit langen Wimpern und rote Schmolllippen. Er empfand sie als sehr sensuell. Und zum ersten Mal seit Langem bedauerte George die Tatsache, dass er heute Abend nicht zum Stich kommen würde. Als Nächstes wurde Allegro aus dem 3. Akt aus Schwanensee vorgeführt. Wie zum absoluten Kontrast zu der Zuckerfee trug die jetzige Balletttänzerin ein pechschwarzes Kleid und eine schwarze Krone. Sie verkörperte Odile und verführte die Zuschauermenge mit ihren sinnlichen Bewegungen.

„Wenn man bedenkt, dass Odile eigentlich die Böse ist, ist es ein Jammer, dass in den meisten Versionen des Schwanensees der weiße Schwan am Ende gewinnt", flüsterte George Melanie zu.

Sie lächelte sanft und antwortete: „Und dabei ist es der schwarze Schwan, der das Ballettstück zu etwas Besonderem macht." Sie schaute ihm für einen kurzen Augenblick in die Augen und genau da fragte George sich plötzlich, ob sie der weiße oder der schwarze Schwan war. Würde er sich wie der Prinz, in dem berühmten Märchen mit Odette für immer vereinen oder würde Melanie ihn am Ende wie Odile verführen und fallen lassen? Er konnte es unmöglich sagen.

Zur gleichen Zeit auf der anderen Seite des Saals saß Richard in seiner Loge und verfolgte ebenfalls das Konzert. Er war an diesem Abend ohne Begleitung erschienen. Seine Verlobte brauchte er nicht zu fragen, Elisabeth interessierte sich nicht für Ballette und ging auch sonst nicht ins Theater. Kultur war ihr

gänzlich fremd. Sie blieb lieber daheim, um ihren
Schönheitsschlaf zu halten. Richard ließ seinen Blick über die
Zuschauermenge in den gegenüberliegenden Logen schweifen.
Die meisten Gesichter kannte er. Als er Melanie entdeckte,
straffte er sich sofort. Seit ihrer letzten Begegnung in der
Einkaufsstraße dachte er immerzu an sie. Sie hatte ihn damals
stehen gelassen und war einfach davongeritten. Das konnte er ihr
nicht übel nehmen. Er war selbst schuld daran, dass sie ihn
verachtete. Und heute Abend sah er sie wieder. Bei ihrem
Anblick hellte sich sein Gesicht auf und er musste unwillkürlich
lächeln. Die Vorführung und die Musik kümmerten ihn gar nicht
mehr, er hatte nur noch Augen für sie. Sein Herz schlug
schneller und er nahm sich vor, sie nach der Vorstellung
anzusprechen. Im nächsten Moment bemerkte er Melanies
Sitznachbarn, der sich tiefer zu ihr beugte und etwas ins Ohr
flüsterte. Es war dieser verdammte George von Bellagarde!
Richards Blick verfinsterte sich prompt. Ausgerechnet dieser
Schnösel begleitete Melanie ins Theater? Und sie lächelte
George an und unterhielt sich mit ihm. Die beiden verstanden
sich offenbar prächtig. Richard wünschte, er hätte jetzt seine
Pistole dabei, dann würde er diesen Kerl ein für alle Mal aus
dem Weg räumen. Nach weiteren fünf Minuten ertrug er das
Schauspiel nicht mehr, stand augenblicklich auf und verließ das
Theater. Er begab sich auf dem direkten Wege zu seiner Kutsche.

„Ist das Konzert bereits zu Ende, mein Herr?", fragte der
Kutscher und war verwundert darüber, dass sein Meister
frühzeitig zurückkam.

„Die Vorstellung ist miserabel!", entgegnete der junge
Herzog wütend und stieg in die Kutsche ein. Er dachte dabei an
Georges zartes Umwerben seiner Melanie. Ja, Richard
betrachtete Melanie als sein Eigentum, obwohl sie sich ihm
vehement verweigerte. Er bekam in dieser Nacht kein Auge zu.
Ständig kreisten seine Gedanken um sie und diesen verflixten

BLITZ UND DONNER

George. Was die beiden gerade miteinander trieben? Er wollte es sich nicht ein Mal ausmalen. Sein Verlangen nach Melanie wurde übermäßig verstärkt. Nein, er würde sie nicht aufgeben. Er musste einen Weg zu ihr zurückfinden, koste es, was es wolle.

Natalie Mec

Kapitel 22   Der schlechte Verlierer

1. Juni 1875

Der Morgen hatte so gut angefangen. Melanie war mit ausgezeichneter Laune aufgewacht. Denn sie hatte gestern einen gelungenen Abend gehabt. Während der Konzertpause hatte George sie dem Monsieur Girard vorgestellt. Willhelm Girard war ein ranghoher Politiker und arbeitete im Parlament. Er kam ursprünglich aus einfachen Verhältnissen und hatte durch seine herausragenden Schulnoten ein Stipendium an einer Eliteuniversität erworben. Durch das Studium in Politikwissenschaften und Soziologie und nicht zu vergessen durch die vielen einflussreichen Kontakte, die der junge Willhelm an der Universität knüpfen konnte, stieg er nach seinem erfolgreichen Abschluss in die Politik ein und war dabei geblieben. Mittlerweile war er der Vorsitzende der Freien und Sozialistischen Partei, Kurzform FSP, die im Parlament ein Viertel der Plätze innehatte und zu der Opposition gehörte. Monsieur Girard war außerordentlich erfreut Melanie von Bouget persönlich kennenzulernen. Er hatte damals über ihren Sieg beim kaiserlichen Pferderennen über alle Maße gestaunt. Er war von seinem Platz auf der Tribüne aufgesprungen und hatte ihr mit Beifall applaudiert. Nach jemanden wie Mademoiselle von Bouget hatte er lange gesucht, denn sie besaß das Charisma die Gesellschaft zu revolutionieren. Sie war noch recht jung und hatte durch ihren Triumph gezeigt, dass eine Frau in einer von

Männern dominierten Sportart durch ihre Leistung glänzen kann. Und deswegen war er der Meinung, dass die Welt weitere weibliche Vorbilder wie sie brauchte. Denn Willhelm war der festen Überzeugung, dass Frauen die besseren Menschen waren und zu selten die Gelegenheit bekamen, dies öffentlich zu zeigen. Melanie hatte sich mit Monsieur Girard bis zum Ende der Pause unterhalten und dabei festgestellt, dass er genau wie sie zunächst in eine Familie aus der Unterschicht hineingeboren wurde und dann im Laufe seines Lebens in der Gesellschaft aufgestiegen war. Ihrer Einschätzung nach war er ziemlich bodenständig geblieben und hatte enormes Verständnis für die Armen und die Arbeiterklasse. Sie war der Ansicht, dass sie von ihm noch einiges lernen konnte und hoffte, in Zukunft mit ihm in Kontakt zu bleiben. Am Ende ihrer gemeinsamen Unterhaltung waren sowohl Melanie als auch Monsieur Girard sich gegenseitig sympathisch. Nach dem Konzert hatte George Melanie wieder nach Hause zurückgebracht und sie musste ihm versprechen, dass sie sich bald wiedersahen. Ihr war es ganz recht so, denn sie baute gerade ihr eigenes Netzwerk auf und der junge Grafensohn war der Schlüssel dazu. George selbst war der Rolle als Türöffner vorerst nicht abgeneigt und spielte mit. Denn sein Ziel war es ohnehin, mit der jungen Mademoiselle von Bouget mehr Zeit zu verbringen, um ihr Interesse an ihm zu wecken.

Am frühen Nachmittag begab sich Melanie wieder in die eigene Bibliothek und suchte nach Bücher über Politik. Sie fand einige Exemplare und legte sich damit gemütlich aufs Sofa, um zu lesen. Wie aus heiterem Himmel kam Jane in den Raum hereingeplatzt, riss Melanie das Buch aus den Händen und warf es auf den Schreibtisch. Jane stand wütend vor ihr und schaute finster auf sie herab.

„Du hattest ein Rendezvous mit George?", fragte sie aufgebracht.

Blitz und Donner

„Falsch. Ich hatte einen Geschäftstermin mit Monsieur von Bellagarde", entgegnete Melanie ruhig und blieb auf dem Sofa liegen.

„Mutter sagt, dass du und George in einem feinen Restaurant zusammen essen wart und danach das große Theater besucht habt. Das nennst du einen Geschäftstermin?", Jane wollte sich nicht für dumm verkaufen lassen.

„Ganz genau." Melanie stand langsam auf und sah ihre Schwester herausfordernd an.

„Du willst mir also weiß machen, dass du an George nicht interessiert bist?", bohrte Jane weiter nach.

„An seinem Geld und seinen noblen Verbindungen bin ich interessiert", antwortete Melanie ehrlich.

Jane lachte spöttisch. „Sei nicht so blöd, Melanie. George will mehr von dir als nur über die Geschäfte zu reden. Früher oder später wird er es dir deutlich zeigen", sagte sie laut und funkelte ihre Schwester böse an.

Melanie ließ sich davon nicht einschüchtern und stand felsenfest auf ihrem Platz. „Und wenn schon. Was kümmert dich das Jane?", warf Melanie ihr zurück.

„Warum tust du das? Zuerst Richard von Crussol und jetzt George von Bellagarde. Wieso nimmst du mir die Männer weg, die mir gefallen?", Jane wurde konkreter.

„Erstens ich nehme dir niemanden weg. Wenn du es nicht schaffst, die Herren dazu zu bringen, sich in dich zu verlieben, dann ist es dein Problem. Zweitens hast du nicht genug andere Bewerber, die um dich herum kreisen, wie die Geier? Ist kein passender Kandidat dabei? Auch das ist dein Problem. Und drittens, störe mich nie wieder bei meiner Arbeit. Und jetzt raus hier!", entgegnete Melanie wütend und sah sie zornig an.

Jane starrte fassungslos auf sie. Sie hatte Melanie noch nie so herrisch erlebt. Ihre kleine Schwester sagte ihr die volle Meinung ins Gesicht, das hätte sie sich vor ein paar Wochen nicht getraut.

„Ich bin gespannt, wann deine Beziehung zu George über das Geschäftliche hinausgeht und du dann feststellen musst, dass er sich am Ende für eine Andere entscheidet", spie Jane und stolzierte mit erhobenem Kopf aus der Bibliothek hinaus.

Melanie schaute ihr hinter her. Ihre Schwester war definitiv neidisch auf sie, aber ungerechtfertigt. Denn Melanie hatte nicht gewollt, dass Richard und George sich für sie interessierten. Abgesehen davon sollte Jane sich bei ihr bedanken. Seitdem kaiserlichen Pferderennen war ihr Familienname in aller Munde und die Töchter des Barons von Bouget waren bei den wohlhabenden Männern äußerst begehrt. Komischerweise gab sich Jane nicht mit den Kavalieren zufrieden, die ihr sofort zu Füßen lagen. Nein, sie musste versuchen, sich die dicksten Fische zu angeln.

Melanie schaute auf die Wanduhr, gleich 13 Uhr. Heute war Dienstag und die Audienz beim Kaiser stand an. Sie zog sich um und ritt mit Nero zum Frühlingspalast.

Der Monarch empfing Melanie in seinem Arbeitszimmer und war überaus erfreut sie zu sehen. Die Diener brachten sofort etwas zu Trinken und es gab leckere Wasser- und Honigmelone zur Erfrischung. Der Kaiser bat seinen Gast, auf dem Sofa vor dem großen Panoramafenster Platz zu nehmen, und setzte sich dazu. Melanie berichtete ihm, dass die vier kaiserlichen Stuten, allesamt englisches Vollblut und ca. 4 Jahre alt waren, gut versorgt wurden und viel Zeit mit Nero verbrachten. Sie hatte das Gefühl, dass ihr bester Freund, seit der Ankunft seiner neuen Gefährtinnen um einiges glücklicher wirkte und es jeden Morgen kaum erwarten konnte zu ihnen auf die Koppel zu galoppieren. Der Kaiser lachte laut und Melanie bemerkte in dem Moment, wie ungewöhnlich nahe er bei ihr saß.

„Wann genau werden Sie 18 Jahre alt, Mademoiselle von Bouget?", fragte er sie plötzlich.

„In einem Monat, Eure Hoheit", antwortete sie. „Warum fragen Sie?"

„Weil Sie dann volljährig sind und ich Ihnen ein Geburtstagsgeschenk überreichen möchte", antwortete der Kaiser geheimnisvoll.

„Verraten Sie mir bitte, um was es sich genau handelt, Eure Majestät?", fragte sie mit großen Augen.

„Nein, das werden Sie dann sehen", entgegnete er freundlich und ließ sie im Dunkeln. Kaiser Alexander gefiel Melanie, sehr sogar. Sie war wie ein frischer Seewind: jung, vital, intelligent, und unverbraucht. Er war hin- und hergerissen zwischen seinen moralischen Werten als Monarch und seiner Lust als Mann. Melanie schaffte es, mit ihrer aufregenden Art und ihrem betörenden Aussehen, ihn auf die Probe zu stellen. Die Audienz war nach einer Stunde zu Ende und Melanie verabschiedete sich mit einer Verbeugung. Der Kaiser lächelte sie traurig an und war etwas enttäuscht, dass er sie erst in einer Woche wiedersehen würde. Aber er tröstete sich damit, dass seine regelmäßigen Treffen mit ihr völlig ungestört blieben.

Als Melanie aus dem Palast hinausmarschierte, wurde sie genau beobachtet. Eine Frau im hellgrünen Kleid stand am Fenster und schaute ihr dabei zu, wie sie auf ihr Pferd stieg und davon galoppierte. Die Kaiserin drehte sich dann weg und ging den Flur entlang zum Arbeitszimmer ihres Gemahls. Sie blickte hinein und stellte fest, dass er ebenfalls am Fenster stand und zusah, wie sein hübscher Günstling soeben das Haupttor passierte und aus seinem Blickfeld verschwand. Dann drehte er sich langsam um und schaute verträumt mit einem leichten Lächeln auf den Lippen. Erst nach einigen Sekunden bemerkte der Kaiser, wie seine Ehefrau an der Tür stand, und seine Miene wurde augenblicklich wieder ernst.

„Möchtest du etwas Bestimmtes?", fragte er sie gleichgültig.

„Ich bin hier, um dich zu bitten, die Audienzen mit Melanie

von Bouget zu unterlassen", forderte die Kaiserin Anastasia von ihrem Ehemann.

„Aus welchem Grund?", Alexander klang wenig erfreut.

„Den weißt du sehr wohl", antwortete sie streng.

„Das ist unmöglich. Mademoiselle von Bouget ist meine Geschäftspartnerin. Wir müssen regelmäßig im Austausch bleiben", erklärte der Kaiser beiläufig und las dabei die Unterlagen auf seinem Schreibtisch.

„Und wenn ich dich als deine Frau darum bitte?", sagte Anastasia und stellte sich genau vor ihm hin.

„Auch dann muss ich ablehnen. Geschäft ist nun mal Geschäft, akzeptiere das, egal ob du ein Problem mit Mademoiselle von Bouget hast oder nicht", antwortete er mit fester Stimme.

Die Kaiserin erwiderte nichts mehr darauf und sah ihren Mann forschend an.

„Ist noch was? Ich habe zutun", sagte der Kaiser und machte seiner Frau deutlich, dass er mit der Unterhaltung fertig war.

Anastasia ging um den Schreibtisch herum und nahm das Gesicht ihres Mannes in ihre Hände. Sie blickte tief in seine blauen Augen und gab ihm einen innigen Kuss.

„Dann will ich dich nicht weiter stören", sprach sie leise und verließ daraufhin das Arbeitszimmer.

Blitz und Donner

Natalie Mec

Kapitel 23   Der Deal

10. Juni 1875

Der Kanarienvogel-Park lag direkt in der Mitte der Hauptstadt am Fluss Laine. Jeden zweiten Donnerstag im Juni war dieser Ort exklusiv für die feine Gesellschaft vorbehalten, die auf den weiten Wiesen unter den prächtigen Eichen und Weiden ein Picknick veranstaltete. Die Crème de la Crème der High Society war anwesend und alle trugen weiße Kleidung. Ein gutaussehender Reiter auf einem Schimmel kam langsam geritten und weckte die Aufmerksamkeit der Damen um ihn herum. Die Frauen sahen ihm mit großen Augen hinterher und lächelten verschüchtert, wenn er sie ansah. Der junge Herzog hielt sein Pferd an und führte es an den Zügeln. Er schaute sich um und entdeckte seine Freunde Richard und Henri unter einer großen Eiche und begab sich geradewegs zu ihnen. Sie hatten es sich auf einer Decke gemütlich gemacht und aßen Äpfel. Hundert Meter weiter saß die Familie von Bouget zusammen mit der Familie von Semur unter einer prächtigen Weide und nahm gemeinsam das Mittagessen ein.

„Wie wunderbar, meine Nachbarn scheinen sich gut zu verstehen", dachte Vincent.

Etwas weiter Richtung Fluss saß die Familie D'Argies und trank Tee. Das Sommerwetter zeigte sich heute von seiner besten Seite. Die Luft war angenehm warm, es wehte eine frische Brise und die Sonne wurde zwischendurch von Wolken verdeckt, die für etwas Schatten sorgten. Und der Erdbeerduft erinnerte die Parkbesucher daran, dass der Sommer angefangen hatte.

„Hallo die Herren! Habt ihr nicht mehr zu essen dabei?", begrüßte Vincent seine Kumpanen und war verwundert, dass es nur einen Korb voller Äpfel gab.

„Nein, wir wollen uns heute durchschnorren", antwortete Henri mit einem verschmitzten Lächeln und gab ihm die Hand zum Gruß.

„Hallo Vincent", sagte Richard und reichte seinem besten Freund einen Apfel.

„Bei wem wollt ihr euch durchschnorren?", fragte Vincent amüsiert.

„Also ich für meinen Teil bei der Familie von Bouget", antwortete Henri voller Vorfreude. „Und der Kollege neben mir muss sich mit dem Tee bei seiner Verlobten begnügen."

Richard verdrehte die Augen und warf Henri einen genervten Blick zu.

„Warum gehen wir nicht alle gemeinsam zu meinen Nachbarn?", schlug Vincent stattdessen vor.

„Keine gute Idee. Wenn Elisabeth D'Argies Richard auch nur in der Nähe seiner angeblichen Mätresse sieht, dann wird sie ihm vermutlich den Kopf dafür abhacken", erklärte Henri die Lage und biss genüsslich in seinen Apfel.

Richard atmete tief aus, leider hatte sein Freund Recht.

„Ich gehe dann mal rüber und begrüße Veronika. Vielleicht gibt sie mir etwas von ihrem Nachtisch ab", sagte Henri mit einem Augenzwinkern und marschierte los.

Vincent und Richard schauten ihm hinterher, wie er von den beiden Familien herzlich empfangen wurde und er sich schließlich neben Veronika setzte. Sie schenkte ihm ein hinreißendes Lächeln und gab ihm einen Teller mit Mouse au Chocolat.

Ihr Bruder Jakob stand daraufhin von seinem Platz auf und

blickte grimmig zu Henri rüber. Er überredete Sebastian von Semur den Ort zu verlassen und gemeinsam gingen sie zum Flussufer.

„Dieser Glückspilz. Darf mit einer Bouget flirten und wird von der gesamten Familie willkommen geheißen", bemerkte Vincent neidvoll und sah im Augenwinkel, dass Richard frustriert zu Boden hinunter blickte. Er ahnte, dass sein Freund jetzt am liebsten bei seiner Tanzkönigin wäre. Er hatte sich früher immer gefragt, was Richard nur dazu bewogen hatte, Elisabeth D'Argies einen Heiratsantrag zu machen. Klar, sie war wunderschön, keine Frage, aber sie und Richard hatten so viel gemeinsam wie ein Tiger mit einer Seerose. Nämlich absolut gar nichts, abgesehen von der Tatsache, dass beide atemberaubend gut aussahen. Eines Tages hatte Vincent seinen Kumpel auf das Thema angesprochen und er erzählte ihm die Wahrheit. Richards Vater Francois von Crussol und Gustav D'Argies waren vor einem halben Jahr einen gemeinsamen Deal eingegangen. Sie planten, ihre Geschäfte zu fusionieren. Eine Heirat zwischen den Erben der beiden Häuser sollte den Handelsvertrag besiegeln. Richard gab seinem Vater das Versprechen, Elisabeth zu heiraten, kurz bevor der alte Herzog von Crussol ganz unerwartet an den Folgen eines Schlaganfalls verstarb. Sein Sohn erbte daraufhin den Titel des Herzogs. Richard war sehr prinzipientreu und er hatte seinen Vater geliebt. Er war somit an das Versprechen gebunden und wollte seine Familie nicht enttäuschen, indem er den letzten Wunsch seines Vaters missachtete. Andererseits kannte Vincent ihn zu gut, um zu wissen, dass Richard mit Elisabeth nicht glücklich werden würde. Dafür waren die beiden zu unterschiedlich. Deswegen musste er schleunigst etwas unternehmen, bevor sein bester Freund einen Lebensweg einschlug, den er bereuen würde. Gerade als Vincent anfangen wollte zu sprechen, sah er, wie sich George von Bellagarde zu der Familie von Bouget gesellte und sich neben Melanie hinsetzte. Die zwei sprachen recht offen miteinander und sahen sich dabei tief in die Augen. Ach, du lieber Schreck! Die Situation wurde mit einem Mal prekärer. Vincent sah wie Richard ebenfalls Georges Anwesenheit bemerkte und seinem Konkurrenten unsichtbare Giftpfeile in den Hals schoss. Vincent kannte Richards Temperament und er musste von nun an auf seinen Freund Acht geben, damit dieser nicht etwas Unüberlegtes anstellte.

George und Melanie erhoben sich währenddessen von ihren Plätzen und flanierten durch den Park. Die beiden unterhielten sich über die Musik von Beethoven und Chopin. Und in diesem Augenblick bemerkte Melanie, dass sie George gerne bei sich hatte. Er gab ihr das Gefühl, etwas Besonderes zu sein, und stärkte ihr Selbstbewusstsein, das seit dem Vorfall im Wald ungeheuer gelitten hatte. Er heilte ihre Seele und sie genoss die Zeit mit ihm.

„Sieh mal, Onkel. Melanie von Bouget und George von Bellagarde scheinen sich gut zu verstehen", sagte Elisabeth mit fröhlicher Stimme und zeigte mit ihrer Teetasse in deren Richtung.

„Wie erfreulich! Das ist wirklich ein schönes Paar!", entgegnete Gustav D'Argies und klang überaus begeistert.

„Unser Plan nimmt langsam Gestalt an", führte seine Nichte weiter aus und trank an ihrem Tee.

„Das war nicht anders zu erwarten", antwortete der Graf D'Argies und warf ihr einen vielsagenden Blick zu.

„Hoffen wir, dass Richard jetzt seine Hände von Melanie lässt", ergänzte Elisabeth hochnäsig.

„Und wenn nicht, dann greifen wir zu anderen Mitteln. Letzten Endes erreichen wir unser Ziel, keine Sorge", beschwichtigte ihr Onkel und war sich seiner Sache absolut sicher. Denn falls Richard sich weigern sollte, Elisabeth zu heiraten, dann würde Gustav ihn dazu zwingen.

Natalie Mec

Kapitel 24   Heimliche Liebe

17. Juni 1875

Das berüchtigte Trio ging seiner bevorzugten Freizeitbeschäftigung nach, dem Fechten. Vincent von Guise war der beste Kämpfer unter ihnen und nahm regelmäßig an Wettkämpfen teil. Bald fand wieder ein Turnier statt und er nutzte jede freie Minute, um zu üben. Seine beiden Freunde waren dabei ausgezeichnete Gegner fürs Training, die beim Fechten keine schlechte Figur abgaben. Vincent und Henri fochten gerade eine Partie aus, als Henri den Kampf abrupt abbrach. Er schaute auf seine Taschenuhr und stellte erschrocken fest, dass er spät dran war. Er packte seine Sachen zusammen und verabschiedete sich schnell von seinen Freunden.
„Wo willst du denn plötzlich hin?", fragte Vincent verärgert.
„Ich habe eine Verabredung mit Veronika!", antwortete Henri fröhlich und wackelte mit den Augenbrauen.
„Verbringst du nicht etwas zu viel Zeit mit ihr?", merkte Richard neidvoll an.
„Keineswegs. Und im Gegensatz zu dir, habe ich ein Liebesverhältnis zu einer Mademoiselle von Bouget", antwortete Henri schlagfertig.
„Verzieh dich! Und schwängere sie bloß nicht!", zischte Richard und warf Henri sein Handtuch ins Gesicht. Sein Kumpel fing das Handtuch geschickt in der Luft auf und erwiderte lässig: „Keine Sorge, ich habe genug Pariser dabei."

Natalie Mec

Nach dem Henri zuhause gebadet und sich umgezogen hatte, begab er sich zu dem Anwesen der Familie von Bouget. Er freute sich, Veronika wiederzusehen und galoppierte schneller. Seine Angebetete war eine begehrenswerte Frau, denn jeder Mann wollte sich momentan mit einer Tochter aus dem Hause von Bouget schmücken. Viele Kandidaten unterbreiteten den zwei ältesten Schwestern Heiratsanträge, aber bis jetzt hatten Jane und Veronika jeden von ihnen abgelehnt. Die größte Trophäe war aber weiterhin die jüngste Tochter, Melanie. Henri wusste, dass es schwierig war, an sie ranzukommen, wenn nicht sogar unmöglich. Zum einen wegen Richard, weil er Melanie für sich beanspruchte. Und zum anderen wegen George von Bellagarde. Um mit diesem Prachtburschen zu konkurrieren, müsste man Eier wie Richard besitzen, sonst hatte man keine Chance. Abgesehen davon empfand Henri nichts für sie, im Gegensatz zu Veronika. Er verbrachte unglaublich gerne Zeit mit ihr und sie hatte eine überaus erotische Ausstrahlung.

An seinem Ziel angekommen, stieg Henri von seinem Pferd ab und wurde sogleich von einem Diener in Empfang genommen. Als er im Foyer wartete, kam Jakob von Bouget die Treppe runter und musterte Henri von oben bis unten.

„Guten Tag, Jakob", grüßte Henri freundlich.

„Guten Tag, Henri. Was führt dich hierher?", wollte Jakob wissen.

„Veronika und ich haben eine Verabredung. Wir bleiben aber hier auf dem Gelände Eures Anwesens, um Anstand zu bewahren", antwortete Henri und lächelte. Jakob schien überhaupt nicht erfreut darüber zu sein.

„Was hat er nur?", fragte Henri sich verwundert.

Im nächsten Augenblick erschien Veronika und schwebte langsam die Treppe runter. Sie sah wie immer hinreißend aus und trug ein trägerloses Kleid, das ab der Taille voluminös gefaltet war und bis zum Boden reichte. Es war aus glänzendem rosafarbenem Stoff mit großen violetten Blumen darauf. Der großzügige V-Ausschnitt bot einen tiefen Blick auf ihr Dekoltée und der Schlitz in der Mitte des Kleides auf die sexy Beine. Veronika hatte ihre hellbraunen Haare offengelassen und trug halbhohe rosa Schuhe. Sie sah aus wie eine Magnolie. Henri und Jakob sahen ihr wie hypnotisiert dabei zu, wie sie die Treppe runterging und anschließend vor ihnen stehen blieb.

„Du siehst wunderschön aus", entfuhr es Henri und er starrte sie mit großen Augen an.

Veronika lächelte unschuldig und schaute schüchtern zu Boden.

„Wollen wir zum Labyrinth-Garten?", fragte sie mit einer samtweichen Stimme.

„Nur zu gern", erwiderte Henri.

Veronika hackte sich bei ihm am Arm ein und gemeinsam gingen sie hinaus. Das Labyrinth befand sich ein paar hundert Meter weiter und wurde extra auf Veronikas Wunsch vom Gärtner herangezüchtet. Nun war die Hecke fast 3 Meter hoch und man konnte sich in dem Irrgarten wunderbar verstecken. Veronika führte Henri geradewegs hinein. Sie liefen einige Male nach rechts und dann wieder nach links. Henri wusste nicht mehr, ob sie jemals wieder hinausfinden würden, aber seine Begleiterin schien den Weg genau zu kennen. Sie kamen in der Mitte des Labyrinths an. Dort stand ein prunkvoller Barock Springbrunnen mit Statuen von fünf nackten Frauen. Sie stellten die Nymphen der Antike dar. Jede von ihnen hatte einen großen Krug in den Armen, aus dem das Wasser ins Becken floss. Um den Brunnen herum standen vier Bänke und Henri ging davon aus, dass Veronika sich mit ihm dort hinsetzten würde. Doch stattdessen führte sie ihn am Springbrunnen vorbei auf die andere Seite und wieder hinein in das Labyrinth. Nach einer weiteren Rechtsbiegung blieben sie in einer Sackgasse stehen und drehten sich zueinander um.

Natalie Mec

Veronika kam näher an ihn heran, legte ihre Hände auf seine Brust und wisperte: „Küss mich, Henri." Der junge Graf ließ nicht lange auf sich warten. Er nahm sie mit seiner linken Hand an der Taille und die zweite legte er ihr auf die Wange. Henri sah ihr tief in die grünen Augen und küsste sie. Veronikas Lippen waren unendlich zart und sie duftete nach Rosen. Der Kuss dauerte lange an und Henri wollte sie nicht mehr loslassen. Die beiden bemerkten in diesem Augenblick nicht, dass jemand hinter der Biegung stand und sie beobachtete. Es war Jakob. Die Tradition gebietet es, dass wenn ein lediger Mann eine unverheiratete Dame küsste, er verpflichtet war, sie zur Frau zu nehmen. Wenn er dies nicht tat, dann war die junge Lady entehrt und eine Schande für ihre gesamte Familie. Veronika und Henri waren zu doll ineinander verliebt, um auf diesen alten Brauch Rücksicht zu nehmen. Jakob kannte die Sitte ebenfalls, aber er würde niemals darauf bestehen, dass Henri Veronika heiratete. Nein, eher würde er sich das Bein abhacken, als seine Schwester diesem Halunken zu überlassen. Eigenartiger weise waren all die anderen Bewerber um Veronika herum Jakob absolut egal, aber bei Henri von Ailly kochte ihm das Blut über. Und jetzt zuzusehen, wie dieser Kerl mit ihr rumknutschte, war für Jakob reinste Qual. Und zum zweiten Mal an diesem Tag wurde Henri von einem anderen Mann beneidet.

Blitz und Donner

Natalie Mec

Kapitel 25   Der Geburtstag

1. Juli 1875

Melanies großer Tag war nun endlich gekommen, sie wurde volljährig. Zu Ehren ihres Geburtstages hatte der Baron von Bouget eine private Feier im engsten Kreise organisiert. Geladen waren die Familie Semur und Vincent von Guise sowie George von Bellagarde und Henri von Ailly. Monsieur von Bouget ließ ein großes, weißes, rundes Zelt im Garten aufstellen, das an den Seiten offen war. Darunter standen Tische und Stühle, die von den Dienern herbei gebracht wurden. Es wurde alles in Melanies Lieblingsfarbe geschmückt, Marineblau. Und ein kleines Orchester spielte ihre Lieblingsmusikstücke. Die geladenen Gäste wurden mit einem vielfältigen Büffet und reichlich Champagner verwöhnt. Die Stimmung war recht ausgelassen und fröhlich. Es wurde gegessen, getanzt, gesungen, Spiele gespielt und zum Schluss Geschenke an das Geburtstagskind überreicht. Melanie freute sich über jedes Präsent wie Wonne und gab den Gästen dafür jeweils einen Wangenkuss. Besonders George war über die zärtliche Geste sehr angetan. Er hatte ihr eine aufziehbare Spieluhr geschenkt mit der vollständigen Version der Mondscheinsonate von Beethoven. Als Melanie davon ausging, alle Geschenke ausgepackt zu haben, kam der Butler in das Zelt hinein und trug eine mittelgroße, rechteckige, rote Schachtel auf seinen Händen.

„Dies wurde soeben von einem Boten aus dem Palast für

Mademoiselle Melanie abgegeben, Monsieur von Bouget", erklärte er.

Thomas nahm die Schachtel entgegen, die ins rote Papier eingewickelt und mit dem kaiserlichen Siegel versehen war.

„Ein Geschenk seiner Majestät?", fragte der Baron ungläubig.

Der Butler nickte.

Melanie kam augenblicklich näher und nahm das Präsent entgegen. Sie stellte es auf einem der Tische ab und packte das Papier aus. Die übrigen Anwesenden schauten gespannt zu. Zum Vorschein kam eine dunkelbraune Schatulle aus Leder, die gut gepolstert war. Es musste demnach etwas sehr Wertvolles dadrin sein. Melanie platzte fast vor Neugier, als sie die Schatulle endlich öffnete, und im nächsten Moment fiel ihr die Kinnlade runter. Sie nahm das Geschenk vorsichtig mit beiden Händen heraus und alle Übrigen waren geschockt. Ein Diadem. Bestehend aus zwanzig ineinander verschlungenen Ringen, die so groß waren wie Armbänder. In jedem dieser Ringe hing jeweils ein Saphir in der Größe einer Himbeere. Das Diadem selbst war aus Weißgold und mit unzähligen kleinen Diamanten versehen.

„Diese Tiara ist einer König würdig", bemerkte Rosemarie von Semur und war somit die Erste, die ihre Stimme wiederfand.

„Melanie, möchtest du uns irgendwas sagen?", wollte ihr Vater wissen und starrte fassungslos auf das Geschenk.

„Das ist einfach unglaublich", sagte seine Tochter und betrachtete das Diadem von allen Seiten. Die Edelsteine funkelten mit der Sonne um die Wette und Melanie war sich sicher, dass dieses Schmuckstück ein Vermögen gekostet haben muss.

„Was Papa damit meint, ist, warum schenkt dir der Kaiser eine Krone?", stellte Jane klar und sah ihre kleine Schwester forschend an.

„Warum nicht? Ich bin schließlich sein Günstling", Melanie war irritiert.

„Welcher Art von Günstling?", fragte Madame von Semur belustigt und trank genüsslich ihren Champagner.

„Wir sind Geschäftspartner. Der Kaiser unterstütz mich bei der Pferdezucht", antwortete Melanie knapp. Sie bemerkte, dass allen anderen Anwesenden diese Tiara etwas unmissverständlich sagte, aber sie selbst tappte weiterhin völlig im Dunkeln. Dann entdeckte sie einen zusammengefalteten Brief, der ebenfalls in der Schatulle lag. Sie nahm ihn heraus und las die schwungvoll geschriebenen Zeilen, die vom Kaiser persönlich verfasst wurden:

Mademoiselle Melanie,
ich gratuliere Ihnen herzlich zum 18. Geburtstag.
Bitte tragen Sie dieses Diadem beim kommenden Ball
Auf meinem Schloss Falkennest.
Hochachtungsvoll Alexander

Melanie dachte scharf nach. Das teure Präsent war definitiv eine Art Auszeichnung für sie. Vielleicht wollte der Kaiser auf diese Weise für alle Augen sichtbar machen, dass sie sein Günstling war. Aber weshalb versetzte es den Anderen so einen Schock? Vor allem die Reaktionen der drei jungen Herren bereiteten ihr Kopfzerbrechen. Vincents Gesichtsausdruck war ziemlich ernst. Henri schien sprachlos zu sein und schüttelte ungläubig mit dem Kopf. Und George wurde völlig blass und sah bestürzt aus. Was brachte sie so dermaßen aus der Fassung? Melanie musste es herausfinden, denn der Ball würde bereits in drei Tagen stattfinden.

Der Baron von Bouget bat das Orchester die vier Jahreszeiten, von Antonio Vivaldi zu spielen, als Erstes den Winter. Während die angespannte Situation sich wieder lockerte, nahm Johanna ihre jüngste Tochter zur Seite und stellte sie zur

Rede. Rosemarie von Semur gesellte sich ebenfalls zu ihnen.

„Melanie, erkläre mir augenblicklich, warum der Kaiser dir ein so kostbares Geschenk überreicht hat?", die Mutter klang besorgt.

„Womöglich weil er mich als Person sehr schätzt. Was weiß ich. Mama, wieso bist du so aufgebracht?", Melanie verstand die Welt nicht mehr.

„Hat der Kaiser jemals geäußert, dass er Gegenleistungen für seine Geschenke von dir erwartet?", fragte Johanna sie weiter aus.

„Nein! Warum sollte er? Es ist doch ein Geschenk zu meinem Geburtstag", antwortete Melanie hastig.

„Und was ist mit den vier Stuten? Diese Pferde sind reinrassig und unfassbar teuer. Er hat sie dir ebenfalls geschenkt. Was macht ihr während der Audienzen bei ihm?", Madame von Bouget gab nicht nach. Sie wollte die ganze Wahrheit erfahren.

„Über das Geschäft reden", entgegnete Melanie und so langsam bekam sie ein mulmiges Gefühl.

„Hat sich der Kaiser dir jemals körperlich genähert oder dich ungewöhnlich berührt?", fragte Johanna beschwörend.

Melanie verstand nicht, was ihre Mutter mit dieser Frage genau meinte, antwortete aber: „Nein, nie."

Johanna runzelte die Stirn. Es ergab alles keinen Sinn. Weshalb beschenkte der Kaiser ihre Tochter mit einem Diadem, wenn er nichts dafür von ihr verlangte? Das Präsent zurückgeben, war unmöglich. Sie würden den Kaiser nur verärgern und ihre gute Stellung bei Hofe verlieren.

„Melanie, sei bitte ab sofort vorsichtig in der Gegenwart des Kaisers", warnte Rosemarie die junge Frau.

„Wieso? Vor was soll ich mich denn hüten?", Melanie war alarmiert.

„Vor gar nichts!", sprach ihre Mutter dazwischen und hinderte Madame von Semur, eine Antwort zu geben. Rosemarie verdrehte die Augen und schüttelte nur mit dem Kopf. Sie verstand nicht, wie Johanna ihr eigenes Kind so dermaßen blind durchs Leben laufen lassen konnte. Die frischgebackene 18-Jährige musste so schnell wie möglich über gewisse Dinge aufgeklärt werden, bevor sie wie ein naives Lamm in einen Käfig voller hungriger Wölfe tappte.

„So lange ihr über die Geschäfte redet, ist alles in Ordnung", beschwichtigte die Mutter. Sie nahm ihre Tochter an der Hand und führte sie zum Büffet, um zwei Stücke von der Geburtstagstorte zu essen.

Das Orchester wechselte zum nächsten Musikstück, dem Sommer. Der dramatische Beginn dieses Meisterwerks klang, wie ein herannahendes Gewitter.

„Also eines muss man dem Kaiser ja lassen, Geschmack hat er", bemerkte Henri und schaute dabei zuerst auf das Diadem und dann auf Melanie. „Aber warum will er es öffentlich machen?" Er grübelte und hoffte, sein Freund würde ihm bei der Antwortfindung weiterhelfen. Aber Vincent stand nur nachdenklich da und beobachtete George, wie er sich mit dem Baron von Bouget unterhielt. Täuschte er sich oder war George gerade dabei zu verhandeln?

„Meinst du, es liegt an George?", Henri führte seinen Monolog weiter fort. „Oder wegen dem allerseits bekannten Gerücht, dass Richard mit Melanie angeblich eine Affäre haben soll?", fragte er und stupste Vincent leicht am Arm.

„Wie auch immer. Auf jeden Fall hat sich der Kaiser als neuer Mitstreiter am Tisch offenbart und er hat viele Trümpfe. Er könnte das Spiel gewinnen", erläuterte Vincent seine Überlegungen.

„Was unser Kumpel Richard wohl zu dem Ganzen hier sagen wird", stellte Henri amüsiert fest. Im Grunde genommen, war Richards Wutausbruch vorprogrammiert, aber das war nebensächlich. Für Vincent war es höchste Zeit zu handeln. Der

BLITZ UND DONNER

Ball im Schloss Falkennest war bei diesem Wettkampf entscheidend und er hatte eine Idee, wie Richard das Blatt zu seinen Gunsten wenden konnte.

Natalie Mec

BLITZ UND DONNER

Kapitel 26   Der Whisky

4. Juli 1875

Das Schloss Falkennest lag außerhalb der Stadt mitten in einem Wald. Es handelte sich um ein Jagdschloss und seine Außenwände waren komplett mit rosa Farbe bestrichen. Es hatte vier Türme und erinnerte mehr an eine mittelalterliche Burg als an ein Schloss. Im Inneren dieses märchenhaften Gebäudes waren alle Wände mit Geweihen und Präparaten von ausgestopften Wildtieren behangen, die von der Jagdgesellschaft in den letzten fünfzig Jahren erlegt wurden. Am beeindruckendsten waren die Exemplare von Bären und Hirschen. Und nicht selten entdeckte man einen täuschend echt wirkenden Wolf, der seine Zähne fletschte und die Gäste fast zu Tode erschreckte. Aber all diese armen Geschöpfe waren seit Langem tot und deren sterblichen Hüllen wurden von einem Tierpräparator manchmal auf groteske Weise in Szene gesetzt.

   Die Kutsche des Herzogs von Guise näherte sich langsam auf dem holprigen Weg dem Schloss Falkennest. Vincent schaute aus dem Fenster raus und sah nur die dichten Bäume vor sich. Während der Abenddämmerung wirkten sie wie stumme Zeugen des Grauens, das in diesem Wald regelmäßig stattfand. Der Kaiser liebte die Jagd. Er verbrachte manchmal Tage auf Schloss Falkennest und ging täglich auf die Pirsch. Er kam dann stets mit Beute zurück, denn er war ein ausgezeichneter Schütze.

   Der Herzog von Crussol begleitete seinen Freund auf die

Veranstaltung und saß ebenfalls in der Kutsche. Vincent sah zu Richard rüber, der nachdenklich ins Leere starrte. Es war mühselig gewesen, seinen griesgrämigen Kumpanen zu überreden, heute Abend mitzukommen, aber Vincent hatte aus einem guten Grund nicht aufgegeben.

„Richard, versprich mir bitte, dass du heute Abend mit der Melanie von Bouget tanzt", forderte er ihn auf.

Sein Gegenüber sah ihn überrascht an. Mit diesem Thema hatte Richard nicht gerechnet.

„Wozu? Sie wird heute ohnehin wieder nicht erscheinen. So wie auf den letzten Bällen", entgegnete Richard seufzend. Abgesehen davon, war es eher unwahrscheinlich, dass Melanie ihn auch nur ansehen wollte. Da konnte von tanzen keine Rede sein.

„Doch, sie wird kommen. Also versprich mir, dass du sie zum Tanzen aufforderst", drängte Vincent ihn.

„Warum bist du so hartnäckig? Ist etwas auf Melanies Geburtstagsfeier vorgefallen, dass du mir besser sagen möchtest?", fragte Richard stattdessen und traf mit seiner Vermutung voll ins Schwarze. Denn Vincent atmete geräuschvoll aus und sah ihn durchdringend an.

„Der Kaiser hat Melanie zu ihrem Geburtstag ein kostbares Geschenk überreicht. Ich finde, das solltest du wissen, bevor du es gleich auf dem Ball selbst siehst", berichtete Vincent ernst.

„Was für eine Art von Geschenk?", Richard runzelte die Stirn und spannte sich an.

„Ein Warnzeichen. Sichtbar für jeden, der es auch nur wagen sollte, sich ihr zu nähern ", antwortete Vincent und schaute seinem Freund fest in die Augen. „Du musst mit ihr tanzen, bevor alles zu spät ist. Hast du mich verstanden?"

Richard war alarmiert. Offenbar hatte er keine Zeit mehr zu verlieren, aber aus welchem Grund? Am Ende nickte er stumm, bevor sein bester Freund weiter auf ihn einredete.

Blitz und Donner

Der Ballsaal im Schloss Falkennest war im Vergleich zum prunkvollen Saal im Frühlingspalast um einiges rustikaler. Er hatte einen männlichen Touch und es roch eindeutig nach Weihrauch. Entlang der Wände standen dunkelbraune Tische und Stühle und Sitzgelegenheiten aus braunem Leder. Richard gefiel dieser Ballsaal auf Anhieb, vor allem wegen der langgezogenen Bar, die sich links über die gesamte Wand erstreckte. Die beiden teuflisch gut aussehenden Herzoge durchquerten den großen Raum und zogen alle Blicke der anwesenden Damen auf sich. Sie nahmen auf einer Ledercouch direkt gegenüber dem Eingang Platz und überblickten vom Weiten das Geschehen, wie zwei Falken ihr Revier von einem Ast aus.

Als Nächstes betrat George von Bellagarde die Arena und war ebenfalls ein überaus attraktiver Augenschmaus für die Frauenwelt. Bei seinem Anblick verzog Richard sofort das Gesicht.

„Was hat dieser Bücherwurm hier verloren? Er soll sich aus dem Staub machen, und zwar schleunigst!", dachte er boshaft.

Kurz darauf erschien der Kaiser Alexander gemeinsam mit seiner Gemahlin. Ihre Untertanen applaudierten stehend, als das Kaiserpaar an seinen Gästen vorbeiging und sie kopfnickend begrüßte. Anschließend kam die berühmte Familie von Bouget. Der Baron und die Baronin wurden von den anderen Adligen herzlichst begrüßt. Und dieses Mal hatten sie alle ihre vier Kinder dabei. Die drei bezaubernden Töchter und den schneidigen Sohn. Richards Herz blieb fast stehen, als er Melanie erblickte. Sie hatte ein traumhaftes Ballkleid an. Es war in zwei Farben geteilt, die in einem weichen Übergang ineinander verliefen. Von eisblau oben bis schneeweiß unten, wie bei einem Wasserfall. Das Kleid war schulterfrei und vor der Brust wie ein Fächer aufgestellt. Untenrum war es dank zehn Schichten Tüll recht voluminös. Aber das wichtigste Detail trug

Melanie auf ihrem Kopf. Eine atemberaubende Tiara, die schlicht und einfach so viel wert war, wie eine prunkvolle Villa in der besten Gegend der Hauptstadt. Sie sah aus wie eine Königin. Richard brauchte nicht lange zu überlegen, welches Geschenk der Kaiser ihr gemacht hatte. Trotzdem fragte er Vincent, um absolut sicher zu sein: „Das Diadem?"

Sein Freund nickte wortlos. Richard vergrub daraufhin sein Gesicht in den Händen und verdaute die bittere Erkenntnis. Warum musste es der Kaiser sein? Wieso konnte es nicht bei George von Bellagarde bleiben? Nein, der Monarch persönlich kämpfte um die Gunst genau jener Dame, die auch Richard begehrte. Seine Erfolgschancen bei Melanie waren demnach fast null. Er stand auf und ging zur Bar. Dann bestellte er sich ein Glas Macallan Whisky und hatte nur ein Ziel an diesem Abend, seinen Frust mit Alkohol zu ertränken.

Der Kaiser und die Kaiserin eröffneten den Ball mit einem Tanz und die übrigen Paare folgten ihnen wenig später. Melanie tanzte mit George und wirkte dabei ganz entspannt. Richard verfolgte die Zwei mit den Augen und kippte sich ein Glas nach dem anderen.

„Wie George sie anhimmelt. Er denkt wohl, dass heute sein Glückstag ist. Dieser dumme Vollidiot! Der Kaiser wird sie dir gleich vor der Nase wegschnappen und du wirst da rumstehen, wie ein begossener Pudel!", lauteten Richards Gedanken und er verfluchte George für sein überaus charmantes Lächeln, das Melanie bereitwillig erwiderte.

„Schaue ihn nicht so an, bitte!", flehte Richard die junge Frau an, die er am liebsten mit Leidenschaft überschütten würde. Er trank einen großen Schluck aus seinem Glas und verzog das Gesicht. Der Whisky brannte beim Abgang und linderte ein wenig den Schmerz in seiner Brust.

Vincent gesellte sich zu ihm an die Bar und bestellte sich ebenfalls einen Drink. Er schaute seinen Freund fragend an.

BLITZ UND DONNER

Wann hatte Richard vor, mit Melanie zu tanzen? George würde sie nicht den ganzen Abend für sich beanspruchen. Aber Richard machte gar keine Anstalten sich ihr zu nähern. Nein, er stand lieber an der Bar und betrank sich.

„Was wird das hier werden? Willst du dich volllaufen lassen?", raunte Vincent ihm zu. Er war fassungslos über Richards Verhalten. Anstelle sich zu betrinken, sollte er das Herz der Frau erobern, die ihm etwas bedeutete.

„Ganz genau, du hast es auf den Punkt gebracht", bestätigte Richard und bestellte sich so gleich ein weiteres Glas Whisky.

„Reiß dich zusammen! Ich erkenne dich kaum wieder! Seit wann gibst du kampflos auf?", Vincent war außer sich. Was zum Kuckuck war mit Richard los? Er hatte nie Schwierigkeiten gehabt, eine Frau zu verführen, und sie dann für sich zu gewinnen. Aber seit er Melanie von Bouget das erste Mal begegnet war, hatte er völlig den Verstand verloren. Er benahm sich wie ein Wilder, dem es an jeglichem Feingefühl mangelte. Seine stets selbstsichere Art war dem aufbrausenden Temperament gewichen, das normalerweise nur gelegentlich zum Vorschein kam. Vincent hatte das Gefühl, dass Richard völlig verrückt nach Melanie war und es nicht ertrug, dass sie so schwer zu fangen war.

Zu guter Letzt erschien Elisabeth D'Argies auf dem Ball. Sie schwebte dahin wie eine griechische Göttin und die Männer verrenkten sich den Hals, um ihr nachzusehen. Alle außer Richard. Er bemerkte gar nicht, dass seine Verlobte den Saal betreten hatte. Stattdessen sah er lieber dabei zu, wie sich Melanie gedankenverloren mit der rechten Hand über ihren linken Unterarm streichelte. Sie schaute Richard unerwartet direkt ins Gesicht. Es war nur ein kurzer Augenblick und danach sah sie wieder weg, aber Richard wurde davon wie elektrisiert. War der übermäßige Alkohol daran schuld, dass es ihm plötzlich so heiß wurde? Kaiser Alexander näherte sich Melanie und verwickelte sie in ein Gespräch. Er ließ seine Augen die ganze Zeit über auf ihrem Antlitz ruhen und lächelte sanft. Richard wurde mit einem Mal schmerzlich bewusst, dass der Kaiser sie auf jeden Fall zu seiner Nebenfrau machen würde, wenn er nicht schleunigst etwas dagegen unternahm. Er trank sein Glas leer und so langsam wirkte der Macallan. Richard wurde alles um ihn herum scheißegal. Er wollte Melanie und absolut niemand würde ihn davon abhalten, sie zu bekommen. Also nahm er all seinen Mut zusammen und richtete sich auf.

„Du hast Recht, Vincent. Ich gebe niemals kampflos auf", sagte Richard lallend. „Ich werde sie zum Tanzen auffordern."

„In dem Zustand? Du bist besoffen! Um es milde auszudrücken. Willst du gleich auf ihre Schuhe kotzen?", Vincent war entsetzt, dass sein Freund sich so gehen ließ. Aber Richard hörte ihn nicht mehr. Er marschierte etwas wackelig auf das Ziel seiner Begierde zu und blieb direkt hinter Melanie stehen. Sie hatte soeben ihre Unterhaltung mit dem Kaiser beendet und bemerkte erst nach einigen Minuten, dass jemand hinter ihr atmete und sie anstarrte.

„Melanie, kann ich bitte mit dir sprechen", bat Richard sie und sein Herz schlug ihm bis zum Hals.

Sie atmete tief durch und betete, dass er einfach weitergehen würde, wenn sie ihn ignorierte. Aber er blieb an derselben Stelle stehen und sie traute sich nicht, sich umzudrehen. Die Angst lähmte sie.

„Bitte, ich möchte nur mit dir reden", flehte Richard sie beinahe an. Seine Hoffnung schwand allmählich, dass sie jemals wieder ein Wort mit ihm wechseln würde.

Melanie schloss kurz die Augen und wünschte sich an einen anderen Ort. Aber es half nichts. Früher oder später musste sie sich ihrer Furcht stellen und offenbar war dieser Moment jetzt gekommen. Sie drehte sich langsam um und sah Richard direkt in die Augen. Sie versuchte, dabei keinerlei Schwäche zu zeigen, und wich seinem intensiven Blick nicht aus. Sofort zog Melanies Aura Richard in ihren Bahn. Er konnte im ersten Augenblick nur regungslos dastehen und sich in ihrer Schönheit verlieren. Nach einer halben Minute fand er seine Stimme wieder und stotterte: „Es, es ... es tut mir leid, was ich dir angetan habe. Es war falsch von mir, dich so zu behandeln. Und ich bitte dich inständig um Verzeihen."

Eine weitere qualvolle halbe Minute verging, bis Melanie ihm endlich antwortete: „Es war falsch von dir? So nennst du das also. Ich sage dir, was falsch ist. Wenn man früh morgens aufsteht und sich unterschiedliche Socken anzieht, das ist falsch. Wenn man sich beim Frühstück Milch in seinen Zitronentee eingießt, das ist falsch. Was du getan hast, Richard, das war äußerst schmerzhaft, sowohl körperlich als auch seelisch."

Melanie musste ihren Blick von ihm abwenden und sich kurz sammeln. Tränen schossen ihr in die Augen und sie befürchtete fast, gleich loszuheulen. Aber sie nahm all ihre Willensstärke zusammen und beherrschte sich. Richard sah sie schuldbewusst an. Wie konnte er von ihr verlangen, dass sie ihm seine Tat je verzieh? Sie hatte offensichtlich ungeheuer gelitten und das schreckliche Erlebnis bis heute nicht verdaut. Er fühlte sich unendlich schuldig und er wollte ihr diese Last wieder von den Schultern nehmen.

Der Zeremonienmeister verkündete laut, dass für den kommenden Tanz die Damen ihren Tanzpartner aussuchen durften. Die jungen Frauen schwirrten aufgeregt los und trafen ihre Wahl. Viele Paare hatten sich bereits gefunden und begaben sich fröhlich gelaunt auf die Tanzfläche. Melanie hob ihren Kopf wieder hoch und schaute Richard ins Gesicht. Er hielt ihrem anklagenden Blick stand. Während sie ihn weiterhin ansah, entfernte sie sich zwei Schritte von ihm zurück. Die Botschaft war unmissverständlich, sie wollte ihn als ihren Tanzpartner nicht wählen. Richard nahm es ihr nicht übel, verspürte trotzdem große Enttäuschung und Traurigkeit. Plötzlich merkte er, wie eine Frau rechts neben ihm stehen blieb und ihn fragte: „Richard, wollen wir tanzen?"

Die Stimme gehörte Elisabeth. Auch Melanie hatte sie bemerkt und sah ihr unerschrocken in die Augen. Die strahlende Verlobte blickte nur kurz zu ihrer Rivalin rüber und gab kein Anzeichen für eine Begrüßung.

„Bitte verzeih, aber ich habe Mademoiselle von Bouget den nächsten Tanz versprochen", antwortete Richard unerwartet.

Sowohl Elisabeth als auch Melanie starrten ihn mit offenem Mund an. Keiner sagte etwas, bis Elisabeth sich beleidigt umdrehte und ohne ein weiteres Wort in der Menge verschwand. Melanie schaute ihr fassungslos hinterher und sah dann wieder zu Richard.

„Ich hatte dich doch gar nicht gefragt?", warf sie ihm vor.

„Und du hast soeben vor Elisabeth nicht widersprochen", stellte Richards fest. Er reichte ihr seine Hand und wartete darauf, was geschehen würde. Melanie sah ihn zuerst irritiert an, dann verärgert und zum Schluss akzeptierte sie seine unverschämte Aufforderung und gab ihm ihre Hand. Genau in diesem Augenblick ertönte die Musik. Richard zog Melanie ganz nah an sich heran. Legte seine linke Hand auf ihre Taille und hielt mit seiner rechten ihre Hand auf seiner Brust fest. Sie tanzten einen Walzer, wobei Richard und Melanie sich langsamer bewegten als die übrigen Paare. Nein, dieses Tanzen war viel intimer.

„Ich weiß, dass du es mir womöglich nie verzeihen wirst, aber du musst wissen, dass ich es mit meiner Entschuldigung ernst meine. Es tut mir wahnsinnig leid", sagte Richard leise und inhalierte mit jedem Atemzug ihren Duft. Melanies Blick ruhte auf seiner Brust und sie versuchte das Gefühl zu verstehen, das sich schlagartig wieder in ihr regte. Es kribbelte in ihrem Körper, ihr wurde warm und sie nahm jede seiner Berührungen intensiver wahr. Melanie hob ihren Kopf und schaute Richard ins Gesicht. Sie betrachtete seine großen dunklen Augen und die schönen Wimpern. Die Haare trug er jetzt etwas länger und er hatte helle Strähnchen bekommen, vermutlich von der Sommersonne. Richards Haut war dagegen gebräunter und er roch süßlich. Was war das? Plötzlich erkannte Melanie diesen Geruch.

„Du bist betrunken", stellte sie überrascht fest.

„Oh ja. Ich trinke schon den ganzen Abend lang Whisky", gestand Richard frech und betrachtete ihre nackten Schultern. Wie gern würde er sie da jetzt liebkosen.

„Etwa den Macallan?", fragte Melanie nach. Und da fiel es Richard wieder ein, dass sie diesen Whisky bereits an dem Abend vor Vincents Party gemeinsam getrunken hatten.

„Genau den. Weißt du, warum ich den so gerne trinke? Weil mich seine Farbe an deine Haare erinnert", antwortete er und strich Melanie über eine Locke, die aus ihrer Hochsteckfrisur raushing. Er kam ihr unwillkürlich näher und versank in ihren olivgrünen Augen.

„Richard, das ist zu nah. Alle können uns sehen", raunte sie ihm zu und schaute sich besorgt um.

„Das ist mir egal", flüsterte er und strich mit seiner Hand über ihren Rücken.

„Mir nicht! Es ist schließlich mein Ruf, den du damit ruinierst!", Melanie klang dabei überaus entschieden. Richard wollte sie auf keinen Fall verärgern und versuchte sich wieder auf das Tanzen zu konzentrieren. Er betrachtete die prunkvolle Tiara auf ihrem Kopf und ihm kam ein Gedanke.

„Was willst du von mir haben? Juwelen? Kleider? Oder vielleicht ein ganzes Schloss? Du kriegst alles, wonach dein Herz verlangt. Ich werde dir nichts verweigern, wenn du dich mir nicht verweigerst", sagte Richard und musste sich zusammenreißen, um sie nicht auf der Stelle zu entführen.

Natalie Mec

Melanie schaute ihn daraufhin vorwurfsvoll an. „Glaubst du etwa, ich bin käuflich?", sie klang beleidigt.

„Der Kaiser glaubt es offensichtlich, sonst würde er dir nicht so eine kostbare Tiara schenken", warf Richard ihr zurück.

„Der Kaiser schätzt mich im Gegensatz zu dir! Für dich bin ich nur Wachs in deinen Händen", sie wurde allmählich wütend. „Du willst mich nur als deine Gespielin."

Das stimmte. Richard wollte mit Melanies Körper spielen. Sie am liebsten jede Nacht bei sich haben und Dinge mit ihr tun, die sie sich nicht ein Mal vorstellte. Er presste sie mit seiner Hand an der Taille enger an sich und sagte leise, so dass nur sie ihn hörte: „Was ist so schlimm daran, meine Gespielin zu sein? Was ist so falsch daran, mir nahe zu sein? Was ist so verkehrt daran, nackt bei mir zu sein?"

Melanie musste sich mit aller Macht beherrschen. Das eigenartige Gefühl in ihr wurde immer stärker und nahm Auswüchse an, die ihr bis jetzt unbekannt waren. Sie schloss ihre Augen und versuchte, dieses Empfinden zu unterdrücken. Richards Stimme und sein Geruch machten die Angelegenheit aber fast unmöglich. Melanie öffnete ihre Augenlider wieder und ihr hungriger Blick sagte unverkennbar die Wahrheit: „Ich will dich ganz nah bei mir haben. So nah wie an jenem Abend im Wald. Ich will, dass du mich festhältst und an dich drückst, bis ich nicht mehr atmen kann."

Melanie erschrak vor ihren eigenen Gedanken und ging einen Schritt zurück. Sie sah Richard verwirrt an und verstand nicht, wie sie so etwas nur denken konnte. Sie drehte sich um und floh. Sie musste schleunigst weg, egal wohin, Hauptsache fern von ihm und diesem fremdartigen Gefühl, dass er in ihr auslöste.

Richard schaute Melanie hinterher. Er hatte in ihren Augen das Verlangen nach ihm deutlich erkannt. Sie hatte sich selbst verraten. Und genau in diesem Augenblick begriff er, dass er doch eine Chance hatte, sie zu erobern. Er machte kehrt und schritt selbstbewusst zurück zu Vincent an die Bar und bestellte sich ein Glas Wasser. Sein bester Freund warf ihm ein verschmitztes Lächeln zu und schwieg. Richard hatte ihn absolut überrascht. Das lief gerade besser, als Vincent es sich je erträumt hatte. Er beobachtete nun die anderen Spieler im Saal. Sowohl George von Bellagarde als auch Kaiser Alexander haben den jungen Herzog von Crussol und seine Partnerin beim Tanzen genau verfolgt. Ihnen war definitiv nicht entgangen, wie sehr sich Melanie zu Richard hingezogen fühlte und dass Richard um sie warb. Elisabeth D'Argies hatte dagegen die beiden keines Blickes gewürdigt. Nachdem Richard sie abgewiesen hatte, war sie aus dem Saal hinaus stolziert und stand jetzt gemeinsam mit ihrem Onkel im langen Flur. Vermutlich beklagte sie sich bei ihm. Es wäre nur allzu verständlich, wenn der eigene Verlobte einen für eine andere links liegen ließ. Was Vincent aber am meisten Sorgen bereitete, war der Gesichtsausdruck von Melanies Mutter. Madame von Bouget sah Richard mit einem dermaßen boshaften Blick an, als würde sie ihm die Pest an den Hals wünschen.

Derweil stand Melanie auf dem großen Balkon direkt neben dem Ballsaal und atmete gierig die frische Luft ein. Ihre Gedanken rasten. Sie wäre jetzt am liebsten bei Richard, um den ganzen Abend mit ihm zu tanzen. Aber sie durfte es nicht. Denn sie befürchtete, ihm komplett zu verfallen. Er hätte dann die Macht über sie und würde sie ins Verderben stürzen. Das wäre der Ruin ihres guten Ansehens in der Gesellschaft. Sie ging einige Schritte vorwärts bis zur Balustrade und schaute hinaus in den Wald. Es sah alles friedlich aus. Heute Nacht schien der Vollmond und tauchte die Landschaft in ein rätselhaftes Licht. Melanie meinte zu erkennen, wie unbekannte Gestalten aus der Dunkelheit des Waldes herauskamen. Sie schaute genauer hin. Ja, es waren eindeutig zwei Personen. Sie liefen hinter einen dicken Baum und blieben dort stehen. Melanie wurde neugierig.

Natalie Mec

Sie verharrte an ihrem Platz und beobachtete weiterhin das Geschehen. Die zwei Unbekannten gingen weiter und blieben an einer Stelle stehen, die vom Mond besser erleuchtet wurde und da erkannte Melanie die Frau. Es war Veronika! Und neben ihr ganz eindeutig Henri von Ailly. Die beiden sahen sich an und Melanie verdeckte geschockt ihren Mund mit der Hand, als sie feststellte, dass sie sich küssten. Ihre Schwester, die ihr eingetrichtert hatte, auf keinen Fall einen Mann zu küssen, solange sie zumindest nicht einander versprochen waren, tat in diesem Augenblick genau das Gegenteil! Warum? Henri strich Veronika zärtlich übers Gesicht und wollte sie nicht loslassen, als sie kichernd versuchte, sich von ihm zu befreien. Schließlich trennten sie sich höchst widerwillig voneinander und schlichen zu unterschiedlichen Eingängen des Schlosses zurück. Veronika wählte die Treppe unweit des Balkons, auf dem ihre jüngere Schwester stand und auf sie wartete. Gerade dann als sie ins Innere reinschlüpfen wollte, hörte sie Melanies Stimme: „Und küsst Henri gut?"

Veronika wirbelte herum und starrte mit großem Entsetzen zu ihrer Schwester.

„Hast du uns etwa gesehen?", fragte sie bestürzt. Ihr Geheimnis war aufgeflogen.

„Warum lässt du es zu, dass er dich küsst?", stellte Melanie sie zur Rede. „Du hast mir gesagt, dass wenn ein Mann eine unverheiratete Frau küsst, ihr guter Ruf dahin ist. Und sie ist dann dazu verdammt ein leichtes Mädchen zu sein. Bist du jetzt ein leichtes Mädchen? Oder willst du mir etwa sagen, dass du Henris Freundin bist und damit seine Mätresse?"

Veronika schaute schuldbewusst in eine andere Richtung, dachte kurz nach und antwortete schnell: „Du verstehst das nicht. Ich liebe ihn. Und Henri liebt mich ebenfalls."

Melanie war irritiert und fragte dann sarkastisch: „In Ordnung. Wann ist eure Hochzeit?"

BLITZ UND DONNER

„Das ist gerade nicht wichtig. Wir lieben uns und wollen einfach Zeit miteinander verbringen. Bitte versprich mir, dass du niemandem etwas davon erzählst", flehte Veronika sie an. „Bitte, Melanie, es ist mein absoluter Ernst. Sage zu keinem ein Wort darüber."

Melanie sah ihre Schwester lange an. Natürlich würde sie ihren Mund halten. Sie hatte von ihrem Erlebnis im Wald mit Richard ebenfalls keiner Menschenseele berichtet.

„Ich verspreche es", sagte sie schließlich und sah, wie erleichtert Veronika über ihre Antwort war. Gemeinsam betraten sie wieder den Ballsaal und wurden sogleich von ihrem Vater aufgehalten. Er erklärte ihnen, dass es an der Zeit war, aufzubrechen und nach Hause zu fahren. Die gesamte Familie von Bouget versammelte sich vor dem Haupteingang und wartete auf ihre Kutschen. Da kam plötzlich George von Bellagarde zu ihnen und bat Melanie um ein kurzes Gespräch. Er nahm sie zur Seite und fragte: „Mademoiselle von Bouget, darf ich Sie zu einem Spaziergang in dem Kanarienvogelpark morgen Nachmittag um 14 Uhr überreden?"

Melanie schaute ihn intensiv an. Er wirkte eigenartigerweise nervös und lächelte sie verunsichert an.

„Ja, selbstverständlich. Ich komme gerne", antwortete sie und schenkte ihm ein Lächeln.

„Wunderbar. Ich freue mich, Sie recht bald wiederzusehen. Gute Nacht, Mademoiselle", sagte George erleichtert und gab ihr zum Abschied einen Handkuss. Melanie war über diese Geste äußerst geschmeichelt und errötete leicht.

„Gute Nacht", verabschiedete sie sich von ihm und flitzte zu der Kutsche, die bereits vorgefahren war.

George blieb regungslos stehen und beobachtete, wie die Kutsche hinter den Bäumen verschwand. Dann drehte er sich abrupt um und sah finster die Treppe hoch. Dort stand sein größter Rivale. Die beiden sahen sich gegenseitig feindselig an.

Sie fochten mit ihren Blicken einen Kampf aus, bei dem keiner von ihnen nachgeben wollte. Bis Richard sich langsam umdrehte und wieder ins Schloss reinging. Für George war dieser Abend mehr als aufschlussreich gewesen. Seine schlimme Vermutung, dass der Kaiser Alexander an Melanie interessiert war, hatte sich bedauerlicherweise bestätigt. Aber das ausgerechnet der Herzog von Crussol ihm viel mehr Konkurrenz machte, darauf wäre er nie gekommen. Offenkundig interessierten sich die beiden Männer aber nur rein körperlich für die junge Bouget-Tochter, den sie waren fest vergeben. George nahm sich vor, diese Tatsache für sich zu nutzen, um das Rennen um Melanies Hand am Ende für sich zu entscheiden.

Blitz und Donner

Natalie Mec

Kapitel 27   Die Tulpe

5. Juli 1875

Die Morgensonne schien durch die Vorhänge hindurch und weckte Melanie sanft aus ihrem Schlaf. Heute Nacht hatte sie einen sonderbaren Traum gehabt, der langsam verblasste. Sie hatte vom Meer geträumt. Wie sie am weißen Strand stand und auf die Wellen hinausschaute. Dort im tosenden Wasser sah sie einen Damenhut aus Stroh, der von den Fluten hin und her geworfen wurde. Der Hut ging nicht unter, egal wie viele Wassermassen sich über ihn ergossen. Trotzdem wurde er regelrecht in Mitleidenschaft gezogen. Gehörte dieser Hut ihr? Fragte sich Melanie und rieb sich den Schlaf aus den Augen. Sie stand gähnend auf, streckte sich ausgiebig und zog frische Kleidung an. Unten im Salon saßen ihre Geschwister bereits beim Frühstück und sprachen aufgeregt miteinander.

„Ihr habt schon angefangen?", fragte Melanie verwirrt, als sie den Raum betrat. „Und wo sind Papa und Mama?"

„Sie unterhalten sich mit einem Gast in Papas Arbeitszimmer", antwortete Jakob und aß sein Käsebrot.

„Ein Gast? Wer denn so früh am Morgen?", fragte sie belustigt.

„Das wissen wir nicht", erwiderte Jane enttäuscht.

„Möchtest du mit uns wetten, wer es sein könnte?", fragte Veronika amüsiert.

„Lieber nicht. Ich würde nur verlieren", entgegnete Melanie

lächelnd.

„Jakob, reichst du mir bitte die Butter rüber?", fragte Veronika ihren Bruder, doch er zögerte einen Moment. Stattdessen sah er ihr lange in die Augen und etwas Anklagendes lag in seinem Blick.

„Jakob, die Butter?", wiederholte Veronika leicht verwirrt.

„Gestern Abend beim Ball", begann er langsam zu erzählen, „stand ich eine ganze Weile draußen vor dem Schloss und habe mit meinen eigenen Augen gesehen, wie ein unschuldiges Reh von einem Wolf gerissen wurde."

Jane und Melanie machten einen überraschten Gesichtsausdruck und sahen ihren Bruder mit offenem Mund an.

„Das ist ja unglaublich!", entfuhr es Jane. „Nun, eigentlich ist es der normale Lauf des Lebens. Die Natur ist gefährlich und ein Wald bei Nacht ganz besonders."

„Allerdings", bestätigte Melanie nachdenklich und vermied es, die Anderen anzusehen.

Veronika sah Jakob intensiv an und brachte kein Wort heraus. Sie wusste, was er mit seiner Aussage eigentlich meinte. Nämlich, dass der Graf von Ailly und sie sich gestern Abend im Wald intim vereint hatten. Schuldgefühle überkamen sie. Sie wollte ihre Hand auf die von Jakob legen, aber er zog seine Hand ruckartig von ihr weg und bestrich stattdessen sein Brot mit Marmelade.

Die vier Geschwister saßen eine Weile schweigend da und aßen in Ruhe ihr Frühstück, als ihre Mutter völlig aufgeregt in den Salon rein stürmt kam. Sie hätte beim Vorbeilaufen beinahe eine ihrer wertvollen Vase umgeworfen und es kümmerte sie gar nicht. Stattdessen setzte sie sich neben Melanie hin und nahm sie an den Händen.

„Du wirst mir nicht glauben, was soeben passiert ist, mein Schatz!", erzählte Madame von Bouget und zappelte herum.

Melanie sah sie verwundert an. Was war geschehen, dass ihre

Mutter so vor Freude strahlte?

„George von Bellagarde hat vor wenigen Augenblicken um deine Hand angehalten!", kreischte Johanna aufgeregt.

„WAS?!", riefen alle vier Geschwister im Chor.

„Ja! Er hat um unsere Erlaubnis gebeten, dich heiraten zu dürfen!", berichtete Johanna überglücklich.

Melanie war fassungslos und starrte ihre Mutter mit weit aufgerissenen Augen an. George wollte sie zur Frau nehmen? Wieso und Warum jetzt? Hatte sie es ihm nicht deutlich erklärt, dass sie noch nicht vorhatte zu heiraten?

„Und ihr habt ihm die Erlaubnis erteilt?", fragte Veronika überrascht.

„Aber natürlich!", rief die Mutter begeistert.

„Mama, wolltet ihr Melanie nicht frühestens in zwei Jahren verheiraten?", fragte Jane und ihr Gesichtsausdruck verriet, dass sie über alle Maße sauer war.

„Das stimmt. Aber es ist George von Bellagarde, der um die Hand deiner Schwester anhält. Der begehrteste Junggeselle der Stadt!", antwortete die Mutter und freute sich wie Wonne.

„Sie ist doch erst vor Kurzem 18 Jahre alt geworden. Ist sie für die Ehe nicht etwas zu jung?", mischte sich Jakob dazwischen und warf Melanie einen besorgten Blick zu, die sprachlos auf ihrem Stuhl saß und völlig neben der Spur war.

„Ach Unsinn. In ihrem Alter war ich mit eurem Vater bereits verheiratet und brachte Jane zur Welt", beschwichtigte die Mutter ihn.

„Soll sie trotzdem gleich den ersten Heiratsantrag annehmen? Jane und Veronika erhalten andauern Anträge und lehnen sie alle ab", gab er zu bedenken.

„Jakob, das verstehst du nicht. Du kannst nicht kleine Fische mit einem dicken Fang vergleichen. Melanie bekommt die Chance geboten, eine Bellagarde zu werden! Zu einer der reichsten und wohlhabendsten Familien des Landes zu gehören.

BLITZ UND DONNER

Sie ist bereits ein Champion und der Günstling des Kaisers, aber an Georges Seite wäre sie eine Gräfin von Bellagarde. Das muss man sich mal auf der Zunge zergehen lassen. Sie würde zu den feinsten Kreisen gehören, mit den mächtigsten Persönlichkeiten verkehren und mit ihnen auf Augenhöhe sein: Politiker, Richter, Edelleute und die gesamte Kaiserfamilie. Kurz und knapp, Melanie wäre eine Boss-Lady."

Und damit hatte Johanna den Ehrgeiz ihrer Tochter geködert. Melanie wäre eine Boss-Lady, den Obrigkeiten gleichgestellt und von der Gesellschaft anerkannt. Somit waren es die perfekten Bedingungen für ihre Pläne als Geschäftsfrau. Melanie stand auf und wollte soeben den Salon verlassen, als sie von ihrer Mutter am Arm festgehalten wurde.

„Wo willst du hin?", fragte Madame von Bouget sie verwirrt.

„Nachdenken", lautete Melanies knappe Antwort und sie eilte hinaus in den Garten. Sie lief wie ein aufgescheuchtes Huhn zwischen den Bäumen umher, umkreiste zwei Mal das Labyrinth, marschierte bis zum Pferdestall und wieder zurück und lief immer wieder Kreise. Was sollte sie nur tun? Ihre Mutter hatte Recht, George war eine hervorragende Partie. Er wäre ideal für sie, denn sie verstanden sich und entwickelten allmählich Gefühle füreinander. Aber etwas ließ ihr keine Ruhe. Oder besser gesagt, jemand. Wenn sie Georges Antrag annahm, dann wäre Richard für sie tabu. War er das nicht die ganze Zeit schon? Denn er war mit Elisabeth verlobt und Melanie wollte auf gar keinen Fall seine Geliebte werden. Die Antwort war demnach eindeutig. Aber George hatte sie bis jetzt nur lieb und vornehm kennengelernt, ihre widerspenstige Seite kannte er gar nicht. Sie ist unzähmbar und kämpferisch. Melanie überlegt angestrengt. Wie hatte sie damals Richard auf die Palme gebracht? Und genau das würde sie jetzt bei George durchziehen. Sie wollte ihn wütend machen. Sie lief zurück zum Anwesen und dann hoch auf ihr Zimmer. Kramte aus ihrem

Kleiderschrank die professionelle Reitkleidung heraus und zog sie an. Danach begab sie sich zum Pferdestall und sattelte Nero. Gerade als sie dabei war, den Stall wieder zu verlassen, kam ihre Mutter wild schnaufend angelaufen und stellte sich ihr in den Weg.

„Was hast du jetzt vor, Melanie?", fragte Johanna außer Atem.

„Ich habe heute Nachmittag eine Verabredung mit George im Kanarienvogelpark", erklärte ihre Tochter sachlich.

„Möchtest du dir nicht lieber etwas Damenhaftes anziehen und besser die Kutsche nehmen?", wies ihre Mutter sie freundlich darauf hin, unpassend gekleidet zu sein und nach dem Ritt völlig zerzaust auszusehen. Doch Melanie beabsichtige genau das.

„Keine Sorge, Mama. Die Verabredung wird vermutlich nicht lange dauern", antwortete sie und stieg auf ihr Pferd. Sie galoppierte davon und ließ ihre Mutter ratlos stehen. Während der gesamten Zeit bis zur Stadt dachte Melanie an Richard. In ihrem Inneren herrschte ein Gefühlschaos. Sie war nicht naiv und wusste, dass es keine gemeinsame Zukunft mit dem jungen Herzog geben würde und genau das schmerzte sie. Wie unerklärlich und dumm es auch klingen mochte, aber er fehlte ihr unfassbar sehr. Melanie kam im Kanarienvogelpark an und zog alle Blicke auf sich. Eine rothaarige junge Frau auf einem prächtigen Pferd, dessen Fell so schwarz wie verbrannte Erde war. Sie galoppierte unverschämt schnell an den anderen Parkbesuchern vorbei und entdeckte George, der am Flussufer auf sie wartete und sich augenblicklich straffte, als er sie erblickte. Melanie kam unmittelbar vor ihm zum Stehen, nahm das eine Bein hoch, drehte sich im Sattel und sprang lässig runter. Sie landete mit beiden Füßen sicher auf dem Boden, als würde sie solche Kunststücke jeden Tag vollführen. George schaute sie erstaunt an und sagte: „Wirklich sehr sportlich."

BLITZ UND DONNER

„Das ist noch gar nichts", antwortete Melanie selbstbewusst.

George sah sie fasziniert an. Seine Auserwählte war so aufregend wie die Entdeckung einer neuen Galaxis. Und wie sie hier aufgetaucht war, wie ein Komet. Voller Energie und Spannung.

„Wollen wir?", fragte er und zeigte mit seiner Hand auf den Weg, der am Fluss entlang verlief. Sie flanierten eine kurze Weile schweigend nebeneinander. Melanie führte rechts neben sich Nero, der neugierig auf das saftige Gras unter seinen Hufen schaute. Sie dagegen blickte nur auf den Weg vor ihr und vermied den Augenkontakt zu ihrem Begleiter.

„Mir kommt es vor, als wären Sie verärgert, Mademoiselle von Bouget", begann George zaghaft die Unterhaltung.

„Sie haben meine Eltern um Erlaubnis gebeten, mich heiraten zu dürfen", kam Melanie schnell auf das Thema zu sprechen, das sie beschäftigte.

George schaute seitlich zu ihr. Sie guckte unbeirrt nach vorn, ohne jegliche Begeisterung im Gesicht.

„Eine Tatsache, die jede andere Dame vor Freude in die Luft springen lassen würde, aber nicht so bei Ihnen wie es aussieht", gestand George und klang dabei etwas enttäuscht. So hatte er sich den Beginn seines Heiratsantrags nicht vorgestellt.

„Ich finde, Sie sollten mich zuerst besser kennenlernen, bevor Sie mit mir Ihr Leben verbringen. Ich bin alles andere als Ihr Frauentyp", entgegnete Melanie.

„Was glauben Sie denn, auf welchen Typ ich stehe?", fragte George grinsend.

„Eine Frau wie meine Schwester Jane ist ideal für Sie. Sie ist vornehm, gebildet, intelligent, manierlich, reitet nicht im wilden Galopp in der Gegend herum und ist außerordentlich schön", beendete Melanie die Lobeshymne auf ihre Schwester.

„Ja, und dazu ist Jane noch habgierig, intrigant, selbstsüchtig und geil auf reiche Männer", ergänzte George in seinen

Gedanken und hütete sich davor, sie laut auszusprechen. Stattdessen fragte er: „Und welche Attribute beschreiben Sie am besten?"

Melanie überlegte kurz und erwiderte dann: „Unzähmbar, willensstark, dickköpfig, kämpferisch, ehrgeizig und streitlustig."

George schmunzelte. Sie vergas dabei Folgendes zu erwähnen: mutig, eloquent, witzig, selbstsicher, charmant, ehrlich und wahnsinnig sexy.

„Ist Ihnen aufgefallen, wie die anderen Parkbesucher Sie anstarren, seit dem Sie hier aufgetaucht sind?", wollte George wissen und schaute Melanie lächelnd an.

„Nein, aber vermutlich sind sie über mein ungebührliches Verhalten geschockt", entgegnete sie und zuckte mit den Schultern.

„Ganz im Gegenteil. Die Leute bewundern Sie. Ich muss gestehen, dass ich es überaus bedauere, beim letzten kaiserlichen Pferderennen nicht dabei gewesen zu sein, als Sie sich den Sieg spektakulär geholt haben. Aber ich versichere Ihnen, dass sowohl meine Eltern als auch meine Freunde mir in höchsten Tönen darüber berichtet haben", erzählte George und seine Augen hafteten an Melanies Gesicht wie flüssiger Karamell auf der Haut.

„Unsinn! Die Menschen hier im Park schauen nur Sie an, Monsieur von Bellagarde, und fragen sich, warum Sie Ihre wertvolle Zeit mit so einer Verrückten vergeuden", widersprach Melanie und vermiet es beharrlich ihn anzusehen.

„Mademoiselle, schauen Sie mich bitte an", forderte George seine Gesprächspartnerin auf und hielt an.

Melanie tat ihm den Gefallen und sah ihm fest in die Augen, bereit für den nächsten Wortaustausch.

„Mir scheint es so, als ob Sie sich ihrer Stärken nicht vollends bewusst sind. Sie sind ein Vorbild für andere junge

Frauen. Ich gebe offen zu, Ihre unangepasste Art wirkt äußerst anziehend auf Männer. Abgesehen davon, haben Sie eine ziemlich liebreizende Erscheinung. Und Sie können Ihren Charme ungemein gut einsetzten", erläuterte George und schaute Melanie dabei ganz verliebt an.

„Das Einzige, was ich gut kann, ist, in der Nacht laut zu schnarchen", konterte Melanie. „Abgesehen davon, trete ich wie ein Pferd. Es ist unmöglich, neben mir zu schlafen, ohne wahnsinnig zu werden."

George schaute seine Begleiterin zunächst überrascht an und lachte dann laut drauf los. Er verstand nun, was Melanie in Wirklichkeit vorhatte. Sie versuchte mit Absicht, sich ins schlechte Licht zu rücken.

„Sie schnarchen also und treten wie ein Pferd? So, so ... interessant", wiederholte er und wischte sich die Lachtränen aus den Augen.

„Ja, kein Grund, sich darüber lustig zu machen", sagte Melanie und musste sich mit aller Kraft das Lachen verkneifen und ernst bleiben.

„Gut, wenn wir schon ehrlich zueinander sind. Dann muss ich ebenfalls etwas gestehen. Ich kaue andauernd an meinen Fingernägeln", beichtete George und sah amüsiert zu, wie Melanie ihn geschockt anstarrte. Sie nahm sofort seine Hände und betrachtete die Fingernägel, die zu ihrer Verwunderung allesamt makellos aussahen.

„Stimmt doch gar nicht!", warf sie ihm vor.

„Mein eigentliches Hobby ist, andere Menschen durch mein Teleskop zu verfolgen, wenn sie sich unbeobachtet fühlen", erzählte er und Melanie fiel die Kinnlade runter. George ein Voyeur? Das hätte sie sich niemals vorgestellt!

„Außerdem furze ich ständig, wenn ich ein Bad nehme", berichtete George weiter und fand Melanies Reaktion darauf einfach nur köstlich.

„Nein, das ist eindeutig zu viel Information! Obendrein kann ich es Ihnen kaum glauben!", sagte Melanie kopfschüttelnd und wedelte wild mit den Armen.

George lachte aus ganzem Herzen. Er fühlte sich so frei. Normalerweise scherzte er auf diese Weise nur mit seinen Kumpels aus der Uni, aber noch nie mit einer jungen Dame, bis jetzt.

Melanie sah ihn beim Lachen zu und fing dann ebenfalls an zu grinsen, bis sie in das herzhafte Gelächter mit einstieg. Was war nur geschehen? Ihr Plan war es gewesen, George zu verärgern, stattdessen hat sie ihn zum Lachen gebracht. Er war eindeutig anders gestrickt als Richard. Es vergingen einige Minuten, bis die beiden sich wieder beruhigt hatten.

George atmete tief durch. Er ging näher an sie heran und sagte: „Ich glaube nicht daran, dass Sie nachts wirklich schnarchen und um sich treten. Aber jetzt bin ich umso gespannter zu erfahren, wie es ist, neben Ihnen zu liegen."

Melanie wurde rot. Sie fand immer mehr Gefallen an George und seiner witzigen Seite. Dennoch gab sie nicht auf. „Was ich damit sagen will, ist, dass ich nicht perfekt bin", gestand sie offen.

„Das mag sein, aber ich bin es ebenfalls nicht. Und dennoch, vielleicht bist du perfekt für mich, Melanie", sprach George sie zum ersten Mal beim Vornamen an und griff in seine Jackentasche. Er holte ein kleines Kästchen daraus und legte es ihr in die rechte Hand. „Das gehört jetzt dir, egal wie du dich entscheidest", flüsterte er ihr ins Ohr und unterdrückte das dringende Bedürfnis, sie zu umarmen.

Melanie sah ihm fragend in die Augen. Sie brauchte das kleine Kästchen nicht zu öffnen, um zu erfahren, was sich darin befand, sie tat es dennoch und erblickte einen traumhaft schönen Ring aus Weißgold mit einem Brillanten, der in Form einer Tulpenblüte geschliffen war. Melanies Lieblingsblume. George hatte es nicht vergessen. Und plötzlich betrachtete sie ihn mit ganz anderen Augen.

„Melanie, du musst wissen, dass ich ernsthaft an dir interessiert bin, und meine Absichten sind absolut ehrlich. Ich gebe dir ein paar Tage Zeit, um über meinen Heiratsantrag nachzudenken, und bitte antworte mir anschließend", bat George sie und Melanie nickte stumm. Er verabschiedete sich von ihr mit einem zärtlichen Handkuss, wie am Abend zuvor und warf ihr einen verträumten Blick zu, bevor er ging. Sie blieb eine kurze Weile am Fluss stehen und sah rüber zum Frühlingspalast am anderen Ufer. Und mit einem Mal verblasste Richards Gesicht ein wenig in ihren Gedanken. Denn ihr wurde klar, dass er sie niemals so wertschätzen würde, wie sie es verdiente. George hingegen hatte nicht vor, mit ihr zu spielen oder sie für seine Zwecke auszunutzen, nein er bot ihr die Chance, seine Partnerin zu werden, seine Ehefrau. Mehr Glück konnte Melanie sich nicht erhoffen.

Kapitel 28 Die Wahl

8. Juli 1875

Die Audienz beim Kaiser stand wieder an. Melanie hatte die letzten Tage mit Grübeln verbracht. George ging ihr nicht mehr aus dem Kopf. Zudem belagerte ihre Mutter sie täglich und überschüttete sie mit Argumenten, die für ihn sprachen. Melanie empfand es als überflüssig, denn sie wusste selbst, dass sie mit George den Hauptgewinn gezogen hatte. Nein, der Grund für ihr Zögern war eine kleine Hoffnung, dass Richard vor ihrer Haustür stehen würde und ihr die gleiche große Frage stellen würde. Aber ihr Verstand flüsterte ihr eindringlich zu, dass sie sich von dieser naiven Vorstellung besser verabschieden sollte, denn Richard verfolgte definitiv andere Absichten mit ihr.

Langsam wurde es Zeit, dass Melanie sich zum kaiserlichen Palast begab. Sie brachte den Weg dorthin auf ihre gewohnte Weise hinter sich, auf dem Rücken eines Pferdes. Die Wachmänner baten sie, Nero beim Tor zu lassen und ein Diener aus dem Palast nahm sie sogleich in Empfang. Er geleitete sie zum Gästehaus, das auf der anderen Seite des großen Gartens stand, und erklärte ihr, dass der Kaiser sie dort zu sehen wünschte. Das Gästehaus hatte die gleichen Ausmaße, wie das gesamte Anwesen, in dem Melanie und ihre ganze Familie lebten. Alexander stand vor dem Eingang und begrüßte seinen Günstling mit einem breiten Lächeln. Er befahl dem Diener, draußen zu bleiben, und führte sie dann in das Innere des

Hauses, wo sie völlig ungestört waren. Der Kaiser nahm ihre Hand und legte sie auf seinen Arm und gemeinsam schritten sie in den Salon. Melanie fiel auf, dass sie auf dem Weg dorthin keiner Menschenseele begegnet waren. Es hatte den Anschein, als ob außer ihnen beiden sonst niemand hier war. Wollte der Kaiser etwas Geheimes mit ihr besprechen? Sie betraten den Salon und machten es sich auf der Couch gemütlich. In dem Raum mit weißen Tapeten gab es keine Fenster. An den Wänden waren sechs große Kerzenhalter angebracht. Die Kerzen brannten und erleuchteten den Salon in einem warmen Licht. Der Kaiser betrachtete Melanies junges Gesicht einen kurzen Augenblick und sagte: „Ich muss gestehen, dass sie beim letzten Ball atemberaubend ausgesehen haben."

„Dankeschön. Das lag vor allem an Ihrem Geschenk", gab Melanie das Kompliment zurück und Alexander lächelte listig. Sein Blick wanderte weiter zu ihrem Outfit. Sie trug eine hellblaue Bluse mit langen Ärmeln und dazu cremeweiße, hautenge Hose mit einem schwarzen Gürtel und hohe Reitstiefel. Sein Günstling war absolut anders als die vornehmen Damen, die ihn den ganzen Tag umgaben. Diese makellos gekleideten Frauen führten stets dieselben monotonen Unterhaltungen und würden niemals nach etwas anderem streben als das, wofür sie geboren wurden: den Männern zu gefallen. Melanie war dagegen frischer, frecher und frivoler. Eine echte Draufgängerin eben.

„Jetzt noch ein Mal jung sein und die Früchte der unbeschwerten Liebe genießen", dachte Alexander und biss sich leicht auf die Unterlippe. Wer hindert ihn daran, es trotzdem jetzt zu tun? Er rückte näher an Melanie heran und setzte sich direkt neben sie. Sie blickte erstaunt zu ihm hoch und wollte etwas sagen, aber der Kaiser legte seinen Zeigefinger auf ihren roten Mund und gab ihr mit einem „Sch" deutlich zu verstehen, dass sie schweigen sollte.

„Ich dulde keine Zurückweisung. Ist das klar?", sagte er

streng und schaute ihr hungrig in die Augen.

    Melanie erstarrte. Wie meinte er das? Er ließ seinen Finger von ihren Lippen den Hals runtergleiten und öffnete den obersten Knopf ihrer Bluse und dann den zweiten und den dritten. Er streichelte mit seinem Finger über ihre Brüste. Melanie wagte es nicht, sich zu rühren, und starrte voller Entsetzen ihm ins Gesicht. Der Kaiser schaute sie gierig an und küsste sie auf den Mund. Sie war wie gelähmt. Schlagartig verstand sie, was hier vor sich ging. Er machte sie genau in diesem Augenblick zu seiner Geliebten und sie durfte ihn nicht zurückweisen. Er küsste sie lange und mit jeder weiteren Sekunde immer leidenschaftlicher. Seine Hände umfassten sie am Oberkörper und er drückte sie fester an sich. Melanie taumelte mit ihren Emotionen. Sie hatte einerseits Angst vor dem, was gerade geschah. Zum anderen kam dieses eigenartige Gefühl wieder in ihr hoch, wie damals bei Richard, nur bei Weitem nicht so stark und es war vermischt mit Schuldgefühl. Sie fühlte sich schuldig, dass sie einen verheirateten Mann küsste und somit zusammen mit ihm Ehebruch begann. Der Kaiser bekam nicht genug von ihren Lippen und liebkoste sie und saugte an ihnen wie an einer saftigen Nektarine. Dann küsste er ihren Hals und führte seine Zunge über ihr Schlüsselbein. Seine rechte Hand wanderte tiefer zu ihrem Oberschenkel. Er streichelte an ihrem schlanken Bein entlang nach unten bis zum Knie und wieder hoch, und ergriff dann ihren knackigen Hintern. Meine Güte war sie durchtrainiert. So jung und straff. Er hatte nichts anderes erwartet, schließlich war sie eine Sportlerin. Er legte sie mit dem Rücken auf die Couch, streichelte ihre Taille und bedeckte ihren Oberkörper mit feurigen Küssen. Melanie atmete geräuschvoll aus, allmählich bekam sie Panik. Die Wände um sie herum wurden mit einem Mal enger und das Licht verdunkelte sich. Es war kalt. Der Stoff der teuren Couch kratzte an ihrer Haut und sie wünschte sich jetzt weit fort von hier. Die Standuhr in der hinteren Ecke schlug 14 Uhr und der Kaiser schaute kurz auf, bevor er sich wieder Melanies Lippen widmete. Er verfluchte diese verdammte Uhr, weil sie ihn daran erinnerte, dass er jetzt einen wichtigen Termin mit seinen Ministern hatte, zu dem er sich nicht verspäteten wollte. Er ließ nur höchst widerwillig von Melanie los und sagte: „Ich muss jetzt gehen, aber bei unserem nächsten Treffen will ich da weitermachen, wo wir soeben aufgehört haben. Und das bereits morgen. Gleiche Uhrzeit, selber Ort. Hast du mich verstanden?"

Sie nickte wortlos. Der Kaiser stand auf, richtete kurz seine Kleidung, besah Melanie eines weiteren Blickes, vor allem ihren halbnackten Oberkörper, drehte sich anschließend um und verließ den Salon. Melanie blieb allein. Sie setzte sich auf und knöpfte mit zittrigen Händen ihre Bluse wieder zu. Das war also ihr erster Kuss überhaupt. Mit keinem Geringeren als dem Kaiser persönlich. In was für eine Scheiße hatte sie sich da bloß hineinmanövriert? Sie war davon ausgegangen, dass seine Majestät ihr Freund war, der sie förderte, aber in Wahrheit entpuppte er sich als der böse Wolf, der vorhatte sie zu verspeisen. Melanie stand langsam auf und unterdrückte die Tränen. Sie wollte dieses Haus so schnell wie möglich verlassen. Beim Hinausgehen wartete der junge Diener draußen auf sie. Er musterte sie und schwieg. Wusste er etwa darüber Bescheid, was der Kaiser vorgehabt hatte? Melanie ignorierte ihn und lief alleine zurück zum Tor. Sie atmete tief ein und wieder aus, aber das Zittern wurde nur langsam schwächer. Die Angst umklammerte sie weiterhin. Mit jedem Schritt Richtung Ausgang kam sie der Freiheit entgegen. Und als Melanie dachte, endlich diesen verflixten Ort für immer hinter sich lassen zu können, blieb sie schlagartig stehen, als ob sie gegen eine unsichtbare Mauer gelaufen wäre. Die Kaiserin Anastasia und ihre Hofdamen standen direkt am Tor und rührten sich nicht vom

Fleck. Melanie atmete tief durch und versuchte, sich nichts anmerken zu lassen.

„Guten Tag, Eure Majestät", grüßte sie die Monarchin, die sich zu ihr umdrehte und mit ihren Augen fixierte.

„Guten Tag, Mademoiselle von Bouget. Eigenartig. Ich habe soeben einen spontanen Spaziergang durch die Gärten unternommen und habe Ihr Pferd am Tor stehen sehen. Im Palast wurden Sie aber von niemanden gesichtet, vor allem nicht von mir. Und mein Gemahl ist ebenfalls unauffindbar. Haben Sie zufällig eine Idee, wo er sein könnte?", fauchte die Kaiserin und kam dabei dem Günstling ihres Mannes bedrohlich näher, wie eine Katze, die ihr Revier verteidigte.

Melanie überlegte angestrengt, was sie darauf erwidern sollte. Die pure Wahrheit wäre jetzt schlicht und einfach fatal. Doch Anastasia deutete das Schweigen ihrer Rivalin absolut richtig.

„Schade, dass Sie nicht die Mätresse des Herzogs von Crussol bleiben konnten. Stattdessen suchen Sie jetzt nach neuen Gefilden", sagte sie und ihre Stimme war voller Verachtung.

„Eure Hoheit, ich versichere Ihnen, dass ich niemals die Mätresse des Herzogs von Crussol gewesen bin und es auch von niemandem sein möchte", antwortete Melanie standfest.

„Oh, das weiß ich sehr wohl, aber es ist interessant, was die Öffentlichkeit alles glaubt, wenn man die Gerüchte hartnäckig verstreut", entgegnete die Kaiserin boshaft.

Ihre junge Gegnerin starrte sie mit weit aufgerissenen Augen an.

„Sie ist es also gewesen", schoss es Melanie durch den Kopf, „Anastasia hatte das Gerücht um Richard und mich in die Welt gesetzt. Natürlich, damit sollte der Kaiser das Interesse an mir verlieren. Was aber nicht geschehen ist!"

„Jeder helle Stern am Himmel ist nur so lange zu sehen, bis dunkle Wolken aufziehen und ihn vollends verdecken. Ich versichere Ihnen, Mademoiselle von Bouget, dass ich in der Lage bin, Ihren Sternenhimmel für sehr lange Zeit zu verdunkeln, bis der Kaiser kein Interesse an einem verkümmerten Stern mehr hat!", drohte die Kaiserin laut und stand direkt der Geliebten ihres Ehemannes gegenüber. Und die Blicke der anwesenden Hofdamen waren niederschmetternd. Melanie wurde behandelt wie ein Waschlappen, den man eine Zeit lang benutzte und dann im Müll entsorgte. Sie bekam mit voller Wucht zu spüren, was es bedeutete, eine Mätresse zu sein. Man wurde ausgenutzt, von der Öffentlichkeit verachtet, zu etwas Schmutzigem degradiert und als falsch hingestellt.

„Es ist wohl besser, wenn ich jetzt gehe, Eure Majestät", sprach Melanie leise und verbeugte sich leicht.

„An Ihrer Stelle würde ich mich hier nie wieder blicken lassen", schleuderte die Kaiserin ihr entgegen und stolzierte mit erhobenem Hauptes zurück zum Palast, dicht gefolgt von ihren Hofdamen, die Melanie vor die Füße spuckten.

Melanie marschierte eilends zu Nero und blieb kurz bei ihm stehen. Sie sammelte sich einen Moment lang und stieg auf ihn rauf. Dann gab sie ihm die Sporen und entfernte sich vom kaiserlichen Palast so schnell es nur möglich war. Dieses triumphale Gebäude war für sie wie ein dunkler Abgrund, der immer breiter wurde und sie zu verschlingen drohte. Sie musste sich schleunigst etwas einfallen lassen. Sonst würde die Kaiserin ihre Drohung wahr machen und Melanie gesellschaftlich vernichten. Und ihr fiel nur eine einzige Möglichkeit ein, diesem Elend zu entkommen. Sie galoppierte schnell nach Hause, um etwas Wichtiges zu holen.

George hatte Schwierigkeiten, der Vorlesung zu folgen. Er hörte dem ausführlichen Vortrag des Professors über die Gravitation und ihre Auswirkung auf die Materie zu, als seine Gedanken wieder Mal abschweiften. Seit drei Tagen schon wartete er auf die Antwort von Melanie von Bouget. So lange quälte ihn die Ungewissheit und er befürchtete bereits, dass sie seinen Heiratsantrag womöglich ablehnen würde. Wer war er schon, dass sie ihn heiraten sollte? Klar, er war ein Spross aus dem Hause Bellagarde, aber noch kein Graf, sondern nur ein 23-jähriger Student, der mit vielen Privilegien seiner reichen Familie ausgestattet war. Er selbst hatte bis jetzt wenig Leistung erbracht. Melanie hingegen schon. Sie war eine Siegerin. Sie hatte das kaiserliche Pferderennen mit gerade Mal 17 Jahren gewonnen. Und außerdem waren da zwei mächtige Herren, die sich für sie interessierten, zum einen der Herzog von Crussol und zum anderen der Kaiser Alexander. Wieso bildete George sich ein, mit den beiden Alphamännern überhaupt konkurrieren zu können? Es wäre besser, wenn er sich langsam mit dem Gedanken anfreundete, dass Melanie ihn nicht heiraten wollte und zu freundlich war, um es ihm sofort zu sagen. Stattdessen zögerte sie so lange wie möglich, damit er sich seinem Schicksal selbst fügte. Georges Stimmung wurde mit einem Mal niedergeschlagen und er seufzte.

„Seht mal, ist das nicht der Champion?", rief plötzlich ein Kommilitone rechts neben ihm und zeigte Richtung der Fensterfront. George schaute sofort dorthin. Und da war sie. Melanie. Sie kam wie ein Eroberer auf das Gelände der Universität geritten und ihr schwarzer Hengst blieb wiehernd stehen.

„Ja, das ist sie!", rief ein anderer Student laut und mit einem Mal kam Bewegung in den Hörsaal. Die jungen Männer strömten zur Fensterfront und drängten sich davor in einer Reihe auf. Der Professor ermahnte seine Studenten, sich wieder auf die Plätze zu setzen, aber keiner hörte ihm zu. Alle betrachteten voller Bewunderung den Champion, der wie ein seltenes Naturphänomen aus dem Nichts aufgetaucht war und ihre Welt erleuchtete. Alle, außer einem. George eilte aus dem Saal hinaus.

BLITZ UND DONNER

Er wusste, warum Melanie hier war. Sie wollte ihm etwas Wichtiges sagen und sein Puls raste. Er lief ihr entgegen, der Trophäe. Nein, für ihn war sie weit mehr als das. Sie war sein Polarstern. Er ging schnellen Schrittes aus dem Gebäude hinaus, direkt auf sie zu. Als Melanie George erkannte, sprang sie von Neros Rücken ab, wie sie es im Kanarienvogelpark getan hatte, und stellte sich ihm gegenüber. Sie hatte ihre Wahl getroffen.

„Leute, seht mal! Das ist doch George von Bellagarde!", rief ein junger Mann aus dem Hörsaal.

„Was hat er vor?", wollte ein anderer wissen und alle sahen gespannt zu. Die Studenten beobachteten, wie George mit der jungen Frau sprach, die eine unfassbar große Anziehungskraft besaß. Ganz unerwartet breitete er seine Arme aus und umarmte die Schönheit. Er hob sie in die Luft und lachte sie an. Die jungen Männer im Hörsaal brüllten los und machten die Fenster auf. Sie riefen dem Paar zu: „Erste Sahne! Jawohl George! Weiter so!"

Laute Jubelschreie und Händeklatschen waren zu hören. George und Melanie schauten sich irritiert nach ihnen um und mussten dann beide lachen. Hinter den anderen Fenstern des Universitätsgebäudes versammelten sich weitere Menschen und sahen neugierig auf das Treiben auf dem Gelände runter. George war überglücklich. Melanie hatte 'Ja' zu ihm gesagt. Sie trug seinen Ring an der rechten Hand und strahlte ihn an.

„Es ist besser, wenn ich jetzt gehe und dich nicht weiter von deinem Studium abhalte. Wir sehen uns später", hauchte sie ihm zu und ging rückwärts.

„Bis später", erwiderte George und ließ ihre Hände im letzten Augenblick los, bevor sie sich dann umdrehte und wieder auf ihr Pferd aufstieg. Er schaute ihr lange hinterher, bis sie außer Sichtweite war, und kehrte dann langsam zu der Vorlesung zurück. Er betrat den Hörsaal und der Professor stellte ihn sogleich aufgebracht zur Rede: „Monsieur von Bellagarde!

Erklären Sie mir bitte auf der Stelle, was das eben zu bedeuten hatte?"

„Ich bin mit der Melanie von Bouget verlobt!", verkündete George laut.

Der Professor schüttelte entnervt mit dem Kopf, setzte sich auf seinen Stuhl und machte eine wegwerfende Handbewegung. Die übrigen Studenten jauchzten und umkreisten George von allen Seiten. Sie klopften ihm auf die Schultern und gratulierten herzlich zur Verlobung. Dann nahmen sie ihn hoch und warfen ihn mehrmals in die Luft. Es war einer der schönsten Tage in seinem Leben.

Blitz und Donner

Natalie Mec

Kapitel 29 Die Akzeptanz

9. Juli 1875

Die Arbeit klappte heute absolut nicht. Immer wieder stellte Richard die Rechnung aufs Neue auf und vergas dabei Zahlen zu addieren oder übersah wichtige Beträge. Zum Schluss warf er entnervt den Stift auf den Schreibtisch und lehnte sich in seinem Sessel zurück. Sein Kopf war völlig wo anders, aber nicht hier bei der Kalkulation der wirtschaftlichen Erträge seiner Bauern aus diesem Monat.

„Warum zum Henker, hat sie seinen Heiratsantrag angenommen?", grübelte er.

Die Nachricht, dass Melanie von Bouget und George von Bellagarde seit gestern verlobt waren, verbreitete sich in der Stadt wie ein Lauffeuer. Als Richard davon erfuhr, saß er gerade zusammen mit Vincent und Henri im Gentlemen's Club der Freien und Sozialistischen Partei, und genoss den Männerabend. Es kamen Studenten von der Universität in das Lokal und streuten die Neuigkeit unter die Leute. Ihr Freund der George von Bellagarde hatte sich mit dem allerseits bekannten Champion des Pferderennens verlobt. Richard war daraufhin entsetzt aufgesprungen und hatte sein Trinkglas zornig gegen die Wand geschleudert. Ab dem Moment an, war die Feierstimmung Geschichte. Er verließ wutschäumend den Club und begab sich auf dem direkten Weg nach Hause. Seitdem kreisten seine Gedanken nur noch um Melanie. Er verstand es nicht, wieso sie diesen Schnösel bevorzugte. Welche besseren Argumente besaß dieser Strolch im Gegensatz zu ihm? Zudem drängte der Graf D'Argies den jungen Herzog seit Tagen zu einer baldigen Hochzeit mit seiner Nichte Elisabeth. Die Vermählung sollte am besten in den kommenden Monaten stattfinden. Der zu trockene Sommer dieses Jahr bereitete der Landwirtschaft Probleme. Sowohl Richards Bauern, als auch die von Gustav D'Argies erzielten ein Drittel weniger Erträge im Vergleich zum Vorjahr. Auf Dauer wäre dieser Zustand nicht hinnehmbar. Es war in der Hinsicht sinnvoll, ihre Geschäfte zusammenzuschließen, um den Verlust auszugleichen. Abgesehen davon, war Richard ein erfolgreicher Winzer. Die übermäßige Sonne war für die Weinbauern hingegen ein Segen. Die Weintrauben waren von hervorragender Qualität und lieferten den Grundstoff für einen erlesenen Wein. Dies war Richards Vorteil und finanzielle Stärke, wovon der alte Graf bald ebenfalls profitieren wollte. Hinzu kam, dass er viermal soviel Landfläche besaß als sein Konkurrent D'Argies. Allein die Hälfte seines Landbesitzes war von gesunden Wäldern bewachsen und erzeugte großartiges Holzmaterial. Kein Wunder, dass Gustav auf eine Fusion bestand. Rein geschäftlich konnte Richard den Zusammenschluss verstehen, aber leider war das Ganze mit der Heirat mit Elisabeth D'Argies verknüpft. Er erinnerte sich an den Augenblick, als er die hochgewachsene Blondine kennengelernt hatte. Er war von ihrer Schönheit wie geblendet gewesen. Der erste Eindruck von ihr war überzeugend, aber nach den drei gemeinsamen Rendezvous merkte Richard schnell, dass sie nicht füreinander bestimmt waren. Nur war die Liebe in dieser Angelegenheit zweitrangig. Es ging ganz allein ums Geschäft und die Heirat gehörte dazu. Ein Handel, den sein Vater mit Gustav D'Argies eingegangen war. Richard hatte dem Wunsch des alten Herzogs von Crussol entsprochen und Elisabeth den Heiratsantrag gestellt, den sie bereitwillig angenommen hatte. Er hatte sich damals mit dem Gedanken getröstet, dass in der Oberschicht die meisten Ehen sowieso nicht aus Liebe geschlossen wurden. Er nahm sich vor, auf jeden Fall eine Geliebte nebenbei zu halten. Nur hatte er bei seinen Überlegungen etwas Wichtigstes nicht beachtet. Und zwar, dass seine Auserwählte kein Interesse daran haben würde, seine Mätresse zu sein. Warum verguckte er sich ausgerechnet in einen strahlenden Stern, wie Melanie von Bouget? Er konnte jede andere Frau haben, die ihn mit Sicherheit nicht abweisen würde. Seit Jahren schon hatte Richard unzählige Liebschaften. Doch die Affären endeten damit, dass er von den Frauen schnell gelangweilt war. Er beendete die Liebesbeziehungen und suchte sich ein neues reizvolles Abenteuer. Also warum sollte es auch dieses Mal nicht klappen? Richard stand von seinem Sessel auf und holte aus seinem Jackett etwas Weißes heraus. Es war ein Damenhandschuh und er gehörte Melanie. Seit der Begegnung im Wald trug Richard ihn stets bei sich. Er besah den Handschuh kurz und hielt ihn dann unmittelbar über dem Mülleimer hoch.

„Los, tu es! Wirf ihn weg! Du findest eine Andere, die besser ist!", forderte Richard sich selbst dazu auf.

Aber stimmte das? Seit Langem suchte er eine Frau, mit der er dauerhaft glücklich werden könnte, und er fand sie nicht. Er ließ seine Erlebnisse mit Melanie Revue passieren. Als er sie das erste Mal beim Pferderennen erblickt hatte, zog sie ihn sofort in ihren Bahn. Kurz zuvor hatte er sich mit ihrer liebreizenden Schwester Jane unterhalten und war an einer Liaison mit ihr nicht abgeneigt, aber Melanie hatte mit einem Schlag seine ganze Aufmerksamkeit auf sich gezogen. Dann der Moment am See, als sie sich endlich persönlich kennenlernten. Sie hatte ihn beim Fechtduell unfair geschlagen und er wollte sich dafür an ihr rächen, aber diese Pläne hatte er schnell verworfen. Anschließend der kaiserliche Ball und der Tanzabend bei Vincent, als Richard sich selbst zum Tanzkönig krönte mit

BLITZ UND DONNER

Melanie in seinen Armen. Er hatte nie zuvor eine bessere Tanzpartnerin an seiner Seite gehabt. Was hatte sie ihm damals kurz nach ihrem gemeinsamen Sieg bei einem Glas Whisky gesagt? Sie wären gute Freunde geworden, denn im Grunde genommen, verstanden sie sich hervorragend. Und plötzlich wurde ihm eine Tatsache bewusst. Was, wenn er und Melanie für etwas anderes bestimmt waren? Womöglich war es ihr Schicksal, als Freunde verbunden zu sein und nicht als Liebespaar? Dieser Gedanke war überaus aufmunternd. Richard bliebe dann weiterhin mit ihr in Kontakt. Ja, das würde ihm gefallen. Und so legte er Melanies Handschuh behutsam zurück in die Innentasche seines Jacketts und atmete tief aus.

    Zur gleichen Zeit im Gästehaus auf dem Gelände des kaiserlichen Palastes wartete Alexander auf seinen Günstling. Vergebens. Melanie kam nicht. Er hatte sich unendlich darauf gefreut, ihr wieder nahe zu sein. Heute hätte er sie vollends vernascht, aber sie tauchte zu seinem Entsetzen nicht auf. Sein Privatsekretär hatte ihm von dem gestrigen Vorfall am Tor berichtet. Als die Kaiserin der Mademoiselle von Bouget überaus deutlich zu verstehen gegeben hatte, was sie von der Liebschaft zwischen ihr und dem Kaiser hielt. Und heute Morgen erfuhr Alexander, dass Melanie sich mit George von Bellagarde verlobt hatte. Das konnte kein Zufall sein. Trotzdem war er davon ausgegangen, dass sein Günstling heute zu ihm kommen würde. Da hatte er sich definitiv geirrt. Alexander war überaus enttäuscht, besonders nach dem leidenschaftlichen Kuss. Und wieder überkam ihn großes Verlangen nach Melanies Lippen, die er in diesem Augenblick nur zu gern liebkosen würde. Wäre die Intervention seiner Frau nicht gewesen, hätte er Melanie jetzt in seinen Armen und würde vermutlich auf ihr liegen. Die Vorstellung daran, es um Haaresbreite verpasst zu haben den Champion aufs Kreuz zu legen, trieb ihn fast in den Wahnsinn. Der Kaiser weigerte sich, seine Niederlage zu akzeptieren, aber Melanie zwang ihn durch ihre Abwesenheit dazu. Sie und ihr Körper werden ihm eine ganze Weile fehlen. Und die Erinnerung an den gemeinsamen Kuss würde niemals verblassen.

Blitz und Donner

Natalie Mec

Kapitel 30   Kuba

11. Juli 1875

Im Hause Bouget herrschte große Aufregung. Die Bediensteten waren seit Stunden dabei das Anwesen auf Vordermann zu bringen. Es wurde aufgeräumt und sauber gemacht. Alle Fenster wurden geputzt und der Garten sah tadellos aus. In der Küche wurde von den Köchen ein exzellentes Mittagessen vorbereitet und die Herrschaften des Hauses verbrachten die Zeit damit, sich herzurichten. Denn in einer Stunde kamen die Ehrengäste. Melanie war bereits fertig angezogen und saß in ihrem Zimmer auf dem Bett. Sie betrachtete das Diadem in ihren Händen, das der Kaiser ihr zum Geburtstag geschenkt hatte. Den ganzen Morgen überlegte sie intensiv, was sie mit der Tiara anstellen sollte. Am besten wäre es, dem Kaiser das Geschenk zurückzugeben, denn Melanie wusste jetzt, welche Absichten der Monarch damit verfolgt hatte. Sie würde ihm auf diese Weise verdeutlichen, dass sie für keinen Schmuck der Welt zu haben war. Ja, das wäre die Möglichkeit, die mit ihren moralischen Werten am ehesten zu vereinbaren war. Aber ihr Geschäftssinn verriet ihr, dass sie sich damit auf dem falschen Weg befand. Denn Folgendes hatte Melanie aus der bitteren Erfahrung mit dem Kaiser Alexander gelernt. Egal wie gut du dich mit deinem Geschäftspartner verstehst, wenn du Schwäche zeigst, dann wirst du von ihm auf der Couch flach gelegt und missbraucht. Nein, wenn Melanie in dieser von Männern dominierenden Welt als seriöse Geschäftsfrau bestehen wollte, dann musste sie ein großes Stück weit so werden wie sie. Skrupelloser. Deswegen entschied sie sich das wertvolle Diadem zu behalten und es später zu veräußern, sobald sie mehr Geld für mögliche Projekte benötigte. Auf jeden Fall würde sie dieses Schandmal nie wieder aufsetzen. Die vier Stuten würde sie ebenfalls nicht freiwillig rausrücken. Sollte der Kaiser sie doch selbst holen. Und noch etwas verstand Melanie nun klarer. Sie wurde bis jetzt immer unterschätzt und man behandelte sie, wie einen blutigen Anfänger. Sie erkannte, dass Wissen Macht bedeutete und dass ihr eigenes Auftreten entscheidend war. Sie würde zukünftig beides an Niveau anheben müssen, um den anderen von Beginn an zu zeigen, dass sie es mit einem ernst zu nehmenden Gegner zutun hatten.

Das Hausmädchen Jessika kam ins Zimmer hineingerannt und informierte Melanie darüber, dass die Kutsche der Gäste soeben vorfuhr. Melanie stand von ihrem Bett auf und legte den teuren Kopfschmuck in die lederne Schatulle. Dann verstaute sie das Geschenk zurück in den Schrank und überprüfte schnell ihr Äußeres im Spiegel. Heute trug sie ein weißes Kleid mit grünem Blumenmuster. Ab der Taille war es eng gefaltet und reichte ihr bis zu den Knöcheln. Ihre Haare ließ sie offen und sie zog schwarze Sandalen mit hohem Absatz an. Ein adrettes Sommeroutfit, passend für den heutigen Anlass. Melanie verließ eilends ihr Zimmer und flitzte zum Eingang. Ihr Vater begrüßte die Neuankömmlinge bereits.

„Willkommen! Wir freuen uns über alle Maßen, dass Ihr hier seid!", sagte Thomas von Bouget und reichte dem Grafen von Bellagarde die Hand.

„Einen wunderschönen guten Tag, die Freude ist ganz unsererseits!", erwiderte Philip von Bellagarde und schüttelte dem Gastgeber die Hand.

Johanna von Bouget umarmte die Gräfin Emanuella von

Bellagarde, die wiederum entzückt zurücklächelte. Die beiden Elternpaare marschierten bestens gelaunt in das Innere des Anwesens und setzten sich im Salon an den Esstisch. Die Diener servierten sofort den ersten Gang und schenkten Wein aus. Als Melanie die Haupttreppe runterging, trat George soeben in das Foyer herein. Die beiden sahen einander an und eine Woge der puren Freude überkam sie. Melanie kam zu ihm und George ergriff sogleich ihre Hand mit dem Ring und gab seiner Verlobten einen Handkuss.

„Hallo George, willkommen in meinem bescheidenen Zuhause. Es ist mit Sicherheit kein Vergleich mit dem Schloss, in dem du wohnst, aber fürs Nötigste reicht es aus", scherzte sie und zeigte mit der freien Hand auf das Anwesen.

„Du wohnst hier, das macht diesen Ort zu dem schönsten auf der Welt", antwortete er und schaute ihr dabei tief in die Augen.

„Charmeur", witzelte Melanie und hackte sich bei ihm am Arm ein. „Wollen wir lieber im Garten verschwinden? Unsere Eltern kommen offenbar ohne uns klar."

„Liebend gerne", entgegnete er und lächelte. Er würde ihr in diesem Augenblick überall hinfolgen.

Als sie am großen Wohnzimmer mit der Bar vorbeigingen, hatte George plötzlich eine Idee. Er steuerte die Bar an und mischte ein Getränk zusammen. Melanie sah erstaunt dabei zu, wie er in zwei Gläsern weißen Rum mit Sprudelwasser vermengte, dann Zucker und Zitronensaft hinzufügte und mit frischer Minze verfeinerte.

„Voilà, zwei Mojitos", verkündete George und überreichte Melanie eines der Gläser. Sie nahm es dankend entgegen und sie flanierten weiter nach draußen in den Garten. Es war ein herrlicher Sommertag mit viel Sonne, kaum Wolken am Himmel und 28 Grad im Schatten. Die Frischverlobten nahmen auf zwei Liegen Platz und ließen die Seele baumeln.

„Mojito. Woher kommt dieses Getränk?", fragte Melanie und

nippte an ihrem Glas. Der Mix schmeckte lecker und erfrischend.

„Aus Kuba. Einem Inselstaat in der Karibik", erklärte George und sah verträumt zu ihr rüber. Sie lag direkt neben ihm und die Schatten der Baumblätter tanzten auf ihrem Gesicht.

„Karibik? Das ist am anderen Ende vom Atlantik. Warst du schon mal dort?", Melanie klang begeistert.

„Ja, zusammen mit meiner Familie, als ich 14 Jahre alt war. Wir machten dort Urlaub und mein Vater ließ mich dieses Getränk probieren. Ich war sofort davon überzeugt und habe mir das Rezept gemerkt", berichtete George und trank seinen Mojito.

„Erzähle mir noch mehr von Kuba, wie ist es dort?", Melanie drehte sich zu ihm um und hörte gespannt zu.

„Heiß! Tagsüber ist es fast unmöglich, sich draußen aufzuhalten. Die Sonne brennt auf der Haut und man will nur noch an den Strand und ins azurblaue Wasser tauchen. Das Meer ist voller exotischer Fische, die zwischen den bunten Korallen schwimmen. Und wenn man Glück hat, begegnet man einer riesigen Meeresschildkröte oder einem Rochen, die majestätisch an einem vorbeigleiten. Ein Mal war ich mit einem einheimischen Fischerjungen tauchen und wir fanden Austern am Meeresboden. Später auf unserem Boot öffneten wir sie mit einem Messer und in jeder Auster lag eine weiße Perle verborgen, die sich unendlich weich in den Händen anfühlte. Ich vergesse niemals dieses Gefühl. Es erinnert mich an die Schönheit der Ozeane und wie zerbrechlich und kraftvoll sie zugleich sind", berichtete George und schaute dabei in den blauen Himmel. „Ich lag danach stundenlang am Strand und hörte dem Rauschen der Wellen zu."

„Nackt", ergänzte Melanie und grinste, als George sie geschockt ansah. „Willst du mir etwa sagen, dass du bei den hohen Temperaturen nicht alle Kleider abgelegt hast?", fragte sie ihn belustigt.

„Wenn ich mit dir am Strand bin, dann ganz sicher nackt",
entgegnete er und grinste. Melanie erwiderte das unbekümmerte
Lächeln. Es war köstlich sich mit ihm zu unterhalten und seinen
Geschichten zu lauschen. Die Zeit spielte dabei keine
Bedeutung. Jeder Augenblick mit ihm war herrlich.

„Aber jetzt im Ernst. Was hältst du von der Idee, unsere
Flitterwochen auf Kuba zu verbringen?", unterbreitete George
ihr plötzlich den Vorschlag.

„Warum nicht, ja ich bin dabei!", antwortete Melanie und sie
stießen gemeinsam darauf an.

„Ich glaube fast, es ist das Einzige, das wir bestimmen
dürfen. Unsere Eltern planen gerade die komplette Hochzeit
durch und wir haben absolut gar nichts zu melden", stellte
Melanie resigniert fest.

„Wie wahr. Es muss alles nach deren Vorstellungen ablaufen.
Wir werden am Ende nur anwesend sein. Eigentlich gar nicht so
schlimm", bemerkte George und lag entspannt auf seiner Liege.
Er stellte sich in diesem Moment vor, wie Melanie und er nackt
am Strand lagen und ihre Flitterwochen in vollen Zügen
auslebten.

„Was hast du zu deinen Eltern bezüglich des Termins für
unsere Hochzeit gesagt? Möchtest du eine lange
Verlobungszeit?", fragte George und bedachte dabei die
Tatsache, dass seine Flitterwochen womöglich noch in weiter
Ferne sein könnten.

„Ich habe ihnen gesagt, dass je eher, desto besser. Wozu so
lange warten?", antwortete Melanie wahrheitsgemäß. Der Grund
für ihren Wunsch nach baldiger Vermählung war die
Befürchtung, dass der Kaiser nicht locker lassen und sie
weiterhin bedrängen würde. Und vor allem wegen Richard.
Melanie war sich nicht sicher, wie lange sie seiner Verführung
standhalten würde, falls er sie erneut zu umgarnen versuchte. Sie
wollte sich selbst mit der baldigen Heirat vor diesen Gefahren

retten.

George schien erleichtert über Melanies Antwort zu sein und lächelte zufrieden. Er nahm ihre rechte Hand und hielt sie hoch in den Himmel. Der Verlobungsring glänzte in der Sonne und erinnerte George daran, dass Melanie bald seine Frau sein würde. Dann betrachtete er ihr hübsches Gesicht und verliebte sich in ihr süßes Lächeln. Sie blieben noch eine ganze Weile im Garten, tranken ihre Mojitos und träumten von Kuba. Während sich die Eltern beim ausgiebigen Mittagessen über die Hochzeitspläne unterhielten und das eigentliche Hochzeitspaar gar nicht vermissten.

Später am Nachmittag machten sich die Gäste wieder auf den Nachhauseweg. George hatte größte Mühe, sich von seiner Verlobten zu trennen, und umarmte sie etwas länger als es der Anstand erlaubte. Er tröstete sich damit, dass er sie recht bald wiedersehen würde, und bestieg endlich die Kutsche, nachdem seine Eltern zwei Mal nach ihm gerufen hatten. Das Ehepaar von Bouget setzte sich danach auf die Terrasse und unterhielt sich bei einer Tasse Kaffee.

„Ich kann es immer noch nicht glauben, Thomas. Unsere jüngste Tochter wird bald heiraten. Und nicht irgendwen, sondern den Sohn einer einflussreichen Familie und wird später selbst Gräfin. Wunderbar! Ich hätte es mir nie träumen lassen, Melanie so vorteilhaft zu verheiraten. Tja, das Leben überrascht einen immer wieder aufs Neue. Überlege doch mal, welche Auswirkungen das auf die Wahl unserer anderen Töchter, Jane und Veronika, haben wird? Die jungen und reichen Kavaliere werden sie mit Heiratsanträgen überschütten. Großartig! Und dann werden auch sie bald unter die Haube kommen. Einfach nur fantastisch!", jubelte Johanna.

„Ja, einfach nur fantastisch", bestätigte ihr Ehemann etwas niedergeschlagen. „Dein Plan ist vollends aufgegangen. Aber warum ist die Hochzeit bereits in zwei Monaten? Unsere Tochter ist noch so jung? Wir könnten wenigsten ein Jahr warten."

„Nein, es muss schnell gehen", antwortete Johanna und klang dabei äußerst bestimmt.

„Wieso? Der Kaiser wird Melanie jetzt in Ruhe lassen, falls er tatsächlich vorhatte, sie zu seiner Geliebten zu machen. Da bin ich mir ganz sicher", beharrte der besorgte Vater, der seine jüngste Tochter nicht so früh weggeben wollte.

„Der Grund ist dieser Herzog von Crussol", zischte die Mutter und rückte endlich mit der Wahrheit heraus.

„Der Herzog von Crussol? Was hat er denn jetzt damit zutun?", Thomas sah seine Frau überrascht an.

„Hast du etwa nicht gesehen, wie er mit Melanie auf dem Ball im Jagdschloss Falkennest getanzt hat?", fragte Johanna ihn vorwurfsvoll. Thomas überlegte angestrengt. Er hatte Melanies Tanz mit dem Herzog in der Tat verpasst, weil er Veronika gesucht hatte, die plötzlich verschwunden war. Er schüttelte mit dem Kopf und wartete die weitere Ausführung seiner Frau ab.

„Dieser Richard von Crussol ist ein Halunke, der Jagd auf junge Damen macht, um mit ihnen zu spielen! Ich habe an jenem Abend gesehen, was ich sehen musste. Dieser elende Schuft verzehrt sich nach Melanie und sie steht kurz davor, ihm zu erliegen. Aber nein, meine Tochter bekommt er nicht. Niemals!", klang die Mutter überaus entschieden.

Thomas von Bouget sah sie verwundert an und überlegte. An jenem Abend bei der Gräfin D'Argies war Melanie beim Spaziergang durch den Park abhandengekommen. Und den Herzog von Crussol hatte er ebenfalls nicht mehr gesehen. Zum Schluss sind sie Melanie im Schloss der Gräfin wiederbegegnet und sie wirkte völlig verstört. Danach war sie nie wieder dieselbe geblieben. So langsam dämmerte es dem Baron von Bouget, was an diesem Abend vorgefallen sein könnte und er schauderte. Ja, er stimmte seiner Frau zu. Dieser Schurke würde seine Tochter niemals bekommen.

Blitz und Donner

Natalie Mec

Kapitel 31   Die Tee-Party

24. Juli 1875

Vincent staunte nicht schlecht, als gleich zwei Hochzeitseinladungen am selben Tag bei ihm eintrafen. Er las sich die hochwertigen Karten durch. Die erste Einladung kam von Melanie von Bouget und George von Bellagarde. Und die Zweite stammte von Elisabeth D'Argies und Richard von Crussol. Die beiden Hochzeitsfeiern wurden sogar auf denselben Monat gelegt und waren nur eine Woche auseinander. Zuerst würden am 3. September Melanie und George vor den Traualtar treten und später am 10. September Elisabeth und Richard.

„Na wie schön", dachte sich Vincent. Er hätte nur zu gern die Namen der Bräute miteinander vertauscht, dann wäre er vollends zufrieden und würde auf beiden Hochzeiten ausgelassen feiern. Bedauerlicherweise war seine Meinung in diesem Falle nicht gefragt. Er beschloss daher, ab sofort den Mund zu halten und die jungen Leute ihr Leben führen zu lassen, wie sie es für richtig hielten. Er selbst hatte nicht das Glück im Leben die Frau zu heiraten, die er bedingungslos geliebt hatte. Er betrachtete wehmütig ihr Porträt, das in seinem Arbeitszimmer neben dem Bücherregal hing. Auf diesem Gemälde war sie zarte siebzehn Jahre alt und strahlte pure Lebensfreude aus. In dem Alter war er ihr zum ersten Mal begegnet. Und genauso wollte er sie in Erinnerung behalten. Eine zuversichtliche junge Lady, der keine Herausforderung zu groß war. Nicht kreideweiß, wie an dem einen schicksalhaften Tag, an dem er sie zum letzten Mal in seinen Armen hielt. Vincent atmete ein paar Male tief ein und wieder aus, schüttelte die trüben Gedanken aus seinem Kopf, zog stattdessen einen seiner feinsten Anzüge an und begab sich auf die Spendenparty der FSP.

Der Wahlkampf stand vor der Tür und die berühmten Tee-Partys fanden regelmäßig statt. Auf diesen besonderen Veranstaltungen waren nur Leute aus der Oberschicht vorgesehen. Die jeweilige Partei erhoffte sich dadurch, großzügige Spendengelder zu sammeln und Wahlkampf in einflussreichen Kreisen zu betreiben. Die geladenen Männer kamen aber nicht selten allein. Viele nahmen eine Begleitperson mit, manche ihren guten Freund, oder wie der junge Monsieur von Bellagarde seine Verlobte. Als Vincent ihnen begegnete, begrüßte er George und Melanie ganz herzlich und gratulierte den beiden zu ihrer Verlobung. Ihm fiel sofort auf, wie glücklich George an der Seite seiner Auserwählten strahlte. Vincent konnte ihn absolut verstehen. Wenig später begegnete er Richard, der ebenfalls in Begleitung seiner Verlobten erschien. Auch diesem wunderschönen Paar wünschte er alles Gute für die bevorstehende Hochzeit, allerdings hatte Vincent das Gefühl, dass nur Elisabeth sich darüber freute und ihm für die Glückwünsche dankte. Sein bester Freund Richard, stand nur schweigend daneben und schaute zur Seite, ohne dabei auch nur mit der Wimper zu zucken. Vincent konnte ihn ebenfalls absolut verstehen. Trotzdem würde er am heutigen Tag niemanden einen Ratschlag geben, sondern nur beobachten und die Lage einschätzen.

Willhelm Girard, der Vorsitzender der FSP, war selbstverständlich ebenfalls auf der Tee-Party, die in einem Botanischen Garten stattfand. Die Sonne schien durch das fragile gläserne Dach hinein und es duftete an jeder Ecke nach exotischen Früchten und Blumen. Der Politiker flanierte durch den Garten und begrüßte die anwesenden Gäste. Bei einem großen Strauch mit Granatäpfeln entdeckte er George von Bellagarde und Melanie von Bouget und begab sich sofort zu ihnen. Er war von diesem jungen Paar besonders angetan. Seiner Ansicht nach war Monsieur von Bellagarde ein äußerst intelligenter junger Mann und mit einer außerordentlich modernen Einstellung. Es verwunderte Willhelm nicht im Geringsten, dass George sich mit einer erfolgsorientierten und anstrebenden jungen Dame wie Melanie von Bouget verlobt hatte. Willhelm und das junge Paar unterhielten sich über die Umwelt und darüber, dass der Mensch die Natur nicht als seinen Feind, sondern als seinen Freund betrachten sollte, der den größten Respekt verdiente. Die Location für diese Tee-Party wurde aus einem wichtigen Grund in den Botanischen Garten verlegt. Die Natur sollte die Gesellschaft daran erinnern, dass die Pflanzenwelt sehr vielfältig war und jede Art ihre besonderen Bedürfnisse hatte, auf die der Mensch Rücksicht nehmen sollte. Man konnte dieses Prinzip auf die Bevölkerung übertragen. Jeder Bürger hatte seine Wünsche und die Aufgabe der Politik war es, sie zu verstehen.

 Das Gespräch dauerte noch an, als drei weitere Personen des Weges kamen und sich zu ihnen gesellten. Willhelm Girard begrüßte Vincent von Guise, Elisabeth D'Argies und Richard von Crussol freundlich. Mit diesen drei Herrschaften verstand er sich weniger gut, aber er respektierte sie. Dies lag vor allem daran, dass die beiden jungen Herzoge aus alten Aristokratenfamilien stammten, die eine konservative Sicht von der Welt hatten. Sie ließen sich nur äußerst schwer von den neuen Ideen aus der Politik begeistern. Und zum Anderen war da Elisabeth D'Argies. Willhelms Meinung nach verkörperte sie genau das Frauenbild, das er versuchte in der Öffentlichkeit zu ändern.

 „Wie schätzen Sie ihren Erfolg bei der Wahl nächstes Jahr im

September ein, Monsieur Girard? Hat die FSP überhaupt eine Chance, sich gegen die konservative Partei des Kaisers durchzusetzen, die grade an Aufschwung gewinnt und die Mehrheit im Parlament innehat?", begann Vincent das Thema Politik.

„Ich gebe zu, es wird schwierig, sich zu behaupten. Aber ich bin davon überzeugt, dass unsere Gesellschaft kurz vor einem Wandel steht und liberale Parteien in Zukunft mehr Zuspruch aus der Bevölkerung erhalten werden", erläuterte der erfahrene Politiker.

„Sie setzten sich für die Gleichberechtigung zwischen den Schichten ein. Warum? Es gab schon immer Arme und Reiche. Diejenigen, die wegen ihres Nichtstuns in der Gosse landen und jene, die durch Leistung an die Spitze gelangen. Wieso wollen Sie trotzdem, die Bedürftigen unterstützen, die für ihre Armut selbstverantwortlich sind?", stellte Richard die Frage. An Arroganz fehlte es ihm dabei kaum.

„Weil das Leben einem manchmal sehr übel mitspielt und der Weg in die Gosse, wie Sie es beschreiben Monsieur von Crussol, einen schneller ereilt, als es einem lieb wäre", antwortete Willhelm Girard freundlich.

„Ich kann mir trotzdem nicht vorstellen, dass die Oberschicht Ihre Partei wählen wird, wenn Sie öffentlich damit suggerieren, Projekte für die Armen mit der Reichensteuer zu finanzieren", gab Richard zu bedenken.

Willhelm sah den jungen Herzog ernst an und gab in seinen Gedanken zu, dass sein Gegenüber leider Recht hatte.

„Monsieur Girard, was halten Sie davon, wenn Frauen das Stimmrecht für die Wahl erteilt bekommen?", mischte Melanie sich in die Unterhaltung der Männer mit ein.

Die übrigen Anwesenden sahen sie verwundert an. Denn sie hatte damit ein heikles Thema angestoßen. Seit Jahrzehnten befürworteten Aktivistinnen das Wahlrecht für Frauen, das von der Regierung und der Krone auf das Schärfste abgelehnt wurde.

„Wie lächerlich", spottete Elisabeth über die aberwitzige Bemerkung und kicherte leise.

„Nennen Sie mir bitte einen Grund, warum ich diesen Vorschlag vor das Parlament bringen sollte?", wollte der Politiker gerne wissen.

„Sie setzten sich doch für die Gleichberechtigung in der Bevölkerung ein. Dazu gehört die Gleichstellung von Mann und Frau oder etwa nicht? Abgesehen davon bekämen Sie die vielfache Anzahl an Stimmen für Ihre Partei, wenn Sie den Bürgerinnen mehr Rechte zusprechen. Der weibliche Anteil würde sich mit den Wählerstimmen bei der FSP bedanken", antwortete Melanie selbstsicher und ignorierte Elisabeths ständiges Kopfschütteln.

Willhelm Girard überlegte kurz. Diese Idee war äußerst kühn. Damit er sie aber in die Tat umzusetzen konnte, benötigte er enorme Hilfe aus überaus mächtigen Kreisen. Und es wäre vom Vorteil, wenn er eine charismatische Vertreterin dieser zukunftsorientierten Vorstellung an seiner Seite hätte.

„Madame von Bouget, sagt Ihnen die Vereinigung der Freimaurer etwas?", fragte Monsieur Girard die junge Frau.

Vincent, Richard und George horchten sofort auf und sahen den Vorsitzenden der FSP gebannt an.

„Nein, leider nicht", gestand Melanie und ärgerte sich über die Wissenslücke.

„Hätten Sie Interesse zum nächsten Treffen dieser Loge zu kommen? Ich würde Sie dort einigen Leuten vorstellen, die Ihren Vorschlag mit Sicherheit gut fänden", unterbreitete der Politiker ihr das Angebot.

„Ja gerne, wenn das Ziel dabei lautet, dass meine Leidensgenossinnen und ich in der Lage sein werden, bei der kommenden Wahl unsere Stimmen abzugeben", nahm Melanie die Einladung lächelnd an.

BLITZ UND DONNER

„Großartig. Das Treffen findet in zwei Tagen statt. Über den genauen Ort und Uhrzeit werden Sie von mir kurzfristig informiert", erklärte Monsieur Girard mit einem breiten Lächeln. Er pflückte zwei prächtige Granatäpfel vom Strauch und überreichte einen davon an Mademoiselle von Bouget. Melanie nahm die Frucht etwas verlegen entgegen.

„Und Sie möchte ich ebenfalls dazu einladen, Monsieur von Crussol", sagte Wilhelm Girard und hielt Richard den zweiten Granatapfel hin.

„Wie bitte, mich?", Richard war über die plötzliche Einladung überrascht.

„Oh ja, unbedingt! Ein Mann von Ihrem Kaliber ist in unseren Reihen immer willkommen. Sie müssen kommen", bestand Willhelm Girard auf sein Angebot. Er erhoffte sich, den mächtigen Herzog auf seine Seite zu ziehen und somit Stimmen aus der Oberschicht allmählich für die FSP zu gewinnen.

Richard überlegte. Wozu sollte er sich im Wahlkampf der FSP aktiv beteiligen? Er wollte die Einladung von Monsieur Girard bereits ablehnen, als er zu Melanie rüber schaute und erkannte, dass sie ihm direkt ins Gesicht sah. Ihre unwiderstehlich grünen Augen lockten ihn zu sich.

„Ja, ich werde kommen", antwortete er und konnte seinen Blick nicht mehr von ihr abwenden.

Melanie lächelte leicht und sein Herz schlug schneller. Monsieur Girard legte dem Herzog von Crussol den zweiten Granatapfel in die Hand und Richard erwachte wieder aus seinem Tagtraum.

„Hervorragend! Das wird ein vielversprechendes Zusammentreffen", sagte Monsieur Girard und hatte das großartige Gefühl, zwei außergewöhnliche Persönlichkeiten in seinen Wahlkampf eingebunden zu haben.

„Und jetzt entschuldigt mich bitte, die Pflicht ruft. Die anderen Gäste verlangen nach meiner Aufmerksamkeit", verabschiedete er sich.

Die anderen fünf Herrschaften nickten sich zum Abschied höflich zu und liefen weiter zwischen den Bäumen und Sträuchern aus fremden Ländern umher. Richard drehte seinen Kopf über die Schulter und sah zu Melanie rüber, die sich zusammen mit George in die andere Richtung entfernte. Und genau im gleichen Augenblick sah sie ebenfalls kurz zu ihm und hielt ihren Granatapfel ganz nah an ihre Brust.

Am Abend saß Richard an seinem Schreibtisch und ließ die Arbeit ruhen. Er schälte den Granatapfel und dachte dabei an Melanie. Ob sie wohl in diesem Moment das Gleiche tat? Er legte sich ein paar saftige Granatapfelkerne in den Mund und genoss mit geschlossenen Augen den säuerlich süßen Geschmack der Himmelsfrucht. Er stellte sich Melanies rote Lippen vor und wünschte sich, sie wäre jetzt bei ihm.

Blitz und Donner

Natalie Mec

Kapitel 32 Das Kerzenlicht

26. Juli 1875

Thomas von Bouget saß gemeinsam mit seiner jüngsten Tochter im Wohnzimmer und er berichtete ihr alles, was er über die Freimaurer Loge wusste. Als Melanie ihm kurz zuvor offenbart hatte, dass sie zum nächsten Treffen dieser mächtigen Vereinigung eingeladen war, staunte er über alle Maßen. Der Vater erklärte ihr, dass es diesen Bund bereits seit über zwei Jahrhunderten gab und die Mitglieder aus unterschiedlichen Kreisen wie Politik, Medizin, Kunst, Wissenschaft, Militär, Adel usw. stammten. Und sie alle hatten eines gemeinsam: großen Einfluss und Macht, die sie im Verborgenen ausübten. Jemand, der von dieser Loge unterstützt wurde, konnte zu fast 100 Prozent mit Erfolg in seiner Sache rechnen. Frauen war die Mitgliedschaft in dieser Vereinigung untersagt, weshalb sich der Baron ziemlich wunderte, dass seine Tochter eine Einladung erhalten hatte. Wie dem auch sei, Melanie begab sich in einen elitären Kreis und das war ein großes Privileg. Sie verstand nun, dass diese Zusammenkunft ihre Feuerprobe sein würde. Und sie bereitete sich ausgezeichnet darauf vor.

Der Tag der geheimen Versammlung war gekommen. Nur drei Stunden vor dem Beginn erhielt Melanie eine Nachricht von Monsieur Girard bezüglich der Koordinaten. Die Mitglieder würden sich in der alten Festung am Rande der Stadt um 19 Uhr treffen. Sie zog sich um und nahm dieses Mal die Kutsche. Es regnete unaufhörlich den ganzen Tag lang und zwischendurch hatte es sogar kräftig geschüttet.

„Nach so langer Trockenzeit bringen die vielen Wassermassen vom Himmel mit Sicherheit nichts Gutes mit sich", überlegte Melanie während der Fahrt.

Ihre Kutsche kam zum Stehen und sie schaute aus dem Fenster. Die imposante Festung ragte dunkel in den Abendhimmel und strahlte Bedrohung aus. Melanie stieg vorsichtig aus und näherte sich langsam dem beeindruckenden Gebäude. Der Kutscher hielt freundlicherweise den ausgebreiteten Regenschirm über sie, damit sie vom Regen nicht nass wurde, und geleitete sie bis zum hohen Eingangstor. Melanie durchschritt das große Tor aus massiver Eiche und lief den eindrucksvollen breiten Gang entlang. Auf dem Boden lag dunkelblauer Teppich ausgerollt und an den Steinwänden hingen brennende Fackeln. Melanie hatte das sonderbare Gefühl, eine alte Gruft betreten zu haben. Die geheimnisvolle Atmosphäre dieses Abends konnte man förmlich mit den Händen greifen. Sie erreichte die große Halle am Ende des Ganges und sah sich um. Überall brannten Kerzen, entweder einzeln an den Fensterbänken platziert oder auf den langen Kerzenständern, die lose in der Halle standen. Sogar an dem großen Kronleuchter, der von der hohen Decke herunterhing, waren Kerzen angebracht. Man vernahm deutlich den Geruch vom heißen Wachs, der in der Luft lag. Es gab keine Musik, aber die Halle war erfüllt von Menschenstimmen. Die meisten Mitglieder waren schon eingetroffen, wie auch Wilhelm Girard, der direkt am Eingang auf Melanie gewartet hatte und bei ihrem Anblick sofort zu ihr eilte.

„Schön, dass Sie hergekommen sind, Mademoiselle von Bouget. Ich werde Sie gleich einigen Mitgliedern vorstellen. Wir warten nur noch auf den zweiten Gast. Darf ich Ihnen schon mal etwas zu Trinken bringen?", begrüßte er sie höflich und wirkte äußerst charmant.

„Guten Abend, Monsieur Girard. Ja, ich nehme ein Glas Macallan Whisky", erwiderte Melanie freundlich und der Vorstandsvorsitzende der FSP begab sich sogleich an die Bar, um das gewünschte Getränk zu besorgen. Melanie schaute sich währenddessen genauer um. Es waren ausnahmslos Männer anwesend, die neugierig zu ihr rüber spähten und tuschelten. Sie schmunzelte. Die Herren fragten sich bestimmt, was sie hier bloß verloren hatte.

„Einen wunderschönen guten Abend."

Eine vertraute Stimme weckte Melanies Aufmerksamkeit und sie drehte sich augenblicklich um. Richard stand unmittelbar hinter ihr und lächelte verschmitzt.

„Hallo, Richard", sagte sie leise und wurde plötzlich nervös. Lag es an der Aufregung vor dem heutigen Abend oder an ihm? Er trug einen dunkelgrauen Anzug und dazu ein weißes Hemd, bei dem er die oberen zwei Knöpfe offengelassen hatte. Er wirkte verwegen und vornehm zugleich. Genau nach ihrem Geschmack. Auch Richard musterte Melanie von oben bis unten. Sie hatte ein hautenges rosa Kleid angezogen, das mit schwarzer Spitze an den Seiten verziert war. Das machte ihre Silhouette deutlich schmaler und das warme Kerzenlicht schmeichelte ihrer Perlmutt schimmernden Haut, so dass sie frisch und sinnlich aussah. Wie konnte er nur eine einzige Sekunde daran glauben, dass er in der Lage wäre, eine Freundschaft zu ihr aufzubauen? Wenn er doch nur einen einzigen Gedanken zurzeit im Kopf hatte. Wie Melanie unter diesem Kleid nackt aussah? Es kostete ihn seine gesamte Willenskraft, um lässig zu bleiben.

Im nächsten Moment kam Wilhelm Girard wieder zurück und reichte Melanie ein volles Glas.

„Hier bitte schön, Macallan Whisky, wie von Ihnen gewünscht. Oh, Monsieur von Crussol. Sie sind ebenfalls angekommen, wunderbar. Dann gehört dieses Glas Ihnen", begrüßte Willhelm Girard seinen Gast und übergab Richard das zweite Glas, das er eigentlich für sich selbst geholt hatte.

Der Herzog erwiderte die Begrüßung und nahm das Getränk dankend entgegen.

„Ein Abend beim Kerzenschein zusammen mit Melanie und Whisky. Kann es überhaupt besser werden?", fragte Richard sich, nahm ihre Hand und legte sie auf seinen Unterarm.

Melanie schaute ihn zuerst überrascht an und lächelte dann leicht. Und genau in diesem Moment beschloss Richard, ihr den ganzen Abend nicht mehr von der Seite zu weichen.

„Da wir jetzt vollzählig sind, sollten wir besser anfangen. Kommen Sie mit mir", sagte Willhelm Girard und forderte seine Gäste auf, ihm zu folgen. Er war ein wenig enttäuscht darüber, dass der Herzog von Crussol die entzückende Mademoiselle von Bouget an seinem Arm hatte, denn eigentlich war es Wilhelms Vorhaben gewesen.

Die drei schlängelten sich durch die Menschenmenge hindurch ans andere Ende der großen Halle. Vor fünfhundert Jahren diente dieser Ort den Rittern und Fürsten als Festsaal und war von ihrem Blut und Schweiß durchtränkt. Beim Vorbeigehen erkannte Richard einige Herren wieder. Viele von ihnen waren Wissenschaftler, Juristen und Politiker. Aber nur wenige Adlige tummelten sich hier. Die Gründe dafür waren höchstwahrscheinlich die unterschiedlichen Grundeinstellungen. Während die alten Adelsfamilien für Klassentrennung, Apartheid und Unterdrückung standen. Waren die fünf Grundideale der Freimaurer: Freiheit, Gleichheit, Brüderlichkeit, Toleranz und Humanität. Richard hatte sich vor einiger Zeit über diesen mächtigen Bund ausführlich informiert und er hätte nie damit gerechnet, sich selbst irgendwann hier wiederzufinden. Willhelm Girard führte ihn und Melanie zu einem hochgewachsenen Mann im schwarzen Anzug und Krawatte. Richard erkannte ihn sofort. Sein Name lautete Albert

Blauschildt und er stammte aus einer steinreichen Bankiersfamilie. Die Blauschildts waren die wichtigsten Finanziers unterschiedlicher Staaten. Monsieur Blauschildt trug an dem kleinen Finger seiner linken Hand einen goldenen Ring mit der Zahl Dreiunddreißig darauf. Der junge Herzog runzelte leicht die Stirn. Der 33. Rang war der höchste, den man innerhalb dieser Vereinigung erreichen konnte, und so wie der Parteivorsitzende der FSP vor dem älteren Herren kuschte, war Richard sich absolut sicher, dass sie dem obersten Meister dieser Loge gegenüberstanden. Direkt hinter Albert Blauschildt hing ein großes hellblaues Banner an der Wand mit dem typischen Symbol der Freimaurer: Zirkel und Winkel, in Anordnung einer Raute.

„Monsieur Blauschildt, darf ich Ihnen Richard den Herzog von Crussol und Melanie von Bouget vorstellen. Die beiden sind heute hier auf meine Einladung hin erschienen", sagte Willhelm Girard und zeigte auf das charismatische Paar.

„Guten Abend", begrüßte der Logenmeister die Neuankömmlinge. „Ich habe über Euch beide so einiges gehört. Welchen Umständen verdanken wir es, dass Sie heute bei uns sind?"

„Primär einer revolutionären Idee von Mademoiselle von Bouget. Ihr Vorschlag lautet, der weiblichen Bevölkerung Stimmrecht bei der Regierungswahl zu erteilen, um auf diese Weise Frauen mehr Gleichberechtigung zuzusprechen, und die Wählerstimmen für die FSP enorm zu steigern", erklärte Monsieur Girard und sah zu Melanie rüber.

„So so, Wahlrecht für Frauen. Erläutern Sie mir bitte, weshalb es sinnvoll wäre, wenn Frauen mitabstimmen dürfen, und zwar dauerhaft?", wollte Monsieur Blauschildt wissen und richtete damit seine Frage direkt an die junge Dame.

Melanie hatte sich zuhause genau überlegt, wie sie ihren Vorschlag mit Argumenten untermauern würde, und hatte die passende Antwort sofort parat: „Geben Sie einer Mutter einen gewissen Geldbetrag zur freien Verfügung. Sie werden sehen, dass sie zuerst überlegen wird, wie sie das Geld sinnvoll für ihre Familie einsetzen kann und es dann ausgeben, bzw. einen Teil davon sogar sparen wird. Das Ergebnis ist, dass alle Familienmitglieder von ihrer Entscheidung profitieren. Verbessert man demnach die Situation der Mutter, dann verändert man auch die Lage der gesamten Familie zum Besseren. Selbstverständlich ist nicht jede Frau, die das Wahlrecht besitzt, gleichzeitig eine Mutter. Wie ich zum Beispiel. Aber ich würde eine Partei wählen, die sich für Frauenrechte einsetzt, und wäre damit eine sichere Wählerin. Abgesehen davon machen die Frauen die Hälfte der gesamten Bevölkerung in unserem Reich aus. Sie hätten somit Wählerstimmen en masse. Ich finde, dass es sich überaus lohnt, sich dieser noch unberührten Wählergruppe intensiver zu widmen."

Melanie beendete ihre Erklärung und schaute selbstbewusst dem Monsieur Blauschildt ins Gesicht. Sie hielt dem Blick seiner eisblauen und durchdringenden Augen stand und sah nicht weg.

„Sie wollen mir damit sagen, dass Frauen diese Welt definitiv verbessern, wenn sie die Möglichkeit dazu bekämen?", hackte Albert Blauschildt nach.

„Auf jeden Fall, ja! Frauen entscheiden intuitiv und sind sehr klug. Sie handeln aus anderen Gründen als die Männer und ihre Ansichtsweisen sind meistens von positiver Natur", bestätigte Melanie selbstsicher und ließ ihren Gesprächspartner nicht aus den Augen.

„Was sagen Sie dazu, Monsieur von Crussol? Teilen Sie die Meinung von Mademoiselle von Bouget? Sollen Frauen das Wahlrecht erhalten und damit den Männern in diesem Punkt gleichgestellt werden? Und was würde ihrer Meinung nach mit dem Geld geschehen, wenn man es dem Vater anstatt der Mutter gebe?", fragte der Logenmeister den Herzog.

Melanie schluckte. Sie erinnerte sich an die Auseinandersetzung am See zwischen ihr und Richard und kannte daher seine Einstellung gegenüber einer souveränen Frau. Er verabscheute selbstständige Damen. Vermutlich würde er gleich all ihre Bemühungen niederreißen.

„Ja, ich bin derselben Ansicht", antwortete Richard stattdessen und Melanie staunte über alle Maßen darüber, ließ sich aber nichts anmerken. „Frauen bringen uns Männer weiter. Ich für meinen Teil verdanke Mademoiselle von Bouget die Tatsache, heute hier vor Ihnen zu stehen. Hätte Sie dem Monsieur Girard den kühnen Vorschlag nicht unterbreitet, dann würden wir jetzt nicht miteinander reden. Und bezüglich ihrer Frage mit dem Geld, ich denke, dass der Vater die Summe als Erstes in seine eigenen Pläne investiert, bevor er die Familie in Betracht zieht. Die Mütter haben einen effizienteren Umgang mit Geld."

Albert Blauschildt betrachtete sowohl Richard als auch Melanie eindringlich. Er hatte schon lange kein vergleichbares Paar mehr gesehen, das so viel Präsenz ausstrahlte. Monsieur von Crussol hatte dieses gewisse Etwas, dass seinem Gegenüber sofort Respekt einflößte. Man hatte Schwierigkeiten, ihn zu durchschauen, und er hatte eine stolze und selbstsichere Haltung. Und Melanie von Bouget war eine äußerst mutige junge Frau. Sie traute sich, sich vor den Männern zu behaupten und blieb ihrer Weiblichkeit dennoch treu. Sie würde es im Leben weit bringen, wenn man ihr die Chance dazu gab. Monsieur Blauschildt erkannte, dass der Herzog von Crussol für seinen geheimen Plan äußerst nützlich sein könnte, und dessen hübsche Begleiterin war der Funke dazu.

„In Ordnung, ich werde über Ihren Vorschlag gründlich nachdenken. Mademoiselle, Sie können noch etwas hier bleiben, aber ich muss Sie bitten, die Versammlung gleich wieder zu verlassen. Wir werden in einer halben Stunde mit der Zeremonie beginnen und den Nichtmitgliedern ist der Zugang normalerweise nicht gestattet", ließ der Meister verlauten, nahm Willhelm Girard dann zur Seite und verwickelte ihn in ein Gespräch.

Melanie und Richard sahen einander viel sagend an. Er stieß mit seinem Glas gegen das ihre an und sprach leise mit tiefer Stimme: „Das verlief doch ausgezeichnet."

Melanie betrachtete intensiv sein Gesicht und erwiderte: „Warum hast du das getan?"

„Was genau meinst du?", Richard war irritiert.

„Mich unterstützt. Es ist noch nicht lange her, da wolltest du mir eintrichtern, mein Platz als Frau sei in der Küche. Und nun kämpfst du zusammen mit mir für mehr Frauenrechte. Wieso?", fragte sie verwundert.

Richard lächelte. Er wollte Melanie für ihre scharfsinnige Argumentation Anerkennung zeigen und suchte nach den passenden Worten. Und ihm fiel auf, dass er bis jetzt immer das Falsche zu ihr gesagt hatte. Ständig waren seine Äußerungen verkehrt und es führte dazu, dass Melanie sich am Ende mehr von ihm entfernte. Warum tat er das? War er schon immer so gewesen? Und da erschien plötzlich wieder das Gesicht einer jungen Frau in Richards Kopf. Er hatte sie nie vergessen. Ihr unbeschwertes Lachen kam anschwellend aus den Erinnerungen hoch und verursachte einen tiefen Schmerz in seiner Brust. Er spürte den Verlust und die Erlebnisse aus seiner Vergangenheit lähmten ihn. Richards Blick verlor sich in der Leere und er stand gedankenverloren da und starrte auf den Boden. Melanie erkannte ihn kaum wieder. Was war mit ihm los? So melancholisch hatte sie ihn nie erlebt. Sie hatte das Gefühl, neben einem Ertrinkenden zu stehen und das dringende Bedürfnis ihn aus den Fluten herauszuziehen. Anstelle Richard anzusprechen, legte Melanie ihre Hände vorsichtig auf seine Wangen und schaute ihm fest in die Augen. Er erwachte wieder aus seinem Albtraum und sah sie verwirrt an. Der Geruch ihrer Haut holte ihn aus den Tiefen zurück ans Licht. Nach ein paar Sekunden legte Melanie eine Hand unter Richards Kinn und hob seinen Kopf an. Mit dieser kleinen Geste verdeutlichte sie ihm, sich nicht hängen zu lassen. Ihr Gegenüber verstand die Aufforderung und straffte sich sofort. Melanie lächelte aufmunternd und Richard erwiderte das warme Lächeln. Sie hatte ihn für den Augenblick gerettet.

Albert Blauschildt und Willhelm Girard traten wieder näher an sie heran. Die Herren unterbreiteten dem jungen Herzog das Angebot, heute Abend als neuestes Mitglied dem Bund der Freimaurer beizutreten. Richard bedankte sich für diese Ehre und willigte ein. Melanie schaute ihn voller Bewunderung an. Sie trank zusammen mit ihm den Whisky zu Ende und bekam immer wieder Gänsehaut, wenn sie seinen Atem an ihrem Hals spürte, sobald er sich beim Sprechen zu ihr beugte. Sie rückte dann unwillkürlich näher an ihn heran und berührte mit ihrer Brust seinen Arm, an dem sie sich festhielt. Richard schenkte ihr daraufhin einen betörenden Blick und streichelte zärtlich über ihre Hand. Melanie atmete tief aus und fand, dass es höchste Zeit war, von hier zu verschwinden. Sie verabschiedete sich von den drei Herren und verließ die mittelalterliche Festung auf dem gleichen Wege, wie sie gekommen war. Allein.

Blitz und Donner

Natalie Mec

Kapitel 33   Die Wunde

1. August 1875

Frische Morgenluft, leichter Wind, saftiges grünes Gras und eine weite Prärie vor ihm. Genau das liebte Nero. Der schwarze Hengst galoppierte der aufgehenden Sonne entgegen und fühlte sich großartig. Die Freiheit war das Einzige, was in seinem Leben zählte. Plötzlich vernahm er ein fremdes Geräusch und wurde langsamer. Er lauschte und erkannte eine Stimme, die um Hilfe rief. Melanie streichelte Nero am Hals.
„Was ist los mein Freund? Warum hältst du an?", fragte sie ihn.
Das schlaue Pferd bewegte sich allmählich in die Richtung, aus der die Rufe stammten. Und je näher Nero der Quelle dieser Stimme kam, desto deutlicher erkannte er die Angst darin. Melanie vernahm die Schreie nun ebenfalls, sie kamen direkt hinter einer langen Reihe von Büschen, die sehr dicht nebeneinander wuchsen. Sie stieg von Neros Rücken ab und marschierte schnell dahin. Sie umkreiste den Busch und wäre beinahe abgerutscht. Sie konnte sich noch in letzter Sekunde an den Zweigen festhalten und fand das Gleichgewicht wieder. Vor ihr erstreckte sich eine breite und tiefe Erdspalte. Und mitten in diesem Schlund entdeckte sie eine Frau. Melanie sah entsetzt zu ihr. Die Ärmste stand auf einem Felsvorsprung und drohte noch tiefer zu fallen. Wie lange sie da schon so ausharren musste? Melanie überlegte schnell, wie sie der Frau helfen konnte. Weit

und breit waren keine Bäume zu sehen, demnach kam ein langer Ast nicht in Frage. Sie brauchte dringend einen Einfall, sonst würde die in not geratene Frau in die Tiefe stürzen. Melanie benötigte ein Seil oder Ähnliches. Sie entschied kurzerhand, ihr Hemd auszuziehen, und zerriss es. Dann verknotete sie die Streifen miteinander, so dass sie ein längliches Tau ergaben, und warf das eine Ende der Frau entgegen. Dabei roch sie die feuchte Erde und betete, dass diese Erdspalte heute kein Grab werden würde.

„Halten Sie sich gut daran fest!", rief sie ihr zu und die Fremde ergriff das improvisierte Seil. Dann befestigte Melanie das andere Ende an Neros Sattel und gemeinsam zogen sie die Frau aus der Erdspalte wieder hoch. Die Fremde war beinahe wieder oben, als der Stoff plötzlich riss und die Frau vor Schreck aufschrie. Melanie sprang nach vorne und packte sie an einem Arm. Sie stemmte ihre Beine gegen den Boden und verlagerte das Gewicht nach hinten. Sie durfte jetzt nicht loslassen. Die Unbekannte suchte mit ihren Füßen nach einer Möglichkeit, sich abzustützen, aber sie baumelte hilflos herum. Dann kam Nero und packte mit seinen Zähnen Melanie hinten an ihrem Hosenbund und zog daran. Mit gemeinsamen Kräften halfen sie der Frau aus der lebensgefährlichen Situation. Die Unbekannte stand schweratmend und voller Dreck und sah ziemlich erschöpft aus. Melanie stützte sie an den Armen und überprüfte, ob die Fremde verletzt war. Erleichtert stellte sie fest, dass die Gerettete den Vorfall ohne Verletzungen überstanden hatte.

„Vielen Dank, meine Liebe. Sie haben mich dem Tode entrissen!", bedankte sich die Frau und war furchtbar erleichtert.

Melanie bemerkte sofort, dass die Fremde einen südländischen Akzent hatte. Womöglich kam sie ursprünglich aus Spanien. Melanie betrachtete sie genauer. Die unbekannte Frau war schätzungsweise im gleichen Alter wie ihre Mutter Johanna. Ihre schwarzen Haare waren zur Hälfte grau und zu einer adretten Frisur hochgesteckt. Ihrer Kleidung nach zu urteilen, stammte sie aus reichem Hause und sonderbarerweise kam sie Melanie bekannt vor.

„Darf ich den Namen meiner Retterin erfahren?", fragte die Fremde freundlich.

„Natürlich. Ich heiße Melanie von Bouget", antwortete sie und stellte sogleich die Gegenfrage. „Und wie lautet Ihr Name, Madame?"

„Mein Name ist Katarina von Crussol", entgegnete die Frau lächelnd.

Melanie schaute sie mit großen Augen an.

„Sind sie zufällig mit dem Herzog von Crussol verwandt?", wollte sie wissen.

„Ja, ich bin seine Mutter", offenbarte die Angesprochene und Melanie öffnete erstaunt den Mund. Sie konnte es kaum glauben, dass sie Richards Mutter gegenüberstand. Hatte er noch mehr Familienmitglieder? Vermutlich ja. Und jetzt verstand sie auch, warum ihr diese Frau so bekannt vorkam, weil Richard ihr äußerlich sehr ähnelte. Die gleichen großen braunen Augen und die bräunlichere Haut.

„Ich bin heute Morgen losgegangen, um etwas an der frischen Luft spazieren zu gehen, und da habe ich dieses Erdloch völlig übersehen und bin darein gefallen. Es war vor einer Woche noch nicht hier gewesen. Wahrscheinlich haben die langanhaltenden Regengüsse der letzten Tage die Erde weggeschwemmt. Ich hatte großes Glück, dass Sie des Weges kamen Mademoiselle von Bouget. Sonst hätte ich da noch länger gestanden und um mein Leben gebangt. Sie schauen mich so verwundert an. Ist etwas nicht in Ordnung?", fragte Madame von Crussol und legte sich besorgt eine Hand aufs Gesicht.

„Nein, nein. Es ist alles gut. Ich hätte nur nie gedacht, der Mutter des Herzogs von Crussol auf diese Weise zu begegnen", gestand Melanie und riss sich wieder zusammen.

BLITZ UND DONNER

„Kennen Sie meinen Sohn?", fragte die Mutter neugierig.

Melanie überlegte, was sie sagen sollte. Ja, sie kannten sich, aber in welcher Beziehung standen sie zueinander? Nach dem erfolgreichen Abend beim Treffen der Freimaurer Vereinigung hatte sie auf jeden Fall mehr Achtung vor ihm. Und er hatte sie neuerdings äußerst zuvorkommend behandelt.

„Wir sind Freunde", antworte sie und empfand die Vorstellung, mit Richard befreundet zu sein, als sehr angenehm.

„Sie sind eine Freundin von Richard?", stellte Madame von Crussol verwundert fest. „Wie aufregend. Bis jetzt waren seine weiblichen Bekanntschaften eher anderer Natur. Dann sind Sie auf jeden Fall etwas Besonderes."

Melanie schmunzelte. Wie Recht seine Mutter doch hatte. Katarina von Crussol bestaunte Nero und sah sich seine junge Reiterin von Kopf bis Fuß an.

„Waren Sie mit Ihrem Pferd alleine ausreiten? In Hosen und mit einem normalen Reitsattel?", fragte sie verwundert.

„Ja", lautete Melanies kurze Antwort und sie zuckte mit den Schultern.

„Wissen Sie, an wen mich das erinnert? An meine Tochter Karolina", sagte Madame von Crussol und lächelte traurig.

„Reitet ihre Tochter ebenfalls gerne? Und vor allem sehr schnell?", fragte Melanie grinsend und fand es spannend, zu erfahren, dass Richard eine Schwester hatte.

„Sie war die schnellste Reiterin weit und breit. Keine Herausforderung war ihr zu groß. Sie probierte alles aus, was mit Pferdesport zutun hatte. Pferderennen und Dressur. Sie war in beiden Disziplinen mit Abstand die Beste. Wobei mein Mann ihr nie erlaubte, bei echten Wettkämpfen teilzunehmen. Seiner Meinung nach schickte es sich nicht, sich als junge Dame aus gutem Hause öffentlich so zu benehmen. Die beiden hatten deswegen oft Streit miteinander. Karolina war sehr rebellisch und trug meistens Hosen und weigerte sich, einen Damensattel auch nur anzusehen", erzählte Madame von Crussol und schaute dabei verträumt zu Nero rüber. Melanie lauschte entzückt. Richards Schwester war genau nach ihrem Geschmack.

„Wann darf ich Ihre Tochter kennenlernen? Ich würde mich nur zu gern mit ihr unterhalten und außerdem möchte ich wissen, wer von uns beiden hier die schnellste Reiterin ist", sagte Melanie erregt und sie wollte Karolina von Crussol am liebsten auf der Stelle zu einem Rennen herausfordern.

„Das wird leider nicht funktionieren", antwortete die Mutter leise. „Meine Tochter ist seit über neun Jahren tot."

Melanie war erschüttert. „Mein Beileid. Es tut mir so leid, ich hätte besser zuhören sollen", stotterte sie. Und es fiel ihr auf, dass Madame von Crussol von ihrer Tochter in der Vergangenheitsform erzählt hatte.

„Es ist Jahre her. Und ich habe den schlimmsten Schmerz bereits verkraftet, aber sie fehlt mir jeden Tag. Wissen Sie, es war ein tragischer Reitunfall. Nicht beim Training, sondern während eines banalen Ausfluges mit ihrem Bruder Richard und ihrem damaligen Verlobten Vincent von Guise. Als die beiden Jungs den leblosen Körper meiner Tochter nach Hause gebracht hatten, fiel ich in Ohnmacht. Die ersten Tage danach war ich gar nicht ansprechbar. Ich stand unter extremen Schock. Richard hat mich später tausend Mal um Verzeihung gebeten. Er fühlte sich für Karolinas Tod verantwortlich, weil er sie zu dem verhängnisvollen Wettrennen überredet hatte. Ich glaube, er tut es bis heute. Ich selbst gebe ihm keine Schuld an dem Unfall. Es war einfach Schicksal, wie hart es auch klingen mag", erzählte Madame von Crussol und sie schaute gedankenverloren zum Horizont.

Eine Windböe kam auf und brachte die Blätter an den Büschen in Bewegung. Melanie lauschte diesem Geräusch und Tränen kamen ihr in die Augen.

„So hört sich der Verlust eines geliebten Menschen an",

dachte sie. „Wie das Rascheln der Blätter im Wind." Melanie verstand nun, warum Richard sie bei ihrer ersten Begegnung wie ein Chauvinist behandelt hatte. Seine Schwester war Melanie vom Charakter her gar nicht unähnlich gewesen. Und er verlor sie, weil Karolina seiner Meinung nach körperlich zu schwach gewesen war, um sich bei einem Rennen gegen einen Mann zu behaupten und deswegen tödlich verunglückte. Richard wollte Melanie beim Fechtduell eine Lektion erteilen. Ihr zeigen, dass sie physische Grenzen besaß. Er hatte nur nicht mit ihrem starken Siegeswillen gerechnet und dass sie sich nicht davor scheuen würde, zu schummeln. Außerdem war Karolina mit Vincent verlobt gewesen. Es war für den Herzog von Guise mit Sicherheit ein äußerst schmerzvoller Verlust gewesen, seine Liebe so früh im Leben zu verlieren. Melanie fürchtete sich vor dieser Vorstellung und bekam Gänsehaut.

„Darf ich Sie nach Hause begleiten, Madame von Crussol?", fragte Melanie nach einer Weile. Sie wollte Richards Mutter unbedingt unversehrt in Sicherheit bringen.

„Sehr gerne", erwiderte Katarina erfreut. Melanie half ihr, auf den Sattel zu steigen, und führte anschließend Nero an den Zügeln.

Während der gesamten Zeit unterhielten sie sich über die Familie Crussol. Melanie erfuhr, dass Richard einen Bruder namens Eduardo gehabt hatte, der nur ein halbes Jahr nach dem Tod der Schwester an einer Hirnhautentzündung verstarb. Er war zum Zeitpunkt seines Todes gerade mal fünfzehn Jahre alt gewesen und Karolina zwanzig Jahre. Richard war damals im Alter von achtzehn Jahren und wurde auf eine bittere Art und Weise zum Einzelkind. Melanie rechnete nach und kam zum Ergebnis, dass er jetzt siebenundzwanzig Jahre alt sein musste und damit neun Jahre älter als sie. Francois von Crussol verstarb vor gerade Mal drei Monaten ganz unerwartet in Folgen eines Schlaganfalls und hinterließ seine Frau und den einzigen verbliebenen Sohn. Melanie erschauderte beim Gedanken, dass auch Richards Mutter hätte heute sterben können, dann wäre er ganz allein geblieben. Nach einer halben Stunde kamen sie beim prächtigen Schloss an, das bereits seit über zweihundert Jahren der Wohnsitz der Familie Crussol war. Katarina unternahm den Versuch, ihre Lebensretterin zu einer Tasse Tee zu überreden. Aber Melanie lehnte die Einladung höflich ab. Sie genierte sich, in schmutziger Hose und nur in einem knappen Oberteil Richard vor die Augen zu treten. Sie musste Madame von Crussol hoch und heilig versprechen, ein anderes Mal zu Besuch zu kommen, und verabschiedete sich von ihr. Melanie stieg auf ihr Pferd und galoppierte davon. Katarina schaute ihr lange lächelnd hinterher und wünschte sich innigst, dass aus der Freundschaft zwischen ihrem Sohn und der reizenden Mademoiselle von Bouget mehr werden würde.

Blitz und Donner

Natalie Mec

Kapitel 34   Der Hochzeitstanz

5. August 1875

Es blieb nur noch ein Monat bis zur Vermählung ihrer jüngsten Tochter und Johanna von Bouget war komplett im Vorbereitungsstress. Sie wollte, dass bei der ersten Hochzeit eines ihrer Kinder alles nach Plan verlief. Abgesehen davon stand sie unter Konkurrenzdruck, denn gerade Mal eine Woche später heiratete Elisabeth D'Argies den Herzog von Crussol. Johanna arbeitete darauf hin, dass die Feier ihrer Tochter die Schönste und Prächtigste werden sollte. Auf jeden Fall besser als die Hochzeit von Elisabeth D'Argies. Die Baronin von Bouget organisierte alles, angefangen bei der Torte und Dekoration bis hin zum Blumenschmuck und den kleinen Geschenken für die Gäste. Dazu sollte ein ausgezeichnetes Essen serviert werden und Johanna stellte sich vor, dass neben einem Orchester auch Sänger und Sängerinnen den Abend musikalisch begleiteten. Die Abarbeitungsliste war extrem lang und Melanie bewunderte ihre Mutter für so viel Hingabe. Die Baronin verlangte allerdings, dass ihre Tochter auf ihre Figur achtete und ab sofort auf Kuchen und anderen Naschkram verzichtete. Die Braut sollte rank und schlank in dem atemberaubenden Hochzeitskleid aussehen, das extra für sie vom Maestro Stefano Aranie persönlich angefertigt wurde. Während die Mutter die Sitzordnung der Hochzeitsgäste durchging, übte das Brautpaar im Garten ihren Hochzeitstanz. Die beiden hatten sich für einen Walzer entschieden und lernten die Schritte. Seitdem Ball im Jagdschloss Falkennest wusste Melanie, dass George nicht der begabteste Tänzer war. Aber heute stellte er sich besonders ungeschickt an. Er stolperte oder trat ihr aus Versehen auf die Füße und wirkte nervös.

„Alles in Ordnung mit dir? Ich habe das Gefühl, etwas belastet dich?", fragte Melanie nach einer Weile, als ihre Füße eine Pause vom ständigen Treten brauchten.

„Es ist nur so, ich werde langsam aufgeregt wegen der Hochzeit", gab George offen zu. „Deine Mutter ist mit vollem Eifer bei den Vorbereitungen dabei und meine Eltern ebenfalls. Es wird extrem viel von uns erwartet und ich habe die Befürchtung, etwas falsch zu machen und am Ende läuft alles schief."

Melanie nahm liebevoll sein Gesicht in ihre Hände und schaute ihm in die Augen. „Mache dir bitte keine Gedanken. Wir schaffen das. Du hast mich an deiner Seite und ich bin ein Garant für den Erfolg, glaube mir!", sagte sie zu ihm und klang dabei fest entschlossen.

George sah sie verliebt an und fühlte sich schon etwas selbstsicherer. Sie übten weiter und dieses Mal klappte es um einiges besser.

Am selben Tag fand wieder ein Ball im Frühlingspalast statt. Melanie und George entschieden sich, ebenfalls dorthin zu gehen, denn es war die beste Gelegenheit, ihre Tanzübungen fortzuführen.

Die Soirée war recht voll und es tummelten sich viele junge Paare auf der Tanzfläche. George, dem die Bälle früher verhasst waren, amüsierte sich köstlich und schwebte im siebten Himmel. Dies lag vor allem an seiner bildschönen Verlobten, der Quelle seiner Freude. Sie tanzten unaufhörlich miteinander und Georges Schritte wurden dabei immer sicherer. Melanie bemerkte im Augenwinkel Richards Anwesenheit. Er stand weiter hinten außerhalb des Tanzparketts und war in ein Gespräch mit

Willhelm Girard vertieft. Er sah nur kurz zu ihr rüber und drehte sich dann komplett um. Denn er ertrug den Anblick nicht, sie zusammen mit George zu sehen. Eher würde er Glassplitter kauen.

Nach einer Weile brauchten George und Melanie eine Verschnaufpause und standen lachend am Rande der Tanzfläche. Sie beobachteten die anderen Tanzpaare und scherzten über so manchen vermeintlichen Supertänzer. Melanie zupfte George ein Haar vom Jackett und stellte verwundert fest, dass es ihr Eigenes war.

„Du markierst mich, damit die anderen Ladys nicht auf dumme Ideen kommen", witzelte George und schaute auf das gelockte Haar in ihrer Hand.

„Ist es denn nötig? Muss ich mir etwa Gedanken machen?", scherzte Melanie zurück und spielte die eifersüchtige Verlobte.

„Nein, dafür bedeutest du mir zu viel", entgegnete George und sah sie voller Sehnsucht an. Sie schenkte ihm daraufhin das wundervollste Lächeln, das er so unendlich liebte. Gemeinsam schritten sie durch den Saal und hörten der bittersüßen Melodie zu und sangen mit. Sie begrüßten beim Vorbeigehen andere Gäste, bis George einigen Studienkollegen begegnete, die ihn in eine Unterhaltung verwickelten. Melanie bemerkte, dass das Gespräch zwischen den Männern etwas länger dauern würde und entfernte sich höflich von ihnen. Sie nutzte die Gelegenheit, um sich kurz frisch zu machen, und begab sich zur nächstgelegenen Toilette. Auf dem Rückweg begegnete sie unerwartet der Katarina von Crussol. Melanie war äußerst erstaunt sie hier zu treffen, denn bis jetzt blieb die alte Herzoginmutter den Bällen fern. Katarina nahm sie sogleich bei der Hand und ging mit ihr Arm in Arm zurück in den Saal. Während sie sich fröhlich unterhielten, kam Richard ihnen entgegen und war sichtlich überrascht, die beiden Damen so vertraut miteinander zu sehen.

„Ihr kennt euch bereits?", fragte er verwundert.

BLITZ UND DONNER

„Wir haben uns vor ein paar Tagen bei einem morgendlichen Spaziergang kennengelernt", erklärte Melanie und verschwieg den Vorfall mit der Erdspalte und der darauf folgenden Rettungsaktion.

„Das stimmt. Und ich habe schon lange keine liebreizendere junge Dame getroffen, als Mademoiselle von Bouget", gestand Katarina von Crussol und vermied es ebenfalls, den Zwischenfall zu erwähnen.

Richard war ziemlich erstaunt darüber, dass seine Mutter so lebensfroh und gut gelaunt wirkte. Er hatte sie seit Jahren nicht mehr so erlebt.

„Hat Richard Ihnen schon erzählt, dass er ein begnadeter Tänzer ist?", richtete die Mutter die Frage an Melanie.

„Oh ja, das weiß ich, Madame. Wir beide hatten das Vergnügen gemeinsam einen Tanzwettbewerb zu gewinnen", antwortete Melanie und lächelte Richard zu, der das Lächeln liebend gern erwiderte.

„Tatsächlich? Das will ich jetzt sehen! Los ihr beiden, zeigt mir, was ihr drauf habt!", forderte die Mutter sie dazu auf und schubste die Zwei Richtung Tanzfläche.

„Ich glaube, aus der Sache kommen wir nicht mehr raus", stellte Richard fest und ergriff Melanies Hand. Er fühlte sich sofort lebendig und es wurde ihm warm ums Herz.

„Ja, da gebe ich dir recht. Dann zeigen wir deiner Mama, wie gut wir als Tanzpaar funktionieren", bestätigte Melanie und kam näher an Richard ran.

Er legte seine rechte Hand auf ihre Hüfte und führte sie mit der linken. Sie tanzten perfekt im Takt der Musik. Jeder Schritt saß und die Füße schwebten mühelos über das Tanzparkett. Richard und Melanie strahlten einander an, wie damals auf Vincents Tanzabend. Sie fühlten sich frei und unbeschwert. Richard genoss Melanies Gegenwart. Sie erfüllte ihn. Wenn er bei ihr war, dann verschwand die Welt um ihn herum und er sah nur sie vor sich. Am liebsten wollte er für immer mit ihr weitertanzen, ihr dabei in die Augen schauen und sie dann küssen. Katarina von Crussol beobachtete ihren Sohn und sah sofort, dass er tiefe Gefühle für ihre Lebensretterin empfand, und lächelte sanft. Als der Tanz zu Ende war, strahlten die beiden einander überglücklich an. Doch dann besann sich Melanie wieder und entfernte sich langsam rückwärts von ihm. Sie ließ Richards Hände los und ihr Lächeln wurde schwächer. Sie drehte sich um und ging immer weiter, bis sie bei ihrem Verlobten angelangt war. George stand mit dem Rücken zur Tanzfläche. Er hatte zuvor miterlebt, wie graziös seine Braut mit Richard von Crussol getanzt hatte, und musste vor lauter Eifersucht seinen Blick davon abwenden. Als er Melanie neben sich bemerkte, schaute er sie ernst an. Es war unverkennbar, dass er sauer auf sie war. Melanie legte daraufhin ihre Hand auf seinen Arm und sah ihm fest in die Augen. Ihr Blick verriet, dass sie ihm stets die Treue halten würde. Und nicht nur George wurde dies mit einem Mal bewusst, sondern auch Richard, der alleine auf der Tanzfläche zurückgeblieben war, und atemlos Melanie nachschaute. Er hatte sich noch nie in seinem Leben verlassener gefühlt, wie in diesem Augenblick.

BLITZ UND DONNER

Natalie Mec

Kapitel 35   Von Schwarz zu Blau

6. August 1875

Der Wald legte sich dunkel über ihn. Die meterhohen Bäume mit den kahlen Zweigen sahen aus wie dürre Finger eines Skeletts und zeigten von oben auf ihn herab. *„Du warst es"*, flüsterten sie von allen Seiten. Die Finsternis war beklemmend und Richard bekam kaum Luft. Seine Kehle war wie zugeschnürt und er konnte sich nicht von dem Würgegriff des schlechten Gewissens befreien. Er drehte sich hilfesuchend um und sah eine blasse Gestalt hinter sich. Schnellen Schrittes näherte er sich ihr und erkannte die Person. Es war Melanie. Sie trug eine Reituniform und stand mit verlorenem Blick da. Ihr linker Arm war Blut überströmt und die rote Lebensflüssigkeit tropfte unaufhaltsam auf die schwarze Erde. Richard wollte ihr helfen und an der Schulter berühren, doch genau in diesem Moment zerfiel Melanie in tausend verwelkte Blätter, die vom Wind verweht wurden. Er blieb im düsteren Wald alleine stehen und hörte sein pochendes Herz, wie das dumpfe Ticken einer Turmuhr schlagen, und ihm sagte, dass die Zeit ablief. Schwer atmend schnellte Richard hoch. Er blinzelte mehrmals und erkannte erst nach einigen Sekunden, dass er sich in seinen Gemächern befand.

„Was für ein schrecklicher Albtraum", dachte er, nahm die Decke zur Seite und stand vom Bett auf. Er brauchte etwas, um sich wieder zu beruhigen. Dann kramte er in seiner Jackentasche nach dem silbernen Etui, zündete sich eine Zigarette an und nahm einen tiefen Zug. Er sah Melanies Gesicht wieder vor sich, wie ihr die Tränen die Wangen runter flossen und sie ihn anflehte, sie loszulassen. Was hatte er damals im Wald nur angerichtet? Er hätte sie niemals so behandeln dürfen. Er hatte sie verletzt und bedrängt. Und hinzu kam noch dieses verdammte Fechtduell. Melanie würde jetzt ihr Leben lang eine Narbe am linken Arm davon tragen. Warum akzeptierte er sie nicht so, wie sie war? Widerspenstig und meinungsstark. Verflixt, sie fehlte ihm so über alle Maßen. Richard würde sie jetzt gerne bei sich haben. Sie fest an sich drücken und ihr immer wieder sagen, wie Leid es ihm tat, aber er würde sie niemals in seinen Armen halten. Stattdessen würde sie bald bei George liegen und sich ihm hingeben. Richard atmete tief aus und legte das Etui zurück in seine Jackentasche und da bemerkte er den seidigen Stoff an seinen Fingern. Er zog daran und zum Vorschein kam der weiße Damenhandschuh, den er wie einen Talisman stets bei sich trug. Richard platzierte ihn vorsichtig auf der Fensterbank und legte seine Hand darauf. Er stellte sich vor, wie er Melanies Hände festhielt und sie ihm sagte: „Wenn wir gewinnen wollen, dann müssen wir unsere Grenzen überschreiten und die Komfortzone verlassen."

 War Richard dazu im Stande, seine Komfortzone zu verlassen? Er hatte als Herzog große Verpflichtungen und eine Verantwortung seiner Mutter gegenüber. Er konnte den letzten Wunsch seines Vaters nicht ignorieren, das kam für ihn nicht in Frage. Richard bekam kein Auge mehr zu und legte sich somit nicht wieder hin. Stattdessen nahm er ein ausgiebiges Bad und dachte dabei an Melanie und ihre weiche Haut. Sie beherrschte seine Gedanken unaufhaltsam. Anschließend unternahm er einen Spaziergang auf dem Gelände seines Schlosses und beobachtete den Himmel, wie er allmählich von Schwarz zu Blau wechselte. Der neue Tag brach herein und Richard begab sich auf den

Rückweg. Seine Mutter stand meistens früh auf und er beschloss, ihr beim Frühstück Gesellschaft zu leisten.

Katarina von Crussol freute sich darüber, mit ihrem Sohn nach langer Zeit wieder gemeinsam zu essen. Sie begrüßte ihn mit einer Umarmung und einem liebevollen Kuss auf die Wange. Richard befahl den Dienern das Frühstück draußen auf der überdachten Terrasse zu servieren, damit er und seine Mutter den Sonnenaufgang ansehen konnten. Von dort überblickte man den gesamten Park und am wolkenfreien Horizont kündigte sich bereits die Sonne an. Majestätisch erhob sie sich und durchflutete die Erdoberfläche mit ihrem lebensspendenden Licht. Ihre Wärme jagte die letzten Nachtgeister aus Richards Kopf fort und er begriff in diesem Augenblick, warum die alten Ägypter sie als den höchsten Gott Ra verehrt hatten. Nichts auf dieser Welt war so kraftvoll wie die Sonne. Sie schenkte der Erde Licht und Wärme und damit Feuer und neue Energie. Die Sonne war unbesiegbar und sie gab Richard das starke Gefühl, seine Hoffnung nicht aufzugeben und das lang ersehnte Ziel am Ende doch zu erreichen. Katarina von Crussol betrachtete das nachdenkliche Gesicht ihres Sohnes und fand, dass es jetzt die beste Gelegenheit war, um ein wichtiges Thema anzusprechen.

„Liebling, warum heiratest du eigentlich Elisabeth D'Argies?", fragte sie Richard, der daraufhin erstaunt zu ihr blickte.

„Weil es meine Pflicht ist, Mama", antwortete er und schaute dabei runter auf seinen Kaffee.

„Deine Pflicht? Wem gegenüber?", hackte Madame von Crussol nach.

„Dir gegenüber und vor allem Papa. Er war diesen Handel mit dem Grafen D'Argies eingegangen und ich hatte ihm mein Wort gegeben, Elisabeth zu heiraten. Ich kann ihn nicht enttäuschen", erklärte Richard trocken.

„Aber liebst du sie überhaupt? Ich habe das Gefühl, dass

euch rein gar nichts miteinander verbindet. Ihr seht euch recht selten und unternehmt kaum was miteinander", äußerte die Mutter offen ihre Bedenken.

„Das ist zweitrangig. Gefühle spielen bei dieser Angelegenheit eine unterschwellige Rolle. Es geht ums Geschäft", brachte Richard es auf den Punkt.

„Und bist du glücklich damit? Kannst du so dein Leben verbringen, indem du dein Herz vernachlässigst und nur an das Geschäftliche denkst?", wollte die Mutter wissen.

„Wie gesagt, es ist meine Pflicht gegenüber meinem Vater und dir", wiederholte Richard und klang dabei etwas gereizt.

„Mein Schatz, dein Vater wollte immer, dass du glücklich bist. Er ist diesen Deal mit Gustav D'Argies eingegangen, damit du für die Zukunft ausgesorgt hast. Du würdest keine finanziellen Sorgen haben und eine schöne Frau an deiner Seite. Aber ich bezweifle, dass Elisabeth dich jemals glücklich machen wird. Sie ist offengestanden nicht die Richtige für dich", äußerte Katarina ihre Bedenken.

„Und wer ist es dann deiner Meinung nach?", fragte Richard sarkastisch.

„Oh, ich glaube, die Antwort darauf weißt du bereits selbst", entgegnete Katarina und sah ihm dabei fest in die Augen.

Er war überrascht und wollte sie gerade danach fragen, wen sie damit meinte, aber da stand die Mutter auf, gab ihm einen Kuss auf die Stirn und flanierte langsam in den Park. Sie schnitt ein paar rote Rosen von einem Strauch ab und roch ihren zarten Duft, der vom Morgentau verstärkt wurde. Richard beobachtete sie dabei und ihm kam nur ein einziger Name in den Sinn: Melanie.

Natalie Mec

BLITZ UND DONNER

Kapitel 36   Der flotte Dreier

12. August 1875

Die Kutsche blieb stehen und sowohl Vincent als auch Henri konnten sich das Lachen nicht mehr verkneifen, als sie Richards perplexen Gesichtsausdruck sahen. Kurz zuvor hatten sie den Griesgram mit dem Vorwand aus seinem Schloss herausgelockt, dass sie mit ihm zu einem Fechtturnier fahren würden, aber jetzt stellte Richard überrascht fest, dass sie sich vor einem Bordell befanden. Und es war nicht irgendein Freudenhaus, sondern das teuerste und nobelste in der ganzen Stadt.

„Warum halten wir hier an?", wollte Richard wissen und schaute irritiert zu seinen Freunden rüber, die sich vor lauter Lachen die Hände vor die Bäuche hielten.

„Weil wir heute deinen Junggesellenabschied feiern!", offenbarte Vincent und holte ein paar Flaschen Wein hervor, die er hinter dem Sitz versteckt hatte.

„Ist nicht euer Ernst?", fragte Richard verdutzt.

„Doch ist es. Und jetzt raus mit dir! Wir haben heute so einiges vor uns. Oder besser gesagt so EINIGE!", rief Henri laut und schubste seinen Kumpel aus der Kutsche raus. Vincent und er bugsierten den Junggesellen durch die Eingangstür und betraten das Etablissement. Im Inneren war es eingerichtet wie zu Zeiten des Barocks und an jeder Ecke liefen freizügige Damen herum. Und in der Luft schwebte der unverwechselbare Duft nach Aprikosen.

Natalie Mec

„Willkommen im 'Panier De Pêches'!", grüßte eine etwas ältere Dame die neu eingetroffenen Kunden. Sie trug ein langes schwarzes Kleid aus Spitze, das beinahe jeden Zentimeter ihrer Haut bedeckte. Nur ihre Hände und das Gesicht waren frei, aber ansonsten glich die Madame Josephine Poison einer Krähe. Ihre schwarzen, glatten und schulterlangen Haare trug sie offen und ihre Lippen waren mit feuerrotem Lippenstift angemalt.

„Guten Abend", begrüßte Vincent die Puffmutter. „Wir haben eine Suite reserviert. Und zwar auf den Namen von Crussol."

„Selbstverständlich. Bitte folgen Sie mir", entgegnete Madame Poison und führte die Herren in die oberste Etage, des dreistöckigen Gebäudes. Die Suite war überaus geräumig und bot viele Möglichkeiten zum Sitzen und vor allem zum Liegen an.

„Welche Wünsche haben Sie für heute Abend?", fragte die Bordellchefin professionell.

„Wir hätten gerne ein paar talentierte Tänzerinnen, zehn Flaschen Champagner und drei der hübschesten Damen aus ihrem Sortiment, die bestenfalls um die achtzehn Jahre alt sind", antwortete Vincent und schaute kurz zu seinen Freunden, um sicherzugehen, dass sie mit seiner Wahl einverstanden waren.

Henri nickte zufrieden und Richard schüttelte fassungslos den Kopf.

„Alles zu ihrer vollsten Befriedigung, Messieurs", entgegnete Madame Poison mit einer leichten Verbeugung und entfernte sich wieder aus der Suite.

„Männer, konntet ihr mich vorher nicht darüber informieren?", machte Richard seinen Kumpanen sogleich Vorwürfe und stemmte die Hände in die Hüfte.

„Dann wäre es keine Überraschung gewesen", konterte Henri, setzte sich auf ein breites Sofa und öffnete die oberen Knöpfe seines Hemdes.

Wenig später kamen wie bestellt sechs äußerst attraktive

junge Frauen, die allesamt das gleiche kurze rosa Kleidchen trugen, nur in unterschiedlichen Nuancen. Da waren sie nun, die Pfirsiche. Zusätzlich betrat eine Harfenspielerin den Raum und setzte sich in die hintere Ecke der Suite. Sie begann auf ihrem Musikinstrument erotische Lieder zu spielen und drei der jungen Frauen fingen sofort an, miteinander zu tanzen. Sie streichelten sich gegenseitig an den Armen, kreisten mit ihren Hüften und spielten mit ihren langen Haaren.

„Welche wählst du?", stellte Henri die Frage an Richard, während sie vor den übrigen drei Frauen standen, die allesamt umwerfend aussahen.

„Ist mir egal, irgendeine", antwortete Richard gleichgültig.

„Gefallen sie dir nicht? Sollen wir nach einer anderen für dich fragen?", wollte Vincent wissen, denn heute Abend war sein oberstes Ziel, Richard übermäßige Freude zu bereiten.

„Nein, lass mal. Ich bin gerade irgendwie nicht in Stimmung", antwortete Richard leicht genervt.

„Keine Sorge, du wirst gleich vor Lust platzen. Setz dich hin, trinke ein Glas Wein oder Champagner und genieße die Vorstellung", sagte Henri und ging zu der heißen Brünetten, nahm sie an der Hand und machte es sich mit ihr auf dem Sofa gemütlich. Vincent nahm sich die beiden Blonden und setzte sich auf das zweite Sofa gegenüber. Richard saß alleine auf einem Sessel zwischen ihnen und schaute direkt auf die Tänzerinnen vor ihm. Er folgte ihrer lasziven Darbietung. Beobachtete sie dabei, wie sie sich langsam gegenseitig auszogen. Zuerst fielen die Kleider zu Boden und die jungen Damen schmiegten sich aneinander, bis sie sich der letzten knappen Slips entledigt hatten. Richard betrachtete die Frauen, wie sie tänzerisch an ihren nackten Körpern spielten, und merkwürdigerweise regte sich bei ihm rein gar nichts.

„Ah, bevor ich es vergesse, ich habe da noch jemanden, der deine Laune heben könnte", sagte Vincent geheimnisvoll und holte ein kleines Päckchen aus der rechten Tasche seines dunkelblauen Sakkos. „Ihr Name ist Kokaina", offenbarte er und grinste.

Freudige Zurufe kamen ihm von allen Seiten entgegen. Vincent legte das Päckchen vor sich auf den Couchtisch, öffnete das dicke Papier und zum Vorschein kam feinstes, weißes Pulver.

„Ich versichere euch, es ist von bester Qualität und nicht gestreckt", beteuerte Vincent und teilte das Pulver in zehn Lines auf. Dann kramte er die dicken Geldscheine aus seinem Portemonnaie und gab jedem in dem Raum einen davon.

„Ihr alle dürft übrigens das Geld behalten", zwinkerte er den Frauen zu, die sich allesamt gierig um den Couchtisch setzten und die Droge eine nach der anderen durch die Nase einnahm. Henri und Vincent gönnten sich ebenfalls eine Portion und die Stimmung wurde mit einem Mal geiler. Henri legte noch eine ganze Packung Kondome auf den Tisch, um Hinterlassenschaften jeglicher Art zu vermeiden, und ließ sich von der brünetten Prostituierten die Brust streicheln, während er mit ihren Beinen spielte. Vincent wurde von seinen zwei Huren langsam entkleidet und massierte die Blondine vor sich an ihrem Busen. Der Einzige, der sich weiterhin in Enthaltsamkeit übte, war Richard. Die Brünette setzte sich auf Henri drauf und knutschte ihn ab, zur gleichen Zeit knetete er ihren prallen Hintern. Vincent war mittlerweile fast nackt und trug nur noch seine Hose. Und Richard trank seinen Wein und dachte stattdessen an jemand anderen.

„Was willst du Richard? Sag es mir und ich besorge es dir", bat Vincent ihn und konnte seinen besten Freund nicht mehr so frustriert da sitzen sehen. Er wusste, dass Richard sich nicht sonderlich auf seine Hochzeit mit Elisabeth D'Argies freute, aber er sollte wenigstens seinen Junggesellenabschied genießen.

„Melanie von Bouget", antwortete Richard nachdenklich.

BLITZ UND DONNER

„Tut mir leid, aber sie arbeitet hier nicht", entgegnete Vincent und verdrehte dabei die Augen. „Da kommt mir eine Idee. Habt ihr hier eine schlanke junge Dame mit roten Locken?", fragte er die fleißige Angestellte, die im gleichen Moment den Gürtel langsam von seiner Hose entfernte.

„Höchstwahrscheinlich. Ich kann Madame Poison mal fragen", antwortete sie und war nun an seinem Hosenstall zugange.

„Ich sagte doch, dass ich nicht in Stimmung bin", wiederholte Richard gereizt.

„Wer ist diese Melanie von Bouget?", wollte die Brünette wissen und glitt langsam vor Henri runter auf den Boden und zog an seiner Hose.

„Die Verlobte eines anderen Mannes", antwortete der junge Graf. Für diese Bemerkung hätte Richard ihm am liebsten eine Ohrfeige verpasst.

„Das klingt nach einem flotten Dreier", bemerkte die zweite Blondine hinter Vincent und streichelte seinen Rücken.

„Ja, das ist kein schlechter Einfall", warf Vincent in den Raum. „Richard, du könntest später mit Melanie eine Affäre haben."

„Und wie stellst du dir das bitte vor? George hat sie am Morgen und ich kriege sie am Abend? Allein die Vorstellung daran macht mich krank! Abgesehen davon würde sie George niemals betrügen, das weiß ich", sagte Richard aufgebracht und war sich absolut sicher, dass er selbst nicht in der Lage wäre, Melanie mit jemanden zu teilen. Er wollte sie für sich allein haben.

„Dann musst du sie halt entführen und verführen", schlug Henri vor und zeigte der Brünetten sein bestes Stück.

Richard schaute zu ihm rüber und dachte ernsthaft darüber nach, wie er diesen Plan in die Tat umsetzen könnte.

„Vergiss es. So kurz vor der Hochzeit werden die Bräute von

ihren Müttern zuhause eingesperrt und wie von einem Drachen bewacht. Es ist unmöglich, an Melanie ranzukommen. Die Burg ist uneinnehmbar", machte Vincent alle Hoffnungen wieder zur Nichte.

„Dann locken wir die Prinzessin halt aus ihrer Festung heraus", erwiderte Henri.

„Und wie?", fragte Vincent belustigt.

„Mit ganz viel Eiscreme", antworte Henri und verdeutlichte es der Hure sich auf ihn draufzusetzen. Sie tat es und er stöhnte vor Lust. Vincent war mittlerweile komplett nackt und nahm die erste Blondine von hinten, während sie auf allen vieren auf dem Sofa stand. Die zweite Frau ließ von Vincent los und krabbelte verführerisch auf Richard zu, der in seinen Gedanken versunken war. Sie streichelte seine Oberschenkel, schaute voller Verlangen in sein Gesicht und wollte ihn küssen, doch er hielt ihre Arme fest. Was war nur mit ihm los? Früher hätte er, ohne zu zögern, bei dieser Orgie mitgemacht. Aber jetzt war das pure Gegenteil der Fall. Er stand wortlos auf und war dabei den Raum zu verlassen.

„Richard, wenn du Melanie ernsthaft entführen willst, dann musst du dir im Klaren sein, dass du damit zwei Hochzeiten ruinierst!", rief Vincent ihm hinterher, bevor sein bester Freund endgültig aus der Suite verschwand.

„Ja, da hast du absolut Recht", sagte Richard leise. Er wäre dann der Böse. Seine eigene Trauung war ihm mittlerweile egal, aber er wollte Melanies großen Tag nicht zerstören. Sie sollte an Georges Seite glücklich werden und ihr Leben mit ihm verbringen. Richard musste sie loslassen. Sich mit dem Gedanken abfinden, nur mit ihr befreundet zu sein, aber sie niemals körperlich lieben zu dürfen.

Er fuhr mit der Kutsche nach Hause und schickte sie daraufhin wieder zurück zum Bordell Panier De Pêches, damit seine Freunde später heimkehren konnten. Was sicherlich erst am frühen Morgen geschehen würde. Denn Henri und Vincent würden sich mit den Damen die ganze Nacht vergnügen. Richard war definitiv nicht nach Feiern und anderen Frauen zu Mute. Er schlenderte lustlos in seine Gemächer und legte sich schlafen.

Dieses Mal träumte er vom Strand. Die Morgendämmerung tauchte die Welt in Zwielicht. Richard stand am Wasser und ließ die leichten Wellen seine Füße umspielen. Das Gefühl des kühlen Meerwassers vermengt mit dem Sand wirkte unendlich beruhigend und er war völlig entspannt. Ganz unerwartet nahm jemand seine linke Hand und hielt sie fest. Richard drehte verwundert seinen Kopf in die Richtung und erblickte Melanie, die ebenfalls die aufgehende Sonne beobachtete und dabei lächelte. Sie trug ein schulterfreies hautenges Glitzerkleid in Türkis, das ihr bis zu den Knöcheln reichte und sie wirkte darin wie eine Meerjungfrau. Melanie schaute Richard an und der leichte Wind erfasste ihre roten Locken, die dann ihr Gesicht zur Hälfte verdeckten. Er strich ihr die Haare vorsichtig hinters Ohr und betrachtete sie voller Sehnsucht. Ihre Augen verzauberten ihn und sie zog Richard sanft mit sich. Die beiden gingen langsam den breiten Strand entlang und waren dabei ganz allein. Die Sonne stieg währenddessen unaufhaltsam am Himmel hoch und siegte über die Finsternis.

Am Morgen wachte Richard auf und setzte sich in seinem Bett aufrecht hin. Er merkte Flüssigkeit auf seiner Wange und stellte überrascht fest, dass es Tränen waren. Er wischte sich übers Gesicht und besah sich die Tropfen auf seinem Finger. Weinte er vor Glück oder vor Kummer? Das konnte er unmöglich sagen. Aber er wünschte sich innigst, dass dieser Traum wahr werden würde.

Natalie Mec

Kapitel 37   Das Fechten

27. August 1875

Der Maestro und Chefdesigner von Sior, Stefano Aranie, hatte stundenlang an dem Entwurf für das Hochzeitskleid der jungen Mademoiselle von Bouget verbracht und später selbst beim Schneidern des Kleides die Hand angelegt. Und das Ergebnis wollte er nun den Damen präsentieren, die vor der großräumigen Umkleidekabine auf dem langen goldenen Sofa warteten.
„Sind Sie bereit?", fragte Monsieur Aranie die Brautmutter.
„Ja, das sind wir!", antwortete Johanna von Bouget aufgeregt.
Jane und Veronika warteten ganz gespannt, während Rosemarie und Monika an ihren Sektgläsern nippten. Und dann kam die Braut. Melanie spazierte aus der Umkleidekabine heraus und trug ihr traumhaftschönes Hochzeitskleid. Es war in A-Linie geschnitten. Der voluminöse Rock hatte sieben Schichten Tüll. Das Kleid selbst hatte keine Ärmel und oben rum einen Herzausschnitt. Auf einem transparenten Stoff, der um den Oberkörper herum verlief, waren zarte weiße Blüten angenäht, die diagonal von der linken Schulter bis zur Taille angebracht waren. Die Mutter schnappte nach Luft und kämpfte mit den Tränen. Melanies Schwestern waren entzückt und die beiden Damen von Semur klatschten begeistert in die Hände.
„Wie fühlst du dich darin, Liebes?", fragte Johanna ihre jüngste Tochter.

BLITZ UND DONNER

„Wie eine flauschige Wolke", antwortete Melanie und zupfte an dem federleichten Tüll ihres Hochzeitskleides. Veronika freute sich für ihre kleine Schwester und war überglücklich. Jane dagegen schaute sie neidvoll an. Wie gern hätte sie an ihrer Stelle dieses Kleid getragen und würde in einer Woche zusammen mit George vor den Traualtar treten.

„Du siehst zauberhaft aus!", schwärmte Monika und konnte ihren Blick gar nicht mehr von Melanie abwenden.

Johanna trat näher an ihre Tochter heran und fasste das Kleid vorsichtig an. Es fühlte sich sehr hochwertig an. Sie hatte nicht umsonst ein kleines Vermögen dafür ausgegeben. Melanie sollte nur das Beste tragen. Ihr kamen wieder Tränen in die Augen und sie fächerte mit ihren Händen Luft gegen ihr Gesicht, damit die Tränen schnell trockneten.

„Mama, bitte weine nicht. Und vor allem weine nicht bei der Trauung, sonst muss ich ebenfalls losheulen!", ermahnte Melanie ihre Mutter.

„Ich versuch es", schniefte Johanna.

„Madame von Bouget wollen wir vielleicht hier weitermachen?", fragte Stefano Aranie und zeigte auf einen langen Tisch weiter links. „Ich habe, wie von Ihnen gewünscht, einige Modelle zusammen getragen und würde gerne ihre Meinung dazu hören."

„Oh ja, natürlich", antwortete die Baronin und kam an den Tisch. Dort lagen fünfzehn Kleidungsstücke verteilt. Johanna hielt jedes von ihnen nacheinander hoch, um sie zu begutachten. Melanie stellte verwundert fest, dass es sich um verführerische Dessous handelte, die nicht aus viel Stoff bestanden.

„Mama, ich wusste gar nicht, dass du auf so freizügige Unterwäsche stehst", sagte Melanie amüsiert.

„Nein, mein Schatz, diese Sachen sind nicht für mich, sondern für dich", erklärte die Mutter sachlich.

„Wie bitte? Wozu brauche ich so viel Reizwäsche?", Melanie

war überrascht und kam ebenfalls zu dem langen Tisch. Sie nahm eines der Modelle in die Hand und es war salopp gesagt, ein Hauch von gar nichts. Sie könnte genauso gut nackt sein anstatt dieses Dessous zu tragen.

„Na, für deine Flitterwochen natürlich", entgegnete Madame von Bouget lächelnd.

„Was erwartet mich denn bitteschön in meinen Flitterwochen, dass ich so etwas tragen soll?", fragte Melanie schockiert.

„Meine Güte, Johanna. Bitte sage mir nicht, dass du deine Jüngste immer noch nicht aufgeklärt hast", sagte Rosemarie fassungslos. „Die Ärmste verbringt bald unzählige intime Stunden mit George und weiß nicht ein Mal, was sie erwartet."

„Mama, erkläre mir das bitte!", drängte Melanie, denn sie konnte es nicht ausstehen, unvorbereitet zu sein.

Johanna von Bouget schaute sich um. Alle Augen waren auf sie gerichtet. Na was soll's, dann war der Moment jetzt gekommen, um ihre Tochter aufzuklären. „Weißt du, Liebling, der Mann, der hat da so einen ...", die Mutter stockte und wusste nicht, wie sie es am besten beschreiben sollte.

„Einen Degen", beendete Monika den Satz stattdessen für sie.

„Ja, einen Degen! Dankeschön Monika. Und mit seinem Degen da macht er ...", und wieder fehlten Johanna die Worte.

„Fechten?", fragte Melanie ungeduldig.

„Fechten ist ein gutes Beispiel! Du magst doch Fechten und das ist im Prinzip genau so", führte die Mutter ihre eigenartige Beschreibung fort.

„Allerdings. Man kämpft und schwitzt und blutet und liegt danach fix und fertig im Bett", ergänzte Rosemarie und trank aus ihrem Sektglas.

„Oh wie wahr, ja das Bluten ist wirklich lästig, aber es gehört schließlich dazu", stimmte Johanna ihrer Nachbarin zu.

BLITZ UND DONNER

„Nein, ohne mich", sagte Melanie entschieden und wedelte wild mit den Armen. „Das hört sich ja zum Fürchten an!" Sie wollte auf gar keinen Fall ihre Flitterwochen auf diese Weise verbringen und sah die Anderen panisch an.

„Ach nicht doch, das macht Spaß, glaube mir", widersprach ihre Mutter und lächelte aufmunternd.

„Spaß? So wie ich das verstanden habe, soll ich die ganze Zeit fechten, dabei schwitzen, bluten und obendrein das Bett hüten. Das soll mir Freude bereiten?", fragte Melanie aufgebracht.

Die anderen Damen lachten laut.

„Nein, du verstehst das falsch. Fechten ist nur ein Vergleich", beschwichtigte Veronika und musste sich extrem zusammenreißen, um nicht weiter zu lachen.

„Das soll mich jetzt beruhigen?", fragte Melanie irritiert. „Wenn ich es mir recht überlege, dann habe ich ungemein viel geblutet, als ein Mann das letzte Mal seinen Degen vor mir rausgeholt hatte!"

Alle Personen im Raum schnappten geräuschvoll nach Luft bei Melanies Bemerkung. Sie starrten die Braut an, als hätte ihr weißes Kleid plötzlich einen riesigen Fleck.

„Mit wem?!", schrie Johanna von Bouget ihre Tochter an.

„Das weißt du, Mama. Mit dem Herzog von Crussol natürlich", entgegnete Melanie und wunderte sich darüber, dass ihre Mutter es offensichtlich vergessen hatte.

Johanna von Bouget riss den Mund und die Augen weit auf und war wie erstarrt. Die Anderen wirkten nicht weniger schockiert.

„Oh, là là, dieser Mann ist verdammt heiß, den hätte ich auch nicht von der Bettkante gestoßen", kommentierte Rosemarie und schaute dabei mit einem vielsagenden Blick zu Melanie rüber.

„Wann?!", die Mutter war außer sich vor Wut.

Melanie sah sie ängstlich an. Was hatte sie nur falsch gesagt?

„Vor einigen Monaten, weißt du das nicht mehr? Das Fechtduell? Seitdem trage ich diese wunderbare Narbe?", entgegnete Melanie zögernd und zeigte dabei auf ihren linken Unterarm.

Johanna von Bouget vergrub ihr Gesicht in den Händen und schüttelte den Kopf. „Bitte erschrecke mich nie wieder so", nuschelte sie zwischen ihren Handflächen und beruhigte sich.

„Würde ich gerne, Mama. Wenn ich wüsste, womit ich dich so erschreckt habe", entgegnete die Tochter und war verwirrter als vor der vermeintlichen Aufklärung. „Und übrigens, seinen Degen habe ich immer noch."

„Das glaube ich dir aufs Wort", sagte Stefano Aranie belustigt. Er hatte bis jetzt der sonderbaren Unterhaltung schweigend zugehört und am Ende festgestellt, dass die junge Melanie von Bouget in Wahrheit eine echte Lolita war.

„Schluss damit! Kein Wort mehr! Wir reden später Zuhause darüber, aber nicht jetzt und nicht hier!", wies die Mutter sie zurecht.

Melanie entschied, lieber zu schweigen. Die ganze Geschichte war mehr als konfus. Abgesehen davon warf Jane ihr Blicke zu, die Melanie so gar nicht gefielen. Es schien so, als wäre ihre älteste Schwester sichtlich erfreut darüber, dass sie in die Sache mit dem Herzog von Crussol verwickelt war.

Und das stimmte. Ins geheim wünschte Jane sich, die Hochzeit würde nicht stattfinden und sie könnte George am Ende für sich gewinnen. Es war ihr auf dem Ball auf Jagdschloss Falkennest nicht entgangen, wie innig Richard und Melanie miteinander getanzt hatten. Und das Gerücht, dass ihre kleine Schwester seine angebliche Mätresse war, spielte ihr in die Karten. Jane schmiedete einen hinterhältigen Plan und musste nur den richtigen Zeitpunkt abwarten, um ihn in die Tat umzusetzen.

Blitz und Donner

Natalie Mec

Kapitel 38   Wie Blitze

28. August 1875

Es war womöglich das letzte Mal, dass Melanie zusammen mit Veronika und Jakob, abends gemütlich beim Kerzenschein saß und einen warmen Kakao trank. Sie und ihre Geschwister beobachteten draußen die Sterne, wie Einer nach dem Anderen aufleuchtete, während der Himmel allmählich dunkler wurde. Diese Momente mit ihren Geschwistern gehörten zu Melanies Kindheit und sie würde sie unheimlich vermissen. Schon bald würde sie Georges Frau werden und zu ihm auf sein Schloss ziehen. Ihre eigene Familie würde sie dann seltener sehen, als es ihr lieb war. Wann würden wohl ihre Geschwister aus dem Elternhaus ausziehen? Wahrscheinlich würde Veronika ihr als Erste folgen, weil sie mit dem Grafen von Ailly insgeheim liiert war.

„Wann wollt ihr, du und Henri, eure Beziehung eigentlich offiziell machen?", fragte Melanie ihre Schwester. Jakob hatte ihr zuvor von dem heimlichen Kuss im Labyrinth erzählt, und horchte auf. Veronika war sich darüber im Klaren, dass Jakob über ihre Romanze Bescheid wusste, weil Melanie es ihr berichtet hatte. Somit gab es diesbezüglich keine Geheimnisse zwischen den Dreien.

„Ich schätze mal nach deiner Hochzeit, sobald sich der ganze Trubel gelegt hat. Bis dahin genießen wir die Freiheiten der unverbindlichen Liebe", antwortete Veronika kokett.

BLITZ UND DONNER

Jakob verdrehte daraufhin seine Augen.

„Ich hole uns mal was zu naschen", sagte er und schlenderte aus dem Zimmer raus.

„Veronika?", begann Melanie zögerlich ihre Frage zu formulieren. „Wie fühlt es sich an, wenn Henri dich küsst?"

Ihre Schwester schaute verträumt auf die warme Tasse in ihren Händen und antwortete: „Wie Blitze unter meiner Haut. Jede seiner Berührungen verursacht bei mir Gänsehaut und ich schmelze unter der auflodernden Hitze, die in mir aufsteigt, dahin. Am liebsten würde ich niemals aufhören, ihn zu küssen und auf ewig seine Lippen auf den meinen spüren."

Veronika legte ihre Fingerspitzen auf ihren Mund und schloss die Augen. Vermutlich dachte sie an Henri und wollte in diesem Moment bei ihm sein. Melanie beobachtete sie intensiv und erinnerte sich an ihren ersten Kuss mit dem Kaiser Alexander. Es hatte sich definitiv nicht wie Blitze angefühlt und von Hitze konnte keine Rede sein. Nein, Melanie hatte damals ein leichtes Kribbeln wahrgenommen und ein merkwürdiges Gefühl im Unterleib, aber am meisten hatte sie sich gefürchtet, gezittert und gebetet, dass dieser Moment schnell ein Ende finden würde. Sie wollte auf gar keinen Fall den Kaiser erneut küssen. Veronika dagegen sehnte sich nach Henri. Ja, das war eindeutig Liebe, aber auch noch etwas Anderes. Melanie wurde neugierig.

„Wie würdest du dieses Gefühl mit einem Wort beschreiben, wenn du bei Henri bist?", fragte sie nach.

„Begierde. Verlangen. Leidenschaft. Lust", nannte Veronika mehrere Begriffe, denn sie konnte sich zwischen diesen Worten nicht entscheiden.

Ihre kleine Schwester dachte angestrengt nach. Hatte sie jemals etwas Ähnliches für jemanden empfunden?

„So da bin ich wieder", Jakob kam zurück. Er reichte Melanie den vollen Teller und sie nahm dankend ein paar Kekse entgegen. Dann legte Jakob Veronika einen Muffin in die flache

Hand und berührte dabei ihre Haut. Ihm wurde plötzlich ganz warm und sein Puls beschleunigte sich. Auch Jakob wusste mittlerweile die passende Bezeichnung für dieses Gefühl, das ihn wie eine gewaltige Welle überkam, sobald er Veronika fühlte oder an sie dachte - Sehnsucht, die vermutlich für immer unerfüllt bleiben würde.

Am darauffolgenden Morgen bekam Melanie unerwarteten Besuch, der ihr überaus willkommen war. George. Sie und ihr Verlobter unterhielten sich im großen Wohnzimmer über ihre bevorstehende Reise ans andere Ende der Welt. Sie freuten sich riesig darauf und lachten zusammen. Ihre gemeinsame Hochzeit fand in sechs Tagen statt und die meisten Vorbereitungen waren inzwischen erledigt. Seit dem letzten Tanzball im Frühlingspalast besuchte George seine Verlobte häufiger. Er hatte das dringende Bedürfnis, Melanie mehr von sich beeindrucken zu wollen.

„Ich habe übrigens ein Geschenk für dich mitgebracht", offenbarte George und kramte in seiner Tasche.

„Ein Geschenk, für mich?", Melanie klang überrascht.

„Ja, ich wollte es dir eigentlich in unseren Flitterwochen überreichen, aber solange kann ich nicht mehr warten", erklärte er geheimnisvoll.

„In unseren Flitterwochen? Ist es etwa ein Degen?", fragte sie besorgt. Ihre Mutter hatte es bis jetzt vermieden, mit ihr das aufklärende Gespräch zu Ende zu führen, und somit war Melanie kein bisschen schlauer.

„Ein Degen? Warum denn ein Degen?", ihr Verlobter war irritiert. „Hätte ich dir eins schenken sollen? Du magst ja schließlich fechten, fällt mir gerade ein."

„Nein!", rief Melanie schnell. „Bitte keinen Degen. Ich möchte während unserer Flitterwochen nicht fechten!"

„Ich ebenfalls nicht", stimmte George ihr zu und sah sie

verwirrt an.

„Gut, dann sind wir uns in dem Punkt einig", stellte sie erleichtert fest und sah ihn erwartungsvoll an.

Mit einem Grinsen holte George eine pinke quadratische Schatulle aus seiner Tasche hervor und übergab sie ihr. Melanie öffnete sie gespannt und erblickte eine Perlenkette mit einem passenden Armband und Ohrringen, alles aus rosa Salzwasserperlen.

„Das ist ja wunderschön! Schmuck, natürlich. Was schenkt man sonst seiner Braut", bemerkte Melanie und musste lachen. George schaute sie mit einem breiten Lächeln an und sagte: „Das kannst du tragen, wenn wir auf Kuba sind und am Strand liegen."

„Liebend gern", entgegnete Melanie und berührte die Perlenkette mit ihren Fingern.

„Möchtest du dein Geschenk jetzt anprobieren?", bot George ihr an.

„Da sage ich sicherlich nicht nein", antwortete Melanie und nickte eifrig. Sie nahm die Perlenohrringe und steckte sie sich an die Ohrläppchen an, dann legte George ihr das Armband um das linke Handgelenk und zum Schluss folgte die Kette. Melanie nahm ihre Haare zusammen und hielt sie hoch, während George ihr die Perlenkette um den Hals legte und hinten am zierlichen Nacken verschloss. Dabei kam er ihrem Gesicht ziemlich nah und er atmete ihren Duft ein. Sie roch nach frischem Wind und grünem Gras, vermutlich weil sie viel Zeit draußen bei ihrem Pferd Nero verbrachte. Als er seine Hände wieder zurücknahm, streichelte er über ihren Hals und ihre Schultern. George sah Melanie tief in die Augen und sagte: „Bitte trage nur das, wenn wir am Strand liegen."

„In Ordnung", flüsterte sie und ließ ihre Haare wieder fallen.

Genau in diesem Augenblick fiel auch jegliche Beherrschung von George ab und er küsste sie. Es war ein zärtlicher Kuss und dennoch erfüllt von Liebe. George hielt seine Augen geschlossen und genoss das Gefühl. Er war wie losgelöst von der Erde und umkreiste seinen Stern. Die Wärme und das Licht durchströmten ihn und er war in seiner Umlaufbahn angekommen. George ließ wieder von seiner Braut los und schaute sie voller Begierde an. Wie gern würde er jetzt weitermachen und alle Kleider von ihr ablegen, aber er musste sich noch etwas gedulden. In ein paar Tagen gehörte Melanie ihm, für immer. Es war demnach besser, jetzt zu gehen. Deshalb verabschiedete George sich höflich von ihr und Melanie geleitete ihn bis zum Haupteingang. Sie schaute ihm hinterher, wie er auf seinem Pferd davonritt und in ihrem Kopf brannte nur eine einzige Frage: Warum hatte sie soeben nichts gefühlt? Sie hatte die Lust in Georges Augen eindeutig erkannt. Er sah sie genauso an, wie Veronika bei ihren Gedanken an Henri. Aber warum hatte Melanie verdammt noch mal nichts gefühlt? Absolut gar nichts. Kein Kribbeln, keine komischen unbekannten Gefühle, keine Gänsehaut und schon gar keine Blitze unter der Haut. Sie drehte sich ruckartig um und lief zurück ins Wohnzimmer. Dort öffnete sie die pinke Schmuckschatulle und legte die Perlenkette, das Armband und die Ohrringen wieder behutsam ab und verschloss vorsichtig den Deckel. Sie nahm das liebevolle Geschenk, ging damit auf ihr Zimmer und öffnete ihren Schrank. Sie legte die Schatulle in ein Regal, auf dem bereits zwei andere Gegenstände lagen: ein Säbel und ein kostbares Diadem. Melanie überlegte. Wann hatte sie das eigenartige Gefühl tief in sich am stärksten empfunden? Dann fiel es ihr wieder ein und die Erkenntnis traf sie wie ein Blitz. Sie stand einige Sekunden wie erstarrt da und verarbeitete den ersten Schock. Ihr Atem wurde immer schneller. Melanie hatte die Befürchtung gleich zu hyperventilieren. Sie musste auf der Stelle hier raus, sofort! Als würde es um ihr Leben gehen, zog sie rasch ihre Reitsachen an, schnappte sich ihren Regenmantel, um für einen plötzlichen Wetterumschwung vorbereitet zu sein, und zum Schluss den Säbel aus dem Regal, den sie einst im Kampf gewonnen hatte. Sie sputete aus ihrem Zimmer hinaus, eilte die Haupttreppe runter und verließ ihr Elternhaus. Sie lief zum Pferdestall und holte Nero. Während sie ihn sattelte, kam Erik, der Stallbursche, angerannt und flehte sie an: „Mademoiselle Melanie, bitte, Ihre Mutter hat mich angewiesen, Sie die letzten Tage vor der Hochzeit nicht mehr ausreiten zu lassen."

„Sehe ich so aus, als ob es mich interessiert?", sagte Melanie schnippisch.

„Bitte, bleiben Sie hier und lassen Sie Nero stehen", beschwor er sie mit einem flehenden Blick.

„Aus dem Weg, Erik, oder du wirst es bitter bereuen", drohte sie ihm und hielt das Säbel hoch.

Er bekam es mit der Angst zutun und lief aus dem Stall hinaus in Richtung des Anwesens. Vermutlich würde er gleich die Baronin informieren. Melanie durfte demnach keine Zeit verlieren. Sie sattelte Nero zu Ende und marschierte mit ihm nach draußen. Dann sprang sie auf seinen Rücken und sah ihre Eltern auf sich zustürmen.

„Melanie! Komm sofort runter!", schrie ihre Mutter sie an. Doch für Melanie gab es keinen Halt mehr, sie warf ihren Eltern einen letzten Blick zu, drehte und gab Nero die Sporen. Der schwarze Hengst galoppierte davon. Melanie floh Richtung Osten und hinterließ eine dichte Staubwolke hinter sich.

„Tu doch was!", rief Johanna ihrem Ehemann im Befehlston zu. „Steig auf ein Pferd und hole sie ein!"

„Ich soll sie einholen?", fragte Thomas von Bouget ungläubig. „Das ist der Champion, der da soeben davon galoppiert ist! Den holst du nicht mehr ein."

Die Mutter fasste sich mit beiden Händen an den Kopf und lief aufgeregt in der Gegend herum wie ein aufgescheuchtes Huhn. „Das ist eine Katastrophe!", schrie sie entsetzt.

Natalie Mec

„Absolut. Die Braut ist soeben verschwunden, das ist ein Desaster!", bestätigte der Vater und schüttelte den Kopf. Was war nur in sie gefahren? Warum hatte Melanie plötzlich kalte Füße bekommen? Was war bloß geschehen? Thomas betete, dass seine Tochter bald wieder zur Vernunft kommen würde.

Melanie ritt wie besessen immer weiter geradeaus. Sie wusste nicht, wohin Nero sie gleich bringen würde, aber sie wollte auf gar keinen Fall wieder zurück. Das Gefühl von meterhohen Mauern eingesperrt zu sein, nahm ihr die Luft zum Atmen. Sie wollte sich sofort von der unendlichen Enge befreien, die an ihrer Lebensfreude nagte. Nach einer Weile sah sie, dass sich der Weg vor ihr gabelte, doch Nero nahm keine der beiden Richtungen und galoppierte stattdessen direkt in den Wald hinein. Sie passierten das kleine Waldstück und kamen auf einer weiten grünen Fläche mit hohem Gras wieder heraus. Nero lief schneller und die Sonne stand ganz oben am Himmel. Schließlich endete das Land und sie erreichten das Meer. Nero lief eine Kurve und galoppierte an der Steilküste entlang. Melanie schaute seitlich auf das blaue Wasser hinaus. Große Wellen schlugen gegen die Brandung und verursachten ein Donnern. Nero verlangsamte seine Schritte und blieb schließlich stehen. Frische Seeluft wehte ihm durch die Mähne und er wusste, dass er am richtigen Ort angekommen war. Melanie schloss ihre Augen und lauschte dem Lied des Windes, dem Gesang der Möwen und dem rhythmischen Rauschen des Meeres. Das Donnern der Wellen gegen die Steilküste gab ihr langsam das Gefühl der Freiheit wieder. Nach einigen Minuten war sie mit sich im Reinen und hatte kein Bedürfnis mehr wegzurennen, sich zu verstecken und nie wieder zurückzukehren. Dieser Ort beruhigte sie und gab ihr die Zeit sich zu besinnen. Melanie ergründete ihre Gefühle und kam schließlich zu einer unfassbaren Erkenntnis. Sie liebte George, und zwar so, wie sie Jakob liebte. Er bedeutete ihr demnach so viel wie ihr eigener Bruder. Sie begehrte ihn nicht. Nein, sie empfand keine Leidenschaft für den Mann, den sie heiraten sollte. Stattdessen fühlte sie sich zu jemand Anderem hingezogen, der ihre Lust auf außergewöhnliche Art und Weise entfacht hatte. Richard. Seit dem Tanzabend beim Herzog von Guise ging er Melanie nicht mehr aus dem Kopf. Er hatte ihr damals im Wald Angst eingejagt und sie verletzt, aber sie wollte ihn trotzdem. Oder vielleicht sogar deswegen? Sie verstand dieses eigenartige Empfinden selbst nicht. Abgesehen davon hatte sie ihn nie geküsst, weswegen sie sich in ihren Gefühlen für ihn womöglich irrte. Melanie hatte stets das Verlangen nach ihm unterdrückt, weil sie nicht seine Geliebte sein wollte. Wie viel Richard ihr nun Letzten Endes bedeutete, würde sie niemals erfahren. Aber eines wusste sie hingegen überdeutlich. Dass sie George nicht begehrte. Melanie stieg von ihrem Pferd ab und legte sich ein Stück weiter abseits ins Gras. Sie schaute in den blauen Himmel und wollte am liebsten die Zeit zurückdrehen und einiges anders machen. Ein Wunsch, der nicht zu erfüllen war, weil niemand die Vergangenheit ändern konnte. Dafür aber die Zukunft. Vielleicht, wenn sie hier liegen bleiben würde, einfach nur liegen. Würde Richard zu ihr kommen und gemeinsam mit ihr die Welt um sie herum vergessen? Sie schloss die Augen und dachte an die bittere Tatsache, dass er bald Elisabeth heiraten würde und damit für sie auf ewig unerreichbar blieb.

Natalie Mec

Kapitel 39   Der Spielerwechsel

28. August 1875

Zigarrenrauch hing in der Luft. Zahlreiche Männer waren heute im Gentlemen's Club der FSP erschienen. Richard saß auf einer Ledercouch und unterhielt sich mit einem langjährigen Freund bei einem Glas Scotch. Der Name dieses Mannes lautete Jacques von Thorotte und er war der Kapitän des großen Segelschiffs 'Liberté', das vor zwei Tagen zusammen mit seiner Crew in der Hafenstadt angekommen war. Die Liberté war eine Kriegsfregatte und hatte vor einigen Jahren unter der Führung vom Kapitän von Thorotte ihre Jungfernfahrt. Das Schiff und seine Mannschaft waren manchmal Monate lang im Einsatz und blieben ihrer Heimat solange fern. Es war daher ein seltenes Vergnügen für Richard, mit Jacques persönlich zu sprechen. Die beiden verstanden sich ausgezeichnet, denn sie teilten den gleichen Sinn für Humor, liebten das Meer und waren tief in ihren Herzen Piraten. Im Gegensatz zu Jacques hatte Richard die Laufbahn eines Marineoffiziers nie einschlagen können, weil er als ältester Sohn die Pflicht und die Verantwortung hatte, das Herzogtum als sein Erbe fortzuführen. Eine Tatsache, die er manchmal bedauerte. Aus ihm wäre mit Sicherheit ein guter Seemann geworden. Kennengelernt hatten sich die beiden über Monsieur von Guise, der mit Jacques von Thorotte entfernt verwandt war. An diesem Abend saß Vincent ebenfalls mit im Club und rauchte genüsslich auf dem Sessel neben ihnen eine

BLITZ UND DONNER

Zigarre. Die Stimmung war entspannt und der Abend hätte so schön weiterlaufen können, bis eine fünfköpfige Gruppe von Studenten das Lokal betrat. Sofort verengte Richard seine Augen zu Schlitzen, als er seinen Widersacher unter ihnen erblickte, George von Bellagarde. Das Letzte, was er jetzt brauchte, war die Präsenz jenes Mannes, den er am liebsten umbringen wollte. Warum tat er das nicht einfach? George war die einzige Person, die zwischen ihm und der Frau seiner Träume, stand. Wenn er ihn beseitigte, dann hätte er das Problem doch gelöst? Derweilen unterhielt sich George bestens gelaunt mit seinen Freunden und trank Bourbon. Das Hochgefühl, das er seit dem Kuss mit Melanie empfand, hielt immer noch an.

„Das Lachen wird dir bald vergehen", dachte Richard hämisch.

„Wieso starrst du diesen jungen Mann so boshaft an?", fragte Jacques von Thorotte seinen Freund, denn er hatte Richards tödlichen Blick bemerkt.

Vincent drehte sich ebenfalls in die Richtung der fünf Studenten und war augenblicklich alarmiert.

„Bleib entspannt, Richard. Bitte veranstalte hier gleich keine Schlägerei", bat Vincent ihn im ruhigen Ton.

„Warum? Wer ist dieser Mann?", fragte der Kapitän erneut.

„Ein Dieb", zischte Richard mit zusammengepressten Zähnen.

„Was hat er denn gestohlen?", hackte Jacques nach. Richard schwieg und überlegte ernsthaft George den Garaus zu machen.

„Richards Libido", antwortete Vincent stattdessen und sah besorgt zu seinem hitzköpfigen Freund rüber.

„Oh, das ist ein ernst zu nehmendes Problem", stellte Monsieur von Thorotte fest und grinste. „Und was gedenkst du dagegen zutun, Richard?"

„Diesen Mistkerl zu einem Duell herausfordern", sagte der Angesprochene laut und stand auf. Vincent schnellte hoch.

„Hast du den Verstand verloren?", fuhr er ihn an und hielt seinen besten Freund an der Kleidung fest.

Auch Jacques hatte sich erhoben und sah fassungslos zu ihm.

„Ich werde George bei einem Duell besiegen und dann gehört Melanie mir. Verstehst du das denn nicht?", antwortete Richard wie von Sinnen.

„Und du glaubst, das würde sie an dich binden, in dem du George zu einem Duell herausforderst und ihn besiegst? Das Gegenteil wird der Fall sein. Sie wird dich dafür hassen, dass du ihren Bräutigam verletzt, wenn nicht sogar getötet hast!", erklärte Vincent und betete, dass sein wild gewordener Kumpel wieder zur Vernunft kommen würde. Jetzt verstand Jacques, um was es hier genau ging. Offenbar liebten Richard und dieser George dieselbe Frau, aber der junge Student war im Vorteil, weil er mit der Unbekannten verlobt war.

„Er hat Recht. Gewalt ist in diesem Falle keine Lösung. Du wirst nur verlieren", stimmte Jacques mit Vincent überein und legte seine Hand auf Richards Schulter.

„Ich soll eurer Meinung nach zusehen, wie die einzige Frau, die ich will, den da heiratet?", fragte Richard aufgebracht und zeigte mit seinem Finger auf George, der mittlerweile den Tumult mitbekommen hatte und ernst zu ihnen rüber blickte.

„Ganz genau. Es ist Melanies Entscheidung, nicht deine! Kapiere das endlich!", herrschte Vincent ihn an und baute sich direkt vor ihn auf. „Es ist für alle Beteiligten das Beste, wenn du jetzt gehst und den Club verlässt!"

Richard sah Vincent herausfordernd an. Er wusste, dass sein bester Freund, ihn vor einer törichten Tat bewahren wollte, aber eine kampflose Niederlage kam für ihn nicht in Frage.

„Richard, ich verstehe, wie du dich gerade fühlst", sagte Jacques mit sanfter Stimme. „Ich hatte vor mehr als einem Jahrzehnt eine ähnliche Situation. Es ging um das Herz einer jungen Dame, das ich zu erobern versuchte, und es gelang mir nur mit Liebe. Meinen Kontrahenten zu beseitigen, brachte mich nicht weiter."

Nach einigen qualvollen Sekunden musste Richard die Tatsache akzeptieren, dass er verloren hatte. Er schaute das letzte Mal zu seinem Rivalen rüber, der sich leise mit seinen Freunden unterhielt. Die fünf jungen Männer warfen Richard immer wieder verstohlene Blicke zu und George ließ ihn nicht mehr aus den Augen. Verdammt! Richard musste auf der Stelle hier weg, bevor er etwas Dummes anrichtete. Er stellte sein Glas auf einem Tisch ab und stürmte wortlos aus dem Club. Vincent und Jacques atmeten erleichtert aus. Sie hatten fast mit dem Schlimmsten gerechnet.

Draußen auf der Straße zündete Richard sich eine Zigarette an und nahm ein paar Züge. Verflixt und zugenäht! Die Situation war mehr als verfahren. Er sollte also die Frau seines Herzens durch Liebe gewinnen? Aber wie sollte er Melanie jemals davon überzeugen, George nicht zu heiraten? Er sah es langsam ein, dass es für heute besser war, nach Hause zu fahren und eine Nacht darüber zu schlafen. Richard drehte sich zum Gehen um und sah eine Gestalt aus einer Kutsche aussteigen. Eine junge Frau, schlank und so grazil wie eine Elfe, schritt langsam auf ihn zu.

„Mademoiselle von Bouget? Was machen Sie hier?", fragte Richard verwundert.

„Guten Abend, Monsieur von Crussol", grüßte Jane ihn. Sie wirkte nervös und bekümmert. „Ich suche nach George von Bellagarde. Könnten Sie mir bitte sagen, ob er sich in dem Club dort aufhält, aus dem Sie soeben herausgekommen sind?"

„Ja, er ist dort", antwortete Richard trocken. Er bemerkte, dass sie angespannt wirkte und den Tränen nahe. „Ist alles in Ordnung?", fragte er sie vorsichtig.

Jane zögerte kurz und schaute zu Boden. Eine Träne floss ihr über die Wange und ihr Mund zitterte. „Es geht um Melanie. Sie ist seit heute Vormittag verschwunden und bis jetzt nicht mehr nach Hause zurückgekehrt", erzählte sie schluchzend.

„Verschwunden?", fragte Richard schockiert und runzelte die Stirn. Jane nickte.

„Wir suchen bereits den ganzen Tag nach ihr und haben sie bis jetzt nicht gefunden. Sie ist mit ihrem Pferd von zuhause Richtung Osten weggeritten und wurde seitdem nicht mehr gesehen. Das Suchgebiet ist groß und die Zeit rennt. Was wenn Melanie etwas zugestoßen ist, dann müssen wir schnell zu ihr. Bitte helfen Sie uns, Monsieur. Ich bitte Sie", Jane war völlig in Tränen aufgelöst. Sie faltete ihre Hände vor der Brust und sah Richard flehend an.

„Natürlich, ich begebe mich sofort auf die Suche", sagte er und eilte zu seiner Kutsche. Er wies seinen Diener an, eines der Pferde von der Kutsche loszubinden und ihm zu überlassen. Der Mann tat wie befohlen und Richard sprang galant hoch auf den braunen Hengst.

Jane stand da und schaute ihm hinterher, als er davon ritt. Sie lächelte zufrieden. Ihre Scharade hatte vollends funktioniert. Falls Richard es tatsächlich schaffen sollte, Melanie zu finden und zurück nach Hause zu bringen, dann würde Jane den nichts ahnenden George sofort darüber in Kenntnis setzten, dass der Herzog von Crussol zusammen mit seiner Mätresse Stunden lang alleine unterwegs war.

Es war fast Nacht als Richard durch die Landschaft ritt. Der Vollmond schien vom wolkenlosen Himmel herab und dennoch gestaltete sich die Suche mehr als schwierig. Man erkannte den Weg und die Umgebung ganz deutlich, aber eine einzelne Person zu Pferd könnte überall sein. Richard galoppierte zunächst zum Anwesen der Familie Bouget und nahm von dort aus den Weg Richtung Osten, wie Jane es beschrieben hatte. Nach einer Weile kam er an eine Weggabelung. Er schaute sich um und überlegte.

„Warum sagt mir mein Herz, dass ich dich dort finde? Im

BLITZ UND DONNER

Wald", sprach Richard leise und sah zu den Bäumen vor sich. Er führte sein Pferd langsam durch das Geäst und rief Melanies Namen, aber es blieb still um ihn herum. Trotzdem, sein Gefühl flüsterte ihm zu, dass er auf der richtigen Spur war. Er durchquerte den düsteren Wald und kam an einer weiten Fläche mit hohem Gras heraus. Der Himmel wurde langsam heller. Und da erkannte Richard eine Schneise, die geradewegs durch das hohe Gras führte. Jemand war vor Kurzem hier entlanggeritten. Er folgte dieser Spur und kam nach einer Weile an die Steilküste. Das Meer war spiegelglatt und die Morgensonne kündigte sich am Horizont an. Die Schneise verlief weiter nach links und dort in der Ferne sah Richard etwas Schwarzes. Je näher er dem Objekt kam, desto deutlicher wurden dessen Umrisse. Es war ein Pferd, das im Stehen schlief. Richards Herz machte einen Hüpfer. Er erkannte den pechschwarzen Hengsten wieder, der definitiv Melanie gehörte. Er galoppierte schneller und kam kurz vor dem anderen Pferd zum Stehen. Und dann sah er eine Person reglos auf dem Boden liegen und plötzlich hatte Richard eine schreckliche Vorahnung. Erinnerungen kamen in ihm hoch. Er sah seine leblose Schwester vor sich und der Schmerz raubte ihm den Atem. Was wenn Melanie schwer gestürzt war? Vielleicht war sie bereits tot! Richard sprang von seinem Pferd runter und eilte zu ihr. Sie hatte sich in ihren Regenmantel eingewickelt und lag bewegungslos auf dem Boden.

„Melanie!", rief er und kniete neben ihr. Er nahm ihren Körper und drehte sie zu sich, in der Hoffnung, dass sie lebte. Sie erwachte langsam aus ihrem Schlaf und sah ihn verwundert an.

„Richard?", fragte sie irritiert. „Träume ich?" Sie legte ihre Hand auf sein Gesicht und spürte seine Wärme. Er war zweifellos hier.

Richard atmete erleichtert aus. Sie lebte! Aber war sie auch unversehrt?

„Bist du verletzt?", fragte er besorgt.

„Nein, alles bestens", antwortete Melanie langsam und schaute ihm tief in die Augen.

„Deine Familie sucht nach dir! Es heißt, du seist verschwunden. Warum bist du nicht nach Hause zurückgekehrt?", fragte er vorwurfsvoll.

„Ich musste über etwas nachdenken", antwortete Melanie ruhig und betrachtete Richards gewelltes Haar.

„Kannst du nicht in eurem Garten nachdenken, wie jeder normale Mensch auch? Stattdessen verschwindest du einfach und machst alle verrückt!", Richard wurde wütend. Melanie atmete tief aus. Sie kannte mittlerweile sein Temperament und blieb daher gelassen.

„Ich brauchte etwas Abstand", erklärte sie und fuhr mit der Hand langsam durch sein Haar. Richard betrachtete ihr Gesicht und entspannte sich.

„Entschuldige bitte, dass ich laut wurde. Ich brauche einen kurzen Augenblick, um mich wieder zu sammeln", erklärte er und legte sich mit dem Rücken ins Gras. Melanie schaute ihn verwundert an, wie er mit geschlossenen Augen dalag und tief durchatmete. Dann legte sie sich auf die Seite mit dem Gesicht zu ihm, schloss ebenfalls die Augenlider und genoss die friedliche Stille. Die Sonne ging auf und die ersten Lichtstrahlen des Tages fielen auf das Meer und ließen es silbern glänzen. Richard öffnete wieder seine Augen und drehte seinen Kopf zu Melanie, die seelenruhig neben ihm lag. Sie war ganz nah bei ihm. Und da erkannte er seine Chance. Er nahm all seinen Mut zusammen und sagte: „Melanie, ich liebe dich."

Sie öffnete ihre Augen und sah ihn überrascht an.

„Ich glühe und brenne vor lauter Begierde nach dir. Es zerreißt mir das Herz zu wissen, dass du bald George heiratest. Es fühlt sich an, als würde mir jemand meinen rechten Arm abreißen und ich schaue tatenlos dabei zu. Es tut mir unendlich

BLITZ UND DONNER

Leid, dich in der Vergangenheit schlecht behandelt zu haben. Es war dumm von mir, anzunehmen, dich einfach zu meiner Geliebten machen zu können. Denn nun erkenne ich deine wahre Schönheit, du bist ein seltener Diamant. George kann sich überaus glücklich schätzen, dich zu haben", sprach Richard zu Ende und schloss seine Augen wieder. Die Vorstellung, auf Melanie verzichten zu müssen, schmerzte ihn. Doch dann spürte er eine zarte Hand auf seiner Wange und er blinzelte überrascht. Melanie strich ihm übers Gesicht und lächelte. Er schaute verwundert zu ihr. Plötzlich richtete sie sich auf und reichte ihm ihre Hände entgegen. Er ergriff sie und sie zog ihn zu sich hoch. Sie standen sich schweigend gegenüber und betrachteten sich gegenseitig im Lichte der Morgensonne. Richard streichelte über ihr Gesicht und versank in ihren Augen, während Melanie ihre Hände auf seine Brust legte und seinen Herzschlag spürte. Sie liebte seine braunen Augen und ihr Blick blieb an seinen Lippen hängen. Sie musste es jetzt unbedingt wissen. Was empfand sie wirklich für ihn? Sie kam ihm näher und küsste ihn.

Zunächst blieb Richard wie elektrisiert regungslos stehen. Jedes Haar auf seinem Körper stellte sich vor Spannung auf. Und dann umschloss er Melanie mit seinen Armen und küsste sie voller Leidenschaft. Er drückte sie ganz fest an sich und es war ihm scheißegal, was die Welt davon hielt. Melanie legte ihre Arme um seinen Hals und atmete seinen Duft ein. In ihr loderte ein Vulkan, der kurz vorm Explodieren war. Und sie wollte nie wieder andere Lippen küssen als die seinen.

„Werde mein", sagte Richard nur wenige Millimeter von ihrem Mund entfernt.

„Ja", hauchte Melanie, sie war gar nicht mehr fähig, klar zu denken.

„Komm mit mir", sagte er weiter und schaute sie an, wie ein Räuber seine Beute.

„Ja", gab sie nach und fiel in seinen süßen Honigtopf.

Natalie Mec

Richards Atem beschleunigte sich. Er ergriff ihre Hand und zog sie mit sich zu den Pferden. Er hatte sie geknackt. Melanie hatte sich ihm geöffnet und nun musste er sie fest an sich binden, damit George nicht mehr in der Lage sein würde, sie jemals wieder voneinander zu trennen.

BLITZ UND DONNER

Natalie Mec

Kapitel 40   Die Segel

29. August 1875

Melanie war das erste Mal in der Hafenstadt und dazu aus einem triftigen Grund. Sie betrachtete sich im Spiegel. Das ausgewählte schulterfreie Kleid saß wie angegossen. Es betonte ihre Figur und glitzerte silbern, wie das Meer heute Morgen. Ab der Mitte ihrer Oberschenkel verlief das Kleid aus fließendem Stoff in mintgrüner Farbe. Es hatte einen Beinschlitz auf der linken Seite und über Melanies rechter Schulter hing ein durchscheinendes Cape in pastellfarbenem türkis. Dazu suchte sie sich silberne Schuhe mit flachem Absatz aus und ihre Haare ließ sie wie zumeist offen. Sie verließ den schicken Kleiderladen, nachdem sie an der Kasse überraschend festgestellt hatte, dass die Sachen bereits bezahlt waren. Draußen auf der Straße wartete Richard ungeduldig auf sie. Als er sie erblickte, fehlten ihm die Worte. Sie sah aus, als wäre sie soeben aus seinem Traum entsprungen.

„Bist du so weit?", fragte er und legte seine Hände auf ihre Oberarme.

„Ja, das bin ich", antwortete Melanie aufgeregt.

Richard nahm sie an der Hand und führte sie Richtung Hafen. Es war mittlerweile fast Mittag und das Wetter war angenehm warm und sonnig. Für das glückliche Paar war es der erste gemeinsame Spaziergang, aber es fühlte sich nicht danach an. Ganz im Gegenteil. Am Hafen angekommen, liefen sie die lange Promenade entlang und betrachteten die Boote und Yachten in der Bucht. Richard suchte nach einem bestimmten Schiff und entdeckte es schließlich. Die Liberté. Die Matrosen waren gerade dabei die Kriegsfregatte mit neuen Vorräten zu beladen. Und deren Kapitän stand unten an der Promenade und überblickte das Treiben.

„Guten Morgen, Jacques!", rief Richard und winkte seinem Freund zu.

„Guten Morgen, Richard! Schön dich so schnell wiederzusehen. Und wer ist diese reizende junge Dame neben dir?", grüßte Jacques von Thorotte zurück und guckte voller Staunen auf Richards Begleitung.

„Darf ich vorstellen, Melanie von Bouget", antwortete der junge Herzog und wirkte äußerst entspannt. Kein Vergleich zu dem Vorabend, als Jacques ihn vor einem Duell bewahrt hatte.

„Sehr erfreut", bemerkte er und ließ seinen Blick über Melanies Outfit schweifen. Sie war wahrlich eine Augenweide. Die hinreißende Lady begrüßte ihn höflich und Jacques überlegte, ob sie dieselbe Melanie war, um die es beim gestrigen Streit ging.

„Jacques, Melanie und ich möchten dich fragen, ob du uns die Ehre erweist, uns heute zu trauen?", kam Richard sofort zum Thema, denn er hatte keine Zeit zu verlieren. Sein Freund schaute ihn überrascht an.

„Sind Sie sicher, dass Sie diesen Burschen heiraten wollen, Mademoiselle von Bouget?", fragte der Kapitän und sah die junge Dame forschend an.

„Ja, das will ich", antwortete Melanie mit absoluter Entschlossenheit.

Richard sah sie verliebt an und wäre am liebsten vor Freude in die Luft gesprungen.

„Nun, wenn das so ist, dann kommt an Bord meines Schiffes. Heute wird Hochzeit gefeiert!", entgegnete Jacques von Thorotte fröhlich und zeigte mit ausgestrecktem Arm in Richtung der Liberté.

Richard übergab seinem Freund die wichtigen Heiratspapiere, die er zuvor beim Rathaus besorgt hatte, während Melanie in der Zeit ihr Hochzeitskleid ausgesucht hatte. Dann lächelte er seine Braut glücklich an und begab sich gemeinsam mit ihr auf das Schiff. Der Kapitän trommelte seine Mannschaft zusammen. Die letzten Vorbereitungen wurden getroffen und alle gingen an Bord.

Das Segelkriegsschiff Liberté war ein großer Dreimaster. Und mit rund 700 Besatzungsmitgliedern hatten Melanie und Richard eine stattliche Zahl an Gästen auf ihrer Hochzeit, die sich über den überraschenden Grund für den Aufbruch freuten. Der Kapitän lies den Smutje wissen, dass er ein Festmahl für die Offiziere und das Brautpaar zubereiten sollte. Die Matrosen und Soldaten durften zur Feier des Tages einen Teil der frischen Essensvorräte verzehren, die sie erst vor wenigen Stunden aufgestockt hatten. Jacques von Thorotte delegierte an seinen jungen Lieutenant. Der gutaussehende Offizier in der blau-weißen Uniform befahl den Matrosen, die Leinen loszulassen und die Segel zu hissen. Die Männer kletterten auf die drei hohen Masten und setzten zuerst die Großsegel und danach das Vorsegel. Das Schiff stach in See. Der Wind stand heute günstig, somit kam die Liberté schnell voran und sie erreichten bald die internationalen Gewässer. Gegen vierzehn Uhr versammelten sich alle auf dem Oberdeck rund um den majestätischen Hauptmast, um der Zeremonie beizuwohnen, die von ihrem Kapitän persönlich abgehalten wurde.

„Sehr geehrte Anwesenden", begann Monsieur von Thorotte seine Rede, „wir haben uns heute hier versammelt, um diesen Mann und diese Frau im Angesicht des weiten Ozeans zu trauen. Wer gegen diese Verbindung ist, ist hier und jetzt nicht gegenwärtig und wird auch später schweigen müssen. Denn die beiden Menschen vor uns haben ihre Entscheidung bewusst getroffen und tragen alleine die Verantwortung darüber. Das Einzige, was ich Euch auf eurem gemeinsamen Lebensweg mitgeben möchte, ist: das gegenseitige Vertrauen, Toleranz und Respekt. Tragt diese drei Anker stets bei euch, damit ihr nie vom Kurs abkommt. Und nun frage ich als Erstes Sie, Melanie von Bouget, möchten Sie den Richard von Crussol zum Mann nehmen?"

Melanie schaute Richard in die Augen und verspürte das große Verlangen, ihm nahe zu sein. „Ja, ich will!", antwortete sie.

„Richard von Crussol, möchtest Du die Melanie von Bouget zur Frau nehmen?", stellte der Kapitän die Frage an seinen Freund.

Der Bräutigam sah seine Braut an und er wusste, dass er die Richtige an seiner Seite hatte. „Ja, ich will!", gab er zurück.

„Damit erkläre ich euch zu Mann und Frau", verkündete Jacques feierlich.

Richard nahm Melanies Gesicht in seine Hände und gab ihr einen Kuss auf die Stirn. Eine Geste, die man nur der Frau seines Herzens gab. Die Zuschauer jubelten und applaudierten ihnen. Die Braut strahlte ihren Ehemann an und sagte: „Das ist das Verrückteste, was ich je gemacht habe. Mit dir durchzubrennen und zu heiraten."

„Ich verspreche dir, du wirst es niemals bereuen", gab Richard ihr sein Wort und küsste sie auf den Mund. Der Kuss dauerte lange und die Hochzeitsgäste ließen die Champagnerkorken knallen. Die Matrosen brachten den langen Esstisch aus der Offizierskajüte auf das Oberdeck und zusätzlich ein paar Stühle. Der Schiffskoch servierte das leckere Festessen. Es gab köstlichen Fisch in verschiedensten Variationen und es wurde reichlich Rum und Champagner ausgeschenkt. Vier der Matrosen waren musikalisch überaus begabt und holten ihre

Akkordeons und Gitarren raus. Sie spielten Liebesballaden und Seemannslieder, während die übrige Besatzung ausgelassen mitsang. Nach dem Essen und einem Glas Champagner nahm Richard Melanies Hand und führte sie auf die freie Fläche vor den vier Musikanten. Zusammen tanzten sie Tango zu einem argentinischen Liebeslied und vergaßen für einen kurzen Augenblick die Welt um sich herum. Es gab nur sie beide und das war genug. Die Matrosen waren gesättigt und angetrunken. Sie folgten dem intimen Hochzeitstanz und kamen selbst in Stimmung. Sie holten zwei Trommeln hervor und ließen es krachen. Es wurde ausgelassen gesteppt und gesungen und sogar der Kapitän hielt es nicht mehr länger auf seinem Platz aus und stand auf.

„Darf ich Sie um diesen Tanz bitten, Madame von Crussol?", bat Jacques und streckte Melanie seine Hand entgegen.

Die Frischangetraute schaute kurz zu ihrem Ehemann, der lächelnd nickte und damit einverstanden war. Während der Kapitän und Melanie zusammen tanzten, sagte sie mit einem strahlenden Lächeln: „Vielen Dank, dass Sie uns diesen riesigen Gefallen getan haben, Monsieur von Thorotte. Sie glauben mir gar nicht, wie glücklich ich in diesem Augenblick bin. Am liebsten würde ich die ganze Welt umarmen."

„Gern geschehen", erwiderte der Kapitän. „Und wer weiß, vielleicht wird einer ihrer Sprösslinge später mal ein Seemann, den ich auf meinem Schiff anheuere."

Melanie lächelte entzückt und Jacques gab insgeheim zu, dass er auf Richard neidisch war, denn seine junge Frau hatte die Anmut einer bezaubernden Nixe. Die Wahl des Herzogs wahr vortrefflich und sein Freund hätte nur zu gern mit ihm getauscht. Der Kapitän erteilte seiner Mannschaft den Befehl, die komplette rechte Batterie für das Brautpaar abzufeuern. Die Kanonen verursachten einen ohrenbetäubenden Lärm und sowohl Richard als auch Melanie waren von dem Donner begeistert. Sie umarmten sich und mit jedem Kanonenschuss rückten ihre Gesichter näher aneinander, bis sie sich an der Stirn berührten und ihre Augen schlossen. Sie waren endlich beieinander angekommen.

Die Sonne näherte sich allmählich dem Horizont im Westen. Der Lieutenant ordnete einen Kurswechsel an, um vor Sonnenuntergang wieder zurückzukehren. Als die Liberté vor der Hafenstadt schließlich den Anker warf, war es bereits Abenddämmerung. Richard und Melanie verließen das Schiff als Ehepaar. Sie winkten der Besatzung zum Abschied zu, die johlend an der Reling stand. Vor dem Gehen hatte Jacques von Thorotte dem Frischvermählten die Heiratspapiere unterschrieben zurückgegeben. Noch am gleichen Abend reichte Richard die wichtigen Dokumente beim Rathaus ein und damit war die Ehe amtlich.

Natalie Mec

BLITZ UND DONNER

Kapitel 41   Der Säbel

29. August 1875

Richard hob lachend seine Frau hoch und trug sie auf Händen über die Türschwelle rein in die Hochzeitssuite im Albatros Hotel. Es war ein sehr vornehmes Gasthaus mit edlem Ambiente und lag direkt am Hafen. Melanie schaute sich mit großen Augen um und ging dann zum Fenster. Sie betrachtete den Abendhimmel und die Passanten unten auf den Straßen. Während dessen zündete ihr Ehemann einige Kerzen im Raum an und begab sich ins Badezimmer, um sich kurz zu erfrischen. Danach folgte Melanie.

„Lass mich aber nicht zu lange warten", sagte Richard ihr beim Vorbeigehen und schaute ihr hungrig hinterher. Sie lächelte verlegen und schlüpfte durch die Tür ins Bad. Nachdem die Frischangetraute ihre Notdurft verrichtet hatte, setzte sie sich auf den Rand der Badewanne hin und überlegte. Was würde jetzt passieren? Sie wurde nervös. Das ausführliche Gespräch mit ihrer Mutter hatte sie in der Zwischenzeit nicht mehr nachgeholt, weil Johanna von Bouget davon ausgegangen war, es blieben dafür noch einige Tage Zeit bis zur Hochzeit. Eine Tatsache, die sich schnell geändert hatte. Nun war Melanie verheiratet und wusste absolut gar nichts! Sie atmete tief durch.

„Komm schon, sei mutig!", sagte sie zu sich selbst und verließ das Bad.

Richard stand am Fenster und schaute raus. Er hörte

Melanies leise Schritte hinter sich und spürte ihre Hand auf seinem Arm. Dann drehte er sich zu ihr um und nahm sie ganz nah zu sich. Er führte seinen Zeigefinger über ihr Gesicht und zeichnete es nach. Dabei berührte sein Daumen ihre Lippen. Melanie nahm ihn zwischen ihre Zähne und biss leicht hinein. Richard lächelte begehrlich und schaute sie an, wie ein Tiger, bereit für den Sprung. Endlich war der Augenblick gekommen, in dem er sie verspeisen konnte. Er küsste sie voller Leidenschaft und Melanie schmolz in seinen Armen. Richard öffnete den Reißverschluss ihres Kleides und ließ das Hochzeitskleid zu Boden fallen. Sie sah ihn verwundert an. Warum entkleidete er sie? Er ignorierte ihren irritierten Gesichtsausdruck und zog sein Jackett und anschließend seine Weste und das Hemd aus. Er stand mit entblößtem Oberkörper vor ihr und war dabei ihr die Unterwäsche auszuziehen. Melanie fühlte, das eigenartige Gefühl in ihr auflodern. Es gewann an Intensität und hinderte sie daran, sich zu währen. Sie war nun völlig nackt, körperlich und seelisch. Richard nahm sie hoch und legte sie vorsichtig aufs Bett. Er küsste sie den Hals abwärts, an ihren Brüsten entlang, dem flachen Bauch, spreizte dann ihre Schenkel und leckte ihren Unterleib. Melanie wurde ganz heiß und sie krallte sich an der Bettdecke fest. Noch nie zuvor wurde sie auf diese intime Weise von einem Mann berührt. Dann stand Richard plötzlich auf und zog sich die Hose und die Unterwäsche aus. Melanie sah lächelnd zu ihm rüber und erstarrte im nächsten Moment. Voller Staunen glotzte sie ihm zwischen die Beine. Was ist denn das?! Sie erinnerte sich schnell an die Unterhaltung im Kleiderladen Sior. Der Mann hätte einen Degen zum Fechten und man selbst müsste schwitzen und bluten. Was geschah gleich mit ihr? Allmählich begann Melanie sich zu fürchten. Und ihre bittere Erfahrung beim ersten Kuss mit dem Kaiser machte die Sache nur schlimmer. Richard kam zu ihr zurück und positionierte sich direkt über ihr. Er schaute sie voller Fleischeslust an und freute sich auf das gemeinsame Liebesspiel. Doch dann merkte er, dass Melanie zitterte. Sie hatte ihre Augen fest verschlossen und verkrampfte sich.

„Hast du Angst?", fragte er sie verwirrt.

„Nein, ich bin nur aufgeregt", log sie, denn sie wollte vor ihm keine Schwäche zeigen.

Richard sah es ihr aber eindeutig an, dass sie Angst hatte. Er musste schleunigst etwas dagegen unternehmen, bevor es für sie gleich äußerst schmerzhaft wurde.

„Gib mir deine Hand", bat er sie und nahm ihr rechtes Handgelenk. „Öffne deine Augen und schaue mich an." Melanie tat wie ihr geheißen. Dann führte er ihre Hand an sein Glied und ließ sich da von ihr berühren.

„Spürst du, wie hart er ist?", fragte er mit tiefer Stimme. Melanie nickte zaghaft. „Führe ihn dir selbst ein", forderte Richard sie auf. Doch sie sah ihn ratlos an.

„Einführen? Wohin?", wollte sie wissen.

In diesem Moment begriff er, dass sie absolut keine Ahnung vom Geschlechtsverkehr hatte, also würde er es ihr schonender beibringen müssen. Er streichelte sie zuerst zärtlich an den Außenlippen ihrer Vagina und steckte dann langsam zwei seiner Finger in ihre Scheide. Anschließend bewegte er seine Hand vor und zurück und gab ihr einen innigen Kuss. Melanies Atem beschleunigte sich. Sie genoss das kribbelnde Gefühl und das Zittern verschwand. Richard ließ von ihren Lippen ab und fragte: „Weißt du jetzt wohin?"

Sie nickte. Melanie zog ihn näher an sich und führte seinen Penis in sich ein. Am Anfang verspürte sie ein leichtes Ziehen, aber der Schmerz tat nicht weh, nein, es gefiel ihr sogar. Sie nahm ihre Hand wieder weg und verdeutlichte Richard, dass er weitermachen sollte und das tat er nur zu gern. Er steckte sein Glied ganz tief in sie rein und Melanie saugte den süßen Schmerz in sich auf. Sie stöhnte auf und verlor sich in Ekstase.

Natalie Mec

Richard genoss ihre feuchte Wärme und jegliche Beherrschung fiel von ihm ab. Er stemmte seine beiden Arme aufrecht auf das Bett, damit er mehr Schwung nehmen konnte, und fickte sie. Nicht zärtlich, nicht lieb und nicht sanft. Sondern hart, grob und dominant. Er fraß sie auf, biss sie am Hals und labte sich an ihren lustvollen Schreien. Melanie spürte wie der Vulkan in ihr explodierte, und sie von der heißen Lava überrollt wurde. Sie wollte mehr. Mehr von diesem überwältigenden Gefühl, mehr von dieser Hitze, mehr von Richard. Sie begab sich mit ihren Fingerspitzen auf die Suche und streichelte damit über seinen Körper. Angefangen bei den Unterarmen, dann weiter an den muskulösen Oberarmen und den breiten Schultern, anschließend weiter vorne an der behaarten Brust und dem durchtrainierten Bauch, wechselte dann zu dem starken Rücken und krallte sich dort fest. Richard bekam überall Gänsehaut, als Melanies Finger ihn durchforschten, und konnte seine Lust nicht mehr zurückhalten. Er kam mit einem lauten Stöhnen in ihr und fühlte, wie der Druck von ihm abfiel. Dann legte er sich wild schnaufend auf sie drauf und roch an ihren Haaren. Sie dufteten nach dem verlockenden Parfüm von der Meeresluft und Salz. Seine gefangene Meerjungfrau war keine Jungfrau mehr. Jetzt gehörte sie ganz allein ihm. Richards Atem wurde wieder flacher, er schloss seine Augen und die Müdigkeit überkam ihn. Er war die vergangene Nacht auf der Suche nach Melanie durchgeritten und hatte am Tag seine Hochzeit ausgiebig gefeiert und nun forderte die Erschöpfung ihren Tribut. Er schlief friedlich ein, während er noch in ihr drin steckte.

„Richard?", fragte Melanie verwundert, nach dem sie eine Weile so mit ihm gelegen und sich ausgeruht hatte. „Schläfst du?"

Er antwortete nicht. Ja, er träumte und seine Frau schmunzelte. Sie streichelte über seine Haare und betrachtete eindringlich sein schlafendes Gesicht. Er war der schönste Mann auf Erden. Dann drehte sie ihn liebevoll auf den Rücken und deckte ihn zu. Dabei bemerkte sie die Narbe auf seiner linken Brust, die bis zur Schulter verlief, und erinnerte sich an den Tag, als er sich diese zugezogen hatte. Besser gesagt, als Melanie ihm diese Narbe verpasst hatte. Sie und Richard hatten vor ihrer Hochzeit keine Zeit gehabt, sich ihre Eheringe auszusuchen, aber nun erkannte Melanie, dass sie gar keine bräuchten. Sie hatten sich gegenseitig bereits mit Narben gekennzeichnet, die niemals vergingen. Als Melanie vom Bett aufstand, stellte sie überrascht fest, wie viel Blut sie soeben bei dem Akt verloren hatte. Das Bettlaken hatte einen tellergroßen roten Fleck. Plötzlich verstand sie die Erklärung mit dem Degen und musste leise lachen, wobei es sich in Richards Fall eindeutig um ein Säbel handelte.

Der nächste Tag brach herein und die Sonne schien zwischen den Vorhängen auf das Bett. Richard wachte langsam wieder auf und konnte sich an keinen einzigen Traum der vergangenen Nacht erinnern. Er schaute sich irritiert in der Suite um. Wo war er? Im nächsten Moment erblickte er die schlafende Melanie neben sich liegen und erinnerte sich wieder. Sie beide hatten gestern geheiratet und die Hochzeitsnacht zusammen verbracht. Er drehte sich lächelnd zu ihr und betrachtete sie. Ihre Haare waren leicht feucht und sie duftete nach Apfel. Wahrscheinlich hatte sie sich in der Zwischenzeit gebadet. Richard nahm ihre Decke ein Stück hoch und schaute lustvoll auf ihren splitternackten Körper. Er wurde augenblicklich wieder geil, aber nein, er wollte sie schlafen lassen. Abgesehen davon irritierte ihn das Handtuch, auf dem Melanie schlief. Warum lag es da überhaupt? Er schob es ein wenig zur Seite und erschrak vor dem Blutfleck, der sich darunter verbarg. Hatte er das etwa während des Beischlafs verursacht?

„Du Vollidiot!", schallte Richard sich selbst in Gedanken. „Wieso habe ich sie so hart rangenommen? Vermutlich wird sie mich nicht mehr an sich ranlassen!"

Er stand auf und schlich mit unendlich schlechtem Gewissen ins Badezimmer. Was war er nur für ein Tier? Für gewöhnlich ging er mit Frauen beim Sex einfühlsamer um. Er zwang sie niemals zu etwas. Warum hatte Melanie ihm nicht verdeutlicht, dass es ihr weh tat? Wahrscheinlich hatte sie es sogar versucht und er hatte es in seiner Wollust nicht mitbekommen. Richard war völlig niedergeschlagen und entschied, es wieder gut zu machen. Sobald er mit der Körperpflege fertig war, zog er sich leise an und ging vorsichtig aus der Suite raus. Nach einer Viertelstunde kam er wieder zurück und trug ein volles Tablet. Er stellte die Frühstückssachen auf dem Tisch ab und bewegte sich langsam zu Melanie ans Bett. Dann setzte er sich neben sie und gab ihr einen zärtlichen Kuss auf die Wange. Sie erwachte von der liebevollen Berührung und lächelte ihn an.

„Guten Morgen, mein Engel. Zeit fürs Frühstück", sagte er sanft, stand wieder auf und holte das Tablet. Sie nahmen die erste Mahlzeit des Tages zusammen im Bett ein und unterhielten sich über den gestrigen Tag auf See. Melanie kam das alles vor, wie ein nicht enden wollender Traum. Ihr Herz war erfüllt von Glück und sie hatte das Gefühl, in Richard ihren Traumprinzen gefunden zu haben. Der Moment konnte nicht seliger sein, bis ihr Mann plötzlich ernst wurde.

„Tut mir leid wegen gestern Abend. Ich hätte sanfter zu dir sein müssen", sagte er und sah sie schuldbewusst an. Melanie wusste sofort, was er damit meinte, aber er lag mit seiner Vermutung absolut falsch. Sie schob das Tablet zur Seite und kroch nackt auf allen vieren zu ihm rüber ans andere Ende des Bettes. Dann setzte sie sich auf ihn drauf und knöpfte langsam sein Hemd auf.

„Lust auf eine zweite Runde?", fragte sie verführerisch.

Richard starrte sie fassungslos an.

„Und ob ich Lust habe", antwortete er und warf sich

zusammen mit ihr nach vorne, so dass sie auf dem Rücken landete. Er riss sofort seine Kleidung von sich und verfing sich dabei in Melanies Haaren. Sie lachte und sah voller Gier zu ihm. Dann nahm er sie hoch und trug sie zum Sideboard, das an der Wand stand. Setzte sie drauf und drang mit Kraft in sie ein. Melanie hielt sich mit beiden Händen am Kerzenhalter über sich an der Wand fest und warf ihren Kopf lustvoll nach hinten. Es fühlte sich verdammt gut an, wie er sie an den Beinen festhielt und immer wieder zustieß. Richard schaute auf ihre wohlgeformten Brüste, die von den lockigen Haaren leicht verdeckt wurden und bei jedem Stoß erzitterten.

„Liebst du mich?", fragte er sie.

„Ja", hauchte sie mit geschlossenen Augen.

„Dann sage es mir!", forderte er sie auf und wurde wilder.

„Ich liebe dich, Richard", stöhnte sie und wollte, dass er sie noch doller nahm.

„Du liebst nur mich, vergiss das nicht", hämmerte Richard in sie hinein.

„Ja", sprach sie und ihre Stimme war voller Verlangen, „Ich will mehr."

„Du kriegst mehr", sagte Richard und überschüttete sie mit so viel Leidenschaft, bis Melanie schweißgebadet auf dem Boden lag und vollends erschöpft war.

Natalie Mec

Kapitel 42 Die Herzensbrecher

1. September 1875

Die Uhr an der Wand schlug 14 und Johanna von Bouget blickte besorgt auf das Ziffernblatt. Sie hatte die letzten zwei Nächte kaum geschlafen, denn ihre jüngste Tochter war immer noch spurlos verschwunden. Die ganze Gegend wurde bereits nach ihr abgesucht, aber es gab absolut kein Lebenszeichen von ihr. Die Mutter befürchtete das Schlimmste, dass Melanie etwas zugestoßen wäre und sie irgendwo verletzt und hilflos auf der kalten Erde liegen würde. Wenn nicht sogar schon tot war! Nein, daran wollte sie nicht ein Mal denken. Veronika und Jane saßen bei ihr im Wohnzimmer und schauten betrübt. Thomas von Bouget und sein Sohn Jakob waren zusammen mit allen Bediensteten ihres Hauses draußen unterwegs, auf der Suche nach der Vermissten und waren heute noch nicht zurückgekehrt. Johanna stand von ihrem Platz auf und lief im Zimmer auf und ab, ihre Nerven lagen blank. Sie erschrak förmlich, als es am Haupteingang klingelte. Sie stürmte zum Eingang, dicht gefolgt von ihren beiden Töchtern, und riss die Tür auf. Dahinter stand George und lächelte sie freundlich an.

„Guten Tag, Madame von Bouget. Dürfte ich reinkommen?", begrüßte George seine zukünftige Schwiegermutter und war etwas irritiert darüber, dass sie ihn sprachlos anstarrte. Normalerweise hätte sie ihn schon längst hinein gebeten.

„Guten Tag, George. Selbstverständlich", antwortete die

Blitz und Donner

Mutter gedankenverloren.

Er merkte sofort, dass sie völlig durch den Wind war. Der Grafensohn begrüßte Jane und Veronika ebenfalls, die außergewöhnlich still und traurig wirkten. Abgesehen davon, war es unheimlich leise im Haus. Niemand sonst war zu sehen, selbst der Butler, der üblicherweise die Tür für Besucher öffnete, ließ sich nicht blicken.

„Ist alles in Ordnung?", fragte George die Baronin und sein Gefühl sagte ihm, dass hier etwas nicht stimmte.

Madame von Bouget überlegte, ob sie ihn anlügen oder ehrlich zu ihm sein sollte. Sie entschied sich für die Wahrheit. „Melanie ist seit drei Tagen spurlos verschwunden und wir suchen nach ihr, aber bis jetzt ohne Erfolg", gestand die Mutter und Tränen fanden wieder ihren Weg auf ihr Gesicht.

George starrte sie entsetzt an.

„Verschwunden?!", wiederholte er laut.

„Ja. Sie ist mit ihrem Pferd weggeritten und seitdem hat sie keiner gesehen", erklärte Johanna und weinte in ihr Taschentuch.

George fasste sich mit der Hand an die Stirn und war völlig vor den Kopf gestoßen. Warum erfuhr er erst jetzt davon, wenn Melanie doch seit mehr als drei Tagen fort war?

„Wohin ist sie losgezogen?", wollte er sofort wissen, denn er musste sie finden.

„Richtung Osten, das ist alles, was wir sagen können", erklärte die Mutter trostlos.

Jane trat näher und wollte gerade etwas erzählen, da stürmte George bereits aus dem Haus nach draußen und marschierte schnellen Schrittes zurück zu seinem Pferd. Die anderen drei Damen folgten ihm. In diesem Augenblick kamen zwei weitere Reiter dem Anwesen näher und hielten unmittelbar vor Madame von Bouget an.

„Guten Tag, Monsieur von Guise und Monsieur von Ailly.

Können wir Ihnen irgendwie helfen?", fragte Johanna und war sichtlich überrascht über das plötzliche Auftauchen der beiden Herren.

„Wir suchen jemanden", antwortete Vincent knapp. Denn er wollte in Georges Anwesenheit nicht den Namen der vermissten Person nennen.

„Ihr sucht ebenfalls nach jemandem?", bemerkte Veronika verwundert und kam Henri näher.

„Warum ebenfalls? Wen sucht ihr?", stellte Henri ihr stattdessen die Gegenfrage.

„Unsere Schwester Melanie. Sie ist seit drei Tagen nicht mehr nach Hause zurückgekehrt", berichtete Veronika besorgt.

Vincent und Henri sahen sich vielsagend an. Könnte es vielleicht sein, dass die beiden vermissten Personen mit Absicht nicht wieder auftauchten?

George kam zu den zwei Reitern und fragte forsch: „Wen sucht ihr?" Denn er hatte eine böse Vorahnung. Vincent zögerte kurz und antwortete schließlich: „Unseren Freund, Richard von Crussol."

George schnappte nach Luft. Das hatte er befürchtet. Ausgerechnet dieser Halunke. Er hoffte inständig, dass es nur ein Zufall war und dass seine Verlobte und dieser Richard nicht gemeinsam unterwegs waren. Denn George kannte die brisante Geschichte bezüglich der beiden. Das Gerücht, das ihm seine Mutter erzählt hatte. Angeblich war Melanie von Bouget die heimliche Geliebte des Herzogs von Crussol. George war kein Mensch, der an Gerüchte glaubte, aber gerade jetzt bekam er Zweifel. Abgesehen davon hatte Melanie ihn mit ihrer Art von Beginn an umgehauen. Er musste sie kennenlernen, obwohl er über Richards tatsächliche Buhlerei um sie spätestens seit dem Ball auf dem Jagdschloss des Kaisers wusste. Und wie der Herzog ihn vor einigen Tagen im Gentlemen's Club der FSP angestiftet hatte, als ob er gleich auf ihn stürzen und den Hals umdrehen wollte. Wenn dieser Tunichtgut für Melanies Verschwinden verantwortlich war, dann wusste George nicht, wie er reagieren würde, sobald er es herausfand. Er drehte sich wütend um und sah plötzlich, wie zwei Personen langsam auf ihren Pferden näher kamen. George erkannte sofort Melanies rote Locken und lief ihr entgegen. Auch die Übrigen hatten die Neuankömmlinge bemerkt und eilten zu ihnen. Plötzlich sah George das Gesicht der zweiten Gestalt. Er hörte augenblicklich auf zu rennen und hatte Angst vor dem, was kommen würde.

Johanna von Bouget und ihre beiden ältesten Töchter stürmten an ihm vorbei und liefen direkt auf Melanie zu.

„Melanie! Du lebst!", rief sie überglücklich und umarmte ihre Tochter. „Was ist mit dir passiert? Bist du verletzt?", fragte sie besorgt.

„Nein, es geht mir gut, Mama", antwortete Melanie und lächelte schuldbewusst.

„Wo bist du gewesen?", fragte Veronika vorwurfsvoll. Melanie ignorierte ihre Schwester. Stattdessen schaute sie rüber zu George, der abseits auf dem Gehweg stehen geblieben war und das Geschehen aus der sicheren Entfernung beobachtete. Sie ging an den Anderen vorbei, direkt zu ihm und sammelte innerlich Kraft.

Vincent und Henri hielten mit ihren Pferden neben Richard an und sahen ihn forschend an.

„Hast du es tatsächlich getan?", fragte Vincent ihn und Richard wusste genau, was er damit meinte. Er nickte leicht und Henri sah ihn entgeistert an.

„Willst du uns weismachen, dass du sie verführt hast?", wollte Henri es genau wissen.

„Geheiratet", korrigierte Richard ihn.

Seine Freunde starrten fassungslos zu ihm.

„Du bist ein toter Mann", stellte Vincent klar und schaute ernst.

Natalie Mec

„Übertreibst du da nicht etwas?", fragte Henri verwirrt.

„Wie bitte? Wie würdest du reagieren, wenn dir deine Braut kurz vor der Hochzeit gestohlen wird?", stellte Vincent ihm die Gegenfrage, woraufhin Henri und Richard tief seufzten.

„Wir bleiben besser hier bei ihm. Er braucht gleich mit Sicherheit ein paar Leibwächter", erklärte Vincent und stieg von seinem Pferd runter. Henri und Richard taten es ihm gleich. Sie sahen, wie Melanie und George sich unterhielten und der Verschmähte dabei immer blasser wurde. Irgendwann ging er zwei Schritte von seiner ehemaligen Verlobten zurück und schüttelte ungläubig den Kopf. Seine Augen wurden rot und er ballte die Fäuste zusammen. George starrte hasserfüllt zu Richard rüber und rannte auf ihn zu. Vincent und Henri stellten sich schützend vor ihren Freund, doch dieser ging zwischen ihnen hindurch und war bereit für das Duell. Endlich konnten sie wie echte Männer miteinander kämpfen. Richard hätte dies gerne noch vor seiner Hochzeit hinter sich gebracht, aber dann wäre der mögliche Sieg nicht seiner gewesen, denn schließlich entschied Melanie, wer sie bekam. Mittlerweile stand ihr Entschluss unwiderruflich fest und nun musste der Verlierer es akzeptieren, notfalls mit Hilfe von Richards rechter Faust. George holte aus und schlug zu. Sein Gegner wich ihm geschickt aus und rammte ihm stattdessen seine Faust in den Bauch. George keuchte und hielt sich mit dem Arm am Bauch fest, aber er gab nicht auf. Er drehte sich um und versuchte, wieder einen Treffer zu landen, vergebens. Richard war ein erfahrener Kämpfer und mit allen Wassern gewaschen. George verfehlte seinen Kontrahenten immer wieder, bis es ihm reichte und er sich mit ganzem Körper auf ihn stürzte. Richard nutzte die Energie des Angriffs aus und drehte sich zusammen mit seinem Rivalen um 180 Grad und beförderte ihn auf den Boden. George blieb von dem harten Aufprall die Luft weg.

„Gib auf", sagte Richard und meinte es ernst, sonst würde er ihn gleich windelweich prügeln.

George stand wieder auf seine Beine auf und schrie ihn an: „Warum hast du sie mir nicht gegönnt?! Obwohl du mit Elisabeth verlobt warst, hast du trotzdem Melanie geheiratet! Wieso?!"

Madame von Bouget und ihre beiden älteren Töchter schnappten geräuschvoll nach Luft, als sie dies hörten.

„Weil sie nicht deine Kragenweite ist, George. Du hättest sie niemals glücklich gemacht", antwortete Richard selbstbewusst.

George lief mit Gebrüll auf ihn und kassierte einen kräftigen Schlag ins Gesicht. Er taumelte zurück und wischte sich das Blut von der aufgeplatzten Lippe weg. Unbändiger Zorn überkam ihn. Er drehte sich um und suchte mit seinen Augen nach der Frau, die das alles überhaupt verursacht hatte. Melanie stand immer noch an der Stelle, an der sie ihm offenbart hatte, dass sie stattdessen Richard geheiratet hatte. Die Ehe hatten sie bereits vollzogen, somit war jede Hoffnung für George dahin. Er schritt wutentbrannt auf sie zu und Richard lief ihm nach. Wenn George es wagen sollte, Melanie auch nur ein Haar zu krümmen, dann würde Richard ihn mit bloßen Händen erwürgen! Doch George blieb kurz vor ihr stehen und schaute sie mit Tränen unterlaufenen Augen an. Sie hatte ihm unendlich viel bedeutet und tat es immer noch. Er konnte ihr nichts antun, dafür liebte er sie zu sehr.

„War das alles nur gelogen? Hast du nie etwas für mich empfunden?", fragte er sie laut und Tränen liefen ihm übers Gesicht.

Melanie sah ihn voller Mitgefühl an. Wie konnte sie George nur so etwas antun? Er war ihr bester Freund. Sie hatten gemeinsam gelacht und sich immer gut verstanden. Er hatte sie stets respektvoll behandelt und ihr sogar einen Heiratsantrag gemacht. Keiner hatte es sonst getan, nur George. Und jetzt brach sie ihm das Herz. Es tat ihr in der Seele weh, ihn so leiden zu sehen. Sie spürte Tränen auf ihren Wangen und dann sagte sie: „George, ich liebe dich."

Richard blieb stehen und starrte sie geschockt an. Das hatte sie nicht wirklich gerade gesagt?

„Aber ich liebe Richard mehr", erklärte Melanie weiter. „Es tut mir schrecklich leid, was ich dir angetan habe. Ich wünschte, es wäre alles anders verlaufen. Du bist ein guter Mensch, George, und ich tue dir so furchtbar weh."

Sie ging langsam auf ihn zu und streckte ihm ihre Hand entgegen. Auf ihrer Handfläche lag der Verlobungsring, den sie ihm nun zurückgeben wollte. Doch George schüttelte energisch den Kopf und sprach mit bebender Stimme: „Ich sagte doch, dass er dir gehört, egal wie du dich entscheidest."

Und damit ging er schnell an ihr vorbei zurück zu seinem Pferd, stieg drauf und ritt davon, ohne sich noch ein einziges Mal umzudrehen. Melanie legte eine Hand auf ihre Brust und fühlte einen tiefen Schmerz in ihrem Herzen. Sie hatte soeben einen sehr guten Freund verloren und konnte es nicht mehr ungeschehen machen.

Johanna von Bouget hatte sich schweigend das Ganze angesehen und war nun feuerrot im Gesicht angelaufen. Sie starrte Melanie an, als wäre sie eine Fremde.

„Hau ab!", schrie ihre Mutter sie an. „Hast du das kapiert?! Geh und lebe dein verdammtes Leben, wie du es für richtig hältst, aber hier bist du nicht mehr willkommen!"

Die Baronin von Bouget drehte sich zornig um und stolzierte zurück zu ihrem Anwesen. Melanie schaute ihr fassungslos hinterher. Wurde sie soeben von ihrer eigenen Mutter verstoßen? Sie sah ihre Schwestern an. Veronika war ebenfalls geschockt und rührte sich nicht. Jane dagegen, schüttelte verständnislos den Kopf, drehte sich um und folgte ihrer Mutter. Melanie schloss kurz ihre Augen und atmete tief aus. Sie war nun endgültig vorbei, ihre Zeit im Elternhaus. Sie sah zu Richard rüber, der genauso erschüttert aussah, wie sie selbst. Er kam langsam zu ihr, nahm sie vorsichtig an der Hand und zog sie mit sich. Sie folgte ihm wortlos und glaubte, alles um sich herum einstürzen zu sehen. Was hatte sie erwartet? Als abtrünnige Herzensbrecherin hatte sie es nicht anders verdient, als dass man sie davonjagte. Richard setzte Melanie auf ihr Pferd und zusammen mit Vincent ritten sie langsam weg.

Veronika und Henri standen noch eine ganze Weile schweigend da und schauten sich gegenseitig an. Ihre Blicke waren voller Sehnsucht. Wie würde es jetzt für sie beide weitergehen? Denn was keiner zu diesem Zeitpunkt wusste, war Veronikas Geheimnis, das sie in sich barg, und Angst davor hatte, es ihrem Liebsten zu offenbaren.

Henri lächelte ihr aufmunternd zu, drehte sich dann um und galoppierte auf seinem Pferd seinen Freunden hinterher.

Natalie Mec

BLITZ UND DONNER

Kapitel 43   Die Zweisamkeit

1. September 1875

Der Regen schlug sanft gegen die Fensterscheiben und flüsterte leise: *Du wirst es nie mehr wiederbekommen, dein altes Leben.* Melanie schaute auf die Wassertropfen, wie sie auf das Glas fielen und dann langsam runter flossen. Der Regen wurde stärker und die einzelnen Tropfen bildeten sich zu kleinen Strömen. Der Geruch nach feuchter Erde und Blättern drang in das Zimmer ein und der Wind brachte dunkle Wolken herbei. Vorbei war der Traum. Melanie war in der Realität hart aufgeschlagen. Sie und Richard blieben über Nacht in Vincents Schloss. Die Verstoßene hatte für einen Tag genug Emotionen zu verarbeiten. Das Letzte, was sie jetzt brauchte, war ein möglicher Wutausbruch von der Herzoginmutter. Sie fühlte, wie jemand sie an der Schulter berührte und drehte ihren Kopf langsam dahin. Es war ihr Ehemann. Er hatte sich neben sie auf das Bett gesetzt und sie hatte es gar nicht bemerkt. Richard schaute in ihr trauriges Gesicht und Schuldgefühle überkamen ihn. Melanies Familie wollte nichts mehr mit ihr zutun haben und sie selbst hatte große Last auf sich genommen, weil sie George verlassen hatte, obwohl sie ihn liebte. Richards Herz wäre beinahe zerbrochen, als er das gehört hatte. Melanie liebte zwar George, aber sie liebte ihn mehr. Dennoch überkamen Richard Zweifel, ob seine Frau ihre Heirat mit ihm nicht mittlerweile bereute. Er wollte sie auf gar keinen Fall verlieren. Drum streichelte er ihr ganz zärtlich übers Gesicht und gab ihr einen langanhaltenden Kuss. Sie stieß ihn nicht zurück und darüber war er äußerst erleichtert. Dann legte er sich zusammen mit ihr seitlich aufs Bett und Melanie kuschelte sich an seine Brust. Sie brauchte jetzt Trost und Richard war gewillt, ihn ihr zu geben. Er umschloss sie mit seinen Armen und hielt sie ganz fest, bis sie zu ihm aufblickte und ihn küsste. Ihre Hände wanderten unter sein Hemd und sie wollte die Wärme seiner Haut spüren. Richard verstand es als Aufforderung für weitere Nähe und zog sie langsam aus. Melanie hinderte ihn nicht daran, denn jede Ablenkung von ihren Gedanken war ihr willkommen. Anschließend entkleidete Richard sich selbst und legte sich neben sie aufs Bett. Sie lagen lange Zeit schweigend da, streichelten sich gegenseitig und sprachen nur mit ihren Augen. Sie lauschten dem beruhigenden Grollen des Sommergewitters, das draußen vorbeizog und Richard entschied, seiner Frau zu zeigen, dass er anders sein konnte, als nur wild und hart. Sie sollte seine liebevolle Facette kennen und nur ihn lieben. Diesen sanften Traumtypen George sollte sie nicht vermissen, sondern am besten komplett vergessen. Richard küsste sie hingebungsvoll und drang ganz langsam in sie ein. Melanie schaute ihn verliebt an und genoss jede Sekunde ihres Beischlafs. So nah wie jetzt waren die beiden sich noch nie. Denn es war nicht einfach nur Sex, sondern Intimität. Richard liebte Melanie von ganzem Herzen. Wenn sie traurig war, dann war er völlig niedergeschlagen. Wenn sie fröhlich war, dann wollte er sofort lachen. Wenn sie wütend war, dann wurde er zornig. Melanie war sein Gegenstück, dies erkannte Richard überdeutlich, und er wollte sie nie wieder loslassen. Dieses Mal erlebte er seinen Höhepunkt um einiges intensiver und lächelte seine Ehefrau zufrieden an. Sie schliefen nebeneinander ein, während Melanie in seinem linken Arm lag. Sie prägte sich Richards Geruch unwiderruflich ein, damit sie ihn überall wiederfinden konnte, selbst im tiefsten Wald. Denn

Blitz und Donner

er war ihr Seelenverwandter, ohne den ihr Leben nicht mehr möglich war.

Natalie Mec

Blitz und Donner

Kapitel 44   Die Aufklärung

2. September 1875

Vor nicht allzu langer Zeit stand Melanie schon ein Mal vor diesem atemberaubenden Schloss. An jenem Tag hatte sie Katarina von Crussol kennengelernt. Und nun betrat sie zusammen mit Richard die Pforten zu ihrem neuen Zuhause. Die Eingangshalle war aus schwarzem Granit, der im Lichte der Sonne funkelte. Melanie hatte das Gefühl, den Sternenhimmel betreten zu haben. Der Butler grüßte seinen Herren und ignorierte fast dessen Begleitung, denn seiner Meinung nach waren Richards kurze Liebschaften der großen Aufmerksamkeit nicht wert. Als der junge Herzog die hübsche Dame als die neue Herzogin von Crussol vorstellte, verlor der alte Mann für ein paar Sekunden die Contenance. Er nahm dann schnell wieder Haltung an und bat seine junge Herrin gnädigst um Verzeihung. Melanie schmunzelte über das Verhalten des Dieners. Denn schließlich hatte keiner mit einer Heirat zwischen Richard und ihr gerechnet. Der Hausherr fragte den Butler sogleich nach dem Aufenthaltsort der Herzoginmutter und der alte Mann erklärte ihm, dass Katarina von Crussol oben im ersten Stock in ihrem Atelier arbeiten würde. Das frischvermählte Paar begab sich sofort dorthin. Melanie wurde nervös. Wie würde ihre nichts ahnende Schwiegermutter gleich reagieren? Würde sie wütend werden, wie ihre eigene Mutter, und Richard sogar eine Ohrfeige für seine Tollkühnheit verpassen? Wobei Melanie sich das gar nicht vorstellen konnte, dass Katarina von Crussol zu so einer Handlung fähig wäre. Vermutlich würde die Herzoginmutter sie stattdessen anschreien und aus dem Schloss hinausjagen. Dann dürfte Melanie unter freiem Himmel schlafen, denn sie hatte ihr ganzes Hab und Gut noch im Anwesen ihrer Eltern liegen und absolut gar kein Geld dabei.

Die Eheleute standen nun vor der Tür zum Atelier und Melanie hatte Bange den Raum zu betreten. Richard bemerkte ihre Anspannung und schlug vor, dass sie hier im Flur warten sollte. Er würde seiner Mutter die Neuigkeit zuerst unter vier Augen unterbreiten und damit die erste Welle ihrer Reaktion, wie heftig sie auch ausfallen möge, abfangen. Melanie nahm das Angebot dankend an. Ihr Mann lächelte ihr aufmunternd zu und betrat dann das Atelier. Qualvolle Minuten vergingen, in denen Melanie regungslos im Flur stand und die Schimpftirade der Herzoginmutter abwartete. Doch stattdessen hörte sie einen lauten Freudenschrei und schallendes Gelächter. Bereits im nächsten Augenblick wurde die Tür zum Atelier aufgerissen und herauskam Richards Mutter. Sie streckte Melanie die Arme entgegen und strahlte über beide Ohren. Katarina begrüßte ihre neue Schwiegertochter mit einer herzlichen Umarmung und lachte ausgelassen. Die junge Dame lächelte schüchtern zurück und war völlig verwirrt. Sie schaute zur Tür und da standen Richard und der Künstler Konrad Njeschnij, die ebenfalls gut gelaunt wirkten.

„Herzlichen Glückwunsch zu Ihrer Vermählung, Eurer Gnaden", sagte Monsieur Njeschnij und verbeugte sich leicht.

„Dankeschön", entgegnete Melanie und war weiterhin fassungslos darüber, wie liebevoll sie in ihrer neuen Familie willkommen geheißen wurde.

„Ich habe jeden Abend dafür gebetet, dass Richard dich heiratet. Und meine Gebete wurden tatsächlich erhört!", offenbarte Katarina.

„Warum hast du dafür gebetet?", fragte ihr Sohn überrascht.

„Weil Melanie deine große Liebe ist und meine Lebensretterin!", antwortete die Mutter und hielt mit ihren Händen das Gesicht ihrer Schwiegertochter fest.

„Deine Lebensretterin? Wie meinst du das, Mama?", Richard wurde neugierig, aber Katarina überhörte ihn gekonnt und sagte stattdessen: „Lasst uns alle gemeinsam zu Mittag speisen. Der Anlass muss gefeiert werden!"

Sie gingen zusammen die Haupttreppe runter in den großen Salon und Katarina von Crussol behielt Melanie die ganze Zeit bei sich. Sie war überglücklich und ein fast vergessenes Gefühl überkam sie wieder. Das wundervolle Gefühl, eine Tochter zu haben. Urplötzlich flog die Eingangstür auf und zwei Männer in Schwarz kamen hereingestürmt. Katarina zuckte erschrocken zusammen und wurde im gleichen Augenblick schnell von Richard zu Konrad Njeschnij gezogen, der sie schützend hinter sich nahm. Melanie lief ein paar Schritte nach vorn und blickte mit weit aufgerissenen Augen ihren Vater und ihren Bruder an. Der Baron von Bouget und sein Sohn waren mit Säbel und Pistolen bewaffnet und schauten finster zu Richard rüber. Der junge Herzog wusste, dass Melanies Vater früher in der kaiserlichen Armee gedient hatte. Dieser Mann war ein Ex-Militär und hatte enorme Kriegserfahrung und war damit ein verdammt ernst zu nehmender Gegner. Mit dem Baron von Bouget würde er nicht so leicht fertig werden, wie mit George von Bellagarde. Er näherte sich langsam den beiden Männern und wurde sogleich am Arm festgehalten. Dann drehte er sich um und stellte fest, dass Melanie eindringlich mit dem Kopf schüttelte und ihn zurückhielt.

„Ich rede mit ihm", sagte sie eilig und ging an Richard vorbei. Sie stellte sich genau zwischen ihren Vater und ihren Ehemann und sprach langsam: „Papa, tu das bitte nicht."

„Aus dem Weg, Melanie" forderte er sie auf und entsicherte

seine Pistole.

„Bitte. Lass es mich zuerst erklären", redete sie eindringlich auf ihren Vater ein.

„Was willst du mir erklären? Dass dieser Mistkerl die Gunst der Stunde genutzt und dich verführt hat?", sagte Thomas von Bouget wütend und ließ Richard nicht aus den Augen. Er war außer sich vor Zorn und wollte den Schurken, der seine Tochter entehrt hatte, zu Hackfleisch verarbeiten.

„Papa, ich liebe ihn!", rief Melanie laut und ihre Stimme hallte vom schwarzen Granit wider. Ihr Vater sah ihr schockiert ins Gesicht. „Richard und ich, wir empfinden seit längerer Zeit etwas füreinander, konnten es aber nicht offen zeigen."

„Warum hast du dann Georges Heiratsantrag angenommen, wenn du einen anderen Mann liebst?", fragte er verständnislos.

„Weil ich keine andere Wahl hatte", erklärte Melanie. Sie atmete tief durch und wusste, dass sie ihm die ganze Wahrheit gestehen musste, damit er Richards Leben verschone. Auch wenn es bedeutete, sich vor allen Anwesenden bloßzustellen. Denn ihr Vater war ein Meister seines Fachs. Er war ein Killer, der sich ohne Probleme in die Schlacht stürzte und die feindlichen Truppen niedermetzelte. Richard wäre für ihn nur ein Insekt, das er unter seinem Stiefel zerquetschte.

„Welche Wahl meinst du?", fragte der Baron ernst.

„Ich hatte die Wahl entweder Georges Frau zu werden oder die Mätresse des Kaisers", berichtete Melanie langsam. Ihr Vater starrte sie ungläubig an. „Der Kaiser hat mich zu Sachen gezwungen, die ich nicht wollte. Und die Kaiserin hat mir gedroht, falls ich die Geliebte des Kaisers bleiben würde, dann würde sie meinen Ruf und damit den unserer gesamten Familie zerstören. Ich konnte so etwas nicht zulassen, Papa, deswegen habe ich Georges Antrag angenommen."

„Zu welchen Sachen hat der Kaiser dich gezwungen?", fragte Thomas von Bouget. Ihm wurde beinahe übel bei dem

Gedanken, was seiner Tochter widerfahren sein musste.

„Ich möchte dir lieber keine Details nennen", antwortete Melanie und ließ den Kopf hängen. Monsieur von Bouget kämpfte mit den Tränen.

„Hat er sich körperlich an dir vergangen?", fragte er leise. Doch seine Tochter blieb stumm. Allein die Vorstellung, dass sein Lieblingskind von einem Mann ausgenutzt wurde, trieb ihn in den Wahnsinn. Er warf erneut einen Blick zu Richard rüber, der wütend die Fäuste ballte und sich auf die Unterlippe biss. Offensichtlich hatte Melanies Ehemann mehr an dieser Geschichte zu knabbern als ihr Vater. Monsieur von Bouget steckte seinen Säbel wieder in die Scheide und sicherte die Pistole. Dann ging er auf Melanie zu und nahm sie ganz fest in die Arme. Er hatte sie unvorstellbar sehr vermisst. Nächte lang nicht richtig geschlafen. Drei Tage damit verbracht sie zu suchen, um am Ende zu erfahren, dass sie sein Haus für immer verlassen hatte. Wäre er nur gestern zuhause gewesen, als sie zurückgekehrt war. Er hätte sie niemals verstoßen, wie seine Frau es getan hatte. Aber nun war alles vorbei und er gab seine jüngste Tochter frühzeitig weg. Vor Georges plötzlichem Heiratsantrag war Thomas sich absolut sicher gewesen, noch einige Jahre zusammen mit Melanie unter einem Dach verbringen zu können, aber es kam alles anders. Er kämpfte erneut gegen die Tränen an und hielt sein Kind fest.

„Ich werde all deine Sachen herbringen lassen. Und selbstverständlich auch die Pferde. Du möchtest dein Gewerbe sicherlich nicht aufgeben oder?", sprach der Vater und sah seine Tochter liebevoll an.

„Ich gebe niemals auf, das weißt du", entgegnete Melanie und lächelte ebenfalls.

Thomas gab ihr einen Kuss auf die Wange und umarmte sie erneut. Ja, sie würde es auch ohne ihn schaffen. Das hatte sie eindrucksvoll bewiesen.

Jakob trat zu ihnen und sagte: „Es ist mir übrigens egal, was Mutter sagt. Du bist immer bei uns willkommen. Da gebe ich dir als zukünftiger Baron von Bouget mein Wort."

„Danke Jakob", erwiderte Melanie und umarmte ihn ebenfalls.

„Es ist wohl besser, wenn wir jetzt gehen", sprach Monsieur von Bouget und wollte das Schloss wieder verlassen.

„Nein, bleibt!", forderte Richard sie plötzlich auf. „Bitte bleibt zum Essen hier. Wir wollten ohnehin gleich anfangen. Melanie und ich, wir würden uns sehr darüber freuen, wenn Ihr uns dabei Gesellschaft leistet."

Der Baron überlegte und sagte dann: „In Ordnung. Wir bleiben."

Melanie war überglücklich. Sie hatte doch nicht ihre gesamte Familie verloren. Ihr Vater und Jakob hielten weiterhin zu ihr. Richard geleitete seine Gäste in den Salon und forderte die Diener dazu auf, das Mittagessen zu servieren. Seine Mutter war höchst erstaunt auf diese aufregende Art und Weise die Familie ihrer Schwiegertochter kennenzulernen, schien aber nicht abgeneigt. Ganz im Gegenteil. Katarina von Crussol und Thomas von Bouget verstanden sich auf Anhieb, sehr zur Freude ihrer Kinder. Während des Essens sah Richard zu Melanie rüber, die stets stark und mutig wirkte, aber offenbar vieles hinter ihrem harten Panzer verbarg. Nun verstand er, weshalb sie den Heiratsantrag des jungen Monsieur von Bellagarde angenommen hatte. Sie hatte sich in Georges Arme gerettet, als der Kaiser sie bedrängt hatte. Eigentlich müsste Richard seinem Rivalen einen Dank aussprechen, doch momentan war dafür definitiv der falsche Zeitpunkt. Einen anderen Mann hingegen würde er aber auf ewig verachten, den Kaiser Alexander. Dass der Monarch es gewagt hatte, Melanie zu etwas zu zwingen, raubte Richard beinahe den Verstand. Er würde seine Frau niemals darauf ansprechen, was zwischen ihr und dem Kaiser ganz genau

BLITZ UND DONNER

abgelaufen war, denn er platzte ohnehin schon vor Eifersucht. Da brauchte er keine weiteren Bilder im Kopf, die ihn verfolgten. Nein, er würde stattdessen einen Weg finden, es dem Kaiser heimzuzahlen.

Natalie Mec

Kapitel 45   Die Drohung

2. September 1875

Nach dem Richard seinen Schwiegervater und seinen Schwager Jakob verabschiedet hatte, ließ er Melanie mit seiner Mutter allein. Die beiden Frauen entschieden sich, im Rosengarten einen Spaziergang zu unternehmen und dabei in Ruhe miteinander zu reden. Währenddessen begab sich der junge Herzog auf den Weg, um etwas Unaufschiebbares hinter sich zu bringen.

Als er beim Schloss der Gräfin D'Argies ankam, forderte er den Diener, der ihm die Tür geöffnet hatte, dazu auf, ihn sofort zu Elisabeth zu geleiten. Richard fand sie wie zu erwarten im großräumigen Bad vor, wo sie von zwei Frauen gleichzeitig massiert wurde. Überall an den Wänden standen Regale mit Unmengen an unterschiedlichen Parfüms und Duftölen. Die Schränke waren voll mit Schlammpackungen und Gesichtscremes. Und in der Luft lag ein angenehmer Duft nach Avocado-Öl. Die eine Masseurin pflegte gerade Elisabeths Füße, während die andere ihre Hände verwöhnte. Die reiche Tochter öffnete kurz ihre Augen und schaute zur Tür. Sie wirkte sichtlich verärgert, bei ihrer Entspannung gestört zu werden und verdrehte die Augen.

„Richard, was willst du hier? Siehst du nicht, dass ich momentan keine Zeit für dich habe?", fragte sie genervt und machte mit einer Handbewegung deutlich, dass er das Bad auf der Stelle wieder verlassen sollte.

„Ich will sofort mit dir reden. Allein", antwortete Richard direkt. Er schaute auffordernd zu den beiden anderen Frauen, die ihre Arbeit augenblicklich beendeten. Er hatte keine Lust darauf zu warten, bis Elisabeth mit ihrer Körperpflege fertig wurde, denn sie verbrachte den halben Tag damit, ihre Schönheit zu bewahren.

Die zwei Frauen verbeugten sich vor Richard, bevor sie hastig das Bad verließen und die Tür hinter sich schlossen.

„Was gibt es so Dringendes zu bereden?", fragte Elisabeth und hielt beide Hände vor sich, um ihre Fingernägel zu begutachten.

Richard atmete tief durch und zögerte.

„Ich weiß nicht, wie ich es dir am besten beibringen soll, deswegen sage ich es dir ganz direkt. Unsere Hochzeit kann nicht stattfinden", sprach er offen aus. Elisabeth schaute von ihren Händen hoch.

„Und warum nicht?", fragte sie sachlich.

„Weil ich bereits verheiratet bin", antwortete er und schluckte.

Seine Gesprächspartnerin ließ die Hände langsam auf die Oberschenkel sinken.

„Mit wem?", wollte Elisabeth wissen und blieb eigenartigerweise recht gelassen.

„Mit Melanie von Bouget", sagte Richard und machte sich auf einen tränenreichen Wutausbruch gefasst.

Elisabeth schaute ihn hingegen belustigt an und sagte höhnisch: „Du hast deine Mätresse geheiratet?"

„Sie war nie meine Mätresse", entgegnete Richard gereizt.

„Schluss jetzt, ich will von diesem Unsinn nichts mehr hören", herrschte Elisabeth ihn an. „Du annullierst die Ehe auf der Stelle und wir reden nie wieder über diesen Vorfall."

Richard glaubte, sich verhört zu haben, und wurde wütend.

„Hast du mich gerade nicht verstanden? Ich sagte, dass unsere Hochzeit endgültig gestrichen ist", wiederholte er und musste sein hitziges Temperament zügeln.

„Ich habe dich verstanden", antwortete Elisabeth von oben herab. „Du bist derjenige, der den Ernst der Lage nicht kapiert. Was glaubst du, erwartet dich, wenn du dich weigerst, mich zu heiraten?"

Richard fixierte sie mit seinen Augen und mahlte mit den Zähnen.

„Werde konkreter. Was genau meinst du?", forderte er sie auf.

„Darf ich dich daran erinnern, dass unsere Heirat an einen Vertrag gebunden ist, den dein Vater unterschrieben hat? Wenn du den Handel brichst, dann wirst du wohl mit einer satten Strafe rechnen müssen. Und damit meine ich nicht dein Geld, mein Teuerster", erläuterte Elisabeth in aller Ruhe.

„Ist das eine Drohung?", fragte Richard und vergaß die Freundlichkeit endgültig. Er hatte Elisabeth noch nie so verabscheut, wie in diesem Augenblick. Jetzt erkannte er ihre wahren Absichten. Es ging ihr nur ums Geschäft, für ihn selbst hatte sie nie etwas Vergleichbares wie tiefe Zuneigung empfunden.

„Ja allerdings", antwortete sie trocken. „Also rate ich dir, die Ehe mit deiner Mätresse zu annullieren und unsere Hochzeit nach Plan stattfinden zu lassen. Ich verspreche dir, dass ich dir den Vorfall nicht nachtragen werde und du dich zukünftig weiterhin mit deiner Hure heimlich vergnügen darfst."

Richard war fassungslos. Wie konnte ein Mensch nur so eiskalt sein?

„Erstens, drohe mir nie wieder", sprach er leise und beherrscht. „Und zweitens, drohe mir nie wieder!", Richard wurde lauter. „Die Hochzeit ist Geschichte, akzeptiere das! Suche dir einen neuen Mann, den du vielleicht lieben wirst, wobei ich stark bezweifle, dass du zu solchen Gefühlen überhaupt fähig bist."

Elisabeth stand von ihrer Liege auf und schritt langsam auf Richard zu. „Letzte Chance. Ansonsten kann ich für nichts mehr garantieren", warnte sie und sah ihn herausfordernd an.

„Du bist das abgrundtief Böse. Deine Schönheit wird dich in deinem Leben nicht weit bringen, so wie du mit anderen Menschen umgehst", spie Richard ihr ins Gewissen.

„Und du meinst, in der Hinsicht viel besser zu sein?", fragte Elisabeth und lachte kurz auf. „Lässt mich kurz vor unserer Hochzeit sitzen und dazu noch für eine billige Geliebte. Welch ausgewachsener Skandal", deutete sie an.

Richard ahnte, was sie vorhatte. „Deine Intrigen werden dir nichts nützen", spottete er.

„Kommt auf den Zeitpunkt an", entgegnete sie und lächelte teuflisch.

„Du willst mir also drohen? Gut, dann drohe ich dir ebenfalls. Falls du mir oder meiner Frau oder jemand Anderem aus meinem Umfeld schaden solltest, dann wirst du es bitter bereuen", versprach er und sah sie hasserfüllt an.

Elisabeth schwieg und überlegte. Wenn Richard jetzt nicht einlenkte, dann würde sie zu harten Waffen greifen müssen und er war ein undurchschaubarer Feind. Der daraus resultierende Kampf wäre nicht kontrollierbar. Sie entschied sich daher, vorerst nichts mehr zu sagen. Sollte Richard die Gelegenheit bekommen, noch ein paar Tage drüber nachzudenken, bevor sie ihre Drohung wahr machen würde.

Ihr ehemaliger Verlobter schaute sie finster an, drehte sich dann um und verließ das Bad, ohne sich von ihr zu verabschieden. Richard hatte genug gesehen und gehört. Er wollte Elisabeth niemals mehr in seiner Nähe haben, geschweige denn heiraten. Während er zurück zu seiner Kutsche stapfte, wurde ihm der enorme Unterschied zwischen seinem soeben geführten Wortgefecht mit Elisabeth und der ergreifenden Szene zwischen Melanie und George bewusst. Elisabeth war es offensichtlich absolut egal, dass er eine andere Frau liebte, denn für sie bedeutete er genauso viel wie ein stacheliger Kaktus. George hingegen liebte Melanie und sie ihn ebenfalls. Die Trennung war für beide sehr schmerzhaft gewesen. Glühende Eifersucht packte Richard. Obwohl Melanie mittlerweile seine Ehefrau war und sich ihm körperlich hingab, empfand er großen Neid auf George. Denn es war dem Spross aus dem Hause Bellagarde gelungen, einen Platz im Herzen der Herzogin von Crussol zu ergattern und das für immer.

Blitz und Donner

Natalie Mec

Kapitel 46 Die Kunst

18. September 1875

Mittlerweile lebte Melanie seit über zwei Wochen in ihrem neuen Zuhause. Sie und Katarina von Crussol saßen im Atelier und bereiteten die Farben für den Unterricht vor, der in wenigen Augenblicken beginnen würde. Heute stand Aquarellmalerei auf der Tagesordnung und sie benötigten dazu weiche Haarpinseln mit abgerundetem Kopf. Das Aquarellpapier lag ausgebreitet auf den Tischen vor ihnen und sie warteten nur noch auf den Lehrer. Konrad Njeschnij kam heute etwas verspätet. Er entschuldigte sich höflich dafür, als er das Atelier nach zwanzig Minuten Verspätung betrat. Seine Erklärung lautete, dass er zuvor noch eine persönliche Lieferung an einen Kaufmann tätigen musste, die länger gedauert hatte, als ursprünglich geplant. Dass er seinem Kunden noch ein paar Dienste erotischerer Art geleistet hatte, verschwieg er selbstverständlich. Monsieur Njeschnij war ein allerseits beliebter Künstler. Seine Werke wurden nicht nur geschätzt, sondern auch teuer gehandelt. Er konnte von seiner Kunst sehr gut leben und sich eine vornehme Villa außerhalb der Stadt leisten. Es war äußerst selten, dass er jemandem Unterricht erteilte, aber die Familie von Crussol lag ihm sehr am Herzen. Denn es war die Familie seines verstorbenen Freundes und heimlichen Geliebten Eduardo, Richards jüngerem Bruder. Nach Eduardos frühem Ableben verdunkelte sich die Welt für Konrad ein ganzes Stück. Er verstand wie kein Anderer, weshalb die

Herzoginmutter nach dem Tod ihrer zwei Kinder eine ganze Weile in der Finsternis versunken war. Deshalb half er Katarina aus der Depression heraus, indem er ihre Leidenschaft für Kunst weckte und sie regelmäßig unterrichtete.

    Seine neue Schülerin, die junge Herzogin von Crussol, schloss er sofort in sein Herz. Bereits auf dem Tanzabend beim Herzog von Guise war er von ihr fasziniert gewesen und nahm sie als Inspiration für ein Kunstwerk. Die junge Frau war voller Energie und versprühte Glamour. Abgesehen davon war sie nicht nur sinnlich, sondern auch sehr talentiert. Melanie besaß ein großes Herz und war äußerst mutig, das hatte er sofort erkannt. Konrad war zutiefst beeindruckt davon gewesen, wie sie Richard vor der Vergeltung ihres Vaters bewahrt hatte. Außerdem hatte sie seiner Meinung nach einen sehr exquisiten Männerverschleiß, was ihm außerordentlich gut gefiel. Der Kaiser Alexander und der junge Grafensohn George von Bellagarde zählten zu ihren Opfern. Nun war der Herzog von Crussol an der Reihe und Melanie hatte den wilden Kerl mit ihrem gefährlichen Sexappeal komplett um den Finger gewickelt. Es war schon amüsant für Konrad als homosexueller Mann die Frauen besser durchschauen zu können, als seine heterosexuellen Artgenossen. Wahrscheinlich lag es daran, dass er kein Interesse am weiblichen Geschlecht verspürte. Wie dem auch sei, auf jeden Fall war sich Monsieur Njeschnij sicher, dass Melanie hinter ihrem unschuldig wirkendem und puppenhaftem Äußerem ein waschechter Vamp war. Und gerade in diesem Moment bemerkte er, wie elegant und zielsicher sie ihren Pinsel übers Papier führte.

    „Haben Sie vorher schon gemalt, Euer Gnaden?", fragte Konrad und schaute seine Schülerin interessiert an.

    „Bitte nennen Sie mich doch Melanie. Wir sind hier unter uns. Abgesehen davon, sind Sie älter als ich und es fühlt sich für mich komisch an, wenn Sie mich so erhaben betiteln", bat sie ihn freundlich.

„Daran wirst du dich gewöhnen, meine Liebe", mischte sich Katarina ein. „Du bist jetzt die neue Herzogin von Crussol. Die Menschen werden immer zu dir aufsehen und dich dementsprechend behandeln. Die einzigen Personen, die dich mit deinem Vornamen ansprechen dürfen, gehören zu deiner Familie und dem engsten Freundeskreis. Sonst niemand. Konrad ist mein Vertrauter und bester Freund, deswegen Duzen wir uns. Aber er behandelt Richard, wie es seinem Titel als Herzog gebührt. Dasselbe gilt auch für dich."

Melanie blickte nachdenklich zu ihrer Schwiegermutter. Katarina war zwar eine liebevolle und freundliche Frau, aber auch traditionsbewusst und bestand auf die Einhaltung des Protokolls. Sie gab ihrer Schwiegertochter nicht nur in Kunst Unterricht, sondern vor allem in gesellschaftlichen Umgangsformen. Nach kurzer Überlegung gab Melanie der Herzoginmutter absolut Recht. Sie musste lernen, sich ihrer gehobenen Rolle als Herzogin bewusst und ihrer Stellung in der High Society gerecht zu werden.

„Um auf Ihre Frage zurückzukommen, Monsieur Njeschnij. Nein, ich hatte vorher nicht das Vergnügen mit Aquarell zu malen. Warum fragen Sie?", entgegnete Melanie neugierig.

„Weil sie den Pinsel hervorragend führen. Fechten Sie zufälligerweise?", wollte der Künstler wissen.

„Zufälligerweise ja", gab Melanie offen zu und war erstaunt, dass er dies sofort bemerkt hatte.

„Das erklärt Ihren guten Umgang mit dem Pinsel. Wissen Sie, dass im fernen Japan die Samuraikrieger ausgezeichnete Schwertkämpfer sind? Und es gehört zu ihrer Ausbildung als Schwertmeister sich in Kalligrafie zu üben. Deren Überzeugung nach verfeinert das konzentrierte Malen mit dem Pinsel die eigene Schwertführung. Wenn man dieser Ansicht Glauben schenkt, dann verbessern Sie just in diesem Augenblick ihre

Fähigkeiten im Fechten", erläuterte Konrad und lächelte.

„Dann gehört das Aquarellmalen ab sofort zu meinen Lieblingsfreizeitbeschäftigungen", entschied Melanie spontan und lächelte zurück.

Konrad mochte die junge Dame immer mehr. Sie war eine Kämpferin. Und er war überzeugt, dass sie diese Charaktereigenschaft schon recht bald im Überfluss brauchen würde.

Nach dem Malunterricht machte sich Melanie für den Abend ausgehfertig. Denn heute fand die Geburtstagsfeier zu Ehren von Henri von Ailly auf seinem Schloss statt und das Herzogspaar von Crussol war selbstverständlich dazu eingeladen. Melanie zog ein asymmetrisches, tiefgrünes Kleid an, das auf der einen Seite schulterfrei war. Es betonte ihre schlanke Figur, hatte vorne einen Beinschlitz und hinten eine runde Schleppe. Dazu trug Melanie Hautfarbende Stöckelschuhe und Smaragdohrringe, die Richard ihr vor wenigen Tagen geschenkt hatte. Sie wählte ein sehr verführerisches Make-up für ihre grünen Augen, damit sie noch katzenhafter wirkten, und einen dezenten Lippenstift, um ihren Look edler aussehen zu lassen. Als Richard in ihr Ankleidezimmer kam, schaute er sie gierig an, musste sich aber bei der ausführlichen Begutachtung ihres sensationellen Outfits beherrschen. Denn schließlich waren sie spät dran und Melanie wollte nicht, dass er ihre Bemühungen beim Styling ruinierte.

Die Feier auf Henris Schloss begann mit einem Champagnerempfang und Melanie war sehr erfreut, Veronika dort wiederzutreffen. Die beiden Schwestern umarmten sich und waren überglücklich, einander zu sehen. Seitdem Tag, als Melanie von ihrer Mutter verstoßen wurde, hatten sie keinen Kontakt mehr gehabt. Melanie bemerkte sofort, dass Veronika heute schöner wirkte als sonst. Vielleicht lag es an ihren Gefühlen für Henri, dass sie an seinem Geburtstag so strahlte. Die beiden hatten ihre heimliche Romanze immer noch nicht publik gemacht, weswegen sie sich in der Öffentlichkeit nicht frei verhalten konnten und gaben vor, nur gute Freunde zu sein. Melanie lernte an diesem Abend Henris jüngere Schwester Jasmina kennen. Sie war einundzwanzig Jahre alt und das komplette Gegenteil von Melanie. Jasmina war recht mollig, aber das schmeichelte ihrer fraulichen Figur. Sie hatte obenrum einen großen Vorbau und ausladende Hüften mit voluminösem Hintern. Ansonsten war die Ähnlichkeit im Gesicht mit ihrem Bruder Henri unverkennbar. Sie hatte ebenfalls wie er schwarze Haare, die ihr bis zur Taille reichten, und große hellblaue Augen. Jasmina war eher introvertiert und schüchtern, aber sehr intelligent, das merkte Melanie sofort, als die beiden sich über Jasminas Lieblingsthema die Naturforschung unterhielten. Henris Schwester hatte ein enormes Wissen auf diesem Gebiet. Jasmina kannte sich mit allen Pflanzen und Tieren, die hier beheimatet waren, hervorragend aus, und es war ihr sehnlichster Wunsch, noch unbekannte Arten zu entdecken.

„Was würdest du mit all deinem neuen Wissen anstellen?", fragte Melanie sie interessiert.

Jasmina war sehr unformell und hatte ihr gleich zu Beginn ihres gemeinsamen Kennenlernens angeboten, sich gegenseitig beim Vornamen anzusprechen. Außerdem mochte Jasmina die neue Frau an Richards Seite, denn Melanie war klug und interessierte sich für viele Themen außerhalb der blendend schönen Welt der Reichen. Themen, die wirklich im Leben zählten, wie zum Beispiel die Natur. Jasmina hatte keine Freunde, nur ihren Bruder Henri, aber zum ersten Mal seit sehr langer Zeit hatte sie das Gefühl, eine Person auf gleicher Wellenlänge gefunden zu haben.

„Ich würde ein Buch darüber schreiben und es schließlich veröffentlichen, damit alle von meinem Wissen profitieren", antwortete Jasmina und lächelte verlegen.

„Das klingt nach einer ausgezeichneten Idee! Wann willst du

aufbrechen? Ich würde dein Buch gerne noch in diesem Jahr in meinen Händen halten und darin lesen", Melanie war von Jasminas Plänen begeistert. Endlich begegnete sie einer anderen Frau, die sich mehr zutraute, als nur Kochen und Blumen arrangieren.

„Irgendwann ... hoffe ich ... wenn Henri es mir gestattet. Oder wenn ich mich traue, alleine zu verreisen. Vermutlich müsste ich zusammen mit jemanden auf meine Forschungsreise gehen, sonst könnte ich nicht ...", Jasmina stockte mehrmals. Sie wirkte verunsichert und ängstlich. Melanie runzelte leicht die Stirn und versuchte, die junge Frau zu verstehen.

„Vielleicht wird dich jemand, der dir nahe steht, auf deiner Expedition begleiten. Womöglich schon recht bald", sagte Melanie mit einer sanften Stimme, woraufhin Jasmina ihren Kopf hob und sie hoffnungsvoll ansah.

Das Geburtstagskind selbst wurde an diesem Tag siebenundzwanzig Jahre und damit genauso alt wie sein guter Freund Richard. Henri hatte für seine achtzig geladenen Gäste etwas Besonderes vorbereitet. Er bat alle, in den großen Saal zu kommen. Melanie und Jasmina entschieden sich, ihr Gespräch später fortzuführen, und stellten sich genau wie die anderen Gäste entlang der langen Wand im Festsaal hin. In der Mitte des Saals wurde ein Stück aus der Mozard-Oper „Don Giovanni" aufgeführt. Der Tenor verkörperte den unverbesserlichen Frauenverführer und um ihn herum schwirrten die Tänzerinnen und Tänzer, die allesamt hautenge beige Kostüme trugen. Wenn es nach Melanie ginge, dann waren diese exklusiven Kleidungsstücke absolut überflüssig. Richard stand während der Vorstellung direkt neben ihr und flüsterte ihr leise ins Ohr: „Man könnte meinen, sie wären alle nackt."

Scheinbar ging ihm gerade das Gleiche durch den Kopf wie Melanie. Sie bejahte seine Beobachtung mit einem Kopfnicken und einem vielsagenden Blick. Eigenartigerweise fand sie ihn heute ganz besonders anziehend. Richards Kleiderwahl war an diesem Abend komplett in Schwarz gehalten. Auf eine Krawatte oder Fliege hatte er bewusst verzichtet, denn er verabscheute alles, was ihn einengte, dafür entschied er sich für goldene Manschettenknöpfe. Melanie fühlte das Kribbeln in ihr wieder hochsteigen und sie lächelte aphrodisierend. Richard erwiderte ihren Blick.

„Wollen wir uns ein ruhiges Plätzchen suchen, an dem wir ungestört sind?", schlug er vor und musste zugeben, dass Melanies grünes Kleid einen sexy Kontrast zu ihren roten Haaren bildete.

„Unbedingt", antwortete sie und streichelte ihn mit zwei Fingern vorne an seinem Hemd.

Er nahm ihre Hand und gemeinsam schlichen sie langsam aus dem Saal hinaus in den langen Flur. Sie suchten sich weiter hinten ein Nebenzimmer aus, schlüpften schnell hinein und schlossen die Tür ab. Richard nahm Melanie fest an sich und küsste sie leidenschaftlich. Sie wollte ihn sofort noch näher haben, öffnete seinen Hosenschlitz und griff beherzt darein. Sie streichelte seinen Penis, bis er ganz hart wurde, und holte ihn dann an die frische Luft raus. Richard fand immer mehr Gefallen an Melanies neuer verwegenen Art und ihrem feurigen Blick. Er führte sie sachte zum offenen Kamin und drehte sie mit dem Rücken zu sich. Dann bewegte er seine linke Hand durch den vorderen Schlitz ihres Kleides und zog ihr den Slip aus. Melanie hielt sich während dessen am Kaminsims fest und spürte, wie Richards Hand sie vorne an ihrem Unterleib streichelte. Sie legte ihren Kopf auf seine Schulter und er küsste sie am Hals. Dann nahm er das Kleid hoch und drang von hinten in sie ein. Melanies Atem beschleunigte sich. Seine pralle Männlichkeit machte sie süchtig. Sie konnte nicht genug von ihm bekommen. Sie spannte ihre Scheidenmuskeln an und wollte seinen Schwanz am liebsten einsaugen. Offenbar bemerkte Richard die plötzliche

Enge, stöhnte lustvoll und kam schließlich. Melanie fühlte die schleimige Flüssigkeit ihr rechtes Bein runterlaufen und drehte sich mit dem Gesicht zu ihrem Mann um, der ihr freundlicherweise bereits ein Taschentuch entgegenhielt.

„Dankeschön", sagte sie, nahm das Tuch und legte es zwischen ihre Beine. „Erkläre mir bitte, wozu diese eigenartige Flüssigkeit da ist."

„Hauptsächlich, um Kinder zu zeugen", antwortete Richard grinsend und ergänzte mit einem warnenden Blick, „und um verräterische Flecken auf Kleidung und Möbel zu hinterlassen."

Melanie schaute ihn überrascht an. „Du möchtest Kinder mit mir haben?", fragte sie lächelnd.

„Unbedingt!", erwiderte Richard und gab ihr einen innigen Kuss.

Zur gleichen Zeit auf der großen Terrasse standen sich Henri und Veronika gegenüber und hielten sich an den Händen fest. Kurz zuvor hatte sie ihn mit dem Vorwand aus dem Saal gelockt, sie hätte ein Geschenk für ihn.

„Was ist es, zeige es mir?", fragte Henri ungeduldig und bewunderte Veronikas zarte Haut und ihr pralles Dekoltée. Sie zögerte. Er bemerkte ihre Unsicherheit und legte seine beiden Hände auf ihre Oberarme. „Ist schon in Ordnung. Du kannst mir alles sagen", beruhigte er sie.

Veronika fasste den Mut und sprach langsam: „Henri, ich bin schwanger."

Ihr Gegenüber starrte sie entgeistert an und rührte sich nicht mehr.

„Das Kind ist von dir", erklärte sie und wartete sehnsüchtig auf seine Reaktion.

Henri blieb immer noch sprachlos stehen und sah sie mit weit aufgerissenen Augen an. Er nahm langsam seine Hände von ihr weg und bewegte sich einen Schritt zurück.

„Das ist jetzt echt eine Überraschung", sagte er, nachdem er seine Stimme wiedergefunden hatte, und klang dabei wenig erfreut.

„Was machen wir jetzt?", wollte Veronika wissen und schaute hilfesuchend zu ihm.

„Was WIR machen? Du meinst eher, was DU jetzt machst", entgegnete Henri und sah verärgert aus.

„Wie bitte? Henri, ich erwarte ein Kind von dir. Willst du mich mit der Verantwortung alleine lassen?", sie war fassungslos.

„Ich will jetzt keine Kinder haben!", sprach er wütend.

„Das hättest du dir vorher überlegen sollen, als du ohne Verhütung mit mir geschlafen hast!", schleuderte Veronika ihm entgegen.

„Ich habe verhütet! Aber du wolltest ja immer wieder, so dass ich am Ende keine Kondome mehr übrig hatte!", warf er ihr vor.

„Du hättest ja auch nein sagen können!", Veronika war außer sich, dass Henri ihr die ganze Schuld gab.

„Und vielleicht war das deine Absicht! Mich zu verführen und mir am Ende ein Kind unterzujubeln!", schrie Henri sie an.

Veronika wurde zornig. Er unterstellte ihr doch tatsächlich, hinterlistig gehandelt zu haben.

„Was soll das jetzt alles bedeuten?", sie musste die Wahrheit hören, obwohl sie innerlich am Zerbrechen war.

„Das bedeutet, dass ich dich nie wiedersehen will und dein Kind ebenfalls nicht", antwortete Henri entschieden und marschierte wutentbrannt fort.

Veronika stand wie vom Donner gerührt da und kämpfte mit den Tränen. Es fühlte sich an, als würde ihr jemand den Boden unter den Füßen wegreißen und sie stürzte im freien Fall in eine tiefe Schlucht. Veronika konnte sich nicht mehr lange beherrschen. Sie lief die Treppe runter, die von der Terrasse in den Garten führte, und setzte sich dort auf eine einsame Bank.

Sie weinte bitterlich und schluchzte. Was sollte sie jetzt bloß machen? Auf den Rückhalt ihrer Familie konnte sie nicht zählen. Nicht nachdem ihre Mutter Melanie so kaltherzig verstoßen hatte, nur weil ihre Schwester den Mann geheiratet hatte, den sie am meisten liebte. Wie würde ihre Mutter auf die Nachricht reagieren, dass ihre zweite Tochter ungewollt schwanger war und der Vater des ungeborenen Kindes sie im Stich gelassen hatte? Zudem wollte sie sich die Reaktion ihres eigenen Vaters nicht ein Mal ausmalen. Wie konnte Henri sie in der Situation verlassen, wo sie ihn am meisten brauchte? Sie hatte felsenfest geglaubt, dass er sie liebte. Denn er hatte es ihr so oft zugeflüstert, während sie miteinander schliefen. Hatte er nur so getan? Veronika wusste nicht, wie ihr Weg weitergehen würde, aber er sah unheimlich düster aus.

Richard und Melanie waren mit ihrem kurzen und heißen Techtelmechtel mittlerweile fertig und schlenderten Hand in Hand wie zwei frisch verliebte Jugendliche kichernd zurück in den großen Saal. Die Vorstellung war beendet und die Gäste verstreuten sich im Ballsaal. Der junge Herzog entschied, seine Frau einigen Anwesenden persönlich vorzustellen. Jeder, den er ansprach, wirkte freundlich und interessiert, die neue Herzogin von Crussol kennenzulernen. Die alten Aristokraten stellten Melanie Fragen, die sie wortgewandt und sicher beantwortete. Richard wusste genau, warum er sie zu seiner Ehefrau genommen hatte, nicht nur wegen ihrer Schönheit und ihrer aufregenden Art, sondern wegen ihrer Intelligenz und Schlagfertigkeit. Sie wird das alles brauchen, um in diesem Haifischbecken überleben zu können. Er lächelte zufrieden und ging mit ihr weiter zum nächsten Paar. Melanie verabschiedete sich höflich von dem alten Grafen und seiner Gemahlin und ließ sich von Richard weiter führen. Sie hatte jetzt die Gelegenheit, ihren Kundenkreis auszubauen, denn zwei ihrer Stuten waren bereits trächtig und Melanie konnte in naher Zukunft hervorragende, junge Pferde verkaufen. Sie drehte sich noch mal zu dem Paar um, mit dem sie sich soeben unterhalten hatten, und stellte verwundert fest, dass der Graf und die Gräfin miteinander tuschelten und Melanie dabei herablassend ansahen. Was hatte dieses Paar nur gegen sie? Beim nächsten Baron und seiner Frau verhielt es sich gleichermaßen. Vor Richard und Melanie blieben die Leute höflich, aber hinter ihrem Rücken tratschten sie. Was ging hier vor sich? Melanie war verwirrt. Sie schaute sich im Saal genauer um und stellte schockiert fest, dass fast alle anwesenden Gäste mit vorgehaltener Hand miteinander redeten und ihr abwertende Blicke zuwarfen. War das Techtelmechtel mit ihr und Richard doch nicht unbemerkt geblieben und nun sprachen alle darüber? Melanie schalte sich in Gedanken. Es war absolut falsch gewesen, sich auf dieser Soirée so dermaßen obszön zu benehmen. Wieso hatte Richard ihr nur den Vorschlag unterbreitet? Jetzt wurde sie ungewollt zum Tratschthema und die Leute nahmen sie offensichtlich nicht ernst! Und ein schlechtes Image war nicht gut fürs Geschäft. Melanie müsste viel Überzeugungsarbeit leisten, um dem entgegenzuwirken. Beim Vorbeigehen an dem großen Balkon bemerkte sie, dass jemand im Garten auf einer Bank saß. Sie erkannte Veronika, die völlig aufgelöst war. Melanie lenkte Richards Aufmerksamkeit auf ihre Schwester und gemeinsam eilten sie schnell zu ihr.

„Veronika, was ist passiert?", fragte Melanie sie besorgt und legte ihre Hände auf Veronikas Schultern. Das Make-up ihrer Schwester war komplett verwischt und sie weinte bittere Tränen.

„Henri hat mich verlassen", schluchzte sie. Melanie seufzte und fühlte mit ihrer Schwester. Sie nahm Veronika fest in ihre Arme und tröstete sie. Richard verdreht die Augen. Es war nicht das erste Mal, dass Henri eine Liebschaft beendet hatte. Aber musste es ausgerechnet an seinem eigenen Geburtstag sein? Und dazu noch mit Veronika? Richard hatte mehr Taktgefühl von einem erfahrenen Frauenhelden wie Henri erwartet.

Blitz und Donner

„Es tut jetzt sicherlich weh, aber irgendwann wird der Liebeskummer vergehen", versuchte Melanie sie zu trösten.

„Ich erwarte ein Kind von ihm!", ließ Veronika die Bombe platzen. „Aber er will nichts mehr von mir wissen!"

Melanie war sprachlos. Sie starrte ihre weinende Schwester an und ihr Kopf war plötzlich völlig leer.

„Ach, du heilige Scheiße!", hörte sie Richard laut sagen und kam wieder zu sich.

„Du bist schwanger?!", wiederholte sie und es war weniger eine Frage, sondern mehr eine Realisierung. Veronika nickte und vergrub ihr Gesicht in ihre Händen. Melanie streichelte ihr über die Haare und versuchte krampfhaft, einen klaren Gedanken zu fassen.

„Richard, rede mit ihm!", forderte sie ihren Ehemann auf, der kopfschüttelnd daneben stand.

„Ich soll mit Henri reden?", fragte Richard ungläubig. Denn er ging nicht davon aus, dass er Erfolg haben würde. Melanie sah ihn eindringlich an, während Veronika auf ihrer Schulter heulte. Er drehte sich schimpfend um und suchte nach Henri. Er fand ihn im Saal neben Vincent stehen und kam sofort zur Sache: „Hatte ich dir nicht gesagt, dass du sie nicht schwängern sollst?"

Vincent guckte irritiert. „Wovon redest du da bitte?", fragte er.

„Von Veronika, die sich gerade die Augen aus dem Kopf weint, weil du sie schwanger sitzen gelassen hast, Henri!", entgegnete Richard energisch.

„Ist halt passiert, aber es ist nicht mehr mein Problem", antwortete der Angesprochene gleichgültig.

„Nicht dein Problem?", Richard dachte sich verhört zu haben. „Weißt du eigentlich, was dir blüht, wenn du sie einfach so fallen lässt?", fragte er seinen Freund und erinnerte sich dabei an den Baron von Bouget in seiner schwarzen Kleidung, der bereit war, für seine Tochter zu morden.

„Der gesellschaftliche Skandal ist mir schnuppe. Abgesehen davon bin ich mit Veronika fertig. Sie bedeutet mir nichts", antwortete Henri gelassen.

Früher hätte Richard mehr Verständnis für Henris Verhalten gezeigt, denn er war kein Deut besser gewesen. Aber jetzt empfand er großes Mitleid mit Veronika. Sie war seine Schwägerin und gehörte zur Familie, dass ihr so etwas widerfuhr, traf ihn sehr.

„Ich muss schon zugeben, dass du die Kunst des Casanovas besser beherrschst als jeder andere von uns", zischte Richard und stampfte wieder zurück in den Garten. Henri sah ihm kurz hinterher und schaute dann zu Vincent, der ihn mit einem strafenden Blick ansah.

„Was ist?", fragte Henri genervt. Er konnte es nicht fassen, dass seine Geburtstagsfeier zu einem Fiasko geworden war.

„Ich bin enttäuscht von dir wegen deiner Feigheit", antwortete Vincent ernst und folgte Richard nach draußen. Das Geburtstagskind blieb alleine stehen. Henri verdrehte die Augen und ging in die andere Richtung. Er dachte nicht daran, zu Veronika zurückzukehren. Sie war wunderschön und er hatte mit ihr tolle Stunden verbracht. Die beiden haben sich gut miteinander amüsiert, aber mehr als Spaß war es für Henri nie gewesen. Dabei ignorierte er mit aller Gewalt das große Verlangen, Veronika in seine Arme zu schließen. Er liebte sie nur körperlich, redete Henri sich ein. Sie würde bald aus seinen Gedanken verschwinden, hoffte er. Und das Kind wollte er niemals zu Gesicht bekommen, dessen war er sich zu hundert Prozent sicher.

BLITZ UND DONNER

Natalie Mec

Kapitel 47   Der tiefe Fall

23. September 1875

Das ganze Wochenende lang hatte es gestürmt. Als die Wolken sich wieder verzogen hatten, trockneten allmählich Veronikas Tränen. Sie und Melanie lagen draußen auf einer Picknickdecke und schauten in den unverschämt blauen Himmel. Keine einzige Wolke war mehr zu sehen und Veronikas Gedanken wurden allmählich klarer.

„Ich dachte, er liebt mich wirklich", sagte sie leise und klang dabei überaus ernüchtert.

Melanie drehte ihren Kopf zu ihr und schwieg. Henri hatte sich die letzten Tage nicht blicken lassen, obwohl Richard ihm gesagt hatte, dass Veronika ab sofort bei der Familie von Crussol wohnte. Aber es blieb dabei: keine Nachricht, kein Brief und kein Henri. Melanie hatte unterdessen einen Boten zu ihrem Vater schicken lassen, um den Baron von Bouget darüber zu informieren, dass Veronika sich kurzerhand entschlossen hatte, eine Weile bei ihr zu Besuch zu bleiben. Den wahren Grund würde sie ihm auf gar keinen Fall offenbaren, bis sich die Angelegenheit geklärt hatte. Sie hoffte inständig, dass sich alles zum Guten wenden würde und Henri zu Veronika zurückkäme. Aber diese Hoffnung schwand mit jedem weiteren Tag, der verging. Das Leben war leider kein Märchen. Der Traumprinz entpuppte sich in Wahrheit als ein gemeiner Hund.

„Hätte ich dich nicht, Melanie, würde ich jetzt sicherlich in einem Armenhaus landen", stellte Veronika resigniert fest.

„Ich glaube nicht, dass Vater dies zulassen würde", entgegnete ihre Schwester.

„Er wird Henri dafür töten, das weiß ich", redete Veronika weiter und sie wollte auf gar keinen Fall, dass dies passierte. Erstens wegen der Straftat, die ihr Vater damit begehen würde und zweitens wegen ihrer Liebe zu Henri. Auch wenn er für sie keine wahren Gefühle empfand, Veronika liebte ihn über alles. Und deshalb sollte ihm kein Leid geschehen.

„Melanie, versprich mir, dass du das nicht zulassen wirst? Papa darf Henri nicht umbringen", flehte sie ihre Schwester an. Sie wusste, dass Melanie wie keine andere Person auf dieser Welt einen enormen Einfluss auf ihren gemeinsamen Vater hatte.

„Ich verspreche es", gab die Herzogin ihr Wort. Sie nahm Veronikas Hand und drückte sie ganz fest. Ihre Schwester lächelte müde, doch die Traurigkeit wollte einfach nicht aus ihrem Gesicht verschwinden.

„Euer Gnaden, es ist Besuch für Sie gekommen", sagte der Butler, der soeben in den Garten gekommen war, um seine Herrin zu informieren. „Es handelt sich um Jakob von Bouget. Soll ich den Gast hierher in den Park geleiten oder möchten Sie ihn drinnen empfangen, Madame?"

„Mein Bruder soll zu uns kommen", ordnete Melanie an. Denn sie wollte nicht, dass irgendwelche Bediensteten ihr Gespräch belauschten.

Der Butler verbeugte sich und tat wie ihm geheißen. Wenig später kam Jakob über den perfekt gepflegten Rasen spaziert und lächelte breit. Er freute sich, seine beiden Schwestern wiederzusehen, besonders Veronika. Er hatte sie die letzten Tage zuhause ziemlich vermisst. Die Geschwister umarmten sich zur Begrüßung. Ihr Bruder hatte Melanie sehr gefehlt. Sie waren früher als Kinder unzertrennlich gewesen, wie Pech und Schwefel. Bis heute ist die enge Verbindung zwischen ihnen geblieben. Sie fragte ihn sogleich nach seiner neuen Schule. Jakob besuchte seit diesem Monat die Eliteschule der Hauptstadt, die für den Baron von Bouget ganz schön kostspielig war, aber sein einziger Sohn war es wert. Jakob ging in dieselbe Klasse wie Sebastian von Semur. Und der Unterricht gefiel ihm sehr, vor allem wegen der Tatsache, dass man auf dieser Schule darauf gedrillt wurde, später im erwachsenen Leben der Chef zu sein und sich auf diese Rolle bestmöglich vorzubereiten. In diesem Augenblick bedauerte Melanie die Tatsache, dass die Eliteschulen nur den Jungs vorbehalten war. Sie selbst hatte als Mädchen nur die Grundschule abgeschlossen. Der Zugang zur weiteren Bildung blieb ihr verwehrt, genau wie der übrigen weiblichen Bevölkerung. Jakob erzählte außerdem von seinem neuen Kumpel namens Valentin Martin. Er war der Sohn eines reichen Kaufmannes und von der gleichen Gesinnung wie Jakob. Gemeinsam mit Sebastian unternahmen die drei jungen Burschen nach der Schule jede Menge Unsinn miteinander und wurden mit der Zeit enge Freunde. Während Jakob weiter erzählte, bemerkte er, dass seine beiden Schwestern sich sonderbar still verhielten. Besonders Veronikas eigenartiges Verhalten beunruhigte ihn. Sie strahlte nicht mehr so wie früher und schaute andauernd betrübt zu Boden. Etwas bekümmerte sie. Er beobachtete sie eindringlich und stellte fest, dass sie sich öfters am Bauch streichelte. Hatte sie vielleicht Schmerzen? Oder etwas Anderes? Plötzlich hatte Jakob einen schlimmen Verdacht. Er musste auf der Stelle rausfinden, ob er Recht hatte, sonst würde er nachts keinen Schlaf finden.

„Veronika, wie geht es Henri?", fragte er beiläufig und merkte sofort, dass seine Schwester sich beim Klang des Namens anspannte.

„Ganz gut, hoffe ich", antwortete sie und schaute dabei runter auf ihr Kleid.

„Wie war seine Geburtstagsfeier?", hackte Jakob nach und

sah, wie sie mehrmals blinzelte und seufzte.

„Die Feier verlief nicht ganz wie geplant", entgegnete sie und kämpfte gegen die Tränen an.

„Wieso, was ist passiert?", fragte er scheinheilig. Veronika schwieg und schaute in die andere Richtung. Sie litt, das erkannte er sofort. Und nun musste er die Wahrheit aus ihr rauskitzeln, obwohl er sie lieber nicht hören wollte. Denn Jakob wusste wie kein Anderer, wie nah sie Henri an sich rangelassen hatte.

„In welchem Monat bist du mittlerweile?", stellte Jakob unverhofft die Frage.

Veronika und Melanie starrten überrascht zu ihm rüber.

„Glaubst du etwa, ich weiß es nicht? In letzter Zeit war dir morgens immer übel. Dazu bist du ständig müde und klagst über merkwürdiges Ziehen am Bauch. Das sind alles Symptome einer möglichen Schwangerschaft. Ich nehme mal an, Henri weiß bereits davon, aber es interessiert ihn nicht", stellte Jakob fest und las die Antwort in den schockierten Gesichtern seiner Schwestern. Die beiden hatten nicht mit seinem Scharfsinn gerechnet.

„Weiß Papa davon?", fragte Veronika besorgt.

„Natürlich nicht. Sonst wäre Henri schon längst tot", antwortete er. Die Vorstellung, dass dieser Bastard bald nicht mehr am Leben sein könnte, gefiel Jakob außerordentlich. Trotzdem quälte ihn die Tatsache, dass Veronika von Henri ein Kind erwartete.

„Wirst du es ihm sagen?", stellte Melanie die Frage.

Jakob überlegte, wie er aus dieser Situation etwas Positives für sich gewinnen könnte, und antwortete schließlich: „Nein, werde ich nicht. Aber nur unter einer Bedingung. Ich darf zu euch kommen, wann immer es mir beliebt. Und ich habe ein eigenes Zimmer in deinem Schloss Melanie, das nur zu meiner Verfügung steht."

„Klar, kein Problem", stimmte Melanie zu. Sie freute sich sogar, ihren Bruder nun häufiger zu sehen und mit ihm unter einem Dach zu leben. Es war beinahe wie früher, vor ihrer Heirat mit Richard.

„Und jetzt entschuldigt mich bitte, ihr zwei, aber ich muss noch in die Stadt und mir neue Kleider besorgen. Die Pflichten einer Herzogin verlangen nach einer neuen Garderobe", erklärte sie und ließ ihre Geschwister im Garten alleine sitzen. Während sie fortging, beobachtete sie, wie Jakob Veronika umarmte und sie tröstete. Melanie war froh darüber, dass ihre Schwester so viel emotionalen Halt bekam.

Anschließend begab sie sich mit der Kutsche zu ihrem Lieblingsladen Sior und fand dort sechs Outfits. Dann suchte sie sich eine Umkleidekabine aus und probierte die Kleidungsstücke nacheinander an. Nach ein paar Minuten hörte sie fremde Frauenstimmen hinter dem Vorhang ihrer Kabine, die sich unweit der Anprobe unterhielten, und der Inhalt ihres Gesprächs raubte Melanie den Atem.

„Hast du die neue Herzogin von Crussol schon gesehen?", begann die erste Frau die Unterhaltung.

„Allerdings. Sie ist ja nicht zu übersehen. Kleidet sich genauso, wie ihr Ruf ist, skandalös", antwortete die zweite Frau.

„Was du nicht sagst. Es heißt, dass sie mit ihrem aufreizenden Äußerem den Herzog von Crussol hinterhältig verführt hat, damit er seine Verlobte für sie verlässt. Die arme Elisabeth D'Argies. Sie tut mir so wahnsinnig leid. Sie wurde von einer heimtückischen Männerdiebin ihres Verlobten beraubt und das kurz vor der gemeinsamen Hochzeit!", lästerte die erste Frau weiter.

„Manche Menschen haben eben keinen Anstand und diese Melanie schämt sich nicht im Geringsten dafür. Hast du gesehen, wie sie auf der Feier von dem Grafen von Ailly rumstolziert ist? Als wäre sie noch der Champion. Ha, dass ich nicht lache. Diese

Zeiten sind endgültig vorbei. Sie ist eine selbstgefällige und geldgeile Männerfresserin, das weiß mittlerweile jeder", tratschte die zweite Frau.

„Da gebe ich dir absolut Recht. Denk doch mal an den George von Bellagarde. Sie hat ihn einfach abserviert, sobald der steinreiche Herzog sein Interesse an ihr gezeigt hat. Der arme Grafensohn hat den Titel seines Vaters noch nicht geerbt und das Vermögen der Familie von Bellagarde gehört ihm ebenfalls nicht. Der völlig gedemütigte junger Mann hat das Land vor Kurzem verlassen, habe ich gehört. Ja, er ist auf und davon. Keiner weiß wohin, abgesehen von seinen Eltern. Armer Kerl, ich hoffe, dass er ein anständiges Fräulein findet, das nicht mit seinen Gefühlen spielt", erzählte die andere.

„Apropos Graf von Ailly. Er soll ja ebenfalls regelmäßig eine Tochter aus dem Hause Bouget getroffen haben und nun halt dich fest, sogar geschwängert!", sagte die zweite Dame aufgeregt.

„Ist nicht dein Ernst?", die erste Frau war völlig aus dem Häuschen über die Neuigkeit.

„Oh ja, Veronika heißt diese billige Nutte. Sie will dem jungen Grafen ein Kind unterjubeln, um sich an seinem Vermögen zu bereichern. Ich sage dir, die Töchter von dem Baron von Bouget sind allesamt verdorben. Wäre ich ein Mann, dann würde ich einen weiten Bogen um sie herum machen, denn sie bringen nichts als Unglück", gab die zweite Dame zu wissen und klang dabei überaus entschieden.

„Nur leider denken die Männer nicht so wie wir und gehen solchen hinterhältigen Schlampen reihenweise in die Falle. Also sind sie selbst schuld", resümierte die erste Frau.

Melanie hörte, wie sich die zwei Fremden wieder von der Umkleidekabine entfernten und ihren Einkaufsbummel fortfuhren.

Eine ganze Weile saß sie sprachlos auf dem Stuhl in der

Anprobe und verdaute das üble Gerede über ihre Familie. Sie wurde also als selbstgefällige Männerdiebin und geldgeile Männerfresserin abgestempelt? Und ihre arme Schwester Veronika, die gerade die schlimmste Zeit ihres Lebens durchstand, wurde als billige Nutte bezeichnet, die nur auf Geld aus war? Alles blanker Unsinn. Aber die Leute glaubten das und erzählten es eifrig weiter. Das erklärte nun die missbilligenden Blicke der Gäste auf Henris Geburtstagsfeier. Abgesehen davon dachte Melanie wieder an George. Die fremde Frau hatte davon erzählt, dass er das Land angeblich verlassen hatte.

„Wohin bist du gegangen, George? Und werde ich dich jemals wiedersehen?", flüsterte sie und vermisste plötzlich ihren ehemaligen Verlobten über alle Maßen. Am liebsten wollte sie jetzt mit ihm sprechen und sich mehrmals bei ihm entschuldigen, in der Hoffnung, er würde ihr verzeihen und dass sie beide am Ende Freunde werden könnten. In diesem Augenblick fehlte er ihr ungemein. Melanie schloss ihre Augen und sah wieder sein qualvolles Gesicht mit der aufgeplatzten Lippe. Verdammt, was hatte sie nur angerichtet? Es half jetzt alles nichts. Sie nahm ihre Sachen zusammen, marschierte damit zur Kasse, bezahlte die ausgewählten Kleidungsstücke und fuhr mit ihrer Kutsche zurück nach Hause. Während der gesamten Fahrt überlegte sie angestrengt. Sie war als heller Stern in der Öffentlichkeit aufgegangen und nun ganz tief gefallen. Wie sollte sie es schaffen, ihr Ansehen und das ihrer Familie in der Gesellschaft zu rehabilitieren? Sie hatte absolut keine Ahnung. Und dann war da noch George, der ihr nicht mehr aus dem Kopf ging. Sie fühlte sich unendlich schuldig ihm gegenüber.

Zuhause angekommen, ging Melanie eine Runde im Garten spazieren. Sie musste sich abreagieren. In ihr kochte es und die Wut wollte raus. Nach einer halben Stunde glaubte sie, nun wieder gefasst zu sein, und betrat das Schloss durch den Eingang im Wintergarten. Sie entdeckte ihren Mann auf einem Sessel sitzend und blieb stehen. Er hatte sie von dort bereits eine ganze Weile beobachtet.

„Ist alles in Ordnung?", fragte er besorgt. „Du bist gerade rumgelaufen, wie ein Stier, der gleich jemanden aufspießen will."

„Hast du gehört, was die Leute über mich und Veronika erzählen?", fragte sie ihn stattdessen.

Richard schwieg und schaute wieder aus dem Panoramafenster.

„Du weißt es", stellte Melanie verwundert fest. „Bekümmert dich das gar nicht, dass deine Frau und ihre Schwester öffentlich demoralisiert werden?"

„Ich interessiere mich nicht für das Gerede der Leute. Das Thema ist in ein paar Wochen sowieso vorbei", beschwichtigte Richard.

„Unser Ruf wird dauerhaft geschädigt. Ich werde keine Kunden an Land ziehen können, mein Geschäft als Pferdezüchterin ist am Ende, noch bevor es richtig an Fahrt gewonnen hat. Und meine Schwester wird vermutlich nie einen vernünftigen Ehemann finden, weil sie als billige Nutte beschimpft wird!", Melanie redete sich in Rage.

„Wozu brauchst du ein eigenes Gewerbe? Du bist doch jetzt mit mir verheiratet und wir haben Geld im Überfluss. Und bezüglich Veronika bin ich mir sicher, dass Henri eines Tages zu ihr zurückkommen wird", entgegnete Richard gelassen.

„Ich will dein Vermögen aber gar nicht! Ich will selbstständig sein und mein eigenes Geld verdienen. Abgesehen davon, glaube ich nicht, dass dein Freund so viel Mut besitzt, sich wieder einer Frau zu nähern, deren Ruf er völlig zerstört hat. Er ist nämlich ein verdammter Feigling!", schrie Melanie. Sie war außer sich vor Zorn.

„Beruhige dich wieder", bat Richard sie und hob seine Hände hoch. „Wir finden schon eine Lösung."

„Lösung? Du hast es doch alles erst verursacht!", warf Melanie ihm vor.

„Wie meinst du das?", fragte Richard überrascht.

„Hätte ich mich nicht auf dich eingelassen, dann wäre das alles nie geschehen! Meine Mutter hätte mich nie verstoßen. Das Ansehen meiner Familie hätte nicht gelitten. Und ich hätte George nicht so dermaßen verletzt!", erklärte Melanie aufgebracht.

Richard blieb bis gerade eben noch recht entspannt. Denn schließlich lebte er seit Jahren mit einem schlechten Ruf als Womanizer, deswegen bereitete ihm das Getratsche der Öffentlichkeit keinen Kummer. Aber die Erwähnung seines Rivalen machte ihn wütend. Er stand von seinem Sessel auf und bewegte sich langsam auf Melanie zu.

„Du glaubst also, dass du jetzt besser dran wärst, wenn du George geheiratet hättest?", wollte er wissen und spürte den Zorn in sich aufflammen.

„Zumindest hätte ich nicht so viel Schaden angerichtet wie durch dich", entgegnete Melanie hitzig.

Richard stand nun direkt vor ihr und schaute sie kampfbereit an und sie blickte ihm herausfordernd ins Gesicht.

„Melanie schreibe dir Folgendes hinter die Ohren, du bist meine Frau", erinnerte Richard sie an die Tatsache. „Und daran wird sich niemals etwas ändern!", schrie er im aggressiven Ton.

Melanie zuckte zusammen und sah ihn dann verunsichert an. Sie war weiterhin wütend auf ihn, wollte aber den Streit nicht weiter eskalieren lassen und schwieg. Richard schaute sie warnend an, drehte sich anschließend, ohne seinen Blick von ihr abzuwenden, und verließ den Wintergarten. Während er zurück in sein Arbeitszimmer stampfte, versuchte er sich wieder zu beherrschen. Zum ersten Mal seit langer Zeit war ihm sein schlechter Ruf unangenehm und er verfluchte denjenigen, der das üble Gerede um seine Frau ausgelöst hatte. Er wollte diese

Person dafür büßen lassen, dass Melanies Gedanken wieder um George kreisten und sie für diese Zeit ihren Ehemann vergaß.

Natalie Mec

BLITZ UND DONNER

Kapitel 48 Die Gosse

25. September 1875

Die Kutsche hielt vor dem Schloss des Herzogs von Crussol an und Rosemarie von Semur stieg zusammen mit ihrer Tochter aus. Melanie hatte ihre alte Nachbarin zu sich eingeladen, um sich mit jemandem auszutauschen, dem sie vertraute. Sie begrüßte die beiden Frauen herzlich und Rosemarie und Monika waren hocherfreut Melanie wiederzusehen. Die Wärme des Sommers hatte sich endgültig verabschiedet. Die kühle Luft machte ein gemütliches Beisammensitzen draußen auf der Terrasse unmöglich. Deswegen entschieden sich die Frauen stattdessen im Wintergarten Platz zu nehmen. Wenig später kamen Veronika und Katarina von Crussol hinzu. Melanies Schwiegermutter wusste über Veronikas Umstände bereits Bescheid und das seit dem Abend, als Richard nicht mit einer, sondern gleich mit zwei Frauen zurück nach Hause kam. Eigenartigerweise empörte sich Katarina nicht im Geringsten darüber, dass eine junge unverheiratete Frau, die ungewollt schwanger war, Zuflucht bei ihnen fand. Ganz im Gegenteil, sie freute sich über ein weiteres Familienmitglied und über die Tatsache, dass recht bald kleine Babyfüßchen auf dem Boden des viel zu leeren Schlosses laufen würden. Ein Dienstmädchen servierte Zitronentee und Apfelkuchen. Wobei Veronika sie darum bat, ihr ein Thunfischsandwich und dazu noch einen Vanillepudding zu bringen. Melanie schaute irritiert zu ihrer

Schwester rüber. Seit wann litt Veronika unter derartiger Geschmacksverirrung?

„Madame von Semur, ich nehme an, Sie kenne die Gerüchte über Veronika und mich bereits, die momentan im Umlauf sind?", fing Melanie sogleich mit dem unangenehmen Thema an.

„Natürlich. Ich kenne alle Gerüchte und Geschichten", antwortete Rosemarie und ihre Tochter Monika nickte eifrig.

„Gut. Wissen Sie zufällig, wer sie verbreitet?", fragte Melanie weiter.

„Nein, nicht direkt. Aber zum ersten Mal hörte ich es von meiner Zofe, die es wiederum von einem Küchenjungen erfahren hatte, der auf dem Markt einkaufen war und sich zuvor mit einer Dienerin aus dem Hause Bellagarde unterhalten hatte", berichtete Rosemarie von Semur. Melanie seufzte, als sie das hörte. Natürlich war die Familie von Bellagarde furchtbar enttäuscht und sauer auf sie. Das konnte sie ihnen wahrlich nicht übel nehmen.

„Das bestätigt aber noch lange nicht, dass die Bellagardes das Gerede losgetreten haben", warf Katarina von Crussol dazwischen.

„Da haben Sie absolut Recht", stimmte Monika mit ihr überein. „Ich tippe eher auf die Familie D'Argies. Es ist allseits bekannt, wie sehr die Angelique D'Argies die Verbindung zwischen ihrer Tochter und dem Herzog von Crussol herbeigesehnt hatte. Dass nun alles vorbei ist, muss ein Riesenschock für sie sein. Ich vermute stark, dass Angelique deswegen den Ruf der neuen Herzogin von Crussol dem Erdboden gleichmachen will."

„Das ist nur eine Vermutung", entgegnete Katarina und trank ihren Tee. „Wir brauchen handfeste Beweise für die Rufschädigung."

„Danach können wir lange suchen", lachte Rosemarie. „Sie

wissen doch, wie das abläuft. Keiner der feinen Damen verliert öffentlich ein schlechtes Wort über eine andere Familie. Die Gerüchte und üblen Geschichten werden fast ausschließlich über die Bediensteten in die Welt getragen und weiter verstreut, damit man nichts nachweisen kann."

„Glauben Sie, dass sich die Lage irgendwann wieder normalisieren und unser Ruf wiederhergestellt wird?", fragte Veronika besorgt.

„Normalerweise würde dies nach einer gewissen Zeit von selbst geschehen, wenn man sich aus der Öffentlichkeit zurückzieht und nicht mehr dauerhaft im Gespräch bleibt. Aber Falls jemand wirklich auf Rache gegen Melanie aus ist, dann wird diese Person immer wieder für neuen Zündstoff sorgen", erklärte Rosemarie und nahm sich ein weiteres Stück Apfelkuchen.

„Das heißt, wir müssen die Person, die dafür verantwortlich ist, ausfindig machen", stellte Melanie klar.

„Was äußerst schwierig ist", bemerkte Monika und schlug stattdessen etwas anderes vor. „Sie kennen doch dieses alte Sprichwort. Ist der Ruf erst ruiniert, lebt es sich ganz ungeniert. Nutzen Sie ihren schlechten Ruf und gewinnen Sie etwas Positives daraus. Ich für meinen Teil habe das auch getan. Wissen Sie, ich weiß selbst nicht, wer der leibliche Vater meines Sohnes Sebastian ist, dafür hatte ich eine viel zu wilde Jugend. Und die Leute haben sich zu jener Zeit darüber furchtbar die Mäuler zerrissen. Aber ich habe erkannt, dass ich ohne einen Mann besser dran bin. Denn durch Sebastians Geburt habe ich den zukünftigen Baron von Semur zur Welt gebracht und damit meine Pflicht als Tochter erfüllt. Jetzt bin ich frei in meinen Entscheidungen und kann tun und lassen, was ich will."

Veronika schaute Monika interessiert an. Vielleicht war doch nicht alles so hoffnungslos, wie sie dachte.

Melanie hingegen blieb skeptisch. Madame von Semur hatte

Recht, falls jemand ihr langfristig schaden wollte, dann würde er oder sie nicht nachgeben. Abgesehen davon war Melanie nicht aus dem gleichen Holz geschnitzt wie Monika. Sie wollte etwas erreichen, ihr eigenes Gewerbe aufbauen. Nur zuhause bleiben und von Richard finanziell abhängig zu sein, kam für sie nicht in Frage. Deshalb brauchte sie eine bessere Lösung als das dauerhafte Zurückziehen aus der Öffentlichkeit.

„Aber mal ein anderes Thema. Jetzt, wo du und Richard verheiratet seid, würde ich gerne erfahren, ob das ursprüngliche Gerücht bezüglich euch beiden stimmte? Hattet ihr tatsächlich eine heimliche Liebschaft miteinander?", fragte Rosemarie neugierig.

„Nein, das Gerücht stimmte nicht", antwortete Melanie kurz.

„Und wie kam das jetzt, dass ihr plötzlich geheiratet habt, obwohl ihr beide doch mit anderen Personen verlobt wart?", fragte Monika verwundert.

Melanie überlegte und sagte dann: „Richard und ich, wir lieben uns schon seit unserer ersten Begegnung, haben es nur recht spät erkannt."

Und plötzlich bereute sie den letzten Streit zwischen ihr und Richard. Sie war dermaßen aufgebracht gewesen, dass sie aus Wut Dinge zu ihrem Mann gesagt hatte, die sie nun bedauerte.

Nach dem Besuch der beiden Semur-Damen schlenderte Melanie zu Nero auf die große Weide und bürstete sein Fell. Der Hengst freute sich über die Pflege und Streicheleinheiten und ganz besonders über die leckeren Äpfel, die seine Besitzerin ihm mitgebracht hatte. Und während sie sein pechschwarzes Fell intensiver betrachtete, kam ihr ein Gedanke: Das Leben spielt einem manchmal sehr übel mit und der Weg in die Gosse ereilt einen schneller, als es einem lieb ist. Diesen Satz hatte sie vor einiger Zeit auf der Teeparty im Botanischen Garten gehört. Und es stimmte. Hätte Veronika nicht die Möglichkeit gehabt, bei ihrer jüngeren Schwester unterzukommen, dann wäre sie wahrscheinlich in der Gosse gelandet. Plötzlich hatte Melanie eine Eingebung. Vielleicht war das ja der richtige Weg? In die Gosse. Sie wurde von einem Hochgefühl erfasst und wollte auf der Stelle aufbrechen. Sie führte Nero zurück in den Pferdestall, sattelte ihn dort und begab sich anschließend sofort auf den Weg.

Das nächstgelegene Armenhaus lag eine Reitstunde entfernt und als Melanie direkt davor stand, hatte sie noch keinen blassen Schimmer, was sie gleich erwartete. Bereits beim Betreten des dreistöckigen Gebäudes vernahm sie den unangenehmen Geruch nach Schweiß und Fäkalien. Überall liefen verwahrloste Waisenkinder herum. Mütter mit schreienden Säuglingen in den Armen saßen auf alten Bänken oder Stühlen und sahen völlig erschöpft aus. Auf manchen Betten lagen Bettler oder alte Menschen, bei denen Melanie sich nicht sicher war, ob sie noch lebten. Das angestellte Personal wirkte entkräftet und überfordert. Manche Mütter sahen zu ihr rüber und wunderten sich über ihre hochwertige Bekleidung, die so gar nicht zu den Lumpen passte, die sie am Leibe trugen. Melanie ging zu einer dieser Frauen rüber und setzte sich neben sie.

„Werte Frau, darf ich Sie darum bitten, mir ihre Geschichte zu erzählen?", sagte sie freundlich.

„Meine Geschichte?", fragte die Fremde verwundert, die ungefähr im Alter von Melanies ältester Schwester Jane war.

„Ja. Wie sind Sie in die Situation geraten, dass Sie und ihr kleines Kind Zuflucht in einem Armenhaus suchen müssen?", wollte Melanie wissen.

„Glauben Sie mir, das hier ist eine Verbesserung für mich", begann die Frau zu erzählen. „Ich wurde mit neunzehn Jahren an einen Mann verheiratet, der mich fast täglich schlug. Sogar als unser gemeinsamer Sohn geboren wurde, hörte er nicht damit auf. Ich bin zwar arm, aber ich wollte nicht mehr so weiterleben. Ich hatte die Wahl zwischen Selbstmord oder Flucht. Ich entschied mich für das Zweite. Nahm mein Kind und floh.

Natalie Mec

Eigentlich komme ich aus einer anderen Stadt. Ich bin hier, damit mein gewalttätiger Mann mir nicht auf die Spur kommt. Zuerst habe ich versucht, hier Arbeit zu finden. Aber Tätigkeiten im Niedriglohnsektor sind rar gesät. Und um eine gute Anstellung zu bekommen, muss man eine Ausbildung vorweisen, die ich leider nicht habe. Somit habe ich keine Arbeit, kein Zuhause und kein Geld. Aber dafür meine Freiheit. Lieber lebe ich so, als bei meinem Ehemann."

Melanie nickte stumm und sah die Frau bemitleidend an.

„Das sagst du jetzt, warte bis dein Kind größer ist und mehr von dir fordert", mischte sich plötzlich eine andere Frau ein, die das Gespräch belauscht hatte. „Mein Sohn ist jetzt acht Jahre alt und fragt mich ständig, ob er dies oder jenes haben darf. Aber ich kann ihm nicht das geben, was er braucht. Ich fühle mich deswegen wie eine beschissene Mutter."

Über so viel Offenheit musste Melanie schlucken.

„Es ist schon interessant, dass hier so viele alleinerziehende Mütter sind", bemerkte ein alter Bettler, der an einem Auge blind war, und auf einem rostigen Bett lag. „Man könnte fast meinen, das sei der Hauptgrund für den Weg in die Armut. Abgesehen davon sind viele Kranke und Menschen mit Behinderung ebenfalls von Armut betroffen. Wer mittlerweile zu alt für den Arbeitsmarkt ist und keine familiäre Unterstützung besitzt oder einfach nur Pech hat, landet schnell auf der Straße, weil er die hohen Mietpreise nicht bezahlen kann."

Schweigend hörte Melanie zu. Sie sah zwei Betten weiter, wie eine Krankenschwester einem Mann seine eitrige Wunde versorgte, und fragte sie: „Madame, welche Perspektive haben die jungen Menschen, die hier zu euch kommen? Und damit meine ich vor allem die Kinder."

Die Krankenschwester seufzte und erwiderte deprimiert: „Gar keine. Aus ihnen werden potenzielle Kriminelle und einige von ihnen landen später im Gefängnis. Die Mädchen haben oft nur den Weg in die Prostitution und arbeiten in den Bordellen der Stadt. Nur wenige schaffen es aus der Gosse."

„Ich verstehe", sagte Melanie ernüchternd. Sie schaute auf den Boden und schämte sich zutiefst. Sie hatte sich über ihren schlechten Ruf aufgeregt und dachte, damit wäre ihr Leben vorbei. Diese Menschen hier hatten fast gar nichts und waren trotzdem froh, am Leben zu sein.

„Warum fragen Sie uns das alles?", wollte die junge Frau mit dem Baby wissen.

„Weil ich helfen will", antwortete Melanie nachdenklich.

„Und Sie haben die Möglichkeit dazu?", sagte die zweite Frau belustigt und erwartete keine Antwort.

„Ja, die habe ich und die werde ich nutzen", entgegnete Melanie. Gut, ihr Ruf war ruiniert, aber nun würde sie sich so richtig schmutzig machen. Denn sie war es als Herzogin den Menschen in diesem Armenhaus schuldig.

Natalie Mec

Kapitel 49   Der Gigolo

26. September 1875

Die Liste war ellenlang. Melanie legte ihren Stift auf den Schreibtisch und las die drei Seiten ihres Notizbuches erneut durch. Sie hatte so einiges vor sich, um ihr neues Projekt auf die Beine zu stellen. Und sie brauchte dafür enorm viel Geld. Sie lief in ihrem kleinen Salon auf und ab und dachte angestrengt nach. Dann hatte sie eine Idee und ging zu der Schublade, in der sie ihren Schmuck aufbewahrte. Sie holte das unglaublich wertvolle Diadem heraus, das der Kaiser ihr einst geschenkt hatte, und überlegte ernsthaft es zu veräußern. Sie schaute wieder in die Schublade. Was könnte sie noch loswerden? Sie sah die pinke Schatulle und öffnete sie. Darin lag der Schmuck, den sie von George geschenkt bekommen hatte. Melanie streichelte zärtlich über die Perlenkette und den Ring mit der Tulpenblüte. Nein, auf gar keinen Fall würde sie dieses Geschenk weggeben. Sie machte die Schatulle wieder vorsichtig zu und entschied, nur das Diadem für den guten Zweck zu verkaufen. Doch sie brauchte dazu prominente Hilfe.
    Heute Nachmittag fand wieder der Kunstunterricht statt. Beim Üben mit den Pastellfarben wagte Melanie einen Überredungsversuch.
    „Spenden Sie manchmal für gemeinnützige Organisationen, Monsieur Njeschnij?", fragte sie unverhofft.
    Der Künstler sah sie verwirrt an.

„Bis jetzt noch nicht", antwortete er langsam. „Schwebt Ihnen etwas vor?"

„Ja, meine Organisation. Ich war gestern in einem Armenhaus und war über die Zustände, die dort herrschen, erschüttert. Wir leben in einem reichen Land, da hätte ich niemals erwartet, so etwas zu Gesicht zu bekommen. Menschen an der Grenze ihrer Existenz. Kinder ohne Zukunft. Wir bewohnen riesige Schlösser und Paläste und vergessen dabei völlig, was wirklich im Leben zählt. Mitgefühl. Hilfsbereitschaft. Nächstenliebe. Deswegen habe ich beschlossen eine Ausbildungsstätte, ein Waisenhaus und ein Pflegeheim zu bauen. Dazu benötige ich eine Menge finanzieller Hilfe. Mir kam der Gedanke einer Auktion, bei der ich äußerst kostbare Gegenstände an den Mann bzw. Frau bringen könnte. Ich besitze ein Diadem vom Kaiser, das ich dafür nutzen werde. Und ich wollte Sie fragen, ob Sie bereit wären, einige ihrer Kunstwerke für dieses Vorhaben anzubieten? Als Spende so zu sagen", erklärte Melanie und schaute ihn erwartungsvoll an.

Konrad wirkte erstaunt. „Eine Auktion?", wiederholte er.

„Also ich spende auf jeden Fall einige Kunstwerke, die ich von dir besitze", gab Katarina von Crussol zur Kenntnis und zwinkerte ihrer Schwiegertochter zu. Melanie hatte sie zuvor bereits in ihre Pläne eingeweiht. Konrad sah verwundert zur Herzoginmutter rüber.

„Tatsächlich? Wenn das so ist. In Ordnung, dann werde ich ebenfalls meinen Beitrag dazu beisteuern", sagte Konrad lächelnd.

„Könnte ich Sie zusätzlich darum bitten, die Auktion in Ihrem Namen stattfinden zu lassen? Ich glaube, das würde den Kreis der willigen Käufer ungemein erweitern", stellte Melanie dem Künstler die Frage. Sie wusste, dass er bei den Reichen und Adligen überaus beliebt war und die Kundenschar aufgrund dessen zahlreich erscheinen würde.

„Kein Problem, ich bin einverstanden", stimmte Monsieur Njeschnij zu. Er war äußerst beeindruckt. So einen cleveren Einfall hätte er von einer so jungen Frau nicht erwartet. Melanie von Crussol steckte voller Überraschungen. Nach dem Unterricht verabschiedete er sich wieder von seinen beiden Schülerinnen und marschierte aus dem Atelier in den Flur. Dort stand Richard und schaute durch die Tür, wagte aber nicht einzutreten. Seit seiner Auseinandersetzung mit seiner Frau vor drei Tagen im Wintergarten hatte er kaum mit ihr gesprochen. Sie gingen sich praktisch aus dem Weg. Richard vermisste Melanie dennoch. Er lag in der Nacht neben ihr und verbrachte die Zeit damit, sie schweigend anzusehen und sich nach ihr zu sehnen.

„Guten Tag, Eurer Gnaden", begrüßte Konrad den Herzog und erkannte an seinem Gesichtsausdruck, dass ihm etwas Sorgen bereitete. „Was bekümmert Euch?"

„Die Rufschädigung meiner Frau", antwortete Richard ehrlich. „Sie hat es nicht verdient. Ich war derjenige, der sie zu der Heirat mit mir überredet hat, nicht umgekehrt."

„Gewiss", bemerkte der Künstler, „aber machen Sie sich keinen Kopf drum. Die Herzogin ist eine Kämpferin. So leicht lässt sie sich von niemandem unterkriegen. Nicht ein Mal von einem alten Strippenzieher wie dem Grafen D'Argies."

Richard schaute ihn daraufhin überrascht an.

„Wissen Sie, Monsieur von Crussol, ich werde am kommenden Mittwoch eine private Feier in meiner Villa veranstalten und möchte Sie ebenfalls dazu einladen. Bitte kommen sie allein. Monsieur D'Argies wird selbstverständlich dort anwesend sein, denn er kann für sein hohes Alter noch wunderbar seine Hüfte bewegen. Und glauben Sie mir, er hat eine Vorliebe für junge Männer. Vielleicht sollten Sie sich mit ihm unter vier Augen unterhalten", deutete Konrad an. Dann verbeugte er sich und marschierte den Flur entlang Richtung

Ausgang. Der junge Herzog schaute fassungslos hinterher. Wie sollte er Konrads Bemerkung verstehen? Richtig oder falsch? Wenn Richard es richtig verstanden hatte, dann war der alte Graf D'Argies für Melanies Rufschädigung verantwortlich. Und Konrad hatte ihm soeben eine Möglichkeit genannt, wie er sich dafür revanchieren könnte.

Die Villa des Künstlers Konrad Njeschnij lag aus einem speziellen Grund außerhalb der Stadt. Denn der Besitzer dieses weißen Gebäudes im modernen Stil wollte keine neugierigen Nachbarn neben sich haben, wenn er seine freizügigen Partys schmiss. Am heutigen Mittwochabend waren ausschließlich Männer eingeladen, die alle unbekleidet rumliefen und sich miteinander amüsierten. Die Feier fand passend zum Monat September unter dem Motto ‚die Ernte' statt. Auf den Tischen standen große Schalen mit reifen Äpfeln und gekochten Maiskolben. Jeder Gast durfte sich daran bedienen und seinen Partner damit füttern. Ein blutjunger Bursche, der noch keine Haare auf der Brust hatte, schlenderte durch die Menge und hielt Ausschau nach einer neuen Bekanntschaft. Er entdeckte Gustav D'Argies und setzte sich zu ihm aufs Sofa. Dabei spielte er mit seinen braunen schulterlangen Locken und schaute den alten Mann neben sich verführerisch an. Gustav hatte seine Perücke ausgezogen und man sah, dass er nur vereinzelnd graue Haare auf dem Kopf hatte. Dann legte der Jüngling seine linke Hand auf den rechten Oberschenkel des Grafen und streichelte ihn zärtlich. Gustav zeigte durch seine Erektion, dass er Gefallen daran fand. Der hübsche Fremde stand auf und streckte Monsieur D'Argies den Arm entgegen. Der alte Mann ergriff die jugendliche Hand und wurde von dem Lustknaben in ein anderes Zimmer mitgezogen. Es war dunkel dadrin, aber das war Gustav recht so, denn im Lichte würde man den enormen Unterschied zwischen seinem Körper und dem des jungen Mannes deutlich erkennen. Der Graf D'Argies wollte aber nichts sehen, nur spüren und sich daran erfreuen. Der Jüngling fiel zusammen mit ihm nach hinten aufs Bett und küsste ihn hemmungslos. Er gab dem alten Mann das Gefühl begehrenswert zu sein, einzigartig und für eine kurze Zeit wieder jung. Dann drehte sich der hübsche Unbekannte um, stellte sich auf allen vieren und streckte dem Grafen seinen knackigen Hintern entgegen. Gustav packte ihn mit beiden Händen an der Hüfte und steckte seinen Penis in den Anus des jungen Mannes. Er liebte ihn mit voller Hingabe. Stieß immer wieder zu und vergaß alles um sich herum. Bis ganz unerwartet eine Kerze in der hinteren Ecke des Zimmers angezündet wurde und ihr Licht eine weitere männliche Gestalt erkennbar machte.

„Richard?", fragte der Graf irritiert und hielt mitten im Liebesspiel an.

„Guten Abend, Gustav", sagte der Herzog von Crussol. Er trug weiterhin seinen Anzug und fixierte seinen Gegner mit den Augen.

„Ich wusste gar nicht, dass Du hier bist", sprach Monsieur D'Argies und war verwirrt. „Um ehrlich zu sein, wusste ich bis jetzt nicht, dass du solche Partys gerne besuchst."

„Tue ich nicht", antwortete Richard sachlich. „Ich bin hier, um mit dir unter vier Augen zu sprechen."

„Kann das nicht etwas warten? Ich bin hier gerade beschäftigt, wie du siehst", entgegnete Gustav und streichelte dem jungen Mann zärtlich über dessen braunen Rücken.

„Das hier wird warten müssen", antwortete Richard bestimmt und zeigte kurz auf das Bett mit den beiden sich liebenden Männern. Höchst widerwillig zog Gustav seinen Schwanz aus dem After des hübschen Fremden raus. Der junge Bursche stand augenblicklich auf und verließ eilig das Zimmer. Der Graf setzte sich auf dem Bett aufrecht hin und bedeckte sich mit der Decke.

„Nun, ich höre", sagte Gustav und seufzte über das verpasste Finale. Aber keine Sorge, er würde sich später mit dem überaus begabten Jüngling weiter vergnügen.

„Du konntest es einfach nicht lassen", begann Richard. „Es zu akzeptieren, dass ich die Hochzeit mit deiner Nichte gestrichen habe und damit aus dem Vertrag ausgestiegen bin. Stattdessen hast du den Ruf meiner Frau zerstört."

„Also erstens, hast du keinerlei Beweise dafür, dass ich es war", entgegnete der Graf. „Und zweitens, warum konntest du den Vertrag nicht einfach erfüllen?"

„Weil ich nicht zulassen konnte, wie die Frau, die ich liebe, beinahe einen anderen Mann geheiratet hätte. Ich wollte Melanie nur für mich haben. Abgesehen davon hat mir Elisabeth nie etwas bedeutet und umgekehrt genau so", lauteten Richards Gedanken. Doch stattdessen antwortete er wie ein professioneller Geschäftsmann: „Weil ich mit dem Inhalt des Vertrages nicht mehr einverstanden war. Eine Heirat mit Elisabeth kam für mich nicht in Frage."

„Sehr bedauerlich. Und dabei hatte Melanie bereits einen so tollen Kerl an ihrer Seite, den George von Bellagarde. Schade, dass die beiden nicht zusammengeblieben sind. Mein Verkupplungsversuch war so gesehen voller Erfolg, bis du dazwischen gefunkt bist", stellte Gustav enttäuscht fest.

Richard schaute ihn überrascht an und nun erkannte er es. Der alte Fuchs hatte Melanies Aufmerksamkeit mit Absicht auf einen anderen Mann gelenkt, damit Richard an den Heiratsplänen mit Elisabeth weiter festhielt. Der Graf D'Argies war derjenige, der George und Melanie beim Dinner seiner Schwester, Angelique D'Argies, einander näher gebracht hatte. Und ab dem Moment wurde George zu Melanies Verehrer und machte ihr Avancen. Gustav war folglich daran schuld, dass George in Melanies Leben getreten war und sie Gefühle für ihn entwickelt hatte. Richard spürte Wut in sich aufsteigen und er wollte es mehr als je zuvor dem Grafen D'Argies für seine hinterlistige Intrige heimzahlen. Er holte aus der Innentasche seines Jacketts eine Pistole hervor und richtete sie auf den alten Mann.

Gustav erschrak beim Anblick der Waffe und sagte ängstlich: „Richard, wir können über alles reden, aber bitte stecke das Ding wieder weg."

„Wir verhandeln jetzt und ich rate dir, mein Angebot anzunehmen", fing Richard an. „Unsere gemeinsamen Geschäfte und Verträge gehören mit sofortiger Wirkung der Vergangenheit an. Das Einzige, was du mir monatlich schicken darfst, ist ein Viertel deiner monatlichen Erträge, als Schadensersatz für meine Frau."

„Warum sollte ich dieses wahnwitzige Angebot annehmen? Dem werde ich niemals zustimmen", lachte Gustav. Denn er hatte sich durch die Verbindung zwischen Richard und Elisabeth erhofft, an das gesamte Vermögen der Familie Crussol zu gelangen. Sein Plan war es gewesen, mit der Zeit Richard in den Hintergrund zu verdrängen und sich als neuer Geschäftsführer zu etablieren. Und jetzt ging ihm nicht nur das große Geschäft durch die Lappen, sondern er müsste seinem Konkurrenten monatlich Geld abgeben. Für den Grafen D'Argies absolut lächerlich.

„Weil du sonst ins Gefängnis kommst", antwortete Richard und warf ihm einen vernichtenden Blick zu.

„Weswegen? Ich habe nichts verbrochen", wollte Gustav wissen und sah verwirrt zu ihm.

Richard lächelte teuflisch und sagte nur ein Wort: „Pädophilie."

Der Graf verstand nicht, was der junge Herzog damit meinte und sah ihn weiterhin fragend an.

„Was denkst du, wie alt der hübsche Kerl ist, mit dem du gerade eben hier Sex hattest?", führte Richard weiter aus.

Der alte Mann war entsetzt und blieb stumm.

„Er ist fünfzehn Jahre alt und damit minderjährig. Du hast

dich soeben direkt vor meinen Augen strafbar gemacht. Willst du, dass diese Information an die Justizbehörde gerät?"

Der Graf schüttelte langsam den Kopf und sagte kein Wort. Er war nichts ahnend in Richards Falle getappt und ihm jetzt völlig ausgeliefert.

„Gut. Unser Deal steht also. Ich erwarte deine erste Zahlung bereits diesen Monat", forderte der Herzog. Er steckte die Pistole zurück in sein Jackett und stand vom Stuhl auf. Anschließend ging er langsam zu Gustav, der seine Niederlage nicht fassen konnte, und stellte sich neben ihm hin.

„Und solltest du noch ein Mal die Ehre meiner Frau oder die meiner Familie beschmutzen", zischte Richard, holte aus und schlug Gustav mit geballter Faust ins Gesicht. Der alte Mann fiel seitlich aufs Bett und hob seine Hände schützend vor sich. Er zitterte am ganzen Körper und flehte um Gnade. Richard musste sich beherrschen, um nicht erneut zuzuschlagen. Er blieb noch einen kurzen Augenblick stehen und sah seinen ehemaligen Geschäftspartner drohend an. Gustav D'Argies verstand die Warnung unmissverständlich und Richard verließ daraufhin das Zimmer. Er marschierte auf dem direkten Wege aus der Villa hinaus. Draußen überreichte ihm ein Diener die Zügel seines Pferdes und Richard nahm sie entgegen. Er stieg auf sein Pferd und ritt los. Kurz nachdem er das große Gittertor passiert hatte, erblickte er eine Person im Dunkeln. Es war der junge Mann mit den braunen Locken. Er hatte in der Zwischenzeit seine Kleidung wieder angezogen und wartete auf seinen Auftraggeber. Richard hielt an und reichte ihm wie vereinbart die Bezahlung hin. Sein Gegenüber nahm das schwarze Säckchen entgegen und öffnete es. Darin befanden sich kostbare Diamanten.

„Nochmal zur Erinnerung. Niemand weiß etwas von unserer Abmachung. Falls es jemand erfahren sollte, dann war es dein letzter Auftrag für immer", sagte der Herzog drohend.

Natalie Mec

„Jawohl mein Herr", antwortete der Gigolo schüchtern und verneigte sich vor ihm.

Richard gab seinem Pferd die Sporen und galoppierte davon. Den ganzen Weg über dachte er an Melanie. Er hatte für sie Rache an dem Grafen D'Argies genommen, aber er durfte es ihr nicht sagen. Niemand sollte es wissen. Als er wieder zuhause ankam, war es bereits 10 Uhr abends. Er übergab einem Diener sein Pferd und begab sich auf der Stelle zu seinen Gemächern. Das Schlafgemach war verlassen, aber Richard hörte aus dem Bad nebenan Wasser plätschern. Er öffnete die Tür zum Badezimmer einen Spalt breit und sah, wie Melanie soeben aus der Badewanne stieg und ihren nassen Körper mit einem Handtuch abtrocknete. Das warme Wasser hatte ihre Durchblutung angeregt und nun schimmerte ihre Haut leicht rosa. Melanie kämmte sich die Haare und stand mit dem Rücken zur Tür. Während dessen entkleidete sich Richard leise und betrachtete ihren leckeren Hintern, in den er am liebsten reinbeißen wollte. Sobald er das letzte Kleidungsstück abgelegt hatte, schlich er ins Bad und näherte sich langsam dem Objekt seiner Begierde. Melanie bemerkte ihn im Spiegel und drehte sich zu ihm um. Sie sah ihn fragend an und wollte etwas sagen, aber Richard nahm sie sanft an der Taille und setzte sie dann mit ihrem Po auf die steinerne Platte, die um das Waschbecken herum angebracht war und spreizte ihre Beine. Melanie legte ihre Arme auf seine Schultern und sah ihm direkt in die Augen. Als ihr Mann in sie eindrang, schaute sie ihn weiterhin an und Richard erwiderte den intensiven Blick. Er verzehrte sich nach ihren grünen Augen, den süßen Sommersprossen und dem roten Schmollmund, der vor Verlangen leicht geöffnet war und leise seinen Namen stöhnte: „Richard." Er glitt in ihrer feuchten Vagina langsam hin und her und konnte seine Augen nicht von den ihren abwenden. Die ganze Zeit sahen sie sich gegenseitig an, während sie sich liebten. Als würden sie auf diese Weise

'Entschuldigung' sagen. Dann nahm Richard Melanie fest an sich und legte sie auf den weichen Badezimmerteppich. Seine Bewegungen wurden wilder und er stieß heftiger zu. Melanie schloss ihre Augen und fühlte mit all ihren Sinnen wie ihr Mann sie verwöhnte. Sie hatte ihn die letzten Tage ebenfalls vermisst. Und obwohl sie wütend auf ihn war, verrauchte ihr Zorn und sie empfand nur noch unbändige Lust, sobald Richard sie berührte. Sie streichelte mit den Fingerspitzen an ihrem Hals, umkreiste dann ihre Brust und glitt weiter zu ihrem flachen Bauch, auf dem sich kleine Wasserperlen gebildet hatten. Doch plötzlich spürte sie Richards Hand an ihrem Hals und er drückte zu. Es war zwar ein leichtes Drücken, trotzdem würgte er sie und Melanie sah ihn verwundert an. Er kam näher an ihr Gesicht und flüsterte: „Du gehörst mir." Und stieß noch tiefer in sie hinein. Melanie berührte seinen Arm und lächelte, woraufhin Richard seinen Griff wieder lockerte.

„Wem sonst?", sagte sie belustigt und erwartete keine Antwort. Sie fand es unendlich anziehend, wenn er sie auf die dominante Weise nahm. Ganz unerwartet stoppte er mitten im Liebesspiel, stand auf und zog Melanie an ihren Armen hoch auf die Beine. Er nahm ihre linke Hand und führte sie ins Schlafgemach. Setzte sich dann aufs Bett und lehnte sich am Kopfende an.

„Setze dich auf mich drauf, aber mit dem Rücken zu mir", forderte er Melanie auf.

Sie neigte ihren Kopf leicht zur Seite und war über die neue Position etwas überrascht, aber nicht abgeneigt. Sie schwang sich gekonnt über ihn und setzte sich auf sein Glied.

„Reite mich", befahl Richard und knetete ihren Hintern.

Während Melanie sich auf und ab bewegte, erinnerte sie sich wieder an den Begriff, den Veronika ihr eins sagte: Betthüpfer. Und musste dabei schmunzeln. Sie fing an, ihre Hüfte lasziv zu kreisen. Dann streckte sie sich nach oben, legte ihren Kopf in den Nacken, nahm ihre leicht feuchten Haare hoch und ließ sie langsam Strähne für Strähne zurück auf den Rücken fallen. Richard schaute der Darstellung lustvoll zu und lächelte gierig. Er hatte nichts anderes von einer Tänzerin erwartet. Die visuelle Anregung tat die ganze Arbeit und er erlebte seinen Höhepunkt. Melanie stieg langsam von ihm ab und legte sich neben ihm hin. Er rutschte weiter runter zu ihr und umschloss sie mit seinen Armen. Niemals würde er es zulassen, dass sie ihn verließ, für niemanden. Melanie positionierte ihren Kopf auf Richards Brust und hörte dem Rhythmus seines Herzens zu. Und sie beide schliefen friedlich nebeneinander ein.

Blitz und Donner

Natalie Mec

Kapitel 50 Die Auktion

2. Oktober 1875

Im Auktionshaus waren alle Sitzplätze des großen Saals besetzt. Sogar entlang der Wände standen Kauffreudige und warteten ungeduldig auf den Beginn der Versteigerung. Vor einer Woche hatte Konrad Njeschnij in der Tageszeitung angekündigt, einige seiner besten Kunstwerke versteigern zu wollen und den Erlös für eine wohltätige Organisation zu spenden. Der Künstler selbst stand rechts hinter der Bühne, auf der gleich der Auktionator die wertvollen Gegenstände präsentieren und die Angebote entgegen nehmen würde. Neben Konrad standen schweigend der Herzog und die Herzogin von Crussol. Alle drei warteten gespannt auf das Ergebnis der Veranstaltung. Der Auktionator betrat das Podium und ließ die Versteigerung beginnen.

Als Erstes wurden die Bilder zum Kauf angeboten. Ganz besonders hochgehandelt wurde ein Gemälde, das der Künstler erst vor Kurzem angefertigt hatte. Darauf zu sehen, war ein aufrecht stehendes schwarzes Schwert, an dessen Spitze eine goldene Krone thronte. Das Schwert und die Krone verschmolzen ineinander und beim Farbüberlauf waren alle Farben des Regenbogens eingearbeitet, die dezent zum Vorschein kamen.

„Wissen Sie Madame von Crussol, dass Sie mich zu diesem Kunstwerk inspiriert haben?", fragte Monsieur Njeschnij die Herzogin, die ihn daraufhin verwundert ansah. „Ja, und zwar als

Sie zusammen mit dem Herzog um den Titel des Tanzkönigs tanzten."

Richard grinste und fragte: „Und wer von uns beiden steht auf diesem Bild für das Schwert?"

Konrad lächelte wissentlich und antwortete: „Das liegt im Auge des Betrachters, Euer Gnaden."

Nach der erfolgreichen Versteigerung der Bilder folgten die Skulpturen und Melanie staunte nicht schlecht, als sie die fünfzig Zentimeter große Figur von einem Mann wiedererkannte, der sich ausgiebig streckte.

„Du lässt unsere Siegestrophäe versteigern?", fragte Melanie überrascht und sah Richard vorwurfsvoll an.

„Als ob du sie vermissen würdest", entgegnete er. „Abgesehen davon, ist es für den guten Zweck."

In Wahrheit war das nicht der einzige Grund. Nachdem Melanie ihren Mann in ihr neues Projekt eingeweiht hatte, wollte er sie bei der Realisierung finanziell unterstützen, aber sie weigerte sich vehement, von ihm Geld anzunehmen. Daher hatte er schließlich nachgegeben. Richard sah nur noch die Möglichkeit, mit dem Erlös für die Siegestrophäe etwas beizusteuern.

Melanie lächelte wieder und stimmte Richard zu. An dem legendären Abend bei Vincent von Guise hatten sie etwas viel Wertvolleres gewonnen, nämlich das gegenseitige Interesse und daraus entstand Liebe.

Zum Schluss wurde das kaiserliche Diadem versteigert und die Gebote hörten nicht auf, bis am Ende eine vornehme Dame um die dreißig Jahre den kostbaren Kopfschmuck ersteigerte, und zwar für den doppelten Preis, als vorher von Experten geschätzt. Melanie war darüber mehr als begeistert. Außerdem hatte sie die neue Besitzerin des kostbaren Diadems wiedererkannt. Sie gehörte zu den Hofdamen der Kaiserin. Das letzte Mal, als Melanie ihr begegnet war, wurde sie von ihr wie ein schmutziger Waschlappen im Garten des Kaiserpalasts angesehen.

„Was wohl Anastasia davon halten wird, dass eine ihrer Hofdamen nun ein Geschenk des Kaisers besitzt?", dachte Melanie hämisch.

Im Großen und Ganzen war sie mit dem Ergebnis der Auktion zufrieden. Sie konnte die Baukosten damit sehr gut decken, aber sie benötigte zusätzlich Personal, das regelmäßig entlohnt werden wollte. Dafür brauchte sie weitere Einnahmen und müsste sich daher etwas überlegen.

„Hier bitteschön", sprach Richard und überreichte Melanie einen Scheck.

Sie sah die enorme Summe, die darauf geschrieben stand, und erwiderte aufgebracht: „Richard, ich sagte doch bereits, dass ich kein Geld von dir annehme."

„Das ist nicht von mir", antwortete er unschuldig.

Seine Frau war verwirrt und sah sich den Bankscheck genauer an, der offensichtlich vom Grafen D'Argies ausgestellt und unterschrieben wurde.

„Betrachte dies als großzügige Spende für deine Organisation. Diese Zuwendung bekommst du übrigens monatlich", ergänzte Richard und lächelte.

Melanie war absolut sprachlos. Der Graf D'Argies war ein überaus barmherziger Mann und ein viel besserer Mensch, als sie angenommen hatte. Sie nahm sich vor, ihm bei der nächstmöglichen Gelegenheit dafür zu danken.

BLITZ UND DONNER

Natalie Mec

Kapitel 51   Das Versprechen

8. Oktober 1875

Die Blätter an den Bäumen hatten sich gelb und rot verfärbt. Sie fielen langsam zu Boden und bildeten einen bunten Teppich auf dem grünen Rasen. Veronika saß in ihrem Sessel, schaute den Herbstblättern beim Dahingleiten zu und streichelte über ihren Bauch. Allmählich konnte man da eine kleine Wölbung unter ihrem Kleid erkennen. Sie hatte ihr Buch zur Seite gelegt und ihre Gedanken kreisten mal wieder um Henri. Mittlerweile hatte sie die Hoffnung aufgegeben, dass er zu ihr zurückkommen und sich entschuldigen würde. Aber ihre Gefühle für ihn blieben unverändert. Melanie saß während dessen im gleichen Zimmer an dem Schreibtisch und setzte Häkchen auf ihrer To-do-Liste. Mit Richards Hilfe und Einfluss hatte sie ein großes Grundstück gekauft und die Baugenehmigung erworben. Soeben hatte sie mit dem Architekten eine Besprechung gehabt und ihm ihre Wünsche und Vorstellungen unterbreitet. Jetzt wartete sie auf seinen ersten Entwurf, der vermutlich Ende nächster Woche fertig sein würde. Der Butler kam in das Zimmer herein und kündigte an, dass der Baron von Bouget soeben eingetroffen war. Die Schwestern schauten sich alarmiert an. Veronika war bereits seit drei Wochen bei Melanie und ihr Vater glaubte immer noch, es sei nur ein längerer Besuch. Thomas von Bouget betrat den Raum und lächelte breit. Die junge Herzogin ging als Erste zu ihm und umarmte ihren Vater, den sie unheimlich vermisst hatte. Auch Veronika stand auf und marschierte zu ihnen rüber. Thomas schaute sie an und etwas Bestimmtes fiel ihm sofort auf. Er war vierfacher Vater und ihm entging nicht die geringste Veränderung an seinen Kindern. Er erwiderte Veronikas herzliche Umarmung. Als er sie wieder losließ, streichelte er über ihren Bauch und guckte ernst.

„Zu viel Kuchen und leckeres Essen", log Veronika und lächelte zaghaft.

Doch der Baron von Bouget war nicht dumm. Er erkannte schnell den wahren Grund für Veronikas langen Besuch bei ihrer jüngeren Schwester.

„Wer ist der Vater?", fragte er und versuchte, dabei ruhig zu klingen, wobei er innerlich vor Zorn fast platzte. Veronika schaute mit versteinernder Miene zu ihm. Sie sah im Augenwinkel, wie Melanie sie anstarrte und fast unmerklich den Kopf schüttelte. Veronika verstand die Geste. Sie sollte den Namen nicht preisgeben, dann würde ihr Vater nichts unternehmen können.

„Veronika, sage mir auf der Stelle wie der Kerl heißt, der dich geschwängert hat!", der Baron wurde ungeduldig, doch seine Tochter schwieg weiter. „Warum beschützt du ihn? Verdammt noch mal, er muss sich seiner Verantwortung stellen und dich so schnell wie möglich heiraten!", erklärte er laut.

„Das wird er nicht", entgegnete Melanie.

„Warum nicht? Ist er etwa tot? Wenn nicht, dann wird er das bald sein, dafür sorge ich", entgegnete der Vater hitzig.

„Papa, du würdest einen Mord begehen und man wird dich dafür inhaftieren", redete seine jüngste Tochter auf ihn ein.

„Melanie, merke dir folgende wichtige Regel fürs Leben. Es ist erst dann eine Straftat, wenn man Zeugen hat. Also mache dir um mich keine Sorgen. Ich frage dich jetzt zum letzten Mal, Veronika! Wer ist der Vater deines ungeborenen Kindes?", der Baron meinte es bitterernst.

Natalie Mec

Veronika konnte ihn nicht mehr anlügen und sagte im Flüsterton die Wahrheit: „Es ist Henri Graf von Ailly."

„Natürlich ist er das", dachte Thomas. So viel Zeit wie sie mit diesem Mann verbracht hatte.

„Gut, dann fahren wir jetzt gemeinsam zu dem werdenden Vater und verlangen von ihm, dass er dich zur Frau nimmt, ansonsten rede ich mit ihm später erneut, aber allein", sagte Monsieur von Bouget und wollte sogleich aufbrechen.

„Papa, nein", hielt Veronika ihn auf. „Ich möchte keinen Mann heiraten, der nichts mehr von mir wissen will."

„Hast du daran gedacht, dass du wahrscheinlich gar keinen anderen Mann heiratest, weil du bereits ein uneheliches Kind haben wirst?", gab der Vater zu bedenken.

„Das ist mir egal", antwortete Veronika trotzig.

„Mir aber nicht. Ich will nicht, dass du dein Leben für einen Egoisten opferst, der dich im Stich gelassen hat", erklärte Thomas und plötzlich wurde ihm bewusst, wie sehr die Zukunft seiner Tochter auf der Kippe stand, und Tränen kamen ihm in die Augen.

„Wir finden einen Weg für Veronika, das verspreche ich", sagte Melanie entschieden und berührte ihren Vater am Arm, der mit seinen Gefühlen kämpfte.

„Ja, wir versprechen es, Papa!", es war Jakob, der das laut wiederholte. Er verbrachte den heutigen Tag bei Melanie und hatte die Unterhaltung zwischen den dreien von Anfang an auf dem Flur belauscht.

„Ich schwöre, dass ich Veronika niemals im Stich lassen werde", sagte er entschlossen.

„Ich ebenfalls nicht", bestätigte Melanie. „Wir werden sie mit allen Mitteln unterstützen, die uns zur Verfügung stehen."

„Ihr beide, seid noch zwei Grünschnäbel, die gerade erst in der großen Welt das Laufen lernen. Ein Kind großzuziehen, bedeutet sein Leben komplett auf dessen Bedürfnisse umzustellen. Glaubt ihr wirklich, dass ein Schüler und eine junge Herzogin, die selber so einige Herausforderungen vor sich haben, das wuppen können?", fragte der Vater und war immer noch nicht überzeugt.

„Ich bin doch ebenfalls da und als Mutter die wichtigste Person", warf Veronika dazwischen. Sie war sich absolut sicher, dass sie für ihr Kind alles tun würde.

Thomas von Bouget schaute den drei jungen Menschen nacheinander ernst in die Augen.

„Gut, einverstanden. Ich werde diesen Henri nicht umbringen. Vorerst", sprach er und gab seinen Kindern eine Chance sich zu bewähren. Trotzdem hatte er mit dem Grafen von Ailly noch ein Hühnchen zu rupfen.

Jakob streckte Veronika seine Hand entgegen und sah sie erwartungsvoll an. Sie lächelte liebevoll zurück und legte ihre Hand in die seine. Sie war ihrem Bruder unendlich dankbar, dass er felsenfest zu ihr stand. Jakob wollte und würde sie am liebsten nicht mehr loslassen. Und vielleicht eröffnete sich gerade für die beiden eine neue Tür für eine gemeinsame Zukunft.

Natalie Mec

BLITZ UND DONNER

Kapitel 52   Die Neuigkeit

26. Oktober 1875

Höchst zufrieden stand Melanie auf dem großen Acker und sah zu, wie die Bauarbeiter den Boden ebneten, um später das Fundament zu gießen. Sie wollte unbedingt, dass die Wände und die Dächer von allen drei Gebäuden bereits standen, bevor in ungefähr einem Monat der erste Schnee fiel. Melanie war eine großzügige Bauherrin und entlohnte die Bauarbeiter überaus gut, weshalb die Männer ihre Tätigkeiten tadellos und schnell verrichteten. Umso besser für den straffen Zeitplan. Jeden Tag bekamen die Arbeiter zum Mittag etwas Warmes zu essen und zu trinken, denn Melanie wollte, dass die Männer stets mit guter Laune auf der Baustelle erschienen, das würde das Endergebnis des Bauprojekts extrem beeinflussen. Sie selbst hatte seit Tagen wenig gegessen. Vielleicht lag es an der Aufregung wegen des Baus, dass sie sich unwohl fühlte und nichts runter bekam. Zudem hatte sie sich wieder mit Richard gestritten, weil er der Meinung war, sie würde mehr Zeit auf dem Feld verbringen, als Zuhause. Das stimmte. Melanie war ständig unterwegs. Sie musste regelmäßig mit dem Architekten über den Baufortschritt sprechen. Zudem war sie bei der Redaktion der regionalen Zeitung gewesen, um eine Anzeige zu schalten, denn sie suchte fähiges Personal für ihre Einrichtung. Alle ihre vier Stuten waren mittlerweile trächtig und benötigten besonderes Futter, diese Aufgabe konnte Melanie glücklicherweise dem

Stallburschen übertragen. Nur blieb die Frage, wie sie die neugeborenen Fohlen jemals verkaufen sollte, wenn sie keine Kunden hatte? Es bereiteten ihr demnach so einige Themen Kopfzerbrechen und der zusätzliche Streit mit ihrem Ehemann verursachte weiteren Stress.

Als Melanie am Abend wieder nach Hause kam, war sie ausgelaugt und hungrig. Sie bat das Dienstmädchen, ihr etwas zu Essen in den Salon zu bringen, in dem normalerweise die Mahlzeiten serviert wurde und ließ sich dort auf einen Stuhl fallen. Im nächsten Augenblick kam Richard herein gelaufen und Melanie sah an seinem finsteren Gesichtsausdruck, dass er auf Ärger aus war.

„Es ist bereit 20 Uhr. Wir hatten schon vor zwei Stunden zu Abend gegessen. Wo warst du so lange?", herrschte er sie sogleich an.

Melanie seufzte. Ihr war gerade absolut nicht nach Streit zu Mute. Sie hatte kaum Energie und brauchte dringend etwas zu essen.

„Ich hatte noch ein etwas länger andauerndes Gespräch mit einem Professor von der Universität, der in meiner Ausbildungsstätte anfangen möchte. Ich musste den Bewerber ausführlich befragen, bevor ich ihn einstelle", erklärte Melanie müde und hoffte, er würde sie damit in Ruhe lassen.

„Du triffst dich am Abend mit irgendwelchen Männern?", empörte sich Richard und glaubte, sich verhört zu haben. „Konntest du das Gespräch nicht früher am Tag stattfinden lassen?"

„Nein, das ging nicht, weil der Professor tagsüber Vorlesungen hatte. Bitte, können wir nicht morgen darüber sprechen?", bat Melanie ihn und fühlte, wie die Kräfte sie langsam verließen.

„Wann morgen? Du verschwindest, sobald du aus dem Bett aufstehst und kehrst erst spät abends wieder zurück. Und am

Blitz und Donner

Ende des Tages bist du immer so kaputt, dass du in der Nacht nur schläfst. Ich habe seit über zwei Wochen kaum etwas von dir", beklagte er sich.

„Das ist absolut normal für eine Geschäftsfrau", entgegnete Melanie müde.

„In erster Linie bist du meine Ehefrau und ich erwarte von dir, dass du deine ehelichen Pflichten erfüllst", verlangte Richard.

„Und die wären?", wollte Melanie wissen. Wie gerne hätte sie jetzt eine Tafelschokolade und einen Teller voll mit Geflügelwürstchen. Und zum Nachtisch ein paar scharfe Chilis.

„Mich jeden Abend glücklich zu machen", antwortete Richard herrisch.

„Gib mir eine halbe Stunde fürs Essen und danach mache ich dich super glücklich", beschwichtigte Melanie ihn und fragte sich, wo das Dienstmädchen bloß blieb.

„Das ist mein Ernst. Ich erwarte von dir, dass du ab sofort mehr Zeit daheim verbringst und deinen Pflichten hier nachgehst. Du bist spätestens bis 17 Uhr wieder auf dem Schlossgelände und nimmst jede Mahlzeit zuhause ein. Hast du mal in den Spiegel geschaut? Du hast deutlich abgenommen. Der ganze Stress ist nicht gut für dich", schloss Richard seine Forderungen ab.

Melanie hatte zu Ende gehört, aber so langsam hatte sie keine Geduld mehr. Dafür war sie zu erschöpft, zu hungrig und zu selbstbewusst.

„Weißt du, was ich erwarte?", sagte sie und stand von ihrem Stuhl auf. „Verständnis und Toleranz. Ich bin nicht deine Dienerin, die du nach Belieben rumkommandieren kannst. Ich komme und gehe, wann ich will. Du kannst mir nichts vorschreiben!"

Richard weitete seine Augen und schritt auf Melanie zu. Er würde ihr gleich zeigen, was er ihr alles vorschreiben konnte.

Natalie Mec

Melanie hatte eigentlich keine Lust auf den Streit, aber wenn ihr Ehemann es unbedingt wissen wollte. Doch plötzlich wurde ihr schwindelig und ihre Beine gaben nach. Sie hielt sich an der Tischkante fest, als alles um sie herum schwarz wurde und sie zu Boden fiel. Richard konnte mit einem schnellen Hechtsprung in letzter Sekunde verhindern, dass sie mit dem Kopf auf dem Parkett aufschlug und starrte entsetzt auf ihren bewusstlosen Körper. Das Dienstmädchen kam im selben Moment in den Salon herein und hätte vor lauter Schreck das Tablett fast fallen gelassen.

„Schnell, hol sofort den Arzt!", rief Richard ihr zu.

Die Frau stellte das Essen auf dem Tisch ab und eilte aus dem Salon. Richard nahm Melanie hoch und trug sie in das nächste Zimmer, in dem eine Couch stand und legte sie vorsichtig darauf ab. Er rief mehrmals ihren Namen, aber sie reagierte nicht. Richard fühlte an ihrem Hals den Puls. Ihr Herzschlag war kaum zu spüren. Melanie sah ziemlich blass aus. Ihr Mann blieb die ganze Zeit bei ihr und versuchte sie unaufhörlich wieder zum Bewusstsein zu bringen, leider ohne Erfolg. Als der Arzt nach zwanzig Minuten endlich kam, stand Richard kurz vor einer Panikattacke. Der Doktor nahm den Herzog vorsichtig zur Seite und versicherte ihm, er würde sich um Melanie kümmern. Richard musste das Zimmer verlassen, damit der Arzt seine Frau untersuchen konnte. Er lief im Flur auf und ab und konnte keinen klaren Gedanken fassen.

„Was, wenn sie stirbt?", dachte er panisch. Er konnte nicht noch jemanden verlieren, den er liebte. Er hatte schon zu viele Menschen verloren, die ihm etwas bedeutet hatten. Wenn Melanie sterben sollte, dann würde er es ebenfalls tun. Wenn nicht körperlich, dann auf jeden Fall geistig. Wenig später wurde Melanie auf einer Trage in das private Schlafgemach des Herzogspaares gebracht und die Diener legten sie vorsichtig auf das große Bett. Richard hörte, wie der Arzt dem Dienstmädchen

Blitz und Donner

die Aufgabe erteilte, der Herzogin ab sofort ausreichend Wasser zu Trinken zu geben. Zudem sollte der Koch nur noch vitaminreiche Speisen zubereiten. Abgesehen davon benötigte die Herrin viel Ruhe. Richard näherte sich dem Doktor und sah ihn hilflos an.

„Wird sie wieder gesund?", fragte er zögerlich und fürchtete sich vor der Antwort.

„Ja, es wird ihr wieder gut gehen. Bitte geben Sie auf ihre Ehefrau Acht und sie soll zukünftig Stress vermeiden", antwortete der Arzt ruhig.

„Was hat meine Frau denn?", wollte Richard wissen und war erleichtert, zu hören, dass es Melanie bald wieder besser gehen würde.

„Die Herzogin erwartet ein Kind", offenbarte der Arzt und Richard starrte ihn mit großen Augen an. „Sie haben es wohl noch nicht gewusst, wie ich sehe. Nun, herzlichen Glückwunsch", sagte der Mann lächelnd.

„Danke", erwiderte sein Gegenüber entgeistert und war von der unerwarteten Entwicklung total überrumpelt. Der Doktor verneigte sich höflich und entfernte sich wieder. Richard ging in das Schlafgemach und schritt langsam auf das Bett zu, in dem Melanie lag. Sie hatte ihre Augen mittlerweile wieder leicht geöffnet. Er nahm behutsam ihre Hand und küsste sie auf die Wange.

„Wir bekommen ein Baby", sagte Richard lächelnd.

„Ja, einfach unglaublich", erwiderte Melanie erschöpft. Ihr Ehemann sah sie liebevoll an und streichelte ihr übers Gesicht.

„Ich verstehe gar nicht, warum du dich vorhin so aufgeregt hast. Ich erfülle meine ehelichen Pflichten ungemein gut", sprach sie leise, denn sie hatte sich kurz nach dem Aufwachen an die verbale Auseinandersetzung zwischen ihnen beiden erinnert.

Richard grinste und antwortete daraufhin: „Ich liebe dich."

„Ich liebe dich ebenfalls", sagte sie.

Der Herzog befahl den anwesenden Bediensteten, sich zu entfernen, und blieb mit seiner Frau allein. Er half ihr beim Umziehen. Und während Melanie völlig entblößt vor ihm lag, betrachtete sie ihren makellosen und schlanken Körper. Ob er nach der Schwangerschaft immer noch so aussehen würde? Richard küsste sie zärtlich auf den Bauch unterhalb des Bauchnabels und schenkte ihr ein liebevolles Lächeln. Dann zog er ihr das Nachthemd über, wechselte seine Kleidung ebenfalls und legte sich zu ihr ins Bett. Vor einer halben Stunde fürchtete er noch, dass er Melanie verlieren könnte, und nun wusste er, dass in naher Zukunft ihr gemeinsames Kind in sein Leben treten würde. Und er war unendlich dankbar dafür.

Am nächsten Morgen während des Frühstücks verkündete Richard ganz stolz Melanies Schwangerschaft. Katarina von Crussol war absolut entzückt über die Neuigkeit und Veronika war völlig aus dem Häuschen.

„Melanie, stelle dir das mal vor, wir beide sind gleichzeitig schwanger! Unsere Kinder werden zusammen aufwachsen, so wie wir früher!", rief ihre Schwester aufgeregt.

„Ja, das wird ein Spaß", entgegnete Melanie fröhlich und erinnerte sich wieder an den Schabernack, den sie als Kind zusammen mit ihren Geschwistern getrieben hatte.

„Das ist einfach wundervoll! Zwei kleine Engel unter einem Dach. Ich freue mich jetzt schon auf das Kinderlachen!", jubelte Katarina und klatschte in die Hände.

„Ja, vor allem freue ich mich auf das Geschrei in der Nacht", bemerkte Melanie und seufzte.

„Damit wirst du klar kommen. Sobald dich unser Kind anlächelt, wirst du die Strapazen schnell wieder vergessen", beruhigte Richard sie und zwinkerte ihr zu.

„Wahrscheinlich", kommentierte Melanie leise und schaute auf ihren vollen Obstteller. Sie konnte ihre Schwangerschaft noch gar nicht richtig fassen. Es ging alles so wahnsinnig schnell. Vor einem halben Jahr hatte sie keinen einzigen Gedanken an eine Heirat und Kinderkriegen verschwendet. Und nun war sie mitten drin in der eigenen Familiengründung. Was würde jetzt aus ihrem Geschäft als Pferdezüchterin und ihrem neuen Projekt werden, das sie gerade mühevoll aufbaute? Würde sie ihre Karriere aufgeben müssen oder konnte sie gleichzeitig Geschäftsfrau und Mutter sein? Ihr Leben verlief absolut anders, als sie es sich vorgestellt hatte. Melanie nahm den Rat des Arztes ernst und genehmigte sich eine ausgiebige Erholungspause von ihrer Arbeit. Sie delegierte die Aufgaben vorübergehend an ein paar Diener und erhielt von ihnen regelmäßig Rückmeldungen. Sie und Veronika verbrachten ab sofort viel Zeit gemeinsam an der frischen Luft und ernährten sich gesund. Richard verwöhnte die beiden Schwangeren mit Geschenken. Brachte jeden Tag Blumen, Schmuck oder neue Umstandskleidung. Melanie fand es außerordentlich zuvorkommend von ihrem Mann, dass er nicht nur sie auf Händen trug, sondern auch ihre Schwester. Aber auch Jakob war ein echter Kavalier. Er bespaßte Veronika und Melanie in jeder freien Minute und erzählte ihnen lustige Geschichten. Und wenn sich abends die Herzogin und der Herzog in ihre Privatgemächer zurückzogen, dann leistete Jakob Veronika Gesellschaft und spendete ihr Trost. Sie unterhielten sich und lachten oder saßen ganz dicht beieinander auf dem Sofa und lasen gemeinsam ein Buch.

Während dieser Zeit legte Veronika ihren Kopf auf die Schulter ihres Bruders und gewöhnte sich langsam an seine Wärme.

Natalie Mec

Kapitel 53   Die Anerkennung

20. Januar 1876

Es war tiefster Winter und die offene Kutsche fuhr auf Schlitten durch den platt getretenen Schnee. Die Herzogin von Crussol hatte sich warm eingepackt und wärmte ihre Hände unter ihrer Decke aus braunem Nerzfell. Der Kutscher hielt neben drei vierstöckigen Gebäuden an, die in einem U angeordnet waren, und Melanie stieg vorsichtig aus. Sie hatte mittlerweile einen kleinen Bauch, der sie beim Gehen noch nicht behinderte, wie es hingegen bei ihrer Schwester der Fall war. Veronika konnte oder wollte sich an ihre neue Körperfülle partout nicht gewöhnen und stieß oft aus Versehen mit ihrer großen Bauchkugel an Türrahmen oder Möbeln an.

Die Herzogin schritt auf dem vom Schnee geräumten Weg zu der neuerbauten Einrichtung und betrat als Erstes das ganz linke Gebäude. Dies sollte am Ende der Fertigstellung die Ausbildungsstätte für Erwachsene werden und eine Grundschule für Kinder. Die Maler liefen mit Eimern voll weißer Farbe herum und bestrichen die Wände. Die obersten zwei Stockwerke waren bereits fertig und der Boden wurde nun mit Parkett ausgelegt. Melanie war mit den Renovierungsarbeiten zufrieden und ging in das zweite Gebäude hinein, das später ein Waisenhaus sein würde. Hier wurden die Wände in fröhlichen Farben bemalt, wie himmelblau oder mintgrün. Die Schlafbereiche für die Mädchen waren in Gelb und Rosa gehalten. Dieses Gebäude war komplett fertig und die ersten Möbel wurden von den Monteuren gerade aufgebaut. Melanie lobte die Arbeiter für das gelungene Ergebnis und begab sich in das letzte Bauwerk, dem Pflegeheim. Hier stand bereits alles an seinem Platz, die Möbel und das Equipment. Die junge Herzogin hatte vor, diese Einrichtung bereits morgen zu eröffnen. Eine offizielle Feier würde sie aber erst Ende diesen Frühlings veranstalten, sobald die anderen beiden Gebäude in Betrieb genommen wurden und das Wetter wesentlich wärmer sein würde. Als sie wieder aus dem Pflegeheim hinaus schritt, begegnete sie überraschenderweise Willhelm Girard, der neben ihrer Kutsche auf sie wartete.

„Monsieur Girard, schön Sie wiederzusehen!", begrüßte Melanie den Politiker. Seit ihrer letzten Begegnung beim Treffen der Freimaurervereinigung hatten sie sich nicht mehr gesehen.

„Die Freude ist ganz meinerseits, Madame von Crussol", begrüßte Willhelm sie ebenfalls und gratulierte ihr sogleich zur Schwangerschaft. Melanie bedankte sich lächelnd und fragte ihn, welchen Umständen sie seinen Besuch zu verdanken hatte.

„Ich wollte mit meinen eigenen Augen sehen, was Sie hier geschaffen haben. Ihr Mann, der Herzog von Crussol, hat mir im Gentlemen's Club der FSP von ihrem ehrgeizigen Projekt berichtet und damit meine Neugier geweckt. Ich muss gestehen, dass ich beeindruckt bin. Wie kamen Sie auf diese Vision?", wollte Monsieur Girard wissen.

„Durch Sie", antwortete Melanie ehrlich.

„Durch mich?", fragte ihr Gegenüber verwundert. „Würden Sie mir das bitte erklären?"

„Sie haben Recht. Der Weg in die Gosse ereilt einen schneller, als es einem lieb wäre. Und ich habe das dringende Bedürfnis den Menschen, die leider das Pech im Leben haben, in der Gosse zu landen, zu helfen. Deshalb habe ich meine wohltätige Organisation gegründet", berichtete Melanie.

„Wirklich sehr nobel", bemerkte Willhelm und verneigte seinen Kopf. „Hat Ihre Organisation auch einen Namen?"

„Um ehrlich zu sein noch nicht", gestand sie und fragte sich prompt, warum sie nicht schon früher daran gedacht hatte. „Aber ich werde mir einen passenden Namen überlegen."

„Bitte informieren Sie mich umgehend darüber, denn ich bin gewillt, Ihr Projekt zu unterstützen. Wenn Sie mir im Gegenzug erlauben, Ihre Organisation im Wahlkampf für meine Partei zu nutzen", schlug der Politiker vor.

„Wie sehe Ihre Unterstützung denn aus? Sie müssen wissen, dass meine Organisation finanziell gut aufgestellt ist", Melanies Neugierde wurde geweckt.

„Ich würde Ihnen weitere Einrichtungen zur Verfügung stellen und die Werbetrommel für Sie rühren, damit Ihr Projekt in der Öffentlichkeit mehr Aufmerksamkeit und Anerkennung bekommt", erläuterte Willhelm und hoffte, dass die Herzogin seinem Vorschlag zustimmte.

Melanie überlegte kurz. Das Angebot von Monsieur Girard klang recht vernünftig und sie hätten am Ende beide etwas davon.

„In Ordnung, ich bin einverstanden", sagte sie schließlich und reichte Willhelm ihre Hand. Sie besiegelten ihre Vereinbarung mit einem Handschlag und Monsieur Girard lächelte zufrieden.

„Ach, und übrigens", sagte Melanie, nachdem sie wieder in ihrer Kutsche Platz genommen hatte, „ich habe soeben entschieden, dass der Name meiner Organisation 'Ma Grande Soeur' lauten soll."

Der Politiker zeigte mit einem knappen Kopfnicken, dass er mit der Namensgebung einverstanden war, und verabschiedete sich von der jungen Herzogin, die wieder zurück zu ihrem Schloss fuhr.

Blitz und Donner

Vier Tage später fand im Rathaus der Stadt eine Wahlkampfveranstaltung der Freien sozialistischen Partei statt. Es waren alle Bürger willkommen, die das achtzehnte Lebensjahr bereits vollendet hatten. Der Vorstand der FSP hatte zuvor völlig unerwartet das Teilnahmeverbot für Frauen an deren Veranstaltungen aufgehoben und somit waren vereinzeld auch einige Damen in dem großen Saal anwesend. Die Mehrheit bildeten aber weiterhin die Männer. Melanie schaute sich um und schätze die Anzahl der Frauen auf ungefähr fünfzig bei insgesamt siebenhundert Teilnehmern. Vor einigen Tagen hatte Richard ihr angeboten, ihn auf die Veranstaltung zu begleiten und sie hatte sofort 'Ja' gesagt. Als Monsieur Girard sich hinter das Podium stellte, wurden die Eingangstüren zum großen Saal geschlossen und der Veranstaltungsabend begann.

„Mesdames et Messieurs, ich heiße Euch alle herzlich willkommen und Danke, dass ihr so zahlreich erschienen seid", begrüßte Willhelm Girard das Publikum. „In acht Monaten findet die Wahl der neuen Regierung statt und wir als Partei haben uns das ehrgeizige Ziel vorgenommen, beim kommenden Wahlgang die Mehrheit zu holen. Mit Sicherheit kein leichtes Unterfangen, denn die konservative Partei ist zurzeit stärker denn je, nicht zuletzt wegen der guten Politik des Kaisers. Wir, die Freie sozialistische Partei, sind der Ansicht, dass man Traditionen durchaus bewahren sollte, aber nicht, wenn sie uns in der Entwicklung als Gesellschaft hindern. Wie Ihr alle wisst, sind Frauen in unserem Land den Männern nicht gleichgestellt. Sie haben weniger Rechte und Freiheiten, obwohl sie ebenfalls Menschen sind. Die Freie sozialistische Partei möchte dies in Zukunft ändern."

Ein Raunen ging durch die Menge.

„Wir fordern das Wahlrecht für Frauen und das bereits für die anstehende Wahl im September. Unsere Partei hat den dazugehörigen Entwurf dem Parlament diese Woche vorgelegt und bei der nächsten Sitzung wird darüber entschieden, ob das Gesetz dementsprechend geändert werden soll."

Die Stimmen der Zuhörer wurden lauter. Einer der anwesenden Männer konnte seine Meinung nicht mehr für sich behalten und rief sie hinaus: „Weshalb sollen Frauen mehr Rechte bekommen? Sie kamen bis jetzt auch ohne sie klar."

Zustimmendes Gemurmel war zu hören. Willhelm Girard musste lauter sprechen, damit man ihn verstand: „Ich bitte um Ruhe! Bevor ich Ihre Frage beantworte, Monsieur, stelle ich Ihnen zuerst ein paar Gegenfragen. Warum darf eine Frau keine Universität besuchen? Wieso darf sie nicht jeden Beruf ergreifen, den sie gerne ausüben möchte? Weshalb sollte eine Frau nicht die Regierung wählen dürfen, die sie für richtig hält?"

Das Gerede hörte auf und alle warteten gespannt.

„Weil sie nun Mal Frauen sind, ihre Tätigkeiten sind häuslicher Natur. Die Gebiete der Männer sollten sie besser meiden. Wir mischen uns schließlich auch nicht in deren Aufgaben ein", entgegnete der Mann erbost.

Wieder wurde es im Saal unruhig.

Melanie schaute ihren Ehemann an und fragte amüsiert: „Ist der Herr da vorne dein Verwandter im Geiste?"

Richard schmunzelte und warf ihr von der Seite einen kurzen Blick zu. Der Vorsitzende der FSP schlug mit seinem Holzhammer gegen das Podium und das Getuschel verstummte.

„Nun wie es mir scheint, Monsieur, sind Sie der Ansicht, dass Frauen weniger wert seien als Männer, deshalb dürfen sie auch nur im Haushalt ihren Tätigkeiten nachgehen und sonst nirgends. Doch ich frage Sie ernsthaft. Ist ihre Mutter weniger wert als Sie? Oder ihre Schwester? Oder sind Sie der Meinung, dass ihre Tochter es nicht verdient, gleichermaßen behandelt zu werden wie Sie? Vorhin stellten Sie mir die Frage, weshalb Frauen mehr Rechte bekommen sollen. Ich sage Ihnen warum, weil sie es wert sind. Sie haben es verdient, gleichberechtigt behandelt zu werden, und sollten aufgrund ihres Geschlechts nicht diskriminiert werden. Frauen und Mädchen sind Menschen und bilden die Hälfte der gesamten Bevölkerung. Wir benachteiligen somit die Hälfte unsere Landes. Und aus welchem Grund?" Willhelm Girard baute eine Pause ein, um die Spannung zu erhöhen. „Weil wir an einer alten Tradition festhalten, die härter ist als ein Diamant, und die uns trotzdem eines Tages wie dünnes Glas zerbrechen wird, weil wir unsere Überzeugungen nicht rechtzeitig geändert haben." Das gesamte Publikum hörte aufmerksam zu. „Eines Tages werden die Frauen sich erheben und die Fesseln ablegen, die wir ihnen auferlegt haben. Es wird zu einem Kampf kommen, der das Volk entzweien könnte. Ich frage euch, wollen wir das? Wollen wir in einem Zwiespalt untergehen oder wollen wir als Einheit über uns hinauswachsen? Wir als die FSP sagen, dass jetzt der Augenblick gekommen ist, um richtig zu handeln. Die Weichen für eine glorreiche Zukunft zu stellen, die besser sein wird, als die Vergangenheit, indem wir die Frauen den Männern gleichstellen. Wir beginnen mit dem Wahlrecht und mit der Zeit kommen weitere Rechte hinzu."

Eine hochgewachsene blonde Frau hob ihre Hand. Willhelm erteilte ihr die Erlaubnis zu sprechen.

„Warum sollte die weibliche Bevölkerung ihre Partei wählen, außer der Tatsache, dass sie ihnen mehr Rechte erteilen wollen?", fragte sie.

„Weil wir Frauen und Kinder in ihren schwirigen Lebenssituationen unterstützen möchten. Wir haben Stiftungen und Organisationen, die sich damit befassen. Wie beispielsweise die Organisation 'Ma Grande Soeur', die von der Herzogin von Crussol ins Leben gerufen wurde. Sie umfasst Ausbildungsstätten und Schulen, Waisenhäuser und Pflegeheime und seit Kurzem auch Kindergärten und Sozialwohnungen. Alles auf dem neuesten Stand und top modern. Wie Sie sehen, geht unsere Partei mit der Zeit und hat das Wohlergehen der Bevölkerung als oberstes Ziel", beantwortete Monsieur Girard die Frage.

Die blonde Frau schien mit der Erklärung zufrieden zu sein und lächelte. Der Vorsitzende der FSP erläuterte danach noch weitere Wahlkampfschwerpunkte und das Publikum hörte ihm gebannt zu. Während dessen drehte sich Richard zu seiner Ehefrau um und hielt ihre Hand fest.

„Ich war noch nie so stolz auf dich, wie in diesem Augenblick", sagte er und lächelte anerkennend.

Melanie schenkte ihm daraufhin ihr schönstes Lächeln und flüsterte: „Danke, mein Liebster."

BLITZ UND DONNER

Natalie Mec

Kapitel 54   Die Nichte

27. März 1876

Der Frühling kam wie jedes Jahr mit viel Sonnenschein, der den Schnee zum Schmelzen brachte. Vogelgezwitscher erfüllte von früh bis spät die Luft. Und die Frühblüher tauchten den Garten in zarte Farben. Dennoch war dieser Frühling anders als jeder die Jahre davor. Denn Veronika und Melanie waren beide zum ersten Mal schwanger. Sie saßen gemeinsam mit Jakob und Katarina auf der großen Terrasse und tranken Tee. Veronikas Niederkunft war nicht mehr weit entfernt und sie streichelte liebevoll über ihre riesengroße Bauchkugel.

„Was denkst du? Welches Geschlecht wird dein Kind haben?", fragte sie ihre Schwester, die mit ihrer Schwangerschaft circa zwei Monate hinter Veronika lag.

„Bei meinem Glück wird es bestimmt ein Mädchen. Ich denke, dass ich noch ein paar mehr Versuche benötigen werde, bis ich einen Sohn zur Welt bringe", antwortete Melanie.

„Ein kleines Mädchen ist doch wunderbar", mischte sich ihre Schwiegermutter ein. „Mein ältestes Kind war ebenfalls eine Tochter und ich habe sie von der ersten Sekunde an geliebt."

„Ich werde mit Sicherheit ebenfalls alle meine Kinder lieben", fügte Melanie schnell hinzu, „aber frage mal deinen Sohn, wie er darüber denkt. Der Herzog redet fast jeden Tag davon, dass er einen Stammhalter braucht."

„Auch eine Tochter kann den Familiennamen fortführen.

Wenn ich mich an Karolina erinnere, dann war sie genauso mutig und tapfer wie ein junger Mann. Sie stand Richard in nichts nach und das weiß er", entgegnete Katarina selbstsicher.

„Hätte ihr verstorbener Mann, der François von Crussol, das genauso gesehen und Karolina den Titel weitervererbt und nicht seinem ältesten Sohn?", hackte Melanie nach, denn sie war von Katarinas Aussage nicht überzeugt.

„Das hätte er nicht, weil wir nun mal zwei Söhne hatten", gab die Schwiegermutter offen zu. „Aber hätten wir nur Töchter gehabt, dann wäre die älteste von ihnen die Erbin des Titels geworden."

„Ganz genau, nur dann wäre es möglich gewesen. Mein Bruder Jakob erbt ebenfalls den Titel des Barons, obwohl er der Jüngste von uns vier ist. Bedeutet im Umkehrschluss, dass ein Sohn gegenüber einer Tochter bevorzugt wird. Wie viele alte Könige sind an der Aufgabe gescheitert, einen männlichen Nachkommen zu zeugen? Am Ende hatten sie ihre Töchter an die Prinzen des Nachbarlandes verheiratet und damit ihre Königreiche in die Hände einer anderen Königsfamilie übergeben? Es wurde von der Gesellschaft als Schmach angesehen und die Könige verloren ihr Gesicht", berichtete Melanie kopfschüttelnd. „Eine ziemlich veraltete Einstellung, meiner Meinung nach."

„Es gab in der Geschichte auch Königinnen, die sehr erfolgreich regiert haben. Wie zum Beispiel Königin Elisabeth I oder die Kaiserin Katarina die Große. Sie verhalfen ihren Ländern zu mehr Blüte und Fortschritt", hielt die Herzoginmutter dagegen.

„Ja, die gab es", stimmte Melanie ihr zu. „Aber leider nur eine Handvoll. Wären mehr Königinnen an der Macht gewesen, dann hätte es bestimmt weniger Kriege auf der Welt gegeben, denn die Kriegstreiber sind definitiv männlich."

„Also ich denke, dass ich einen Sohn gebäre", redete

Veronika dazwischen und wollte damit auf das ursprüngliche Thema zurückkommen.

„Was der Graf von Ailly davon halten wird, dass sein erster Sohn den Nachnamen von Bouget tragen wird und nicht den seinen?", witzelte die Schwiegermutter und nippte an ihrer Teetasse.

Jakob schaute interessiert von seinem Buch hoch und überlegte. Was wenn Veronika tatsächlich einen Jungen zur Welt brächte und er den Nachnamen des Barons von Bouget tragen würde? Könnte er vielleicht das Kind später adoptieren und als seinen Erben bestimmen? Das klang für Jakob nach einer guten Perspektive.

„Henri hatte mir unmissverständlich gesagt, dass er unser Kind niemals sehen will. Es ist ihm daher vollkommen gleichgültig, ob es ein Junge oder ein Mädchen sein wird", antwortete Veronika traurig.

Melanie nahm ihre Hand und drückte sie leicht. Es war ihr weiterhin schleierhaft, wie Henri so kaltherzig sein konnte. Er hatte Veronika in den letzten sieben Monaten kein einziges Mal besucht, geschweige denn, einen Brief geschrieben. Richard hatte seiner Frau versichert, dass Henri noch lebte und er ihn regelmäßig sehen würde. Denn eine Zeit lang befürchtete Melanie, ihr Vater hätte seine Drohung womöglich wahr gemacht und Henri heimlich zur Strecke gebracht. Plötzlich richtete sich Veronika auf dem Stuhl auf, sah entsetzt auf ihren Bauch und spürte warme Flüssigkeit unter sich.

„Ach du Schreck!", schrie sie auf. „Meine Fruchtblase ist geplatzt!"

Und wieder mal starrte Melanie sie fassungslos an und alle ihre Gedanken waren verschwunden, wie damals im Garten, als Veronika ihr offenbart hatte, dass sie schwanger war.

„Rebecca!", rief Katarina von Crussol eines der Dienstmädchen, die sogleich herbeigeeilt kam. „Lasse bitte sofort nach dem Arzt rufen und bereite Veronikas Schlafgemach für die Niederkunft vor. Du weißt ja, reichlich Handtücher, Krüge voller warmen Wassers und Seife und alles andere, was der Arzt benötigt. Los schnell! Beeil dich!"

Das Dienstmädchen lief aufgeregt los. In der Zeit half Jakob, seiner Schwester aufzustehen, und ging mit ihr langsam in Richtung ihres Schlafgemachs. Melanie war mittlerweile wieder aus ihrer Starre erwacht und fragte, wie sie helfen sollte. Die Herzoginmutter befahl ihr, bis Richards Heimkehr auf der Terrasse zu bleiben. Sie durfte sich auf gar keinen Fall in die Nähe von Veronikas Schlafgemach begeben. Als Melanie sie nach dem Grund dafür fragte, antwortete Katarina schnippisch: „Du willst doch nicht, dass deine Fruchtblase vor lauter Schreck frühzeitig platzt und die Wehen ausgelöst werden."

Also blieb Melanie auf der Terrasse sitzen und war völlig aufgewühlt. Sie konnte ihrer Schwester jetzt nicht beistehen. Und sowohl Katarina als auch Jakob ließen sich nicht mehr blicken. Wenig später kam Richard zurück und wurde von seiner Frau regelrecht überfallen. Sie erzählte ihm aufgeregt, was passiert war, und nun wisse sie nicht, was sie tun sollte. Sie konnte nicht ruhig sitzen und ein Buch lesen, dafür war sie im Moment viel zu zappelig. Richard nahm sie auf einen Spaziergang durch den Garten und als Melanie sich wieder einigermaßen beruhigt hatte, begaben sie sich gemeinsam in das Gästehaus. Während sie vor dem Kamin saßen und sich eng aneinander gekuschelt hatten, sagte Richard aufmunternd: „Mache dir bitte keine Sorgen. Es wird bei der Geburt alles gut laufen. Jakob ist bei Veronika, einen zuverlässigeren Partner als ihn gibt es für sie nicht."

„Ja, da hast du Recht", stimmte Melanie ihm zu. Dann überlegte sie plötzlich und schaute ihren Ehemann verwundert an. Wie meinte er das? Partner in welchem Sinne?

Zur gleichen Zeit kämpfte die werdende Mutter mit den

Schmerzen der Geburt. Veronika war umringt von einem Arzt und zwei assistierenden Krankenschwestern. Draußen auf dem Flur wartete Katarina und hielt Wache, nicht dass Melanie vor lauter Sorge um ihre Schwester, doch noch hier aufkreuzen würde. Jakob war bei Veronika geblieben. Er saß neben ihr auf dem Bett und hielt ihre Hand, während sie mit jeder Wehe presste. Die Geburt neigte sich langsam dem Ende zu und Veronika schrie vor lauter Qual. Jakob litt mit ihr. Er konnte ihr nicht helfen, nur Trost spenden. Sie schaute immer wieder zu ihm und er lächelte sie aufmunternd an. Dann verspürte sie ein extremes Ziehen. Sie kniff die Augen zusammen, hielt die Luft an und presste, so doll sie nur konnte. Jakob nahm ihre Hand an seinen Mund und drückte sie fest an seine Lippen. Er hatte seine Augen ebenfalls geschlossen und betete, dass diese unmenschliche Folter bald vorbei sein würde. Und dann hörten sie es. Den ersten Schrei. Veronika atmete schwer, war aber zutiefst erleichtert. Nachdem der Arzt dem Baby die Nabelschnur durchtrennt und das Kind vom Blut und Fruchtwasser gereinigt hatte, übergab er das Neugeborene an Jakob.

„Ich gratuliere Ihnen. Es ist ein gesundes Mädchen", verkündete der Arzt erfreut.

Sowohl Veronika als auch Jakob sahen ihn kurz überrascht an, lachten dann vor Glück und hießen die kleine Prinzessin auf dieser Welt willkommen.

„Wie soll das Kind heißen?", fragte der Arzt sogleich.

„Gib du ihr den Namen", bat Veronika ihren Bruder, der das kleine Mädchen liebevoll in seinen Armen hielt. Jakob war sichtlich überrascht darüber, dass ihm diese Ehre zuteilwurde und zögerte.

„Du bist die letzten Monate immer für mich da gewesen. Deswegen steht es dir zu", erklärte Veronika und lächelte.

Jakob dachte nach. Ihm fiel nur ein einziger Name ein, der

für seine Nichte passte, und sagte schließlich: „Sie soll Colette heißen. Colette von Bouget."

Der Arzt trug den Namen in ein offizielles Formular ein, setzte seine Unterschrift darunter und damit war die Geburt von Colette von Bouget bestätigt. Veronika und Jakob lagen gemeinsam auf dem Bett und schauten dem Engelchen dabei zu, wie es seine ersten Saugversuche an Mamas Brust machte. Sie fühlten sich wie eine richtige kleine Familie und in Wahrheit waren sie es.

Natalie Mec

Blitz und Donner

Kapitel 55   Der Gangster

28. März 1876

Der Baron von Bouget hielt voller Stolz sein erstes Enkelkind in den Armen. Er lächelte das kleine Mädchen an und streichelte ihr über die kurzen schwarzen Haare. Sein Sohn Jakob hatte ihm an diesem frühen Morgen die frohe Nachricht persönlich überbracht. Danach waren sie gemeinsam zum Schloss des Herzogs von Crussol geritten. Melanie, Katarina und Jakob standen um sie herum und bewunderten ebenfalls den kleinen Engel.

„Wollte die Baronin von Bouget nicht mit Ihnen kommen?", fragte die Herzoginmutter verwundert.

„Nein. Meine Frau hat gesagt, dass sie erst dann wieder gewillt ist, mit Veronika ein Wort zu wechseln, sobald sie den Grafen von Ailly geheiratet hat", antwortete Thomas von Bouget und atmete tief aus.

Melanie verdrehte daraufhin die Augen. Ihre Mutter war nicht viel besser als der Graf von Ailly selbst. Zudem enttäuschte sie das Verhalten ihrer Schwester Jane, die ebenfalls nicht gekommen war. Melanie hatte die beiden Frauen seit ihrer Heirat mit Richard nicht mehr gesehen und so langsam hatte sie auch kein Bedürfnis mehr. Ihr Mann und Veronika kamen unterdessen in den Salon hereinspaziert und Richard stützte die frischgebackene Mama beim Gehen. Die Bediensteten servierten gerade das Mittagessen. Thomas übergab seine Enkeltochter an die Amme und die Herrschaften setzten sich an den Esstisch.

„Ich muss gestehen, dass ich von Henri mehr Charakterstärke erwartet habe", gab Katarina offen zu und führte das Thema weiter aus. „Ich hätte nie gedacht, dass er sich seiner Verantwortung gegenüber dem Kind entziehen würde."

„Ist doch egal, Mutter", entgegnete Richard. „Wir sind für Colette da. Es wird ihr an nichts fehlen."

„Dessen bin ich mir absolut sicher", sagte Katarina schnell. „Aber einen Vater kann niemand so leicht ersetzen. Das Kind wird später nach seinem Papa fragen und was willst du ihm darauf antworten, Veronika?"

Die Angesprochene schwieg, denn sie wusste es selber nicht genau.

„WENN die Kleine nach ihrem Vater fragt", betonte Jakob stattdessen.

„Natürlich wird sie das. Es stimmt schon, Colette hat zwei starke Beschützer wie dich und Richard, aber ein Onkel bleibt nun mal ein Onkel. Ihr werdet in Zukunft eigene Familien gründen und Kinder haben. Richard ist bereits eifrig dabei. Colette wird mit ihren Cousins und Cousinen zusammen aufwachsen, aber ihr wird der Vater für immer fehlen", erklärte Katarina eindringlich.

„Keine Sorge, wir kriegen den Burschen noch überredet", sagte Thomas von Bouget und knackte geräuschvoll den Panzer seines Hummers. Richard schaute mit gerunzelter Stirn zu ihm. Die Überredungskünste seines Schwiegervaters waren mit Sicherheit sehr überzeugend.

„Schluss jetzt! Wir brauchen uns bei diesem Schleimbeutel nicht aufzudrängen! Wenn er nicht will, dann kriegt er auch nichts!", sprach Jakob laut aus.

Alle Anwesenden am Tisch sahen ihn verwundert an. Jakob wirkte äußerst aufgebracht. Veronika saß direkt neben ihm und legte ihre Hand behutsam auf die seine. Ihr Bruder atmete sofort flacher und beruhigte sich wieder. Während des gesamten Mittagessens beobachtete Melanie ihre beiden Geschwister. Veronika und Jakob gingen unglaublich zärtlich miteinander um und schauten sich gegenseitig liebevoll an, beinahe so wie Melanie und Richard. Und allmählich schlich sich bei ihr ein Gedanke ein, den sie absolut nicht wahrhaben wollte: Sind die beiden etwa ein Liebespaar?

Am nächsten Morgen bereitete Jakob sich auf den Unterricht vor und ritt anschließend zu der hochangesehenen Eliteschule. Nur Söhne aus adligen und reichen Familien hatten das Privileg, dort unterrichtet zu werden. Auf dem Schulgelände traf er auf seine besten Freunde, Sebastian von Semur und Valentin Martin. Sie begrüßten sich gegenseitig mit einer Umarmung und gingen gut gelaunt ins Gebäude. Während des Mathematikunterrichts hatte Jakob Schwierigkeiten, dem Thema Algorithmen zu folgen. Er dachte immer wieder an Colette und Veronika. Die beiden waren für ihn das Wichtigste auf der Welt. Außerdem beschäftigten ihn die Worte der Katarina von Crussol. Das Kind brauchte einen Vater. Was wenn er diese Rolle einnehmen würde? Jakob war im vergangenen Januar siebzehn Jahre alt geworden. Um ein Kind zu adoptieren, müsste er volljährig sein und damit noch bis zum nächsten Jahr warten. Trotzdem könnte er für Colette bereits jetzt ein Vaterersatz sein. Sie würde sich an seine Anwesenheit gewöhnen und ihn von Anfang an Papa nennen und nicht Onkel Jakob. Die Kleine würde später gar nicht nach ihrem leiblichen Vater fragen, weil sie bereits einen hätte. Ja, diese Vorstellung gefiel ihm.

Während der Pause standen Sebastian und Valentin draußen unter einer Buche und verspeisten ihre Sandwiches. Ihr Freund Jakob saß schweigend daneben auf einer Bank und grübelte.

„Jakob, was geht in deinem Kopf vor?", fragte Sebastian verwundert. „Du bist heute andauern in den Tagträumen versunken."

„Meine Schwester Veronika ist vorgestern Mutter geworden", antwortete Jakob gedankenverloren.

„Herzlichen Glückwunsch!", gratulierten Sebastian und Valentin ihm Chor. Sie klopften ihrem Freund auf die Schultern und waren sichtlich erfreut.

„Danke", gab Jakob lächelnd zurück und wurde schnell wieder ernst.

„Also so richtig glücklich siehst du aber nicht aus", bemerkte Valentin und schaute verwirrt zu seinem Kumpel. „Ist etwas nicht in Ordnung?"

„Der leibliche Vater meiner Nichte hat sie und ihre Mutter im Stich gelassen. Deswegen versuche ich gerade einen Weg zu finden, wie ich die beiden bestmöglich finanziell unterstützen könnte. Als 17-jähriger Schüler hat man da nicht viele Möglichkeiten", erläuterte Jakob und kratzte sich am Kopf.

„Also wenn es um das rein Finanzielle geht, dann kann ich dir zinsfrei Geld leihen. Als Baron von Semur habe ich bereits mein eigenes Vermögen, über das ich verfüge", machte Sebastian ihm den Vorschlag.

„Du Glücklicher", gab Jakob offen zu. Bis er seinen Titel des Barons von Bouget erbte, würden mit Sicherheit noch einige Jahre vergehen. Dennoch könnte sein Vater ihm bereits jetzt eine Geldsumme überlassen, wenn er ihn darum bat, aber das wollte Jakob nicht.

„Mit was verdient deine Familie eigentlich ihr Geld?", fragte er stattdessen Sebastian.

„Mit Marihuana. Wir pflanzen es zu medizinischen Zwecken an", antwortete sein Freund grinsend.

„Uh, ein echter Drogenbaron also", lachte Valentin.

„Und was ist mit dir?", fragte Sebastian seinen Kumpel mit hellblonden Haaren und zupfte ihn am Kragen seiner Schuluniform. „Womit ist deine Familie reich geworden?"

BLITZ UND DONNER

„Mit Warenhandel. Mein Großvater und mein Vater sind großartige Kaufleute. Sie haben ein gutes Gespür für kostbare Ware und wissen genau, wo sie die Käufer dafür finden. Wir handeln mit teuren Orientteppichen im Süden und mit Pelzkleidung hier im Norden. Und noch andere hochwertige Artikel gehören zu unserem Sortiment, wie zum Beispiel das Safrangewürz", erklärte Valentin schmunzelnd. Er war ein ziemlich fröhlicher Zeitgenosse, mit dem man Pferde stehlen konnte.

„Also bist du für den In- und Export zuständig", deutete Sebastian mit einem schiefen Grinsen an. Woraufhin der aufgeweckte Kaufmannssohn selbstsicher mit dem Kopf nickte.

„Was ist mit dir Jakob? Was macht deine Familie?", fragte Valentin.

Jakob überlegte. Sein Vater verwaltete sein Land und war somit seit Kurzem ein Landwirt. Aber vor seinem Leben als Baron von Bouget war er ein Oberstleutnant und befehligte ein ganzes Kavallerie Bataillon. Thomas war ein Soldat gewesen, sowie sein Vater und Großvater vor ihm, und er hatte seinem einzigen Sohn so einiges über die Kunst des Krieges beigebracht, ins Besondere über die Kriegswerkzeuge.

„Meine Familie hat eine lange Militärtradition. Und ich bin ein Waffennarr", antwortete Jakob nachdenklich.

„Also ich muss sagen, das klingt wirklich viel versprechend!", bemerkte Valentin lachend.

„Oh ja, das ist es in der Tat", dachte Jakob. Und er hatte gerade eine glänzende Idee im Kopf, wie er an sehr viel Geld rankommen könnte, um Veronika und Colette ohne fremde Hilfe ein schönes Leben zu ermöglichen.

Direkt nach der Schule suchte Jakob seinen Vater in dessen Büro auf und bat ihn um ein Gespräch. Thomas von Bouget erlaubte ihm selbstverständlich, in das Arbeitszimmer einzutreten und auf dem Stuhl ihm gegenüber Platz zu nehmen.

„Worüber möchtest du mit mir sprechen?", fragte der Vater freundlich.

„Über dein altes Geschäft", antwortete Jakob.

Thomas schaute seinen Sohn verwundert an und sagte: „Das alte Geschäft gehört der Vergangenheit an. Der Kaiser war so großzügig, uns ein neues Leben zu ermöglichen."

Jakob schaute kurz auf den Boden und entgegnete: „Könntest du mich trotzdem deinen alten Kontakten vorstellen?"

Der Baron atmete geräuschvoll aus und ließ Jakob nicht aus den Augen.

„Warum willst du damit anfangen? Du betrittst damit eine Welt, die unberechenbar ist und vor allem gefährlich. Wieso?", wollte er wissen.

„Vater, wir leben zwar in diesem schönen Anwesen, gehen auf Bälle und treffen vornehme Menschen, aber in meinem Inneren weiß ich, dass wir nicht dazugehören. Unsere Familie ist anders. Wir sind weit entfernt davon adelig zu sein. Und das weißt du. Sieh dir Melanie und Veronika an. Die beiden gehen einen Weg, der so gar nicht mit der feinen Gesellschaft zu vereinbaren ist. Ihr Ruf ist am Boden und Veronika hat keinen Mann, der ihr zur Seite steht. Deswegen will ich ihr helfen. Ich möchte für sie und ihre Tochter sorgen", erklärte Jakob.

„Durch unser altes Geschäft. Das ist deine Lösung?", fragte Thomas skeptisch.

„Das ist die beste Lösung. Denn du hast sowohl die richtigen Kontakte in der Armee, sowie in der Regierung. Und ich weiß, wie ich die Sachen auf sicherem Wege transportiert bekomme, ohne dass jemand Verdacht schöpft", erläuterte Jakob.

„Welche Vertriebswege hast du anzubieten?", der Vater wurde neugierig.

„Ich habe einen Freund, dessen Familie mit Waren handelt und verschiedene Transportmöglichkeiten besitzt, sowohl zu

Land als auch auf See. Er hat mir zugesichert, mich bei meinem Vorhaben zu unterstützen", erzählte Jakob.

„Verstehe. Und weiß dein Freund auch darüber Bescheid, auf welches Terrain er sich damit begibt?", bemerkte Thomas und klang wenig überzeugt.

„Ja, das weiß er und er möchte seinen Anteil am Geschäft mitverdienen", gab Jakob offen zu. Er hielt dem Blick seines Vaters stand, der ihn eindringlich musterte.

Der Baron war wenig davon begeistert, dass ausgerechnet sein Sohn das Leben führen wollte, von dem er geglaubt hatte, es endlich hinter sich gelassen zu haben. Andererseits kannte er Jakob zu gut, um zu wissen, dass er seinen Weg gehen würde, ob nun mit seiner Hilfe oder ohne.

„Trotzdem, meine Antwort lautet nein. Wir sind jetzt adelig und rein. Habe ich mich da klar ausgedrückt?", entgegnete Thomas von Bouget streng. Sein Sohn schien darüber wenig erfreut zu sein und sagte nichts. Stattdessen ging Jakob ohne ein weiteres Wort aus dem Arbeitszimmer hinaus und dachte nicht daran, seinen Plan aufzugeben. Im Gegensatz zum Rest seiner Familie verabscheute er insgeheim das Leben auf der hellen Seite. Am liebsten würde er alles niederreißen und ins Dunkle treiben. Er fühlte sich in dieser noblen Welt gefangen und wollte endlich frei sein.

Am darauffolgenden Tag wartete Jakob ab, bis sein Vater das Anwesen verlassen hatte und schlich sich in sein Büro. Er durchsuchte die Regale und den Schreibtisch. Anschließend durchwühlte er die Schränke, fand aber nicht, was er suchte. Vaters schwarzes Adressbuch. Vielleicht hatte der Baron es bei sich? Nein, dafür war dieses Adressbuch zu gefährlich, um es überall hin mit zu nehmen. Jakob überlegte. Womöglich war es im Schlafzimmer seiner Eltern. Er begab sich unbemerkt dorthin und durchforschte jede Ecke, leider ohne Erfolg. Vermutlich hatte sein Vater das Adressbuch schon längst verbrannt.

„Verbrannt. Schwarz wie verbranntes Papier. Was war noch mal das lateinische Wort für brennen? Nero! Ja, das ist es!", sagte Jakob laut und ihm kam eine Idee. Er lief in das ehemalige Zimmer seiner Schwester Melanie rein und suchte dort alles ab. Er sah sogar klischeehaft unter der Matratze nach und wurde überraschenderweise fündig. Er holte langsam das schwarze Buch hervor und öffnete es. Jakob las sich die Namen darin durch und wusste, dass er das richtige Adressbuch in den Händen hielt. Auf den vergilbten Seiten standen Kontaktdaten hochrangiger Offiziere und einflussreicher Politiker. Der Baron von Bouget hatte alles Wichtige in diesem Buch aus schwarzem Leder notiert und an Stelle es zu verbrennen, hatte er es in dem ehemaligen Zimmer seiner Lieblingstochter versteckt. Jakob lächelte zufrieden. Er hatte sich für seinen weiteren Weg entschieden, noch bevor er mit der Suche begonnen hatte, und jetzt gab es für ihn kein Zurück mehr.

BLITZ UND DONNER

Kapitel 56 Das Unwetter

28. Mai 1876

Am letzten Wochenende des schönen Monats Mai fand die Feier zur Eröffnung der neuerbauten Einrichtung der Organisation 'Ma Grande Soeur' statt. Eingeladen waren selbstverständlich alle Bewohner des Pflegeheimes und des Waisenhauses, wie auch die Schüler und Lehrlinge der Ausbildungsstätte und das gesamte Personal und deren Familien. Des Weiteren kamen viele Parteimitglieder der FSP, allen voran Monsieur Willhelm Girard. Auch die Baronin von Semur war mit ihren Familienmitgliedern anwesend, sowie Vincent Herzog von Guise mit seinem fünfjährigen Sohn Karl und Konrad Njeschnij. Die Gastgeberin, Melanie von Crussol, stellte sich auf ein breites Podest, um eine Ansprache vor dem versammelten Publikum zu halten. Sie nahm das Megafon entgegen, das Richard ihr hinhielt und begann zu sprechen.

„Ich heiße euch alle herzlich willkommen am heutigen Frühlingstag! Ich bin kein Mensch von großen Reden, wobei ich mich darin nun üben muss, als Geschäftsführerin einer Organisation", sagte Melanie scherzhaft und die Menge lachte. „Als Erstes möchte ich mich bei meiner Familie und meinen Freunden bedanken, die mich bei der Realisierung dieses Projekts unterstützt haben. Ganz besonderer Dank gilt meinem Ehemann, der an mich geglaubt hat, und meiner Schwester Veronika. Ohne sie wäre ich nie auf diese Idee gekommen und der Name der Organisation ist ihr Verdienst."

Melanie zeigte mit flacher Hand in die erste Reihe. Ihre Schwester stand dort zusammen mit Jakob und hielt ihre schlafende Tochter im Arm. Veronika war sichtlich gerührt und hatte Tränen in den Augen.

„Wir sollten auf unserem Lebensweg eines nie vergessen: Er könnte uns in die Gosse führen. Um da wieder rauszukommen, brauchen wir zu meist Hilfe und dazu dient diese Organisation. Dafür kämpfen unsere Mitarbeiter, damit Menschen in der Not ebenfalls nicht kampflos aufgeben. Lasst uns gemeinsam für eine sozial gerechtere Zukunft einstehen und unseren Kindern ein Vorbild sein. Dankeschön.", schloss Melanie ihre Rede ab und das Publikum applaudierte.

Richard half ihr beim Runtergehen vom Podest und nahm sie bei der Hand. Seine Frau war nun hochschwanger und erwartete in wenigen Wochen ihr erstes Kind. Aus diesem Grund behandelte er sie äußerst vorsichtig. Gemeinsam schritten sie durch das Gedränge und beobachteten die Feiernden. Vor allem galt ihre Aufmerksamkeit den spielenden Kindern. Melanie fragte sich, wie ihr Nachwuchs wohl sein würde. Sie machte sich innerlich auf ein kleines Energiebündel gefasst. Plötzlich spürte sie ein leichtes Ziehen am Bauch, das nach ein paar Sekunden wieder aufhörte. Es war demnach nichts Ernstes. Sie und Richard schlenderten mit bester Laune auf dem Gelände und warfen sich verliebte Blicke zu. Eine extra für den Anlass engagierte Musikband spielte Stücke von Johann Sebastian Bach. Zirkusartisten führten auf einem großen runden Platz Kunststücke vor. Bei den Kindern waren besonders der Feuerspucker und die Harlekins beliebt. Es wurden kostenloses Essen und Getränke verteilt. Und wer wollte, konnte sein Können beim Bogenschießen auf die Probe stellen. Richard und Melanie begegneten Vincent, der gerade seinem Sohn beim Spannen des Schießbogens half. Der kleine Karl war genauso hellblond wie sein Papa und hatte sogar seine kristallblauen Augen geerbt. In diesem Moment fragte sich Melanie, warum sie der Herzogin von Guise bis jetzt noch nie begegnet war? Womöglich gab es dafür einen traurigen Grund und sie beschloss deswegen, das Thema nicht in der Anwesenheit des kleinen Karls anzusprechen. Stattdessen beugte sie sich so weit es ihr runder Bauch ermöglichte zu dem Jungen runter und lobte ihn für seine Bemühungen. Karl lächelte sie breit an und zeigte ihr ganz stolz, wie gut er schon schießen konnte. Der Pfeil verfehlte leider die Zielscheibe und der Junge stand leicht enttäuscht da. Melanie nahm ihn an der Hand und gemeinsam gingen sie los, um den Pfeil zu holen. Dann stellten sie sich näher an die Zielscheibe ran und Karl schoss erneut. Dieses Mal traf er und hüpfte vor Freude in die Luft. Melanie applaudierte und streichelte ihm über das Köpfchen. Der Junge sah überglücklich aus und umarmte die junge Herzogin an den Beinen. Melanie erwiderte die Umarmung und drückte Karl ganz fest an sich.

„Deine Frau wird eine gute Mutter sein", sagte Vincent und sah mit einem leichten Lächeln zu seinem Sohn rüber. „So eine hätte ich auch für meinen Jungen gewünscht."

Richard stand neben ihm und sagte darauf: „Ist deine Frau wieder auf einer spirituellen Reise?"

„Nur Gott weiß, wo sie gerade steckt", antwortete Vincent ernst. „Für Jacqueline ist ihr Glaube die Erfüllung ihres Lebens, sogar ihr Kind steht dabei nur an fünfter Stelle, wenn überhaupt."

„Vielleicht solltest du dich einfach nach einer neuen Frau umsehen", schlug Richard ihm unverhofft vor. „Ich glaube an Bewerberinnen, würde es nicht mangeln."

„Es liegt nicht daran, dass sich für mich keine Frauen interessieren", entgegnete Vincent und schaute dabei zu Veronika und Jakob, die unweit von ihnen standen und sich liebevoll um die kleine Colette kümmerten. „Sondern es geht darum, dass ich eine Frau finden möchte, mit der ich mich geistig verbunden fühle."

Richard sah nachdenklich zu seinem Freund und nickte verständnisvoll. Er wusste wie kein Anderer, wie selten es war, einen Menschen zu finden, der einen im Herzen berührt. Er legte Vincent eine Hand auf die Schulter und lächelte aufmunternd.

Während dessen kehrten seine Frau und der kleine Karl zu ihnen zurück. Und wieder vernahm Melanie das eigenartige Ziehen, dieses Mal etwas stärker, aber es ging relativ schnell vorüber. Im nächsten Moment gesellte sich Willhelm Girard zu ihnen und er unterhielt sich zusammen mit Richard über Politik. Die Wahlkampagne verlief scheinbar gut. Die FSP gewann in der Bevölkerung immer mehr an Beliebtheit und warb auf Wahlplakaten mit ihren sozialistischen Slogan, wie: „Männer und Frauen! Gemeinsam sind wir stark! In eine bessere Zukunft mit der FSP!" Oder: „Gleichheit beginnt heute! Wählt die FSP!"

Melanie schaute derweil in den Himmel, an dem vom Westen her dunkle Wolken aufzogen. Sie fasste sich an ihren Bauch, als das eigenartige Ziehen wieder kam. Es war definitiv stärker als zuvor und so langsam machte Melanie sich doch Gedanken. Aber sie konnte als Gastgeberin nicht so schnell wieder von der Feier verschwinden. Sie entschied sich daher, hier noch etwas zu bleiben. Konrad Njeschnij leistete ihr Gesellschaft. Während ihres gemeinsamen Gesprächs gab er offen zu, dass er mit der Farbwahl in den Räumlichkeiten des Waisenhauses nicht einverstanden war. Viel zu bunt und zu schrill seiner Meinung nach. Melanie schlug ihm vor, ein paar visuelle Veränderungen vornehmen zu dürfen, wenn er dies umsonst täte. Und überraschenderweise willigte Konrad ein. Sie lachte und trank mit ihm zusammen eine Limonade. Ihr Bauch wurde unterdessen immer härter und das Ziehen kam in regelmäßigen Abständen. Die Sonne wurde von den Wolken mittlerweile verdeckt und Melanie bekam allmählich ein mulmiges Gefühl. Sie drehte sich zu Richard um und bat ihn, zusammen mit ihr nach Hause zu fahren mit der Begründung, sie fühle sich nicht wohl. Er nickte schnell. Sie verabschiedeten sich von ihren Freunden und begaben sich auf dem direkten Wege zu ihrer Kutsche. Der kleine Karl schenkte Melanie noch eine selbst gepflügte Kamillenblume und einen Wangenkuss zum Abschied. Die junge Herzogin hatte etwas Mühe sich von dem jungen Kavalier zu trennen, der ihr Herz in Sturm erobert hatte, und steckte sich die Blume ins Haar. Sie war dennoch froh, die Kutsche endlich erreicht zu haben und loszufahren, denn ihre Füße taten ihr unter dem Gewicht langsam weh und ihr Bauch fühlte sich äußerst hart an.

Bis nach Hause erwartete sie eine Strecke von vierzig Minuten. Doch nach ungefähr zehn Minuten Fahrt fing es stark an zu regnen und die Kutsche kam nur langsam voran. Melanie hoffte, dass der Regen bald nachlassen würde, und wollte nicht gleich in Panik verfallen. Der Kutscher lenkte die Pferde zu einer Ruine und stellte die Kutsche in dem hohen Durchgang, der in die Burg führte, ab. Sie warteten dort darauf, dass der Starkregen wieder aufhörte. Richard verbannt mit diesem Ort unbeschwerte Erinnerungen. Früher in seiner Kindheit war er oft mit seinen Geschwistern hier gewesen. Sie hatten Räuber und Gendarm gespielt. Und somit kannte er alle guten Versteckmöglichkeiten dieser alten Burgruine. Als Räuber hatte er damals Gabriel geheißen und als Gendarm war sein Name Robin gewesen. Es war eine sorglose Zeit gewesen, die ihm sehr fehlte, vor allem Karolina und Eduardo vermisste er jeden Tag.

„Richard, hat diese Kutsche ein undichtes Dach?", fragte Melanie besorgt und brachte ihn aus seinen Kindheitserinnerungen wieder in die Realität zurück.

„Unsinn, ich habe sie erst letzte Woche nagelneu erworben. Sie hat absolut keine Schäden", antwortete der junge Herzog und sah aus dem Fenster. Das Unwetter schien unterdessen schlimmer zu werden. Der Wind peitschte gegen die alten Mauern und ein Gewitter zog direkt über ihnen vorüber. Richard blickte dann verdutzt auf den Boden der Kutsche und empörte sich: „Was zum Teufel?! Wieso ist hier alles nass?"

„Weil vermutlich ich undicht bin", entgegnete Melanie und war sich nun absolut sicher, dass sie Wehen hatte und ihre Fruchtblase soeben geplatzt war.

Richard starrte sie mit offenem Mund an.

„Das ist jetzt nicht dein Ernst?", fragte er fassungslos. Sie nickte und presste ihre Lippen zusammen, als es wieder zu einer Wehe kam.

Der Herzog öffnete die Tür der Kutsche und fragte seinen Diener panisch: „Können wir weiterfahren?"

„Ungern, Eurer Gnaden. Wenn wir bei so einem Unwetter rausfahren, könnten wir im Schlamm stecken bleiben und wären dann dem Wind und Regen ausgesetzt. Abgesehen davon fängt es gerade an zu hageln", antwortete der Mann wahrheitsgemäß.

Richard sah die weißen Hagelkörner von der Größe von Pistolenkugeln auf die Erde prasseln. Er setzte sich schnell zurück in die Kutsche und schloss die Tür wieder zu. Was sollte er jetzt bloß machen? Sie könnten hier stundenlang festsitzen. Melanie stöhnte auf und lehnte sich nach hinten. Die Abstände zwischen den Wehen waren nun deutlich kürzer und sie musste die Schmerzen ausatmen.

„Leg dich am besten mit dem Rücken auf die Sitzbank", schlug Richard vor, stand auf und machte ihr Platz.

Melanie legte sich vorsichtig hin und kniff die Augen zusammen, als der Schmerz sie wieder überkam.

„Halte durch. Dieses Gewitter wird nicht ewig andauern. Danach fahren wir weiter", sprach Richard leise und berührte ihre Stirn.

„Und was machen wir, wenn das Baby gleich kommt?", fragte Melanie ängstlich und wurde von einer weiteren Wehe erfasst.

„Ich weiß es nicht", gestand Richard besorgt. Woher sollte er wissen, wie man bei einer Geburt hilft? Er war schließlich noch bei keiner einzigen dabei gewesen. Sie mussten so schnell wie möglich zum Schloss. Doch ein kurzer Blick aus dem Fenster verriet ihm, dass es dazu momentan keine Chance gab. Es tobte ein gewaltiges Unwetter da draußen und machte das Weiterfahren unmöglich. Währenddessen versuchte Melanie sich die Schmerzen weg zu hecheln, die allmählich unerträglich wurden. Bei der nächsten gewaltigen Wehe musste sie sogar kurz aufschreien. Richard hielt ihre Hand fest und hoffte, das Wetter würde sich bald wieder beruhigen. Sein frommer Wunsch blieb unerhört. Sie warteten bereits seit über einer Stunde und Melanie schrie bei jeder Wehe auf.

„Ich glaube, das Baby kommt", sagte sie panisch und verspürte das dringende Verlangen, zu pressen. Sie tat es und fühlte, wie sich etwas in ihr seinen Weg nach draußen bahnte. Richard kniete direkt neben ihr und wusste vor lauter Aufregung nicht, was er tun sollte.

„Los, du musst es rausziehen", befahl sie ihm unter Schmerzen und presste weiter. Ihr Ehemann starrte sie entsetzt an.

„Mach schon, tue es!", brüllte Melanie ihn an.

Er atmete tief aus, nahm ihren langen Rock hoch und sah bereits das Köpfchen. Ganz vorsichtig zog er daran und mit der nächsten Presswehe kam das Kind komplett raus. Richard nahm das Neugeborene in seine Arme und war absolut sprachlos. Das Baby schrie und war voller Käseschmiere. Der Herzog schaute völlig perplex auf das kleine Geschöpf und konnte es kaum glauben, was gerade passiert war. Dann zog er mit einem Arm sein Sakko aus und wickelte das Baby darin ein. Melanie sah nun zum ersten Mal ihr Kind und wurde von den Gefühlen überwältigt. Sie fing an zu lachen und Richard lachte mit. Er war unendlich erleichtert darüber, dass alles gut verlaufen war. Die beiden frischgebackenen Eltern stellten fest, dass sie einen kleinen Sohn bekommen hatten. Richard sah Melanie daraufhin dankend an und gab ihr einen Kuss.

„Wie wollen wir ihn nennen?", fragte die junge Mutter.

„Gabriel", antwortete der Vater stolz.

„Ein schöner Name. Ich bin damit einverstanden", entgegnete Melanie.

Das Gewitter hörte erst nach zwei weiteren Stunden auf, aber das war dem Herzogspaar gleichgültig. Sie hatten gemeinsam die Geburt überstanden und nur das zählte.

Natalie Mec

BLITZ UND DONNER

Kapitel 57   Der Zeitungsartikel

30. Mai 1876

Zwei Tage nach dem großen Unwetter saßen die Kaiserin Anastasia und der Kaiser Alexander gemeinsam am Frühstückstisch und nahmen schweigend ihr Essen ein. Der Oberdiener brachte im nächsten Augenblick zwei Exemplare der aktuellen Morgenzeitung und legte jeweils eine Ausgabe der Kaiserin und dem Kaiser hin. Er verbeugte sich tief und entfernte sich wieder aus dem Saal. Anastasia nahm sogleich die Zeitung in die Hand und blätterte darin herum. Auf der dritten Seite entdeckte sie einen Beitrag, der ihre Aufmerksamkeit weckte, und begann den Zeitungsartikel unter dem Titel 'Ein Herz für Bedürftige' zu lesen:

Freud und Leid liegen im Leben manchmal nah beieinander. Aus diesem Grund gründete Melanie Herzogin von Crussol die Organisation 'Ma Grande Soeur', die sich der Not der Armen und Schwachen widmet. In dem dafür neuerbauten Zentrum können alleinerziehende Frauen Berufe erlernen, wie zum Beispiel: Näherin, Töpferin, Buchhalterin, Verkäuferin und sogar Apothekerin. Ihre Kinder werden während der Ausbildungszeit in Kindergärten und Schulen betreut. Manche Frauen, denen die schulischen Vorkenntnisse fehlen, um einen Beruf zu erlernen, haben die Möglichkeit ihren Schulabschluss nachzuholen. Des Weiteren werden in einem Waisenhaus Kinder von der Straße aufgenommen, die in der neuen Einrichtung eine ungestörte Kindheit genießen dürfen. Ärzte und Erzieher sorgen stets für ihr Wohlergehen. Alle Kinder nehmen ab dem sechsten bzw. siebten Lebensjahr am Schulunterricht teil. Außerdem befindet sich auf dem weiten Gelände, das wie ein Park angelegt ist, noch ein Pflegeheim für Kranke und Gebrechliche. Das Gebäude liegt direkt neben dem Waisenhaus, somit erfreuen sich die alten Bewohner an fröhlichen Kinderstimmen und verbringen mit den Kindern gemeinsame Zeit. Ein generationsübergreifendes Konzept, das sehr viel Zuspruch erntet. Denn somit lernen die Jungen von den Alten und umgekehrt. Eine Pflegeheimbewohnerin hat es mit ihrer Aussage elegant auf den Punkt gebracht: „Man fühlt sich als alte Frau weiterhin gebraucht, wenn man von kleinen Kindern umringt wird und sie einen bitten, etwas vorgelesen zu bekommen." Seit Kurzem gehören fast einhundert Sozialwohnungen ebenfalls zu der Organisation 'Ma Grande Soeur' und werden an sozial schwache Familien zu niedrigen Preisen vermietet. Vor zwei Tagen fand ein Fest zur offiziellen Eröffnung dieses Zentrums statt. Die Feierlichkeiten wurden zum Ende hin von dem gewaltigen Unwetter überschattet, das über unser Land hinwegzog, aber alle Teilnehmer hatten sich in die umliegenden Gebäude gerettet und es kam keiner zu Schaden. Unserer Redaktion wurde außerdem berichtet, dass am gleichen Tag der Sohn des Herzogspaares von Crussol das Licht der Welt erblickt hat. Wir möchten an dieser Stelle dem Herzog und der Herzogin unsere Glückwünsche überbringen und wünschen der jungen Familie weiterhin alles Gute.

Die Kaiserin guckte erstaunt und legte die Zeitung neben ihren Teller hin. Sie schaute zu ihrem Ehemann rüber, der gerade denselben Artikel durchlas. Sie stellte überrascht fest, dass er stirnrunzelnd die Seite umblätterte und weiterlas, ohne einen Kommentar abzugeben.

Blitz und Donner

„Die frühere Mademoiselle Melanie von Bouget feiert offenbar Erfolge als die neue Herzogin von Crussol. Wer hätte gedacht, dass diese Person ein gewisses Maß an Intelligenz besitzt", sagte Anastasia höhnisch.

„Hmm", war Alexanders knappe Bemerkung und er sah unbeirrt auf die Zeitung.

„Möchtest du dieses Engagement nicht irgendwie würdigen?", hackte sie nach und lächelte hämisch.

„Nein", antwortete er gelangweilt.

„Warum nicht?", wollte die Kaiserin wissen und war über so viel Desinteresse verwundert.

„Weil das noch keine großartige Leistung ist. Mal schauen, wie lange sich diese Organisation über Wasser hält. Das Ganze wird mit Sicherheit durch Spenden finanziert und wenn die versiegen, dann findet es schnell ein Ende", antwortete der Kaiser hochnäsig.

„Aber gerade deswegen sollte die öffentliche Aufmerksamkeit für dieses Projekt bestehen bleiben. Und wenn du als Kaiser zeigst, dass du ebenfalls diese Organisation unterstützt, dann werden bestimmt noch weitere Spenden eintreffen. Und ganz nebenbei würdest du als Monarch bei deinen Untertanen an Beliebtheit gewinnen", deutete Anastasia an.

„Es wird bereits medienwirksam unterstützt", erwiderte Alexander ernst. „Auf der nächsten Seite steht geschrieben, dass die Freie sozialistische Partei voll hinter 'Ma Grande Soeur' stehe und dass die Organisation ein fester Bestandteil ihres Wahlkampfes ist."

Anastasia weitete ihre Augen. Jetzt verstand sie den Unmut ihres Mannes. Die FSP gehörte innerhalb des Parlaments der Opposition an. Damit befürworteten die Gegner des Kaisers die Organisation der Herzogin von Crussol. Für die Kaiserin war dies aber kein Grund, den Einsatz für Arme und Schwache nicht wertzuschätzen. Sie selbst war die Schirmherrin des Krankenhauses der Hauptstadt und förderte die medizinische Forschung. Und wusste wie keine andere Person im Lande, wie dankbar ihre Untertanen waren, wenn man ihnen die helfende Hand reichte. Anastasia beschloss daher auf eigene Faust, die Herzogin von Crussol zu kontaktieren.

Der Kaiser Alexander hingegen blieb bei seiner Äußerung und verschwand keinen Gedanken daran, Melanie je wiedersehen zu wollen. Er nahm es ihr weiterhin übel, dass sie ihn einst abgewiesen hatte. Stattdessen hat sie diesen Richard den Herzog von Crussol geheiratet und ihm ein Kind geschenkt. Auf gar keinen Fall würde er die Organisation 'Ma Grande Soeur' jemals in der Öffentlichkeit erwähnen, das verbot ihm sein männlicher Stolz. Abgesehen davon war da noch die FSP. Die gegnerische Partei hat bei der letzten Sitzung des Parlaments das Wahlrecht für Frauen durchgerungen und das Gesetz wurde nun dementsprechend geändert. Sehr zum Ärgernis der konservativen Partei. Die Opposition ging nun gestärkt in die letzte Phase des Wahlkampfs über und das missfiel Alexander sehr.

Einige Tage später saßen Melanie und Veronika gemeinsam auf dem Sofa im großen Salon ihres Zuhauses und beobachteten vergnügt, wie Richard und Jakob mit den Kindern spielten. Richard hielt Gabriel im Arm und zeigte ihm eine Rassel. Sein kleiner Sohn, der nur wenige Tage alt war, würdigte das Spielzeug keines Blickes, sondern sah fasziniert das Gesicht seines Vaters an. Jakob hingegen hatte mit der zwei Monate alten Colette bereits mehr Spaß. Er schnitt für sie Grimassen und die Kleine lachte vergnügt und berührte mit ihren winzigen Händen seine Wangen. Die jungen Männer wirkten überglücklich und wollten sich von den zwei Engeln am liebsten nicht mehr trennen. Im nächsten Augenblick betrat der Butler den Salon und

BLITZ UND DONNER

überreichte der Herzogin einen versiegelten Briefumschlag.

„Dies wurde soeben für Sie abgegeben, Euer Gnaden", sagte er kurz und entfernte sich wieder.

Melanie öffnete den Umschlag und las den Briefinhalt durch.

„Von wem ist dieses Schreiben?", fragte Veronika neugierig.

„Von der Kaiserin Anastasia", antwortete Melanie stirnrunzelnd.

Richard horchte sofort auf und sah zu ihr.

„Was will sie?", wollte er sogleich wissen.

„Sie lädt mich zu sich in den Frühlingspalast ein, um mit mir zu sprechen", entgegnete Melanie überrascht. Damit hatte sie definitiv nicht gerechnet, dass ausgerechnet die Kaiserin, die sie wie Ungeziefer aus dem kaiserlichen Palast gejagt hatte, nun mit ihr reden wollte.

„Weswegen?", Richard klang erbost.

„Das hatte sie leider nicht geschrieben", entgegnete seine Frau und sah besorgt aus. War Anastasia auf Rache gegen sie aus, für das heimliche Verhältnis mit dem Kaiser? Melanie wollte am liebsten der Aufforderung der Monarchin gar nicht nachgehen.

„Schreib ihr, dass du krank bist und deswegen nicht kommst", sagte Richard gereizt und wollte das Kapitel so schnell wie möglich abschließen.

„Dauerhaft?", fragte Melanie sarkastisch. „Ich werde wohl kaum für immer krank bleiben oder irgendwie anders verhindert sein. Mir bleibt keine andere Wahl. Ich werde hingehen müssen."

„Warum bist du überhaupt abgeneigt hinzugehen?", fragte Veronika verwirrt. „Die Kaiserin schreibt sicherlich nicht jeden an und lädt ihn persönlich zu sich in den Palast ein. Das ist doch eine Ehre."

„Nicht wenn man vorher ein heimliches Verhältnis mit dem

Kaiser hatte", bemerkte Jakob und erntete dafür böse Blicke von Richard.

„Wie bitte?!", rief Veronika fassungslos. „Melanie, das hast du mir gar nicht erzählt! Ich dachte, du warst des Kaisers Günstling, aber offensichtlich war da zwischen euch mehr gewesen."

Melanie seufzte und schaute betrübt zu ihrer Schwester rüber.

„Du gehst da nicht hin", sagte Richard entschieden. Er hasste den Gedanken, seine Frau wieder in die Nähe des Kaisers zu lassen.

„Liebend gern sogar", stimmte Melanie ihm zu und ergänzte entmutigt, „aber ich muss."

Richard verdrehte den Kopf vor lauter Wut und zischte: „Wenn der Kaiser dich nur mit dem Finger berührt, dann hacke ich ihm persönlich den Arm ab."

„Ich reiche dir vorher die Axt", antwortete Melanie.

Veronika war entsetzt über diese feindselige Äußerung und fragte ihre Schwester schockiert: „Weshalb bist du so wütend auf den Kaiser?"

„Weil ich nicht seine Geliebte sein wollte, er hatte mich dazu gezwungen", antwortete sie und schaute verschämt zu Boden. Veronika konnte es kaum glauben, dies soeben gehört zu haben. Sie legte ihre Hand auf Melanies Schulter und sah sie voller Mitgefühl an. Richard biss die Zähne zusammen und schloss kurz seine Augen. Die Vorstellung, dass ein anderer Mann seine Ehefrau intim berührt hatte, trieb ihn in den Wahnsinn.

Das Treffen mit der Kaiserin fand drei Tage später statt. Melanie trug einen eleganten weißen und taillierten Hosenanzug mit goldenen Knöpfen, die in zwei Reihen angenäht waren, und dazu königsblaue High Heels. Anastasia empfing ihren Gast im Garten des Palasts. Die Herzogin von Crussol verbeugte sich höflich vor ihr und nahm auf dem gepolsterten Stuhl gegenüber der Kaiserin Platz. Es wurde schwarzer Tee serviert, aber Melanie rührte ihre Tasse nicht an. Nicht bevor sie den Grund ihrer Vorladung erfahren hatte.

„Ich gratuliere Ihnen zur Geburt ihres Kindes, Madame von Crussol", begann die Kaiserin die Unterhaltung.

„Dankeschön, überaus freundlich von Ihnen, Eure Majestät", bedankte sich Melanie sachlich und blieb ernst.

„Vermutlich fragen Sie sich, weshalb ich Sie herbestellt habe", sagte die Regentin und lächelte verschmitzt.

Ihre ehemalige Rivalin erwiderte nichts darauf und sah Anastasia schweigend an.

„Nun, ich möchte mich mit Ihnen über ihr soziales Engagement unterhalten", offenbarte die Kaiserin und sah, wie Melanie skeptisch die Stirn runzelte. „Ich habe von ihrer Organisation in der Zeitung gelesen und bin positiv überrascht. Ich hätte Ihnen gar nicht zugetraut, dass Sie so einen enormen Einsatz im gemeinnützigen Bereich zeigen."

„Offen gesagt, kennen wir uns nicht wirklich", entgegnete Melanie sachlich.

„Das ist korrekt", bemerkte Anastasia und sah ihre Gesprächspartnerin durchdringend an. „Wie dem auch sei, wie werden Sie ihr Projekt weiter ausbauen?"

„Indem wir weitere Einrichtungen in anderen Städten des Landes gründen und Sozialwohnungen vermieten", antwortete Melanie knapp.

„Haben Sie denn so viele Gelder dafür?", fragte die Kaiserin skeptisch nach.

„Oh ja, die haben wir", erwiderte die junge Herzogin selbstbewusst. Sie brauchte sich bei der Monarchin nicht einzuschleimen. Daher verriet sie ihr nicht, dass sie vorhatte, in Immobilien zu investieren, um weitere Einnahmen zu sichern. Denn ihr Plan war es, die Organisation dauerhaft von Spenden unabhängig zu machen.

„Alle Achtung. Ich habe Sie wohl falsch eingeschätzt, Madame von Crussol. Um ehrlich zu sein, ging ich noch bis vor Kurzem davon aus, dass Sie sich mit Hilfe anderer nur bereichern wollen, aber das Gegenteil ist der Fall. Sie teilen ihren Reichtum mit bedürftigen Menschen", merkte die Kaiserin an.

„Diesen Eindruck haben die meisten aus der Upperclass, aber das interessiert mich nicht im Geringsten", entgegnete Melanie und blickte weiterhin entschlossen zu der Kaiserin.

Anastasia lächelte listig und ahnte, dass die Herzogin die niederträchtigen Gerüchte um ihre Person meinte.

„Nun vielleicht können wir dem etwas entgegenwirken", sagte die Regentin geheimnisvoll. Dann stand sie unverhofft auf und beendete die Unterhaltung.

Melanie verbeugte sich erneut zum Abschied und sah der Kaiserin mit einem fragenden Blick hinterher. Wie meinte Anastasia es soeben mit dem Entgegenwirken? Früher oder später würde Melanie es wohl erfahren und beschloss, sich besser ohne weitere Kommentare zurückzuziehen. Während sie an den Türen vorbeiging, die von der Terrasse in das Innere des Schlosses führten, sah sie den Kaiser dort stehen. Er hatte offenbar das Treffen zwischen der Kaiserin und ihr beobachtet. Melanie grüßte Alexander mit einer Verbeugung, wie es das Protokoll verlangte und schritt elegant weiter Richtung Haupttor, wo ihre Kutsche auf sie wartete. Der Kaiser erwiderte den Gruß mit einem Kopfnicken und schaute ihr nach. In seinen Augen sah sie immer noch so unverschämt gut aus wie das letzte Mal, als er sie traf. Und nun kam neuerdings diese Aura der Macht hinzu. Sein ehemaliger Günstling war mittlerweile erwachsen geworden und eine richtige Boss-Lady, die ihn sicherlich nie wieder um Hilfe zu bitten brauchte.

BLITZ UND DONNER

Natalie Mec

Kapitel 58   Der Sinneswandel

9. Juni 1876

Der Sommer begann dieses Jahr sehr sonnig. Auch am zweiten Donnerstag im Juni, dem legendären Tag, an dem die feine Gesellschaft ihr berühmtes Picknick im Kanarienvogel-Park abhielt, strahlte der gigantische Feuerball vom wolkenlosen Himmel und wärmte die Muttererde. Die Familie von Crussol saß gemeinsam mit der Baronin von Semur und ihrer Tochter auf einer großen Decke und gemeinsam aßen sie frisches Obst und Wassermelone. Melanie schaute sich mehrmals suchend um, aber von der Familie von Bouget war niemand anwesend. Sie wusste, dass ihr Vater wichtige Angelegenheiten zu erledigen hatte und dass ihr Bruder Jakob mit seinen Freunden unterwegs war. Sie hoffte dennoch auf das Erscheinen ihrer Schwester Jane und ihrer Mutter. Doch leider bis jetzt vergebens. Bloß ihre Nichte Colette saß fröhlich auf ihrem Schoß und war somit die einzige Namensvertreterin aus dem Hause von Bouget. Die Kleine nuckelte an ihrem Daumen und schmiegte sich an die Brust ihrer Tante. Veronika hatte eine leichte Sommergrippe erwischt und blieb deswegen daheim. Katarina von Crussol hielt unterdessen ihren Enkelsohn Gabriel und zeigte ihn stolz Rosemarie und Monika. Die beiden Damen waren ganz vernarrt in den hübschen kleinen Kerl, der die Gesichtszüge seines Vaters und die roten Haare seiner Mutter geerbt hatte. Anschließend bewunderten sie Melanies kleine Nichte.

Blitz und Donner

„Sie hat definitiv die grünen Augen von Veronika und Ihre Haare sind so schwarz wie die vom Grafen von Ailly. Und das überaus reizende Gesicht ... hmm ... schwierig. Etwas von beiden Elternteilen würde ich sagen", äußerte Monika ihren ersten Eindruck.

„Hat sich der abtrünnige Vater dieser kleinen Prinzessin inzwischen bei euch blicken lassen?", fragte Rosemarie neugierig.

„Nein", antwortete Melanie niedergeschlagen.

„Vielleicht wird es Zeit, stattdessen ihn aufzusuchen?", schlug die alte Dame vor.

„Das entscheidet Veronika, aber ich gehe stark davon aus, dass sie es nicht will", erklärte Melanie wahrheitsgemäß.

„Schade, und dabei ist der junge Graf in diesem Moment nicht weit entfernt", bemerkte die Baronin von Semur und zeigte mit ihrer Zigarette in Richtung des Flusses Laine. Melanie folgte sogleich ihrem Blick und erkannte Henri, wie er zusammen mit Richard und Vincent am Flussufer stand. Die Gedanken rasten ihr durch den Kopf. Sollte sie es wagen, ihn anzusprechen? Würde er ihr überhaupt zuhören? Schließlich stand Melanie auf, hielt weiterhin ihre Nichte im Arm und schritt langsam auf die drei Herren zu. Richard bemerkte als Erster ihr Kommen und lächelte sanft.

„Guten Tag, Melanie", begrüßte Vincent sie.

Die junge Herzogin grüßte zurück und schaute dann erwartungsvoll zu dem Grafen von Ailly.

„Hallo Henri", sagte sie zögerlich. Wie sollte sie nur am besten anfangen?

„Hallo Melanie", erwiderte er verlegen. Er sah interessiert zu dem Kind auf ihrem Arm und fragte verwundert: „Ich wusste gar nicht, dass Gabriel schon so groß ist. Müsste er nicht gerade mal ein paar Wochen alt sein?"

„Das ist nicht mein Sohn", antwortete Richard und

schmunzelte, „sondern deine Tochter Colette."

Melanies Herz schlug ihr bis zum Hals. Würde Henri sich jetzt umdrehen und weggehen? Der Graf von Ailly weitete hingegen überrascht seine Augen und gab keinen Ton von sich. Das kleine Mädchen wurde unterdessen putzmunter und machte Anstalten, die Arme ihrer Tante verlassen zu wollen und lieber zu ihrem Onkel zu springen. Richard nahm sie lächelnd entgegen und hielt sie liebevoll im Arm, während Colette lachend versuchte ihre kleinen Finger in seinen Mund zu stecken. Henri beobachtete die beiden und schwieg. Vincent fiel sofort etwas an ihm auf, Henris sehnsüchtigen Blick.

„Möchtest du das Baby mal halten?", schlug er vor und Richard reagierte augenblicklich. Er trat näher an Henri heran und sah erwartungsvoll zu ihm.

„Ähm ja, wieso nicht?", entgegnete der junge Graf unsicher und nahm den kleinen Sonnenschein auf seinen Arm. Colette schaute ihn überrascht an. Ein neues Gesicht, das sie noch nicht kannte, und ihr dennoch sonderbar vertraut vorkam. Auch Henri konnte seinen Blick nicht mehr von der Kleinen abwenden. Er erkannte sofort Veronikas Augen wieder und ansonsten war seine Tochter ein hübscher Mix aus ihnen beiden geworden. Colette streckte ihm ihre Hand entgegen und er umschloss sie zärtlich mit seinen Fingern. Der kleine Engel strahlte ihn an und Henri lächelte zurück. Für den Grafen von Ailly war seine Tochter das schönste Mädchen, das er je in seinem bisherigen Leben gesehen hatte. Richard und Melanie blickten sich daraufhin vielsagend an. Womöglich würde ihre Nichte etwas schaffen, was zuvor keiner jungen Dame jemals gelungen war. Den wilden Henri zu zähmen.

Der Graf von Ailly verbrachte den gesamten Nachmittag mit der kleinen Lady im Park und spürte, wie die unbändige Kraft der Liebe sein Herz umschloss.

BLITZ UND DONNER

Am Tag darauf gingen der Herzog von Guise und der Graf von Ailly auf die Pirsch und stürzten sich in das Nachtleben. Die attraktiven Frauen umschwirrten Henri und tanzten um ihn herum, aber keine von denen weckte sein Interesse. Sogar der Wein schmeckte ihm nicht mehr. Denn in jeder freien Minute flogen seine Gedanken zu Colette. Er wollte sie am liebsten wieder auf den Arm nehmen und ihre putzigen Bäckchen knuddeln. Egal, was er in dem Moment tat, sie fehlte ihm unheimlich. Henri vermisste ihr süßes Lachen und ihre kleinen Hände. Vincent entging die ständige Grübelei seines Freundes nicht und sprach ihn direkt darauf an: „Henri was ist los? Schmeckt dir das Steak vom Hirsch heute nicht?"

Sie saßen gerade in einem feinen Restaurant und das Essen wurde ihnen bereits vor zehn Minuten serviert. Aber Henri stocherte nur auf seinem Teller herum, ohne einen Bissen zu sich zu nehmen. Er atmete schwer aus und antwortete: „Es ist wegen Colette. Sie ist die ganze Zeit in meinen Gedanken."

„Was hält dich auf? Geh doch zu ihr? Gleich morgen früh kannst du sie wiedersehen", stellte Vincent klar.

Sein Freund seufzte und fasste sich an die Stirn.

„Ich schätze, ihre Mutter wird mich nicht empfangen wollen", sagte Henri traurig.

„Das weißt du erst, wenn du es versucht hast. Ich begleite dich. Uns zwei wird Veronika sicher nicht wegschicken, außerdem ist es Richards Schloss, in dem sie wohnt. Demnach kann nur er uns davonjagen", erklärte Vincent und trank den Weißwein aus dem Glas.

Sein Gegenüber dachte scharf nach. Wenn Veronika sich dennoch weigerte, was hatte er für eine Wahl? Er nahm sich vor, es trotzdem zu versuchen.

„In Ordnung, du hast mich überzeugt. Wir reiten morgen früh hin und dann ...", Henri stockte kurz, als ob er sich über die Bedeutung der folgenden Worte erst klar werden müsste, „...

sehe ich mein Kind wieder."

Vincent lächelte zufrieden und wusste, dass sein Freund endlich genau das Richtige tat.

Zur gleichen Zeit stand Jakob in seinen Privatgemächern in Richards Schloss und überreichte Veronika ein großes Päckchen.

„Was ist das?", fragte seine Schwester überrascht.

„Ein Präsent für meine teuersten Schätze", antwortete Jakob geheimnisvoll.

Veronika packte es langsam aus und erblickte Kinderkleidung. Sie machte ein erstauntes Gesicht und betrachtete die hübschen Kleidchen eins nach dem anderen. Dazu gab es noch weiche Strumpfhosen und niedliche Schühchen aus weichem Leder. Jakob hatte eine sehr hochwertige Auswahl getroffen. Veronika war absolut entzückt und gab ihrem Bruder einen Wangenkuss. Dann entdeckte sie in dem Päckchen noch eine längliche Schatulle und öffnete sie. Darin lag ein kostbares Armband aus Roségold, das mit unzähligen Brillanten versehen war.

„Das ist für dich", sagte Jakob, nahm das Schmuckstück und legte es Veronika um das linke Handgelenk. „Es soll dich immer daran erinnern, wie wertvoll du bist."

„Es ist wunderschön. Woher hast du die Mittel dazu?", fragte sie und sah ihm dabei tief in die Augen.

„Ich habe das Geld, das ich beim Pferderennen gewonnen hatte, dazu benutzt. Abgesehen davon werde ich bald mein eigenes Geld verdienen und damit dich und Colette unterstützen. Es wird euch an nichts fehlen, das verspreche ich", erklärte er und hielt ihre Hand fest.

Veronika schenkte ihm ein liebevolles Lächeln und streichelte ihm zärtlich über die Wange.

„Danke, Jakob", sagte sie leise.

„Ihr seid für mich das Wichtigste. Es gibt nichts, was ich für euch nicht tun würde", flüsterte er und kam Veronikas Gesicht näher. Sie legte ihren Kopf auf seine Schulter und umarmte ihn. Jakob umschloss sie mit seinen Armen und hielt sie ganz fest an sich. Und genau in diesem Augenblick entschied er, sie nie wieder loszulassen.

Natalie Mec

BLITZ UND DONNER

Kapitel 59   Der Kampf

10. Juni 1876

Jakob war soeben mit dem Frühstück fertig geworden. Er verabschiedete sich von den Anderen, die noch am Tisch saßen, nahm seine Nichte in den Arm und drückte sie hingebungsvoll an sich. Colette schenkte ihm ein Lächeln und schmuste ihren Onkel an der Wange. Jakob liebte solche Momente mit der Kleinen am allermeisten. Es kostete ihn viel Überwindung, sie zurück an ihre Mama zu reichen. Jakob gab Veronika zum Abschied noch einen Wangenkuss und machte sich auf den Weg zum Unterricht. Er holte seine Schultasche, die in seinem Schlafgemach neben dem Schreibtisch stand, und spazierte bestens gelaunt durch den Vordereingang nach draußen. Plötzlich blieb er wie angewurzelt stehen und die Freude in seinem Gesicht wich dem puren Hass. Er starrte feindselig auf den Mann, der soeben von seinem Pferd abstieg und dann die Treppe zum Haupteingang hinauf ging. Es war der Graf von Ailly und ihm folgte sein treuer Freund der Herzog von Guise. Als die beiden Herren direkt vor ihm stehen blieben, begrüßten sie ihn, doch Jakob grüßte nicht zurück. Stattdessen wollte er Henri auf der Stelle die Treppe hinunter stoßen.

„Was willst du hier?", herrschte Jakob seinen Widersacher an.

Etwas irritiert über die barsche Begrüßung antwortete Henri: „Ich will meine Tochter sehen, deswegen bin ich hier."

„Verschwinde, du hast hier nichts verloren!", herrschte Jakob ihn an und stellte sich wie ein wildgewordener Bär vor den Eingang zu seiner Höhle.

„Wie bitte? Du weißt wohl nicht, mit wem du hier sprichst. Abgesehen davon bist du nicht dazu befugt, mir den Zutritt zu verweigern, schließlich bist du nicht der Herr dieses Schlosses", wies Henri ihn zurecht.

„Und du bist noch lange kein Vater!", schleuderte Jakob seinem Gegner ins Gesicht und ballte die Fäuste. „Wo hast du dich die letzten Monate versteckt? Elender Feigling! Warst du bei der Geburt des Kindes dabei? Nein! Du verdienst es nicht, Colette zu sehen!"

Henri sah Jakob schuldbewusst an, aber er wollte nicht aufgeben.

„Colette ist meine Tochter", sagte Henri ruhig und begann von Neuem. „Ich gebe zu, dass ich bis jetzt kein guter Vater gewesen bin, aber nun möchte ich es sein. Also bitte lass mich vorbei."

„Nein! Du kriegst Colette nicht. Weder sie noch Veronika! Also dreh um und verzieh dich!", fauchte Jakob ihn wütend an. Er dachte nicht daran, sich auch nur einen Millimeter zur Seite zu bewegen.

Vincent hatte die hitzige Auseinandersetzung bis jetzt schweigend mitverfolgt, denn er hatte offenkundig nicht mit Jakobs massiver Gegenwehr gerechnet, doch nun beschloss er, sich einzumischen.

„Jakob, Colette ist Henris leibliches Kind. Er hat das Recht, sie zu sehen, wenn er es will", sagte er in gemäßigtem Ton.

„Ich sagte, ihr sollt euch verziehen, sonst werdet ihr mich gleich so richtig kennenlernen", drohte Jakob den beiden Männern und funkelte sie gefährlich an.

Sowohl Henri als auch Vincent waren nicht nur überrascht über so viel Bosheit, sondern auch über Jakobs Mut den zwei einflussreichen Edelmännern die Stirn zu bieten.

Henri wusste, dass wenn er es sich jetzt mit Jakob verscherzte, dann schmälerte dies seine Chancen, sich bei Veronika gut zu stimmen. Deswegen war es besser, in diesem Augenblick das Feld zu räumen und sich eine andere Strategie zu überlegen. Er musste sich vorerst geschlagen geben und machte höchst widerwillig auf dem Absatz kehrt. Vincent besah Jakob noch eines finsteren Blickes und folgte seinem Freund zurück zu den Pferden. Jakob schaute ihnen nach und rührte sich erst dann wieder, als die beiden in der Ferne verschwanden. An Schule war nicht mehr zu denken. Er musste heute hierbleiben und aufpassen, dass die zwei Halunken nicht wiederkamen. Jakob drehte sich um und lief auf dem geraden Wege zu Veronikas Gemächern. Er bemerkte beim Reingehen gar nicht, dass Richard am Fenster rechts neben dem Eingang stand und den Streit soeben mitverfolgt hatte. Der Herzog von Crussol hatte nicht vorgehabt, sich in den Wortwechsel zwischen Henri und Jakob einzumischen. Der junge Graf hatte damals seine Chance mit Veronika und dem Kind glücklich zu werden, vertan. Nun musste er an Jakob vorbei. Und obwohl Richard für seinen Kumpel nur das Beste wünschte, diesen Kampf musste Henri allein bestreiten, denn er würde ihm nicht helfen.

Unterdessen war Jakob bei Veronikas Privatgemächern angekommen und ging schnell hinein, ohne vorher angeklopft zu haben. Vor wenigen Minuten hatte seine Schwester ihr Töchterchen schlafen gelegt und wollte sich nun im Bad erfrischen. Sie hatte bereits ihr Kleid ausgezogen und stand nur in Unterwäsche da, als ihr Bruder völlig unerwartet das Zimmer betrat und die Tür hinter sich schloss. Jakob sah sie an und die Begierde kam wie eine übermächtige Gewalt über ihn. Er ging auf sie zu und schaute ihr ins Gesicht. Veronika war die Frau seiner Träume. Alles an ihr war perfekt. Ihr Aussehen und ihr Charakter. Das Einzige, was ihn davon abhielt, sich ihr körperlich zu nähern, war der Verwandtschaftsgrad. Bis jetzt. Jakob legte seine Arme um Veronikas Brustkorb und küsste sie innig. In den ersten dreißig Sekunden blieb die Zeit stehen. Als wären die beiden in einer anderen Dimension und nicht in dieser Welt, in der sie Bruder und Schwester waren. Doch dann löste sich Veronika abrupt von ihm und sah ihn fragend an.

„Jakob, was wird das hier?", wollte sie wissen und kämpfte gegen das starke Gefühl in ihrer Brust an.

„Könntest du dir ein Leben mit mir vorstellen?", fragte Jakob sie unverhofft.

Veronika weitete ihre Augen und war sprachlos.

„Ich liebe dich. Und ich möchte mit dir mein Leben verbringen. Die letzten Monate waren für mich wie ein wunderbarer Traum. Wir beide haben so viel Zeit miteinander verbracht und die kleine Colette ist wie die Krönung unseres Glücks. Ihr beide seid meine Familie. Ich möchte nicht mehr ohne euch leben. Bitte Veronika, lass uns zusammenbleiben. Ich werde deine Tochter wie mein eigenes Kind großziehen."

Seine Schwester hatte aufmerksam zugehört und nahm Jakobs Gesicht vorsichtig in ihre Hände.

„Aber die Welt wird uns niemals akzeptieren. Und wir dürften keine gemeinsamen Kinder haben. Es wäre eine Liebe im Verborgenen, ohne Tageslicht", erwiderte Veronika und hielt die Luft an, als Jakob sie näher an sich ran zog und sie sich gegenseitig an der Stirn berührten.

„Das ist mir egal. Dann werde ich dich nur lieben, wenn die Welt nicht zusieht. Und Colette reicht mir als gemeinsames Kind mit dir aus. Sie wird später alles von mir erben, den Titel, das Vermögen und den Landsitz. Sie wird ein behütetes Leben führen und vorteilhaft heiraten, darauf gebe ich dir mein Wort", schwor Jakob und küsste sie erneut. Dieses Mal war der Kuss leidenschaftlicher und es bereitete Veronika höchste Mühe, sich von ihm zu lösen.

BLITZ UND DONNER

„Jakob, das ist verboten", flüsterte sie und ihre Lippen bebten vor Verlangen.

„Ich tue viele verbotene Dinge", sagte er leise und zog ihr langsam die Unterwäsche aus. Als Veronika komplett unbekleidet vor ihm stand, betrachtete Jakob ihren betörenden Körper und öffnete sein Hemd. Dann näherte er sich ihr wieder und sie legte ihre Hände auf seine entblößte Brust. Sie wollte ihn spüren und das prickelnde Gefühl in ihr flüsterte ihr sündhafte Gedanken zu. Aber sie hatte Angst vor dem nächsten Schritt. In dem Moment als Jakob sie wieder feurig küsste, ging plötzlich die Tür zum Schlafgemach auf und Melanie kam herein.

„Veronika? Ich wollte mit dir...", sie stockte mitten in ihrem Satz und starrte entsetzt zu ihren beiden Geschwistern rüber, die in einer eindeutigen Pose ihre Körper aneinander schmiegten. Ihre schlimmste Vermutung hatte sich demnach bewahrheitet. Jakob und Veronika waren ein Liebespaar. Sie schloss eilends die Tür hinter sich zu und zischte aufgebracht: „Was zum Henker macht ihr hier? Seid ihr verrückt geworden?"

Veronika wollte sich sogleich von Jakob lösen, aber er hielt sie fest bei sich und antwortete stattdessen: „Das geht dich nichts an, was wir machen. Und jetzt geh wieder raus."

Melanie sah ihn schockiert an und sagte: „Das ist Inzucht! Wie lange läuft das zwischen euch?"

„Wir hatten bis jetzt nicht miteinander geschlafen", beteuerte Veronika und war mit ihren Gefühlen völlig durcheinander.

„Wie ich sehe, wollt ihr diesen Zustand gerade ändern", bemerkte Melanie und zeigte mit den Händen auf die beiden. „Wohin wird euch das bringen? Habt ihr Mal darüber nachgedacht? Ja, in Ordnung, ihr liebt euch. Das kann ich irgendwie noch verstehen, aber werdet ihr damit glücklich, indem ihr euch vor der Öffentlichkeit versteckt, und zwar bis zum Ende eurer Tage?"

„Unser Liebesleben geht niemanden etwas an und es ist mir

egal, was die Leute über uns sagen", gab Jakob selbstsicher zur Kenntnis.

„Mir nicht", sagte Veronika traurig und starrte auf seine Brust.

Er schaute verwundert zu ihr und hob mit der einen Hand ihr Gesicht, so dass sie sich gegenseitig ansahen.

„Veronika, ich liebe dich", wiederholte er und sah ihr tief in die Augen.

„Und ich liebe dich, Jakob. Aber Melanie hat Recht. Unsere Liebe wird von der Gesellschaft niemals akzeptiert werden", erklärte sie zögerlich. „Ich kann mir meine Zukunft nicht so vorstellen. Immerzu im Schatten. Und für dich wünsche ich so ein Leben ebenfalls nicht."

Jakob schüttelte seinen Kopf und flehte sie im Flüsterton an: „Nein. Tu das bitte nicht."

Veronika brachte es nicht übers Herz, es ihm zu sagen, dass nun alles vorbei war. Sie würde ihn niemals wieder so nah an sich ranlassen, wie gerade eben. Ihr Bruder war in den letzten Monaten ihre größte Stütze gewesen. Ohne ihn hätte sie die Trennung von Henri nicht so gut verkraftet. Und die Schwangerschaft verlief dank ihm ausgezeichnet. Niemals würde sie Jakob seine liebevolle Hingabe vergessen, aber es gab keine gemeinsame Zukunft für sie beide. Egal wie sehr sie sich das auch wünschte.

Zur gleichen Zeit mitten auf der Straße, die durch den Wald führte, standen Henri und Vincent und dachten nach. Ihre Pferde aßen währenddessen das saftige Gras am Straßenrand und warteten, bis ihre Besitzer endlich ihr nächstes Ziel vor Augen hatten.

„Was überlegst du noch?", fragte Vincent ungeduldig. „Du weißt, was du jetzt zutun hast."

„Tue ich das?", stellte Henri ihm die Gegenfrage. „Ist es dein

Ernst? Veronika heiraten? Nur dann bekomme ich mein Kind?"

„So sieht es aus. Du hast doch Jakob soeben gehört. Er wird dir seine Schwester und Nichte auf gar keinen Fall überlassen. Aber das gilt nicht für den Baron von Bouget. Wenn du Veronikas Vater auf deine Seite ziehst, dann ist dir der Sieg garantiert", erklärte Vincent ihm erneut.

„Aber ich halte nichts von der Ehe! Abgesehen davon, bin ich mir nicht mal sicher, ob ich Veronika überhaupt treu bleiben kann", widersprach Henri und lief aufgebracht hin und her. „Ich werde mit Sicherheit Affären bis zum Abwinken haben. Soll ich ihr deiner Meinung nach so ein Leben mit mir zumuten?"

„Wenn es dir deine Tochter wert ist, dann wirst du deiner Frau wohl treu bleiben", redete Vincent ihm ins Gewissen.

„Sicher und du bist das beste Beispiel dafür. Bist seit über sechs Jahren verheiratet und die treueste Seele auf Erden", spottete Henri.

„Meine Ehe mit Jacqueline ist ein Sonderfall und du weißt warum. Das brauchen wir hier nicht weiter zu diskutieren. Es geht hier um deine Zukunft und dein Leben, Henri. Möchtest du es zusammen mit deinem Kind verbringen oder nicht?", fragte Vincent laut.

„Ja, will ich!", antwortete Henri mit hundertprozentiger Sicherheit. Nun erkannte er, dass es nur einen Weg für ihn gab, um sein Ziel zu erreichen. Er stieg wieder auf sein Pferd und galoppierte zusammen mit dem Herzog von Guise zum Anwesen von Thomas von Bouget und hielt um die Hand von dessen Tochter an.

Natalie Mec

Kapitel 60   Die Entscheidung

11. Juni 1876

Am darauf folgenden Tag saß Richard an seinem Schreibtisch und las ein paar Unterlagen durch, als im nächsten Moment der Butler in sein Arbeitszimmer reinkam und ihn darüber informierte, dass soeben Besuch für ihn angekommen war. Richard stand von seinem Sessel auf und begab sich in den Salon, wo die Gäste auf ihn warteten.

„Guten Tag, Thomas. Hallo, Henri. Welche Überraschung, euch beide hier bei mir zu sehen", begrüßte Richard die zwei Herren und bot ihnen an, auf den Sesseln Platz zu nehmen. Er war eigentlich felsenfest davon ausgegangen, dass sein Schwiegervater Henri ordentlich verdreschen würde, sobald er ihm begegnen würde. Umso mehr verwunderte es ihn, dass sein Kumpel sich bester Gesundheit erfreute.

„Was bringt euch zu mir?", fragte er und reichte jedem von ihnen ein volles Glas Wasser.

„Der Graf von Ailly hat mich um Erlaubnis gebeten, Veronika zu seiner Frau zu nehmen. Und ich bin damit einverstanden", erklärte der Baron von Bouget so gleich. Richard sah erstaunt zu Henri rüber, der seine Heiratspläne offensichtlich ernst meinte, denn er sah fest entschlossen aus.

„Das freut mich zu hören. Weiß Veronika bereits darüber Bescheid?", wollte sein Schwiegersohn wissen.

„Noch nicht", gestand Henri und sagte sogleich, „Richard,

wir brauchen deine Hilfe bezüglich Jakob. Er ist wie von Sinnen. Er lässt uns nicht an Veronika ran. Weder seinen Vater noch mich. Wir können nicht vernünftig mit ihm reden, aber vielleicht du."

Richard atmete tief aus. Genau das wollte er vermeiden. Denn er wusste, dass sein junger Schwager für seine eigene Schwester mehr empfand, als ein Bruder es tun sollte. Momentan belagerte Jakob Veronika wie ein eifersüchtiger Ehemann und das konnte Richard absolut nachvollziehen. Dennoch war er der Ansicht, dass wenn Henri es nicht alleine schaffte, Jakob zu bezwingen, dann verdiente er Veronika nicht. Plötzlich kam Melanie in das Zimmer und sagte entschlossen: „Letzten Endes sollte Veronika über ihre Zukunft und die ihrer Tochter selbst entscheiden dürfen."

Sie hatte die Unterhaltung zwischen den drei Männern zufällig im Flur mitverfolgt und wollte unbedingt ihre Meinung äußern.

„Henri, wenn ich dir helfe, an Jakob vorbeizukommen, dann musst du Veronika auf jeden Fall von dir überzeugen", sprach sie ihn direkt an und machte damit klar, dass Henri selbst für den Ausgang seines Unterfangens verantwortlich war.

Der Angesprochene nickte eifrig, er würde dieses Mal auf gar keinen Fall aufgeben und sich nicht zurückziehen.

„In Ordnung, dann lasst uns sogleich aufbrechen", sagte Melanie.

Thomas von Bouget und der Graf von Ailly standen von ihren Plätzen auf und folgten ihr nach draußen in den Garten. Richard hingegen blieb in seinem Arbeitszimmer und dachte nicht daran, auch nur einen Schritt zutun.

Die Herzogin führte die beiden Männer von außen rum zum Wintergarten, wo sich ihre Schwester mit den beiden Kindern gerade aufhielten. Melanie wusste, dass der direkte Weg dorthin von Jakob bewacht wurde, wie von einem Rottweiler. Und selbst wenn sie jetzt von außen her kamen, würde er sie trotzdem frühzeitig bemerken und aufhalten. Aber das nahm Melanie in Kauf. Die Hauptsache war, dass man aus dem Wintergarten nach draußen sehen konnte, und genau darauf spekulierte sie. Wie von ihr befürchtet, kam Jakob sogleich auf sie zugestürmt, als sie sich der Eingangstür näherten. Ihr Bruder stellte sich ihnen in den Weg und brauchte nichts zu sagen, allein seine Körperhaltung verriet, was er von den Besuchern hielt.

„Jakob, ich weiß wie du dich fühlst", begann Melanie ihn zu überreden, „aber bitte lass uns vorbei, es geht hier um Veronikas Zukunft."

„Mit ihrer Zukunft ist alles bestens. Sie braucht diesen Mistkerl da nicht", schimpfte Jakob und zeigte mit seinem Finger auf Henri.

„Weil sie dich hat, richtig?", stellte Melanie klar und sah Jakob durchdringend an. Ihr Bruder hielt dem Blick stand und schwieg.

„Du wirst Veronika und Colette nicht verlieren, sie werden für immer ein Teil deines Lebens bleiben", erklärte Melanie einfühlsam.

„Das heißt aber noch lange nicht, dass dieses Arschloch da ein Teil ihres Lebens sein wird", sagte Jakob entschieden und rührte sich weiterhin nicht vom Fleck. Währenddessen wartete Henri dicht hinter Melanie und schaute zum Wintergarten. Er stellte verblüfft fest, dass Veronika an der Fensterfront stand und sie beobachtete. Sie sah ihn direkt an und er blickte zu ihr zurück. Seine Liebste hatte sich seit ihrer letzten Begegnung kaum verändert, nur ihre schönen hellbraunen Haare sind etwas länger geworden, aber ansonsten war sie immer noch so unwiderstehlich wie eine frisch aufgeblühte Rose. Die Schwangerschaft hatte ihrer schlanken Figur nichts anhaben können. Veronika war so grazil, wie er sie kennengelernt hatte. Henri lächelte sie an wie früher, als sie sich getroffen und er ihr kleine Geschenke mitgebracht hatte. Eines davon trug sie in diesem Augenblick um den Hals. Es handelte sich um ein Medaillon aus Weißgold, auf dem die Buchstaben V und H schwungvoll eingraviert waren. Veronika erwiderte das Lächeln und berührte mit ihren Fingerspitzen das Schmuckstück. Henri ließ sie nicht mehr aus den Augen und verspürte den Drang, bei ihr zu sein. Sie bewegte sich seitlich an der Fensterfront entlang und erreichte den Ausgang nach draußen. Dann näherte sie sich langsam Jakob und als sie unmittelbar hinter ihm stand, legte sie ihre Hand vorsichtig auf seine Schulter. Ihr Bruder wirbelte herum und sah sie überrascht an. Veronika sagte kein Wort und das brauchte sie auch nicht, Jakob verstand sie auch so. Sie blickte ihm tief in die Augen und in ihren Gedanken sprach sie zu ihm: „Lass mich bitte vorbei."

Ihr Bruder schüttelte mit dem Kopf und sah sie mit flehendem Blick an: „Bitte verlass mich nicht."

Doch Veronika ging schweigend an ihm vorbei und ergriff Henris Hand. Gemeinsam flanierten sie in den Garten, genau wie damals, als sie sich heimlich im Labyrinth versteckt hatten. Dort setzten sie sich auf eine Bank neben einem kleinen Teich. Die Seerosen auf dem Wasser blühten und der frische Wind ließ die langen Blätterzweige der großen Weide wehen. Henri betrachtete Veronikas Gesicht und stellte überrascht fest, dass er nie aufgehört hatte, sie zu lieben. Er hatte die starken Gefühle nur mit aller Macht verdrängt. Und hatte versucht, die Leere in seinem Herzen durch Alkohol und Sex mit anderen Frauen zu füllen, aber ohne Erfolg. Er empfand für sie tiefe Zuneigung und dies wollte er ihr endlich sagen: „Veronika, ich war ein unbeschreiblicher Egoist. Bitte vergib mir. Ich möchte dir und unserer Tochter alles geben, was ich habe. Und ich werde euch für den Rest meines Lebens treu ergeben sein. Deswegen bin ich her gekommen, um dich zu fragen, ob du meine Frau werden möchtest."

Natalie Mec

Veronika schaute ihn intensiv an und statt ihm etwas darauf zu erwidern, gab sie Henri einen Kuss. Diese Antwort galt aber nicht primär ihm, sondern Jakob, der das Paar von Weitem beobachtete und sein Gesicht bei ihrem gemeinsamen Kuss vor lauter Qual davon abwandte. Er drehte sich mit hängenden Schultern um und trottete zurück in den Wintergarten, wo Melanie mittlerweile mit den beiden Kindern auf dem Boden spielte. Die kleine Colette hatte ihren Onkel sofort erkannt und lächelte ihn an. Jakob nahm sie behutsam in seine Arme und ihm kamen die Tränen. Melanie fühlte mit ihm und berührte ihn am Arm, aber er zog sich von ihr weg und sah sie finster an.

„Ich werde euch das nie vergeben, dass ihr mir mein Glück genommen habt", sagte er wütend.

„Jakob, es geht hier ganz allein darum, dass Colette glücklich ist und ihre Eltern zusammen sind", sprach Melanie im ruhigen Ton.

„Sie hatte bereits ihre Eltern. Der Typ da draußen, ist nur der Erzeuger", entgegnete ihr Bruder und drückte seine kleine Nichte ganz fest an sich. Er gab ihr einen Abschiedskuss auf die Stirn, legte sie vorsichtig auf den Teppich und stand auf. Als er fortging, hörte er, wie Colette anfing zu weinen und genau in diesem Moment zersprang sein Herz in tausend Splitter. Jakob holte seine ganzen Sachen und verließ daraufhin das Schloss des Herzogs von Crussol für immer.

Blitz und Donner

Natalie Mec

Kapitel 61 Das Jonglieren

5. September 1876

Der Weg zu der Veranstaltung war etwas holprig, milde ausgedrückt. Melanie hatte das Gefühl, in der Kutsche komplett durchgerüttelt zu werden, und kämpfte damit, ihren Mageninhalt bei sich zu behalten.

„So fühlt sich mit Sicherheit die Seekrankheit an", dachte sie und hoffte, dass die Fahrt bald ein Ende nehmen würde.

Auch Richard, der ihr gegenüber saß, sah wenig erfreut über das ständige Geschaukel aus. Nach schätzungsweise einer halben Ewigkeit blieben sie endlich stehen. Melanie schaute verdutzt aus dem Fenster. Es war kurz nach 20 Uhr am Abend und dennoch konnte man die Umgebung recht gut im Lichte der Abenddämmerung erkennen.

„Sind wir hier richtig?", fragte sie irritiert und erblickte eine riesengroße Scheune.

In dem großen Tor war eine Tür eingebaut, die soeben aufging, und zwei lachende Männer kamen heraus. Sie waren vornehm gekleidet und hatten vor, an der frischen Luft zu rauchen. Durch die offene Tür konnte man erkennen, dass im Inneren der Scheune ein Riesenfest stattfand und die Gäste feuchtfröhlich feierten.

„Offensichtlich ja", antwortete Richard und konnte es selbst kaum glauben. Er stieg als Erster aus der Kutsche aus und half anschließend seiner Frau. Gemeinsam betraten sie den außergewöhnlichen Veranstaltungsort. Innen drin wurde vorher ordentlich aufgeräumt und der Holzboden sauber geputzt. An den Wänden hingen rote Banner mit drei Großbuchstaben 'FSP'. Überall standen Tische und Bänke, die von den Besuchern vollbesetzt waren. Es wurde literweise Bier ausgeschenkt und wenn man Hunger verspürte, dann konnte man sich ein richtiges Bauernessen gönnen: Erbseneintopf mit frischem Weißbrot. Insgesamt waren mehr als tausend Leute anwesend, sowohl Männer als auch Frauen, und sie alle waren bestens gelaunt.

„Ich fühle mich wie auf einem Volksfest in der Provinz", bemerkte Melanie scherzhaft und die Erinnerung an ihre Kindheit kamen wieder hoch. Damals hatten sie und Jakob sich gerne unter den Tischen versteckt und dort die Unterhaltungen der Erwachsenen belauscht. Seitdem ihr Bruder Richards Schloss vor drei Monaten verlassen hatte, hatte sie ihn nicht mehr gesehen. Er fehlte ihr unheimlich. Melanies Vater hatte ihr davon berichtet, dass Jakob zwar zuhause schlief, aber ansonsten die meiste Zeit draußen verbrachte. Keiner wusste, wo er sich dann rumtrieb. Thomas von Bouget meinte, dass sich Jakobs Wesen zum Negativen verändert hätte, ganz zur Besorgnis seiner Eltern. Er lachte nicht, war fast ausschließlich sarkastisch und ernst. Und das Schlimmste war, dass Jakob auf niemanden mehr hörte. Er tat, wozu er Lust hatte. Meistens war er bis spät in den Abend unterwegs und kam nicht selten im Rausch wieder heim. Melanie wusste genau, was in ihm vor sich ging. Er litt unter Liebeskummer und dem Verlust, sein Glück verloren zu haben. Mit seinem Verhalten erinnerte Jakob sie an ihren eigenen Ehemann. Zu Beginn ihres gemeinsamen Kennenlernens war Richard genau so gewesen. Ständig auf Achse. Auf der Suche nach einer Betäubung gegen den seelischen Schmerz und nach einem Ersatz für die Leere in seinem Herzen. Melanie betete, dass Jakob irgendwann eine andere Frau finden würde, die seine Liebe wecken und er endlich über Veronika hinweg kommen würde. Unterdessen rümpfte Richard mit der Nase und meinte: „War das hier früher ein Kuhstall?"

Seine Frau grinste. Richard war seit seiner Geburt ein privilegierter Edelmann und hatte mit Landvieh wenig am Hut. Kein Wunder also, dass sein feiner Riecher jeden kleinsten Geruch vernahm. Melanie sah auf ihren schicken schwarz glänzenden Hosenanzug runter und ihre hautfarbenen Stöckelschuhe und überlegte, ob es nicht sinnvoller gewesen wäre, wenn sie ihre Reitsachen angezogen hätte. Im nächsten Augenblick kam Willhelm Girard auf sie zu geschlendert. Der Vorsitzende der Freien sozialistischen Partei war bereits angetrunken, das machte sich durch seine roten Wangen und den ungewohnt lockeren Umgang mit den Beiden bemerkbar.

„Ah, da sind ja meine Lieblingsgäste!", rief Monsieur Girard fröhlich und reichte Richard und Melanie nacheinander die Hand zur Begrüßung. „Willkommen auf unserer Siegesfeier!", sagte er lachend und breitete seine Arme aus. Und er hatte allen Grund zu strahlen. Seine Partei hatte am gestrigen Wahltag einen Erdrutschsieg errungen. Die FSP holte zwei Drittel der Wählerstimmen und war somit in der absoluten Mehrheit. Das erste Mal in der Geschichte des Landes wurde eine liberale und volksnahe Partei mehrheitlich von der Bevölkerung gewählt. Die FSP bildete nun die Regierung und löste damit die konservative Partei ab. Wenn man dabei bedachte, dass die FSP vor einem Jahr noch für jede Stimme kämpfen musste und kein ernstzunehmender Gegner war, dann war ihr bei dieser Wahl definitiv ein sensationelles und politisches Kunststück gelungen.

„Kommt mit mir, wir gesellen uns zu ein paar anderen Parteimitgliedern", erklärte Willhelm und führte sie zu einem Stehtisch, der mitten im Gedränge stand. Er wies eine Kellnerin an, ihnen zwei weitere Krüge Bier zu bringen, und das Herzogspaar begrüßte die Anderen am Stehtisch freundlich. Neben Albert Blauschildt standen die Herren Joseph Assange und Julien Gebels.

„Es ist schön, euch beide wiederzusehen", begann Monsieur Blauschildt die Unterhaltung. „Mittlerweile seid ihr miteinander verheiratet. Um ehrlich zu sein, habe ich bei unserer ersten Begegnung bereits erkannt, dass ihr wie füreinander geschaffen seid. Äußerst charismatisch, charmant, intelligent und attraktiv. Das sind die wichtigsten Eigenschaften, die man als Politiker vorweisen sollte, um Erfolg zu haben."

„Das gilt dann aber nicht für mich, denn ich sehe bei Weitem nicht so gut aus, wie unser Herzog von Crussol", bemerkte Willhelm Girard und lachte.

„Du hast einflussreiche Freunde, die deinem Äußeren mehr Ausdruck verleihen", entgegnete der Logenmeister.

„Wie wahr, wie wahr", bestätigte der Parteivorsitzende und trank sein Bier.

„Danke übrigens an Sie, Madame von Crussol, dass Sie uns von der Idee überzeugt haben, Frauen das Wahlrecht zu ermöglichen. Wir hatten es rechtzeitig vor der Wahl geschafft, das Gesetz vom Parlament dementsprechend ändern zu lassen. Sonst hätte die FSP vermutlich nicht so haushoch gewonnen. Denn die Mehrheit der Stimmen kam tatsächlich von den Frauen", erläuterte Albert Blauschildt und nickte der Herzogin anerkennend zu.

„Gern geschehen", entgegnete Melanie lächelnd. „Sehen Sie, Gleichberechtigung lohnt sich immer."

„Eine Frage bleibt da aber offen", merkte Richard an, „Wie haben Sie das Parlament auf ihre Seite gezogen, wenn doch die alte Regierung die Interessen des Kaisers vertrat und er gegen die Gesetzesänderung war?"

„Durch besondere Zuwendung und Überzeugungskraft", erwiderte Monsieur Blauschildt sachlich.

Richard ließ sich von dessen vornehmer Art nicht täuschen, denn er wusste, dass der Logenmeister ein unglaublich mächtiger und gerissener Mann war. Was Albert Blauschildt mit seiner Erklärung eher meinte, waren Korruption und Erpressung, aber Richard hütete sich, dies öffentlich zu behaupten. So verlief die Welt der Reichen und Mächtigen nun Mal. Alles wurde im Verborgenem organisiert. Politische Manöver gestartet. Gegner durch Druckmittel beseitigt. Gesetze mit Hilfe von Bestechungsgeldern angepasst. Wer das meiste Geld hatte, der war am Ende der Stärkste. Und keiner war reicher als Albert Blauschildt auf dieser Seite der Welt, selbst der Kaiser Alexander nicht. Doch die Zeiten änderten sich. Es reichte nicht mehr aus, nur in der obersten Liga seinen Einfluss auszuüben. Man musste die Masse der Bevölkerung hinter sich bündeln, um am Ende zu gewinnen. Und Melanie von Crussol hatte ihnen den Weg gezeigt, wie sie den weiblichen Teil des Volkes für ihre politische Ziele mobilisieren konnten und es schließlich in die Tat umgesetzt.

„Werter Monsieur Girard, würden Sie mir bitte verraten, wie Sie auf die sonderbare Idee gekommen sind, die Feier in einer Scheune auf dem Lande stattfinden zu lassen?", fragte Melanie amüsiert.

„Aus einem ganz einfachen Grund, Madame. Weil wir uns als Partei nicht nur politisch, sondern auch gesellschaftlich vom Adel lossagen möchten", antwortete Willhelm. Er ergänzte seine Aussage sogleich, als er die entgleisten Gesichter des Herzogs und der Herzogin bemerkte: „Ich weiß, Ihr beide gehört zum Hochadel, aber Ihr seid jung und dynamisch. Ihr steht nicht starr in alten Werten verankert, sondern öffnet euch für etwas Neues. Ihr wollt eine modernere Zukunft genau wie wir. Und um ehrlich zu sein, würden wir es sehr begrüßen, wenn weitere Adelsfamilien eurem Beispiel folgen."

„Also feiern wir deswegen in einem ehemaligen Kuhstall, weil Sie die Zeit langsam für gekommen sehen, dass die Bauern bald das Sagen haben werden, und nicht mehr der Adel?", stellte

Melanie scharfsinnig fest.

„Sie haben voll ins Schwarze getroffen! Besser hätte ich es nicht formulieren können", bestätigte der alte Politiker und hielt ihr seinen Bierkrug entgegen. Die junge Herzogin stieß mit ihrem Maßkrug dagegen und gemeinsam tranken sie auf eine glorreiche Zukunft für jeden Bürger und Bürgerin dieses Landes.

„Wie soll das bitteschön funktionieren? Bauern an der Macht?", fragte Richard skeptisch. „Die Menschen sind wie Schafe, sie brauchen Anführer, sonst verfallen sie in Anarchie."

„Absolut richtig", bemerkte Joseph Assange. Er war ein angesehener Mathematikprofessor an der renommierten Eliteuniversität der Hauptstadt. „Aber es ist ein Unterschied, wenn ein Tiger über seine Schafe wacht, der sie jederzeit verschlingen kann. Oder wenn alle gemeinsam eine große Familie bilden. Die Eltern achten auf ihre Kinder und sorgen dafür, dass es ihnen gut geht. Im Gegenzug erwarten sie von ihren Kleinen Gehorsam und Loyalität."

„Und was passiert, wenn die Kinder unartig werden?", wollte der Herzog wissen und sah Monsieur Assange durchdringend an.

„Das, was immer passiert. Die Kinder werden bestraft und umerzogen", antwortete der Professor mit samtweicher Stimme.

Richard gab daraufhin ein lachendes Geräusch von sich. Seiner Meinung nach war das alles nur ein Witz.

„Sie wollen mich wirklich davon überzeugen, dass eine Regierung basierend auf dem allgemeinen Volkswillen bessere Chancen auf Erfolg hat als die Monarchie?", spottete er.

„Ja, genau so ist es", gab Joseph Assange offen zu und lächelte. „Und ich sage Ihnen auch warum. Weil der Reichtum des Landes nicht mehr auf ein paar wenige verteilt wird, wie es momentan ungerechterweise ist, sondern auf die gesamte Bevölkerung. Somit profitiert jeder Bürger von seiner großen Familie und gleichzeitig behütet die Regierung ihre Kinder."

„Sie sprechen von Enteignung und absoluter Kontrolle durch

den Staat. Keine Adelsfamilie dieser Welt wird diese Absichten jemals unterstützen. Sie werden bei Ihrem Vorhaben scheitern, noch bevor es richtig an Fahrt aufgenommen hat", stellte Richard klar und zeigte mit seiner Äußerung deutlich, dass er die Zukunftspläne der FSP durchschaut hatte.

„Sie vergessen dabei, dass der Adel in der gesamten Bevölkerung nicht die Mehrzahl bildet, sondern die armen Bauern. Und um die Menschen aus den niedrigen Gesellschaftsschichten zu mobilisieren, benötigt es guter Propaganda", erläuterte Julien Gebels, der vom Beruf Journalist und Zeitungsverleger war.

„Und Sie, Monsieur Gebels, blenden dabei völlig aus, dass die Presse stets nur das veröffentlicht, was die Regierung ihr vorher diktiert hat. So ist es schon immer gewesen", deutete Richard an.

„Richtig. Und wer ist seit gestern die neue Regierung? Ganz genau, die FSP!", schloss Melanie das Thema ab und alle Gesprächspartner, außer Richard, lachten mit ihr.

„Madame von Crussol, Sie müssen unbedingt zu uns in die Redaktion kommen und ein Interview geben. Am besten ist, ich stelle Ihnen persönlich die Fragen, dann schaffen wir es sicherlich auf die Titelseite der Zeitungsausgabe", schlug Monsieur Gebels vor.

„Sehr gern!", antwortete Melanie begeistert.

„Und vielleicht geben Sie einen Vortrag auf unserer Universität. Ich erinnere mich, wie Sie einst auf dem Uni-Gelände bei uns aufgetaucht sind und die gesamte Aufmerksamkeit auf sich gezogen haben. Das müssen Sie unbedingt bald wiederholen", ergänzte Joseph Assange und lächelte die junge Herzogin an.

„Auch Ihr Angebot nehme ich gerne an", erwiderte Melanie und schenkte dem smarten Professor ein breites Lächeln.

„Junge, Junge! Die bildschöne Herzogin kann sich vor

Angeboten kaum retten, wie ich sehe", schmeichelte Willhelm Girard. „Darf ich euch auf eine Schüssel des deftigen Erbseneintopfs einladen? Wir müssen dringend etwas für unsere schlanke Linie tun", fragte er in die Runde und streichelte dabei seinen leichten Bauchansatz.

„Da sage ich definitiv nicht Nein'", antwortete Melanie grinsend und die Herren Assange und Gebels stimmten ihr zu. Sie folgten dem Politiker an die Essensausgabe und unterhielten sich weiterhin scherzend miteinander. Richard sah ihnen finster hinterher und atmete schwer aus, als er plötzlich am Arm berührt wurde.

„Monsieur von Crussol, könnte ich kurz mit Ihnen alleine sprechen?", fragte Albert Blauschildt ernst.

„Sicherlich. Worüber möchten Sie mit mir reden?", erwiderte Richard interessiert und spähte immer wieder zu seiner Frau und den drei Herren rüber, die er eigentlich nicht alleine lassen wollte.

„Ich gebe Ihnen in dem Argument Recht, dass keine Adelsfamilie die neue Regierung freiwillig unterstützen wird, sobald wir unsere Vision von der zukünftigen Gesellschaftsordnung veröffentlichen. Und dabei ist es für uns wichtig die unterschiedlichen Bevölkerungsschichten zu einigen und nicht unbedingt auf allen Ebenen gleichzustellen. Denn das Volk braucht starke Anführer, die es gewohnt sind zu herrschen. Und da kommen wir ins Spiel", deutete der Logenmeister an und schaute seinen Gesprächspartner durchdringend an. „Das Land benötigt dringend eine Erneuerung und deswegen wollte ich Sie fragen, ob wir uns diesbezüglich regelmäßig treffen können, um uns auszutauschen. Ich würde gerne mit Ihnen über ein paar Prioritätspunkte reden, um die Werte der einflussreichen Adelsfamilien zu bewahren."

„Gewiss", antwortete Richard knapp und fragte sich, weshalb Albert Blauschildt mit ihm in Dialog trat und er diese Aufgabe nicht seinem Handlanger dem Monsieur Girard überließ. Hatte der durchtriebene Bankier Themen mit ihm zu besprechen, die womöglich sonst niemanden etwas angingen?

Der Logenmeister hatte die Unterhaltung zwischen Richard und den anderen vorhin genau mitverfolgt und es ist ihm etwas Wichtiges an dem Herzog von Crussol aufgefallen. Der junge Mann benahm sich in der Öffentlichkeit ziemlich galant und sein ansprechendes Äußeres wirkte außerordentlich charismatisch, aber es war nur der erste Eindruck. Seine dunkle Facette zeigte sich, wenn ihm etwas missfiel. Er wurde augenblicklich direkter und es war schwer, ihn während einer Diskussion hinters Licht zu führen, denn er war äußerst clever und wortgewandt. Monsieur Blauschildt konnte sich den Herzog als erbarmungslosen Gegner gut vorstellen, denn in seinen Augen war Richard wie eine eiserne Faust im Samthandschuh. Ein gefährliches Unterfangen für die Feinde des Herzogs, die ihn unterschätzen. Deswegen beschloss Albert Blauschildt, dass es langsam Zeit wurde, ihn in seine Pläne einzuweihen.

Unterdessen schaute Richard zu Melanie und den Herren Girard, Assange und Gebels rüber. Sie warteten in der kurzen Schlange vor der Essensausgabe und unterhielten sich dabei prächtig. Offensichtlich hatte seine Ehefrau mit ihrer überzeugenden Art die drei Männer fest um den Finger gewickelt. Sie jonglierte mit ihnen wie mit drei Bällen und wirkte dabei äußerst souverän. Monsieur Blauschildt bemerkte Richards stechenden Blick und fragte schmunzelnd: „Haben Sie auch Hunger?"

„Allerdings. Bitte entschuldigen Sie mich", erwiderte Richard kurz und marschierte los.

Der Logenmeister gab mit einem knappen Nicken zur Kenntnis, dass er für ihn vollstes Verständnis hatte. Richard ging mit ausholenden Schritten auf seine Frau zu und packte sie sogleich am Arm.

BLITZ UND DONNER

„Wir müssen reden, sofort", raunte er ihr ins Ohr zu. Melanie sah seitlich zu ihm und war überrascht über die plötzliche Aufforderung. Noch bevor sie sich von den Anderen verabschieden konnte, zog er sie mit sich nach draußen. Richard schaute sich um und entdeckte unweit eine zweite, viel kleinere Scheune und steuerte sie augenblicklich an. Nachdem sie hinein getreten waren, erkannten sie, dass es sich offenbar um einen Lagerort für frisches Heu handelte. Denn überall stapelten sich Strohballen und mittelgroße Heuhaufen lagen locker auf dem Boden verteilt. Das Mondlicht schien durch die kleinen Fenster, aber ansonsten war es stockduster hier drin.

„Richard, was ist los? Warum sind wir hier?", fragte Melanie ihn verwirrt und riss sich von ihm los.

„Wann hörst du jemals damit auf, mit anderen Männern zu flirten?", fuhr er sie so gleich an.

„Ähm, wie bitte? Mit wem habe ich deiner Meinung nach geflirtet?", wollte sie überrascht wissen.

„Da fragst du noch? Mit den drei Herrschaften, die dich mit ihren Blicken fast ausgezogen haben. Und du hast vor ihnen rumkokettiert, wie eine Sechzehnjährige", antwortete er aufgebracht.

„Kokettiert?", wiederholte Melanie ungläubig. „Weshalb sollte ich denen gefallen wollen?"

„Weil du ständig nach Anerkennung suchst und gern mit deinen körperlichen Reizen spielst. Glaubst du, es ist mir nicht aufgefallen, wie du in deren Gegenwart an deinen Haaren gespielt hast?", griff er sie weiter an.

„Du meinst so?", fragte sie unschuldig, nahm lasziv eine Haarsträhne und zwirbelte sie um ihren Zeigefinger.

„Ganz genau. Mach doch gleich deine Beine für sie breit, dann sparst du dir das Rumräkeln", zischte Richard und wurde langsam zornig.

Melanie schmunzelte, allmählich begriff sie, was hier vor

sich ging. Ihr Mann war unheimlich eifersüchtig. Sie konnte es absolut nachvollziehen, denn während der Schwangerschaft hatte Richard sie nicht angerührt, und bis jetzt hatten die beiden nicht miteinander geschlafen. Und aufgrund der außergewöhnlichen Geburt ihres Sohnes hatte der Arzt ihr geraten drei volle Monate auf Sex zu verzichten, um alles verheilen zu lassen und das Infektionsrisiko zu senken. Mittlerweile waren sie sogar über die empfohlene Zeitspanne hinaus.

„Hör auf zu grinsen, ich meine es ernst. Das Flirten hat ab sofort ein Ende. Sonst ... Wie ...? Was tust du da?", fragte Richard irritiert und hielt Melanies Hand fest, als sie ihm über die Brust strich und ihn küssen wollte.

„Lass das. Wir reden gerade", herrschte er sie an.

„Dann rede weiter, Liebling, ich höre dir aufmerksam zu", beteuerte Melanie und glitt langsam auf ihre Knie.

„Was soll das jetzt werden? Steh sofort wieder auf!", sprach er laut, aber sie ließ sich nicht mehr aufhalten. Sie öffnete seinen Gürtel und den Hosenschlitz. Holte Richards Glied aus seiner Unterwäsche und nahm es ganz langsam in den Mund. Sie streichelte mit ihrer flinken Zunge darüber und saugte. Es dauerte nicht lange, bis sein Penis ganz prall wurde und sie ihn mit ihren Lippen liebkoste. Dann richtete sie sich wieder auf und sah ihren Mann auffordern an.

„Woher kannst du so etwas?", fragte Richard misstrauisch und konnte seine Erregung nicht mehr verbergen.

„Darüber habe ich mal in einem Buch gelesen", antwortete Melanie und sah ihn verrucht an.

„In einem Buch?", wiederholte Richard sarkastisch.

„Möchtest du noch weiterreden oder es mir auf diesem Heuhaufen so richtig besorgen?", entgegnete Melanie. Sie knöpfte ihren Blaser und die dunkelblaue Bluse dadrunter auf.

Richard sah sie mit zusammengekniffenen Augen an. Er war

zwar weiterhin sauer auf sie, aber er entschied sich, seinen Ärger auf eine andere Weise loszuwerden. Er legte sie etwas unsanft mit dem Rücken auf den Heuhaufen und zog ihr die Hose und das Unterhöschen aus. Melanie spreizte für ihn die Beine und konnte das Liebesspiel schon kaum abwarten. Richard begab sich in die Position und streichelte mit der Spitze seines Gliedes an ihrer Muschi. Es war fast ein Jahr her, dass er so intim mit ihr wurde. Seine Frau genoss das Vorspiel und lächelte gierig. Richard konnte sich nicht mehr zurückhalten und drang in sie ein. Er liebte sie genauso heftig, wie in ihrer gemeinsamen Hochzeitsnacht. Melanie hatte sichtlich Mühe, nicht laut zu stöhnen, damit sie draußen keiner hörte. Wie sehr hatte sie den Sex mit Richard vermisst. Seine rabiate Art kam wie eine Naturgewalt über sie und Melanie wollte sie nicht beherrschen, sonder nur spüren.

„Was hast du dich bloß über den Kuhstall vorhin so aufgeregt? Deine animalischen Triebe passen ausgezeichnet hier rein, Du Stier!", warf Melanie ihm vor und schnappte nach Luft, als Richard sie wie ein Wahnsinniger durchnahm.

„Das liegt an dem ganzen Heu. Der Geruch törnt mich unglaublich an", erwiderte er und kam im nächsten Moment. Sowohl er als auch Melanie verschnauften ein paar Sekunden, bis sie dann beide zu lachen anfingen. Sie waren völlig verrückt, ganz ohne Zweifel. Richard stand auf und half anschließend seiner Frau wieder auf die Beine. Er lächelte sie an, gab ihr dann einen leidenschaftlichen Kuss und biss sie zum Schluss leicht auf die Unterlippe. Danach zogen sie sich wieder an und als sie beinahe fertig waren, sagte Richard ernst: „Melanie, wenn ich dich dabei erwischen sollte, wie du mit einem anderen Mann Dinge tust, die du normalerweise nur mit mir machst, dann bringe ich diesen Schweinehund um. Und dich mit ihm."

Melanie starrte ihn fassungslos an. „Ist es eine Drohung?", wollte sie wissen und sah warnend zu ihm.

Natalie Mec

„Ein Versprechen", entgegnete Richard beiläufig, als würde er so etwas jeden Tag sagen. Er machte seinen Gürtel wieder zu, drehte sich ohne ein weiteres Wort um und verließ die Scheune.

Seine Frau sah ihm mit offenem Mund hinterher. Hat er ihr soeben tatsächlich gedroht? Abgesehen davon, warum sollte sie ihn betrügen wollen? Die ganzen anderen Männer interessierten sie gar nicht, egal was er sich da einbildete. Sie beschloss daher sein sogenanntes 'Versprechen' nicht ernst zu nehmen, denn schließlich würde sie niemals einen anderen Mann so nah an sich ranlassen wie Richard.

BLITZ UND DONNER

Natalie Mec

Kapitel 62   Die Hochzeitsgesellschaft

8. Oktober 1876

Die Braut stand vor dem zwei Meter hohem Spiegel und betrachtete sich in dem bezaubernden Hochzeitskleid, das ein Geschenk ihrer Schwester war. Draußen hinter dem Fenster herrschte ein traumhaftes Oktoberwetter. Der Himmel war strahlend blau, keine Wolken zu sehen, und die Bäume erblühten in gelben und orangenen Tönen. Es grenzte an schier Unmöglichkeit, dass Veronika vor genau einem Jahr vor demselben Fenster gesessen, die fallenden Blätter beobachtet und sich unendlich verlassen gefühlt hatte. Und nun würde sie in wenigen Stunden den Mann heiraten, der sie damals im schwangeren Zustand sitzen gelassen hatte. Das Schicksal nahm oft und schnell ungeahnte Wege. Melanie strich die letzten Falten auf der Schleppe glatt und schaute ihre große Schwester zufrieden an. Im nächsten Moment klopfte jemand an der Tür und die Herzogin erlaubte mit einem kurzen 'Herein' den Eintritt. Die Tür öffnete sich und die Baronin von Semur betrat den Raum. Sie begrüßte die beiden jungen Damen mit einer herzlichen Umarmung und gab ihnen jeweils einen Wangenkuss. Dann bewunderte sie das Hochzeitskleid.

„Dieses Kleid kommt mir bekannt vor. Gehörte es nicht eins dir, Melanie?", fragte Rosemarie erstaunt.

„Ja, das stimmt", gab sie offen zu, „aber da es nie zu einer Hochzeit getragen wurde, habe ich Veronika angeboten, es zu tun. Und sie war sofort damit einverstanden."

„Und wie! Ich finde das Kleid einfach himmlisch und es passt mir ausgezeichnet!", bestätigte die Braut fröhlich.

„Absolut!", stimmte die Baronin zu. „Ich bin übrigens zu euch gekommen, um zu fragen, ob Ihr noch irgendetwas benötigt?"

„Sehr freundlich von Ihnen, aber wir sind bestens vorbereitet", antwortete Melanie und lächelte die alte Dame liebevoll an. Eigentlich war es die Aufgabe der Brautmutter, ihrer Tochter während des Hochzeitstages zur Seite zu stehen. Aber Johanna von Bouget hielt ihr Wort und würde erst dann wieder mit Veronika sprechen, sobald sie den Grafen von Ailly geheiratet und damit ihre Ehre wiederhergestellt hatte.

„Wissen Sie zufällig, ob unser Vater und der Rest der Familie von Bouget bereits eingetroffen sind?", fragte Melanie.

„Ja, ich hatte vorhin das Vergnügen, sowohl mit dem Baron, als auch mit seiner Frau und Jane zu sprechen. Und ich muss sagen, dass vor allem Ihre Mutter zwischen den Hochzeitsgästen stolziert, als wäre sie die Königin persönlich", berichtete Madame von Semur und ergänzte, „Ich werde an dem heutigen Feiertag nachsichtig mit Johanna sein und ihr die Tatsache nicht nachtragen, dass sie euch Beiden in letzter Zeit sehr kaltherzig behandelt hat."

Melanie und Veronika lächelten schüchtern, denn sie wussten, was Rosemarie damit meinte. Die beiden Schwestern hatten im vergangenen Jahr auf bittere Art und Weise gelernt, auf ihren eigenen Beinen zu stehen und sich von niemanden unterkriegen zu lassen.

„Ist Jakob ebenfalls unter den Gästen?", fragte Veronika hoffnungsvoll.

„Nein. Mein Enkelsohn Sebastian hat mir berichtet, dass Jakob zusammen mit seinem Freund Valentin anderweitig beschäftigt sei und der heutigen Feier fernbleibe. Was ist zwischen euch vorgefallen, dass er sich weigert, zu der Hochzeit seiner eigenen Schwester zu kommen?", wollte Rosemarie wissen und schüttelte ungläubig den Kopf.

„Es ist eine lange Geschichte, aber um es kurz zu fassen, Jakob ist gegen die Verbindung zwischen Veronika und Henri", antwortete Melanie und sah zu ihrer Schwester rüber, die traurig zu Boden schaute.

„Das ist in der Tat sehr bedauerlich", kommentierte die Baronin von Semur mit leiser Stimme. „Was wäre eine Hochzeit, ohne ein Familiendrama? Nun denn, belassen wir es dabei und genießen stattdessen den heutigen Tag. Einen der glücklichsten in deinem Leben, Veronika."

Rosemarie hob mit ihrer rechten Hand Veronikas Kopf und lächelte ihr aufmunternd zu. Die Braut erwiderte das warme Lächeln.

„Apropos! Da ist noch etwas, was ich dir unbedingt sagen muss", rief Veronika plötzlich und drehte sich abrupt zu Melanie um. Sie wollte gerade weitersprechen, als die Tür erneut aufging und der Butler reinkam. Er informierte seine Herrin darüber, dass der Standesbeamte soeben eingetroffen war und die Gäste vollzählig auf sie warteten. Melanie nickte ihm kurz zu und sagte dann zu ihrer Schwester: „Du kannst es mir später erzählen, jetzt wird erst ein Mal geheiratet!"

Die Braut, ihre Schwester und die Baronin von Semur gingen gemeinsam aus dem Salon und begaben sich in den Garten, wo die Trauung unter dem freien Himmel stattfand. Veronika und Melanie hatten im Vorfeld das Fest organisiert und dabei festgestellt, wie viel Mühe und Arbeit die Vorbereitungen am Ende gekostet hatten. Melanie erinnerte sich ganz genau an die lange Abarbeitungsliste: Die Einladungen an die Gäste verschicken. Das Menü mit dem Koch abstimmen und die Hochzeitstorte zusammen mit dem Konditor kreieren. Ein Musikorchester engagieren. Die Dekoration und den Ablauf der

Feier festlegen. Und natürlich die Eheringe bestellen.

In dem Moment konnte Melanie den Wutausbruch ihrer Mutter nachvollziehen, als Melanie ihre Hochzeit mit George platzen ließ. Es wurde zu jener Zeit vieles in den Sand gesetzt und eine Menge Personen vor den Kopf gestoßen. Ein Kapitel in Melanies Leben, auf das sie nicht unbedingt stolz war, aber nun Mal dazugehörte. Wie wäre ihr Leben wohl verlaufen, wenn sie doch George geheiratet hätte? Diese Frage konnte sie unmöglich beantworten. Und es half nichts, sich zu fragen, was wäre wenn. Sie hatte sich damals bewusst für Richard entschieden und ging nun unbeirrt diesen einen Weg. Draußen auf der großen Wiese standen die Gäste in zehn Reihen hintereinander und in der Mitte verlief ein roter Teppich bis zum Altar. Veronika hatte bei der Farbwahl für die Dekoration mit Absicht auf weiße Blumen verzichtet. Sie bevorzugte lieber die Farben Gold und Rot, und da passten die Bäume mit ihrem Herbstlaub perfekt dazu. Die Braut selbst trug einen goldenen Kranz aus Efeublättern auf dem Kopf und ihre braunen Haare waren elegant damit verflochten und nach oben gesteckt. Ihre jüngere Schwester war die Trauzeugin und trug ebenfalls ein traumhaft schönes Kleid. Es war hellrosa mit silbernen Streifen, die diagonal verliefen und mit unzähligen Kristallen versehen waren. Melanie hatte ihre Haare zur rechten Seite gekämmt und entschied sich für ein schlichtes Make-up.

Als Veronika aus dem Schloss ins Freie trat, nahm ihr Vater sie als Erster in Empfang. Das Orchester spielte 'E Flat Major' von Chopin und die Hochzeitsgäste erhoben sich von ihren Plätzen. Thomas von Bouget lächelte glücklich, legte Veronikas rechte Hand auf seinen linken Arm und gemeinsam schritten sie über den roten Teppich zum Altar. Melanie folgte ihnen und sah vorne am anderen Ende den Standesbeamten stehen, rechts daneben wartete Henri auf seine Braut und sah gebannt zu ihr. Direkt neben ihm stand sein Trauzeuge, Vincent von Guise, der zufrieden dreinblickte. Vorne in der ersten Reihe wartete Richard mit Colette auf dem Arm, die ein weißes Kleidchen mit viel Tüll trug. Melanie stellte sich zu ihnen und übernahm von ihrer Schwiegermutter ihren kleinen Sohn Gabriel, der sich über seine Mama sichtlich freute und laut lachte. Unterdessen übergab der Baron von Bouget seine Tochter an den Grafen von Ailly und ging zu seiner Frau rüber, die vor Stolz platzte. Für Johanna hatte die Schmach endlich ein Ende. Ihre in Ungnade gefallene Tochter Veronika, heiratete nun den Vater ihres gemeinsamen Kindes und gab ihrer Familie die verlorene Ehre wieder. Für Melanie war das alles nur Heuchelei. Veronika hätte Colette auch ohne Henri großziehen können und das Gerede der Anderen war ihr mittlerweile absolut gleichgültig. Der Standesbeamte begann mit der Zeremonie. Während er über die ewige Liebe sprach, die Henri und Veronika ab sofort miteinander verband, sah sich das Hochzeitspaar tief in die Augen und versprach sich gegenseitig, sich niemals zu trennen und in schweren Zeiten stets zusammenzuhalten. Richard schaute verliebt zu seiner Frau rüber, die ihren gemeinsamen Sohn im Arm hielt und fühlte sich unwillkürlich an seine eigene Hochzeit erinnert. Wie unkonventionell er und Melanie doch geheiratet hatten. Auf dem Segelkriegsschiff seines langjährigen Freundes Jacques von Thorotte. Er hatte für sie alles über Bord geworfen und das war die beste Entscheidung seines Lebens gewesen, denn er wäre an der Seite von Elisabeth D'Argies todunglücklich geworden. Henri und Veronika gaben sich gegenseitig das Ja-Wort und tauschten die Eheringe. Dann küssten sie sich vor der versammelten Hochzeitsgesellschaft und die Gäste applaudierten begeistert. Anschließend gab es ein Riesenfest auf der großen Außenterrasse und im Ballsaal des Schlosses. Es wurde als Erstes fein gegessen und danach ausgiebig getanzt. Das Hochzeitspaar eröffnete zusammen mit ihrer kleinen Tochter den Tanzabend. Henri hielt Colette in seinem linken Arm und umarmten mit der rechten Veronika und fühlte sich absolut angekommen. Melanie ergriff sogleich Richards Hand und nutzte die Gelegenheit, wieder mit ihm zu tanzen. Sie folgten den Klängen der lateinamerikanischen Musik und tanzten Tango Argentino. Das Paar bewegte sich wie in Trance. Ihre Gesichter waren ganz dicht beieinander. Wange an Wange. Und die beiden verschmolzen miteinander. Nichts auf der Welt konnte sie jetzt voneinander trennen.

„Ich liebe dich, Richard", flüsterte Melanie und atmete seinen Geruch tief ein. Er presste sie näher an sich und gab ihr einen Kuss. Löste sich dann langsam von ihren sinnlichen Lippen und erwiderte: „Und ich liebe dich, mein Herz."

Je später der Abend wurde, desto mehr verlagerte sich die Feier in den Ballsaal, denn draußen wurde es allmählich kühl. Die Gäste drängten dichter zusammen und die Stimmung war ausgelassen fröhlich. Veronika beobachtete die Partygesellschaft und sah, wie Vincent sich mit Jane ausgiebig unterhielt. Wie außergewöhnlich. Normalerweise hielt ihre große Schwester nichts von verheirateten Männern. Vermutlich war das nur ein Gespräch unter Freunden. Veronika bemerkte, wie ihre Mutter auf sie zukam und breit lächelnd vor ihr stehen blieb.

„Hallo mein Schatz, ich gratuliere dir herzlich zur Vermählung mit dem Grafen!", sagte sie und umarmte ihre Tochter.

„Danke Mama", entgegnete Veronika trocken. Sie wusste, dass ihre Mutter nur froh darüber war, dass sie jetzt einen Grund mehr hatte, bei den feinen Damen angeben zu können. Zwei ihrer Töchter waren nun verheiratet und das weit über ihren Erwartungen. Die Tatsache, dass Johanna von Bouget sowohl Melanie als auch Veronika zuvor verstoßen hatte, wurde nie öffentlich diskutiert, aber die Kränkung in Veronikas Herzen würde für immer bestehen bleiben. Sie würde sich ihrer Mutter nie wieder anvertrauen können, so wie früher.

„Zeigst du mir bitte meine kleine Enkeltochter? Ich würde sie mir gerne mal genauer anschauen", fragte Johanna mit butterweicher Stimme.

„Colette ist in einem Nebenraum zusammen mit ihren beiden Tanten und wird gerade gefüttert", erklärte Veronika und verspürte eigenartigerweise keinerlei Interesse ihrer Mutter die Kleine vorzustellen.

„Dann lass uns gemeinsam hingehen. Ich habe mit Melanie ebenfalls lange nicht mehr geredet. Heute ist ein guter Tag für einen Neubeginn", erklärte Johanna von Bouget, hackte sich bei Veronika unter und schritt gemeinsam mit ihr los.

Zur selben Zeit in einem Nebenzimmer unweit der Feier legte Jasmina von Ailly ihre Nichte in das Stubenbettchen und kitzelte die kleine Prinzessin am Bauch. Der jüngste Spross aus dem Hause von Ailly lachte fröhlich und hielt die Finger ihrer Tante mit beiden Händen fest. Jasmina seufzte lächelnd und schenkte Colette einen sehnsüchtigen Blick.

„Alles in Ordnung?", fragte Melanie sie. Gabriel lag unterdessen friedlich an ihre Brust gekuschelt und verdaute seine soeben eingenommene Milchmahlzeit.

„Ja, es ist nur so. Ich liebe Kinder, aber ich fürchte, dass es mir nie vergönnt sein wird, eigene zu haben", erklärte Jasmina traurig.

„Darf ich fragen, warum?", fragte Melanie behutsam. Henris Schwester war äußerst schüchtern und erzählte nur selten etwas von sich. Bei Melanie machte sie eine Ausnahme und öffnete sich ihr gleichermaßen, wie bei ihrem Bruder. Jasmina hatte bei ihr das Gefühl verstanden und akzeptiert zu werden. Sie brauchte sich bei ihr nicht zu verstellen, sondern konnte sie selbst sein: eine eigensinnige Naturliebhaberin, die große Menschenversammlungen meistens vermied. Deswegen ging sie nie auf Bälle oder andere Veranstaltungen. Die Hochzeit ihres Bruders bildete dabei einen riesigen Sonderfall. Und trotzdem blieb sie lieber in diesem Nebenzimmer bei ihrer Nichte, als sich in dem großen Ballsaal aufzuhalten. Jasmina atmete tief durch und antwortete dann ehrlich: „Weil ich nie einen Mann finden werde, der mich liebt, wie ich nun mal bin. Damit ist die Sache aussichtslos."

„Unsinn. Den gleichen Wunsch hat doch jede andere junge Dame. Einen Mann heiraten, den man liebt und der einen vollkommen akzeptiert. Glaube mir, da bist du nicht die Einzige", munterte Melanie sie auf.

„Aber die anderen jungen Frauen sind viel reizvoller als ich und vor allem zeigen sie sich regelmäßig in der Öffentlichkeit. Ich dagegen bleibe lieber Zuhause und verlasse es nur in dringendsten Fällen", erzählte Jasmina weiter und schaute betrübt zu Boden.

„Dann geh in die Welt hinaus und erobere sie!", forderte Melanie sie sogleich auf und lächelte über das ganze Gesicht. „Was hält dich davon ab?"

Jasmina betrachtete das fröhliche Gesicht ihrer Freundin und schaute dann wieder runter auf ihr schlichtes, blaues und bodenlanges Kleid.

„Du musst wissen, dass meine und Henris Eltern vor sieben Jahren bei einem Schiffsunglück auf hoher See ums Leben gekommen sind. Sie reisten damals nach Amerika, um dort neues Land für unsere Familie zu kaufen, aber ihr Schiff hatte den Hafen von New York nie erreicht. Stattdessen sank es auf den Meeresboden des Atlantiks und ich habe sie seitdem nie wieder gesehen. Ich habe Angst, dass mir so etwas ebenfalls widerfahren könnte. Dass ich hinaus in die Welt gehe und sie mich dann umbringt. Das Leben da draußen ist voller Gefahren, deswegen bleibe ich lieber daheim, wo ich sicher bin."

„Aber dann stehst du deinem großen Traum, Naturforscherin zu werden, selbst im Weg. Vielleicht ändert sich deine Meinung, wenn du später eigene Kinder hast und sie mit ihren großen

Augen die Welt entdecken, dann wirst du sicherlich dabei sein wollen", erklärte Melanie und legte ihre Hand auf Jasminas Arm.

„Du vergisst, dass ich zuerst einen Mann brauche, bevor ich überhaupt an Kinder denken kann. Und wie gesagt, meine Chancen einen Ehemann zu finden, sind eher gering wenn nicht sogar fast Null", entgegnete Jasmina resigniert.

„Wer weiß, vielleicht begegnest du deinem zukünftigen Gemahl heute Abend und du weißt es noch nicht", sagte Melanie und wackelte mit ihren Augenbrauen. Jasmina lächelte verlegen und wurde rot.

Wenige Minuten später betraten die Baronin von Bouget und Veronika das Nebenzimmer. Johanna nahm ihre Enkelin sogleich lachend in die Hände. Melanie begrüßte ihre Mutter nur ganz flüchtig und legte Gabriel in sein Bettchen, damit er weiterschlief. Dann beauftragte sie das Kindermädchen, auf ihren Sohn aufzupassen, und begab sich auf den Rückweg in den Ballsaal. Im Gegensatz zu Veronika verabscheute Melanie mittlerweile ihre Mutter. Sie hatte die wahre Natur der Baronin erkannt. Johanna war eine gierige Frau, der ihr guter Ruf am allerwichtigsten war. Sie ging dabei so weit, dass sie sich von ihren eigenen Kindern distanzierte, nur um in der Öffentlichkeit nicht denunziert zu werden. Melanie schwor sich selbst, niemals ihren Nachwuchs auf diese Weise zu behandeln. Sie würde ihre Kinder verteidigen und zu ihnen stehen, komme, was wolle. Während sie den langen Flur entlang schlenderte, bemerkte sie eine männliche Person direkt vor sich. Der Mann stand mit dem Rücken zu ihr und beobachtete vom Weiten das Fest, sodass Melanie sein Gesicht zunächst nicht sehen konnte, aber seine braunen Haare und die Körperhaltung kamen ihr unglaublich bekannt vor. Als sie wenige Schritte von ihm entfernt stehen blieb, bemerkte der Mann, dass jemand hinter ihm war, und drehte sich um. Da erkannte Melanie ihn und starrte ihn entgeistert an.

„George!", rief sie überrascht. Sie war wie vom Blitz getroffen und konnte sich nicht mehr rühren, geschweige denn sprechen. Ihre letzte Begegnung mit ihm war ein reinstes Desaster gewesen. Seitdem plagte sie das schlechte Gewissen und sie wollte ihre schändliche Tat wieder gut machen.

George näherte sich ihr und lächelte leicht.

„Hallo Melanie", begrüßte er sie und sah ihr lange ins Gesicht.

„Was tust du hier?", fragte sie ihn zögerlich, als sie ihre Stimme wiedergefunden hatte. Sie konnte sich nicht daran erinnern, ihn in die Gästeliste eingetragen zu haben. Außerdem ist sie die ganze Zeit über davon ausgegangen, er wäre im Ausland.

„Hatte dir Veronika das nicht erzählt?", fragte er irritiert. „Henri und ich, wir liefen uns vor einigen Tagen in der Stadt zufällig über den Weg und er lud mich spontan zu seiner Hochzeit ein."

Melanie schüttelte fast unmerklich den Kopf. Nein, sie hatte es nicht gewusst. Und vermutlich war das die wichtige Angelegenheit, die ihre Schwester ihr noch erzählen wollte.

„Ich hatte gehört, du seist im Ausland", sagte sie und war immer noch ganz durcheinander. Sie betrachtete George genauer. Seine Haut war wesentlich bräunlicher und er selbst wirkte gereift. Melanie merkte, wie ihr Herz plötzlich kräftiger schlug.

„Das war ich", bestätigte er. „Vor zwei Wochen kehrte ich zurück in die Heimat. Ich hatte mich letztes Jahr kurzfristig für ein Auslandssemester eingeschrieben und bin dann mit dem ersten Schiff nach Marokko gesegelt", erzählte George und Melanie hing an seinen Lippen.

„Marokko?", wiederholte sie und wollte unbedingt, dass er weitersprach.

„Ja, ich studierte an der Universität von Marrakesch und

vertiefte dort mein Wissen in Astrophysik", erklärte er.

„Marrakesch?", fragte Melanie und ihre Augen leuchteten auf.

„Diese Stadt solltest du irgendwann mal besuchen. Die Luft dort ist voller Gewürze und die Nächte sind wärmer als so mancher Sommertag hier bei uns", berichtete George.

Melanie nickte leicht und wollte am liebsten auf der Stelle dorthin.

„Aber wie unhöflich von mir. Ich rede hier nur von mir und dabei warst du in der Zwischenzeit ebenfalls nicht untätig", sagte George und sah sie interessiert an.

Melanie blickte etwas verwirrt. Und dann fiel es ihr wieder ein, er meinte mit Sicherheit ihre Organisation 'Ma Grande Soeur'. Und bei der Gelegenheit sollte sie ihm gleich über ihre politischen Erfolge mit der FSP berichten. Gerade als sie anfangen wollte zu erzählen, ergänzte George: „Ich habe gesehen, dass du deine eigene Familie gegründet hast."

Bei dieser Bemerkung schaute Melanie zu Boden und atmete tief aus. Natürlich, sie war doch Mutter geworden. Sie war überaus stolz darüber, aber in Georges Anwesenheit war es ihr eigenartigerweise unangenehm, darüber zu sprechen.

„Das stimmt, mein Sohn Gabriel kam Ende Mai zur Welt und bereitet mir seitdem eine Menge Freude. Er ist ein echter Sonnenschein", sagte Melanie und lächelte schüchtern.

George sah ihr zunächst nachdenklich ins Gesicht und betrachtete dann schweigend ihr Outfit.

„Du siehst umwerfend aus", schmeichelte er und spürte tief in sich ein Gefühl wieder auflodern, das er mit all seiner Willenskraft hinter einer dicken Tür aus Wut und Schmerz verschlossen hatte.

„Dankeschön. Du hast dich heute ebenfalls sehr schick gekleidet", gab Melanie ihm das Kompliment zurück und zeigte auf seinen dunkelgrauen Frack mit gleichfarbiger Weste und weißem Hemd.

„Darf ich dich, um den nächsten Tanz bitten?", fragte George und sah sie erwartungsvoll an.

Melanie schaute etwas verlegen: „Gibt es niemanden aus deinem Umfeld, der vielleicht eifersüchtig werden könnte?"

„Nein", antwortete er. „Und bei dir?"

„Ich kann mir gut vorstellen, dass Richard rasend vor Eifersucht werden könnte", entgegnete sie und malte sich schon das Schlimmste aus.

„Gut, denn er schuldet mir noch einen Gefallen", bemerkte George und streckte Melanie seine Hand entgegen.

Sie zögerte kurz. Es würde später mit Richard eine Menge Ärger geben, aber andererseits konnte sie George nicht abweisen und ihn wieder verletzen. Es war schließlich nur ein Tanz und nichts weiter. Deswegen legte sie ihre Hand in die seine und betrat gemeinsam mit ihm den Ballsaal. Sie tanzten zwischen den anderen Paaren Walzer und Melanie dachte sofort an ihre Tanzübungen für den Hochzeitstanz im Garten ihrer Eltern zurück. Diese Erinnerungen waren so weit weg, als ob sie aus ihrem früheren Leben stammen würden. Nur dieses Mal beherrschte George die Schritte perfekt und ließ ihre Füße heil.

„Ich sehe, du hast fleißig geübt", lobte Melanie ihn.

„Nein, ich habe es nur endlich begriffen", entgegnete George und konnte seine Augen nicht mehr von ihrem Gesicht abwenden. Er hatte im vergangenen Jahr oft an sie gedacht. Meistens waren seine Gedanken voller Wut gewesen. Aber wenn er im Bett gelegen und den wolkenlosen Nachthimmel durch das Fenster beobachtet hatte, flog sein Geist sehnsüchtig zu dem einen hellen Stern, den er versucht hatte zu halten und sich am Ende schmerzlich daran verbrannte. Und genau jetzt strahlte ihn dieser leuchtende Stern wieder an und zog ihn mit aller Gewalt in seinen Bann.

Melanie hörte ihrem ehemaligen Verlobten aufmerksam zu,

der von seinen Erlebnissen in Marokko berichtete. Wie er zusammen mit den anderen Studenten viele einzelne Nächte in der Sahara verbracht und das weite Universum durch ihre Teleskope beobachtet hatten. Kein Rauch und kein Licht der Straßenlaternen hatten sie bei ihren Studien gestört. George erzählte davon, dass die Sahara ein magischer Ort war, an dem das Leben und der Tod sich begegneten. Wenn man sich ohne Wasser in die Wüste begab, dann erwartete einen der sichere Tod. Und dennoch lebten dort unterschiedliche Tiere, wie Skorpione, Schlangen oder Fenneks, kleine Wüstenfüchse. Melanie sah George voller Staunen an und lächelte immer wieder. Sie konnte von seinen Geschichten über den weit entfernten Orient nicht genug bekommen und wollte ihm am liebsten stundenlang zuhören. George redete immer weiter und führte Melanie galant durch den Saal. Dabei musste er sich eingestehen, dass obwohl sie ihn zutiefst verletzt hatte, er sie immer noch liebte. Sein jämmerlicher Versuch, sich heute Abend von ihr fernzuhalten, war kläglich gescheitert. Denn sie war jetzt bei ihm und schenkte ihm ihre gesamte Aufmerksamkeit. Am Ende tanzten die beiden eine halbe Stunde miteinander, ohne ein einziges Wort über ihre Trennung zu verlieren. Denn sie waren wieder vereint und ungeheuer glücklich darüber, gemeinsame Zeit zu verbringen.

    Unterdessen stand der Bräutigam zusammen mit seinen beiden besten Freunden am Rande der Tanzfläche und sie tranken gemeinsam auf die Ehe, denn ab sofort waren sie alle drei verheiratet. Ein Umstand, den sie wohl nicht so schnell erwartet hatten. Das berüchtigte Trio war endlich erwachsen geworden. Sie lachten feuchtfröhlich und machten Späße darüber, wer von ihnen als Erster die Scheidung einreichen würde, als Vincent urplötzlich ernst wurde und seine Augen rieb.

    „Alles in Ordnung mit dir?", fragte Richard ihn.

    „Ich bin mir nicht sicher", entgegnete er und sah entsetzt auf die Tanzfläche. „Es ist, als ob ich soeben durch ein Zeitportal gefallen wäre und nun in die Vergangenheit blicken würde."

„Und was genau siehst du da?", fragte Richard amüsiert und drehte sich um. Und nun sah er es ebenfalls. Sein größter Albtraum war soeben wahr geworden. Er blieb wie gelähmt stehen und starrte fassungslos auf die Tanzfläche.

„Was tut dieser verfluchte George von Bellagarde hier?", zischte er bedrohlich und ließ seinen Rivalen nicht mehr aus den Augen.

„Ich habe George zu meiner Hochzeit eingeladen", gestand Henri offen.

„Du hast was?! Und wann wolltest du uns darüber informieren?", warf ihm Vincent vor.

„Leute, was ist denn schon dabei? Der Mann ist Single, genau wie meine Schwester. Und ich habe vor, die beiden heute Abend zu verkuppeln", antwortete der Bräutigam unschuldig.

„Toller Verkupplungsversuch, Henri!", fuhr Vincent ihn an. „Wo ist Jasmina in diesem Augenblick? Und wieso tanzt sie nicht mit George?"

„Keine Sorge, ich gehe sie gleich holen und dann regle ich das schon. Denn schließlich bin ich der beste Verkuppler auf dem gesamten Planeten", beschwichtigte Henri ihn.

„Nein, du bist der schlechteste Freund auf dem gesamten Planeten", berichtigte Vincent ihn aufgebracht. „Du kannst doch nicht den Ex von Richards Frau einladen! Besonders nicht, wenn es sich um ihren ehemaligen Verlobten handelt und nach der ganzen Geschichte mit den dreien!"

„Soll ich George etwa nicht schleunigst unter die Haube bringe?", fragte Henri vorwurfsvoll. „Ich will den Mann verheiraten, und zwar mit der perfekten Frau für ihn und ihr Name lautet Jasmina."

„Es wäre besser, wenn du es George so schnell wie möglich beibringen würdest, denn momentan gilt seine Aufmerksamkeit der falschen Person", sagte Vincent erzürnt.

Henri hob beschwichtigend die Hände und wollte soeben, etwas darauf erwidern, als er Richards gefährlichen Gesichtsausdruck bemerkte und besorgt zu ihm sah.

„Genug jetzt, die beiden tanzen definitiv zu lange miteinander", sprach Richard und machte Anstalten, auf die Tanzfläche zu gehen. Vincent und Henri hielten ihn mit voller Kraft zurück.

„Ich weiß, du bist ein professioneller Hochzeits-Crasher, aber diese Feier verdirbst du nicht!", wies Vincent ihn zurecht. „Nicht diese Hochzeit! Verstanden?"

Es kostete Richard seine gesamte Vernunft und Willenskraft, um nicht sofort auf George zuzustürmen und ihn für immer aus seinem Schloss zu verbannen. Es blieb ihm jetzt nichts anderes übrig, als sich zu beherrschen. Aber eines war ganz sicher, er würde später mit seiner Frau eine ernste Unterhaltung führen.

Blitz und Donner

Natalie Mec

Kapitel 63 Der Wunsch

9. Oktober 1876

Am Morgen nach der Hochzeit wachte Melanie in ihrem Ehebett auf und stellte überrascht fest, dass sie alleine darin lag. Offenbar war ihr Mann ohne sie aufgestanden und hatte das Schlafgemach bereits verlassen. Sie wunderte sich sehr darüber, denn es sah Richard so gar nicht ähnlich. Normalerweise würde er sie mit Küssen wecken oder zumindest warten, bis sie von alleine aufwachte, um gemeinsam mit ihr ein Schäferstündchen zu halten. Heute leider nicht. Melanie seufzte und schlenderte etwas enttäuscht ins Bad. Nach der Morgentoilette fand sie Richard schließlich im Salon beim Frühstücken wieder.
  „Guten Morgen", begrüßte sie ihn mit einem liebevollen Lächeln. Ihr Ehemann blickte kurz von seiner Zeitung zu ihr hoch und las dann unbeirrt weiter. Richards Verhalten irritierte sie und Melanie wurde langsam unsicher.
  „Was ließt du da, Liebling?", wagte sie einen zweiten Versuch, ein Gespräch zu beginnen. Er schwieg weiterhin und ignorierte ihre Frage. Anschließend faltete er die Zeitung sorgfältig zusammen und legte sie beiseite. Dann trank er einen Schluck von seinem Kaffee, lehnte sich in dem Stuhl zurück und sah mit ernstem Gesicht zu seiner Frau rüber.
  „Du und George, ihr habt euch gestern sehr lange miteinander unterhalten. Worüber denn?", fragte er direkt und ließ sie nicht aus den Augen.

Blitz und Donner

Melanie atmete tief aus. Mit einer verbalen Auseinandersetzung mit ihrem Ehemann hatte sie gerechnet, aber nicht gleich so früh am Morgen.

„Er hat mir von seinem Auslandssemester in Marrakesch berichtet", antwortete sie wahrheitsgemäß.

„So so, er war also in Afrika. Konnte er dort nicht für immer bleiben?", bemerkte Richard bissig. „Stattdessen kehrt er wieder und das Erste, was ihm einfällt, ist, sich an dich ranzuschmeißen."

„Ich versichere dir, das war nur ein Gespräch unter Freunden", beteuerte Melanie unschuldig.

„Lüg nicht", zischte Richard bedrohlich. „Das war hundertprozentig mehr als nur ein Gespräch unter Freunden. Ihr hattet recht lange zusammen getanzt."

Melanie wurde allmählich wütend. Keiner nannte sie eine Lügnerin.

„Nochmals, George und ich sind nur Freunde, ich will absolut gar nichts von ihm", sagte sie beherrscht.

Richard schaute leicht belustigt zur Seite, stand auf und stolzierte zum Fenster. Er zündete sich eine Zigarette an und nahm ein paar Züge, bevor er weitersprach.

„Ich wünsche mir von dir, dass du dich nicht mehr mit George unterhältst", sagte er im auffordernden Ton.

„Das kannst du unmöglich von mir verlangen", antwortete Melanie amüsiert.

„Des Weiteren wünsche ich mir von dir, dass du dich von anderen Männern fernhältst und dich nicht mehr in unsere Unterhaltungen einmischt, wie zuletzt bei der Siegesfeier der FSP", sprach Richard unbeirrt weiter und sah dabei aus dem Fenster.

„Niemals!", schleuderte Melanie ihm entgegen. Glaubte er tatsächlich, er könnte ihr vorschreiben, wie sie sich zu verhalten hatte?

Natalie Mec

„Und zuletzt wünsche ich mir, dass du dich weniger auf deine Organisation und mehr auf deine Rolle als Mutter unseres Sohnes konzentrierst. Meiner Meinung nach überlässt du Gabriel zu oft in die Obhut des Kindermädchens, damit soll Schluss sein", beendete Richard seine Wunschliste.

„Lächerlich. Ich kann sowohl eine gute Mutter sein, als auch eine Organisation leiten. Du kannst mir nicht vorschreiben, was ich zutun habe!", sagte sie laut und verlor endgültig die Beherrschung.

Richard drehte sich abrupt um und marschierte auf sie zu. Er blieb unmittelbar vor ihr stehen, beugte sich hinunter und sah sie warnend an. Melanie wich seinem stechenden Blick nicht aus und ließ sich davon nicht einschüchtern.

„Oh doch, meine Teure, das kann ich", warnte er sie, richtete sich wieder auf und verließ den Salon.

Melanie atmete schwer. Sie schnellte hoch und lief im Raum wütend hin und her. Ans Frühstücken war nicht mehr zu denken. Warum zum Donner noch mal wollte Richard sie unterwerfen? Er wusste, dass sie sich niemals geschlagen gab. Weshalb verlangte er dann von ihr, dass sie alles für ihn aufgab? Ihre Errungenschaften als Geschäftsfrau, ihren Tatendrang in der Politik etwas zu bewirken und ganz besonders ihre Freiheit? Er verbot ihr den Umgang mit George. Und dabei wollte sie ihren Freund nicht erneut verlieren. Und wegen der Sache mit der Mutterschaft musste sie sich selbst eingestehen, dass sie mit ihrer Aufgabe als Mutter nicht vollkommen glücklich war. Melanie liebte ihren Sohn über alles und sie verspürte auch den starken Drang nach beruflicher Erfüllung. Sie war dem Schicksal unendlich dankbar, reich zu sein und ein Kindermädchen rund um die Uhr beschäftigen zu können, sonst hätte sie definitiv keine Zeit für ihre Organisation gefunden. Nein. Für Melanie stand es fest, sie würde Richards Wünschen nicht freiwillig nachkommen. Denn sie hatte ebenfalls einen Wunsch. Sie wollte, dass er ihr vertraute und sie in ihrem Leben nicht einengte. Zum Schluss setzte sie sich doch noch an den Frühstückstisch und nahm etwas zu sich. Danach begab sie sich sofort in das Kinderzimmer. Der kleine Gabriel schlief in seinem Bettchen und Melanie betrachtete sein friedliches Gesicht. Er war für sie das Wertvollste auf der Welt, niemals würde sie ihn vernachlässigen. War sie wirklich eine miese Mutter, die lieber an ihre Arbeit dachte als an ihr Kind? Melanie schaute aus dem Fenster nach draußen und runzelte die Stirn. Warum hatte sie plötzlich ein schlechtes Gewissen? Sie tat nichts anderes als Richard auch, ein Kind großziehen und gleichzeitig ihrer beruflichen Tätigkeit nachgehen. Wieso wurde es bei ihm einfach akzeptiert, wo hingegen sie mit Vorwürfen konfrontiert wurde?

„Gleichheit", sprach Melanie leise und schüttelte den Kopf. „Davon sind Männer und Frauen noch weit entfernt."

Im nächsten Augenblick kam Richard ins Kinderzimmer rein und sah überrascht zu seiner Frau. Er war hergekommen, weil er ebenfalls nach seinem Sohn sehen wollte, bevor er in die Stadt aufbrach.

„Wie, noch nicht bei der Arbeit? Oder bei George?", fragte er höhnisch.

Melanie sah ihn ernst an und stellte sich ihm gegenüber. Dann gab sie ihm einen innigen Kuss und obwohl Richard immer noch sauer auf sie war, konnte er ihrem Charme nicht widerstehen. Er umarmte sie an der Taille und atmete ihren Duft tief ein.

„Bitte vertraue mir", flüsterte Melanie und schaute ihm dabei in die Augen.

„Erinnerst du dich noch an mein Versprechen?", fragte er streng.

„Ja, das tue ich und habe es verstanden. Du musst mir trotzdem vertrauen. Wir beiden müssen uns gegenseitig vertrauen", erklärte sie sanft.

„Vertrauen ist etwas, das man sich verdienen muss. Kontrolle verschafft einem die Gewissheit", entgegnete Richard trotzig.

„Vor allem verschafft die Kontrolle verletzte Gefühle auf beiden Seiten. Es ist demnach nicht sonderlich hilfreich in einer Beziehung. Bitte vertraue mir, Richard. Ich liebe nur dich", redete Melanie eindringlich auf ihn ein.

„Nein, das stimmt nicht", widersprach er ihr. „Du liebst George ebenfalls. Das hast du damals selbst zugegeben und ich habe es nicht vergessen." Dann löste er sich von ihr und verließ den Raum.

Seine Frau schaute ihm traurig hinterher und bekam noch mehr schlechtes Gewissen. War sie überhaupt in der Lage, es irgendeinem Mann recht zu machen? Sie beschloss, ihre Aufgaben für die Organisation heute ruhen zu lassen und verbrachte stattdessen den gesamten Tag mit ihrem Sohn.

Blitz und Donner

Natalie Mec

Kapitel 64   Das Leuchten

20. Oktober 1876

Bereits in der ersten Woche nach seiner Rückkehr erkannte George, dass der dunkle Vorlesungssaal in seiner alten Hochschule ein gewaltiger Unterschied zu den hellen Gelehrtenräumen der Universität in Marrakesch darstellte. Er vermisste es, bequem auf einem Teppich zu sitzen und dem Unterricht des Hakims Said bin Rashid zu folgen. Der weise Gelehrte war im Laufe des einen Jahres in Marokko ein guter Zuhörer und Freund für George geworden. Der hochgebildete Mann, der stets einen hellen Kaftan trug, hatte bereits zu Beginn ihres Kennenlernens bemerkt, dass seinen neuen Studenten etwas bekümmerte. George wirkte oft gedankenverloren und betrübt. Nach einem Monat sprach Said bin Rashid den jungen Mann aus dem Norden darauf an und er antwortete ehrlich, dass eine Frau ihm die Gedanken vernebelte. George erzählte ihm davon, wie er vorgehabt hatte, eine junge Dame zu heiraten, die ihn aber am Ende für einen anderen Mann verließ. Der Hakim verstand, dass George an gebrochenem Herzen litt und er deswegen aus seiner alten Heimat geflohen war. Said bin Rashid zeigte Mitgefühl und erklärte George, dass er sich früher oder später seiner Angst stellen müsste, egal wie schmerzhaft es auch sein möge, sonst würde er von seiner Furcht auf ewig beherrscht werden. Er könnte somit nie einen Neuanfang wagen, wenn die Vergangenheit ihn weiterhin verfolgte. Deshalb war George wieder zurückgekehrt, weil er auf den Rat seines Freundes und Lehrers gehört hatte. Aber wohin hatte es ihn bis jetzt gebracht? Er saß nun in dem alten Vorlesungssaal und hörte dem Professor Joseph Assange zu. Das Thema heute lautete Wahrscheinlichkeitsrechnung, doch George dachte immerzu nur an eine einzige Person, Melanie. Warum tat er sich das freiwillig an? Sie war jetzt verheiratet und Mutter eines kleinen Jungen, da war kein Platz mehr für ihn in ihrem Leben. Stattdessen fragte er sich seit über zwei Wochen, wie er sie bloß wiedersehen könnte. George hatte das Gefühl, er hätte seine Angst nur vergrößert, statt sie zu beseitigen. Aber weswegen? Vermutlich lag es an dem einen Satz, den Melanie ihm damals gesagt hatte, als sie ihn verließ: „George, ich liebe dich." Sie liebte ihn. Nicht verachten oder hassen oder verabscheuen, sondern lieben. Und bei ihrem gemeinsamen Tanz auf Henris und Veronikas Hochzeitsfeier hatte sie ihn angesehen wie früher, als sie noch seine Verlobte gewesen war und er sich eine Zukunft mit ihr vorgestellt hatte. Wieso konnte sie ihn nicht wie einen überflüssigen Sack Mehl oder Ähnliches behandeln? Ihn einfach ignorieren und nichts mehr von ihm wissen wollen. Doch das Gegenteil war der Fall. Melanie zeigte Interesse an seinen Erzählungen und schenkte ihm Aufmerksamkeit. Warum? Liebte sie ihn etwa immer noch? Vielleicht hatte dieser gemeine Richard sie zu der Heirat mit ihm gezwungen? Vermutlich hatte sie damals keine andere Wahl gehabt? Der Gedanke ließ George nicht mehr los.

„So, nachdem wir die Formel nach diesem mathematischen Prinzip gelöst haben, lautet das Ergebnis 0,02. Was ziemlich gering ist", sprach Monsieur Assange laut aus und holte George aus seinen Tagträumen raus. „Wenn ihr also im Leben eine Gelegenheit ergreifen wollt, die nur eine Wahrscheinlichkeit von 0,02 Prozent hat, dann lasst es lieber sein."

Die Studenten lachten heiter bei dieser Bemerkung und George wurde plötzlich klar, dass seine Erfolgschancen bei

Melanie vermutlich ebenfalls von Beginn an aussichtslos waren.

„Wenn man aber bedenkt, dass vor über einem Jahr die Chancen für Frauen ein Wahlrecht zu bekommen bei nahezu null waren, dann hat uns die Geschichte eines Besseren gelehrt. Denn wie wir alle wissen, haben die Frauen inzwischen das Recht zu wählen, und das bedeutet, dass obwohl wir eine Sache zuvor als unwahrscheinlich betrachteten, sie nicht automatisch unmöglich sein muss", erklärte der Professor und blickte in die jungen Gesichter seiner Schützlinge. Sie repräsentierten die Zukunft dieses Landes und deswegen würde Joseph genau hier den Kerngedanken anzustoßen.

„Was denkt ihr, wie hoch ist die Wahrscheinlichkeit, dass Frauen schon bald eine Universität besuchen dürften?", fragte er unverhofft und war nicht überrascht zu sehen, wie die jungen Männer schmunzelten.

„Diese Frage wurde von mir ernst gestellt. Also was schätzt ihr?", fordert er sie erneut auf.

„In Ordnung, Professor", begann ein gutaussehender Student mit blonden Locken zu sprechen, der vorne in der ersten Reihe saß. „Die Wahrscheinlichkeit, dass Frauen genau wie wir Männer den höheren Bildungsgrad erreichen können, ist nicht nur gering, die Sache ist in der Tat unmöglich."

„Warum?", hackte Joseph Assange nach.

„Weil sie nicht intelligent genug sind, um komplexere Berufe zu ergreifen, wie die eines Physikers oder Arztes. Man braucht Jahre in der Schule und später auf der Universität, um beispielsweise ein Jurist oder Politiker zu werden. Diese Möglichkeit steht den Frauen schon als kleinen Mädchen nicht zur Verfügung. Sie besuchen entweder keinen Unterricht oder tun es nur bis zum Ende der Grundschule. Somit fehlt ihnen die Hochschulreife, um an einer Universität aufgenommen zu werden. Demzufolge stehen den Frauen einige Hürden im Weg, bevor sie sich Doktorin nennen dürfen", erläuterte der junge

BLITZ UND DONNER

Mann.

„Hört, hört", stimmte ihm sein Sitznachbar zu, der eine Vorliebe für Schnauzbärte hatte und selbst einen trug. „Die Frauen haben in unserer Gesellschaft eine andere Rolle als Männer. Sie sind für die Kinder und den Haushalt zuständig. Und da kommen wir schließlich auch nicht auf die Idee, uns in deren Angelegenheiten einzumischen."

Allgemeines Kopfnicken war zu sehen und bejahendes Gemurmel. Ein Student aus der fünften Reihe ergriff plötzlich das Wort und ergänzte: „Das wäre ja noch schöner, wenn man die Geschlechterrollen tauschen würde. Also ich hätte keine Lust, den ganzen Tag auf weinende Bälger aufzupassen, während meine Frau als Chemikerin das Geld nach Hause brächte."

Die anderen Kommilitonen lachten laut.

„Und was haltet ihr von der Idee, die Geschlechterrollen zu vermischen?", warf Joseph Assange die nächste Frage in die Runde.

„Vermischen?", wiederholte der blondgelockte Student aus der ersten Reihe. „Wie soll das funktionieren?"

„Indem jede Familie den Weg einschlägt, den sie für sich als richtig erachtet. Damit meine ich, dass wenn eine Frau sich dafür entscheidet Anwältin zu werden, dann sollte sie es tun dürfen. Und wenn ein Mann seine Berufung darin findet, seine Kinder großzuziehen, dann sollte auch er dafür die Anerkennung und Würdigung aus der Gesellschaft erhalten. Es könnten aber auch beide Elternteile berufstätig sein und sich die Betreuung der gemeinsamen Kinder teilen."

Nachdenkliches Schweigen erfüllte den Raum. Joseph Assange suchte in der Menge nach einem bestimmten jungen Mann und fand ihn, in der achten Reihe neben dem Fenster sitzen.

„Monsieur von Bellagarde, wie ist Ihre Meinung zu diesem

Thema?", sprach der Professor ihn direkt an.

George war etwas überrascht, persönlich angesprochen zu werden, antwortete aber: „Ich halte gar nichts davon, dass Frauen die Universität besuchen."

„Weshalb nicht?", wollte Monsieur Assange wissen und wirkte sichtlich verwundert über Georges Einstellung, denn bis jetzt hatte er den jungen Studenten für liberal gehalten.

„Weil Frauen intelligenter sind als wir Männer. Und wenn wir ihnen den Zugang zur höheren Bildung erlauben, dann erschaffen wir für uns eine neue Konkurrenz auf dem Arbeitsmarkt", erläuterte George und bekam für seine Äußerung verwunderte Blicke von seinen Kommilitonen.

„Habe ich das richtig verstanden?", fragte der Professor nach. „Sie sind der Ansicht, dass Frauen klüger sind und uns Männer beruflich übertreffen können?"

„Ja, das ist korrekt", gab George offen zu. Die anderen im Raum tuschelten plötzlich lauter miteinander und einige schüttelten abwertend mit ihren Köpfen.

„Das ist wirklich interessant", merkte Joseph Assange an und sah nachdenklich zu George rüber.

Unterdessen war eine hitzige Debatte unter den Studenten entflammt. Die Einen gaben George Recht und die Anderen wiederum zogen die Vorstellung, dass Frauen den Männern überlegen waren, ins Lächerliche.

„Bevor wir weiter über das andere Geschlecht reden, sollten wir lieber mit den Frauen selbst sprechen und uns ihre Meinung dazu anhören!", rief Monsieur Assange laut, um die anderen Stimmen zu übertönen. Die Studenten wurden allmählich wieder leiser. Der Professor wartete kurz, bis die letzten Gespräche verstummt waren, schaute dann nach oben in die hinterste Reihe und sagte: „Madame von Crussol, erweisen Sie uns bitte die Ehre und teilen uns Ihre Gedanken zu diesem Thema mit?"

George glaubte, sich verhört zu haben, und wirbelte

blitzschnell herum. Auch die anderen Studenten drehten ihre Köpfe nach hinten und erblickten eine junge Dame, die ganz oben auf einem Stuhl angelehnt saß und die feurige Diskussion soeben aufmerksam verfolgt hatte. George weitete seine Augen und sein Herz pochte schneller. Es war tatsächlich Melanie. Sie erhob sich langsam von ihrer Sitzgelegenheit und schritt souverän die Treppe runter. Schweigend blickten die jungen Männer ihr hinterher und keiner wagte, nur einen Ton von sich zu geben.

„Wahnsinn. Das schwarze Loch höchstpersönlich", flüsterte ein Student. George saß direkt neben ihm und schaute ihn daraufhin fragend an. Sein Kumpel erklärte ihm leise: „So nennen wir sie, seitdem sie dich kurz vor eurer gemeinsamen Hochzeit sitzengelassen hatte. Du musst wissen, dass ihr der Ruf einer Männerfresserin anhaftet, und du bist eines ihrer Opfer."

George starrte ihn fassungslos an. Während er Melanie als hellen Stern betrachtete, bezeichnete der Rest der Uni sie als das schwarze Loch. Noch gegensätzlicher ging es wohl kaum. Inzwischen hatte die Herzogin von Crussol das Podium erreicht und nickte Monsieur Assange dankend zu. Dann drehte sie sich um und sah auffordernd in die Menge. Sie trug einen hellbraunen Mantel mit Stehkragen und dazu schwarze Hosen und Reitstiefel. Melanie stand selbstsicher da und ließ die Kraft der Stille wirken. Alle schauten gebannt zu ihr. Dann ging sie langsam zu der ersten Reihe, wo der Studenten mit den blonden Locken saß, hielt vor ihm an und sagte: „Nennen Sie mir einen Grund, der mich daran hindern sollte, direkt neben Ihnen Platz zu nehmen und an dieser Vorlesung teilzunehmen?"

Der Angesprochene sah mit offenem Mund zu ihr hoch und wurde von ihrem stechenden Blick gefangen genommen. Ihm viel partout nichts ein, was er auf ihre Frage antworten sollte.

„Keine Einwände? Gut", stellte Melanie fest und ließ ihren Worten Taten folgen. Sie nahm galant neben ihm Platz und schaute nach vorn, während der blonde Student sie weiterhin angaffte. Sie hatte extra für den heutigen Anlass ihr bestes Parfüm aufgetragen, das nicht aufdringlich roch, sondern erhaben. Nach einigen Sekunden drehte sie ihren Kopf zu dem jungen Mann und lächelte reizvoll.

„Gar nicht mal so schlecht oder?", fragte Melanie ihn und der blonde Student grinste. „Könnten Sie sich vorstellen, dass ich jeden Tag hier neben Ihnen säße?"

„Vorstellen ja, aber dann hätte ich Mühe, dem Unterricht zu folgen", antwortete er und erntete dafür das Gelächter der anderen. Auch Melanie schmunzelte.

„Abgesehen davon, halten Sie mich für intelligent genug, um die Hochschulreife zu erlangen und später zu studieren?", hackte sie weiter nach. Sie schaute ihn durchdringend an und dem Studenten blieb der Atem weg.

„Ja, Sie scheinen eine aufgeweckte Frau zu sein", antwortete er und war von ihrem betörenden Duft wie betäubt.

„Das freut mich zu hören", sprach sie leise und lächelte breit.

Die übrigen Anwesenden wurden von ihrem Strahlen geblendet. Wenn Melanie schon den Ruf einer Männerfresserin hatte, dann wollte sie ihn für sich nutzen und etwas Gutes damit in Gang bringen. Sie stand wieder auf und schritt nach vorn. Anschließend drehte sie sich zum Publikum um und sprach laut und deutlich: „Ich will ehrlich sein. Dass ich hier eines Tages mit euch zusammen studiere, ist eher unwahrscheinlich. Dafür müsste sich noch so einiges ändern. Ihr habt Recht. Die jungen Frauen brauchen nicht nur die abgeschlossene Grundschulreife, sondern die Hochschulreife, um sich auf eine Universität einschreiben zu können. Und nur ihr habt die Chance, dies wahr werden zu lassen, indem ihr euch dafür einsetzet. Denn wäre es keine gute Vorstellung, wenn später eure Töchter und Enkeltöchter das Privileg genießen zu studieren, um beispielsweise den Beruf einer Richterin ergreifen zu können? Denkt mal drüber nach. Ich persönlich hätte gern studiert und diesen Vorlesungssaal mit euch geteilt."

Sie beendete ihren Vortrag und sah wieder zu dem hübschen blonden Mann in der ersten Reihe. Er hielt die Luft an und wünschte sich, sie würde wieder neben ihm Platz nehmen. Stattdessen sah sich Melanie im großen Raum um. Die jungen Männer sahen gebannt zu ihr und flogen wie Motten zum Licht. Nach einer kurzen Weile entdeckte Melanie George und sah ihm direkt in die Augen. Ihr Ex-Verlobter schaute voller Sehnsucht zu ihr und in diesem Augenblick begriff er, dass sie wirklich ein schwarzes Loch war. Ein kollabierter Stern, der mehr Anziehungskraft besaß als jedes andere Objekt im Universum, und er war vollends in seinem Sog gefangen.

„Ich danke euch, für eure Aufmerksamkeit", sprach Melanie schließlich und marschierte galant aus dem Vorlesungssaal hinaus. Ohne Applaus und ohne Empörung. Leise und kraftvoll wie ein Neutronenstern. Als sie nicht mehr zu sehen war, fingen im Saal sofort laute Gespräche an. Die Studenten unterhielten sich aufgeregt darüber, in Zukunft den Frauen die Möglichkeit den Zugang zu höherer Bildung zu erlauben. Der blonde Mann in der ersten Reihe war immer noch wie in Trance und wollte der jungen Herzogin am liebsten hinterherlaufen. George hingegen saß schweigend auf seinem Platz und schaute aus dem Fenster nach draußen. Er sah, wie Melanie das Gebäude verließ und auf ihr Pferd Nero aufstieg. Dann sah sie in Georges Richtung und lächelte ihn liebevoll an. Und das Gefühl für Raum und Zeit blieb stehen.

Natalie Mec

Kapitel 65 Der Fortschritt

1. November 1876

Das grässliche Novemberwetter tobte hinter den Fensterscheiben und verjagte jeden Spaziergänger schnell ins Innere eines warmen Hauses. Melanie saß an ihrem Schreibtisch in ihrem Arbeitszimmer, das sie sich im Gebäude ihrer Ausbildungsstätte eingerichtet hatte, und ging die Finanzen durch. Sie war vor einem halben Jahr in das Immobiliengeschäft eingestiegen und ihre Geschäfte liefen gut. Die regelmäßigen Mieteinnahmen waren ausgezeichnet und die zunächst erworbenen Häuser hatte sie nach den Renovierungsarbeiten mit hohem Gewinn wiederverkauft. Zudem ließ sie zurzeit ein nobles Hotel am grünen Rande der Stadt bauen, um es in Zukunft als sichere Einnahmequelle zu etablieren. Das geplante Konzept für das Hotel war Entspannung und Regeneration. Die wohlhabenden Bürger aus der stressigen Großstadt bekämen dann eine Möglichkeit geboten, sich unweit von ihrem Zuhause für ein paar Tage in der Natur zu erholen. Melanie wurde soeben mit ihrer Berechnung fertig, als es an der Tür klopfte.

„Herein", rief sie und erblickte eine junge Frau, die schüchtern in das Arbeitszimmer trat. Melanie erkannte ihr Gesicht sofort. Es handelte sich um dieselbe Dame, die sie damals im Armenhaus angesprochen hatte, um ihre Lebensgeschichte zu erfahren. Seitdem hatte sich die Fremde gewandelt. Sie trug saubere Kleidung und ihr Äußeres war sehr gepflegt.

„Guten Tag, Madame. Hoffentlich störe ich Sie im Augenblick nicht", sagte sie verlegen.

„Nein, keines Wegs. Kommen Sie und setzen Sie sich bitte", entgegnete Melanie und zeigte mit ausgestreckter Hand auf den leeren Besucherstuhl gegenüber ihrem Schreibtisch. Die Frau nahm Platz und die Herzogin fragte sie nach ihrem Namen. Sie hieß Irina Pablova und war mittlerweile 23 Jahre alt.

„Ich bin hier, um mich bei Ihnen zu bedanken, Madame von Crussol. Dank Ihrer Bemühungen haben mein kleiner Sohn und ich ein neues Zuhause gefunden. Die Sozialwohnung ist günstig genug, dass wir sie uns leisten können. Außerdem werde ich in wenigen Monaten meine Ausbildung zur Näherin abschließen und in der Lage sein, eine gute Arbeitsstelle zu suchen, während mein kleiner Stephan in einem Kindergarten betreut wird, und das absolut kostenlos. Ohne Ihre Hilfe wäre das gar nicht möglich gewesen. Als wir uns vor einem Jahr im Armenhaus begegnet sind, hätte ich niemals geglaubt, das mein Sohn und ich ein gutes Leben führen würden. Aber jetzt blicke ich positiv in die Zukunft", erklärte Irina und strahlte puren Optimismus aus.

Melanie kamen Tränen in die Augen. Der Dank dieser Frau war ihr mehr wert als jede Ehrung dieser Welt. Endlich erntete sie die Früchte ihrer Arbeit und es motivierte sie, weiterzumachen.

„Dankeschön. Es bedeutet mir unglaublich viel, dies zu hören", sagte Melanie und schenkte der jungen Frau ein warmes Lächeln. Sie sprachen eine ganze Weile über das Muttersein und die damit verbundenen Freuden und Pflichten, als es erneut an der Tür klopfte und Melanie überrascht dahin blickte.

„Sie können eintreten", sagte sie laut. Die Tür ging auf und George betrat den Raum. Er bemerkte, dass Melanie momentan einen Besucher empfing, und entschuldigte sich für die Störung.

Er wand sich wieder zum Gehen, aber Melanie hielt ihn zurück.

„Ist schon in Ordnung, bleib hier. Madame Pablova und ich sind fürs Erste fertig", erklärte sie und verabschiedete sich sogleich von der Frau. „Danke für Ihren Besuch. Wir bleiben in Kontakt, um uns näher auszutauschen."

„Liebend gerne, Euer Gnaden. Auf Wiedersehen", entgegnete Irina Pablova und verließ daraufhin den Raum.

George schaute sich kurz im Arbeitszimmer um. Es war sehr rustikal eingerichtet. Die Möbel dunkelbraun, der Schreibtisch groß und massiv. Und der Chefsessel hinter dem Tisch aus dunklem Leder hatte so gar nichts mit weiblichem Touch am Hut.

„Möchtest du etwas Trinken?", bot Melanie ihm an und ging zu der Minibar.

„Wie schön, Alkohol gibt es ebenfalls. Melanie führt in der Tat ein Leben wie ein Mann", dachte George insgeheim und antwortete, „Einen Scotch, bitte."

Sie schenkte ihm etwas vom schottischen Whisky in ein Glas ein und reichte es ihm rüber.

„Woher wusstest du, wo du mich findest?", fragte Melanie neugierig.

„Ach, ich habe einfach meinen Klatsch und Tratsch auf den neuesten Stand gebracht und dabei sehr interessante Dinge über dich erfahren", antwortete George grinsend.

„Da bin ich aber gespannt. Erzähl mal", forderte sie ihn auf und setzte sich wieder in ihren Chefsessel.

George nahm auf dem Stuhl ihr gegenüber Platz und berichtete: „Es heißt, du wärst eine Männerfresserin und eine Männerdiebin."

„Der Klassiker", kommentierte Melanie gelangweilt und saß lässig in ihrem Sessel.

„Außerdem wäre deine Organisation 'Ma Grande Soeur' nur Scharade und soll von deinen wahren Absichten ablenken", sprach George weiter.

„Und die wären?", fragte Melanie stirnrunzelnd.

„Dir einen guten Ruf in der Gesellschaft erkaufen zu wollen, aber die feinen Damen haben dies schon längst durchschaut und denken gar nicht daran, dich in ihren Reihen zu akzeptieren", sagte George und trank seinen Scotch.

„Hm, hat dir das deine Mutter erzählt?", wollte Melanie wissen und schmunzelte.

„Du hast es erraten", bestätigte George.

Sie verdrehte daraufhin die Augen. Die Gräfin von Bellagarde verachtete die Herzogin von Crussol außerordentlich, wenn sie so etwas über sie behauptete.

„Wie läuft eigentlich dein Geschäft mit der Pferdezucht?", wechselte George das Thema.

„Schlecht", entgegnete Melanie. „Meine Stuten haben zwar kerngesunden und prächtigen Nachwuchs auf die Welt gebracht, aber die möglichen Interessenten sind nicht vorzufinden. Denn wie du bereits weißt, bin ich zurzeit nicht salonfähig. Und deswegen meide ich Soiréen. Mein soziales Netzwerk innerhalb der Upperclass lässt zu wünschen übrig. Ich habe jetzt insgesamt fünf junge Pferde, weil eine der Stuten Zwillinge geboren hat, aber keinen einzigen möglichen Käufer."

„Verstehe", sagte George und schaute kurz auf den Schreibtisch. „Soll ich für dich den Vertrieb übernehmen? Ich bekomme die Fohlen bestimmt zu einem guten Preis verkauft", schlug er vor.

„Das würdest du tun?", sie war sichtlich überrascht.

„Ja, das wäre so zu sagen mein Beitrag für deine Organisation", machte George ihr das Angebot.

Melanie schaute ihn eine kurze Weile nachdenklich an und sagte dann: „Einverstanden. Ich erlaube dir auch, eine Vermittlungsprovision für sich einzustreichen."

George lächelte zufrieden und dachte: „Geschäftspartner, wie in alten Zeiten."

„Gut, dann ist es abgemacht. Ich muss langsam wieder los, eine Verabredung wartet auf mich und ich bin nur für ein kurzes Gespräch zu dir gekommen", erklärte er und machte Anstalten zu gehen.

„Natürlich, kein Problem", erwiderte Melanie lächelnd und begleitete ihn zur Tür. George blieb stehen und schaute ihr in die Augen, während sie ihm direkt gegenüber stand. Sie hatte sich äußerlich kaum verändert, aber ihr Charakter ist wesentlich erwachsener geworden.

„Du hast übrigens einen gewaltigen Eindruck bei den Studenten an meiner Universität hinterlassen", sagte er unerwartet. „Sie reden immer noch darüber, dass sie dich gerne als Kommilitonin haben würden."

„Tatsächlich? Auch der blonde junge Mann mit den Locken?", fragte Melanie belustigt.

„Vor allem der", witzelte George und sie beide grinsten. Und wieder verspürte er großes Verlangen nach ihr. Wie gern würde er sie jetzt in seine Arme schließen und ihre vollen Lippen küssen.

„Auf Wiedersehen, George", sagte sie leise.

„Auf Wiedersehen, Melanie", verabschiedete er sich und schritt mit schmerzendem Herzen durch die Tür hinaus. Er schlenderte langsam den Flur Richtung Hauptausgang entlang und während er die rechte Drehtür nach draußen nahm, ging im selben Augenblick durch die linke der Herzog von Crussol in das Gebäude rein. Die beiden Männer bemerkten einander und blieben stehen. Und wenn Blicke töten könnten, dann hätten sie sich jetzt gegenseitig massakriert. Die zwei Erzrivalen drehten sich wieder um und gingen weiter ihren jeweiligen Weg. Richard raste vor Wut. Ursprünglich hatte er geplant, seine Frau bei ihrer Arbeit zu besuchen, weil er sie unglaublich doll vermisste, aber jetzt war er stinksauer auf sie. Ohne Aufforderung öffnete er die

Tür zu ihrem Arbeitszimmer und stand wutentbrannt vor ihr. Melanie sah ihren Ehemann entgeistert an und hätte beinahe ihre Unterlagen aus den Händen fallen gelassen.

„Was hatte George von Bellagarde hier verloren?", herrschte er sie so gleich an. Melanie verdrehte entnervt die Augen.

„Wir hatten geschäftlich etwas zu besprechen. Er hat mir angeboten, die neugeborenen Fohlen an meiner Stelle zu verkaufen und das Geld anschließend in die Organisation einfließen zu lassen. Ich habe seinen Vorschlag angenommen. Das ist alles", erklärte Melanie und setzte sich wieder hin.

„Wieso? Kannst du das nicht selbst? Bist du nicht mehr in der Lage Pferde zu verkaufen?", fragte er spöttisch.

„Nein, Richard, bin ich nicht. Wie du weißt, ist mein Ruf immer noch am Boden. Da finde ich keine Käufer", entgegnete sie gereizt.

„Kann nicht jemand anderes für dich den Verkauf übernehmen? Muss es ausgerechnet dein Ex-Verlobter sein?", warf Richard ihr vor.

„Nun, es hatte sich zuvor niemand freiwillig gemeldet und ich hatte auch keinen gefragt", gab Melanie offen zu. „George ist der Einzige, der mit dieser Idee zu mir kam."

„Wieso mischt er sich in dein Leben ein? Muss ich ihn erst beseitigen, damit er endlich Ruhe gibt?", fragte Richard wütend.

Melanie stand von ihrem Sessel auf und ging schnell auf ihn zu.

„Du wirst George kein Haar krümmen. Hast du mich verstanden?", sagte sie drohend.

„Ich werde ihm den Hals umdrehen, wenn es sein muss, und du wirst mich nicht daran hindern!", rief er laut.

„Dann wirst du mich unwiderruflich zu deinem Feind erklären, wenn du meinem Freund etwas antust", zischte sie und ballte die Hände zu Fäusten.

Richard biss die Zähne zusammen. Er konnte es kaum

glauben, dass Melanie sich schützend vor diesen Vollidioten stellte, genau wie damals vor ihren Ehemann, als der Baron von Bouget ihm an den Kragen wollte.

„Bedeutet er dir wirklich so viel, dass du dafür unsere Ehe aufs Spiel setzt?", fragte Richard sie und sein Gesicht war nur wenige Zentimeter von ihrem entfernt.

Melanie sah ihn etwas irritiert an. Sie hatte nie vorgehabt, ihre Ehe zu gefährden. Wie kam er jetzt darauf? Das Einzige, was sie wollte, war, dass er George keinen Schaden zufügte.

Richard bemerkte ihre Unsicherheit, kam noch näher an sie ran und flüsterte: „Ist er es wert, dass wir uns streiten?"

Sie vernahm seinen Geruch und wurde plötzlich weich. Er legte seine Hände um ihre schlanke Taille und wisperte ihr ins Ohr: „Willst du, dass ich gehe?"

„Nein, du bleibst", antwortete sie entschieden und umarmte ihn ganz fest. Sie fühlte, wie die Begierde sie übermannte. Richard nahm ihr Gesicht und küsste sie leidenschaftlich.

„Dann lass uns jetzt nach Hause fahren, Liebling", sagte er und Melanie nickte. Sie verließen gemeinsam die Ausbildungsstätte und flanierten durch den Park zu Richards Kutsche, die am Straßenrand auf sie wartete.

Währenddessen stand George nicht unweit des Einganges an einen Baum gelehnt und sah verzweifelt zum grauen Himmel hoch. Seine Emotionen waren völlig aufgewühlt. Er schalte sich selbst dafür, Melanie soeben aufgesucht zu haben, denn er war im Begriff sich vollends lächerlich zu machen. Er begehrte eine verheiratete Frau und sehnte sich nach ihr mehr als jemals zuvor. George sah, wie Melanie zusammen mit ihrem Ehemann seelenruhig spazieren ging und seine Seele weinte. Eiskalte Regentropfen fielen auf sein Gesicht und vermochten die brennende Wut in seinem Kopf dennoch nicht zu löschen. Er hasste Richard aus ganzem Herzen dafür, dass er ihm sein Glück geraubt hatte. Und er wünschte sich, er könnte ihn von der

BLITZ UND DONNER

Bildfläche verschwinden lassen. Plötzlich schlich sich ihm ein grässlicher Gedanke in den Sinn - er wollte seinen Widersacher töten.

Natalie Mec

BLITZ UND DONNER

Kapitel 66 Verborgene Kräfte

2. November 1876

Die Morgensonne brauchte am späten Herbst viel länger, um aufzustehen und ihre Sternendecke beiseitezuschieben. Die Nächte waren still und der Winter kündigte sich durch leichten Bodenfrost an. Die Fenster zum Schlafgemach des Herzogs und der Herzogin von Crussol waren beschlagen und drinnen brannte kein Licht. Richards Zunge bewegte sich von Melanies Hals runter zu ihrem Busen, umkreiste ihre Brustwarze und saugte dann leicht daran. Seine Frau warf ihren Kopf vor Erregung nach hinten und biss sich auf die Unterlippe. Dann liebkoste er ihre andere Brust und wanderte anschließend zu ihren Beinen. Er knabberte leicht an der Innenseite ihres linken Oberschenkels, nahm dann das ganze Bein hoch und bedeckte ihre Wade mit Küssen. Melanie hielt ihre Augen geschlossen und genoss lächelnd das Vorspiel. Ihr Mann ließ das linke Bein langsam aufs Bett sinken und kam wieder zu ihr. Er nahm sie am Oberkörper hoch und setzte sie auf seinen Schoß, während er auf seinen Knien saß. Melanie spürte, wie er in sie eindrang und stöhnte auf. Sie bewegte sich auf und ab. Streifte mit ihren Fingern durch seine Haare und küsste immer wieder seine Lippen. Richard hielt sie mit dem einen Arm an ihrem entzückenden Rücken fest und mit seiner zweiten Hand an ihrem knackigen Hintern. Er schenkte ihr seine ganze Liebe und Melanie brannte vor Leidenschaft. Ihre anschmiegsame Wärme, ihr betörender

Geruch, ihre unwiderstehliche Stimme, ihr sinnliches Aussehen, einfach alles an ihr machte Richard süchtig. Und er wollte, dass dieser Moment niemals endete.

„Liebst du mich?", flüsterte er und schaute sie voller Verlangen an.

„Ja, ich liebe dich", antwortete Melanie und warf ihr Haupt nach hinten. Sie bebte vor Lust.

„Mehr als jeden anderen?", fragte er.

„Wie keinen anderen", sagte sie.

Richard verspürte die Explosion zwischen seinen Lenden und stöhnte auf. Er fühlte sich wie von der Erde losgelöst und zusammen mit seiner Seelenverwandten im Himmel angekommen. Er umarmte sie fest und legte seinen Kopf auf ihre Brust. Das kräftige Klopfen ihres Herzens war deutlich zu hören und Richard verliebte sich augenblicklich in das rhythmische Pochen. Dann ließen sie sich seitlich aufs Bett fallen und blieben weiterhin miteinander verschmolzen. Und erfreuten sich an den ruhigen Wellen des Glücks, die über sie einbrachen. Nach einer Weile machte Richard langsam seine Augen auf und schaute Melanie an, die ganz friedlich da lag und ein leichtes Lächeln auf den roten Lippen hatte. Er berührte sie mit dem Zeigefinger zärtlich an ihrem Mund und sie öffnete die Augen.

„Ich muss los", sagte er und machte damit deutlich, dass er sie gleich verlassen würde.

„Wohin so früh?", fragte Melanie enttäuscht.

„Ich habe einen wichtigen Termin in der Stadt, und möchte dort pünktlich erscheinen", erklärte Richard und strich ihr eine Haarsträhne aus der Stirn.

„Ich finde es äußerst schade, dass du jetzt aufstehen willst", entgegnete Melanie und bewegte ihre Hüfte. Richard steckte mit seinem Penis immer noch in ihr drin und wurde allmählich wieder scharf. Er schloss seine Augen und genoss das feuchte Gefühl.

BLITZ UND DONNER

„Nicht will, sondern muss", berichtigte er sie.

„Bleibe doch lieber hier bei mir", flüsterte sie verführerisch und er war gewillt dem nachzugeben. Er legte sich auf sie drauf und begann sie aufs Neue zu lieben. Melanie lächelte zufrieden und streichelte über seine muskulöse Brust und den harten Bauch. Richard richtete sich etwas auf, nahm sie an den Oberschenkeln und glitt mit schnellen Bewegungen in sie rein und wieder raus. Sie krallte sich an ihrem Kopfkissen fest und versank in einem Orgasmus. Als sich ihr Körper allmählich entspannte, hörte Richard mit dem Liebesspiel auf und legte sich zu ihr auf die Seite. Melanie lag mit geschlossenen Augen da und nahm die Welt um sich herum nur gedämpft wahr, bis sie sanft ins Land der Träume schwebte. Richard betrachtete sie kurz. Mit keiner anderen Frau hatte er so viel Freude am Sex wie mit ihr. Klar hatte er als erfahrener Womanizer viele heiße Affären gehabt, aber keine seiner ehemaligen Freundinnen hatte er so wahnsinnig geliebt wie Melanie. Der Geschlechtsakt verbunden mit aufrichtiger Liebe war tausendmal intensiver. Es berührte einen viel emotionaler und man verband sich mit dem geliebten Menschen zu etwas Ganzem. Richard deckte seine Frau vorsichtig zu und gab ihr einen sanften Kuss auf die Wange. Dann stand er auf und machte sich fertig. Die Sonne war mittlerweile aufgegangen und leichter Morgennebel tauchte die Landschaft in Zwielicht. Richard stieg in seine Kutsche und nannte dem Fuhrknecht sein Ziel. Während der gesamten Fahrt dachte er an Melanie. Sein Herz gehörte ihr. Er würde für sie sterben und konnte auf gar keinen Fall ohne sie leben. Bevor er sie kennengelernt hatte, war sein Alltag sehr trist gewesen. Er hatte das Gefühl gehabt, ständig auf der Suche nach etwas oder jemandem zu sein, fand aber nichts. Durch einen Zufall war es ihm gelungen, Melanie zu einer Heirat mit sich zu überreden, und seitdem dankte er dem Schicksal jeden Tag für dieses Glück.

Als die Kutsche zum Stehen kam, war es bereits Mittag und

Natalie Mec

Richard war an dem vereinbarten Treffpunkt angekommen. Er stieg aus und begab sich zu der dunkelgrauen Stadtvilla, die sich über drei Etagen erstreckte und längliche Fenster besaß, ähnlich wie in einer alten Burg. Richard nahm den massiven Türklopfer in Gestalt eines zähnefletschenden Garguls und klopfte zwei Mal. Ein Diener öffnete ihm die Tür und der Herzog ging unaufgefordert hinein. Er übergab dem Mann seinen Mantel und sagte selbstbewusst: „Richard von Crussol. Ich werde bereits erwartet."

„Selbstverständlich, Euer Gnaden. Bitte folgen Sie mir", sagte der Mann und geleitete den Herzog in den obersten Stock. Beim Durchqueren der Stadtvilla stellte Richard fest, dass ihr Besitzer eine Vorliebe für das Mittelalter hatte. In den Fluren standen alte Ritterrüstungen und an den Wänden hingen Schilder aus Eisen, allerlei Schwerter, Kampfäxte und Morgensterne. Das Letztere war eine Art Schlagwaffe. Der Bedienstete ließ den jungen Herzog in ein großes Arbeitszimmer eintreten, das wie eine Bibliothek eingerichtet war. Entlang der Wände standen hohe Bücherregale und die Möbel waren allesamt dunkelbraun. Auf dem Boden lag ein moosgrüner Teppich und vor den Fenstern hingen graue Gardinen aus schwerem Stoff. Der Herr des Hauses saß an seinem Schreibtisch in der Mitte des Raumes und stand augenblicklich auf, als er Richard bemerkte.

„Monsieur von Crussol, schön, dass Sie gekommen sind. Bitte nehmen Sie Platz", begrüßte Albert Blauschildt seinen Gast und bat den Diener sogleich, frischen Kaffee zu servieren.

Der Herzog und der steinreiche Bankier setzten sich ans Fenster auf zwei Ohrensessel. Der Diener stellte währenddessen den Kaffee auf einem kleinen, runden Tisch ab, der zwischen den beiden Sessel stand, und verbeugte sich, bevor er den Raum verließ.

„Rauchen Sie?", fragte der Gastgeber und reichte dem Herzog eine Schachtel mit kubanischen Zigarren rüber.

„Ja gerne", antwortete Richard und nahm eine entgegen. Monsieur Blauschildt zündete zuerst Richards Zigarre und anschließend seine eigene an.

„Sie fragen sich bestimmt, weshalb ich Sie hergebeten habe", begann Albert Blauschildt die Unterhaltung.

„Sie wollten mit mir über ein paar Prioritätspunkte bezüglich der Erneuerung des Landes reden und wie Sie dabei die Werte der Adelsfamilien bewahren können", entgegnete Richard und wiederholte somit die Aussage von Monsieur Blauschildt vom Abend der Siegesfeier der FSP.

„Ja, so habe ich es in der Öffentlichkeit formuliert", gestand Albert und lächelte leicht.

„Der wahre Grund ist demnach ein anderer", schlussfolgerte Richard sachlich.

„Korrekt", bestätigte sein Gegenüber. „Ich möchte, Sie noch besser kennenlernen und schauen, ob wir beide uns verstehen."

„Zu welchem Zweck?", fragte der Herzog direkt. Monsieur Blauschildt gefiel die forsche Art des jungen Mannes.

„Um festzustellen, ob ich Ihnen vertrauen kann", antwortete der Logenmeister.

Richard verstand nun, was Monsieur Blauschildt vorhatte. Er wollte ihm Geheimnisse anvertrauen, aber das hing davon ab, inwieweit er ihn bei ihrem jetzigen Gespräch überzeugte.

„Erzählen Sie mir bitte, ist die Familie von Crussol ein altes Adelsgeschlecht oder wurde sie vor wenigen Jahren erst zum Adel erhoben?", fragte der Bankier.

„Wir sind eine alte Adelsfamilie. Unser Ursprung reicht bis ins Mittelalter um die Jahrtausendwende zurück", antwortete Richard wahrheitsgemäß.

„Und was waren eure Vorfahren zu Beginn ihrer Karriere?", wollte der alte Mann wissen.

„Sie waren Ritter und kämpften an der Seite des ersten Kaisers, um die zahlreichen Provinzen zu einem großen Reich zu einigen", berichtete der junge Herzog.

„Bemerkenswert", sagte Monsieur Blauschildt nachdenklich. „Sind Sie mit der Regentschaft unseres Monarchen, dem Kaiser Alexander, zufrieden?", fragte der Bankier weiter.

„Nicht im Geringsten. Seine politischen Ziele kann ich nicht unterstützen und seine Persönlichkeit ist mir zuwider", sagte Richard offen.

„Welche politischen Ziele meinen Sie ganz genau?", Monsieur Blauschildt wirkte äußerst interessiert.

„Die Befreiung der Leibeigenen vor einigen Jahren war ein Fehler. Die Bevölkerung hat jetzt mehr mit massiven Problemen zu kämpfen als zuvor. Der Kaiser hatte das Konzept nicht ordentlich durchdacht, als er sein Vorhaben in die Tat umgesetzt hatte", erklärte Richard im Allgemeinen, ohne dabei näher ins Detail zu gehen.

„Und weshalb mögen Sie ihn als Person nicht?", fragte Albert nach.

„Zu überheblich und er hat definitiv keinen Anstand", erklärte sein Gesprächspartner kurz.

„Sie meinen, weil er Ihre Frau anzüglich berührt hatte, und zwar ohne ihr Einverständnis?", sagte Monsieur Blauschildt offen.

Richard sah ihn überrascht an. Woher wusste der alte Mann etwas davon?

„Sie sollten wissen, dass der Palast des Kaisers voller Verräter ist, und ich habe meine Spione überall", sprach Albert und schaute Richard durchdringend an.

„Ich nehme mal an, dass Sie die Geschichte meiner Familie ebenfalls bereits kannten und mich aus einem bestimmten Grund trotzdem danach gefragt haben", stellte Richard fest.

„Ganz recht. Ich wollte wissen, ob Sie mir die Wahrheit sagen oder den getreuen Anhänger des Kaisers nur vorspielen würden.", antwortete Monsieur Blauschildt. „Ich mag ihren

Charakter. Sie sind mutig, stark und äußerst intelligent. Und dazu noch ein sehr gefährlicher Gegner, wenn man es sich mit Ihnen verscherzte. Monsieur von Crussol, ich möchte mit Ihnen einen Pakt schließen, der uns erlauben soll, über eine streng geheime Angelegenheit zu sprechen."

„Streng geheime Angelegenheit?", wiederholte Richard stirnrunzelnd. „Worum geht es dabei?"

„Wenn ich Ihnen jetzt etwas darüber berichte, dann gibt es für Sie kein Zurück mehr", warnte der Logenmeister ihn vor.

„Monsieur Blauschildt, dank Ihnen habe ich innerhalb der Freimaurervereinigung bereits den 32. Grad inne. Ich hatte bei der Aufnahmezeremonie zum Meistergrad feierlich geschworen, alle mir anvertrauten Geheimnisse für mich zu behalten", erklärte Richard.

Albert Blauschildt sah ihn daraufhin warnend an und nickte leicht. „Es geht hier um nicht weniger als den Landesverrat", offenbarte er.

Sein Freimaurer Bruder weitete ungläubig die Augen.

„Sturz des Kaisers", fuhr der Monsieur Blauschildt fort. Sein Gesprächspartner öffnete entsetzt den Mund, sagte aber kein Wort.

„Revolution", erklärte der einflussreiche Bankier und es wurde ganz still im Raum.

Richard atmete tief aus und fragte dann beherrscht: „Und was wollen sie an Stelle der Monarchie?"

„Autoritären Kapitalismus mit einer freien Regierung, die vom Volk gewählt wird, die aber von ihren Bürgern und Bürgerinnen Gehorsam fordert", erklärte Albert.

„Wo ist da der Unterschied zu der jetzigen Staatsform? Wir haben momentan einen absoluten Herrscher und eine Regierung, die vom Volk gewählt wird", Richard klang skeptisch.

„Ganz einfach, der Kaiser wäre nicht mehr an der Macht und hätte somit keinerlei Einfluss auf die Politik", antwortete

Monsieur Blauschildt sachlich.

„Sie scheinen ein ernstes Problem mit dem Kaiser Alexander zu haben, dass Sie seinen Kopf fordern", bemerkte Richard.

Sein Gegenüber schmunzelte und schwieg geheimnisvoll.

„Warum ich?", fragte der junge Herzog verwundert. „Weshalb fragen Sie mich, ob ich Ihrem Pakt beitreten möchte und damit Landesverrat begehen soll?"

„Erstens, weil ich ein alter Mann bin. Ich bin realistisch und weiß, dass man einen Kaiser nicht von heute auf morgen stürzen kann. Es erfordert viel Geschick und politische Stärke. Es könnten Jahre, wenn nicht sogar Jahrzehnte vergehen, bis wir unser Ziel erreicht haben. Und Sie sind jung genug, um das Ergebnis am Ende mit ihren eigenen Augen zu sehen. Der zweite Grund ist, weil Ihre Familie dazu in der Lage ist, sowohl die adlige Oberschicht als auch die allgemeine Bevölkerung zu mobilisieren. Sie als angesehener Herzog haben den Schlüssel zu den Schlössern und Palästen der feinen Gesellschaft. Und ihre Frau erlangt momentan viel Sympathie beim Volk und gewinnt somit die Herzen der Menschen auf ungeahnte Weise. Sie beide sind ein unschlagbares Team. Und ich bin mir sicher, wenn die Familie von Crussol weiterhin hinter der Freien sozialistischen Partei steht, wird der Funke der Revolution auf das Volk übergreifen und ein Feuer entfachen, dass die alte Monarchie niederbrennen wird, um Platz für eine neue Ordnung zu schaffen. Und drittens, weil Sie den Kaiser insgeheim verachten und sich an ihm rächen wollen, genau wie ich", erklärte Albert Blauschildt und offenbarte damit seine Passion.

„Das Feuer müsste man sorgsam kontrollieren, sonst frisst es seine eigenen Verursacher", merkte Richard an und sah nachdenklich aus dem Fenster.

„Absolut richtig. Wir müssen zuerst für das Feuer einen beherrschbaren Rahmen schaffen, bevor wir es entfachen, sonst können wir diese Naturgewalt nicht mehr aufhalten, wenn es

Überhand gewinnt", stimmte der Bankier ihm zu.

„Ob Sie die Beziehungen und die Geldmittel für so ein gewaltiges Unterfangen haben, brauche ich Sie wohl nicht zu fragen", sagte Richard und sah verschmitzt zu dem gerissenen Logenmeister.

Monsieur Blauschildt nickte wissentlich und schwieg. Nach einer Weile fragte Albert seinen Gesprächspartner: „Haben wir nun unseren Pakt, Richard?"

Der Angesprochene überlegte kurz. Landesverrat war eine ernste Sache. Er würde damit nicht nur sein Leben, sondern auch das seiner Familie in Gefahr bringen. Wenn Richard sich aber dem Bündnis verweigerte, bliebe die Frage offen, ob der mächtige Bankier ihn danach in Ruhe lassen oder ihn für das gefährliche Wissen auf ewig zum Schweigen bringen würde?

„Ich bräuchte ein paar Sicherheiten für meine Familienmitglieder, bevor ich zustimme. Für den Fall, dass ich wegen Landesverrats verurteil oder sogar hingerichtet werden sollte, möchte ich, dass meine Familie eine garantierte Möglichkeit erhält, im Ausland ein unbeschwertes Leben zu führen", stellte Richard seine Bedingung auf.

„Das lässt sich einrichten", antwortete Albert Blauschildt ernst.

Daraufhin nickte der Herzog und sagte: „Unser Pakt steht, Albert."

Der Logenmeister lächelte zufrieden und sie besiegelten ihren Geheimbund mit einem Handschlag.

„Was ist mit unserem neuen Minister, Monsieur Girard? Weiß er über Ihre wahren Absichten Bescheid?", wollte Richard wissen.

„Willhelm weiß momentan so viel wie Sie, aber in Zukunft werden Sie deutlich mehr erfahren", sagte Albert und rauchte an seiner Zigarre.

Dem Herzog von Crussol wurde plötzlich bewusst, in

welchen schwarzen Teer er sich soeben begeben hatte. Wenn selbst der regierende Minister und langjähriger Freund von Monsieur Blauschildt nicht die ganze Wahrheit erfahren sollte.

„Möchten Sie zum Essen bleiben? Es gibt heute warme Kohlsuppe à la Russe", fragte Albert.

„Sehr gern", entgegnete Richard und zog an seiner Zigarre. Denn er wollte seinen Gastgeber nicht kränken.

Nach seinem Treffen mit Monsieur Blauschildt fuhr der junge Herzog mit seiner Kutsche in die Innenstadt, um ein Geschenk für seine Frau zu besorgen. Er kaufte ihr einen neuen Säbel und einen Dolch. Als er aus dem Waffengeschäft ins Freie heraustrat, war es draußen bereits dunkel. Der Wind war eisig und Richard schlang seinen Mantel enger um seinen Körper. Er ging die Straße entlang, auf der nur noch vereinzelnd Passanten unterwegs waren. Seine Kutsche stand circa hundert Meter weiter vor ihm in einer Nebenstraße, als Richard plötzlich Schritte hinter sich hörte. Er verlangsamte seinen Gang und der Fremde hinter ihm tat es ebenfalls. Dann lief er wieder schneller und der Unbekannte machte es ihm nach. Offenbar verfolgte ihn jemand. Gut, wenn derjenige mit ihm Katz und Maus spielen wollte, dann war Richard der Jäger. Er bog in eine dunkle Seitengasse ein und schritt noch ein Stück weiter. Er zog langsam den soeben gekauften Dolch aus der Scheide und machte sich bereit. Blitzschnell duckte er sich auf die Knie und drehte sich gleichzeitig um 180 Grad. Sein Blut gefror ihm in den Adern, als er in der Dunkelheit den Lauf einer Pistole erblickte, die auf ihn gerichtet war. Den Schützen dahinter konnte er in der Finsternis leider nicht erkennen. Noch bevor der Unbekannte seine Schusswaffe abfeuern konnte, warf Richard den Dolch zielsicher auf ihn und traf seinen Gegner am Oberarm. Der Fremde schrie auf vor Schmerz und ließ seine Waffe zu Boden fallen. Richard stand in Windeseile wieder auf und rannte auf die Person zu, die sich eilends aus dem Staub machte. Er wurde kurz etwas langsamer, blieb neben der Pistole stehen und hob sie auf. Dann streckte er seinen Arm mit der Waffe aus und zielte auf den elenden Schuft, der aber bereits in der Dunkelheit verschwunden war. Der Angreifer schaffte es, zu entkommen. Richard ließ die Pistole wieder sinken und atmete schwer. Wer zum Donner noch mal wollte ihn hinterrücks erschießen und warum? Er ging schnell zu seiner Kutsche und die Gedanken rasten in seinem Kopf. Wer auch immer der verschlagene Feigling war, er würde sich wünschen, niemals geboren worden zu sein, sobald Richard ihn in seine Finger bekäme.

Natalie Mec

Kapitel 67   Die Strafe

5. November 1876

Die Klinge glänzte in der Sonne und der Griff des Säbels lag äußerst bequem in der Hand. Melanie übte ein paar Hiebe mit ihrem neuen Geschenk aus, das Richard ihr vor einigen Tagen mit den folgenden Worten überreicht hatte: „Möge es dich stets beschützen."

Es war eine überaus elegante Waffe. Ihre stolze Besitzerin tanzte damit geschmeidig auf dem Rasen und machte ein paar kräftige Schläge. Bis ganz unerwartet jemand ihren Hieb parierte. Es war Richard, der ebenfalls seinen Säbel rausgeholt hatte und nun kampfeslustig seine Frau ansah.

„Möchtest du mich wirklich erneut herausfordern, mein Liebster?", fragte Melanie lächelnd. „Du weißt, wie unser letztes Duell endete. Ich erinnere mich genau daran, wie du auf dem Boden gelegen hast, besiegt von einer vorlauten Göre."

Richard schmunzelte. „Geschummelt hast du, nichts weiter. Lass uns jetzt herausfinden, ob du gut genug bist, um mich fair zu schlagen", entgegnete er und glitt mit seiner Klinge an ihrem Säbel entlang.

„Und was, wenn ich dich wieder zum Bluten bringe?", fragte Melanie mit betörender Stimme und warf ihm einen verführerischen Blick zu.

„Ich bitte darum. Aber zuerst werde ich dich hart drannehmen", antwortete Richard und hob kurz seine linke

BLITZ UND DONNER

Augenbraue.

„Worauf warten wir dann noch? Lass uns augenblicklich damit anfangen", forderte sie ihn auf und war schon ganz erregt.

Die beiden stellten sich in Position und Richard griff sogleich an. Melanie parierte unaufhörlich und wich einige Schritte nach hinten. Ihr Mann meinte es ernst und zeigte kein Erbarmen, denn er wollte sie auf die Zukunft vorbereiten. Richard hatte seiner Ehefrau nichts von dem Attentat auf ihn erzählt, um sie nicht unnötig zu beunruhigen. Abgesehen davon, wollte er nicht, dass sich Gerüchte darüber verbreiteten. Seine Absicht war es, dass der Täter sich in Sicherheit wiegte und dadurch unvorsichtiger wurde und einen verräterischen Fehler beging. Unterdessen drehte sich Melanie und versuchte, ihm zu entkommen, ohne ihn dabei aus den Augen zu lassen. Sie ging in den Gegenangriff über und verpasste Richard zwei heftige Hiebe. Doch ihr Gegner war stark und besaß eine Menge Kraft, die er sofort nutzte. Sein nächster Schlag besaß so viel Energie, dass er ihr den Säbel aus der Hand schlug. Melanie starrte ihn zunächst fassungslos an und hechtete im nächsten Augenblick jedoch sofort zu ihrer Waffe. Mit einer eleganten Rolle stand sie wieder auf und hielt ihren Säbel hoch. Sie wollte soeben attackieren, als Richard seine Hand hob und ihr zurief: „Das genügt."

Melanie hielt mitten im Laufen inne und fragte verwirrt: „War ich etwa so schlecht?"

„Das war in der Tat ausbaufähig", entgegnete er. „Aber du gibst nicht auf und kämpfst weiter. Das finde ich gut."

„Danke für die Aufmunterung", sagte Melanie höhnisch. Die Tatsache, dass sie Richard beim Fechten unterlag, kratzte an ihrem Stolz.

„Möchtest du zusammen mit mir zu einem Fechtturnier reiten und einen richtigen Profikampf sehen? Heute Nachmittag findet eins statt und unser Freund Vincent nimmt daran teil", erklärte Richard und sah Melanie erwartungsvoll an.

Natalie Mec

„Tatsächlich? Ja, ich bin dabei!", sagte sie begeistert. Gemeinsam begaben sie sich voller Vorfreude zu den Stallungen, sattelten ihre Pferde und machten sich auf den Weg in die Hauptstadt. Das Fechtturnier fand in der Sporthalle der Universität statt. Es waren dort viele Zuschauer anwesend, die allesamt auf der Tribüne Platz genommen hatte. Das Herzogspaar von Crussol setzte sich ganz nach oben in die letzte Reihe, um alles überblicken zu können. Melanie sah sich im Publikum um und entdeckte weiter rechts ihre Geschwister Jakob und Jane nebeneinandersitzen. Sie waren offensichtlich gemeinsam hergekommen und warteten gespannt auf den Wettkampf. Melanie seufzte. Wie gerne würde sie jetzt zu ihnen rübergehen und reden, wenn da nur nicht die gekränkten Gefühle von Jane und Jakob wären. Das Verhältnis zwischen den beiden und Melanie war momentan eher angespannt.

Im nächsten Augenblick begann das Turnier. Die ersten acht Kämpfer stellten sich auf die Fechtbahn. Sie fochten jeweils in vier Zweierpaaren gleichzeitig. Insgesamt traten bei diesem Wettkampf vierundzwanzig Teilnehmer an. Vincent von Guise war beim zweiten Durchgang dabei. Melanie verfolgte seine Bewegungen und musste neidlos zugeben, dass er überragend war. Der Herzog von Guise schlug jeden seiner Gegner mit Bravour. Am Ende stand er einem ebenmäßigen Kämpfer im Finale gegenüber. Die Kontrahenten schenken sich nichts, doch Vincent landete mehr Treffer als der andere Fechter und wurde somit erster. Das Publikum applaudierte laut, als er seine Medaille entgegennahm. Nach der Verleihung gesellten sich Richard und Melanie zu ihm und gratulierten ihrem Freund zum verdienten ersten Platz.

„Meine Glückwünsche, Vincent. Ich bin wirklich beeindruckt von deinem Talent", sagte Melanie anerkennend. „Darf ich dich um Privatunterricht bitten? Dann habe ich beim Fechten gegen meinen geliebten Ehemann eine Chance."

„Keine schlechte Idee", bemerkte Richard. „Vincent ist der beste Fechtmeister weit und breit und wäre der perfekte Lehrer für dich."

„Grundsätzlich bin ich dem nicht abgeneigt, dir Unterricht zu erteilen, Melanie. Aber weshalb wollt Ihr Euch wieder duellieren? Habt Ihr beide nicht genug Narben am Körper? Wollt Ihr euch noch ein paar Weitere hinzufügen?", fragte Vincent amüsiert.

„Es geht hauptsächlich darum, dass Melanie in der Lage sein soll, es mit jedem Gegner aufzunehmen. Und ich kann mir beim besten Willen keinen besseren Trainer vorstellen als dich", verdeutlichte Richard.

„Selbstverständlich trainiere ich dich. Das wäre mir ein Vergnügen", erwiderte Vincent und schaute dabei auf die junge Herzogin. Sie lächelte glücklich über beide Ohren.

„Ah und übrigens, wollte ich euch fragen, ob ihr heute Abend euren Titel als Tanzkönig und Tanzkönigin verteidigen wollt?", fragte Vincent interessiert.

„Veranstaltest du etwa wieder deinen legendären Tanzwettbewerb?", fragte Melanie begeistert.

„Ganz genau. Und ich wäre sehr enttäuscht, wenn ihr beide nicht kommt", entgegnete Vincent und lächelte sie warm an.

„Wir werden da sein, verlass dich drauf", versicherte Richard und legte seinen Arm um seine Frau, die zustimmend nickte.

„Wunderbar, dann bis später. Ab 22 Uhr geht es los!", sagte Vincent laut und verabschiedete sich von ihnen mit einem fröhlichen Winken.

„Er scheint in letzter Zeit glücklicher zu sein. Meinst du nicht auch?", merkte Melanie an.

„Ja, eigenartigerweise wirkt er in der Tat wie ausgewechselt", bemerkte Richard und legte seinen Kopf schief, als er seinem Freund nachschaute.

„Vielleicht ist er verliebt", sagte Melanie mit einem breiten

Lächeln und wackelte mit ihren Augenbrauen. Richard grinste. Vincent war nur ein einziges Mal in seinem bisherigen Leben verliebt gewesen und das lag bereits zehn Jahre zurück. Womöglich hatte Melanie Recht und er hatte wirklich jemand Besonderen gefunden. Auf jeden Fall würde sich Richard darüber freuen.

„Was ist eigentlich mit Vincents Ehefrau? Ich habe sie bis jetzt nie gesehen oder getroffen. Lebt sie überhaupt?", stellte Melanie fest und sah ihn fragend an.

„Ja, Jacqueline von Guise lebt, aber sie und Vincent führen eine lieblose Ehe. Sie leben getrennt voneinander, jeder in seinem eigenen Schloss. Vincent hatte sie nur aus reinem Pflichtgefühl geheiratet, weil er einen Erben für seine Familie brauchte. Und seitdem sein Sohn Karl auf der Welt ist, teilt er mit Jacqueline nicht mehr das Ehebett. Du solltest wissen, dass Vincent früher unsterblich in meine Schwester Karolina verliebt war und sogar mit ihr verlobt gewesen. Seit ihrem tragischen Tod hält er sich mit zahlreichen Affären über Wasser, aber die große Liebe war bis heute nicht dabei gewesen", erzählte Richard.

Melanie schaute mitfühlend zu ihm hoch. Sie wollte es sich nicht ein Mal ausmalen, wie es war, seine Liebe zu verlieren.

Der Nachthimmel erstreckte sich mit seinen zahlreichen Sternen über dem Schloss des Herzogs von Guise und das Ehepaar Crussol kam gerade auf dem Tanzabend an. Richard trug eine dunkelblaue Stoffhose und ein weißes Hemd. Die langen Ärmel hatte er bis zum Ellenbogen hochgekrempelt. Und natürlich hatte er seine dunkelbraunen Lackschuhe angezogen, in denen er am besten tanzen konnte. Seine Frau trug ein knielanges und figurbetontes Paillettenkleid, mit fließendem Farbüberlauf von cremeweiß oben bis bordeauxrot unten. Das umwerfend aufreizende Kleid hatte einen kurzen seitlichen Beinschlitz, der für mehr Bewegungsfreiheit sorgte, und lange Ärmel. Dazu trug sie Hautfarbende Tanzschuhe, die ihre Beine optisch länger wirken ließen. Kurz gesagt, Richard und Melanie sahen aus wie zwei heiße Schnitten, die bereit waren, ihren Ehrentitel als Tanzkönig und -Königin um jeden Preis zu verteidigen. Auf der Feier begegneten sie Henri und Veronika, die vor Kurzem aus ihren Flitterwochen zurückgekehrt waren. Das frischvermählte Paar hatte über einen Monat lang die Mittelmeerküste Italiens bereist. Ihr kleines Töchterchen Colette hatte ihre Eltern auf der langen Reise begleitet und wurde von einem Kindermädchen versorgt, wenn ihre Mama und ihr Papa ein paar Stunden für intime Zweisamkeit benötigten. Veronika und Henri wirkten äußerst entspannt und einander sehr zugetan. Offenbar hatten sie sich wieder innig ineinander verliebt. Zwar waren ihre Gefühle zueinander nie erloschen gewesen, aber das eine Trennungsjahr hatte an ihrer Liebe gewaltig gekratzt. Nun waren der Graf und die Gräfin von Ailly dabei ihre Liebe neu zu beleben und wirkten äußerst innig miteinander.

Melanie freute sich sehr für Veronika, dass sie nach so viel Herzschmerz nun endlich die Erfüllung ihrer Träume erleben konnte.

Die zwei Paare begaben sich gemeinsam auf die Tanzfläche, um sich für den Tanzwettbewerb schon mal warm zu machen. Der Gastgeber, der sich im Ballsaal noch nicht blicken ließ, hatte für den heutigen Abend eine Musikergruppe von echten spanischen Zigeunern engagiert, die eifrig ausschließlich spanische Flamango-Musik spielten. Perfekt für das Paar von Crussol. Denn Melanie hatte in der Zwischenzeit erfahren, dass ihre Schwiegermutter aus Andalusien stammte. Katarina war eine ehemalige spanische Prinzessin, die an den François Herzog von Crussol verheiratet wurde. Und somit hatte Richard zur Hälfte das feurige südländische Blut. Das Tanzen war seine große Leidenschaft und er dominierte wie kein Anderer das

Natalie Mec

Tanzparkett. Dennoch war dieses Jahr etwas anders. Das Herzogspaar von Crussol tanzte viel erotischer miteinander und das lag vor allem an Melanie. Sie umgarnte Richard mit ihren Händen, schenkte ihm verführerische Blicke, kreiste aufregend mit ihrer Hüfte und bewegte voller Hingabe ihre sexy Beine. Denn schließlich war sie keine ahnungslose Jungfrau mehr, sondern eine erfahrene Herzensbrecherin. Richard hatte sichtlich Mühe sich zu beherrschen und sich nur auf das Tanzen zu konzentrieren, das immer mehr einem Vorspiel für den Akt glich.

„Lass uns etwas trinken, bevor ich mich vergesse", flüsterte Richard ihr ins Ohr, während Melanie ihren geilen Hintern an seinen Schoß presste.

Sie strich sich elegant mit den Fingern der linken Hand von der rechten Schulter über das Schlüsselbein bis zur linken Schulter und drehte sich geschmeidig wie eine Katze mit dem Gesicht zu ihm um. Dann berührte sie mit der Hand seine Lippen und antwortete: „Mach mich betrunken."

Richard seufzte und hätte sie am liebsten auf der Stelle flachgelegt, stattdessen ergriff er ihre Hand und zog sie mit sich zu der nächsten Bar. Sie nahmen sich zwei Gläser voller prickelndem Champagner und leerten sie in einem Zug. Ob aus Durst oder Lust war in diesem Moment gleichgültig. Sie tauschten feurige Blicke und Richard presste ihren Körper an den seinen.

„Du gehörst mir", sprach er erregt aus.

„Das sagtest du mir bereits", entgegnete sie und knöpfte die oberen Knöpfe seines Hemdes auf.

„Dann hast du es nicht vergessen", erinnerte er sie und streichelte ihr zärtlich über die Wange.

„Fest in meinem Kopf verinnerlicht", bestätigte sie und sah ihn intensiv an. Dann nahm sie sachte seinen Daumen zwischen die Zähne und berührte ihn mit ihrer feuchten Zunge.

Richard schloss kurz seine Augen und flüsterte: „Du machst mich wahnsinnig."

„Dann höre ich besser damit auf", bemerkte Melanie und entfernte sich langsam von ihm.

„Wo willst du hin?", fragte Richard irritiert.

„Mich kurz frisch machen", antwortete sie und zwinkerte ihm zu.

„Bleibe nicht zu lange fort", ermahnte er sie.

Melanie schüttelte daraufhin nur leicht den Kopf und lächelte. Sie begab sich ins Gästebad und überprüfte dort ihr Aussehen im Spiegel. Dann atmete sie mehrmals tief aus und beruhigte ihre Emotionen. Denn auch sie hatte soeben mit ihrem Verlangen nach Richard gekämpft. Als sie wieder zurück in den Ballsaal schwebte, wurde sie plötzlich am Arm festgehalten. Melanie schaute sich verwundert um und erblickte George.

„Komm mit mir", sagte er aufgeregt und zog sie am Arm den Flur entlang. Sie erreichten einen kleinen Salon, der momentan verlassen war und er führte sie hinein. Dann schloss er die Tür hinter sich ab und blickte zu ihr. Er betrachtete sie von oben bis unten und kam anschließend langsam auf sie zu.

„George, was wird das hier?", fragte Melanie verwirrt.

„Sage mir, liebst du mich noch immer?", stellte er ihr stattdessen die Frage.

Melanie weitete ihre Augen und wusste nicht, was sie darauf antworten sollte.

„Ich will dich nach wie vor", gestand George und nahm ihr Gesicht.

Melanie war sprachlos.

„Jeden Augenblick denke ich nur an dich und möchte dir nahe sein", sagte er und berührte ihre Hände. Allmählich kam Melanie aus ihrer Starre wieder zu sich und antwortete: „George, ich bin verheiratet, ich habe ein Kind."

„Das meins hätte sein sollen", sagte er aufgebracht. „Du

hättest mein sein sollen."

Melanie schüttelte langsam ihren Kopf und flehte ihn an: „Nein George, bitte lass uns wieder hinaus gehen."

„Wozu? Damit du zurück zu Richard gehen kannst und er dich beim Tanzen verführt?", fragte er sie und Melanie sah den Schmerz in seinen Augen. „Er hat dich mir weggenommen, kurz bevor ich dich heiraten konnte."

George nahm sie in seine Arme und kam ihrem Gesicht immer näher. Melanie legte eilends ihre Hand auf seine Lippen und flüsterte: „George, bitte nicht."

„Lass mich dich küssen und dann sage mir, ob du mich liebst", sprach er und umklammerte sie fester.

Melanie schlug in ihren Gedanken Alarm. Ihr kam Richards Versprechen wieder in den Sinn. Nein, das durfte nicht passieren. George durfte kein Leid geschehen.

„Nein", sagte sie entschieden und presste mit der rechten Hand gegen seine Brust. „Wenn mein Mann uns hier findet, dann bringt er uns um."

„Nicht, wenn ich ihn vorher umlege, ich habe keine Angst vor ihm", erwiderte George und nahm ihre Hand langsam von seinen Lippen runter.

Melanie starrte ihn entsetzt an.

„Ja, das werde ich tun. Und dann können wir beide zusammen sein. Du und ich, endlich vereint", sprach er weiter.

Melanie schüttelte heftig mit dem Kopf und wurde ernst. „Keiner legt hier jemanden um. George, bitte verzeih mir. Ich allein habe dir entsetzlich weh getan. Es ist nicht Richards Schuld. Ich war diejenige, die damals kurz vor unserer Hochzeit von zuhause weggeritten war, weil ich verzweifelt einen Ausweg gesucht hatte", stand sie.

George schaute sie irritiert an. „Einen Ausweg?", wiederholte er.

„Ja. Bitte lass mich jetzt gehen. Ich will dir nicht noch mehr

Leid und Schmerz zufügen", flehte sie ihn an.

„Das hast du bereits getan! Und jetzt will ich wissen, warum!", herrschte George sie an und seine Augen waren weit aufgerissen.

„Weil ich dich nicht begehre", sagte sie beinahe im Flüsterton.

Doch George war von dieser Erklärung nicht überzeugt und presste sie noch enger an sich.

„Küss mich. Und sage mir dann, ob du nichts für mich fühlst", forderte er sie auf. Sein Verlangen nach ihr wurde immer stärker.

Melanie atmete schwer und bekam Panik.

„Aber das ist es ja, George. Ich empfinde etwas für dich, deswegen kann ich dich nicht küssen. Ich darf es nicht! Es wäre ein Ehebruch. Und das will ich auf gar keinen Fall!", erklärte sie und versuchte vergebens, sich von ihm zu befreien.

„Das geschieht Richard recht, dass du ihn mit mir betrügst. Er hat es nicht anders verdient, nachdem er dich mir hinterhältig gestohlen hat", zischte George und blanke Wut sprach aus ihm heraus. „Melanie, lasse mich deine Lippen mit den meinen berühren, wie das eine Mal." George schloss seine Augen und kam ihr mit seinem Gesicht gefährlich nah.

„Bitte George. Ich bitte dich. Bitte vergib mir, dass ich dir falsche Hoffnungen gemacht habe. Ich hätte dich niemals so lieb und freundlich behandeln sollen, als du aus Marokko wiedergekehrt bist. Ich wollte eine Freundschaft zu dir aufbauen, das ist alles. Niemals wollte ich dir damit zeigen, dass ich immer noch etwas von dir will. Ich bin glücklich mit Richard und es war ganz allein meine Entscheidung, seine Frau zu werden. Er hat mich zu nichts gezwungen. Ich wollte doch nur, dass du und ich Freunde bleiben. Aber nun erkenne ich, dass es unmöglich ist", erklärte sie und Tränen liefen ihr über die Wangen.

„Melanie, ich liebe dich von ganzem Herzen", sprach er und

sah ihr dabei direkt in die Augen.

„Und genau deswegen können wir keine Freunde sein", stellte sie fest und weinte. Er strich ihr die Tränen weg und wurde unsicher. Melanie nutzte den Moment und befreite sich von ihm. Sie wollte den Salon verlassen, da hielt George sie an der Hand fest und seine Stimme zitterte: „Bitte geh nicht."

„Ich bin bereits gegangen. Du musst mich endlich loslassen", antworte sie und stand mit dem Rücken zu ihm.

George lockerte langsam seinen Griff, da riss Melanie sich endgültig von ihm los und lief aus der Tür hinaus. Er blieb allein zurück. Tränen strömten ihm übers Gesicht und er begriff, dass sein Traum von einem gemeinsamen Leben mit ihr nun endgültig vorbei war. Er würde sie niemals zurückbekommen.

Melanie rannte den Flur wieder zurück zum Ballsaal. Die Tanzfläche war rappelvoll, als sie sich in das Getümmel stürzte. Sie atmete kurz durch, um sich zu beruhigen. Die Tanzpaare kreisten um sie herum und lachten. Die Stimmung war fröhlich und heiter. Der Raum war erfüllt mit Freude, doch Melanie fühlte sich davon überfordert. Sie wollte auf der Stelle hier weg, aber nicht ohne Richard. Sie suchte mit ihren Augen nach ihm, fand ihn aber nirgends. Nicht an der Bar und nicht auf der Tanzfläche oder am Rande des Saals. Er war einfach verschwunden. Sie entdeckte Henri und Veronika, wie sie lachend auf einer Couch saßen und Wein tranken.

Melanie eilte schnell zu ihnen und fragte die beiden Turteltauben: „Habt ihr Richard gesehen?"

„Er ist bereits nach Hause gegangen", antwortete Henri irritiert.

„Gegangen?", wiederholte Melanie ungläubig.

„Ja, wir dachten, ihr wollt lieber alleine sein, nachdem ihr hier so eine aufreizende Show abgezogen habt", erklärte Veronika.

Melanie war verwirrt. Warum hatte Richard ohne sie die

Blitz und Donner

Soiree verlassen? Sie verabschiedete sich von ihrer Schwester und ihrem Schwager und lief nach draußen. Dort stellte sie fest, dass ihre Kutsche tatsächlich weg war. Sie bat stattdessen den Kutscher von dem Grafen von Ailly, sie nach Hause zu bringen. Während der gesamten Fahrt dachte sie an ihren Mann. Was war mit ihm bloß geschehen? Er ist sonst nie einfach ohne sie nach Hause gefahren.

Kurz zuvor stand Richard bestens gelaunt an der Bar und trank ein weiteres Glas Champagner. Er blickte sehnsüchtig zum Eingang in den Ballsaal und wartete darauf, dass seine Frau endlich wieder zurückkommen würde. Dann endlich sah er sie, doch jemand packte sie am Arm und zog sie mit sich. Richard ballte die Fäuste zusammen, als er den George von Bellagarde erkannte. Er stürmte daraufhin sofort von der Bar auf den breiten Flur und suchte überall nach ihnen. Seine Gedanken kreisten darum, George in die Finger zu bekommen und ihn zu Brei zu verarbeiten. Er überquerte den langen Flur und gelang schließlich in den Garten, doch da war niemand zu sehen, alle Gäste waren noch im Schloss und warteten ungeduldig auf den Beginn des Wettbewerbs. Richard drehte sich um und marschierte wieder zurück, als er plötzlich hinter einer Tür Stimmen vernahm. Er kam näher und hörte eindeutig das lustvolle Stöhnen einer Frau und ein Mann war bei ihr. Blanke Wut stieg in Richard auf. Er war bereit, diesem verdammten George den Kopf einzuschlagen. Und Melanie würde diese Nacht definitiv nicht überleben. Er trat mit voller Wucht gegen die Tür und was er dann erblickte, übertraf seine wildesten Vorstellungen.

„Vincent?!", rief er überrascht und sah, wie sein Freund mit heruntergelassener Hose eine junge Frau auf dem Schreibtisch vögelte. Richard schaute zu der Dame rüber und ihm fiel die Kinnlade herunter. „Jane?!", sprach er entsetzt und starrte auf ihren entblößten Oberkörper. Er glaubte nicht, was er da sah. Melanies älteste Schwester, die sich immer so vornehm und gesittet verhielt, trieb es heftig mit dem verheirateten Herzog von Guise.

„Richard, was willst du hier? Bitte geh wieder raus, wir sind beschäftigt", forderte Vincent ihn genervt auf, nachdem sein Kumpel sich nach ein paar Sekunden immer noch nicht gerührt hatte.

Richard war fassungslos. Ohne ein einziges Wort drehte er sich um, schloss die Tür vorsichtig zu und lehnte sich dagegen. Er hörte, wie Vincent und Jane mit ihrem leidenschaftlichen Liebesspiel fortfuhren, und erschrak vor seinen eigenen Gedanken. Was wäre geschehen, wenn er Melanie und George soeben hier vorgefunden hätte? Er war vor wenigen Augenblicken bereit gewesen, jemanden zu töten. Er hatte vorgehabt seine eigene Frau umzubringen. Die Mutter seines Sohnes! Er schüttelte verzweifelt seinen Kopf und wollte nur noch weg von hier, bevor er etwas Unverzeihliches tat.

Henri lief ihm über den Weg und war gerade dabei ihn in ein Gespräch zu verwickeln, aber Richard wimmelte ihn ab und sagte zu ihm, dass er sofort nach Hause müsste. Er wollte so schnell wie möglich diese Veranstaltung verlassen, sonst konnte er für nichts mehr garantieren.

Die Herzogin von Crussol war soeben in ihrem Schloss angekommen und durchstreifte sogleich die Räume auf der Suche nach ihrem Ehemann. Es war überall dunkel, nur in einem Raum flackerte noch Licht. Melanie näherte sich langsam dem Kaminzimmer und fand Richard schließlich dort zusammen mit einer Flasche Whisky vor dem Feuer sitzen. Sein Blick war glasig und es war offenkundig, dass er die halbe Flasche in sehr kurzer Zeit geleert hatte. Melanie kam auf ihn zu und fragte vorwurfsvoll: „Du bist ohne mich gegangen?"

Richard starrte weiterhin in das Feuer und erwiderte: „Wie viel Zeit war verstrichen, bis du meine Abwesenheit bemerkt hast, nachdem George dich gefickt hat?"

Melanie glaubte, sich verhört zu haben. „Was redest du da bitte?"

Er drehte langsam seinen Kopf zu ihr um und sagte: „Ich habe euch beide gesehen. Beantworte meine Frage, wie lange hast du gebraucht, um festzustellen, dass ich nicht mehr da war?"

Melanie kam näher zu ihm und antwortete ernst: „Ich bin keine Hure, die mit jedem schläft. Also behaupte nicht, dass George mich gefickt hätte."

Richard stand vom Boden wieder auf und trat an sie heran. „Doch genau das bist du. Ein Flittchen, das nur dann zufrieden ist, wenn sie einen Mann um den Verstand gebracht hat!", brüllte er ihr ins Gesicht und erntete dafür eine schallende Ohrfeige.

Melanie sah voller Wut zu ihm hoch, drehte sich um, und war dabei den Raum zu verlassen. Sie hatte keine Lust, sich mit einem betrunkenen Vollidioten abzugeben, der nicht mehr der Herr seiner selbst war. Doch Richard hielt sie unsanft am Arm fest, zog sie ruckartig an sich und küsste sie auf den Mund. Melanie befreite sich wieder von ihm und stieß ihn von sich weg, vergebens, denn er packte sie an den Armen und schleuderte sie auf den Teppich vor dem Kamin. Sie drehte sich auf die Seite und sah zornig zu ihm hoch. Richard sah ihre nackten Beine im warmen Licht des Feuers und konnte seine Gier nach ihr nicht mehr zügeln. Er zog schnell sein Hemd aus, kam zu ihr runter und drückte sie mit ihrem Rücken auf den Boden. Dann zerriss er ihr das Kleid und nahm ihr gewaltsam die Unterwäsche vom Leib. Melanie schlug mit Fäusten auf seinen Oberkörper, doch das machte ihn nur noch geiler. Er öffnete blitzschnell seine Hose und drang grob in sie ein. Richard hatte kein Mitleid mit ihr und vergewaltigte sie. Er drückte ihr mit einer Hand die Kehle zu und Melanie bekam keine Luft mehr. In diesem Augenblick fühlte sie sich genau wie damals im Wald, als Richard sie gegen den Baum gedrückt hatte und sie gewaltsam nehmen wollte. Zu jener Zeit hatte sie Angst bekommen, aber heute war es anders. Sie war anders. Es geschah etwas Seltsames mit ihr. Etwas sehr Dunkles in Melanies Geist nahm Gestalt an und brach aus ihr heraus. Sie krallte sich an Richards Oberarmen fest, bohrte ihre Fingernägel hinein und kratzte wie eine Tigerin. Er schrie auf vor Schmerz und ließ ihren Hals wieder los. Dann betrachtete er die langen blutigen Kratzspuren an seinen Armen und sah fassungslos zu Melanie runter.

„Hast du nicht mehr zu bieten?", spottete sie und sah ihn verachtend an.

Richard biss die Zähne zusammen und drehte sie unsanft auf den Bauch. Er stieß wie ein wildgewordenes Tier in sie hinein und wollte sie erst dann wieder loslassen, wenn er sie vollends verspeist hatte.

„Wer ist dein Mann?", wollte er von ihr wissen und zog heftig an ihren Haaren, sodass Melanie vor Schmerz aufschrie. „Sag es!"

„Richard", wimmerte sie und zitterte.

„Lauter! Ich kann dich nicht hören. Wer ist dein Mann?!", befahl er ihr.

"Richard!", kreischte sie.

Dann ließ er ihre Haare wieder los und umklammerte sie fest an der Hüfte, während er sie wie besessen fickte. Der Akt tat Melanie höllisch weh. Es brannte wie Feuer zwischen ihren Beinen, aber sie wollte nicht, dass er aufhörte, denn sie hatte sich soeben verändert.

„Tiefer!", sagte sie laut.

Richard blickte verwundert zu ihr runter.

„Doller!", forderte sie ihn auf und schlug mit der Faust gegen den Boden.

Richard bohrte seine Finger in ihr Fleisch und fühlte sich befreit. Er konnte sie auf das Heftigste durchnehmen und beendete erst dann den Missbrauch an seiner Frau, als er seinen Höhepunkt erlebt hatte und völlig erschöpft von ihr losließ. Er fiel neben sie auf den Teppich und atmete schwer wie nach einem Höllenritt. Sie beide lagen wild schnaufend da, dann nahm Richard ihre Hand und hielt sie an seiner Brust fest.

„Was tust du mir nur an?", fragte er schweratmend.

Melanie hob leicht ihren Kopf und antwortete: „Dich lieben."

„Tust du das? Oder liebst du in Wirklichkeit George?", fragte er verzweifelt.

„Ihn könnte ich niemals so lieben wie dich. Du bist mein Meister", sprach sie mit betörender Stimme und küsste ihn auf die Schulter.

„Du bist verrückt", stellte Richard fest und dachte dabei an seine soeben vollbrachte, abscheuliche Tat.

„Verrückt nach dir", hauchte sie unheimlich und legte sich mit ihrem nackten Körper auf ihn. Dann setzte sie sich auf ihn drauf und streichelte mit ihren Fingerspitzen über seine Brust. Sie legte ihren Kopf in den Nacken und summte mit geschlossenen Augen eine Melodie.

„Du bist völlig durchgeknallt", sagte Richard und fürchtete sich vor ihr.

„Und wer ist dafür verantwortlich?", fragte Melanie unschuldig, beugte sich zu ihm runter und wisperte: „Richard."

Sie lachte schauderhaft und es war der Beginn einer wahnsinnigen Liebe.

Natalie Mec

Kapitel 68 Die Auszeichnung

22. November 1876

Die Tage darauf verbrachte Melanie damit, sich wieder zu sammeln. Sie fühlte sich wie ein Bild, das in mehre kleine Teile zerfetzt wurde. Und auch wenn sie glaubte, das Bild wäre wieder ganz, war es dennoch nicht mehr das alte Abbild von ihr. Die feinen Risse in ihrer Seele zeugten von der gewaltsamen Erfahrung. Sie bestrich das Bild mit mehreren Schichten Lack aus Stolz und Arroganz, damit es stabil blieb, und zeigte sich der Welt ab sofort als selbstbewusste und kühle Herzogin von Crussol.

Eines Morgens während des Frühstücks bekam Melanie eine außergewöhnliche Einladungskarte. Nicht das schlichte dicke Papier verlieh dem Schriftstück das gewisse Etwas, sondern der Inhalt zusammen mit dem kaiserlichen Siegel darauf. Melanie las die Einladung durch und übergab sie anschließend ihrem Ehemann, der neben ihr am Frühstückstisch saß.

„Ließ dir das bitte durch. Wie es aussieht, möchte mich die Kaiserin ehren", sagte sie zu ihm.

Richard blickte sie verwundert an, nahm die Einladung und las sie stirnrunzelnd durch.

„Den Orden für besondere Verdienste im karitativen Bereich?", sprach er laut aus und sah sichtlich verwundert aus.

Katarina von Crussol war ebenfalls mit am Tisch. Sie hatte ihren Enkelsohn Gabriel auf dem Schoß sitzen und fütterte ihn mit Griesbrei und Apfelmus.

„Die Auszeichnung ist bestimmt für dein soziales Engagement mit der Organisation Ma Grande Soeur", bemerkte sie voller Begeisterung und blickte zu ihrer Schwiegertochter.

„Davon gehe ich aus, ja", stimmte Melanie ihr zu, trotzdem hatte sie mit diesem Schritt der Kaiserin nicht gerechnet.

„Hier steht, dass die Verleihung diesen Freitag im Frühlingspalast stattfindet, das ist in drei Tagen", sagte Richard.

„Wunderbar. Ich möchte, dass meine gesamte Familie dabei ist, auch die Seite meiner Eltern, genauso wie Veronika und Henri. Und vielleicht bekomme ich sogar Jakob überredet", sagte Melanie und hoffte inständig, dass ihr Bruder nicht mehr wütend auf sie war, denn sie vermisste ihn ungemein.

Noch am gleichen Tag ritt sie mit Nero aus und besuchte ihre Eltern. Johanna von Bouget freute sich außerordentlich darüber, dass die Herzogin von Crussol zu ihnen kam, und führte sie sogleich in den Salon. Melanie fragte sie nach ihren Geschwistern und ihrem Vater. Ihre Mutter erzählte ihr, dass der Baron für eine Woche auf Dienstreise war, und Jakob begleitete ihn dabei. Der jüngste Spross der Familie würde bald achtzehn Jahre alt werden und übernahm immer mehr Pflichten von seinem Vater. Melanie schmunzelte. Ihr kleiner Bruder wurde schneller erwachsen, als es ihr lieb war. Jane war ebenfalls nicht zuhause. Es hieß, sie würde viel Zeit mit Freundinnen auswärts verbringen. Schade, und dabei hatte Melanie vorgehabt, mit ihrer ältesten Schwester endlich in Ruhe reden zu können. Die beiden hatten sich in ihrer Beziehung sehr voneinander entfernt und Melanie wollte diesen Umstand so schnell wie möglich ändern. Sie berichtete ihrer Mutter von der Ehrung im Frühlingspalast und bat sie und Jane ebenfalls dahin zu kommen. Johanna willigte begeistert ein. Für nichts in der Welt würde sie die Auszeichnung ihrer Tochter verpassen. Ganz besonders nicht, wenn die Kaiserin persönlich ihr den Orden verlieh.

Natalie Mec

„Und wieder ein Mal ein großartiger Grund für Mama, bei den feinen Damen angeben zu können", dachte Melanie insgeheim. Wenn es nach ihr ginge, dann sollten sich die ganzen hohen Ladys zum Teufel scheren. Diese wohlhabenden Frauen lebten seit ihrer Geburt in einer reichen Welt und taten nichts außer lästern. Keine von ihnen wollte sich die weißen Handschuhe schmutzig machen, aber sie taten ihr Bestes, um andere mit ihrem Gerede in den Dreck zu ziehen. Melanie empfand extrem große Verachtung für so viel Falschheit. Nach einem kurzen Gespräch mit ihrer Mutter bei einer Tasse Tee entschied sie sich, wieder zu gehen.

Die Zeit bis zum Tag der Verleihung verging schnell und Melanie war über glücklich, ihre engsten Verwandten an ihrem großen Tag dabei zu haben. Die Ehrengäste standen nebeneinander in einer Reihe und die Kaiserin Anastasia vergab Einem nach dem Anderen den Verdienstorden. Insgesamt waren es zehn Personen. Als sie schließlich bei der Herzogin von Crussol ankam, sah die Kaiserin ihr lächelnd ins Gesicht und sagte: „Sie haben mich überzeugt, Madame. Diesen Orden haben Sie sich wirklich verdient, denn ihre Arbeit wird in der Bevölkerung mehrerer Generationen gleichzeitig prägen."

„Dankeschön, Eure Majestät", entgegnete Melanie stolz und ihr Lächeln war ehrlich gemeint.

Die Kaiserin steckte ihr den goldenen Orden an die Brust. Die Auszeichnung war in Form eines Sterns, der an einer himmelblauen Schleife hing. In der Mitte des Sterns war ein Adler abgebildet, der einen Apfel in der rechten Kralle hielt.

„Kommen Sie später während der Feier noch mal zu mir. Es gibt da jemanden, der Sie unbedingt persönlich kennenlernen möchte", forderte die Kaiserin die Herzogin von Crussol auf.

„Wie Sie wünschen, Eure Majestät", erwiderte Melanie und nickte leicht mit dem Kopf.

BLITZ UND DONNER

Nach der Verleihung begaben sich die Teilnehmer in den großen Ballsaal. Richard und Melanie gingen sogleich gemeinsam zu der Kaiserin, die gerade in ein Gespräch mit dem Grafen D'Argies vertieft war.

„Ah, wie schön. Das Herzogspaar von Crussol. Wir sprachen soeben über Sie beide", sagte Anastasia.

Das Herzogspaar verbeugte sich höflich vor der Regentin und Richard fragte sogleich: „Worüber genau haben Sie gesprochen, Euro Majestät?"

„Über die Spenden für die Organisation Ihrer Frau. Gustav D'Argies ist verwundert darüber, wie Sie in so kurzer Zeit so eine beachtliche Summe Geld aufbringen konnten. Er wollte schon andeuten, Sie hätten sich illegaler Mittel bedient", antwortete die Kaiserin amüsiert. Richard lächelte zurück und verengte gleichzeitig seine Augen, als er den alten Grafen ansah.

„Das ist eigenartig, dass Sie das ansprechen Monsieur D'Argies. Sie sind doch unser großzügigster Spender. Ihre monatlichen Zuwendungen sind enorm. Ich möchte mich an dieser Stelle bei Ihnen ganz herzlich dafür bedanken. Ohne Sie wäre die Organisation nicht so schnell ins Leben gerufen worden", erklärte Melanie und schaute Gustav D'Argies anerkennend an.

„Meine monatlichen Zuwendungen?", fragte der Graf erstaunt.

„Ja, deine monatlichen Zuwendungen, Gustav. Schon vergessen? Du schickst mir regelmäßig einen Scheck", erinnerte Richard ihn mit versteinerter Miene.

Der Graf wusste sofort, was der Herzog damit meinte und spannte sich augenblicklich an.

„Ah, ja ja, diese Zuwendungen. Jetzt weiß ich es wieder. Das ist schön, zu hören, dass mein Geld gut angelegt wird", sagte Gustav schnell und fragte sogleich, „Haben Sie noch mehr Spenden dieser Art?"

„Nein, du bist der Einzige", antwortete Richard und das seltsame Verhalten des Grafen machte ihn misstrauisch. Seit wann ging der alte Mann offen auf Konfrontation, indem er die Organisation Ma Grande Soeur bei der Kaiserin als illegal hinstellte? Gustav war ein Strippenzieher, der im Hintergrund agierte, aber kein Kämpfer, der direkt angriff.

„Ist alles in Ordnung mit Ihnen? Sie sehen so blass aus", bemerkte Melanie und fasste den Grafen an seinem rechten Oberarm an. Gustav zog sich augenblicklich mit einem schmerzverzerrten Gesicht von ihr weg und antwortete: „Es ist alles bestens. Ich gehe nur schnell an die frische Luft. Das Alter macht mich langsam gebrechlich. Bitte entschuldigt mich."

Monsieur D'Argies entfernte sich eilends und steuerte direkt zum langen Balkon. Richard beobachtete ihn. Er sah, wie Gustav den Saal überquerte und sich dabei ständig am linken Oberarm festhielt.

„Ich gehe ebenfalls kurz an die frische Luft", sagte er und schritt langsam in die gleiche Richtung.

Im nächsten Moment kam die älteste Tochter der Kaiserin. Sie hieß Viktoria und war ein bildhübsches Mädchen mit schulterlangen dunkelblonden Haaren und mit Augen so blau wie das Eis. Nach Melanies Einschätzung war Viktoria vermutlich 16 Jahre alt. Und als sie die Prinzessin genauer betrachtete, verschlug es ihr die Sprache. Auf ihrem Kopf trug die junge Dame dasselbe Diadem, dass Melanie einst vom Kaiser geschenkt bekommen und später für den guten Zweck versteigert hatte.

„Madame von Crussol, ich freue mich so unglaublich sehr, Sie endlich kennenzulernen", sagte die Prinzessin aufgeregt.

„Die Freude ist ganz meinerseits", antwortete Melanie und lächelte sanft.

„Sie müssen wissen, dass ich ihre größte Bewunderin bin, und zwar seit dem Augenblick, als Sie das kaiserliche

Pferderennen gewonnen haben. Ich möchte genauso werden wie Sie. Stark, mutig und warmherzig", schwärmte Viktoria und ihre Augen leuchteten.

„Das ehrt mich wirklich sehr. Dankeschön Eure Hoheit", entgegnete die Herzogin. „Darf ich fragen, woher Sie dieses Diadem haben?"

„Das war ein Geburtstagsgeschenk meiner Mutter. Sie gab es mir mit den Worten: Von einer besonderen Frau für eine besondere Frau. Und erklärte mir, dass dieses Diadem einst Ihnen gehört hatte. Stimmt das, Madame von Crussol?", fragte die Prinzessin interessiert.

„Ja, es stimmt. Und ich finde, es steht Ihnen viel besser als mir", bestätigte Melanie und sah dann zu der Kaiserin.

Anastasia hatte demnach die Tiara damals bei der Auktion heimlich über ihre Hofdame ersteigern lassen und somit indirekt zum Aufbau der Organisation beigetragen. So langsam bekam Melanie ein neues und äußerst positives Bild von der Monarchin. Obwohl die Herzogin von Crussol für eine sehr kurze Zeit die Geliebte des Kaisers gewesen war, hatte die Kaiserin es ihr verziehen und mehr noch, Anastasia sprang sogar über ihren Schatten, förderte Melanies Projekt und würdigte ihre Bemühungen am Ende mit einem Verdienstorden. Diese Frau besaß eindeutig viel mehr Klasse als ihr Ehemann, der Kaiser.

„Dankeschön", sagte Melanie und die Kaiserin nickte wissentlich.

Währenddessen stand der Herzog von Crussol an der Tür zum Balkon und betrachtete den Grafen D'Argies, wie dieser sich das Jackett auszog und vorsichtig seinen Oberarm betastete. Es bereitete dem alten Mann große Schmerzen, das erkannte Richard sofort. Aber weswegen? Allmählich hatte er einen Verdacht. Er näherte sich langsam dem Grafen und stellte sicher, dass sie auf dem Balkon alleine waren. Als Gustav den jungen

Herzog hinter sich bemerkte, schrak er zusammen.

„Richard! Was führt dich zu mir?", fragte er nervös und wollte sogleich sein Jackett wieder anziehen, aber Richard war schneller. Er zog ruckartig an Gustavs Ärmel, so dass der Stoff entlang der Naht riss und eine frische Narbe zum Vorschein kam. Es handelte sich hundertprozentig um eine tiefe Fleischwunde, die zugenäht wurde. Der Verband wurde erst vor Kurzem komplett entfernt und die Narbe war noch recht frisch. Richard starrte finster auf Gustavs rechten Oberarm und malte mit den Zähnen.

„Mir war ein Missgeschick bei der Jagd passiert, da bin ich mit dem Messer ausgerutscht und habe mich selbst am Arm verletzt", erklärte der Graf schnell und ging ein paar Schritte von ihm weg.

„Wurde dir das Messer etwa in den Arm gerammt? Abgesehen davon gehst du nicht auf die Jagd. Das hast du noch nie getan", bemerkte Richard trocken und sah Gustav durchdringend an.

„Nun seit Kurzem tue ich das, aber du hast Recht, ich sollte es besser lassen. Denn ich habe definitiv kein Talent dazu. Lässt du mich bitte vorbei? Ich würde gerne wieder reingehen, es ist recht kalt hier draußen", sagte Monsieur D'Argies und schlotterte am ganzen Körper.

Richard sah ihm einige Sekunden lang drohend in die Augen, ging dann einen Schritt beiseite und erwiderte darauf: „Natürlich."

Der alte Mann huschte an ihm vorbei, doch Richard rief ihm schnell nach: „Ach und Gustav, verlaufe dich nicht wieder in einer dunklen Gasse. Es könnte sein, dass du nicht wieder hinausfindest."

Der Graf blickte entsetzt zu Richard, drehte sich dann wieder um und brachte sich schnell in Sicherheit. Der Herzog stand noch etwas länger in der Kälte, denn er brauchte Zeit, bis seine

Wut verraucht war. Er hatte also den Attentäter gefunden, der ihn hinterrücks töten wollte. Richard würde seinem Feind heute kein Haar krümmen, denn schließlich waren sie auf einer öffentlichen Veranstaltung, aber der Augenblick für die Rache würde schon recht bald kommen. Unterdessen suchte Gustav schnell das Weite. Als er in Windeseile an Melanie vorbei rauschte, schaute sie ihm verwundert hinterher.

„Was ist nur los mit ihm?", fragte sie sich, dachte aber nicht weiter drüber nach. Denn sie hatte ihren Sohn im Arm und wollte ihn endlich seiner großen Tante vorstellen.

„Hallo Jane", begrüßte Melanie ihre Schwester und lächelte herzlich.

„Hallo", erwiderte Jane und verzog keine Miene.

„Dankeschön, dass du gekommen bist. Ich habe gehofft, dass wir uns unterhalten können", sagte Melanie. „Wie geht es dir?"

„Recht gut, Danke der Nachfrage. Hatte Richard mit dir gesprochen?", fragte Jane neugierig.

„Weswegen?", entgegnete Melanie verwundert.

„Ach, nur so", antwortete ihre Schwester und machte eine wegwerfende Geste mit der Hand. „Lass mich lieber meinen kleinen Neffen anschauen. Er ist schon so groß geworden."

„Gabriel ist jetzt ein halbes Jahr alt und wird langsam immer aufgeweckter", erklärte Melanie und sah ihren Jungen liebevoll an. Er hatte definitiv das hitzige Temperament seines Vaters geerbt und war ein kleiner Sturkopf.

Jane betrachtete das glückliche Gesicht ihrer jüngsten Schwester und machte eine bissige Bemerkung: „Ich hätte jetzt vermutlich ebenfalls ein kleines Kind, wenn meine Schwestern sich nicht dazu entschlossen hätten, sich in der Öffentlichkeit zu ruinieren und damit auch mein Schicksal besiegelt."

„Wie bitte?", schaute Melanie sie irritiert an. „Jane, wie meinst du das? Veronika und ich, wir sind doch verheiratet und haben beide Kinder. Welchen Ruin meinst du?"

„Den gesellschaftlichen Ruin", antwortete Jane vorwurfsvoll. „Weißt du eigentlich, wie man euch beide nennt?"

„Ich kann es mir vorstellen, aber es ist mir offenkundig absolut egal", antwortete Melanie gelassen.

„Mir aber nicht! Hast du eine einzige Sekunde daran gedacht, was es für mein Leben bedeutet, wenn meine Schwestern als billige Prostituierte bezeichnet werden?", fragte Jane offen und sah sie finster an.

„Steh einfach drüber und führe dein Leben unbeirrt weiter", gab Melanie ihr den Ratschlag und ließ sich nicht von ihr provozieren.

„Leicht gesagt, wenn man schon alles besitzt. Ehemann, Schloss, Kind und einen Haufen Geld. Aber wenn man noch unverheiratet ist und langsam älter wird, sind diese Voraussetzungen pures Gift", schleuderte Jane ihr ins Gesicht. „Kein Mann zeigt ernsthaftes Interesse an mir. Sie wollen nur das Eine, weil sie davon ausgehen, ich sei wie meine Schwestern."

„Wie sind wir denn deiner Meinung nach?", frage Melanie und wurde langsam wütend.

„Berechnend. Du und Veronika, ihr seid nur auf euren eigenen Vorteil aus. Es interessiert euch nicht, was aus mir wird", warf Jane ihr vor.

„Und meinst du nicht, dass diese Beschreibung eher auf dich zutrifft?", entgegnete Melanie kühl. „Du hast immer von uns verlangt, dass wir dir gehorchen. Aber als Veronika und ich uns entschlossen haben, unseren eigenen Weg zu gingen, hast du uns fallen gelassen. Na und? Dann sind wir halt der Abschaum der feinen Gesellschaft, aber dafür frei in unserem Handeln. Wir müssen uns niemandem beweisen oder der ganzen Welt vorspielen, wir seien brave junge Frauen, denn das sind wir nicht. Und du übrigens ebenfalls nicht. Also hör auf, hier was vorzuheucheln, Jane", sagte Melanie selbstsicher.

BLITZ UND DONNER

„Du glaubst tatsächlich, ich bin wie du und Veronika, abgrundtief verdorben?", fragte Jane ungläubig.

„Nein. Um ehrlich zu sein, glaube ich, dass du die Schlimmste von uns dreien bist!", schmetterte Melanie ihr entgegen und mit der Freundlichkeit war es endgültig vorbei.

Jane schüttelte langsam ihren Kopf, wand sich angewidert ab und stolzierte davon. Melanie schaute ihr nach. So hatte sie sich das Gespräch mit ihrer Schwester nicht vorgestellt. Sie hatte gehofft, sich ihr wieder anzunähern, stattdessen hatten die beiden sich noch mehr entzweit. Melanie drehte sich mit gesenktem Kopf um und musste sich traurig eingestehen, dass es nie wieder einen engen Zusammenhalt zwischen den vier Geschwistern von Bouget geben würde.

Natalie Mec

Kapitel 69   Die Rachsucht

2. Dezember 1876

Der Dezember zeigte sich von seiner schönsten Seite. Der erste Wintermonat hatte vor wenigen Tagen begonnen und es lag ein halber Meter Schnee auf dem Boden. Die Bäume im Kanarienvogel-Park waren von Eiskristallen bedeckt und glitzerten in der Sonne. Der Fluss Laine war bereits zugefroren. Erwachsene und Kinder fuhren auf dem dicken Eis Schlittschuh und lachten vergnügt. Es war an diesem späten Vormittag besonders kalt und man musste die eisige Luft langsam einatmen, damit einem die Lunge nicht brannte. Albert Blauschildt und der Herzog von Crussol hatten sich zu einem Spaziergang verabredet und standen am Flussufer.

„Diese Kulisse erinnert mich an früher, als ich mit meinen eigenen Kindern hier gewesen bin", sagte Monsieur Blauschildt nachdenklich und ein verträumtes Lächeln schlich sich auf seine dünnen Lippen.

„Sie haben Kinder?", fragte Richard interessiert.

„Ich hatte welche", antwortete Albert und wurde wieder ernst. „Sie sind leider vor Jahren gestorben. Zusammen mit meinen Enkelkindern."

Der junge Herzog weitete seine Augen und ihm fehlten die Worte. Albert drehte seinen Kopf zu ihm und sagte: „Erinnern Sie sich an den Anschlag auf den Kaiser Alexander vor zehn Jahren, den der Monarch glücklicherweise überlebt hatte?"

BLITZ UND DONNER

Richard nickte stumm.

„An diesem grauenvollen Tag hatten 56 Personen ihr Leben gelassen, darunter meine gesamte Familie. Meine Frau, meine Kinder und meine Enkelkinder. Es war ein Zufall, dass ich zum Zeitpunkt der Detonation nicht auf der Zuschauertribüne saß, als die Dynamitbombe gezündet wurde, sondern draußen vor dem Zirkustheater stand und eine Zigarette geraucht hatte. Hätte mich meine Nikotinsucht nicht ins Freie gelockt, dann wäre ich heute tot", berichtete Albert und schaute sehnsüchtig in den Himmel. „Aber eigentlich bin ich damals ebenfalls gestorben. Ich bin ein wandernder Leichnam, dem das Leben nichts mehr Wert ist." Dann drehte er seinen ganzen Körper zu Richard um und sah ihn eindringlich an. „Es waren nicht die Attentäter, die meine Familie getötet haben", sagte er mit verbitterter Stimme, „sondern der Kaiser Alexander mit seiner Politik. Es war dumm von ihm gewesen, den Leibeigenen die Freiheit zu schenken. Er hat sie damit in die Armut verbannt. Ein richtiger Anführer hätte sein Volk nicht einfach sich selbst überlassen, sondern sich um die Notleidenden gekümmert. Wie viele Menschen sind seitdem an Hunger gestorben? Wie viele wurden und werden immer noch auf dem Arbeitsmark ausgebeutet? Es geht den Leibeigenen nicht besser als früher. Nein, sie sind zwar frei, aber bitterarm und am Rande der Existenz. Und der Kaiser tut nichts, um das zu ändern. Er und seine Familie leben in ihren Palästen, in ihren Kokons aus Privilegien und wenden ihren Blick von der grausamen Realität ab, die sich jeden Tag in unserem Land abspielt. Ihre Frau, Richard, gehört zu den wenigen feinen Damen, die sich auf die unterste Stufe der Gesellschaft gewagt hat, um das Elend mit den eigenen Augen zu sehen. Melanie hat etwas Außergewöhnliches bewirkt und die Kaiserin hat es erkannt. Der Kaiser Alexander kann sich glücklich schätzen, eine Gemahlin wie sie an seiner Seite zu haben. Seitdem Anastasia sich öffentlich zu der Organisation der Herzogin von

Crussol bekennt, steigt die Beliebtheit der Kaiserfamilie in der Bevölkerung weiter an. Sie nutzen den Glanz des Sterns für sich, um nicht eines Tages in der Finsternis zu versinken. Ein äußerst cleverer Schachzug der Kaiserin, ganz ohne Zweifel", beendete Albert Blauschildt seinen Monolog.

„Der Kaiser wird nicht immer von seiner Frau profitieren. Eines Tages macht er einen Fehler und dann schlagen wir zu", bemerkte Richard.

Monsieur Blauschildt nickte nachdenklich und seufzte: „Ja, irgendwann."

Eine kurze Weile schauten sie wieder schweigend dem Treiben auf dem Eis zu, bis Richard ein Thema ansprach, das ihn seit geraumer Zeit verfolgte.

„Haben Sie Kontakte zur Unterwelt?", fragte er sachlich.

„Welche benötigen Sie?", stellte Monsieur Blauschildt ihm die Gegenfrage.

„Die eines Auftragskillers."

Albert nickte stumm. „Ich könnte für Sie ein Treffen arrangieren. Sie müssen wissen, ein echter Profikiller arbeitet äußerst diskret. Sie bekommen von mir einen Ort genannt, dann erscheinen Sie dort zur vereinbarten Zeit und werden von dem Auftragskiller angesprochen. Sie wissen weder seinen Namen noch sein Aussehen, bis Sie ihm begegnen", erklärte Monsieur Blauschildt.

„Einverstanden", stimmte Richard zu.

„Darf ich fragen, wer auf Ihrer Abschussliste steht?", wollte Albert wissen.

Doch Richard schüttelte nur mit dem Kopf und sagte: „Keine Zeugen. Abgesehen davon, soll niemand erfahren, dass Sie mein Komplize sind."

„Sie lernen schnell", bemerkte der Bankier und lächelte verschmitzt.

Blitz und Donner

Bereits einen Tag später erhielt der Herzog von Crussol einen versiegelten Brief von Monsieur Blauschildt mit nur einer Zeile:

Heute Abend im Varieté Glückszahl 69 um 22 Uhr.

Richard kannte dieses Lokal, denn er war als Zwanzigjähriger oft da gewesen. Man fand dort viel Unterhaltung jeglicher Art. Er zog einen dunklen Anzug an und einen schwarzen Wintermantel mit Stehkragen und begab sich mit seiner Kutsche dorthin. Das Varieté Glückszahl 69 war bei allen Männern, egal welcher Altersstufen, beliebt, aber besonders amüsierten sich dort junge Erwachsene. Das Theater war ins gedämpfte Licht getaucht. Vor der Bühne standen über zwanzig runde Tische, die jeden Abend vollbesetzt waren. Die Gäste tranken viel harten Alkohol, wie beispielsweise Wodka, und lachten vergnügt. Als Richard das Varieté betrat, war es recht voll, deswegen stellte er sich unauffällig an die lange Bar, bestellte sich ein Glas Cognac und sah sich um. Auf der Bühne wurde eine sehr aufreizende Show gezeigt. Acht Burlesque-Tänzerinnen in violetten Röcken bewegten sich lasziv im Kreis. Sie hatten ihre Oberteile bereits ausgezogen und Ihre Brustwarzen waren lediglich von rosa glitzernden Blüten bedeckt. Jede der Frauen hielt zwei große Federfächer, die sie für ihre Darbietung präsentierten. Die Zuschauer erfreuten sich an der erotischen Vorstellung und pfiffen oder johlten vor Begeisterung. Nach einer Weile entdeckte Richard an einem runden Tisch Jakob von Bouget sitzen. Er feierte zusammen mit zwei weiteren jungen Männern. Den einen von Ihnen erkannte Richard wieder, es war Sebastian Baron von Semur. Den dritten Burschen kannte er nicht. Die drei jungen Männer hatten jeweils eine weibliche Begleitung dabei. Nach der Garderobe der drei Frauen her zu urteilen, handelte es sich um Prostituierte. Richard fühlte sich augenblicklich an seine eigene wilde Jugend erinnert, als er so alt war wie Jakob, und zusammen mit Henri und Vincent das Nachtleben genossen hatte. Offenbar entwickelte sich soeben ein neues Trio, dass die Frauenwelt unsicher machte. Der Cognac schmeckte gut und Richard bestellte sich sogleich noch ein Glas. Doch dieses Mal bekam er es nicht von dem Barkeeper überreicht, sondern von einer überaus attraktiven Bedienung. Er nahm das Glas von ihr entgegen und nickte zum Dank. Die junge Frau mit schwarzen Locken und gelbem Kleid sah ihn eindringlich an und begann die Unterhaltung: „Ich habe erfahren, Sie möchten meine Dienste in Anspruch nehmen?"

Richard grinste und antwortete: „Nein, heute nicht."

„Gewiss doch. Wir müssen uns nur einig werden", entgegnete die Fremde mit den schwarzen Augen. Sie legte ihren Kopf schief und umrundete mit einer roten Kirsche ihren Mund.

„Hör mal, gibt es nicht genug Freier für dich heute? Ich sagte doch, dass ich nicht möchte", wiederholte Richard und schickte sie mit einer Handbewegung fort.

„Ich rede nicht von körperlicher Liebe", antwortete die Frau ernst, „sondern davon die Seele eines Menschen zurück zu ihrem Schöpfer zu schicken."

Richard starrte sie überrascht an. Er betrachtete sie von oben bis unten. Ihr Erscheinungsbild passte absolut gar nicht zu einer Profikillerin.

„Sind Sie die Person, die ich beauftragen möchte, oder nur die Mittelsfrau?", stellte Richard ihr die Frage.

„Vielleicht beides", erwiderte die Dame und streichelte mit den Fingern an ihrem Hals. „Also kommen wir zum Geschäft. Wer ist die Zielperson?"

Richard zögerte. Konnte er dieser Frau wirklich vertrauen oder spionierte sie ihn nur aus? Er sah sie durchdringend an und versuchte, sie einzuschätzen.

„Monsieur, dieses Treffen wurde von den obersten Reihen organisiert. Sie können demnach zuversichtlich sein, dass Ihr

BLITZ UND DONNER

Anliegen bei mir sicher ist", erklärte die junge Dame und hatte offensichtlich seine Gedanken richtig gedeutet.

„In Ordnung kommen wir zum Geschäft. Ihre Zielperson lautet: Gustav Graf D'Argies", antwortete Richard.

„Soll er auf eine bestimmte Art und Weise aus dem Leben scheiden oder ist es Ihnen gleich? Hauptsache ist, der Auftrag ist erledigt?", fragte sie weiter.

Richard schaute runter auf sein volles Glas und sagte: „Gift. Er darf damit nicht rechnen und keiner soll denken, dass jemand dahinter steckt."

Die zierliche Frau nickte und fuhr fort: „Soll er an einem bestimmten Ort getötet werden oder überlassen Sie es mir?"

„Das überlasse ich Ihnen, aber bitte gehen Sie dabei sehr diskret vor. Es soll nicht so viel Aufsehen erregen", forderte Richard.

„Einverstanden. Kommen wir nun zu der Bezahlung. Ich akzeptiere nur Gold. Bei einer so wichtigen Person wie dem Grafen D'Argies verlange ich einen Goldbarren von 1000 Gramm", nannte die Auftragsmörderin ihren Preis.

Richard nickte und stimmte dem zu.

„Wir treffen uns in einer Woche zur gleichen Zeit hier wieder. Bis dahin wird der Auftrag erfüllt sein und Sie bringen mir meine Belohnung", sprach die junge Frau und drehte sich zum Gehen um. „Ach und übrigens. Leben Sie bis dahin vorsichtig. Wer weiß, womöglich hat die Zielperson die gleiche Idee wie Sie", zwinkerte die Profikillerin ihm zu und schwebte davon.

Richard sah ihr überrascht hinterher. Dann stellte er das Cognacglas unberührt zurück auf den Tresen und beschloss, diese Woche nur selbst gekaufte Lebensmittel zu essen und zu trinken. Der Herzog von Crussol verließ daraufhin augenblicklich das Varieté und fuhr zurück nach Hause. Währenddessen schlenderte die Auftragsmörderin durch die

Menge und blieb bei einem runden Tisch stehen. Sie beugte sich zu dem jungen Mann mit den dunkelblonden Haaren runter und flüsterte ihm ins Ohr: „Ich benötige bis morgen Abend ein schnell wirksames Nervengift, am besten in flüssiger Form. Was verlangst du dafür?"

„200 Gramm Gold", antwortete Jakob von Bouget sachlich.

„Einverstanden. Wo treffen wir uns für die Übergabe?", wollte sie wissen.

„Morgen im Kanarienvogel-Park gegen 14 Uhr", antwortete er.

Die junge Frau richtete sich daraufhin wieder auf und ging unauffällig weiter. Die brünette Prostituierte neben Jakob sah ihn verführerisch an und fragte: „Eine neue Bestellung?"

Doch er erwiderte nichts darauf und ignorierte sie. Seine Geschäfte gingen sie nichts an. Für ihn war sie nur ein Mittel zum Zweck. Er würde sie heute Abend benutzen, für ihre Leistung bezahlen und wieder loswerden. Sie ließ ihn kalt, wie jede andere Frau auch, außer einer, die er nicht haben konnte. Er dachte immer zu an sie.

Und sobald er mit der Nutte an seiner Seite heute Nacht Sex haben würde, dann würde er den einzigen Namen wispern, den er über alles liebte: Veronika.

Blitz und Donner

Natalie Mec

Kapitel 70   Die Erbin

4. Dezember 1876

Elisabeth D'Argies war mit ihrem Äußeren nach zwei Stunden Styling endlich zufrieden. Sie stand von ihrem Schminkspiegel auf und schritt grazil aus ihren Gemächern auf den langen Flur hinaus. Sie schwebte wie ein bezaubernder Engel zum Speisesaal, dort erwarteten sie bereits ihre Mutter und ihr Onkel. Sie begrüßten sich gegenseitig mit Wangenküssen und nahmen am Essenstisch Platz.

„Wie geht es dir meine Liebe?", fragte Gustav D'Argies seine Nichte.

„Recht gut, Onkel. Ich kann mich nicht beklagen", antwortete sie selbstzufrieden.

„Und wie steht es mit den Verehrern? Hast du wieder einen neuen Heiratskandidaten?", fragte er weiter.

„Vorgestern hat mir ein ranghoher Politiker einen Heiratsantrag gemacht. Ich bin mir nicht sicher, ob ich ihn annehmen soll", berichtete sie und rümpfte die Nase.

„Was lässt dich zögern?", wollte er wissen.

„Er ist bereits über vierzig Jahre alt. Etwas zu alt für meinen Geschmack. Abgesehen davon war er schon mal verheiratet und hat bereits drei Kinder. Nein, ich möchte einen jungen Mann, der attraktiv und reich ist. Und am besten mit einem Adelstitel. Was soll ich mit einem Herrn aus dem normalen Volk?", entgegnete sie amüsiert.

„Liebling, so langsam wird es aber Zeit, dass du dich entscheidest. Du wirst in einer Woche 26 Jahre alt und mit jedem weiteren Jahr wird es für dich immer schwieriger, eine gute Partie zu finden", bemerkte Angelique D'Argies und trank ihren Weißwein.

Ihre Tochter schaute sie daraufhin finster an und sagte empört: „Mama, willst du mir damit andeuten, dass ich alt und hässlich werde?"

„So ist es, mein Schatz. Wir Frauen haben eine Altersgrenze, ab der wir für die Männer nicht mehr heiratsfähig sind. Sie beginnt bereits ab 25 Jahren und du bist demnächst ein Jahr drüber. Daher würde ich an deiner Stelle nicht lange zögern und den Heiratsantrag von dem geschiedenen Politiker annehmen. Du brauchst keinen gut aussehenden, jungen Ehemann. Was du stattdessen brauchst, ist beachtliches Vermögen, damit du bis zum Lebensende abgesichert bist. Das ist alles", erklärte die Gräfin und verdeutlichte den Dienern mit einer Handbewegung, das Essen zu servieren.

„Niemals!", sagte Elisabeth laut. „Wenn ich mir nur vorstelle, dass ein alter, schrumpliger Mann meine Haut berührt, wird mir bei diesem Gedanken schon speiübel. Nein, ich will einen jungen wohlhabenden Kavalier wie Richard."

Gustav D'Argies zuckte plötzlich zusammen und ließ seine Gabel klirrend auf den Teller fallen.

„Elisabeth, ich gebe deiner Mutter Recht. Verabschiede dich allmählich von der Vorstellung, einen jungen Ehemann zu finden und begnüge dich mit etwas weniger Glamour", sagte er schnell.

„Onkel? Du bist auch der Meinung, ich soll mich mit weniger zufriedengeben?", seine Nichte war fassungslos und würdigte die Suppe, die soeben serviert wurde, keines Blickes.

Der Graf und die Gräfin aßen schweigend von ihren Teller. Elisabeth schaute die beiden mit offenem Mund abwechselnd an und wurde sauer.

„Es reicht, ich will nichts mehr davon hören. Ich werde auf gar keinen Fall einen alten geschiedenen Mann heiraten, der noch Bälger im Schlepptau hat. Ihr könnt mich nicht dazu zwingen", sagte sie hochnäsig.

„Doch das wirst du, sonst werde ich dich enterben", entgegnete Gustav D'Argies kalt.

„Ich sagte ‚Nein' und dabei bleibt es!", sprach Elisabeth laut und stand auf. Sie wollte gerade wutentbrannt rausstürmen, als Gustav von seinem Stuhl aufstand, den Zeigefinger drohend auf sie richtete und ihr hinterherrief: „Ich werde heute mit meinem Anwalt sprechen und er wird mein Testament umändern. Du bist dann nicht mehr meine alleinige Erbin. Hast du das verstanden?"

Elisabeth schaute hasserfüllt auf ihren eins geliebten Onkel und verließ den Speisesaal. Sie war soeben durch die Doppeltür hinausgegangen, als sie ein merkwürdiges Geräusch hinter sich hörte. Sie drehte sich um und sah, wie der Graf auf dem Boden zusammenbrach und unkontrolliert zuckte.

„Gustav!", schrie Angelique D'Argies und eilte zu ihrem Bruder. „Was hast du?"

Im nächsten Augenblick hörte bei ihm das Zucken auf und er erschlaffte. Er sah mit einem schmerzverzerrten Gesicht seine Schwester an und bewegte seine Lippen, aber es kam kein Ton heraus.

„Schnell rufe sofort nach dem Arzt!", forderte Angelique ihre Tochter auf.

Doch Elisabeth rührte sich nicht von der Stelle und wartete ab, was passierte. Gustav nahm all seine Kraft zusammen, um etwas zu sagen, und seine Schwester kam näher an sein Gesicht.

„Richard", presste er zwischen den Zähnen hindurch, dann wurden seine Augen leer und er sein Körper erschlaffte.

Angelique schrie vor Entsetzen und hielt sich die Hände vor den Mund. Ihre Tochter hingegen stand völlig ruhig hinter ihr und sah die sterblichen Überreste ihres Onkels an. Elisabeth realisierte in diesem Augenblick, dass sie nun die neue Gräfin D'Argies war und die alleinige Erbin. Sie brauchte demnach niemanden mehr zu heiraten, denn sie hatte jetzt das Vermögen ihres Onkels geerbt. Urplötzlich war sie am Ziel und lächelte zufrieden.

Eine halbe Stunde später trugen die Diener ihren einstigen Herrn auf einer Trage aus dem Schloss hinaus und legten ihn in einen Leichenwagen. Der Arzt hatte kurz zuvor den Tod von Gustav D'Argies bestätigt und der völlig aufgelösten Angelique erklärt, dass die mögliche Todesursache ein Herzinfarkt gewesen sein könnte. Das 100%ige Ergebnis würde aber die Obduktion bringen. Elisabeth nahm den Arzt daraufhin zur Seite und bat ihn, das Resultat der Untersuchung später nur ihr mitzuteilen, um ihre Mutter psychisch zu entlasten. Der Arzt stimmte dem zu und verabschiedete sich.

Natalie Mec

BLITZ UND DONNER

Kapitel 71   Die Vorahnung

5. Dezember 1876

Die Sonne schien durch die Tüllvorhänge hindurch und beschien Richards Gesicht, während er entspannt auf dem Boden lag und seine Augen geschlossen hielt. Er spürte zarte Berührungen auf seinem Oberkörper und vernahm den lieblichen Duft des Parfums, das er so gut kannte.

„Bist du glücklich?", hörte er eine vertraute Stimme sagen.

„Ja, das bin ich", gab er offen zu und lächelte selig.

„Wie sehr?", fragte die Stimme erneut und klang heiter.

„So sehr, wie noch nie in meinem Leben", antwortete er und streichelte mit seiner Hand über den schönen Rücken.

„Richard, ich erwarte ein Kind von dir", offenbarte die sanfte Stimme.

Er öffnete sogleich seine Augen und erblickte Melanie, die über ihm lag und ihren nackten Körper an den seinen schmiegte. Sie lächelte ihn an und er sah überrascht zu ihr.

„Oh", das war alles, was er herausbekam.

Melanie blickte amüsiert auf ihn und sagte: „Das ist nicht unbedingt die Reaktion, die ich erwartet habe."

„Ist das Kind überhaupt von mir?", wollte er wissen. Seine Frau schnellte sofort hoch und sah ihn mit offenem Mund an.

„Das meinst du doch nicht im Ernst?", warf sie ihm vor und klang belustigt.

„Na ja, soviel Zeit, wie du mit George verbracht hast, ist die

Frage berechtigt. Aua!", rief Richard und hielt sich an der rechten Brustwarze fest, an der Melanie ihn soeben gekniffen hatte.

„Lass den Quatsch, sonst werde ich sauer", sagte sie warnend und lächelte.

Richard setzte sich auf und sah sie verschmitzt an.

„Wir bekommen ein zweites Baby", sprach er und streichelte ihr übers Gesicht. „Hoffentlich wird es dieses Mal ein Mädchen, das seiner wunderschönen Mama ähnlich sieht."

„Du hast die Kurve geradeso noch bekommen", entgegnete Melanie mit mürrischem Gesichtsausdruck. „Oder hattest du Angst, dass ich dich gleich an der linken Brustwarze kneife?"

„Ja genau, das ist der Grund", antwortete Richard und wurde sogleich von ihr am Oberarm leicht geboxt. Er lachte und gab seiner Frau einen Kuss. „Ich freue mich", sagte er und schaute sie verliebt an.

„Ich ebenfalls", erwiderte Melanie.

Zärtlich streichelten sie sich gegenseitig und waren von Glück erfüllt. Sie verbrachten noch einige Minuten eng beieinander, bis Richard aufstand und seiner Frau hoch half.

„Lass uns fertig machen und dann suchen wir beim Juwelier in der Stadt etwas Teures für dich aus", schlug er vor und sie war damit einverstanden.

Sie nahmen ein ausgiebiges Schaumbad zu zweit. Richard saß in der Badewanne und lehnte sich mit dem Rücken dagegen und Melanie liebkoste seine Lippen. Wie sehr würde er den Sex mit ihr in der nächsten Zeit vermissen. Er hatte sie während der ersten Schwangerschaft nicht angerührt, solange sie ein Kind von ihm in sich trug. Das Gleiche würde auch in den nächsten zehn Monaten geschehen und er war überaus traurig darüber. Richard umarmte sie innig und fasste jeden Zentimeter ihres betörenden Körpers an. Melanie genoss seine feurigen Berührungen. Die heißen Nächte mit ihm würden ihr ebenfalls fehlen. Als das Badewasser langsam zu kalt wurde, stiegen die beiden aus dem Wasser aus und zogen sich an. Sie ritten gemeinsam in die Stadt und schlenderten durch die voll belebten Einkaufsstraßen. Melanie lachte vergnügt und Richard warf ihr verliebte Blicke zu. Sie unternahmen gerade einen Schaufensterbummel, als die Baronin von Semur ihnen unerwartet über den Weg lief und das Paar begrüßte.

„Einen wunderschönen guten Tag wünsche ich euch beiden. Habt ihr schon das Neueste gehört?", fragte Rosemarie sogleich und wirkte etwas aufgeregt. Das Ehepaar von Crussol sah sie fragend an und die Baronin fügte leise hinzu: „Der Graf D'Argies ist gestern gestorben."

Melanie nahm ihre Hand vor den Mund und war schockiert. „Wie ist das passiert?", wollte sie wissen und war über die Nachricht bestürzt.

„Er soll während des Mittagessens bei seiner Schwester zusammengebrochen sein. Angeblich ist er an einem Herzinfarkt gestorben, aber es halten sich hartnäckig die Gerüchte, es sei ein Mord gewesen", erzählte Madame von Semur mit vorgehaltener Hand.

„Mord?", fragte Melanie ungläubig. „Aber warum sollte jemand so etwas tun?"

„Meine Liebe, der Graf D'Argies war kein Kind der Traurigkeit. Er hatte sich im Laufe seines Lebens viele Freunde und Feinde gemacht. Vielleicht wurde jetzt eine alte Rechnung beglichen, wer weiß", antwortete Rosemarie und zuckte mit den Schultern.

„Ich weiß nicht, was ich dazu sagen soll. Monsieur D'Argies war immer so überaus freundlich zu mir gewesen. Seinen Tod bedaure ich sehr", sprach Melanie entsetzt. „Hoffentlich wurde er nicht ermordet. Welche hinterhältigen Menschen tun so etwas?"

„Gehen Sie mit den Leuten nicht so hart ins Gericht.

Schließlich kannten Sie Gustav nicht so gut, wie ich. Glauben Sie mir, der Täter hatte mit Sicherheit einen triftigen Grund. Natürlich sollte man einen Mord niemals befürworten, verstehen Sie mich bitte nicht falsch", ergänzte die alte Dame und berührte Melanie an der Schulter, die wiederum ungläubig mit dem Kopf schüttelte.

„Nein, so ein Verbrechen ist unverzeihlich. Egal, was der alte Graf auch getan hatte, er hat das meiner Meinung nach nicht verdient", sagte Melanie entschieden und legte sich eine Hand auf die Brust.

„Sie haben vermutlich Recht. Bitte verzeiht, ich muss dann weiter. Alles Gute euch beiden und bleibt gesund", trällerte Madame von Semur und verabschiedete sich schnell.

Während der Herzog und die Herzogin zunächst schweigend nebeneinander weitergingen, schaute Melanie ihren Mann verwirrt an und bemerkte: „Du hast vorhin rein gar nichts gesagt. Ist dir der Tod des Grafen D'Argies gleichgültig? Ihr hattet euch doch so lange gekannt. Du warst mit seiner Nichte verlobt und dein Vater war ein guter Freund von ihm gewesen."

„Gustav war ein Mensch mit vielen Gesichtern. Um ehrlich zu sein, haben wir uns nicht immer gut verstanden und in letzter Zeit überhaupt nicht", antwortete Richard kalt.

Melanie erwiderte nichts darauf und sah nachdenklich zu Boden. Natürlich war Richards Verhältnis zum alten Grafen gestört gewesen, nachdem er Elisabeth kurz vor der Hochzeit sitzengelassen hatte. An dem heutigen Tag verloren Melanie und Richard kein weiteres Wort über den plötzlichen Tod von Monsieur D'Argies und die unfassbare Wahrheit blieb verborgen.

Drei Tage später wurde der Körper des alten Grafen D'Argies der Erde übergeben. Viele Adlige waren auf der Trauerfeier erschienen und sogar die Kaiserin Anastasia war gekommen und erwies Gustav die letzte Ehre. Katarina von Crussol stand während der Beisetzungszeremonie neben ihrer Schwiegertochter und sah besorgt aus. Sie neigte ihren Kopf näher zu Melanie und flüsterte ihr zu: „Liebes, ich finde, dass es keine gute Idee von dir ist, im schwangeren Zustand zu einer Beerdigung zu gehen. Das bringt Unglück."

Richard hatte zuvor seiner Mutter von der frohen Nachricht erzählt und Katarina war überglücklich darüber, bald ein weiteres Enkelkind im Arm zu halten. Ihre Schwiegertochter berührte sie zärtlich an der Hand und erwiderte leise: „Das ist nur ein Aberglaube und ich schenke dem keine Beachtung."

„Ich bete dafür, dass deine törichte Einstellung keine schlimmen Folgen mit sich zieht", entgegnete die Herzoginmutter und faltete ihr Hände zum Gebet.

Während der Trauerfeier im Schloss der neuen Gräfin D'Argies unterhielt sich Richard soeben mit Henri, als sich die Schlossherrin persönlich zu ihnen gesellte.

„Mein aufrichtiges Beileid, Madame D'Argies. Das plötzliche Ablegen Ihres Onkels hat uns zu tiefst geschockt. Gibt es irgendetwas, was wir für ihre Familie tun können?", erkundigte sich Henri.

„Vielen Dank, Monsieur von Ailly. Es ist überaus freundlich von Ihnen, aber seien Sie versichert, es ist bereits alles erledigt", erwiderte Elisabeth mit einem leichten Lächeln und sah dann zu Richard.

„Manchmal nimmt das Leben sonderbare Wege, nicht wahr? Indem einen Augenblick ist man noch voller Tatendrang und bereits im nächsten liegt man tot auf dem Boden", sagte sie geheimnisvoll.

„Ja, man kann vieles nicht vorhersehen", kommentierte Richard sachlich.

„Und manchmal wartet man nur darauf, dass etwas geschieht, und es kommt doch nichts voran", sagte die junge

Gräfin weiter und ließ ihn nicht aus den Augen.

„Stillstand ist ungesund", bestätigte ihr Gesprächspartner kühl.

„Weißt du, ich hatte lange Zeit auf unsere Hochzeit gewartet und sie kam nicht. Stattdessen ist mein Onkel plötzlich von uns gegangen und nun stehe ich hier vor dir als die neue Gräfin D'Argies und nicht als Herzogin von Crussol. Und ich glaube, das Schicksal wollte es so. Gibst du mir da Recht?", fragte sie und neigte ihren schönen Kopf leicht zur Seite.

„Das Schicksal haben wir selbst in der Hand", entgegnete Richard gelangweilt.

„Absolut richtig", stimmte Elisabeth mit leichtem Kopfnicken zu. „Mein Onkel hat dich übrigens sehr geschätzt. Sogar kurz bevor er starb, hatte er deinen Namen gerufen. Ich danke dir dafür, dass du stets ein guter Freund für ihn gewesen bist, und zwar bis zum Tod." Sie lächelte leicht und ging dann langsam an ihm vorbei.

Richard stand da wie versteinert. Hatte dieser hinterlistige alte Graf noch etwas angedeutet, bevor er verreckte? Verdammt. Wie viel wusste Elisabeth? Er schaute ihr mit finsterem Blick hinterher. Musste er sie etwa auch beseitigen? Eigentlich gehörte dies nicht zu seinem Plan und er wollte es auch nicht, aber falls sie ihm in Zukunft Schwierigkeiten bereiten sollte, dann würde er es ohne zu zögern tun.

BLITZ UND DONNER

Natalie Mec

Kapitel 72   Die Freunde

9. Dezember 1876

Eine Woche nachdem Richard das Varieté Glückszahl 69 aufgesucht hatte, begab er sich wieder dorthin. Er durchquerte das Theater, das wie zu erwarten von Besuchern nur so wimmelte, und setzte sich an einen Tisch an der Wand direkt gegenüber des Haupteingangs, um jedes Geschehen im Überblick zu behalten. Eine Bedienung fragte ihn, ob er was zu trinken haben möchte, aber er lehnte dankend ab. Stattdessen beobachtete er die Leute um sich herum mit größter Wachsamkeit. Es war ihm früher nie aufgefallen, aber jetzt bemerkte er die leisen Gespräche in der feiernden Menschenmenge. Die ernsten Gesichter. Und das vorsichtige Händeschütteln. Das Varieté Glückszahl 69 war in Wahrheit ein Treffpunkt für zwielichtige Gestalten, die so gar nicht danach aussahen. Er entdeckte die junge Frau mit den schwarzen Haaren wieder. Sie saß überraschenderweise neben Jakob von Bouget und unterhielt sich mit ihm. Richard runzelte die Stirn. Was hatte sein Schwager mit dieser Frau am Hut? Dann stand die zierliche Profikillerin auf und bewegte sich anmutig zwischen den Tischen und anderen Gästen. Die jungen Männer drehten ihre Köpfe nach ihr um und riefen ihr Anmachsprüche zu, aber sie ignorierte jeden Einzelnen von ihnen. Stattdessen ging sie unbeirrt auf den Herzog von Crussol zu und setzte sich zu ihm. Die beiden saßen unverschämt eng beieinander, nur eine braune

Ledertasche lag zwischen ihnen. Richard öffnete sie und zum Vorschein kam ein Goldbarren. Die Auftragsmörderin nahm sogleich einen schwarzen Ring von ihrem rechten Mittelfinger ab und hielt ihn gegen das Edelmetall. Der Ring war ein Magnet, der jedes minderwertigeres Metall entlarven konnte, aber in diesem Fall blieb er nicht haften, somit war die Echtheit des puren Goldes bestätigt. Die junge Frau lächelte und akzeptierte die Bezahlung.

„Sind Sie mit dem Ergebnis meiner Arbeit zufrieden?", fragte sie mit betörender Stimme und lehnte sich auf der gepolsterten Bank zurück.

„Ich gebe zu, Sie waren schnell. Nur zwei Tage nach unserem Gespräch haben Sie den Mann zur Strecke gebracht", antwortete Richard. „Aber Ihre Diskretion war offenkundig miserabel. Die Gerüchte über einen Mord klingen nicht ab und wenn es zu einer Untersuchung kommt, dann könnte der Giftanschlag aufgedeckt werden?"

„Wird er nicht", entgegnete die junge Dame beiläufig, holte eine Zigarette aus ihrer Handtasche raus und zündete sie an. „Ich habe mit dem Arzt, der die Obduktion geleitet und das Protokoll angefertigt hat, unter vier Augen gesprochen. Und wir waren uns am Ende der Unterhaltung einig, dass Gustav D'Argies offiziell an einem Herzinfarkt gestorben ist. Zugegeben, das Skalpell in meiner Hand hatte etwas an Überzeugungskraft beigesteuert, sonst hätte der feine Doktor sein Augenlicht verloren."

„Was macht Sie da so sicher? Die Justiz könnte Verdacht schöpfen und trotzdem ein Verfahren in Gang bringen", sagte Richard ernst.

„Sie missverstehen da etwas, Monsieur. Sie sind nicht mein einziger Klient und zudem haben Sie ziemlich einflussreiche Freunde. Es liegt nicht in deren Interesse, dass Sie einen Schaden von dieser Sache davon tragen", erwiderte die Auftragsmörderin und zog langsam an ihrer Zigarette.

„Freunde?", wiederholte Richard überrascht.

„Ja, und sie sorgen dafür, dass jeder mögliche Verdacht, der auf Sie zurückführt, im Keim erstickt wird. Daher brauchen Sie nichts mehr zu befürchten. Das Kapitel Gustav D'Argies ist endgültig abgeschlossen und wird Ihnen nie wieder Kummer bereiten", versicherte sie und lächelte sinnlich.

Richard schaute sie etwas länger an und fragte: „Würden Sie mir bitte die Namen meiner sogenannten Freunde verraten?"

Die schwarzhaarige Schönheit schüttelte langsam den Kopf und sagte: „Ich nenne niemals Namen, denn sie haben zu viel Gewicht, daher ist es äußerst gefährlich sie laut auszusprechen. Aber ich glaube, dass Sie die Antwort auf Ihre Frage bereits selbst kennen."

Sie nahm die braune Ledertasche an sich, stand langsam auf, warf Richard einen letzten aufreizenden Blick zu und schwebte davon.

Der Herzog sah ihr kurz hinterher. Er spürte förmlich, wie er in einen pechschwarzen Schlund hineingezogen wurde, und war gar nicht gewillt, dem zu widerstehen. Dann sah er wieder geradeaus an den Tisch, an dem Jakob saß und erkannte, dass sein Schwager ihn ebenfalls entdeckt hatte. Der Herzog stand von seinem Platz auf und ging auf den jungen Mann zu.

„Guten Abend Jakob", begrüßte er ihn.

„Schönen guten Abend auch dir Richard", grüßte sein Schwager zurück.

„Kommst du oft hierher?", wollte der Herzog wissen.

„Gelegentlich. Und du?", fragte Jakob und sah dem Mann seiner Schwester fest in die Augen.

„Ebenfalls", antwortete Richard grinsend. „Ich wollte das Lokal aber gleich verlassen. Soll ich dich in meiner Kutsche irgendwohin mitnehmen?"

„Sehr gern, ich wollte ebenfalls gerade wieder nach Hause", erwiderte Jakob und stand auf.

Gemeinsam marschierten sie nach draußen und stiegen in die Kutsche des Herzogs von Crussol. Während der Fahrt saßen die beiden Männer sich gegenüber und sahen einander abschätzend an.

„Wie geht es der Familie?", begann Jakob vorsichtig das Gespräch.

„Gut. Melanie ist erneut schwanger", antwortete Richard stolz.

„Herzlichen Glückwunsch. Ihr beide seid fleißig dabei euren Nachwuchs zu zeugen", sagte Jakob mit einem etwas abwertenden Unterton.

„Danke. Was ist mit deinem eigenen Sprössling? Wann hast du Colette das letzte Mal gesehen?", stellte Richard ihm die Frage.

„Sie ist nicht meine Tochter", entgegnete Jakob.

„Wir beide wissen, dass dem nicht so ist. Henri mag der biologische Vater der Kleinen sein, aber du bist der wahre", widersprach Richard.

Sein Schwager atmete daraufhin schwer aus und sah aus dem Fenster in die kalte Nacht hinaus. Die Schneeflocken trieben dahin und fielen federleicht auf den schneebedeckten Boden.

„Wie geht es Veronika? Ist sie glücklich?", fragte Jakob nachdenklich.

„Ja, aber sie vermisst dich", antwortete Richard wahrheitsgemäß.

Jakobs trauriger Blick war weiterhin auf die winterliche Landschaft gerichtet und er fühlte den kalten Eispanzer, der sein Herz umschloss, wieder aufbrechen.

„Colette wird in wenigen Monaten ein Jahr alt und sie würde sich sehr darüber freuen, wenn ihr Onkel sie zum Geburtstag besucht. Generell spräche nichts dagegen, wenn sie mehr Zeit mit dir verbringe", sagte Richard einfühlsam.

Jakob nickte unmerklich und nahm einen tiefen Atemzug.

Natalie Mec

Wenig später hielt die Kutsche vor dem Anwesen der Familie von Bouget an und er stieg sogleich aus.

„Ich danke dir", sprach Jakob und sah seinen Schwager an. Richard meinte den Anflug eines Lächelns auf seinen Lippen zu erkennen.

„Gern geschehen", antwortete der Herzog und lächelte sanft. Er schaute Jakob hinterher, bis er in dem prächtigen gelben Anwesen verschwand. Und gerade als Richard dem Kutscher Bescheid geben wollte, weiterzufahren, sah er eine Gestalt vom Balkon im ersten Stock auf die Erde runter klettern. Er schaute genauer hin und erkannte einen jungen Mann. Gleichzeitig kam Jane von Bouget aus ihrem Zimmer nach draußen und warf dem Burschen einen Mantel und Stiefel runter. Es war derselbe Kerl, der vor einer Woche zusammen mit Jakob und Sebastian von Semur im Varieté Glückszahl 69 gefeiert hatte. Aber wenn dieser junge Mann ein Freund von Jakob war, warum schlich er sich dann heimlich aus dem Haus der Familie von Bouget hinaus? Richard sah, wie Jane dem Fremden einen Luftkuss zuwarf und danach im Inneren des Anwesens verschwand. Der Unbekannte zog flink seine Sachen an und lief davon. Und da erkannte Richard, was hier vor sich ging. Er schluckte geschockt, denn Jane war ein noch tieferes Gewässer, als er angenommen hatte.

Blitz und Donner

Natalie Mec

Kapitel 73   Die Affäre

15. Dezember 1876

Viele Monate sind seitdem vergangen, als sich das berüchtigte Trio das letzte Mal am Abend getroffen hatte, um gemeinsam zu trinken. Die drei Freunde saßen an einem Tisch im Gentlemen's Club der FSP und tranken Wodka. Henri lehnte sich in seinem Stuhl zurück und seufzte.

„Verheiratet zu sein, ist echt harte Arbeit. Ständig muss man seine Frau zufrieden stellen. Und Veronika ist äußerst anspruchsvoll", beklagte er sich.

„Wie meinst du das? Ist sie allgemein anspruchsvoll oder im Bett?", witzelte Vincent.

„Beides", antwortete Henri mit einem schiefen Lächeln.

„Du armer Teufel", bemerkte sein Kumpel höhnisch.

„Ja, das haben die Schwestern aus dem Hause von Bouget alle gemeinsam, sie verlangen von ihren Männern den vollen Einsatz", kommentierte Richard und trank sein Glas leer.

Seine Freunde nickten daraufhin zustimmend. „Apropos, was läuft da zwischen dir und der Jane von Bouget, Vincent?", wollte er von seinem Freund wissen.

„Ach, wir verbringen gelegentlich Zeit miteinander, nichts weiter", wimmelte Vincent ihn schnell ab.

„Zum Beispiel halbnackt auf einem Schreibtisch?", deutete Richard an.

„Wie bitte? Du hast eine Affäre mit Jane von Bouget am

Laufen?", fragte Henri entgeistert.

„Na ja, als Affäre würde ich es nicht bezeichnen", entgegnete Vincent verlegen.

„Sondern?", Richard ließ nicht locker.

„Eine dauerhafte Romanze", antwortete sein Kumpel, der vollends ins Kreuzverhör geriet.

„Jane ist also deine Geliebte", stellte Henri fest und grinste.

Woraufhin Vincent ihn lächelnd ansah und schwieg.

Richard schaute seinen besten Freund eindringlich an und bemerkte: „Ist dir bewusst, dass sie einen weiteren Liebhaber hat?"

Die anderen zwei sahen ihn daraufhin verdutzt an.

„Wie bitte? Einen weiteren Liebhaber?", fragte Henri ungläubig nach.

„Ja, ich habe letztens gesehen, wie ein junger Mann von ihrem Balkon runtergestiegen ist, und sie ihm dann seine Kleidung runterwarf", berichtete Richard und schenkte sich Wodka ins Glas ein. „Und wer weiß, wie viele Männer sie insgesamt parallel glücklich macht", sprach er weiter.

Vincent schaute ernst zu ihm und schwieg.

„Verdammte Scheiße! Hast du das gehört?", fragte Henri laut und stupste Vincent am Arm an. „Du bist an eine echte Femme fatale geraten!"

Der Angesprochene erwiderte nichts darauf und fragte stattdessen Richard: „Bist du dir sicher, dass es ein Liebhaber war und nicht jemand anderes?"

„Absolut sicher", antwortete der Herzog von Crussol und kannte sich mit heimlichem Rausschleichen aus den Fenstern seiner früheren Affären sehr gut aus. Sein bester Freund wurde mit einem Mal ernst und schaute nachdenklich zu Boden.

„Was ist los mit dir? Bist du etwa verliebt in sie?", wollte Henri wissen, als er das betrübte Gesicht seines Freundes bemerkte.

Vincent antwortete nicht und wurde plötzlich melancholisch.

„Beende diese sogenannte Romanze auf der Stelle. Sie wird dich nur ins Unglück stürzen", riet ihm Richard.

„Ich werde zuerst mit Jane reden. Wahrscheinlich ist es alles nur ein Missverständnis. Vermutlich irrst du dich da", entgegnete Vincent und sah ihn direkt an.

„Vermutlich irre ich mich da nicht", sprach Richard dagegen. „Du weißt selber am besten Bescheid, dass es sehr wohl einen Unterschied macht, wenn ein Mann zwei Damen parallel am Laufen hat oder wenn eine Frau zwei Liebhaber bedient."

„Hinzu kommt die Tatsache, dass sie einer Edelhure gleicht", bemerkte Henri und wurde von Vincents strafendem Blick fast durchstochen.

„Die Männer teilen ungern eine Frau, die ihnen etwas bedeutet. Und du hast tiefe Gefühle für Jane entwickelt, also erzähle mir nichts", fuhr Richard Vincent an. „Beende diese Romanze, Affäre oder wie auch immer du es nennst auf der Stelle, bevor sie schlimmer wird."

Vincent schwieg und dachte nach. Es bereitete ihm Herzschmerzen, wenn er sich eine Trennung von Jane vorstellte. Und dass sie noch mindestens einen weiteren Liebhaber neben ihm hatte, verursachte bei ihm Bauchkrämpfe.

„Was überlegst du noch? Richard hat Recht. Lass sie fallen, und zwar bevor sie das Elend über dich bringt", beschwor Henri ihn.

„Ihr beide übertreibt es", sagte Vincent entschieden und stand auf. „Ich rede mit Jane und dann wird sich alles aufklären." Damit marschierte er aus dem Club und ließ seine Freunde sprachlos zurück.

„Glaubst du, er wird sich von Jane fernhalten, nachdem er mit ihr gesprochen hat?", fragte Henri seinen Kumpel Richard besorgt.

BLITZ UND DONNER

„Eher unwahrscheinlich. So wie ich ihn kenne, wird er alles daran setzen, sie für sich zu gewinnen, in der Hoffnung, sie würde ihr Interesse an dem anderen Kerl verlieren", antwortete Richard und schaute betrübt. Er hatte sonderbarerweise ein äußerst ungutes Gefühl bei der ganzen Sache, das ihn nicht mehr losließ.

Natalie Mec

Kapitel 74   Die Alternative

27. März 1877

Der Speisesaal war festlich geschmückt und auf der langen Tafel standen allerlei Köstlichkeiten und zudem eine große Geburtstagstorte. Denn heute feierte die kleine Mademoiselle Colette von Ailly ihren ersten Geburtstag. Der stolze Papa hielt sein Töchterchen im Arm und schaute sich im Saal um. Es waren fast alle Gäste erschienen, es fehlten nur noch zwei Personen und bei denen, war sich Henri nicht sicher, ob sie kommen würden. Daher entschied er, mit dem Festessen zu beginnen. Die Feiergäste waren vertieft in ihre Gespräche und ließen sich das köstliche Essen schmecken, als sich die Tür zum Saal öffnete. Alle Köpfe drehten sich augenblicklich dahin. Dort stand ein junger Mann, der sich unschlüssig umsah.

„Jakob!", rief Veronika aufgeregt und sprang sogleich von ihrem Platz auf. Sie lief zu ihrem Bruder und umarmte ihn überschwänglich. „Ich freue mich wahnsinnig, dass du gekommen bist", sprach sie und lächelte über beide Ohren.

„Hallo Veronika. Niemals hätte ich den heutigen Tag verpasst", erwiderte Jakob leise. Er hatte große Mühe, seine Gefühle unter Kontrolle zu halten und Veronika lieblicher Duft weckte Erinnerungen an längst vergangene Zeiten.

„Komm zu uns Jakob und setz dich hierhin. Wir haben dir einen Stuhl freigehalten", rief Richard und winkte ihn zu sich.

Sein Schwager folgte der Aufforderung und nahm neben ihm

Platz. Melanie saß ihrem Brüder gegenüber und lächelte ihn freundlich an.

„Glückwunsch zur Schwangerschaft", sagte er und lächelte zurück.

„Dankeschön", erwiderte sie und war sichtlich erleichtert darüber, dass Jakob wieder mit ihr sprach. „Du hast mir gefehlt."

„Mir erging es ähnlich", entgegnete er und sah sich suchend um. „Wo ist eigentlich das Geburtstagskind?"

Colette hatte ihren Onkel bereits wiedererkannt und war langsam zu ihm rüber getapst. Sie stand direkt neben ihm und klatschte mit ihrer kleinen Hand gegen seinen Oberschenkel. Jakob sah verwundert runter und strahlte über das ganze Gesicht, als er sie erblickte. Er nahm sie hoch und gab ihr einen Kuss auf die Wange.

„Du kannst ja schon laufen", sagte er hocherfreut und drückte sie an sich. Colette quiekte vergnügt und hielt sein Gesicht mit beiden Händen fest. Jakob fühlte sich so glücklich und entspannt, wie schon lange nicht mehr. Seine kleine Nichte blieb die ganze Zeit bei ihm auf seinen Knien sitzen und weigerte sich lautstark, wenn ein Anderer sie auf den Arm nehmen wollte.

„Meine Güte. Die beiden sind jetzt unzertrennlich. Gnade demjenigen, der vorhat sie zu entzweien", sagte Katarina von Crussol lachend und die anderen Gäste am Tisch lachten mit.

Nach dem gemeinsamen Essen stand Henri von seinem Stuhl auf und bat die Anwesenden, sich nach draußen in den Garten zu begeben. Mit der Begründung er hätte für sie ein aus England stammendes Spiel vorbereitet, das zurzeit in der Bevölkerung schnell an Beliebtheit gewann.

„Lass uns gemeinsam draußen spielen", sagte Jakob zu Colette und sie antwortete zuckersüß: „Ja Ja Ja!"

In diesem Augenblick erkannte Jakob, dass die Kleine ihn brauchte und er sie noch mehr. Und da beschloss er, nie wieder in seinem Leben für so lange Zeit, von ihr fern zu bleiben, wie im vergangenen halben Jahr.

Die Gäste waren fast vollständig im Garten verschwunden, als noch jemand den Saal betrat.

„George! Es freut mich, dass du doch noch gekommen bist", rief Henri und reichte ihm die Hand zum Gruß.

„Guten Tag, Henri", entgegnete George von Bellagarde und schaute zu dem verlassenen Essenstisch hin. „Ich bin wohl zu spät", bemerkte er.

„Unsinn, wir wollen gleich so richtig auf die Pauke hauen. Kommt mit mir", sagte Henri bestens gelaunt und marschierte voraus. Er erreichte den breiten Bogen, der in den Garten führte, und bemerkte im Augenwinkel seine Schwester in der Ecke auf einem Sessel sitzen und blieb abrupt stehen.

„Willst du nicht mit rausgehen?", fragte Henri sie verwundert.

„Nein, ich bleibe hier", antwortete sie kurz und schaute schüchtern zu George rüber.

Henri entging ihr interessierter Blick nicht und ergriff sogleich die Gelegenheit.

„George, darf ich dir meine Schwester Jasmina vorstellen?", sagte er und führte die beiden zusammen.

„Sehr erfreut", sagte George höflich und verneigte kurz seinen Kopf.

Die junge Dame wurde ganz rot und schaute verlegen auf das Buch in ihren Händen.

„Nein Vincent, du sollst den Ball in die Tore schießen und nicht drüber!", rief Henri plötzlich. „Entschuldigt mich bitte, aber die Gäste sind außer Rand und Band", sagte er schnell und lief hinaus.

George und Jasmina beobachteten schweigend die anderen Gäste bei dem neuartigen Spiel namens Fußball. George entdeckte Melanie, die neben ihrem Ehemann stand. Richard hielt das gemeinsame Kind im Arm und lachte fröhlich. Als die junge Herzogin etwas geradeaus ging, bemerkte George die auffallend runde Wölbung an ihrem Bauch und seufzte. Sie war demnach wieder schwanger. Warum trauerte er ihr überhaupt hinterher? Sie lebte ihr Leben an Richards Seite und würde niemals zu ihm zurückkehren. Das hatte er schmerzhaft begriffen. Er musste sie endlich loslassen und sich verdammt noch mal eine Alternative suchen. Da drehte er sich zu Jasmina um und betrachtete sie genauer. Henris jüngere Schwester war ganz anders, als Georges ehemalige Verlobte. Sie war recht mollig und klein. Ihre Figur ähnelte der einer Sanduhr und vom Charakter her wirkte sie eher introvertiert.

„Darf ich fragen, was Sie da lesen?", fragte George neugierig, als er das Buch in ihren Händen bemerkte.

„Eine Ausgabe über die exotischen Pflanzen, die insbesondere in äußerst trockenen Regionen wachsen", antwortete Jasmina leise und lächelte zögerlich.

„Tatsächlich? Ich hatte das Vergnügen, die Wüste Sahara vor einigen Monaten mit meinen Augen sehen zu können", entgegnete George.

Jasmina sah ihn daraufhin erstaunt an.

„Vielleicht erzählen Sie mir etwas von den Pflanzen, die dort beheimatet sind", schlug er vor.

„Gern", erwiderte Jasmina mit großen Augen.

Natalie Mec

Blitz und Donner

Er setzte sich auf den zweiten Sessel neben ihr und sie beide unterhielten sich recht gut und lang miteinander. George fiel auf, wie intelligent Henris Schwester war. Sie kannte sich auf dem Gebiet der Biologie hervorragend aus. Abgesehen davon war sie eine sehr liebevolle junge Dame, mit ausgezeichneten Manieren. Sie war zwar absolut nicht aufregend wie Melanie, aber vielleicht war sie deswegen die passendere Alternative für ihn. George ging an diesem Tag nicht in den Garten, sondern verbrachte die Zeit bei Jasmina und lernte sie besser kennen. Am Ende verabschiedete er sich von ihr mit dem Wunsch, sie bald wieder sehen zu dürfen. Und sie stimmte seiner Bitte schüchtern zu. George kam zu dem Fazit, dass er für sie niemals so leidenschaftlich glühen würde, wie für Melanie, aber dafür würde Jasmina ihn nie enttäuschen. Und genau das wollte George, sich nie wieder verbrennen.

Natalie Mec

Kapitel 75 Der Patenonkel

28. Mai 1877

Die schwarz glänzende Kutsche hielt vor dem Schloss der Familie von Crussol an und Albert Blauschildt stieg aus. Er trug ein Geschenk mit sich, dass in goldenes Papier eingewickelt war. Der Butler nahm ihn augenblicklich in Empfang und geleitete ihn in den Garten hinter dem Schloss. Monsieur Blauschildt stand einige Sekunden still auf dem Weg, der zum Garten führte, und betrachtete von dort die Kulisse. An dem heutigen Tag waren viele Verwandte und Freunde erschienen. Der Baron von Bouget unterhielt sich gerade mit der Rosemarie von Semur bei einem Glas Bier, während seine Frau Johanna zusammen mit Monika von Semur die kleine Colette im Kinderwagen spazieren fuhr. Der Graf von Ailly stand gemeinsam mit seiner wunderschönen Frau Veronika und dem Herzog von Guise an dem Teich und sie schauten dabei zu, wie Jakob von Bouget dem siebenjährigen Karl das Schießen mit einem Jagdgewehr beibrachte. Unterdessen saßen weiter abseits der Künstler Konrad Njeschnij und Sebastian von Semur an einem kleinen runden Tisch und spielten gegeneinander Karten. Die Herzoginmutter Katarina verwickelte gerade die feenhafte Jane von Bouget in ein Gespräch, als die Herzogin von Crussol mit ihrem Sohn Gabriel aus dem Schloss rauskam und den kleinen Jungen an seinen Vater übergab. Der Herzog von Crussol zeigte Willhelm Girard und Joseph Assange das Geburtstagskind und lächelte stolz. Die beiden Herren gratulierten dem kleinen Mann zu seinem ersten Geburtstag und kitzelten ihn an der Seite. Als Richard den Monsieur Blauschildt erblickte, drehte er sich augenblicklich zu ihm und begrüßte ihn.

„Schau mal, wer da gekommen ist Gabriel, dein Patenonkel Albert", sagte Richard zu seinem Sohn, der neugierig zu dem alten Herrn rüber schaute.

Monsieur Blauschildt nahm sein Patenkind sogleich lächelnd entgegen und überreichte ihm das Geschenk. Der kleine Junge schüttelte fröhlich die quadratische Box und war von dem klimpernden Geräusch fasziniert.

„Ich hoffe, da ist nichts Zerbrechliches drin", befürchtete Richard.

„Unsinn. Man schenkt einem einjährigen Kind doch keine filigranen Spielsachen", antwortete Albert lächelnd, „Nein, es ist eine stabile Miniaturfestung mit einer Brigade Zinnsoldaten. Richard, ich wollte dir erneut meinen Dank aussprechen, dass du mich zum Patenonkel deines erstgeborenen Sohnes auserkoren hast. Es ist eine große Ehre und ich weiß es zu schätzen", sagte Monsieur Blauschildt freundlich.

„Mir fiel auf Anhieb kein stärkerer Beschützer für meinen Sohn ein. Abgesehen davon sind wir doch Freunde", entgegnete Richard und lächelte wissentlich.

„Ja, das sind wir", bestätigte Albert und erwiderte seinen Blick. „Bald bekommen Du und deine Frau ein weiteres Kind. Ich habe gehört, dass ihr ein Mädchen erwartet. Was macht euch da so sicher, dass es kein zweiter Junge wird?"

„Im Grunde genommen ist es eine Fünfzig zu fünfzig Chance und da wir bereits einen aufgeweckten Jungen haben, wünschen wir uns dieses Mal eine hübsche Prinzessin", antworte Richard.

„Na hoffentlich wird die kleine Lady irgendwann auf eine Universität gehen dürfen. Wie weit sind unsere Fortschritte diesbezüglich?", richtete Monsieur Blauschildt seine Frage an die Herren Girard und Assange.

„Wenn es nach meinen Studenten ginge, dann könnten die Damen gleich morgen bei den Vorlesungen teilnehmen", antwortete Joseph Assange wahrheitsgemäß. „Aber leider haben sie nicht die Entscheidungsgewalt, sondern die alten Aristokraten im Führungsgremium. Und die sind in ihrer altmodischen Vorstellung von der Welt gefangen und lassen sich von der Jugend nichts einreden."

„Kenne ich diese alten Herren zufällig?", fragte Albert Blauschildt.

„Vermutlich sind es alles ehemaligen Klassenkameraden von Ihnen", entgegnete Monsieur Assange.

„Dann wird es langsam Zeit für ein Klassentreffen. Und wie stehen die Parteimitglieder der FSP zu diesem Thema?", wollte der Logenmeister von Willhelm Girard wissen.

„Unterschiedlich. Aber hier kristallisiert sich das gleiche Muster heraus, wie an der Universität. Je älter, desto konservativer. Neulich meinte sogar ein 50-jähriger Kollege zu mir, dass er lieber seine Dogge auf die Hochschule schicken würde, als eine Frau", antwortete der Parteivorsitzende empört.

„Das muss eine überaus schlaue Dogge sein. Wahrscheinlich ist sie sogar intelligenter als ihr Herrchen", stellte Monsieur Blauschildt fest. „Nun gut, arbeiten wir uns weiterhin Stück für Stück voran. Als Erstes beginnen wir mit den Schulen. Der einfachste Weg wäre, wir bauen unsere eigenen Schulen und bilden die Mädchen dort aus. Am Ende ihrer Schulzeit werden ihre Abschlüsse an den Universitäten genauso anerkannt werden, wie bei jeder herkömmlichen Schule. Richard, möchtest du dich vielleicht dieser Sache annehmen?", richtete Albert sein Wort an den jungen Herzog.

„Ich soll Schulen für Mädchen bauen?", fragte Richard ungläubig nach.

„Für Mädchen und Jungen. Sie sollen gemeinsam

unterrichtet und vom Kindesalter an gleichberechtigt werden. Abgesehen davon steht der Name Crussol in der Öffentlichkeit mittlerweile nicht nur für Wohlstand und Reichtum, sondern für die Nächstenliebe. Wir sollten dem Ganzen noch den Glanz des modernen Fortschritts hinzufügen, in dem wir zukunftsorientierte Institute für junge Menschen errichten", erläuterte Albert Blauschildt und klang äußerst optimistisch.

Richard überlegte kurz und nickte schließlich. „Einverstanden. Die neuen Schulen werden dann als Vorbild für die bereits bestehenden Bildungseinrichtungen dienen, die hoffentlich das moderne Konzept übernehmen", sprach er.

„Das wird mit Sicherheit erst nach ein paar Jahren geschehen, aber Hauptsache ist, es gibt eine Alternative zum alten Schulsystem. Ich werde mit unserem Bildungsminister sprechen, damit er die neuen Regelungen anpasst", ergänzte Willhelm Girard sogleich.

„Eine hervorragende Idee. Und wenn wir bei unserem Vorhaben erfolgreich sind, dann wird dieser junge Knabe hier später zusammen mit seiner Schwester und seiner Cousine die Universität besuchen", schloss Monsieur Blauschildt das Thema ab und kitzelte Gabriel am Bauch.

„Darf ich fragen, weshalb du so erpicht darauf bist, Frauen einen höheren Bildungsgrad zu ermöglichen?", fragte Richard neugierig.

„Jeder kennt dieses alte Sprichwort: Wissen ist Macht. Aber nur die Hälfte der Menschen in unserem Reich hat den unbegrenzten Zugang zum Wissen", erklärte Albert kurz.

„Sie möchten im Endeffekt den Frauen an die Macht verhelfen?", erkannte Joseph Assange und schmunzelte.

„Ja, warum nicht? Eine Welt, die von Frauen regiert wird, kann nicht schlecht sein. Denn sie treffen ihre Entscheidungen mit positivem Ausgang für ihre Familie und Mitmenschen und nicht wie wir Männer aus niederen Beweggründen, wie Rache oder Gier", bestätigte Monsieur Blauschildt. „Dies hat mich übrigens deine Frau gelehrt, Richard. Ich rate dir, stets auf sie zu hören, sie ist äußerst clever."

„Ich werde versuchen, deinen Rat zu beherzigen, obwohl es mir sichtlich schwerfallen wird, auf Melanie zu hören. Wir sind nicht selten der unterschiedlichen Meinung und geraten deswegen lautstark aneinander", entgegnete Richard und seufzte. Die anderen drei Männer lachten daraufhin.

„Dieses Problem kenne ich aus meiner eigenen Ehe", gestand Joseph Assange offen. „Und generell ist es ein männliches Manko, nicht auf Frauen hören zu wollen. Wir sind nun mal Master of the Universe und lassen uns von den Weibern nichts einreden", sagte er selbstironisch.

„Absolut richtig", pflichtete Monsieur Blauschildt ihm bei. „In unserer Überheblichkeit liegt genau das Problem. Ein weiser Mann lässt sich von einer selbstbewussten und mündigen Frau nicht einschüchtern, sondern ist bereit, ihr auf Augenhöhe zu begegnen."

„Eine Frage bleibt dabei offen: Würden die Frauen uns Männer unterwerfen, wenn sie die Macht dazu bekämen?", bemerkte Richard.

„Hätten Sie denn Spaß daran, von einer Frau dominiert zu werden?", stellte Monsieur Girard ihm stattdessen die Gegenfrage und schlug mit dem langen Grashalm in seiner Hand wie mit einer Peitsche.

„Das kommt ganz klar auf die Frau an", antwortete Richard grinsend und die Anderen lachten leise.

„Wie wahr. Es kommt drauf an, inwieweit man eine Frau liebt und ob man sich ihr unterordnen möchte. Aber im Grunde genommen, sind wir Männer doch allesamt hormongesteuert", spottete der Parteivorsitzende über sein eigenes Geschlecht.

Richard schmunzelte und sah gleichzeitig im Augenwinkel, wie sein Freund Vincent sich Jane von Bouget näherte und ihr etwas ins Ohr flüsterte. Die unschuldig wirkende Schönheit lächelte schüchtern und schaute seitlich zu ihm. Die Blicke der beiden verrieten, dass sie weiterhin eine Romanze pflegten, und plötzlich verging Richard das Lachen. Es kam definitiv auf die Frau an, ob man sich ihr unterordnete. Und was passierte, wenn die Angebetete ein hungriges Biest war?

Natalie Mec

BLITZ UND DONNER

Kapitel 76   Der Klärungsbedarf

2. Juni 1877

„Du wolltest mich sprechen, dann schieß mal los, wir sind hier ganz unter uns", sagte Vincent und schaute zu Richard.

Sie ritten zu zweit nebeneinander über die weite Wiese. Die Luft war erfüllt vom Blumenduft und zarte Schleierwolken zogen am Himmel vorbei. Es war ein gewöhnlicher, freundlicher Sommertag, aber etwas Finsteres kündigte sich am Horizont an.

„Ja, es geht um Jane", kam Richard sogleich zum Thema, denn er hasste es, um den heißen Brei herumzureden.

Vincent schaute daraufhin wieder nach vorn und wirkte abgeneigt.

„Hast du mit ihr bezüglich des anderen Liebhabers gesprochen?", fragte Richard.

„Das habe ich. Und um dich zu beruhigen, sie war ehrlich und hat mir versprochen, keine weiteren Männer neben mir zu haben", antwortete Vincent sachlich.

Richard starrte ihn daraufhin fassungslos an.

„Und das glaubst du ihr? Jane ist so selbstsüchtig, sie ist bereits mehrgleisig gefahren, bevor du etwas davon wusstest. Und jetzt braucht sie ebenfalls keine Erlaubnis dazu", redete er auf seinen Kumpel ein.

„Vorsicht was du sagst. Du sprichst über die Frau, die ich liebe", ermahnte Vincent ihn sogleich im ruhigen Ton.

Verdammt, Richards schlimmste Befürchtung hatte sich

bewahrheitet. Sein Freund liebte das hungrige Biest bereits, das machte die Angelegenheit nur komplizierter.

„Gut, was glaubst du wohl, warum sie an dir interessiert ist?", versuchte Richard es auf die andere Weise.

„Weil sie mich ebenfalls liebt, mal daran gedacht?", entgegnete Vincent gereizt.

„Falsch, sie hat ihre Augen nur für dein prallgefülltes Portmonee. Und lieben tut sie deine hohe gesellschaftliche Stellung als Herzog von Guise", widersprach Richard ihm vehement.

„Du glaubst also nicht, dass mich jemand wegen meines attraktiven Äußeren und meiner inneren Werte liebt?", warf Vincent ihm vor und sah ihn schief an.

„So habe ich das nicht gemeint. Du bist ein guter Fang und jede Lady kann sich mit dir glücklich schätzen, aber was ich damit meine, ist, dass Jane dich nicht wirklich liebt, sie benutzt dich nur", erklärte Richard im sanften Ton.

Vincent schüttelte mit seinem Kopf und schaute unbeirrt weiter geradeaus.

„Bitte, glaube es mir. Ich will doch nur das Beste für dich", flehte Richard ihn an.

„Dann lass mich mein Leben führen, wie ich es für richtig halte und mische dich da nicht ein", sagte der junge Herzog entschieden und galoppierte schnell davon. Richard sah ihm entgeistert hinterher. Er hatte seinen besten Freund schon sehr lange nicht mehr so erlebt. Vincent benahm sich wie ein naiver Heranwachsender und ließ überhaupt nicht mit sich reden. Wie sollte er ihn nur davon überzeugen, dass Jane ihn für ihre Zwecke ausnutzte?

Vincent gab seinem Pferd die Sporen. Richards Worte hallten in seinem Kopf nach und er wurde bei dem Gedanken, dass Jane ihn vielleicht nicht liebte, fast wahnsinnig. Er dachte an sie. An ihren unwiderstehlichen Körper, den er so gern spürte. An die weichen blonden Haare, die er bei jedem gemeinsamen Kuss mit den Händen berührte. An ihre himmelblauen Augen, in denen er sich verlor. Und natürlich an ihre engelsgleiche Erscheinung, die ihn bei jedem gemeinsamen Treffen von der Erde davontrug. Aber vor allem sehnte er sich nach ihrer Stimme, die seinen Namen flüsterte und ihm damit den Willen raubte. Ja, Vincent gab es zu, Jane war eine mörderische Frau, aber genau das reizte ihn. Sie war zwar vornehm und elegant, aber auch völlig unangepasst, wie seine erste große Liebe Karolina. Er hatte bis vor einigen Monaten seine verstorbene Verlobte jeden Tag vermisst. Auf dem Nachttisch neben seinem Bett stand ein Porträt von ihr. Doch seitdem Vincent mit Jane liiert war, verblasste Karolinas Gesicht allmählich in seinen Gedanken. Nein, er wollte seine Liebe nicht erneut verlieren und deswegen stand sein Entschluss fest. Er wendete sein Pferd und begab sich auf dem direkten Wege zum Anwesen der Familie von Bouget. Als er dort ankam und beim Butler nach Jane verlangte, war er sichtlich erleichtert zu erfahren, dass sie in dem Moment zuhause war. Sie kam zu ihm in das Foyer runter und blickte leicht verärgert.

„Vincent, was machst du hier? Waren wir uns nicht darüber einig, dass unser Verhältnis vor meiner Familie geheim bleibt?", raunte sie ihm zu.

„So ist es, aber ich muss dringend mit dir reden", antwortete Vincent aufgeregt.

„Gut, dann treffen wir uns gleich in der Stadt, im Hotel Morgenröte. Ich begebe mich augenblicklich mit meiner Kutsche dorthin. Bitte gehe jetzt, bevor dich noch jemand aus meiner Familie sieht", entgegnete sie und drehte sich wieder um.

Vincent nickte und ging hinaus. Er war sich dessen im Klaren, dass Janes Eltern ein Liebesverhältnis zwischen ihrer Tochter und einem verheirateten Mann nicht dulden würden, deswegen wusste keiner von ihrer Verbindung. Insgesamt wartete Vincent eine halbe Stunde vor dem vereinbarten Treffpunkt, bis Jane endlich mit der Kutsche ankam. Er half ihr auszusteigen und gemeinsam gingen sie auf das Hotelzimmer, das er zuvor reserviert hatte. Sofort nachdem sie den Raum betreten hatten, nahm Vincent seine Liebe sogleich in die Arme und küsste sie leidenschaftlich. Jane entkleidete ihn langsam und er riss ihr förmlich die Kleider vom Leib. Sie lachte vergnügt und er bekam Gänsehaut am ganzen Körper. Dann setzte Jane sich aufs Bett, streckte ihre linke Hand aus und sagte: „Komm zu mir Liebster."

Vincent stand nun komplett nackt vor ihr und kam über sie, wie ein fast verhungerter Löwe. Er liebte sie mit voller Hingabe und konnte sich an ihrem betörenden Körper nicht sattsehen. Jane stöhnte vor Lust und drückte ihn noch näher an sich. Ihr gemeinsames Liebesspiel war lang und heiß, bis am Ende beide erschöpft und völlig ausgelaugt nebeneinanderlagen und die Decke anstarrten.

„Willst du mich heiraten?", machte Vincent ihr unverhofft den Antrag.

Jane drehte ihren Kopf zu ihm hin und fragte verwundert: „Wie soll das funktionieren? Du bist bereits verheiratet?"

„Ich werde mich von meiner Frau scheiden lassen. Dann bräuchten wir uns nicht mehr zu verstecken. Du wärst die neue Frau an meiner Seite", sagte Vincent und schaute sehnsüchtig zu ihr.

Jane drehte sich zu ihm und legte ihr Bein auf seinen Körper. „Ich wäre dann die Herzogin von Guise?", fragte sie hoffnungsvoll.

„Ja, du wärst dann die neue Herzogin von Guise und würdest alle Vorteile einer feinen Dame in der Gesellschaft genießen, so wie deine Schwestern", erklärte er und streichelte ihr übers Gesicht.

BLITZ UND DONNER

„Damit bin ich einverstanden. Ja, ich will deine Frau werden", lautete ihre Antwort und sie gab ihm einen innigen Kuss. Vincent strahlte vor Glück und wollte seine Liebe nie wieder loslassen. Und Jane? Sie war ihrem Ziel so nah wie noch nie.

Natalie Mec

BLITZ UND DONNER

Kapitel 77   Das Glück

15. August 1877

Der Sommer verging in diesem Jahr wie im Flug. Melanie verbrachte viel Zeit im Garten zusammen mit ihrem Sohn. Richard gesellte sich zu ihnen, und zwar so oft seine Arbeit es zuließ. Gabriel liebte es, mit dem Gummiball zu spielen, und lief immer sicherer seinen Eltern lachend davon. Veronika kam gelegentlich zusammen mit Colette zu Besuch und berichtete voller Freude darüber, dass Jakob mehrmals die Woche bei ihnen vorbeischaute, um nach seiner Nichte zu sehen. Richards Mutter umsorgte ihre Schwiegertochter, wo immer sie nur konnte, und überwand allmählich ihre Depression ganz. Eines Tages saß Melanie auf einem Sessel und beobachtete ihren Ehemann dabei, wie er Gabriel beibrachte sicher auf dem Schaukelpferd zu sitzen. Sie lächelte sanft und fühlte sich gesegnet. Dann schnappte sie plötzlich nach Luft und verspürte einen merkwürdigen Druck am Unterleib. Sie hielt sich mit der Hand am Bauch fest und schaute entsetzt, auf das Blut, das sich unter ihr sammelte.

„Richard", sagte sie ängstlich und wagte es nicht, sich zu bewegen.

Ihr Ehemann sah fröhlich zu ihr hoch und im nächsten Moment wurde sein Gesicht kreideblass. Er stand blitzschnell auf und eilte zu ihr.

„Was ist mit dir?", fragte er zutiefst besorgt. „Hast du etwa deine Wehen bekommen?"

„Nein, ich verspüre überhaupt keine Schmerzen. Irgendetwas stimmt nicht", antwortete sie panisch.

Er rief sofort einen Diener herbei und befahl ihm, augenblicklich medizinische Hilfe herzubringen. Eine Gouvernante kam einige Minuten später und nahm Gabriel auf sein Kinderzimmer mit. Der Arzt brauchte etwas weniger als eine halbe Stunde, bis er endlich eintraf. In der Zwischenzeit hatte Richard seine Frau auf ein Bett gelegt und Katarina von Crussol saß mit besorgtem Gesicht neben ihr. Melanie blutete weiterhin und der Arzt bat alle Anwesenden, rauszugehen, um sie genauer zu untersuchen. Während dieser Zeit lief Richard verzweifelt im Flur hin und her. Seine Mutter stand am Fenster und hielt ihre Hände gefaltet. Ihre Lippen bewegten sich stumm, offenbar sprach sie leise ein Gebet. Als der Arzt wieder aus dem Zimmer trat, stand Richard sogleich vor ihm und flehte das Schicksal an, dass der Mann gleich etwas Positives sagen würde.

„Es tut mir leid, Euer Gnaden, aber ich habe keine guten Nachrichten", begann der Doktor zu sprechen. „Die Plazenta des ungeborenen Kindes liegt direkt vor dem Geburtskanal."

Katarina von Crussol schrie kurz auf und hielt sich die Hände vor den Mund.

„Was soll das bedeuten?", Richard verstand die Erklärung des Arztes nicht.

„Das bedeutet, dass wenn wir die Geburt künstlich einleiten, Ihre Frau trotzdem nicht in der Lage sein wird, das Kind zur Welt zu bringen. Am Ende würden wir sie und das Baby verlieren", sprach der Arzt langsam.

„Sie würden sterben?", begriff Richard und sein Atem wurde schneller.

„Die einzige Möglichkeit, die uns bleibt, ist ein Notkaiserschnitt. Das Problem dabei ist ...", der Doktor stockte und sah beunruhigt zu Richard, der am Hyperventilieren war.

„Monsieur von Crussol, bitte setzten Sie sich schnell. Am besten hier gleich auf den Boden", sagte er.

Der Herzog brach auf dem Teppich zusammen. Seine Mutter legte ihre Hände auf seine Schultern und sah den Arzt flehend an.

„Was wollten Sie soeben sagen?", fragte sie ihn in der Hoffnung, es gäbe einen Ausweg aus diesem Unglück.

„Das Problem beim Notkaiserschnitt ist, dass wir höchstwahrscheinlich das Kind retten, aber ich kann nicht für das Leben der Herzogin garantieren, denn der Eingriff wird sie viel Blut kosten und sie hat bereits eine Menge davon verloren", erklärte der Arzt schnell. Richard hielt sich beide Hände an die Stirn und stöhnte leise: „Nein, nein."

„Wir haben im Grunde genommen keine Wahl", stellte Katarina fest. „Wir müssen den Kaiserschnitt wagen, ansonsten verlieren wir beide."

„Das ist richtig, Madame", bestätigte der Arzt traurig. Die Herzoginmutter streichelte ihrem Sohn, der den Tränen nahe war, über den Rücken.

„Monsieur von Crussol, möchten Sie mit der Herzogin sprechen, bevor wir mit dem Eingriff beginnen?", fragte der Arzt und Richard wusste genau, was er damit meinte. Er sollte die Möglichkeit bekommen, das letzte Mal mit ihr zu reden, bevor sie starb. Er stand langsam auf und ging wie ein Mann, der zum Tode verurteilt wurde, in das Zimmer. Das Bettlaken war voller Blut und Melanie atmete schwer. Sie schaute mit Angst erfülltem Blick zu ihrem Mann. Richard kniete sich zu ihr ans Bett und konnte nicht sprechen. Er ergriff ihre Hand und spürte, wie sie zitterte.

„Ich sehe es dir an, dass es etwas Schlimmes ist", bemerkte Melanie. „Bitte sag es mir."

Richard schaute durch sie hindurch, als wäre das alles nur ein böser Traum und als er sprach, glaubte er, die Stimme eines

Fremden zu hören: „Der Arzt sagt, dass er einen chirurgischen Eingriff bei dir durchführen muss, um das Leben des Kindes zu retten, aber du selbst könntest dabei verbluten."

Es vergingen einige Augenblicke, bis beide das Gesagte realisiert hatten. Melanie kämpfte mit den Tränen und atmete ein paar Mal tief aus. Sie nahm all ihren Mut zusammen und sprach mit bebender Stimme: „Für den Fall, dass ich sterbe ..."

„Niemals! Das lasse ich nicht zu!", unterbrach Richard sie forsch.

„Für den Fall, dass ich sterbe", setzte sie wieder an, „musst du für unsere Kinder da sein. Sie brauchen dich dann."

„Nein, ich sagte dir gerade, dass du nicht stirbst. Du darfst es nicht!", weigerte Richard sich, die Tatsachen zu akzeptieren. „Ich weiß sonst nicht, was ich ohne dich tun soll."

Melanie streichelte ihm durch das Haar und legte ihre Hand auf seine Wange. „Du wirst ein Vater für unsere Kinder sein. Sie werden dich am dringendsten brauchen. Bitte versprich mir, dich um sie zu kümmern", sprach sie leise.

„Nein, ich lasse es nicht zu, dass du stirbst", sagte er entschieden und schaute sie verzweifelt an.

„Bitte versprich es mir, Richard", bat sie und ließ ihren Tränen freien Lauf.

Im nächsten Augenblick kam der Arzt mit zwei Krankenschwestern rein, die das Zimmer für die Operation vorbereiteten.

„Wir müssen jetzt anfangen, Euer Gnaden, bevor es zu spät ist", erklärte der Doktor und stand direkt hinter dem Herzog.

Richard schüttelte heftig mit dem Kopf und Tränen strömten ihm übers Gesicht. Er konnte seine Frau nicht verlassen, denn er wusste, dass er nie wieder mit ihr sprechen würde. Es war das letzte Mal.

„Ich liebe dich", flüsterte Melanie und Richard brach nervlich zusammen. Er weinte in das Bettlaken und nahm das gesamte Umfeld nur schemenhaft wahr. Er bekam gar nicht mit, wie er von seiner Mutter aus dem Raum hinausgeführt wurde. Sie gingen den Gang runter und betraten ein Zimmer am Ende des Flurs. Katarina setzte ihren Sohn auf ein Sofa und nahm neben ihm Platz. Sie blieb dort, bis er sich wieder beruhigt hatte und nicht mehr weinte. Stunden später, vielleicht sogar Tage, Richard konnte es nicht genau sagen, denn er hatte jegliches Zeitgefühl verloren, berührte ihn jemand an der Schulter und er erkannte ein vertrautes Gesicht.

„Vincent", stellte er verwundert fest.

„Hallo", sagte sein bester Freund und schaute ihn mitfühlend an.

Katarina von Crussol hatte nach ihm schicken lassen und er war sofort hergeeilt, um Richard in diesem schweren Moment beizustehen.

„Ich habe sie verloren, Vincent", sprach Richard langsam. „Die einzige Frau, die ich geliebt habe. Du weißt, wie sich das anfühlt, seine Liebe zu verlieren. Das Glück ist so zerbrechlich." Er schloss die Augen und fühlte nur Leere.

„Möchtest du deinen Sohn sehen?", fragte Vincent vorsichtig.

Richard sah kurz aus dem Fenster und schüttelte dann mit dem Kopf. „Nein, es ist bereits dunkel draußen. Gabriel schläft vermutlich schon", antwortete er beinahe gleichgültig.

„Ich meine deinen zweiten Sohn", ergänzte Vincent und sah ihn erwartungsvoll an.

Sein Freund blickte irritiert zu ihm.

„Meinen zweiten Sohn?", fragte Richard ungläubig. Vincent nickte. „Er wartet schon auf dich", erklärte er und lächelte.

Der Herzog von Crussol stand langsam auf und folgte ihm. Sie betraten das Zimmer direkt neben dem, wo Melanie gelegen hatte, und Richard sah, wie die Herzoginmutter ein Neugeborenes im Arm wiegte. Der Kleine schaute auf das

Gesicht seiner Großmutter und gab seine ersten Laute von sich. Als Katarina ihren Sohn erblickte, kam sie sofort zu ihm näher.

„Er heißt Nikolai", offenbarte sie ihm.

Richard nahm das Baby in seine Arme und betrachtete es. Der hübsche Junge war ihm wie aus dem Gesicht geschnitten.

„Nikolai", wiederholte er nachdenklich. „Wer hat ihm diesen Namen gegeben?", wollte er wissen.

„Seine Mutter", antwortete Vincent.

Der Vater des Jungen lächelte leicht und verliebte sich augenblicklich in seinen kleinen Sohn.

„Richard?", fragte plötzlich eine schwache Stimme. Der Angesprochene drehte sich sogleich in die Richtung und erblickte Melanie, die kreidebleich auf dem Bett im anderen Zimmer lag und ihn ansah. Die Doppeltür zwischen den beiden Räumen stand offen und Richard schritt vorsichtig zu seiner Frau rüber und beugte sich zu ihr runter.

„Du lebst", stellte er fassungslos fest und eine Woge an Emotionen kam über ihn hereingebrochen. Er fühlte übermäßige Freude und Erleichterung, aber auch tiefen Schmerz des Verlusts, der langsam nachließ.

„Ich brachte es nicht übers Herz, dich allein zu lassen", antwortete sie erschöpft und selbst das Sprechen verlangte ihr viel Energie ab.

Richards Gesicht hellte sich auf und er spürte, wie die Lebensgeister wieder zu ihm zurückkamen. Er hatte befürchtet, sie für immer verloren zu haben, und wollte dem Leben abschwören, aber Melanie lebte. Sie war da und redete mit ihm. Richard hielt ihr gemeinsames Kind im Arm und dankte dem Universum für die Gnade, sein Glück nicht genommen zu haben. Er setzte sich zu ihr und gab ihr einen Kuss auf die Stirn.

„Ich liebe dich mit jeder Faser meines Körpers", flüsterte er liebevoll. „Und ich werde dich niemals gehen lassen, sogar wenn der Tod nach dir ruft."

Melanie lächelte müde und war glücklich, am Leben zu sein.

Die Tage darauf verbrachte die Herzogin ihre Zeit im Bett und erholte sich. Richard lag jede Nacht bei ihr und wachte über sie. Er wollte am liebsten keine einzige Sekunde mehr ohne sie sein. Sie und die Kinder waren sein Leben und er würde alles für seine Familie tun.

Eine Woche nach der dramatischen Geburt sprach Richard mit dem Arzt, der Melanie operiert hatte, unter vier Augen.

„Was sagen Sie? Meine Frau wird wahrscheinlich keine weiteren Kinder mehr bekommen können?", fragte er schockiert.

„Ja, Monsieur. Der Eingriff musste schnell passieren, dabei wurde die Gebärmutter verletzt. Die Narben sind gut am Verheilen, dennoch befürchte ich, dass es zu keiner weiteren Schwangerschaft mehr kommen wird", erklärte der Mediziner mit ernster Miene.

Richard nickte langsam und sagte: „Ich verstehe."

Wie sollte er diese schreckliche Nachricht bloß Melanie beibringen? Der Arzt legte eine Hand auf Richards Schulter und sagte aufmunternd: „Sie können von Glück reden, dass die Herzogin Ihnen bereits zwei gesunde Kinder geschenkt hat. Einige Paare müssen mit dem Schicksal der ungewollten Kinderlosigkeit leben."

Der Herzog nickte nachdenklich und dankte dem Arzt schließlich für alles, was er getan hatte, und verabschiedete sich von ihm. Er begab sich auf das Zimmer, in dem Melanie lag, und trat ein. Zur gleichen Zeit saß Gabriel neben seiner Mutter und schaute neugierig seinen kleinen Bruder an, der auf Mamas Schoß lag. Die Herzogin sah hoch und erkannte ihren Mann.

„Kinder sind ein Segen, nicht wahr?", sagte sie und strahlte wie die Sonne.

Richard setzte sich zu ihnen aufs Bett und streichelte Nikolai zärtlich übers Köpfchen.

Natalie Mec

„Hat der Arzt noch etwas gesagt?", wollte seine Frau wissen.
„Nichts Wichtiges. Hauptsache ist, dass du wieder auf die Beine kommst und es unseren Kindern gut geht", antwortete Richard und verschwieg ihr den grausamen Teil der ganzen Wahrheit.

Blitz und Donner

Natalie Mec

Kapitel 78   Das Training

20. September 1877

Der Wind war kräftig an diesem Nachmittag. Die aufgetürmten Wolken zogen schnell am Himmel weiter und machten Platz für die Sonne. Melanie saß im Schneidersitz auf einer Decke im Freien und betrachtete die riesigen Gewitterwolken, die vom Weiten sehr majestätisch aussahen. Sie roch den Regen und war angespannt, obwohl alles um sie herum friedlich war.

„Schließe deine Augen, dann kannst du dich besser konzentrieren", riet ihr Vincent. Er saß direkt neben ihr und war die Ruhe selbst.

„Was hat das hier bitteschön mit dem Training zu tun? Sollten wir nicht lieber fechten?", fragte Melanie stattdessen.

Endlich hatte sie Zeit gefunden, um das von Vincent versprochene Fechttraining in Anspruch zu nehmen. Abgesehen davon, war es die beste Gelegenheit, die letzten Schwangerschaftspfunde loszuwerden.

„Die Meditation gehört zum Training", erklärte Vincent sachlich, „sie verschafft deinen Gedanken Klarheit und innere Gelassenheit. Beim Kämpfen musst du einen ruhigen Kopf bewahren, um nicht aus der Emotion, sondern aus der Intuition heraus zu entscheiden. Wenn dein Gegner es schafft, dich vor dem Kampf in Rage zu bringen, dann ist sein Sieg zur Hälfte sicher. Denn im wütenden Zustand bist du unkonzentriert und willst nur angreifen. Manchmal ist es aber besser, zuerst den

Gegenangriffen auszuweichen, um im richtigen Moment deinen Kontrahenten zu attackieren. Deswegen lerne, in entscheidenden Augenblicken einen kühlen Kopf zu bewahren, egal wie schwer es dir fällt. Das Meditieren hilft dir dabei, den Stress abzubauen und mit dir im Reinen zu sein."

Melanie atmete tief ein und wieder aus. In Ordnung, er hatte sie überzeugt. Sie schloss ihre Augen und hörte dem Vogelgesang zu. Sie fühlte, wie ihre Füße leicht zuckten, und runzelte die Stirn. Warum war sie so hippelig? Sie öffnete ihre Augen wieder und sah seitlich zu ihrem Trainer, der völlig entspannt wirkte.

„Ich kann das nicht", sagte sie enttäuscht. „Können wir bitte eine Runde fechten?"

Vincent öffnete nun ebenfalls seine Augen und sah sie eindringlich an. „Was macht dir zu schaffen?", fragte er stirnrunzelnd.

„Gar nichts", antwortete Melanie verdutzt.

„Doch, da ist irgendetwas. Ich sehe es ganz deutlich", erwiderte er und drehte sich komplett zu ihr um. „Machst du dir weiterhin Gedanken wegen deiner letzten Niederkunft? Die Geburt war äußerst kompliziert. Du wärst beinahe verblutet. Ist es das, was dich beschäftigt?"

Melanie dachte angestrengt nach. Nein, das war es nicht. Sie schüttelte leicht mit dem Kopf.

„Hat dich ein anderes Erlebnis aus deiner Vergangenheit emotional aufgewühlt, welches du bis heute nicht verarbeitet hast?", fragte er weiter.

Ja, da gab es so einiges, gestand Melanie sich selbst. Sie nickte fast unmerklich und schaute auf den grünen Rasen.

„Möchtest du mir davon erzählen und dich davon befreien?", schlug er vor.

„Da gab es zu aller erst den Wald", sagte Melanie und ihr Blick war leer, „dann das Gästehaus und zum Schluss das

Kaminzimmer."

Vincent runzelte die Stirn und sah sie irritiert an. „Was war in dem Wald?"

Sie schaute ihm ins Gesicht und plötzlich wurde ihr bewusst, mit wem sie hier sprach. „Das kann ich dir nicht sagen", entgegnete sie schnell und stand auf ihre Füße auf. „Können wir lieber fechten?"

Ihr Trainer erhob sich ebenfalls und sah sie besorgt an. „Melanie, unverarbeitete Emotionen können dich krank machen. Ich werde dich nicht zu einem Gespräch mit mir drängen, aber vielleicht hast du jemand anderen, dem du dich öffnen kannst", erklärte er einfühlsam.

Melanie nickte und antwortete: „In Ordnung. Ich werde mit jemanden darüber reden. Wollen wir jetzt fechten?" Sie wirkte aufgedreht und versuchte ihre Unsicherheit, mit Stärke zu überspielen. Vincent schaute sie nachdenklich an und erkannte deutlich, dass etwas mit ihr nicht stimmte.

„Das bringt nichts", sagte er, „du bist unkonzentriert und ich würde dir innerhalb weniger Sekunden den Säbel aus der Hand schlagen. Melanie bitte, erzähle mir davon. Was bringt dich so dermaßen durcheinander? Was war im Wald?"

Sie schaute zur Seite und atmete schwer aus. „Das geht nicht. Du bist sein bester Freund. Du würdest es mir sowieso nicht glauben."

Vincent kam näher an sie ran und legte seine Hände auf ihre Oberarme. „Was war im Wald? Und im Gästehaus? Und im Kaminzimmer? Hat Richard etwas damit zutun", fragte er besorgt.

Melanie spürte die Emotionen wieder in sich aufsteigen und atmete schwer. Tränen kamen ihr in die Augen. Sie fühlte Wut, Verletzung, Selbstschutz und das eigenartige Bedürfnis nach Liebe. Sie fing an zu weinen und senkte ihren Kopf. Vincent umarmte sie sogleich und spendete ihr Trost.

Blitz und Donner

„Ist schon gut. Du musst mir nichts sagen. Das brauchst du auch nicht. Wenn es dir hilft, es zu verarbeiten, indem wir miteinander fechten, dann helfe ich dir dabei", sprach Vincent leise und streichelte ihr über den Kopf.

Melanie legte ihre Arme um ihn und weinte in seine Brust. Es vergingen ein paar Minuten, bis sie sich wieder gefasst hatte. Sie fühlte sich danach schon etwas besser und wagte ein zaghaftes Lächeln.

„Du bist wahrlich eine Kämpfernatur", sagte er und lächelte tröstend. „Versprich mir, dass du mit einer nahestehenden Person über deine Gefühle sprichst. Mit jemandem, dem du vertraust."

„Versprochen", antwortete sie und wischte sich die Tränen weg. Sie lösten sich wieder voneinander und gingen in Kampfposition. Melanie zog ihren Säbel und wartete auf die erste Anweisung. Vincent stand zwei Schritte von ihr entfernt und zog ebenfalls seine Waffe. Er nahm sich vor, ihr heute ein paar sehr gute Tricks beizubringen, um sie aufzumuntern. Und das Training begann.

In dieser Woche trafen Melanie und Vincent sich jeden zweiten Tag. Der Herzog von Guise gab zu, dass seine Schülerin äußerst schnell lernte und mit Begeisterung dabei war. An ihrem dritten Trainingstag, nachdem sie über eine Stunde intensiv miteinander gekämpft hatten, fand Vincent, dass sein Schützling eine Pause mehr als verdient hatte. Sie setzten sich wieder nebeneinander auf die Decke und Melanie schenkte Wasser in zwei Trinkbecher ein. Sie verschnaufte kurz und hatte dann den inneren Drang sich auszusprechen. In den letzten Tagen hatte sie immer wieder vorgehabt, zu Veronika zu reiten, um mit ihr über ihre persönlichen Gefühle zu sprechen, aber etwas hielt sie davon ab. Wenn sie ihrer Schwester über sehr intime Erfahrungen aus ihrer Ehe berichten würde, wie würde Veronika dann darauf reagieren? Womöglich würde sie ihren Schwager mit ganz anderen Augen sehen und ihn wahrscheinlich sogar verachten. Melanie schaute zu Vincent rüber. Er und Richard waren seit Jahren eng befreundet. Wenn sie ihn in das Geheimnis einweihte, würde er vermutlich keine Abscheu gegenüber seinem Freund empfinden, sondern Melanie einen Rat geben. Also gut, sie hatte es ihrem Trainer schließlich versprochen, dass sie mit jemanden darüber reden würde. Deswegen atmete sie tief ein und sagte: „Vincent, würdest du deiner Partnerin alle Demütigungen verzeihen, wenn du sie aus ganzem Herzen liebst?"

Der Angesprochene schaute verwundert zu ihr rüber und erkannte im nächsten Augenblick, dass sie sich ihm gerade öffnete. Vincent überlegte ein paar Sekunden lang und antwortete schließlich: „Wahrscheinlich ja. Ich bin ein großer romantischer Narr. Aber ...", er zögerte kurz und ergänzte, „wenn meine Partnerin mich ebenfalls aus ganzem Herzen liebt, dann sollte sie niemals etwas tun oder sagen, das mir in irgendeiner Form schadet."

„Und wenn sie es doch tut? Würdest du trotzdem weiterhin bei ihr bleiben?", fragte Melanie.

„Ganz ehrlich? Ja, das würde ich", erwiderte er.

Sie sah ihn überrascht an. „Warum?", wollte sie wissen.

„Weil ich ein optimistischer Dummkopf bin, der nur das Gute in den Menschen sieht und glaubt, dass sie sich mit der Zeit ändern können, wenn man geduldig mit ihnen umgeht", antwortete er.

„Dann ergeht es dir genauso wie mir", resümierte Melanie. „Die Liebe macht einen auf gewisse Weise blind und handlungsunfähig. Man erduldet viel im Namen der Liebe."

Sie und Vincent tranken ihre Becher leer, sahen sich an und lächelten. Melanie fühlte sich in der Tat schon ein Stück besser und vermutlich würde sie eines Tages den Mut aufbringen, ihrem Trainer alles zu berichten.

„Was wäre die Welt nur ohne uns, den fröhlichen Narren?",

sagte er selbstironisch.

„Vermutlich voll von dunklen, kalten und sehr ernsten Gestalten", entgegnete sie.

„Also bleiben wir besser fröhlich. Komm, lass uns weiter fechten", forderte Vincent sie auf und stellte sich auf die Beine. Melanie folgte seinem Beispiel und sie setzten ihr Training fort.

Natalie Mec

Kapitel 79 Der Rivale

29. September 1877

Jakob von Bouget schubste seinen Gefangenen unsanft aus der Kutsche raus und der Mann fiel seitlich auf den kahlen Boden. Um seinen Kopf war ein Kartoffelsack gebunden und seine Hände waren hinter seinem Rücken gefesselt. Sebastian von Semur nahm den Mann wieder hoch und hielt ihn am Arm fest. Inzwischen sprang Valentin Martin vorne von der Kutsche, die er soeben gesteuert hatte, runter und stellte sich direkt vor den Mann hin. Er nahm ihm den Sack vom Kopf ab und Monsieur Stefano Aranie schaute sich verwirrt um. Sie befanden sich mitten im Wald und die Sonne war vor wenigen Minuten untergegangen. Sebastian befreite Stefanos Hände und gab ihm eine Schaufel in die Hand. Währenddessen holte Jakob eine Pistole aus seiner Jackentasche und zielte damit auf Monsieur Aranie.

„Grab", befahl er und entsicherte gleichzeitig die Waffe.

Der Modedesigner sah ängstlich zu ihm und fragte: „Wie bitte?"

„Du sollst hier ein tiefes Loch graben!", wies Jakob ihn laut an.

Monsieur Aranie nickte schnell und begann zitternd zu schaufeln. Die übrigen drei jungen Männer schauten ihm dabei zu. Sebastian ging mit einem langen Stock um ihn herum und zeichnete auf den Boden ein großes Viereck, das die Ausmaße der Grabstelle darstellte.

„Es war äußerst dumm von dir, unsere Forderungen zu ignorieren", sprach Valentin und legte seinen Kopf schief, als Stefano Aranie die Hälfte der Erde bereits zur Seite geschaufelt hatte.

„Ich sagte doch, dass ich euch am Ende des Monats bezahle. Abgesehen davon, ist der Umsatz in meinem Laden eingebrochen. Ich erziele kaum Gewinne", erklärte Monsieur Aranie nervös.

„Du lügst. Dein Kleiderladen läuft besser als je zuvor und deine gefälschten Bilanzbücher sind echte Romane. So viel Unfug wie dort geschrieben steht, glaubst du doch selbst nicht", entgegnete Jakob kalt.

„Ich verstehe nicht, was ihr von mir wollt? Meine Zahlung ist doch erst am Ende des Monats fällig", erwiderte Stefano und breitete hilflos seine Hände aus. Sebastian verdeutlichte ihm mit einer Handbewegung, dass er nicht mit dem Schaufeln aufhören sollte, und Monsieur Aranie gehorchte sofort.

„Wir wollen das Gleiche wie du. Zum Beispiel, dass dir nichts passiert und du bei bester Gesundheit bleibst, und dass dein Laden nicht plötzlich wegen eines Feuers komplett niederbrennt. Oder von irgendwelchen Kriminellen überfallen wird", erläuterte Valentin und zuckte mit den Schultern.

„Ihr seid doch die Gesetzesbrecher und erpresst von mir Schutzgeld", warf Stefano den drei jungen Männern vor.

„War das dein Plan, als wir dich auf dem Weg zur Justiz-Behörde abgefangen haben? Uns melden?", fragte Valentin mit höhnischem Gesichtsausdruck und warf eine Handvoll Erde nach ihm.

Stefano stand nun bis zum Bauch im Erdloch drin und Jakob trat näher an ihn heran. „Wir fahren gleich zurück zu deinem noblen Kleiderladen und du übergibst uns die geforderte Summe. Falls du dich jetzt weigerst, dann solltest du wissen, dass du bereits in deinem eigenen Grab stehst, und ich brauche nur den Abzug meiner Pistole zu betätigen", offenbarte Jakob ihm seine Absicht.

Der Modedesigner schaute entsetzt zu ihm und sah sich dann hilfesuchend um. Aber wer sollte ihm hier im düsteren Wald zur Hilfe eilen, wenn er um sein Leben schrie? Er hatte somit keine andere Wahl. Monsieur Aranie hatte das Trio komplett unterschätzt und für idiotische Rotzlöffel gehalten. Den Fehler würde er nicht erneut begehen.

„In Ordnung, ich bin einverstanden. Bitte tut mir nichts", flehte Stefano.

Jakob erlaubte ihm daraufhin, aus dem Erdloch raus zu klettern. Sebastian setzte ihm wieder den Kartoffelsack auf den Kopf und fesselte ihm die Hände hinterm Rücken. Danach bugsierte er ihn in die Kutsche und sie kehrten zurück in die Stadt. Direkt vor dem Kleiderladen Sior befreiten sie Monsieur Aranie von seinen Fesseln und der außergewöhnlichen Kopfbedeckung und sie begaben sich zu viert auf sein Arbeitszimmer. Dort übergab der Modedesigner ihnen, die vereinbarte Geldmenge und Jakob sagte: „Es ist immer eine Freude, mit Ihnen Geschäfte zu machen, Monsieur. Leben Sie wohl."

Stefano Aranie nickte eingeschüchtert und erwiderte kurz: „Ebenfalls."

Die drei jungen Männer verließen den Laden wieder und fanden, dass es heute ein erfolgreicher Geschäftsabend war. Sie hatten mehrere solcher Partner wie Stefano Aranie an der Angel und ihre Fantasie bezüglich illegaler Geschäfte kannte mittlerweile keine Grenzen mehr. Und dabei gingen sie äußerst smart und mit ungeahnter Brutalität vor, falls sich jemand weigerte zu kooperieren. Sie hatten die besten Kontakte, sowohl in der glamourösen Welt der Reichen, als auch in der kriminellen Unterwelt. Das machte sie zu einer Art Vermittler zwischen den

Welten. Ihre besonderen Geschäfte machten sie allmählich wohlhabend und sie verschafften sich vor allem in den finstern Kreisen einen Ruf als die feinen Gangster. An diesem Abend fuhren sie zunächst zum Schloss der Familie von Semur und brachten Sebastian als Ersten wieder heim. Danach begaben sich Jakob und Valentin zu dem gelben Anwesen der Familie von Bouget. Als sie dort ankamen, verabschiedete Jakob sich von seinem besten Freund mit einer freundschaftlichen Umarmung und ging lässig nach Hause. Sein Kumpel fuhr anschließend weiter. Er führte das Kutschengespann hinter die nächste Biegung in ein kleines Wäldchen und ließ es dort stehen. Dann schlich er sich heimlich zurück zum Anwesen der Familie von Bouget zurück. Valentin schaute sich um und vergewisserte sich, dass ihn niemand sah, und kletterte leise auf den Balkon im ersten Stock. Er stand vor dem Fenster und blickte hinein. Drinnen brannte das Licht einer Kerze und die Umrisse einer jungen Frau waren deutlich zu erkennen. Sie saß vor ihrem Schminkspiegel und kämmte sich die Haare. Valentin klopfte sachte an die Fensterscheibe und die hübsche Blondine erschrak leicht. Sie ging sofort zum Fenster und zog die Tüllvorhänge zur Seite. Als Jane ihren Liebsten erkannte, lächelte sie breit und öffnete ihm die Balkontür. Valentin schlüpfte schnell hinein und sie legte ihm sogleich ihren Zeigefinger auf die Lippen.

„Es darf uns niemand hören", flüsterte sie und umarmte ihn fest.

„Soll ich heute Nacht bei dir bleiben?", fragte er voller Sehnsucht.

„Damit würdest du mir eine Freude machen", antwortete sie lächelnd und küsste ihn. Dann pustete sie die Kerze aus, die auf der Kommode stand, und ging zusammen mit ihm zu Bett. Sie zogen sich gegenseitig langsam nackt aus und Valentin bedeckte ihren ganzen Körper mit glühenden Küssen. Jane liebte die Nächte mit ihrem jungen heißen Lover, denn sie waren unglaublich intensiv und sprühten vor Leidenschaft. Sie gab sich ihm ganz hin und genoss jede seiner Berührungen. Als sich die Sonne wieder am Horizont ankündigte, war es für Valentin allmählich an der Zeit zu verschwinden, bevor jemand ihn entdeckte. Er gab seiner Flamme einen letzten Kuss und zog sich an. Jane beobachtete ihn dabei und warf ihm verführerische Blicke zu. Sie legte sich auf den Bauch und biss sich auf die Unterlippe, während er seinen geilen Schwanz wieder in der Hose verschwinden ließ. Zum Schluss stand er fertig angezogen vor ihr und fragte sie hoffnungsvoll: „Sehen wir uns morgen wieder?"

Doch Jane schaute plötzlich zur Seite und ihr Gesichtsausdruck wurde ernst. „Was ist los?", wollte er sogleich wissen.

„Ich habe mich verlobt", gestand sie traurig und vermied den Augenkontakt zu ihm.

„Was? Mit wem?", er klang bestürzt.

„Mit Vincent von Guise", antwortete sie und sah ihn weiterhin nicht an. Valentin kniete sich zu ihr und nahm ihr Gesicht in seine Hände, damit Jane ihn endlich anschaute.

„Warum? Du liebst doch mich?", fragte er verzweifelt.

„Valentin, das zwischen uns hat keine Zukunft. Du bist noch so jung. Deine Familie würde es dir niemals erlauben, eine ältere Frau zu ehelichen, und ich kann nicht fünf Jahre darauf warten, bis du reif genug bist, mir einen Antrag zu stellen. Deswegen heirate ich den Herzog von Guise, solange ich die Chance dazu habe", erklärte Jane und jedes der gesagten Wörter schmerzte sie in der Brust.

„Aber der Herzog von Guise ist doch bereits verheiratet. Wie kannst du dann seine Frau werden?", fragte er ungläubig.

„Er hat vor wenigen Tagen die Scheidung eingereicht", antwortete sie wahrheitsgemäß und sah, wie Valentin mit blassem Gesicht aufstand. Er schüttelte langsam seinen Kopf und taumelte ein paar Schritte rückwärts.

„Nein, das kann nicht sein. Der Herzog würde sich niemals scheiden lassen, das wäre ein gesellschaftlicher Skandal", bemerkte er. „Und du glaubst ihm das trotzdem?"

„Natürlich. Er ist ein Edelmann, der zu seinem Wort steht", entgegnete sie und setzte sich auf dem Bett aufrecht hin. Sie hielt die Decke vor ihren nackten Körper und strich sich die blonden Haare hinters Ohr. Valentin kam wieder zu ihr und sagte mit fester Stimme: „Ich bin ebenfalls ein Edelmann und möchte, dass du meine Frau wirst."

Jane verdrehte ihre Augen und erwiderte: „Du bist vor Kurzem erst achtzehn Jahre alt geworden und ich bin inzwischen vierundzwanzig. Glaubst du ernsthaft, dass du mich heiraten kannst? Was meinen deine Eltern dazu?"

„Es ist mir egal, was sie sagen. Ich will dich", sprach er beschwörend und legte seine Hände auf ihre Oberarme, aber Jane löste sich von ihm, stand auf und zog ihren Morgenmantel an.

„Willst du meine Frau werden?", fragte Valentin erneut und sah sie flehend an.

Sie drehte sich zu ihm um und sagte mit qualvoller Stimme: „Es ist vorbei zwischen uns. Und jetzt geh."

Doch er weigerte sich und blieb vor ihr stehen. Jane musste die Trennung durchziehen, egal wie sehr es ihre Seele zerriss.

„Geh jetzt!", sagte sie laut und lief aus ihrem Zimmer raus in den Flur.

Valentin konnte ihr nicht folgen, ohne entdeckt zu werden. Er musste sich vorerst zurückziehen, obwohl er beinahe am Verzweifeln war. Er ging auf den Balkon und kletterte wieder runter. Mit jedem weiteren Schritt, mit dem er sich von dem gelben Anwesen entfernte, schrie sein Herz vor lauter Qual. Er durfte seine Geliebte nicht verlieren. Was konnte er jetzt bloß tun? Niemals würde er es zulassen, dass der Herzog von Guise sie bekäme. Jane gehörte ganz allein nur ihm.

BLITZ UND DONNER

Natalie Mec

Kapitel 80   Der Mädchentraum

30. September 1877

Julien Gebels, der leitende Redakteur der Zeitung Vérité, traf
soeben zusammen mit einem seiner Angestellten am
vereinbarten Ort für das anstehende Interview ein. Er sah sich
um und verschaffte sich einen Überblick über die riesige
Baustelle. Zahlreiche alte und unbewohnte Häuser wurden auf
diesem großen Grundstück zuvor abgerissen. Das neue
Fundament wurde bereits errichtet und die Maurer zogen die
Wände hoch. Das Gebäude, das hier gerade entstand, würde am
Ende seiner Fertigstellung einem modernen Schloss ähneln, mit
weiten Fenstern und großen Räumen. In den prächtigen Bau
würde später aber keine Adelsfamilie einziehen, sondern
zahlreiche Jungen und Mädchen sollten dort zur Schule gehen.
Das neue Gymnasium würde für jeden kleinen Bürger und
Bürgerin zugänglich sein, unabhängig vom Einkommen oder
Status ihrer Familie. Monsieur Gebels ordnete seinem
Angestellten an, alles zu notieren, was gleich während des
Interviews gesagt werden würde. Er drehte seinen Kopf und sah
eine Kutsche heran fahren. Sie hielt neben der Baustelle an und
der Herzog von Crussol stieg aus. Ihm folgte seine Frau. Julien
Gebels bemerkte wie andere Passanten das Paar erkannten und
zu ihnen traten. Die Menschen begrüßten den Herzog und die
Herzogin von Crussol freundlich und wollten ihnen unbedingt
die Hand schütteln. Monsieur Gebels machte daraufhin ein

zufriedenes Gesicht. Wie es aussah, ging der Plan von Albert Blauschildt tatsächlich auf und das Herzogspaar war beim Volk ziemlich beliebt. Eigentlich sollte es ihn nicht überraschen, nach allem, was Melanie von Crussol für die Armen dieser Stadt getan hatte. Und nun folgte Richard ihrem Beispiel und errichtete eine zukunftsweisende Schule. Julien Gebels und sein Angestellter näherten sich dem Herzog und der Herzogin. Sie hielten unmittelbar vor dem Paar an und Monsieur Gebels zog seinen Hut vor ihnen. Richard und Melanie nickten kurz mit den Köpfen und begrüßten die beiden Herren.

„Dankeschön, dass Sie mein Angebot zu einem privaten Interview angenommen haben. Ich freue mich darüber, dass wir so kurzfristig einen Termin dafür vereinbaren konnten. Darf ich als Erstes den Bauherrn fragen, wie er auf die revolutionäre Idee gekommen ist, ein Gymnasium sowohl für Jungen als auch für Mädchen mitten in unserer Hauptstadt zu errichten?", fing der Chefredakteur mit dem Interview an und sein Mitarbeiter notierte fleißig mit.

„Durch meine eigenen Söhne und meine Nichte", antwortete der Herzog von Crussol. „Ich möchte für sie eine bessere Zukunft schaffen, in der sie gemeinsam den gleichen Bildungsgrad erreichen können. Denn Bildung ist unser höchstes Gut. So geht es vielen anderen Eltern, sie möchten nur das Beste für ihre Kinder. Und meiner Meinung nach, werden Mädchen bezüglich Schulung benachteiligt. Sie sollten dieselben Chancen erhalten wie ihre männlichen Geschwister."

„Sind Sie der gleichen Ansicht, Madame von Crussol?", stellte Julien Gebels die Frage an die Herzogin.

„Absolut, da stimme ich meinem Gatten zu. Eine Frau wird frei geboren und sollte aufgrund ihres Geschlechts nicht diskriminiert werden. Ich weiß, dass viele Bürger und Bürgerinnen der Auffassung sind, Frauen seien geistig schwach und sollten es nicht versuchen, sich intellektuell mit den

Männern zu messen. Aber ich versichere Ihnen, Monsieur Gebels, wir Frauen leiden nicht an fehlfunktionierenden Gehirnzellen und können mehr als nur Kinder gebären", antwortete Melanie ernst.

„Deswegen bauen Sie dieses Gymnasium, um Mädchen den Zugang zu höherer Bildung zu ermöglichen. Werden sie für den Besuch der Schule Gebühren verlangen?", wollte Monsieur Gebels wissen.

„Nein, der Unterricht an dieser Bildungseinrichtung wird absolut kostenlos sein. Wir möchten allen Kindern die Möglichkeit bieten, sich zu beweisen. Jemand, der aus der Unterschicht kommt, ist genau so klug wie eine Person aus der Oberschicht, ihm fehlen meistens nur die Mittel, um ein besseres Leben zu führen. Um der Armut zu entkommen ist schulische Bildung unerlässlich. Das ist ein weiterer Grund, warum wir Mädchen früh fördern wollen. Auch wenn sie aus armen Familien stammen, haben sie trotzdem die Gelegenheit auf eine bessere Zukunft, indem sie zur Schule gehen und später einen Beruf ergreifen", erklärte Richard.

„Werden Sie noch weitere Institute dieser Art errichten?", fragte Julien Gebels nach.

„Wenn das Angebot auf gute Resonanz stößt, dann ja. Wir hoffen natürlich, dass die bereits bestehenden Schulen unser Konzept übernehmen und den Mädchen den Unterrichtsbesuch bis zum Abitur ermöglichen", erwiderte der Herzog.

„Denken Sie, dass die Zukunft so aussehen wird? Werden die Mädchen und Frauen den Jungen und Männern in allen Lebenslagen gleichgestellt sein?", sah Julien die Herzogin fragend an.

„Ich hoffe sehr, dass diese Zukunft, von der Sie da sprechen, nicht in allzu weiter Ferne ist. Es wäre wunderbar, wenn ich zu meinen Lebzeiten die kompromisslose Gleichberechtigung der Geschlechter erleben könnte. Vielleicht werden schon meine

Töchter später studieren, darüber würde ich mich überaus freuen", entgegnete Melanie lächelnd.

"Haben Sie bereits Töchter?", lautete die nächste Frage.

"Nein, noch nicht, aber möglicherweise in der Zukunft", sagte die junge Herzogin strahlend.

Richard schaute sie daraufhin schweigend an und nahm einen tiefen Atemzug.

"Und die letzte Frage für heute. Wann wird Ihr Gymnasium seine Türen für die ersten Schüler und Schülerinnen öffnen?", fragte Julien Gebels.

"Der Bauplan sieht vor, dass das Gebäude bis zum kommenden Schuljahr 1878/1879 fertig sein wird. Dann werden wir alle Klassen voll besetzten", antwortete Richard und damit war das Interview beendet. Er hielt die Hand seiner Frau fest und streichelte sie mit dem Daumen.

Monsieur Gebels bedankte sich höflich beim Herzogspaar für das Gespräch und versprach in der nächsten Zeitungsausgabe, die morgen erscheinen würde, das Interview zu veröffentlichen. Er und sein Angestellter verabschiedeten sich von ihnen und gingen zurück zu ihrer Kutsche. Plötzlich nahm Richard Melanie an beiden Händen und sah sie eindringlich an.

"Liebste, es gibt da etwas, was ich dir besser sagen sollte", sprach er zögerlich. "Es kann sein, dass du nicht erneut schwanger werden kannst."

"Wie bitte?", Melanie sah ihn irritiert an.

"Nach deiner letzten Geburt, die wie du weißt, mit sehr großen Komplikationen verbunden war, meinte der Arzt zu mir, dass du wahrscheinlich keine weiteren Kinder bekommen wirst", offenbarte Richard ihr die bittere Wahrheit.

Melanie sah ihn daraufhin eine ganze Weile schweigend an und konnte nicht sprechen. Ihr Traum von einem Mädchen war soeben geplatzt. Ausgerechnet jetzt, wo sie dabei war ihrer zukünftigen Tochter eine bessere Welt zu erschaffen. Sie senkte ihren Kopf und stumme Tränen liefen ihr übers Gesicht. Richard umarmte sie ganz fest und sagte, als hätte er ihre Gedanken gelesen: „Wir werden Schwiegertöchter haben, die uns hoffentlich Enkeltöchter schenken werden."

Melanie erwiderte nichts darauf. Sie weinte leise in sein Hemd und fühlte sich plötzlich nicht mehr ganz als Frau. Das Gebären von Kindern war vielleicht nicht die einzige Bestimmung der Frauen, aber es gab den manchen von ihnen einen Sinn in ihrem Leben. Melanie war froh darüber, dass sie bereits zwei Söhne hatte, denn ansonsten wäre sie an dieser Schreckensnachricht komplett zerbrochen.

BLITZ UND DONNER

Natalie Mec

Kapitel 81   Die Ehefrau

1. Oktober 1877

Philip Graf von Bellagarde las die erste Seite der Tageszeitung Vérité durch, auf der das Interview des Herzogspaares von Crussol und dem Chefredakteur der Zeitung abgedruckt war, und legte diese danach zur Seite.

„Was für ein Unfug!", schimpfe er und schaute sich die anderen Personen am Frühstückstisch an. Neben ihm saßen seine Frau, sein Sohn und seit Neuestem seine Schwiegertochter. „Dieser Herzog von Crussol und seine wahnwitzigen Ideen. Jetzt hat er sogar vor, den Mädchen das Abitur zu ermöglichen. Was kommt als Nächstes? Frauen erobern die Universitäten und zum Schluss das Parlament?"

„Absoluter Schwachsinn, mein Lieber", pflichtete die Gräfin ihrem Gatten bei. „Im Leben einer Frau sollte das Wohlergehen ihres Ehemannes und das der Kinder an oberster Stelle stehen. Alles andere ist unreife Fantasterei."

George schaute von seinem Teller hoch und drehte den Kopf Richtung seiner Ehefrau. Jasmina saß schweigend neben ihm und traute sich nicht, sich an dem Gespräch zu beteiligen. Seit ihrer ersten Begegnung vor einem halben Jahr auf der Geburtstagsfeier ihrer kleinen Nichte Colette hatten die beiden sich oft getroffen. Und bei den gemeinsamen Spaziergängen in der Natur sich gegenseitig immer mehr lieb gewonnen. Bis George sich entschied, Jasmina einen Antrag zu stellen. Sie sagte sofort 'Ja' und bereits eine Woche später hatten sie still und heimlich geheiratet. Bei ihrer Hochzeit waren lediglich seine Eltern, als auch Henri von Ailly mit seiner Frau und Kind anwesend. Denn sowohl George als auch Jasmina waren sich von Anfang an einig gewesen, dass sie ein großes Fest mit viel Aufsehen und einem Haufen Gästen nicht wollten. Sie hatten es bevorzugt sich leise und im privaten Rahmen gegenseitig das Ja-Wort zu geben. Abgesehen davon hatte George seiner Frau ein äußerst wichtiges Gelübde gegeben. Er versprach ihr, stets für sie da zu sein, egal was kommen würde.

„Da bin ich anderer Ansicht", widersprach George seinem Vater und seine Eltern schauten ihn verwundert an. „Wir sollten den Frauen definitiv den Zugang zu höherer Bildung ermöglichen, denn sie haben weit mehr Interessen als nur die Familie und den Haushalt."

„Wie bitte? Möchtest du uns etwa sagen, dass du dem Geschwafel von diesem Richard zustimmst?", fragte der Graf empört.

„Ja, das tue ich", antwortete George prompt und glaubte selbst nicht, es soeben gesagt zu haben. Er war der gleichen Meinung wie der Mann, der ihm einst seine Liebe ausgespannt hatte. „Der Herzog und seine Gemahlin haben eine moderne Einstellung, die ich mit ihnen teile. Junge Damen sollten studieren und nach höheren Berufen greifen dürfen, wenn es ihnen danach ist. Wir Männer müssen uns mit der Tatsache abfinden, dass sie gleichwertige Konkurrenten in der Arbeitswelt sein werden", fügte George hinzu und sah seinem Vater fest in die Augen.

„So einen Blödsinn will ich an meinem Tisch nicht mehr hören. Ist das klar?!", brüllte Philip von Bellagarde seinen Sohn an.

„Sei vorsichtig damit, was du sagst, George. Sonst wirst du deiner Frau irgendwelche Flausen in den Kopf setzen", ermahnte

Emanuella von Bellagarde ihn.

„Jasmina ist äußerst eloquent und fleißig. Wenn sie heute entscheidet, sich an einer Universität einzuschreiben, dann unterstütze ich sie bei ihrem Vorhaben und werde sie auf ihrem Weg zur Naturforscherin fördern", erwiderte George selbstsicher.

„Es genügt! Ich will davon nichts hören! Entweder du änderst sofort deine Meinung oder wir kennen uns nicht mehr!", drohte der Vater ihm zornig.

„George, was ist bloß in dich gefahren? Seit wann bist du so rebellisch? Werde bitte wieder vernünftig!", forderte die Mutter ihn auf.

„Nein, ich werde nichts der Gleichen tun. Komm Jasmina, wir gehen", antwortete George sachlich und stand von seinem Platz auf.

Seine Ehefrau, die schweigend dem heftigen Wortwechsel zugehört hatte, sah ihn zunächst fassungslos an, erhob sich schließlich von ihrem Stuhl und sie marschierten gemeinsam aus dem Salon.

„George, wenn du jetzt gehst, dann brauchst du nicht wieder zu kommen!", warnte der Graf von Bellagarde ihn.

„Dessen bin ich mir im Klaren, Vater! Ab heute führe ich mein eigenes Leben!", rief George zurück.

Ohne sich ein weiteres Mal umzudrehen, verließ er zusammen mit Jasmina das Schloss seiner Eltern. Sie setzten sich in die Kutsche und fuhren zum Grafen von Ailly. Die beiden würden die erste Zeit bei Henri bleiben, bis sie ein eigenes Zuhause gefunden hatten. George machte es eigenartigerweise nichts aus, dass er soeben mit seinen Eltern wahrscheinlich für immer gebrochen hatte. Das Wichtigste für ihn war, dass er und seine Frau glücklich lebten, und er wollte auf gar keinen Fall Jasmina unterdrücken. Sie und Melanie haben ihm gezeigt, dass die Frauen äußerst intelligent waren und einen Platz in den oberen Rängen der patriarchischen Welt verdienten. Die ganze Fahrt lang hielt Jasmina Georges Hand fest und lächelte. Sie war zu schüchtern, um ihre Meinung in der Öffentlichkeit frei zu äußern, doch sie war überglücklich einen Mann an ihrer Seite zu haben, der sie verstand und seine Stimme für sie erhob.

Natalie Mec

Kapitel 82   Die Herausforderung

1. Oktober 1877

Am Abend trafen sich Richard und Vincent wieder zu einer gemeinsamen Männerrunde im Gentlemen's Club der Freien sozialistischen Partei und warteten ungeduldig auf Henri, der sich ungewohnter weise verspätete. Als der Graf von Ailly endlich erschien, waren seine Freunde bereits bei ihrem zweiten Glas Whisky und schauten ihn vorwurfsvoll an.

„Entschuldigt mich bitte, aber ich habe heute unerwarteten Besuch von meiner Schwester und ihrem Ehemann bekommen. Sie bleiben vorerst eine Weile bei mir wohnen und wir hatten gemeinsam ein ausgiebiges Abendessen", erklärte Henri schnell und bestellte sich beim Kellner sogleich ebenfalls ein Glas Whisky.

„Deine Schwester hat geheiratet?", fragte Richard verwundert. Denn er hatte nicht gewusst, dass Jasmina zuvor verlobt gewesen war.

„Ja, vor genau einer Woche. Sie heißt nun mit vollem Namen Jasmina von Bellagarde", erklärte der stolze Bruder.

„Wie bitte? Soll das etwa heißen, dass sie George geheiratet hat?", Vincent klang fassungslos.

„Ja genau. Ich sagte doch, dass ich der beste Verkuppler auf der ganzen Welt bin. Und Richard, du müsstest mir jetzt dafür danken, dass ich den Mann vom Markt genommen habe, der dir am gefährlichsten werden konnte", bemerkte Henri grinsend.

BLITZ UND DONNER

Richard lachte kurz auf und spottete: „Danke, du Heiratsvermittler." Für ihn war das Thema mit seinem Rivalen ohnehin schon längst abgehackt, seitdem Melanie beinahe gestorben wäre. Denn jetzt wusste er, dass nicht George sie entzweien konnte, sondern nur der Tod.

„Und was ist eigentlich mit dir los?", wand Henri sich Vincent zu. „Du lässt dich von deiner Frau scheiden, habe ich gehört? Wieso?" Für ihn war dieser Schritt absolut nicht nachvollziehbar.

„Weil er nicht mehr alle Tassen im Schrank hat", antwortete Richard stattdessen.

Vincent warf ihm daraufhin einen genervten Blick zu.

„Jetzt Spaß beiseite. Warum hast du die Scheidungspapiere beim Gericht eingereicht?", wollte Henri wissen und sah seinen Freund durchdringend an.

„Weil ich wieder heiraten möchte, deswegen", antwortete Vincent kurz.

Henri glaubte, sich verhört zu haben, und fragte nach: „Wen willst du heiraten?"

„Jane von Bouget", presste Richard zwischen den Zähnen und kippte sich daraufhin Whisky in den Mund.

„Das ist nicht dein Ernst?", Henri sah ihn mit großen Augen an. „Jane? Die Femme fatal?"

„Sie ist keine Femme fatal", empörte sich Vincent.

„Doch ist sie", entgegnete der Herzog von Crussol und schaute entnervt zur Seite.

„Ich verstehe das nicht. Bist du im Hormonrausch oder weshalb kannst du nicht mehr klar denken?", warf Henri seinem Kumpel Vincent vor und Richard nickte daraufhin mehrmals mit dem Kopf.

„Wieso versteht ihr beide das nicht? Ich liebe Jane und sie mich, deswegen wollen wir heiraten", beteuerte Vincent seine tiefen Gefühle.

„Sie hat dich bei deinem Schwanz", stellte Richard unmissverständlich klar. „Jane hat dir die letzten Gehirnzellen weggevögelt, deswegen riskierst du für sie eine gesellschaftliche Blamage."

„Das sagst ausgerechnet du, Monsieur ich klaue mir die Braut eines anderen, brenne dann mit ihr durch und heirate sie schließlich", bemerkte Vincent sarkastisch. „Welchen Skandal hattest du nach deiner Tat heraufbeschworen?"

„Ist das hier ein Wettbewerb, wer den größten Skandal verursacht oder was ist los?", warf ihm Richard zurück.

„Geht es bei uns Männern nicht immer darum, wer von uns den Größten hat?", bemerkte Henri amüsiert.

Richard ignorierte die anzügliche Anspielung und fuhr unbeirrt fort: „Vergiss den Skandal wieder. Denke lieber an deinen Sohn und welche Folgen die Scheidung seiner Eltern für ihn haben wird. Bleibt er der rechtmäßige Erbe des Hauses von Guise und wird später der neue Herzog oder wird sich Jane durchsetzen und euren gemeinsamen Nachwuchs bevorzugen? Du machst ja jetzt schon alles, was sie von dir verlangt, womöglich wirst du am Ende Karl verstoßen."

„Rede nicht so einen Unsinn, ich würde meinen Sohn niemals enterben oder ihm sein Geburtsrecht den Titel des Herzogs von Guise verweigern", widersprach Vincent vehement.

„Noch nicht. Warte bis du mit Jane Kinder gezeugt hast und sie dich ordentlich bearbeitet hat, dann wirst du sowohl Karl als auch uns vergessen, nur damit sie glücklich ist", blieb Richard unbeirrt bei seiner Meinung.

„Nein, da liegst du falsch", zischte Vincent und sah ihn finster an. Er wollte soeben etwas hinzufügen, als plötzlich ein junger Mann hinter ihnen erschien und laut rief: „Herzog von Guise, auf ein Wort!"

Vincent, Richard und Henri drehten sich in die Richtung, aus der die Stimme gekommen war. Sie sahen verwundert den jungen Mann an, der breitbeinig da stand und offenbar auf Ärger aus war.

„Und wer sind Sie?", fragte Vincent den Fremden irritiert.

„Mein Name ist Valentin Martin und ich will mit Ihnen reden, sofort!", sagte er im Befehlston.

„Wer ist dieser Grünschnabel und woher nimmt er die Frechheit, so mit dir zu sprechen?", empörte sich Henri und sah Vincent fragend an.

Richard hingegen erkannte den jungen Mann augenblicklich wieder. Es war derselbe Kerl, den er vor über zehn Monaten im Varieté Glückszahl 69 gesehen hatte und der sich später heimlich vom Anwesen der Familie von Bouget geschlichen hatte. Es handelte sich offenbar um Jakobs Freund und Janes Liebhaber. Und Richards Annahme bestätigte sich, als Jakob und sein Kumpel Sebastian von Semur ebenfalls in den Club eintraten und verwirrt zu Valentin guckten.

„Tut mir leid, aber ich kenne Sie nicht und weiß deswegen nicht, warum ich Ihrer unverschämten Aufforderung nachgehen sollte", antwortete Vincent abwertend und musterte den jungen Mann von oben bis unten.

„Dafür kennen Sie meine Freundin sehr wohl und machen ihr dreisterweise den Hof", warf der junge Verehrer ihm vor.

„Und wer ist diese Dame? Wären Sie bitte so freundlich, mir ihren Namen zu verraten?", fragte Vincent gelangweilt.

„Jane von Bouget", offenbarte Valentin und ließ damit die Bombe platzen.

Jakob und Sebastian, die das Gespräch mitverfolgten, starrten ihn fassungslos an. Der Herzog von Guise stand augenblicklich von seinem Ledersessel auf und erkannte endlich seinen Rivalen.

„Ich fühle mich in meiner Ehre als Mann beschmutzt und fordere Sie hiermit zu einem Duell heraus!", sagte Valentin mit sicherer Stimme und sah kampfeslustig zu seinem Widersacher.

„Das darf doch alles nicht wahr sein", kommentierte Henri das Geschehen und vergrub sein Gesicht in seiner linken Hand.

„Sie sind mit Mademoiselle von Bouget liiert?", fragte Vincent ungläubig.

„Ja, Jane und ich, wir sind seit über einem Jahr ein Paar. Und Sie sind ein gemeiner Halunke, der sie verführt hat!", beschuldigte Valentin ihn.

Vincents Gesichtsausdruck verfinsterte sich und er biss die Zähne zusammen.

Richard stellte sich direkt neben ihn und raunte ihm zu: „Ich sagte dir doch, dass Jane eine falsche Schlange ist und von ihren Liebhabern nicht loslässt, egal was sie dir da versprochen hat. Lass sie auf der Stelle fallen und überlasse sie diesem Einfaltspinsel."

„Ich bestehe auf mein Duell!", rief Valentin erneut und ließ seinen Kontrahenten nicht aus den Augen.

„Sie wollen sich mit mir duellieren, Monsieur? Gut, wie Sie wünschen. Aber ich bestimme die Waffen", antwortete der Herzog von Guise ernst.

Richard sah ihn entgeistert an. Hatte Vincent ihm soeben überhaupt zugehört?

„Einverstanden. Welche wählen Sie?", entgegnete Valentin und seine Augen blitzten auf.

„Säbel. Ich entscheide mich für ein Fechtduell", erläuterte Vincent ruhig und lächelte teuflisch.

„Dann soll es geschehen. Wir treffen uns gleich morgen früh um fünf Uhr im Westen außerhalb der Stadt am Rande des Waldes", sagte Valentin entschieden. Er wartete einen kurzen Augenblick, ob sein Gegner irgendetwas darauf erwidern würde, was nicht geschah, drehte sich dann um und verließ sofort den Club. Sebastian von Semur war sprachlos und starrte ihm hinterher, Jakob hingegen schaute ernst zu Vincent und Richard rüber. Seine Augen blieben an seinem Schwager haften, der Valentin beim Hinausgehen einen Todesblick verpasst hatte. Seitdem Jakob im Varieté Glückszahl 69 miterlebt hatte, wie Richard die Auftragsmörderin bezahlt hatte, wusste er, dass der Herzog von Crussol zu allem fähig war. Dieser Mann war dazu bereit, einen Mord in Auftrag zu geben. Und seit Gabriels erstem Geburtstag wusste Jakob, dass Richard mit dem Bankier Albert Blauschildt eng befreundet war, der in der Unterwelt als äußerst unberechenbar und kaltherzig galt. Demnach war die Lage für seinen Kumpel Valentin ziemlich ernst und er musste ihn schleunigst von diesem Duell abbringen. Er drehte sich wortlos um und ging langsam aus dem Club. Sebastian folgte ihm. Als die jungen Männer hinter der Eingangstür verschwunden waren, stellte Richard sich direkt vor Vincent hin und stemmte seine Arme in die Hüfte.

„Was sollte das? Warum stimmst du einem Duell zu?", machte er ihm sogleich Vorwürfe. „Ich erinnere mich noch genau daran, wie du mir von einem Kampf mit George abgeraten hattest. Und du selbst stürzt dich kopfüber in ein Fechtduell. Wieso?"

„Richard, verstehst du das etwa nicht? Du konntest damals nur verlieren. Wenn du George bei einem Duell besiegt hättest, dann hätte Melanie dich daraufhin niemals geheiratet. Ich hingegen habe die Chance Jane für mich zu gewinnen, und zwar ein für alle Mal", versuchte Vincent es ihm klar zu machen.

„Das Einzige, was du gewinnst, ist die Flucht aus dieser Stadt, falls du aus Versehen oder mit Absicht diesen Halbstarken im Duell tödlich verletzt", entgegnete Henri, der nun ebenfalls neben Vincent stand.

„Dann werde ich halt die Stadt verlassen, aber zusammen mit Jane und führe mit ihr ein glückliches Leben", verteidigte Vincent sich.

„Hör auf zu träumen, verflucht noch mal, und wach endlich

auf!", fuhr Richard ihn an. "Du willst dein ganzes bisheriges Leben für sie opfern? Dazu noch deine Frau und deinen Sohn hinter dir lassen? Bist du dir überhaupt sicher, dass Jane dich liebt? So wie dieser Valentin Martin sich soeben hier aufgeführt hat, habe ich den starken Verdacht, dass ihr Herz ihm gehört. Er ist sich seiner Sache verdammt sicher."

Henri nickte mehrmals und stimmte Richard zu. Vincent fühlte sich in die Enge getrieben und holte nun zum letzten Schlag aus.

"Erinnerst du dich noch an den Augenblick, als Melanie fast gestorben wäre?", stellte Vincent seinem besten Freund die Frage. "Fühlst du noch den Schmerz in deiner Brust und die Leere in deinem Kopf, die dich damals gelähmt haben?"

Richard schwieg und wusste, worauf sein langjähriger Freund hinaus wollte.

"Du hättest dein Leben für Melanie gegeben. Richtig? So hatte ich mich gefühlt, als Karolina starb. Es ist jetzt über elf Jahre her, dass ich sie das letzte Mal in meinen Armen hielt, und nun ist da eine Frau, die mir genauso viel bedeutet, wie deine Schwester. Ich möchte Jane heiraten und mit ihr bis ans Ende meiner Tage zusammenbleiben", erklärte Vincent und seine Augen wurden rot.

"Jane ist nicht Karolina. Sie ist es nicht wert, dass du dich für sie duellierst", antwortete sein bester Freund entschieden.

"Doch das ist sie", beharrte Vincent.

Richard und Henri schüttelten nur ihre Köpfe und wussten keinen Rat mehr, wie sie ihren besessenen Freund vom Gegenteil überzeugen sollten.

Zur gleichen Zeit wartete Valentin auf der Straße auf seine Mitstreiter. Er hatte es geschafft, den Herzog von Guise zu einem Kampf herauszufordern, und bald würde er diesen Mistkerl ein für alle Mal beseitigen und Jane würde endlich ihm allein gehören. Seine Freunde kamen mit schnellen Schritten auf ihn zu geeilt und Jakob wirkte äußerst verärgert.

„Du hast seit über einem Jahr eine Beziehung zu meiner ältesten Schwester?", sprach er aufgebracht und konnte es selbst kaum glauben.

„Ja, wir lieben uns glühend", sagte Valentin offen und schämte sich nicht dafür.

„Warum hast du es mir nie erzählt?", warf Jakob ihm vor.

„Weil Jane es mir verboten hatte. Keiner aus ihrer Familie sollte es wissen oder sonst jemand aus der Öffentlichkeit", erklärte Valentin schnell.

„Vermutlich, weil eine heimliche Liebelei in der Gesellschaft ein gefundenes Fressen für die Tratschtanten wäre", schlussfolgerte Sebastian grinsend, denn er musste es am besten wissen. Seine Großmutter und Mutter waren die größten Lästermäuler, die es gab.

Jakob schüttelte ungläubig den Kopf und fuhr fort: „Weißt du eigentlich, was du da heraufbeschworen hast? Der Herzog von Crussol ist ein abgebrühter Mann. Wenn du seinem Freund, dem Herzog von Guise, etwas antust, dann wird er dir das Tausendfache heimzahlen."

„Das glaube ich nicht. Es ist eine Angelegenheit zwischen dem Herzog von Guise und mir. Keiner darf sich da einmischen. Ich werde ihn in dem Duell besiegen und damit wird die Sache erledigt sein. Wenn der Herzog von Crussol daraufhin auf Rache aus sein sollte, dann ist er ein unehrenhafter Mann", entgegnete Valentin entschieden.

Jakob verdrehte die Augen und atmete tief aus. „Warum hast du eigentlich einem Fechtduell zugestimmt? Du weißt es offensichtlich nicht, aber Vincent von Guise ist ein herausragender Fechtmeister. Er trainiert regelmäßig, nimmt an Fechtturnieren teil und belegt dort die vordersten Plätze. Ich selbst habe ihn in Aktion gesehen. Und glaube mir, du hast mit deinen kümmerlichen Fechtkenntnissen keine Chance gegen ihn. Er hat dich mit voller Absicht in eine Falle schlittern lassen und du hast es nicht ein Mal gemerkt!", redete Jakob sich in Rage, denn das Leben seines Freundes stand auf dem Spiel.

Valentin schaute ihn verunsichert an und sagte nichts dazu.

„Er wird dich umlegen und mit meiner Schwester verschwinden, kapierst du das jetzt endlich? Und keiner wird deinen Tod lange beweinen, dafür wird sein einflussreicher Freund Herzog von Crussol schon sorgen", erläuterte Jakob aufgebracht.

Alle drei schwiegen eine kurze Weile und überlegten angestrengt, bis Sebastian plötzlich das Wort ergriff.

„Jakob, du kennst dich hervorragend mit Waffen aus. Hast du vielleicht eine Idee, wie Valentin am Ende das Duell doch noch gewinnen könnte?", schlug Sebastian unverhofft vor.

„Mir wäre es lieber, wenn das Duell erst gar nicht stattfinden würde", entgegnete Jakob.

„Bitte", flehte Valentin ihn und er kämpfte mit den Tränen. „Ich liebe Jane und möchte sie nicht verlieren. Weißt du, wie sehr mich der Gedanke quält, dass sie den Herzog von Guise heiraten soll?"

Jakob verstand ihn nur zu gut. Als er vorhin Henri von Ailly im Gentlemen's Club sitzen sah, hätte er ihm am liebsten den Hals umgedreht, aber leider war für Jakob der Zug schon lange abgefahren.

„In Ordnung. Lassen wir es zu einem Duell kommen. Ich habe in der Tat eine Idee, die womöglich klappen könnte", sagte Jakob schließlich.

Valentins Gesicht hellte sich sofort auf und er war voller Tatendrang. Bald würde er mit seiner Herzensdame auf ewig zusammenbleiben und sie würde nur ihn lieben. So wie es sein sollte.

Blitz und Donner

Natalie Mec

Kapitel 83 Das wahre Gesicht

2. Oktober 1877

Melanie wälzte im Schlaf unruhig hin und her, bis sie schweratmend aufwachte. Eigenartigerweise konnte sie sich an keinen einzigen Traum erinnern, der sie innerlich so aufgewühlt hatte. Sie drehte ihren Kopf auf die andere Seite des Bettes und erkannte, dass ihr Ehemann immer noch nicht da war. Wo steckt er bloß? Die Uhr auf der Kommode verriet ihr, dass es bereits zwei Uhr in der Nacht war. Sie stand auf, zog ihren Morgenmantel an und schlüpfte in ihre kuschligen Pantoffeln. Dann nahm sie einen Kerzenständer mit zwei Kerzen, zündete sie an und spazierte damit durch die Flure des Schlosses. Schließlich fand sie ihren Gatten in seinem Arbeitszimmer, wie er die Unterlagen durchsuchte und dabei ziemlich gestresst aussah.
„Richard, was tust du hier mitten in der Nacht?", fragte sie ihn verwirrt.
Er schaute kurz zu ihr und forderte sie so gleich auf: „Melanie, geh wieder schlafen. Ich habe was Wichtiges zu erledigen."
„Was ist bitteschön so wichtig, dass es nicht bis zum Morgen warten kann?", wollte sie wissen.
„Ich sagte, du sollst ins Bett gehen", wiederholte er und wirkte gereizt.
„Sagst du mir bitte vorher, was los ist", Melanie ließ nicht

locker.

„Mein bester Freund hat den Verstand verloren, das ist los", seufzte Richard und ließ die Papiere in seiner Hand sinken.

„Erkläre es mir bitte", bat Melanie ihn im sanften Ton.

„Vincent wird sich heute mit einem anderen Mann für ein selbstsüchtiges Weib duellieren. Und er könnte dabei ernsthaft verwundet werden", antwortete Richard verzweifelt.

„Wer ist diese Frau?", fragte Melanie mit weit aufgerissenen Augen.

„Deine Schwester Jane", sprach Richard den Namen voller Abscheu aus.

„Wie bitte? Das ergibt doch keinen Sinn. Vincent ist verheiratet. Meine Schwester würde niemals etwas mit ihm anfangen. Sie ist eine sittsame Frau, die sehr auf ihren guten Ruf bedacht ist", entgegnete Melanie irritiert.

„Die beiden haben seit geraumer Zeit eine heimliche Affäre. Stelle dir das vor!", rief Richard aufgebracht. „Vincent lässt sich gerade sogar für Jane von seiner Frau scheiden. Und zu allem Überfluss hat deine Schwester noch einen weiteren glühenden Verehrer, diesen Valentin Martin, der Vincent zu einem Fechtduell herausgefordert hat!"

Melanie schüttelte ungläubig den Kopf und war zunächst fassungslos. „Jane?", sagte sie stockend. „Das glaube ich einfach nicht."

„Das sollst du aber. Deine Schwester ist das Letzte! Sie könnte für den Tod meines besten Freundes verantwortlich sein und das würde ich ihr niemals vergeben!", schrie Richard und war außer sich vor Zorn.

Melanie drehte sich daraufhin augenblicklich um und ging schnell zurück in ihr Schlafgemach. Sie stellte den Kerzenständer auf die Kommode und suchte in den Schubladen ihre Reitsachen raus. Sie zog sich gerade um, als Richard plötzlich in das Gemach reinkam und vor ihr stehen blieb.

„Wo willst du hin?", fragte er irritiert.

„Zum Anwesen meiner Eltern und mit Jane reden", entgegnete Melanie schnell. „Wenn es tatsächlich stimmt, was du sagst, dann ist sie die einzige Person, die dieses Duell noch verhindern kann."

Richard schaute seine Frau nachdenklich an. „Glaubst du ernsthaft, dass du Jane ins Gewissen reden kannst?", äußerte er seine Zweifel.

„Ich will es wenigstens versuchen, sonst würde ich es mir niemals verzeihen", antwortete Melanie, zog ihren Reitmantel an und zum Schluss die Stiefel. „Wo und wann findet das Duell statt?", fragte sie schnell, denn sie brauchte die genauen Koordinaten.

„Heute um fünf Uhr morgens außerhalb der Stadt im Westen, am Rande des Waldes", entgegnete er.

Melanie holte aus ihrem Kleiderschrank noch den Säbel raus, den Richard ihr geschenkt hatte, und marschierte aus dem Zimmer hinaus.

„Melanie!", rief ihr Ehemann ihr hinterher und sie drehte sich sogleich um. „Wenn du bei Jane nicht erfolgreich bist, dann komme auf gar keinen Fall zum Kampf."

„Das werde ich nicht", sagte sie entschieden und lief schnell weiter. Sie würde nicht scheitern, das durfte sie nicht. Sie begab sich zum Pferdestall und weckte ihren Hengst auf, der friedlich in seiner Box schlief.

„Komm Nero, wir müssen meinem Freund Vincent helfen, bevor es zu spät ist", sprach sie ihm leise ins Ohr. Nero schaute sie verschlafen an. Schüttelte dann seine Mähne und wurde allmählich munter. Melanie sattelte ihn und kratzte schnell seine Hufen. Danach führte sie ihn aus dem Stall und sprang auf ihn rauf. Es herrschte finstere Nacht, aber das war für sie kein Problem, denn sie kannte die Strecke auswendig. Sie ritt los und je näher sie dem Anwesen ihres Vaters kam, desto dunkler wurde die Nacht um sie herum. Als sie nach einer Viertelstunde dort ankam, brannte in ihrem alten Zuhause kein Licht. Überall war es gespenstisch still. Kein Vogelgesang oder Insektengeräusche. Und sogar der Mond hatte sein Antlitz hinter einer Wolke verborgen. Das Anwesen, das tagsüber im hellsten Gelb und Weiß erstrahlte, glich in der Nacht einer Ruine aus uralten Zeiten, in der das Böse lebte. Melanie fasste den Mut und klopfte an die Eingangstür. Erst nach einigen Minuten öffnete Monsieur Bernard ihr die Tür. Er hatte offensichtlich geschlafen, denn seine Kleidung war nicht zugeknöpft und die Perücke saß schief auf seinem Kopf. Er schaute Melanie überrascht an. Mit ihrem nächtlichen Besuch hatte er nicht gerechnet.

„Ich muss sofort mit Jane sprechen. Bitte wecke sie auf. Ich werde hier so lange warten", forderte sie ihn auf und begab sich in den Salon neben dem Foyer.

Wenig später kam Jane im Morgenmantel herein und schaute ihre jüngste Schwester irritiert an.

„Melanie, was ist passiert, und warum weckst du mich?", wollte sie wissen und rieb sich verschlafen die Augen.

„Mach bitte die Tür hinter dir zu und setze dich zu mir. Es ist äußerst dringend", forderte ihre jüngere Schwester sie auf. Jane schloss langsam die Tür zu und nahm am langen Tisch neben ihr Platz.

„Hast du eine Affäre mit Vincent von Guise?", fragte Melanie ernst und schaute ihrer Schwester tief in die Augen.

Janes Gesichtsausdruck zeigte keine Regung und sie erwiderte darauf: „Das hat dir mit Sicherheit Richard erzählt."

Melanie atmete tief aus. Also stimmte es, was ihr Mann gesagt hatte.

„Sei bitte ehrlich. Hast du einen weiteren heimlichen Verehrer namens Valentin Martin?", lautete ihre zweite Frage.

Dieses Mal starrte Jane sie erschrocken an und überlegte, was sie als Nächstes antworten sollte.

Natalie Mec

„Du hast!", stellte Melanie schockiert fest und deutete Janes Schweigen als ein 'Ja'. „Weißt du davon, dass die beiden heute bei einem Fechtduell gegeneinander antreten werden?", sprach sie weiter.

Ihre Schwester runzelte die Stirn und wiederholte: „Sie wollen sich duellieren?"

„Ja, und das offensichtlich wegen dir", offenbarte Melanie. „Bei diesem Duell kann alles geschehen, jemand könnte schwer verletzt werden oder vielleicht noch schlimmer. Willst du das?"

Jane stand auf und schwebte langsam zum Fenster. Sie dachte scharf nach und ließ Melanie an ihren Gedanken teilhaben: „Vincent ist ein erfahrener Fechtmeister, er wird Valentin besiegen, da bin ich mir sicher. Er wird ihn aber nicht töten, sondern nur verletzten."

„Das ist doch nur eine Annahme. Keiner kann den Ausgang des Duells vorhersehen. Was gedenkst du also dagegen zutun?", sagte Melanie aufgebracht.

„Wenn Vincent und Valentin die Angelegenheit untereinander auf diese Weise klären wollen, dann soll es so sein", entgegnete Jane gelassen und schaute weiter aus dem Fenster nach draußen.

Melanie stand von ihrem Stuhl auf und konnte nicht glauben, was sie da soeben gehört hatte.

„Du willst es allen Ernstes zulassen? Wieso?", fragte sie fassungslos.

„Weil Vincent dann zu hundert Prozent mein wäre. Er hätte sein Leben für mich riskiert und würde zusammen mit mir von hier fortgehen. Wir würden heiraten und ich wäre die neue Herzogin von Guise. Und Valentin würde uns nie wieder aufsuchen", erklärte Jane nachdenklich.

„Das könntest du auch, wenn du mit den beiden sprichst und ihnen erklärst, dass du dich für Vincent entschieden hast. Dann würde Valentin nicht mehr zum Duell antreten und du hättest dein Ziel erreicht", schlussfolgerte Melanie.

„Nein, das ist nicht dasselbe", konterte Jane und schüttelte langsam den Kopf. „Das wäre zu einfach. Sie kämpfen um mich und ich bin der begehrte Preis. Wenn ich mich einmische, dann würde ich ihr Verlangen nach mir schmälern."

„Was redest du da bloß? Das ist doch kein Spiel. Es ist bitterer Ernst! Begreifst du es denn nicht?", redete Melanie ihr ins Gewissen.

„Wenn ich Herzogin werden will, dann muss ich Opfer bringen", antwortete ihre Schwester.

„Opfer nennst du das?", sagte Melanie fassungslos. „Ist es dir etwa gleichgültig, dass Valentin bei dem Duell schwer verwundet werden könnte?"

Jane stand weiterhin mit dem Rücken zu ihr und antwortete leise: „Es muss leider so sein."

Melanie trat an sie heran und drehte sie unsanft zu sich um. „Jane bitte, komm mit mir zum Treffpunkt des Duells und verhindere es!", flehte sie ihre Schwester an.

„Nein, das werde ich nicht", weigerte sich Jane und blieb beängstigend ruhig.

Melanie starrte sie voller Entsetzen an.

„Was ist dein eigentliches Ziel? Eine Herzogin zu werden oder Valentin für allemal loszuwerden?", fragte sie sarkastisch und hoffte, dass sie sich in Jane irrte. Und dass ihre Schwester nicht zu einer abtrünnigen Frau mutiert war, die über Leichen ging.

„Wenn ich Glück habe, dann wird beides schon bald in Erfüllung gehen", antwortete Jane und lächelte.

Melanie ließ sie sofort los, als hätte sie soeben glühende Kohle berührt, und ging ein paar Schritte rückwärts. Sie schüttelte ungläubig den Kopf und ihr wurde plötzlich übel.

„All die Jahre ...", sagte Melanie langsam, „All die Jahre habe ich dich geliebt, weil wir Schwestern sind, aber nun erkenne ich dein wahres Gesicht und es ist hässlich." Sie hielt ihre Hand vor den Mund und glaubte, sich gleich übergeben zu müssen.

„Bin ich denn so anders als du? Um dich haben ebenfalls zwei Männer gekämpft und einem von ihnen hast du das Herz gebrochen. Ich sehe da keinen Unterschied", verteidigt sich Jane.

„Oh es macht einen gewaltigen Unterschied. Du hast Valentin nur benutzt, um Vincent eifersüchtig zu machen, damit er am Ende die Scheidung von seiner Frau einreicht. Aber jetzt hast du die Kontrolle über das perfide Spiel verloren und hoffst, dass das Duell zu deinen Gunsten ausgeht. Doch was wenn du dich irrst? Was machst du, wenn Valentin gewinnt?", stellte Melanie ihr die Frage und atmete schwer.

„Dazu wird es nicht kommen. Vincent ist zu gut im Fechten, um zu verlieren. Der Sieg ist so gut wie seiner", widersprach Jane und klang äußerst selbstsicher.

„Nein, das ist nicht die Antwort auf meine Frage. Du hoffst, dass Vincent gewinnt, aber du weißt nicht, was du tun wirst, wenn Valentin nicht verliert. Ich sage es dir jetzt offen, falls Vincent bei diesem verdammten Duell etwas zustößt, dann sind wir keine Schwestern mehr", drohte Melanie.

„Damit kann ich leben", entgegnete Jane und funkelte sie böse an.

Melanie hatte genug gesagt und gehört. Sie musste auf der Stelle hier raus, bevor sie ihren Mageninhalt auf dem Parkettfußboden hinterließ. Sie stürmte aus dem Anwesen, das nicht vor allzu langer Zeit noch ihr Zuhause gewesen war, und ritt wutentbrannt den Weg wieder zurück. Die Sonne kündigte sich am Horizont an und Melanie spielte mit dem Gedanken, zum Treffort des Duells zu reiten, aber sie hatte Richard versprochen, nicht hinzukommen, egal wie ihr Gespräch mit Jane ablaufen würde. Blieb ihr demnach nur Beten und Hoffen? Konnte überhaupt alles gut gehen? Denn bei einem Kampf gab

BLITZ UND DONNER

es immer einen Verlierer, und jemanden, der um ihn weinte.

Natalie Mec

BLITZ UND DONNER

Kapitel 84   Der Knall

2. Oktober 1877

Richard kam eine halbe Stunde vor dem Beginn des Duells am Rande des Waldes an. Vincent und Henri warteten dort bereits auf ihn. Von der gegnerischen Partei fehlte noch jede Spur. Der Herzog von Crussol sprang von seinem Pferd runter und stellte sich zu seinen Freunden. Der Boden war vom Morgentau überzogen und gelegentlich sah man Nebelbänke direkt auf den Feldern und Wiesen liegen. Der Oktober bemalte den Wald mit feurigen Farben und die Luft hatte sich endgültig von der Wärme des Sommers verabschiedet.

„Hast du die Unterlagen gefunden, um die ich dich gebeten habe?", fragte Vincent seinen Freund.

„Ja, habe ich. Die Papiere wurden damals sogar notariell beglaubigt, als du sie aufgesetzt hattest. Falls dir etwas zustoßen sollte, dann wird dein Sohn Karl in meine Obhut übergehen, und ich bin neben seiner Mutter Jacqueline sein Vormund, bis er das achtzehnte Lebensjahr vollendet hat", bestätigte Richard und hatte Schwierigkeiten, seine schlechte Laune zu verbergen.

„Ich danke dir", sprach Vincent und schaute seinen langjährigen Freund nachdenklich an. „Was ist los? Glaubst du etwa, ich verliere gegen diesen Jüngling, so wie du zu jener Zeit gegen deine Frau verloren hast?", stichelte er scherzhaft.

„Das könnte durchaus passieren, ja, aber ich befürchte, dass dir diese Niederlage nicht so viel Vergnügen bereiten wird, wie mir damals gegen Melanie", entgegnete Richard schroff.

„Ich erinnere mich daran. Das war eure erste Begegnung und sie hatte dich sogleich aufs Kreuz gelegt. Wolltest du es ihr damals nicht heimzahlen?", bemerkte Henri grinsend.

Richard warf ihm einen genervten Blick von der Seite zu. Im war momentan nicht nach Späßen zumute.

„Versprich mir, dass egal was gleich passiert, du mich auf gar keinen Fall rächen wirst", sagte Vincent plötzlich.

Sein bester Freund schaute verwundert zu ihm und erwiderte prompt: „Das kann ich nicht versprechen."

Der Herzog von Guise stellte sich Richard direkt gegenüber und blickte ihm mit ernster Miene ins Gesicht.

„Ich kenne dich wie kein Anderer und weiß deshalb, wie weit dich deine Gier nach Rache führen kann. Deswegen möchte ich, dass du mir versprichst, keine Vergeltung für mich zu üben", beharrte Vincent. „Du hast eine Frau und Kinder, die dich brauchen. Bringe dich meinetwegen nicht in Gefahr. Es ist ganz allein meine Entscheidung gewesen, diesem Duell zuzustimmen, obwohl du mir davon abgeraten hast. Deshalb werde nur ich die Konsequenzen daraus ziehen."

Richard sah ihn stirnrunzelnd an und schwieg.

„Schwöre, dass du nichts unternehmen wirst", sprach Vincent eindringlich und sah ihm fest in die Augen.

Sein Freund atmete tief ein und wieder aus und sagte höchst widerwillig: „Ich schwöre es."

Der Herzog von Guise entspannte sich und lächelte leicht.

„Sieh zu, dass du gewinnst. Und bitte töte diesen törichten Burschen nicht", ermahnte Richard ihn.

„Ich gebe mein Bestes", entgegnete Vincent mit einem breiten Lächeln und schaute zum wolkenlosen Himmel hoch. „Es scheint heute ein schöner Tag zu werden. Was wollen wir nachher unternehmen?"

„Wie wäre es mit einem Ausflug an den Strand zusammen

mit den Kindern?", schlug Henri vor und wirkte völlig entspannt. Offenbar hatte er keine Bedenken bezüglich des Zweikampfs und über dessen Ausgang.

„Klingt super, das machen wir", sagte Vincent fröhlich und drehte seinen Kopf in die Richtung, aus der gerade drei Reiter näher kamen. „Ah, da ist ja unser Gegenspieler", stellte er fest und wurde wieder ernst.

Die jungen Männer verlangsamten ihre Pferde und hielten nur wenige Schritte von ihnen entfernt an. Sie sprangen galant auf den Boden und kamen dem berüchtigten Trio näher. Vincent fixierte seinen Kontrahenten mit den Augen und versuchte, ihn zu durchschauen. Valentin wirkte äußerst entschlossen und schaute furchtlos zu seinem Gegner zurück.

„Was macht ihn so siegessicher?", überlegte Vincent. „Ist er womöglich besser im Fechten als angenommen?"

„Nun denn, zeigt eure Waffen", sprach Henri und streckte den beiden Duellanten seine Hände entgegen. Valentin und Vincent übergaben ihm jeweils ihre Säbel und der Sekundant inspizierte die Fechtwaffen. Sebastian von Semur stand neben ihm und begutachtete die Fechtwaffen ebenfalls. Die Säbel waren von normaler Beschaffenheit und hatten nichts Außergewöhnliches an sich. Am Ende der Überprüfung nickten Henri und Sebastian gleichzeitig und übergaben die Säbel an ihren jeweiligen Besitzer zurück. Valentin drehte sich zu Jakob um, der etwas weiter abseits stand, gab ihm eine freundschaftliche Umarmung und sagte: „Danke für alles. Wir werden uns nicht so schnell wiedersehen."

„Eines Tages sehen wir uns wieder mein Freund", antwortete Jakob und sah ihn traurig an.

Valentin nickte unmerklich und atmete tief aus. Er drehte sich um und begab sich in Kampfposition. Vincent stand wenige Schritte vor ihm und nahm ebenfalls die Position ein. Es war für beide ein aufregendes Gefühl, ihrem Gegner während des Duells gegenüberzustehen. Das Herz schlug schneller, man war auf das Äußerste angespannt und musste bei völlig klarem Verstand bleiben. Denn Fechten war wie Schachspielen mit Hochgeschwindigkeit. Vincents Strategie war es, seinen Kontrahenten bis zur Erschöpfung zu treiben. Er würde Valentin lange attackieren müssen, bis dieser müde werden würde und von alleine aufgab. Und er durfte keine schweren Schnittverletzungen oder sogar Stiche kassieren, um selbst bis zum Schluss bei Kräften zu bleiben. Nur so konnte Vincent seinen Rivalen bezwingen, ohne ihm großartig zu schaden. Doch plötzlich bemerkte er etwas Sonderbares an der Art und Weise, wie Valentin seinen Säbel hielt. Mit ausgestrecktem Arm und direkt auf seinen Gegner zielend. Eine außergewöhnliche Kampfposition mit der Fechtwaffe. Im nächsten Moment erkannte Vincent, was da in Wahrheit vor sich ging, aber dafür war es zu spät. Ein lauter Knall ertönte und er spürte den Schmerz, wie etwas seinen Brustkorb durchdrang. Die Krähen, die soeben friedlich oben in den Bäumen des Waldes friedlich geschlafen hatten, schreckten auf und flogen kreischend davon. Zunächst blieb Vincent regungslos stehen und starrte mit weit aufgerissenen Augen zu Valentin. Er sah ein leichtes Lächeln auf den Lippen seines Rivalen und den absoluten Triumph in seinem Blick. Wie konnte Vincent sich nur so in ihm täuschen? Dieser junge Mann kannte keine Skrupel. Die Zeit verlangsamte sich und Vincent fiel wie in Zeitlupe rücklings auf den feuchten Rasen. Richard starrte fassungslos zu ihm runter und sah, wie sich dessen Brust schnell rot färbte. Er beugte sich zu ihm und sah ihn voller Entsetzen an. Vincent spuckte Blut, viel Blut. Richard schaute auf die Einschussstelle in Vincents Weste und begriff in diesem Moment, dass mit einer Pistolenkugel auf seinen Freund geschossen wurde. Aber wie konnte das passiert sein? Er sah wieder hoch zu Valentin, der schnell zurück zu seinem Pferd rannte und auf dessen Rücken sprang. Der Sieger machte sich schnell aus dem Staub. Seine Freunde Jakob und Sebastian starrten zunächst panisch zu Vincent und ergriffen dann ebenfalls die Flucht. Richard sah ihnen voller Hass hinterher und der einzige Grund, warum er ihnen nicht sofort nachjagte, war sein bester Freund, der direkt vor ihm am Boden lag und verblutete. Er nahm sein Jackett ab und versuchte, damit die Blutung zu stoppen, aber es half nicht. Henri kniete ebenfalls daneben und sah hilflos zu Vincent, der immer blasser wurde.

„Richard", keuchte Vincent. Der Schmerz in seiner Lunge war unerträglich und raubte ihm die Luft. Er ergriff die Hand seines langjährigen Gefährten und die Worte kamen nur noch röchelnd aus ihm heraus: „Sie war es wert gewesen."

Doch Richard schüttelte nur den Kopf und sah Vincent flehend an. Sein bester Freund durfte ihn nicht verlassen. Doch sein treuer Begleiter machte den letzten gurgelnden Atemzug und dann verschwamm die Umgebung um ihn herum und wurde für immer dunkel. Richard verspürte einen dumpfen Schlag in seiner Brust und konnte nicht mehr atmen. Nicht denken. Nicht fühlen. Nicht weinen. Er hörte Henris qualvollen Schrei neben sich, aber er selbst war wie gelähmt. Als hätte man ihm sein Herz rausgerissen und es weggeworfen. Nach einer kurzen Zeit spürte er, wie ihn jemand an der Schulter berührte. Er vernahm eine vertraute Stimme, die ihn fragte: „Wie ist das passiert?"

Richard blickte starr auf seinen toten Freund und brachte kein Wort heraus. Vincents Gesicht sah so friedlich aus, als würde er mit offenen Augen träumen.

„Nein, sie war es nicht wert gewesen. Und ich habe dich nicht aufhalten können", lautete Richards einziger Gedanke in diesem Augenblick.

„In dem verfluchten Säbel war eine kleine Pistole eingebaut. Ich hatte die Fechtwaffen vorher überprüft, aber Valentin hatte seinen Säbel kurz nach der Inspektion gegen ein anderes bei Jakob ausgetauscht, ohne dass wir es bemerkten", erzählte Henri unter Tränen. Er warf sich auf Vincent und war völlig in seiner Trauer aufgelöst.

Die Hand auf Richards Schulter fing an zu zittern und formte sich zu einer Faust.

„Aaaahhhhh, ich bringe diese verdammte Schlampe um!", schrie die Stimme und weckte den Herzog von Crussol aus seiner Schockstarre. Er dreht sich zu ihr um und erkannte seine Frau wieder.

„Warum ist sie hier?", fragte er sich.

Melanie marschierte zurück zu ihrem Pferd und schwang sich auf ihn drauf. Dann galoppierte sie davon, als ginge es um einen Sieg, der aber bereits verloren war. Nero rannte so schnell wie noch nie in seinem bisherigen Leben. Er fühlte den Zorn seiner Reiterin und das machte ihn rasend. Er schnaufte schwer und beschleunigte immer weiter. Wäre er jetzt auf einer Rennstrecke, dann hätte er jedes andere Pferd gnadenlos geschlagen. Nero sah sein Ziel vor Augen, das gelbe Anwesen, indem das Böse lebte. Er hatte es gerochen, als er vor wenigen Stunden hier gewesen war. Er bremste ab und kam direkt vor dem Eingang zum Stehen. Melanie sprang von ihm runter, zog ihren Säbel aus der Scheide und begab sich auf die Jagd. Sie öffnete selbst die Eingangstür und lief hinein.

„Jane!", rief sie laut.

Ihre Mutter kam angelaufen und starrte sie entsetzt an.

„Melanie, was ist passiert?", fragte sie irritiert.

Doch ihre Tochter ignorierte sie und lief die große Treppe hoch und stürmte in Janes Zimmer. Niemand war da, nur die Balkontür stand offen. Melanie ging sofort dorthin und schaute hinaus, aber da war ihre Schwester ebenfalls nicht. Sie kehrte wieder zurück auf den Flur und suchte die anderen Schlafzimmer ab.

„Wo bist du, Hexe? Komm sofort raus!", schrie sie in ihrem Wahn. Doch sie begegnete nur den verwirrten Dienstangestellten und schließlich ihrem Vater, der im Foyer stand und sie ernst anguckte.

„Wo ist Jane?", fragte sie ihn laut und lief die Haupttreppe wieder runter.

„Sage mir vorher, was geschehen ist?", stellte er ihr stattdessen die Gegenfrage.

Melanie bemerkte sofort, dass hier etwas nicht stimmte.

„Wo ist sie?!", forderte sie ihn auf.

„Jane ist soeben mit einem jungen Mann hier rausgelaufen, als würde es um ihr Leben gehen. Sage mir zum Donnerwetter noch mal, was passiert ist!", schrie Thomas laut.

Aber Melanie hatte keine Zeit für Erklärungen, sie lief an ihrem Vater vorbei ins Freie und sah, wie zwei Reiter schnell davon galoppierten. Sie erkannte sofort Janes blonden Haarschopf und lief zurück zu ihrem Pferd, um ihrer Schwester nachzujagen. Jane würde ihr nicht entkommen. Niemals! Doch plötzlich versperrte ihr jemand den Weg. Es war Jakob und er hielt ein Schwert in der Hand. Er sah Melanie flehend an und wollte bereits etwas sagen, aber sie stürzte sich voller Wut auf ihn. Sie attackierte ihn erbarmungslos mit ihrem Säbel und Jakob hatte Mühe, die schweren Hiebe zu parieren. Seine Schwester war wie von Sinnen. Sie verpasste ihm einen Schlag nach dem nächsten, bis Jakob mit dem Rücken an einem Baum stand und ihr völlig ausgeliefert war. Melanie schlug ihm den Säbel aus der Hand und presste ihn mit dem linken Arm gegen den Baum.

„Gib es zu, das war deine Idee, Jakob", zischte sie ihn an. „Vater hat dich viel über Waffen gelehrt, ganz besonders über die Hinterlistigsten. Wie bist du an das raffinierte Teil rangekommen? Hast du jetzt Verbindungen zu illegalen Waffenlieferanten oder hat dir Vater ein paar seiner alten Kollegen vorgestellt, die in dem Beruf tätig sind?"

Jakob blieb stumm und versuchte, sich von ihr zu befreien,

vergebens. Melanie hielt ihm ihren Säbel an seine Kehle und war bereit zuzustechen.

„Antworte mir!", brüllte sie ihn an.

„Ja, es war meine Idee!", gab Jakob zu. „Sollte ich etwa zusehen, wie mein Freund beim Duell verliert?"

„Stattdessen habt ihr meinen Freund umgebracht!", schrie Melanie laut.

„Das war so nicht geplant gewesen. Valentin sollte den Herzog nur verletzten, aber nicht töten", erklärte Jakob.

Seine Schwester schüttelte heftig mit dem Kopf und donnerte: „Wie hinterrücks kann man sein? Das war kein faires Duell, sondern ein feiger Mord!"

Sie presste Jakob noch stärker gegen den Baum und holte mit dem Säbel aus. Ihr Bruder riss seine Augen auf und schnappte nach Luft. Sie stach blitzschnell zu, und genau im gleichen Augenblick packte sie jemand von hinten und zerrte sie weg von ihm. Jakob zitterte am ganzen Körper. Der Säbel hatte seinen Kopf nur um wenige Millimeter verfehlt und steckte nun direkt neben seinem Gesicht im Baum.

„Lass mich los!", schrie Melanie und schlug um sich. Aber die unbekannte Person war stärker als sie und hielt sie weiterhin fest im Griff. „Jakob, wie konntest du es nur tun?", rief sie ihrem Bruder zu, während sie weiter weg geschleppt wurde. „Wieso hast du es zugelassen, dass er stirbt!", kreischte sie laut und Tränen liefen ihr übers Gesicht.

Jakob stand regungslos da und schaute auf seine hysterische Schwester, die sich nicht mehr unter Kontrolle hatte. Sie tat ihm unendlich Leid, aber was geschehen war, konnte niemand mehr rückgängig machen.

„Warum Jakob? Warum musste Vincent sterben?", fragte Melanie verzweifelt und weinte bitterlich. Sie schaute runter auf die Arme, die sie an der Taille umklammert hielten, und erblickte Blut verschmierte Ärmel und Hände. Sie drehte ihren

Blitz und Donner

Kopf um und erkannte Richard. Er war ihr hinterhergeritten, um sie aufzuhalten. Sie gab ihren Kampf schlagartig auf und sackte ihn sich zusammen. Melanie heulte und konnte den Schmerz des Verlusts nicht ertragen. Ihr Mann hielt sie solange fest, bis sie sich einigermaßen wieder beruhigt hatte. Dann stellte er sie auf die Beine und nahm ihr Gesicht in die Hände. Melanie schluchzte und sah ihn qualvoll an. Richards Gesichtsausdruck zeigte keine Regung. Er sah ihr tief in die Augen und erklärte: „Die Zeit für die Rache ist nicht hier und nicht jetzt."

Sie nickte und vergrub ihr Antlitz in seiner Brust. Er umarmte sie, bis sie bereit war zu gehen. Dann nahmen sie ihre Pferde an den Zügeln und gingen langsam den Weg zurück. Sie hatten im Kampf um das Leben ihr Bestes gegeben und am Ende auf ganzer Linie verloren.

Natalie Mec

Kapitel 85   Das Blätterrascheln

4. Oktober 1877

Die Beerdigung des Herzogs von Guise fand bereits zwei Tage nach seinem Tod statt. Die Trauergemeinschaft stand um den Sarg des Verstorbenen herum und hörte den Worten des Pfarrers zu. Vincent sollte auf dem Privatfriedhof seiner Familie auf deren Landsitz beigesetzt werden. Der Herzog von Crussol und seine Frau standen in der ersten Reihe und waren praktisch nur körperlich anwesend. Während der gesamten Zeremonie hielten sie sich an den Händen fest und zeigten keine Regung. Melanie schaute zu den Bäumen mit den gelben und roten Blättern und hörte das Rascheln im Wind. Für sie war es das Geräusch der Vergänglichkeit und sie betete dafür, dass Vincents Seele ihren Frieden finden würde. Als der Sarg zusammen mit dem Leichnam der Erde übergeben wurde, waren Richard und Melanie die Letzten, die von der Grabstelle weggingen. Der Abschied fraß ihre Freude auf und es gab kein Wort, das den Verlust nur annähernd beschreiben konnte. Die Beerdigungsfeier wurde im Schloss des neuen Herzogs von Guise abgehalten, dem siebenjährigen Karl. Er hatte all das Vermögen und den Besitz seines verstorbenen Vaters geerbt. Melanie schaute auf den hübschen blonden Jungen, der neben seiner Mutter auf einem Sofa saß und dabei unendlich verloren wirkte. Sie ging zu ihm und umarmte ihn. Dann wand sie sich an Jacqueline von Guise und sprach zum aller ersten Mal mit ihr: „Ich kann nicht in

Worte fassen, welche Lücke Vincents Tod bei uns hinterlässt. Er wird uns auf ewig fehlen. Sein Wunsch war es, dass mein Mann Karls Vormund wird. Und ich bin mir absolut sicher, dass der Herzog von Crussol diese Aufgabe mit viel Verantwortung übernehmen wird. Trotzdem möchte ich Ihnen meine Hilfe anbieten. Bitte zögern Sie nicht, es mir zu sagen, wenn ich etwas für Sie tun kann."

Die Witwe nickte leicht und antwortete matt: „Danke, aber Sie müssen wissen, dass ich bereits seit Jahren meinen Frieden im Glauben zu Gott gefunden habe. Ich hege schon lange den Gedanken, als Nonne in einem Kloster zu leben, und nun ist der Augenblick dafür gekommen."

„Aber was ist mit Karl? Wollen Sie nicht lieber bei ihm bleiben?", fragte Melanie einfühlsam.

„Ich könnte ihn niemals zu einem Herzog großziehen, wie sein Vater es getan hätte. Nein, es ist besser, wenn mein Sohn von einem Mann wie Monsieur von Crussol erzogen wird. Dann kann er später in dieser Welt voller Leid und Schmerz bestehen", entgegnete die Mutter. „Ich werde ab sofort nur noch dem Allmächtigen dienen."

Melanie atmete tief aus und betrachtete Jacqueline eindringlicher. Die Herzogin von Guise trug ein schlichtes bodenlanges Kleid aus Wolle und darüber eine lange schwarze Strickjacke. Ihre Haare waren recht kurz geschnitten und sie trug keinerlei Schmuck. Madame von Guise hatte den irdischen Gelüsten komplett abgesagt und wollte sich sogar nicht um ihr eigenes Kind kümmern. Ihr Aussehen wirkte eintönig und es war nichts Aufregendes an ihr. So langsam verstand Melanie, weshalb ihre älteste Schwester es so leicht gehabt hatte, Vincent zu verführen. Jane war im Vergleich zu Jacqueline wie eine Sirene, die mit ihrem Lockruf die Männer ins Verderben stürzte, während die Herzogin von Guise grau und unscheinbar wirkte und niemals das Verlangen eines Mannes wecken wollte.

Melanie stand wieder auf und nahm Karl lächelnd an der Hand. Zusammen schlenderten sie durch die Menge der Gäste und begegneten dem Baron von Bouget. Melanies Vater war mit seiner Frau allein erschienen. Jakob blieb der Trauerfeier fern. Melanie wusste nicht, ob sie ihm das, was geschehen war, jemals verzeihen würde. Ihr Bruder hatte ihren gemeinsamen Eltern zuvor alles erzählt. Thomas von Bouget war daraufhin außer sich vor Zorn gewesen, aber was hätte er noch tun können. Seine Kinder hatten die Katastrophe selbst herbeigerufen. Jetzt mussten sie dieses Kreuz bis ans Ende ihrer Tage mit sich tragen.

„Weiß man schon, wohin Jane verschwunden ist?", fragte Melanie ihre Eltern.

„Nein", antwortete Thomas von Bouget ehrlich. „Sie ist zusammen mit ihrem jungen Liebhaber auf und davon. Niemand hat nur den geringsten Verdacht wohin. Sogar Jakob weiß keinen Rat."

Melanie nickte enttäuscht. Ihre Rache musste demnach warten, aber sie würde sie niemals vergessen.

Johannas Auftreten in der Gesellschaft wurde auffällig um einiges bescheidener. Denn Jane war ihr Lieblingskind gewesen. Und seitdem ihre älteste Tochter sich auf so niederträchtige Art und Weise in der Öffentlichkeit in Verruf gebracht hatte, zeigte die Mutter mehr Demut. Es war nicht mehr ihr oberstes Ziel, vor den anderen Leuten zu prahlen, sondern unauffällig zu bleiben.

Etwas weiter entdeckte Melanie die Baronin von Semur mit ihrer Tochter Monika. Sie gesellte sich zu ihnen und begrüßte sie freundlich.

„Es ist immer eine Tragödie, wenn junge Menschen zu früh von uns gehen", sagte Rosemarie und Monika nickte seufzend. „Es tut uns aufrichtig leid, was geschehen ist. Die Verstrickungen meines Enkels in die ganze Angelegenheit sind …"

„Ist schon gut, Madame", unterbrach Melanie die alte Dame.

BLITZ UND DONNER

„Die Verantwortlichen für den Mord an Vincent von Guise werden früher oder später zur Rechenschaft gezogen, aber Sebastian zählt nicht zu diesen Personen. Er trägt keinerlei Schuld an dieser Sache."

Monika wirkte zutiefst erleichtert und sagte sogleich: „Dankeschön. Du glaubst nicht, wie viel uns dein Freispruch bedeutet. Ich denke dabei an meinen Sohn. Wenn man ihn als Mittäter am Mord an dem Herzog von Guise bezichtigen würde, dann wäre seine Zukunft verwirkt. So wie es beim Haupttäter, diesem Valentin Martin, der Fall ist. Seine reiche Familie ist seit dem desaströsen Vorfall gesellschaftlich tief gefallen. Valentin ist ihr einziger Sohn und Erbe und nun ist er verschwunden. Irgendwo untergetaucht. An seiner Stelle würde ich mich nie wieder hier blicken lassen. Denn der einflussreiche Herzog von Crussol wird ihm sicherlich keine Ruhe gönnen."

„Da irrst du dich", entgegnete Melanie kühl. „Nicht vor meinem Mann sollte sich Valentin Martin fürchten, sondern vor mir."

Monika und Rosemarie sahen die junge Herzogin von Crussol verwundert an und trauten sich nicht, etwas zu erwidern. Melanie verabschiedete sich höflich von den beiden Damen, ging anschließend weiter, stets Karl an ihrer Seite und entdeckte Jasmina.

„Melanie, darf ich dir meinen Mann vorstellen?", sagte ihre Freundin und zeigte mit der flachen Hand nach links. Melanie schaute dorthin und war völlig überrascht George zu erblicken.

„Wir haben erst vor Kurzem geheiratet und es noch nicht jedem erzählt", erklärte die frischgebackene Madame von Bellagarde zögernd.

Nach einigen Sekunden fand Melanie die Fassung wieder und erwiderte Jasminas freundliches Lächeln.

„Ich freue mich aufrichtig für euch", sagte sie ehrlich und legte zuerst Jasmina und danach George ihre Hand auf die

Natalie Mec

Schulter. George schaute sie zunächst etwas traurig an, lächelte dann aber wieder, als sie ihm direkt ins Gesicht sah. Und er stellte fest, dass sie weiterhin für ihn das süßeste Lächeln auf dieser Welt besaß. Melanie schwebte ganz nah an ihm vorbei, um sich dann wieder von ihm zu entfernen. So wie sie es immer tat. Er würde sie niemals festhalten können.

Melanie schaute sich im großen Saal um und entdeckte ihre Familie etwas abseits stehen. Sie stellte sich neben Richard hin, der seinen jüngsten Sohn im Arm wiegte und ihm zärtlich über die Finger streichelte. Nikolai war völlig entspannt und schlummerte. Katarina von Crussol stand direkt daneben und hielt Gabriel an der Hand, der neugierig zu dem Jungen neben seiner Mama guckte. Melanie kniete sich zu Vincents Sohn runter und sprach liebevoll zu ihm: „Karl, du lebst ab heute bei uns. Dein Onkel Richard und ich, wir sind jetzt deine Eltern, und unsere zwei Söhne sind deine jüngeren Brüder. Ich bin mir sicher, dass ihr euch gut untereinander verstehen werdet."

Karl nickte schüchtern und lächelte leicht. Und genau in diesem Moment erkannte Melanie Vincent in seinem Gesicht wieder. Der kleine Junge gehörte nun zur Familie von Crussol und sie würde ihn genauso bedingungslos lieben, wie ihre eigenen Kinder.

An diesem Abend saß Jakob von Bouget allein an der Bar im Varieté Glückszahl 69. Er trank gedankenverloren ein Glas Wodka und fühlte sich unendlich einsam. Um ihn herum feierten die Gäste ausgelassen und verfolgten die frivole Vorstellung auf der Bühne. Zwei Tänzerinnen hatten aus der Zuschauermenge einen Mann rausgesucht und zu einer gemeinsamen Darbietung auf die Schaubühne eingeladen. Der junge Herr ließ sich nicht lange bitten und sprang sogleich zu den beiden leicht bekleideten Damen. Während er aus dem Bauchnabel von einer der Tänzerinnen Champagner schlürfen durfte, jubelten ihm seine

Freunde aus dem Publikum zu. Die heitere Stimmung berührte Jakob nicht im Geringsten. Früher hätte er sich ebenfalls zusammen mit seinen Kumpels köstlich amüsiert, aber diese Zeiten waren endgültig vorbei. Er hatte Valentin und Jane zur Flucht verholfen, denn sonst hätten sie vom Herzog und der Herzogin von Crussol keine Gnade erwarten können. Seine älteste Schwester und sein bester Freund waren in dieser Stadt nicht mehr willkommen. Sebastian von Semur hatte sich vorerst komplett von Jakob abgewandt, denn er befürchtete sonst, dass seine Verbindung zu ihm die gesamte Familie von Semur in den Verruf bringen würde. Jakobs Eltern waren von ihm zutiefst enttäuscht und wechselten mit ihm kaum ein Wort. Er fühlte sich zuhause nicht mehr wohl. Keiner war da, mit dem er reden konnte. Der Graf von Ailly würdigte seinen Schwager keines Blickes, denn schließlich war Jakob für den Tod seines Freundes mitverantwortlich. Somit konnte Jakob nicht mehr jederzeit zu Veronika und Colette, um sie zu sehen. Die beiden wichtigsten Menschen in seinem Leben fehlten ihm unglaublich doll und gerade jetzt bräuchte er ihre seelische Unterstützung am dringendsten. Er war zur Einsamkeit verdammt. Aber besonders schmerzte Jakob der Verlust seiner Schwester Melanie. Die Beziehung zwischen ihm und ihr war gestorben. Sie würde ihm den Mord an Vincent von Guise niemals verzeihen, das hatte sie ihm unmissverständlich gezeigt. Sie hätte ihn beinahe mit ihrem Säbel umgebracht, wenn Richard nicht gewesen wäre. Jakob musste unwillkürlich schmunzeln, als er an den Herzog von Crussol dachte, und trank aus seinem Glas. Vermutlich schmiedete Richard bereits Pläne, wie er ihn für sein Vergehen büßen lassen würde. Es war nur eine Frage der Zeit, bis Jakob mit einer Gewehrkugel in seiner Brust im Matsch liegen würde und die letzten jämmerlichen Sekunden seines Lebens aushauchte. Sein Schicksal war besiegelt. Ganz unverhofft setzte sich eine junge Frau im roten Seidenkleid auf einen Hocker neben ihm und rauchte verführerisch.

„Guten Abend, Jakob", begrüßte sie ihn und ließ ihre tiefschwarzen Augen auf seinem Gesicht ruhen.

„Hallo Sofia", grüßte er knapp zurück und sah die Auftragskillerin nicht an.

„Heute ganz allein hier?", fragte die junge Frau und nahm noch einen Zug von ihrer Zigarette.

„Was benötigst du?", stellte Jakob stattdessen die Gegenfrage und ging davon aus, dass sie wieder wegen Geschäftlichem zu ihm kam. Außerdem war er nicht in Stimmung für eine Unterhaltung mit ihr.

„Ich gebe zu, du weißt, wie man als Waffenhändler Werbung für sich macht. Der allerseits beliebte Herzog von Guise, liegt jetzt bei den Würmern und verfault. Ein präparierter Säbel mit einer eingebauten Pistole ist ein einfallsreiches Mordinstrument", sagte Sofia anerkennend.

„Möchtest du etwa ebenfalls eins erwerben? Kein Problem, für zwei Goldmünzen", entgegnete Jakob gleichgültig und schaute auf die Theke.

„Nein, mein Lieber, ich bin heute nicht hier, um ein Geschäft abzuschließen, sondern um dir eine Nachricht zu überbringen", sprach Sofia und legte ihren Kopf auf die Seite. „Der Boss will dich sprechen."

Jakob runzelte die Stirn. „Könntest du bitte etwas konkreter werden. Welchen Boss meinst du?", fragte er und hatte eine böse Vermutung.

Die Profikillerin neigte sich zu ihm und antwortete: „Der Boss."

Jakob drehte seinen Kopf und schaute sie ernst an. „Ganz recht, der Boss der Unterwelt möchte mit dir sprechen. Ein äußerst seltenes Vergnügen. Eher könntest du eine Audienz beim Kaiser erhalten", erklärte Sofia geheimnisvoll.

„Weshalb will er mich sehen?", Jakob klang beunruhigt.

„Er möchte dich, in sein Team aufnehmen. Du scheinst ein schlaues Köpfchen zu sein, mit frischen Ideen", schmeichelte Sofia und lächelte leicht. „Über den Lohn werdet ihr euch sicherlich einigen. Der Boss ist äußerst großzügig zu seinen Leuten."

Jakob überlegte angestrengt. Ein Mitglied in der Gang von Le Fou zu werden, bedeutete, sich dem Teufel persönlich anzuschließen. Andererseits bot es Schutz. Es könnte sehr warm unter dem Flügel eines Drachen werden, der seine Feinde mit Feuer erbarmungslos zu Asche verbrannte.

„Hast du es dir überlegt, kommst du mit mir?", fragte die junge Frau und streichelte reizvoll mit ihrem Zeigefinger über Jakobs Oberarm.

Er sah in ihre schwarzen Augen und wusste nicht, wo die Pupillen und wo die Iris aneinandergrenzten. Sofias Augen waren wie zwei tiefe Brunnen bei Nacht. Wenn man hineinfiel, dann ohne zu wissen, wann man auf dem Grund aufschlagen würde. Vielleicht wäre es ein nie endender Fall ins Nichts. Jakob nickte stumm und Sofia stand von ihrem Hocker auf. Sie deutete mit einer Kopfbewegung, ihr zu folgen, und er erhob sich ebenfalls von seinem Platz. Gemeinsam verließen sie das Varieté und bestiegen draußen eine Kutsche. Die Luft war frostig und es schien kein Mond in dieser finsteren Nacht.

„Zum Boss. Wir werden bereits erwartet", befahl die Profikillerin dem Kutscher und setzte sich Jakob gegenüber. Sie lächelte ihn an und er hatte das Gefühl, soeben seine Seele verkauft zu haben.

Natalie Mec

Kapitel 86 Die Reise

Winter und Frühling 1878

Die Trauer war ein eigenartiger und schwieriger Prozess, aber so wie sie Richard veränderte, gefiel es Melanie nicht. Absolut nicht. Sie erkannte ihren Ehemann nicht wieder. Als sich die dunkle Jahreszeit über das Land legte, verfinsterte sich das Gemüt des Herzogs von Crussol ein für alle Mal. Er lachte nicht mehr. War immer ernst. Ständig sah Melanie ihn entweder in seinem Arbeitszimmer oder er war unterwegs und kam abends recht spät nach Hause. Richard bekam oft Besuch von Monsieur Blauschildt, mit dem er sich stundenlang unterhielt. Melanie suchte immer wieder seine Nähe, aber er wirkte distanziert und kalt. Sogar das Spielen mit seinen drei Söhnen munterte ihn nicht auf. Er war mit seinen Gedanken ständig wo anders. Versunken in der Finsternis. Eines Morgens, als der Monat März den Frühling ankündigte, nahm Katarina von Crussol Melanie auf ein ernstes Gespräch zur Seite.
„Liebes, ich mache mir große Sorgen um meinen Sohn. Das letzte Mal, dass ich ihn so erlebt habe, war, als Karolina starb. Er ist zutiefst melancholisch und ich habe Angst, dass die Verbitterung bei ihm die Oberhand gewinnt. Nach dem Tod meiner Tochter war Vincent derjenige gewesen, der zusammen mit ihm diesen Schicksalsschlag verarbeitet hatte. Aber nun ist sein bester Freund seit fast einem halben Jahr tot und Richard ist schon fast wie ein Fremder geworden. Was sollen wir bloß

tun?", fragte Katarina hilflos.

Melanie dachte nach. Sie musste es irgendwie schaffen, zu ihrem Mann durchzudringen. Egal, wie oft er sie abweisen würde. In den darauf folgenden Tagen suchte sie mehrmals ein Gespräch mit Richard, aber er lehnte jedes Mal ab und stolzierte genervt von ihr weg. Sogar abends wenn sie im Bett lagen, wollte er nicht reden und vermied jeglichen Körperkontakt zu ihr. Er drehte sich dann zu meist auf die andere Seite und schlief wenig später ein. Richard kehrte immer mehr in sich ein und äußerte niemandem seine Gefühlswelt. Melanie war der Verzweiflung nahe. Als das Herzogspaar eines Abends im Bett lag und Melanie dem Versuch zu einem weiteren Gespräch widerstand, fragte Richard sie plötzlich: „Warum bist du damals zum Duell gekommen?"

Melanie schaute ihn überrascht an. Richard lag mit dem Rücken zu ihr und sah gedankenverloren auf den Boden.

„Wie bitte?", fragte sie irritiert.

„Warum bist du zum Duell bekommen? Ich hatte dich ausdrücklich gebeten, es nicht zu tun", wiederholte er.

Jetzt verstand Melanie, was er meinte und antwortete ruhig: „Ich war nicht wirklich dabei gewesen. Nachdem erfolglosen Gespräch mit Jane konnte ich nicht einfach nach Hause zurückkehren und abwarten. Ich hatte ein ungutes Gefühl bei der Sache und behielt leider Recht. Ich stand mit Nero unweit von euch im Wald, ohne zu sehen, was passierte. Erst als ich den lauten Schuss gehört hatte, war ich sofort zu euch geritten."

„Aber ich hatte dich doch gebeten, nicht zu kommen. Warum hast du nicht auf mich gehört?", beharrte er und seine Stimme wurde zornig.

„Weil ich es nicht konnte. Ich musste einfach in eurer Nähe sein", versuchte Melanie es ihm zu erklären.

Richard drehte sich mit einem Mal blitzschnell zu ihr um und sah sie wütend an. Sie zuckte zusammen und sah erschrocken zu ihm.

„Warum hast du nicht auf mich gehört?", fragte er sie laut.

Melanie war von der Wucht seiner Reaktion verunsichert und blieb stumm.

„Wieso hört niemand auf mich, wenn ich ihn um etwas bitte?", fragte Richard und ballte seine Fäuste zusammen. „Warum hat Karolina nicht auf mich gehört, als ich sie gebeten hatte, nicht so schnell zu reiten? Warum hast du nicht auf mich gehört, als ich dich gebeten hatte, nicht zum Duell zu erscheinen? Und Warum zum Teufel noch mal, hat Vincent nicht auf mich gehört, als ich ihm gesagt habe, er soll sich von Jane fernhalten?!", donnert er und stand aus dem Bett auf. „Weil Ihr es nicht anders konntet?!" Richard lief aufgebracht im Zimmer hin und her und sein ganzer Körper war auf das Äußerste angespannt. „Hättest du auf mich gehört, dann wärst du nicht wie eine Verrückte in das Haus deiner Eltern gestürmt! Du hättest fast deinen eigenen Bruder erstochen! Hätte Karolina auf mich gehört, dann wäre sie heute noch am Leben und mit Vincent verheiratet! Und er hätte sich niemals auf Jane eingelassen! Wieso konnte er nicht einfach auf mich hören?!", sprach Richard wütend. „Warum verflucht noch mal hat er nicht auf mich gehört? Jane war es absolut nicht wert gewesen, dass er für sie starb!"

Er blieb auf einer Stelle stehen und kämpfte mit den Tränen.

Melanie saß weiterhin im Bett und ließ seinem Gefühlsausbruch freien Lauf. „Warum hast du nicht auf mich gehört, Vincent?", sagte er leise und bittere Tränen liefen ihm übers Gesicht.

Seine Frau eilte schnell zu ihm und legte ihre Arme um seinen Hals.

„Du hast Recht. Er hätte auf dich hören sollen. Und ich ebenfalls", flüsterte Melanie ihm ins Ohr und Richard erwiderte ihre Umarmung. Sie war ihm in diesem Moment unendlich dankbar, dass er sie davor bewahrt hatte ein Monster zu werden, indem sie ihren eigenen Bruder beinahe umgebracht hätte.

„Er fehlt mir so sehr", schluchzte Richard und vergrub sein Gesicht in Melanies Haaren.

„Mir auch", sagte sie und weinte mit ihm.

Nachdem sie beide eine ganze Weile so gestanden und die Trauer ein kleines Stück verarbeitet hatten, nahm Melanie Richard behutsam an der Hand und führte ihn zurück ins Bett. Sie legte seinen Kopf auf ihre Brust und streichelte über seine Haare, bis er einschlief. Sie betrachtete sein friedliches Gesicht und plötzlich kam in ihr eine Erinnerung wieder hoch. Melanie hielt sie gedanklich fest, wie einen Hoffnungsschimmer und ihre Augenlider fielen zu. Gleich am nächsten Morgen, direkt nach dem Frühstück hinderte Melanie Richard daran, sich im Arbeitszimmer zu verkriechen, und führte ihn stattdessen zum Pferdestall.

„Was hast du vor? Ich muss arbeiten", sagte ihr Mann grimmig.

Aber Melanie hielt ihn unbeirrt fest und antwortete: „Eine kleine Pause kannst du dir wohl gönnen."

Sie gab ihm einen Pferdesattel und verlangte von ihm, sein Pferd selbst zu satteln, was normalerweise der Stallbursche für ihn erledigte. Richard atmete tief durch und ließ sich überreden. Melanie unternahm zusammen mit ihm einen Reitausflug und bestimmte das Ziel. Sie waren lange unterwegs, bis der Herzog sich langsam fragte, wohin die Reise eigentlich ging. Sie durchquerten ein kleines Waldstück und kamen schließlich auf einer großen Ebene raus. Richard erkannte den Ort sofort wieder. Melanie steuerte unbeirrt weiter geradeaus und endlich sah man es. Das Meer. Es schimmerte bläulich am Horizont und die Sonne spiegelte sich darin. Melanie und Richard galoppierten entlang der Steilküste und schauten immer wieder aufs Meer hinaus. Leichte Wellen brachen an den Felsen und der frische

Natalie Mec

Seewind wehte mit aller Kraft die Sorgen für ein paar Minuten weg. Melanie hielt Nero an und betrachtete lächelnd das tiefblaue Wasser. Richard stand mit seinem Pferd direkt neben ihr und folgte ihrem Blick. In einem Monat würde Melanie einundzwanzig Jahre alt werden. Ursprünglich hatte sie vorgehabt in ihrem jetzigen Alter zu debütieren und sich einen Ehemann auszusuchen, aber sie war schon längst verheiratet und hatte inzwischen zwei leibliche Kinder und einen adoptierten Sohn. Ihr Plan war es gewesen, mit der Pferdezucht ihr eigenes Einkommen zu verdienen, aber ihr schlechter Ruf in der High Society machte ihr einen Strich durch die Rechnung. Melanie hatte Georges großzügiges Angebot, die Fohlen an ihrer Stelle zu verkaufen, am Ende doch abgelehnt und somit waren die fünf prachtvollen jungen Pferde weiterhin ohne einen Käufer. Die Besitzerin entschied sich, sie nicht mehr zu verkaufen, sondern zu verschenken. Melanie übergab Veronika und Henri eine Stute für ihre gemeinsame Tochter Colette. Für George und Jasmina hatte sie ebenfalls ein junges Pferd liefern lassen, denn die beiden würden mit Sicherheit eines Tages eigenen Nachwuchs bekommen. Und die übrigen drei Stuten schenkte sie Karl, Gabriel und Nikolai.

„Erinnerst du dich, wie du mir an diesem Ort, deine Liebe gestanden hattest?", fragte sie Richard und sah ihn liebevoll an.

„Natürlich. Das werde ich niemals vergessen", antwortete er und ein leichtes Lächeln stahl sich auf sein Gesicht.

„Lass uns über das Meer davon segeln", schlug Melanie unverhofft vor und Richard schaute sie daraufhin fragend an. „Lass uns ein Schiff kaufen und eine Crew anheuern. Wir bereisen dann die Länder der Mittelmeerküste von Portugal bis in die Ägäis und wieder zurück bis nach Marokko, und vergessen die Probleme und Aufgaben, die uns zuhause gefangen halten, für ein paar Monate. Unsere Pflichten können in der Zwischenzeit von den Dienern fortgeführt werden. Seit unserer Hochzeit hatten wir beide keine Flitterwochen. Wir sind von einer Geschichte in die nächste gerutscht und hatten keine einzige Sekunde Ruhe. Was wir brauchen, ist Urlaub."

„Ist es dein Ernst?", fragte Richard ungläubig nach.

„Ja, ich könnte nicht aufrichtiger sein. Wir nehmen unsere Kinder mit uns und segeln davon", sagte Melanie selbstsicher und strahlte über das ganze Gesicht. Ihr Mann schaute wieder auf das Meer hinaus. Und je länger er es betrachtete, desto lauter rief es nach ihm. Er lächelte breiter und nickte langsam: „Ja, lass uns der Finsternis hier entfliehen und dem hellen Licht des Südens entgegen segeln."

Melanie streckte daraufhin Richard ihre Hand entgegen und er ergriff sie.

Zwei Wochen später standen die Herzogin und der Herzog von Crussol an der Reling am Heck ihres Schiffes und betrachteten die Steilküste, die hinter ihnen langsam kleiner wurde. Sie hatten einen günstigen Wind und die weißen Segel waren voll gespannt. Karl, Gabriel und Nikolai spielten gemeinsam mit ihrer Großmutter Katarina Fangen auf dem Oberdeck des großen Zweimasters und lachten vergnügt. Melanie sah wieder zu Richard, der nachdenklich in die Ferne schaute und die frische Meeresluft tief einatmete. Er war weiterhin melancholisch und die Trauer hatte ein paar Falten in seinem Gesicht hinterlassen, aber nun hatte Melanie es geschafft, ihn aus dem tristen Alltag rauszureißen und ihn auf eine Reise mitzunehmen. Sie wusste zwar nicht, wohin diese Reise sie überall hinbringen würde, aber eines ganz sicher, sie hatte den besten Gefährten auf ihrem Weg, den sie sich nur wünschen konnte.

Ende

Natalie Mec

Fortsetzung Band 2: Sturm und Ozean (erscheint voraussichtlich im Herbst 2024)

BLITZ UND DONNER

Liste der Charaktere

Familie von Bouget (Aussprache: Busche)

    Thomas Baron von Bouget
    Johanna Baronin von Bouget
    Jane von Bouget
    Veronika von Bouget
    Melanie von Bouget
    Jakob von Bouget
    Nero (Melanies Hengst und bester Freund)

Familie Crussol (Aussprache: Krussol)

    François Herzog von Crussol
    Katarina Herzogin von Crussol
    Karolina von Crussol
    Richard Herzog von Crussol
    Eduardo von Crussol

Familie von Guise (Aussprache: Gies)

    Vincent Herzog von Guise
    Jacqueline Herzogin von Guise
    Karl von Guise

Familie von Ailly (Aussprache: Eilli)

    Henri Graf von Ailly
    Jasmina von Ailly

Familie von Bellagarde (Aussprache: Bellagard)

    Philip Graf von Bellagarde
    Emanuella Gräfin von Bellagarde
    George von Bellagarde

Natalie Mec

Familie von D'Argies (Aussprache: Darschi)

    Angelique Gräfin von D'Argies
    Elisabeth von D'Argies
    Gustav Graf von D'Argies

Familie von Semur (Aussprache: Semur)

    Rosemarie Baronin von Semur
    Monika von Semur
    Sebastian von Semur

Die kaiserliche Familie

    Kaiser Alexander
    Kaiserin Anastasia
    Prinzessin Viktoria

Bedienstete auf dem Anwesen der Familie von Bouget

    Hausmädchen: Jessika Petit
    Buttler: Emanuel Bernard
    Zoffe: Iris Dubois
    Stallbursche: Erik Durand

Weitere Nebenfiguren

    Künstler Konrad Njeschnij
    Schneider vom Kleiderladen Sior: Stefano Aranie
    Willhelm Girard, Vorsitzender der FSP
    Albert Blauschildt, Bankier
    Joseph Assange, Professor an der Universität
    Julien Gebels, Zeitungsverleger
    Madame Josephine Poison, Betreiberin eines Bordells
    Valentin Martin, Freund von Jakob von Bouget
    Jacques von Thorotte, Kapitän des Schiffs 'Liberté'
    Said bin Rashid, Gelehrter in Marrakesch
    Irina Pablova, die Frau aus dem Armenhaus
    Sofia, Auftragskillerin

Printed by Amazon Italia Logistica S.r.l.
Torrazza Piemonte (TO), Italy